Quarenta dias sem sombra

Olivier Truc
Quarenta dias sem sombra

Tradução de
Cristina Cupertino

TORDSILHAS

Copyright © 2012 Olivier Truc
Copyright da tradução © 2013 Tordesilhas

Publicado mediante acordo com Pontas Literary & Film Agency.

Publicado originalmente sob o título *Le dernier lapon*.

Todos os direitos reservados. Nenhuma parte desta edição
pode ser utilizada ou reproduzida – em qualquer meio ou forma,
seja mecânico ou eletrônico –, nem apropriada ou estocada em sistema
de banco de dados, sem a expressa autorização da editora.

O texto deste livro foi fixado conforme o acordo ortográfico
vigente no Brasil desde 1º de janeiro de 2009.

EDIÇÃO UTILIZADA PARA ESTA TRADUÇÃO Olivier Truc, *Le dernier lapon*,
Paris, Éditions Métailié, 2012
PREPARAÇÃO Margaret Presser
REVISÃO Milena Obrigon e Alexandra Fonseca
PROJETO GRÁFICO Rodrigo Frazão
CAPA Miriam Lerner
IMAGEM DE CAPA Renphoto; R-J-Seymour / istockphoto.com

1ª edição, 2014

CIP-Brasil. Catalogação na publicação
Sindicato Nacional dos Editores de Livros, RJ

T781q

    Truc, Olivier
        Quarenta dias sem sombra/Olivier Truc; tradução Cristina Cupertino.
– 1. ed. – São Paulo: Tordesilhas, 2014.

    Tradução de: Le dernier lapon
    ISBN 978-85-8419-001-0

    1. Romance francesa. I. Cupertino, Cristina. II. Título.

14-12448   CDD: 843
                                                                    CDU: 821.133.1-3

2014
Tordesilhas é um selo da Alaúde Editorial Ltda.
Rua Hildebrando Thomaz de Carvalho, 60
04012-120 – São Paulo – SP
www.tordesilhaslivros.com.br

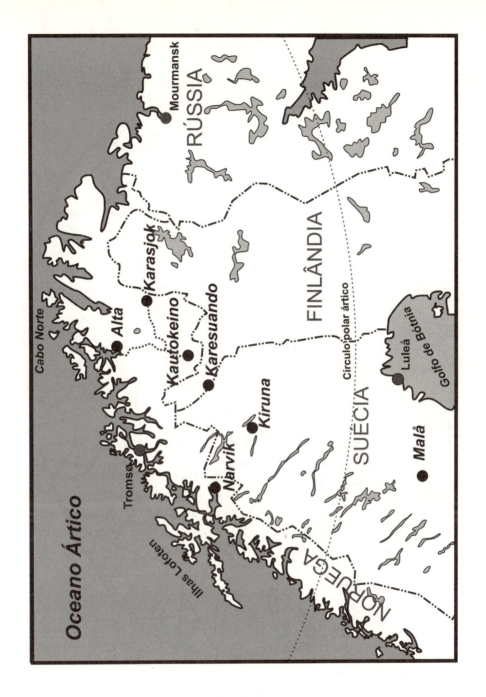

Lapônia
Crédito: J. P. Métailié e laboratório Géode da Universidade
de Toulouse Le-Mirail

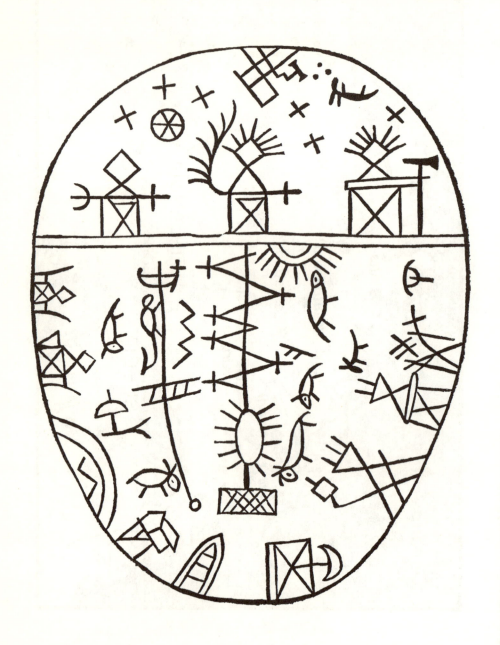

Tambor *sami*
Crédito: Christopher Forster e Ter Gjerde

1693

Lapônia Central

Aslak tropeçou. Sinal de cansaço. Normalmente seus passos encontravam o destino certo. O velho não tinha largado o embrulho. Ele rolou sobre si mesmo. O choque foi amortecido pela camada de urze. Um lemingue saiu em disparada. Aslak se endireitou. Dando uma olhada para trás, calculou a distância de seus perseguidores. Os latidos se aproximavam. Restava-lhe pouco tempo. Retomou seu caminho em silêncio. O rosto cavado e as maçãs salientes lhe davam um ar místico. Seus olhos estavam injetados. Os pés voltaram a encontrar o rastro sozinhos. Seu corpo se dobrava. Ele sorriu, respirou mais rápido, a ponto de se sentir tonto, leve, o olhar aguçado, os passos infalíveis. Sabia que não cairia mais. Sabia também que não sobreviveria àquela noite insidiosa. Seguiam sua pista havia muito tempo. Aquilo ia acabar. Ele não perdia um detalhe à sua volta: a planura que se elevava, o movimento das pedras, a graciosa margem do lago que lembrava uma cabeça de urso, as montanhas ao longe, sem vegetação, suaves, onde seus olhos distinguiam renas semiadormecidas. Um regato seguia seu curso. Ele parou, respirando com dificuldade. Contemplou o cenário. O regato que seguia seu curso para desaguar no lago, as pegadas de renas que corriam na montanha em direção ao leste, onde o clarão do sol que ia nascer indicava o início de seu último dia. Continuou sério, apertou seu embrulho. Uma ilhazinha se elevava num canto do lago. Aproximou-se dela e com a ajuda da faca cortou os galhos de uma bétula anã. A ilhota estava coberta de urze e arbustos. Os latidos continuavam se aproximando. Tirou os sapatos, jogou os galhos na água para evitar deixar marcas na lama. Continuou assim até o rochedo, subiu, levantou as urzes e fez desaparecer seu embrulho. Deu meia-volta e então retomou seu rumo. Já não tinha medo.

Os cachorros continuavam correndo. Mais perto. Os homens não tardariam a aparecer atrás do cume da colina. Pela última vez, Aslak contemplou o lago, o regato, a planura, a ilhota. Os reflexos roxo-alaranjados do sol davam um aspecto marmorizado às nuvens. Ele corria mas sentia que seus passos já não o faziam avançar. Logo foi apanhado pelos cães, que o cercaram rosnando mas sem tocá-lo. Ele não se mexeu. Era o fim. Os homens estavam ali, ofegantes, os olhos esbugalhados. Transpiravam e pareciam gente ruim. Mas em seus olhos também se via muito medo. Com as túnicas rasgadas e os sapatos encharcados, eles se apoiavam em cajados. Esperavam. Um deles se aproximou. O velho lapão olhou-o. Ele sabia. Tinha entendido. Já havia visto, no passado. O homem evitava o olhar do lapão, se pôs atrás dele.

O velho ficou sem fôlego quando o golpe violento atingiu seu rosto e lhe quebrou o maxilar. O sangue esguichou. Ele caiu ajoelhado. Um segundo golpe de cajado já fora armado. O lapão estava trôpego, abalado, embora tivesse tentado preparar o corpo. Um homem magro se aproximou. O outro reteve o gesto e abaixou o cajado. Manteve-se recuado. O homem magro estava vestido de preto. Lançou um olhar frio a Aslak, depois ao homem com o cajado, que se afastou dois passos, desviando o olhar.

– Revistem-no.

Dois homens avançaram, contentes porque o silêncio tinha sido quebrado. Tiraram brutalmente o casaco do lapão.

– Vamos, diabo de selvagem, não resista.

Aslak estava mudo. Não resistia. Mas aqueles homens tinham medo. A dor o vencia. O sangue corria. Os homens o puxaram, obrigaram-no a tirar a calça de pele de rena, arrancaram suas ceroulas e o chapéu de quatro bicos, que um deles atirou longe, tendo o cuidado de cuspir nele antes. Outro lhe tirou a faca de bétula e chifre de rena.

– Onde foi que você escondeu?

Agora o vento soprava na tundra. Isso lhe fez bem.

– Onde, espírito do diabo? – gritou o homem de preto de modo tão ameaçador que até mesmo os que o acompanhavam recuaram um passo.

O homem de preto começou uma prece silenciosa. O vento estava mais brando. Os primeiros mosquitos se manifestaram. Agora o sol pousava na montanha. A cabeça do lapão oscilava, dolorida. Ele quase não sentiu o golpe quando o bastão lhe arrancou metade da têmpora.

A dor o acordou. Uma dor quase insuportável. Sua cabeça devia ter se espatifado. O sol já subira. Ele sentiu o mau cheiro a seu redor. Homens, mulheres e crianças estavam debruçados sobre ele. Eram desdentados, andrajosos, de olhares ameaçadores. Exalavam medo e ignorância. Ele estava deitado no chão. As moscas tinham tomado o lugar dos mosquitos. Elas se aglutinavam nas feridas abertas.

O homem de preto avançou e a pequena multidão se afastou. O pastor Noraeus se adiantou.

– Onde está?

Aslak se sentia febril. O sangue impregnava sua túnica viscosa, cujo cheiro o atordoava. Uma mulher cuspiu nele. As crianças riram. O velho pensou no filho doente, que ele havia tentado salvar invocando os deuses lapões. O pastor esbofeteou a criança que estava mais próxima dele.

– Onde você pôs? – gritou ele. As crianças se esconderam atrás da mãe.

Um homem de camisa azul-celeste se aproximou e murmurou no ouvido do pastor. O pastor ficou impassível. Depois fez um sinal com a cabeça. O homem de azul estendeu a mão para o lapão e outros dois o ergueram, segurando-o por baixo dos braços. O lapão deu um grito. Tinha a vista turvada pela dor. Os homens o arrastaram até a humilde casa de madeira que servia para todas as obras da aldeia.

– Olhe para estes ícones imundos – disse o pastor luterano. – Você os reconhece?

Aslak respirava com dificuldade. Seu crânio parecia prestes a estourar. O calor subia. As moscas o importunavam de modo insuportável. Sua face ferida parecia fervilhar. Os moradores da aldeia se amontoavam na sala, onde o calor era sufocante.

– O porco já está recheado de vermes – disse um dos homens com uma careta de repugnância. E cuspiu nele. O escarro feriu Aslak como uma punhalada.

– Chega – urrou o pastor. – Você vai ser julgado, lapão! – gritou de novo, batendo na grossa mesa de toras para fazer calar a multidão.

Aquelas pessoas o nauseavam. Estava ansioso para voltar a Upsala.

– Silêncio, vocês aí! Respeitem seu senhor e seu rei.

O olhar sinistro do rei se voltou para os ícones dos deuses lapões e para a representação de Thor.

– Lapão, estes ícones lhe trouxeram algum bem?

Aslak tinha os olhos semicerrados. Revia os lagos de sua infância, as montanhas onde tantas vezes tinha corrido, a tundra espessa onde gostava de se enterrar, as bétulas anãs que tinha aprendido a esculpir.

– Lapão!

Aslak conservava os olhos fechados. Ele se mexeu ligeiramente.

– Eles curaram – disse, arquejante. – Melhor que o seu Deus.

Um murmúrio encheu a sala.

– Silêncio – berrou o pastor. – Onde é seu esconderijo? – vociferou. – Onde fica? Fale, se você não quer ser queimado, maldito. Fale, criatura, você tem de falar!

– Para a fogueira, para a fogueira! – gritou uma mulher segurando um fedelho que mamava em seu seio branco e murcho.

As outras mulheres se juntaram a ela:

– Para a fogueira, queimem-no!

– Silêncio, silêncio!

– Joguem o lapão na fogueira. Que ele vá para o inferno.

O pastor transpirava; queria terminar com aquilo. Já não suportava o mau cheiro, a proximidade daquele diabo moreno com o rosto ensanguentado e daqueles camponeses feios e embrutecidos. Deus o estava pondo à prova. Ele não deixaria de lembrar a seu bispo em Upsala que, naquelas terras virgens da Lapônia, ele havia servido com zelo ao Senhor quando nenhum pastor queria ir até lá. Mas agora já bastava.

– Lapão – disparou ele, erguendo o tom e o dedo para impor silêncio –, você viveu uma vida de pecado, obstinando-se nas suas superstições pagãs.

Instalou-se o silêncio. A tensão era sufocante.

O pastor apanhou uma grossa Bíblia ilustrada. Seu dedo apontava para as palavras acusadoras.

– Quem faz sacrifícios para outros deuses receberá o anátema! – gritou subitamente, bradando com uma voz cavernosa que assustou os homens.

Uma camponesa gorda, com o rosto congestionado, deu um suspiro e desmaiou, vencida pelo calor. Aslak desmoronou no chão.

– Esse profeta ou sonhador deve morrer, pois pregou a apostasia para com Javé, seu Deus.

Os homens e as mulheres se ajoelharam, murmurando orações; as crianças giravam os olhos aflitos. O vento tinha começado a soprar, trazendo um ar quente, pesado.

O pastor se calara. Do lado de fora os cães ladravam. Depois também eles se calaram. Restava apenas o mau cheiro da comunidade suja.

– A sentença foi confirmada pelo tribunal real de Estocolmo. Lapão, que a justiça divina e a justiça real sejam feitas.

Dois homens imundos levantaram Aslak e, com modos rudes, o levaram para fora. A fogueira já estava pronta, entre a margem do lago e a dezena de casas de madeira que formava a aldeia.

Aslak foi firmemente preso no poste que tinha sido preciso mandar vir da costa, pelo rio, pois não havia na região árvores próprias para aquele fim. O pastor se mantinha de pé, estoico, enquanto os mosquitos o sugavam.

Os aldeões não notaram a chegada de um jovem num barco cheio de peles para negociar. Ele ficou estático vendo a cena, logo entendendo o drama que se desenrolava. Conhecia o homem que estava na fogueira. Era de um clã vizinho.

Um camponês tinha acabado de acender a fogueira. O fogo se espalhou rapidamente pelos galhos. Aslak começou a gemer. Fez um esforço para tentar abrir a pálpebra sã.

Distinguia o lago diante de si e a colina. Notou a silhueta do jovem lapão, que parecia paralisado. As chamas começavam a lambê-lo.

– Ele salvou os outros, que salve a si mesmo! – zombou um zarolho, que não tinha uma das mãos.

O pastor o golpeou.

– Não blasfeme! – urrou ele, atingindo-o novamente. O homem saiu correndo, segurando a cabeça com sua única mão.

– Lapão, lapão, você vai queimar no inferno – gritou, enquanto fugia. – Maldito, maldito!

Uma criança começou a chorar.

Subitamente, o lapão gritou. Todo em chamas, ele delirava, uivava, um uivo inumano, lancinante, um grito que era o grito de um homem que já deixara de ser homem. O grito escoava num gorgolejo insuportável, até parecer encontrar uma frequência que estava além da dor, como se sua voz mudasse de dimensão. Uma forma de harmonia inesperada se desprendeu dela, mortificada pelo sofrimento mas cristalina para quem soubesse filtrar o tormento.

– O maldito louva os seus deuses! – gritou um aldeão amedrontado, segurando a cabeça com as duas mãos. O pastor continuava impassível. Seus olhos buscavam o olhar do lapão, como se ele fosse lhe revelar através das chamas onde havia escondido o que ele viera buscar.

O grito de Aslak petrificou o jovem lapão em seu barco. Ele reconheceu, fascinado, aterrorizado, a voz rascante de um canto lapão. Ali ele era o único que entendia a letra da música. O canto, lancinante, gutural, levava-o para fora daquele mundo. O *joïk*, canto tradicional que o povo *sami* aprendeu com seus xamãs, tornava-se cada vez mais entrecortado, acelerado. O lapão condenado à fogueira do inferno queria, num último impulso, transmitir o que precisava transmitir.

Depois a voz se calou. O silêncio se impôs. O jovem lapão também estava silencioso. Tinha feito meia-volta, com a cabeça tomada pelos estertores do moribundo. Seu sangue gelara a tal ponto que ele foi surpreendido por uma certeza. Sabia o que tinha de fazer. E o que, depois dele, seu filho teria de fazer. E o filho de seu filho.

1

Segunda-feira, 10 de janeiro.
Noite polar.
9h30. Lapônia Central.

Era o dia mais extraordinário do ano, o dia que trazia todas as esperanças para a humanidade. No dia seguinte o sol ia nascer novamente. Há quarenta dias as mulheres e os homens daquele imenso platô desértico que chamavam de *vidda* sobreviviam arqueando a alma, privados dessa fonte de vida.

Klemet, policial e racional – sim, racional porque policial –, via naquilo o sinal intangível de uma culpa atávica. Do contrário, por que impor aos seres humanos tanto sofrimento? Quarenta dias sem sombra, reduzidos ao rés do chão, como insetos rastejantes.

E se amanhã o sol não aparecesse? Mas Klemet era racional. Porque era policial. O sol ia nascer novamente. O *Finnmark Dagblad*, o jornal local, tinha até mesmo anunciado em sua edição matinal a que horas a fatalidade iria surgir. O progresso era lindo. Como seus ancestrais tinham podido suportar não ler no jornal que o sol ia voltar no final do inverno? Talvez eles não conhecessem a esperança.

* * *

No dia seguinte, entre 11h14 e 11h41, Klemet voltaria a ser um homem, com uma sombra. E no dia seguinte a esse, conservaria sua sombra por quarenta e dois minutos mais. Quando o sol aparecia, era rápido.

As montanhas iam reencontrar seu realce e sua soberba. O sol se deslocaria no fundo dos vales, dando vida a perspectivas adormecidas, despertando a imensidão suave e trágica dos planaltos semidesérticos da Lapônia Interior.

Por enquanto o sol não era mais que um clarão de esperança, refletindo-se nas nuvens alaranjadas e rosadas que passavam entre picos nevados azuis.

Como sempre quando estava diante desse espetáculo, Klemet voltava a pensar em seu tio, Nils Ante, conhecido como um dos mais talentosos cantores de *joïk* da região. Com seu lancinante canto áspero, aquele tio poeta contava as maravilhas e os mistérios do mundo.

Nils Ante havia embalado toda a infância de Klemet com seus *joïk* enfeitiçantes, contos de fadas que valiam mais que todos os livros lidos pelas crianças norueguesas. Klemet não havia precisado de livros. Ele tivera seu tio Nils Ante. Mas ele próprio nunca soubera cantar e se julgava incapaz de descrever com palavras a natureza que o cercava.

– Klemet?

Às vezes, quando, como hoje, estava em patrulha no *vidda*, ele se permitia uma breve pausa nostálgica. Mas em silêncio, esmagado pela lembrança do *joïk*, incapaz de poesia.

– Klemet? Você não quer tirar uma foto minha? Com as nuvens no fundo?

Sua jovem colega mostrava a pequena câmara que tirara do macacão azul-marinho.

– Você acha que é hora disso?

– Não é pior que ficar sonhando acordado – respondeu ela entregando-lhe a máquina.

Klemet resmungou. Ela sempre tinha resposta para tudo. Para ele, as boas respostas geralmente chegavam tarde demais. Ele tirou as luvas. Melhor acabar com aquilo o mais rápido possível. O céu estava limpo e o frio ficara mais agressivo. A temperatura estava próxima de vinte e sete graus abaixo de zero.

Tirando o *chapka* de pele de foca e pelo de raposa, Nina fez surgir seu cabelo loiro. Montou em sua moto de neve e, tendo atrás de si as nuvens matizadas, ofereceu para a objetiva seu largo sorriso. Sem ser de uma beleza impressionante, ela era graciosa e agradável, com grandes e expressivos olhos azuis que traíam seus mais ínfimos sentimentos. Klemet achava isso muito prático. O policial bateu a foto levemente mal enquadrada, o que fazia por princípio. Nina chegara à Polícia das Renas havia três meses, mas era sua primeira patrulha. Até então ela havia ficado de plantão na delegacia de Kiruna, o quartel-general situado no lado sueco, depois em Kautokeino, no lado norueguês.

Irritado com os incessantes pedidos de fotos, Klemet inicialmente tratou de pôr na lente a ponta de um dedo. Quando em seguida lhe mostrava o resultado, Nina toda vez lhe explicava com seu sorriso gentil que era preciso prestar atenção e pôr os dedos nos lados. Como se ele fosse uma criança de dez anos. Ele tinha detestado o tom dela. Então desistiu de pôr os dedos. Ainda encontraria outra solução.

O vento soprava levemente. Com o frio que fazia, logo aquilo se tornava uma tortura. Klemet deu uma olhada no GPS da moto para neve. Puro reflexo. Ele conhecia aquelas montanhas como a palma da mão.

– Vamos.

Klemet subiu na moto e arrancou, seguido por Nina. No sopé da colina acompanhou o curso de um córrego invisível, coberto de gelo e de neve. Desviava o corpo para evitar os galhos de bétula, e, por desencargo de consciência, olhava para trás a fim de se certificar de que Nina o seguia. Mas era preciso admitir que ela controlava quase perfeitamente sua máquina. Eles continuaram assim durante uma hora e meia, numa sucessão de colinas e vales. Ao se aproximarem do cume de Ragesvarri o aclive ficou mais acentuado. Klemet se endireitou na moto e acelerou, sempre seguido por Nina. Dois minutos depois se fez silêncio.

Klemet tirou o capacete que cobria seu *chapka* e pegou o binóculo. Empinado no estribo da moto e com um joelho no selim, observou por longo tempo as cercanias, examinando as arestas das colinas, procurando manchas móveis na neve. Depois tirou uma garrafa térmica e ofereceu café a Nina.

Ela se aproximou da moto de Klemet, afundando até a metade das coxas na neve fofa. Foi com dificuldade que chegou até ele. Os olhos de Klemet brilhavam de malícia, mas ele conteve o sorriso. Isso daria uma boa foto, disse para si mesmo.

— Parece muito calmo, não é mesmo? — constatou ela entre dois goles.

— É, parece. O Johan Henrik me disse que sua tropa estava começando a se dispersar. Suas renas já não têm muita coisa para comer. E, se elas atravessarem o rio, o cabeçudo do Aslak vai ficar furioso mais uma vez. Conheço o cara.

— Aslak? O que mora numa tenda? Você acha que os rebanhos vão se misturar?

— Na minha opinião isso já aconteceu.

O telefone de Klemet soou. Com toda calma o policial introduziu o aparelho sob o tapa-orelha do *chapka*.

— Polícia das Renas, Klemet Nango falando.

Ele escutou longamente, sempre com a caneca entre as mãos, de quando em quando pontuando com um grunhido entre dois goles.

— Tudo bem, vamos estar lá dentro de algumas horas. Ou talvez amanhã. E você não viu mesmo nenhum vestígio dele?

Klemet tomou mais um gole enquanto ouvia, depois desligou.

— Bom, no final das contas foram as renas do Mattis que mais uma vez se mandaram primeiro. Era o Johan Henrik. Ele disse que viu umas trinta renas do Mattis atravessarem a estrada e agora estão na propriedade dele. Vamos lá.

2

5h30. Kautokeino.

A entrada do museu estava devastada. A neve havia penetrado pela porta dupla escancarada. O vidro quebrado se misturava aos flocos já endurecidos pelo vento glacial.

A cena foi iluminada pelo facho de luz dos faróis de uma moto de neve que parou subitamente diante do prédio.

Incomodado com o macacão pesado, o condutor se dirigiu para a entrada a passos rápidos e desajeitados. Esfregou o rosto com vigor, tentando repelir seu pressentimento.

Ele e a esposa tinham chegado a esse espaço ignorado pelo Grande Norte norueguês na era pré-turística. O fascínio de ambos pelos lapões e seu talento de joalheiros tinha encontrado em Kautokeino o lugar onde essas duas paixões podiam florescer.

Ao longo dos anos ele havia pacientemente construído com a mulher um dos lugares mais surpreendentes do país. Com vista para o vale, uma dezena de prédios assimétricos haviam se aglutinado ali. Na entrada, Helmut pegou uma lanterna e começou o penoso reconhecimento. Sua "cidade proibida", como alguns a tinham batizado, havia chocado alguns estetas da Lapônia e despertado a desconfiança dos artesãos *sami*. Helmut estudara as técnicas laponas do trabalho com prata a ponto de se tornar um dos melhores peritos da região. Havia restituído a nobreza a essa arte dispersa pelo nomadismo, oferecendo-lhe um ambicioso local de exposição. Helmut compreendeu que tinha enfim vencido no dia em que Isak Mattis Sara, chefe da *siida* de Vuorje, um poderoso clã lapão que vivia a oeste de Karasjok, lhe levou o berço de bétula de sua infância para expô-lo no prédio dedicado ao modo de vida lapão. Agora ele tinha uma das mais belas coleções da Europa Setentrional.

Helmut atravessou a sala seguinte, imensa, dedicada às coleções da Ásia Central. As joias de prata e a cerâmica estavam ali. Tudo parecia em ordem.

Subitamente ele ouviu um ruído distante de passos que pisavam o vidro quebrado. Passos que deviam vir da entrada. Parou para escutar. O eco enfraquecido atravessava as salas. Retendo a respiração, Helmut apurou o ouvido. Instintivamente pegou uma faca afegã suspensa na parede e apagou a lanterna.

– Helmut!

Chamavam-no. Ele deu um suspiro de alívio.

– Aqui. Na sala afegã! – gritou ele por sua vez e abaixou a faca.

Passados alguns segundos, viu avançar pesadamente uma silhueta toda encapotada. Pelo volume arredondado do macacão, logo reconheceu o jornalista.

– Johan, meu Deus, o que você veio fazer aqui?

– A Berit me ligou. Viu uma moto partir há mais ou menos meia hora.

Perturbado, Helmut retomou a vistoria. Tudo parecia estar lá. Algum garoto bêbado teria quebrado a porta da entrada? Sua impressão se reforçou quando chegou enfim à última sala, "a sala branca", onde se acumulavam os tesouros de arte lapona, as peças mais belas de joalheria, de uma prata finamente esculpida.

Helmut notou então a porta do depósito. Estava aberta, com a maçaneta arrancada. Alguém havia estado lá. Sentiu uma contração no estômago.

Uma luz crua iluminou a vasta sala. Havia ali principalmente caixas caprichosamente dispostas e numeradas em prateleiras nas paredes. O centro do cômodo era ocupado por mesas velhas de pinho. Tudo estava em ordem. Ótimo, ótimo. Seu olhar se voltou então para a primeira estante. Duas caixas tinham dentro camelos esculpidos em chifres, feitos num ateliê de Candaar. Ótimo. Mas a prateleira de cima estava vazia. Seu abdômen doeu brutalmente. A prateleira não devia estar vazia! A caixa havia desaparecido.

Ao ver a expressão do alemão, o jornalista compreendeu.

– O que está faltando?

Helmut estava boquiaberto, com o olhar estupefato.

– Helmut, o que está faltando?

O diretor do centro olhou para o jornalista, fechou a boca e engoliu em seco.

– O tambor – ele conseguiu articular.

– Ah, merda!

3

11h30. Lapônia Central.

Nina estava curvada em sua moto e com o manete do acelerador no ponto máximo. A máquina possante subia sem problemas o íngreme aclive. A espessa camada de neve atenuava o relevo e facilitava o avanço. Ela chegou apenas alguns segundos depois de Klemet ao *gumpi*, que ficava a meia altura de uma colina suave acomodada num gracioso vale. Ela sempre se admirava com o fato de aqueles criadores poderem viver em *gumpi* precários por semanas a fio em pleno inverno, com temperaturas que podiam chegar a trinta e cinco graus negativos, às vezes quarenta, isolados de tudo, a dezenas de quilômetros da aldeia mais próxima. O vento estava mais forte e nada parecia poder contê-lo sobre as montanhas nuas e desérticas, embora o *gumpi* estivesse ligeiramente protegido abaixo do cume. Ela tirou o capacete, reajustou o *chapka* e examinou o *gumpi*. Uma mistura de caravançará e barraca de acampamento em tamanho menor. Saía fumaça de uma chaminé de latão. O *gumpi* era branco, armado sobre grandes esquis que permitiam transportá-lo. Tinha as laterais reforçadas por placas de metal. Era feio, mas a estética importava pouco na tundra.

    Nina olhava para a mixórdia que havia diante do refúgio. A moto de neve do criador de renas, uma bancada exígua para cortar madeira, com um machado semienterrado num dos cepos, galões de ferro ou de plástico, duas caixas metálicas colocadas num reboque de moto, por toda parte pedaços de cordas enceradas, e até a pele e a cabeça de uma rena jogadas ali, na frente do *gumpi*. A neve estava manchada de sangue. As vísceras tinham sido espalhadas no meio de sacos de lixo rasgados, certamente por uma raposa. Nina passou depois de Klemet pela porta estreita e entrou sem bater.

    Mattis se empertigou lentamente enquanto esfregava o rosto.

    – *Bores* – cumprimentou-o Klemet.

    Como sempre fazia, Klemet tinha aproveitado que a ligação ainda estava boa no lago e telefonara para Mattis prevenindo-o de sua visita.

    Nina se aproximou e inclinou-se para Mattis.

    – Bom dia. Nina Nansen. Estou começando na Polícia das Renas, na Patrulha P9, com Klemet.

    Mattis lhe estendeu a mão suja de graxa, que Nina apertou sorrindo para ele.

    A jovem policial olhou em torno de si, impressionada com a desordem e a sujeira. O mobiliário era espartano. À direita, longitudinalmente, algumas estantes entulhadas de galões com líquidos coloridos, caixas de conserva e utensílios pendurados em pregos, tiras de couro, facas tradicionais. Pensando melhor, disse Nina para si mesma, a prateleira estava relativamente em ordem. Seus objetos deviam ser importantes para o criador de renas. E havia também um beliche.

À direita, um fogão e um banco-baú. Entre o leito e o banco, uma mesa comprida e estreita. Na cama superior se acumulavam caixas de comida e sacos plásticos apinhados de roupas. Cordas, cobertas, um macacão de motoqueiro, uma peliça grossa de pele de rena, muitos pares de luvas, um *chapka*, toda uma confusão emaranhada e imunda. Mattis estava deitado na cama inferior, forrada com peles de rena, e tinha metade do corpo enfiada num grande saco de dormir. Sobre o saco havia muitos cobertores rasgados e manchados de comida e graxa.

Uma panela grossa posta em fogo brando esquentava na pequena salamandra. Abaixo dela, outra panela estava cheia de neve derretendo.

Num fio suspenso que atravessava o *gumpi* tinham sido postos para secar dois calções de pele de rena e muitos pares de meias, nada disso muito limpo, e também dois pedaços de pele de rena sem pelos. Dois pares de sapatos de inverno despontavam sob a prateleira.

Nina esquadrinhava com olhos muito abertos o modesto *gumpi*. Teria gostado de tirar fotos, mas não ousava. Era sujo, repugnante. E fascinante. Ela percebia que tinha acabado de pôr os pés num mundo desconhecido. Aquilo ia além de seu entendimento. Como, na Noruega, era possível viver daquele jeito? Em seu próprio país? Aquilo lembrava uma reportagem que vira na televisão sobre um acampamento cigano na Romênia. Só faltavam as crianças seminuas. Ao mesmo tempo Nina se sentia incomodada. Não sabia muito bem por quê. Klemet parecia à vontade. Mas ele era daquela região. Ele conhecia. Aquilo também era um aspecto do mundo escandinavo. Klemet explicara que Mattis não vivia permanentemente ali. Mas mesmo assim. Isto é a Noruega? Na aldeia de Nina, no sul do país, os pescadores tinham cabanas pouco maiores que aquela, instaladas sobre a água, onde armazenavam seu barco e as redes. Nina ia às vezes se esconder ali, quando criança, para observar os grandes barcos de pesca que acostavam na aldeia e dos quais sua mãe a proibia de se aproximar. Os homens levam o pecado dentro de si, dizia ela. Sua mãe via pecado em tudo.

Mas nas cabanas dos pescadores não havia aquela pobreza. Tampouco naquele *gumpi*, aliás, disse Nina para si mesma depois de alguns instantes. Aquele *gumpi* respirava desesperança.

Sua mãe teria sabido cuidar daquela pobre alma. Ela sempre sabia que decisão tomar, sabia distinguir o bem do mal. Nina se perguntou se Klemet fazia aquelas mesmas reflexões ou se o colega era indiferente. Ou então se ele pensava que aquelas condições eram normais ali.

Mattis olhava para os dois com um ar indeciso. Tinha o olhar inquieto.

– Ah, você me assustou no telefone, agora há pouco – disse a Klemet, que acabara de se instalar diante dele no banco comprido. – Quando me ligou, você disse "polícia". Fiquei com um medo danado. Você podia ter dito Polícia das Renas.

Klemet ria enquanto tirava canecas da sacola que tinha nas costas.

– Estou falando sério – prosseguiu Mattis. – Quando a polícia liga, a gente nunca sabe que chateação vai ter. Mas com a Polícia das Renas pelo menos sabemos que nunca é muito sério. Não é verdade, Klemet?

Aquilo pareceu agradar a Klemet. Ele pegou uma garrafa plástica com um líquido transparente.

– Ah, ah – exclamou Mattis. – Você não me engana!

– Não, desta vez é água – garantiu Klemet.

Mattis havia se acalmado. Começou a cantarolar, abrindo os braços na direção de Nina, um dolente canto agudo e cadenciado, às vezes gutural, do qual Nina não entendia nada. Devia ser um *joïk* de boas-vindas. Klemet ouvia sorrindo.

Nina foi se sentar na extremidade do banco, igualmente cheia de manchas.

– Antes de se sentar, você pode trazer a panela que está na mesa? – pediu Mattis.

Nina fitou-o com um olhar severo. Mattis não havia feito a mínima menção de se levantar.

– Claro – disse ela sorrindo. – Você parece muito cansado. Foi bonito o que você cantou.

Nina notou que Mattis mostrava sinais de embriaguez. Ela não gostava de ver gente nesse estado. Isso a deixava constrangida. Ela tirou o *chapka* e procurou um lugar mais ou menos limpo para deixá-lo, depois se levantou graciosamente, pegou a panela e a colocou na mesa. Sem perda de tempo, Mattis mergulhou o garfo na comida e levantou-o espetado num pedaço de carne que começou a mastigar, deixando o caldo gotejar no saco de dormir, do qual não saíra completamente.

– Eu também tive um tio que era cantor de *joïk* – disse Klemet.

– Ah, eu sei. O seu tio Nils Ante era um bom cantor de *joïk*.

– Ele era capaz de improvisar na nossa frente um canto para descrever um lugar, uma pessoa ou qualquer coisa que tivesse acabado de ver e que o tivesse impressionado. Mesmo quando conversava, a fala dele era um pouco arrastada. Parece que estou vendo os seus olhos começarem a brilhar quando ele cantava.

– E o que o seu tio faz agora?

– Ele está velho. Não canta mais.

Dessa vez foi Klemet quem enterrou uma faca na panela para pegar um pedaço, que pôs em sua vasilha. Nina o deixava agir como bem entendesse. Ele estava acostumado a lidar com os criadores de renas. Era preciso sempre ir devagar com eles, Klemet lhe dissera. Ela se perguntava se Mattis de fato tinha o direito de abater uma rena daquele jeito.

Klemet já se debruçava sobre a vasilha, visivelmente com pouca pressa de começar a conversa. Ele notou uma tíbia.

– Posso? – indagou a Mattis.

O outro fez um gesto com a cabeça enquanto pegava um pacote de fumo.

O celular tocou quando Klemet ia quebrar a tíbia da rena com o cabo da faca.

– Diabo! – grunhiu Klemet. Ele olhou por um instante o osso fino, como se esperasse que ele lhe desse uma resposta. Mas o que saía dali eram apenas alguns pedaços de carne cozida na água salgada. Com ar mal-humorado, virou-se para Mattis. O *sami* estava terminando de enrolar um cigarro. Seu queixo brilhava com o caldo. Um pedacinho de carne ficara preso em sua barba. Klemet fez uma careta, sempre com o osso e a faca na mão. Entre dois toques do celular, o que se ouviu foi apenas o vento incessante da Sibéria, que havia dois dias gelava o condado de Finnmark. Como se os trinta graus abaixo de zero não fossem suficientes.

Mattis aproveitou para tirar de debaixo do beliche um galão de três litros. Colocou-o na mesa e encheu seu copo.

O telefone continuava tocando. A cobertura telefônica era às vezes capaz de chegar até mesmo em pleno *vidda*.

O telefone silenciou subitamente. Klemet olhou para a tela. Não disse nada. Nina o olhou com insistência. Seu colega de equipe acabou lhe estendendo o telefone. Nina leu o nome.

— Eu ligo mais tarde — Klemet se limitou a dizer.

Era evidente que os criadores logo ficavam nervosos e impacientes quando os rebanhos se misturavam.

Mattis estendeu o galão na direção de Klemet.

— Não, obrigado.

Ele olhou para Nina, que lhe fez com a cabeça um sinal negativo, agradecendo com um sorriso. Mattis esvaziou metade de seu copo e apertou os olhos numa careta.

Klemet retomou a tíbia e a partiu. Estendeu-a a Nina. Não havia nada de sorridente no rosto da jovem. Ela havia se posto à vontade, recostada no banco e com o macacão bem aberto. Uma temperatura quase aceitável imperava no *gumpi*.

— Você quer?

— Não — respondeu ela secamente. Nina sentia que não ia escapar à piada predileta de Klemet.

Sem pressa, ele levou o osso à boca, olhando fixo para ela, e aspirou ruidosamente um pouco de tutano. Limpou-se com o lado interno da manga. Deu uma piscada para Mattis e se voltou para Nina com o olhar brilhante.

— Você sabe qual é o Viagra do lapão?

Com o olhar indeciso, Mattis observava ora um ora o outro policial, até que Klemet deu uma gargalhada.

Nina olhou para ele. Claro, pensou ela, nos últimos quatro dias de patrulha ela já o ouvira dizer aquilo pelo menos duas vezes.

Mostrando uma boca desdentada, Mattis também riu, um riso de demente que surpreendeu Nina. Ele pegou o osso com tutano e o sugou avidamente.

— Arrá! O Viagra do lapão!

Ele desatou a rir escancarando a bocarra, os tocos de dentes à mostra. Pedaços de carne saíam de sua boca. Nina se perguntava o que ela fazia ali, mas não deixava que isso transparecesse. Sabia que havia naquilo um joguinho de Klemet, e que ele contava com sua capacidade de não ultrapassar os limites. Ela se sentia ainda muito novata no meio dos criadores de renas para dizer a Mattis o que pensava.

O criador, com baba escorrendo pelo canto da boca, estendeu para ela o osso gotejante.

– Vamos, vamos, o Viagra do lapão!

E novamente caiu na gargalhada, olhando furtivamente para Klemet. Depois começou a cantar outro *joïk*, acompanhando com movimentos de mão as partes mais expressivas. Tinha o olhar fixo em Nina, embora parecesse não vê-la. Klemet parecia estar se divertindo. Limpava o canto dos olhos, olhando sorridente para Mattis.

Sempre sentada na beirada do banco, Nina tinha levado os joelhos até embaixo do queixo e abraçado as pernas. Era a posição que adotava quando se sentia contrariada. Embora aborrecida, por diplomacia ela ofereceu ao camponês um polido sorriso de recusa. Estava claro que não era muito frequente eles verem uma mulher por ali.

– Ah, mas eu me sinto em plena forma – insistiu Klemet, lançando um olhar malicioso para Nina.

E Mattis riu novamente, batendo as mãos nas coxas.

– Ei, mas ela é bonita, hein? – disse o criador de renas.

Klemet se levantou subitamente e se serviu de uma concha de caldo. Vendo que ele voltara a ficar sério, Mattis parou imediatamente de rir. Nina tinha se endireitado para se servir de café, dispensando o caldo de rena. Mattis olhou-a de esguelha, examinando com insistência a jovem cujo pulôver azul-escuro se amoldava grosseiramente à forma dos seios. Depois ele deu uma olhada rápida para Klemet e baixou os olhos.

Nina se sentia desconfortável. O camponês, com aquele ar libidinoso, a indignava, embora soubesse que o sentimento mais apropriado em relação a ele seria a compaixão.

– Então, Mattis, as suas renas passaram para o outro lado da estrada. Você sabe que elas estão nas terras do Johan Henrik? Ele ligou para nós.

Mattis se surpreendeu com a mudança brusca de Klemet. Encarou-o com uma expressão tensa, depois se voltou para Nina, fitando seu rosto e depois os seios.

– Ah, é? – disse Mattis com um ar inocente. Ele esfregava a nuca, olhando para Klemet de esguelha.

O telefone tocou de novo. Klemet pegou-o sem deixar de olhar para Mattis. A ligação foi interrompida ainda mais rapidamente. Dessa vez a tela mostrava que era a delegacia de Kautokeino. Esperariam, mais uma vez.

– E então? – prosseguiu Klemet.

Nina observava o criador de renas. Ele tinha as maçãs do rosto salientes e o queixo afundado, a pele cheia de marcas e uma barba que, para um lapão, se podia considerar cerrada. Quando ia falar, dava a impressão de começar por uma careta, os olhos apertados, o lábio inferior recobrindo parcialmente o superior, antes de abrir bem os olhos e a boca. Apesar de incomodada pelo homem, Nina estava fascinada. Nunca havia conhecido alguém assim. Em sua pequena aldeia do sul, às margens de um fiorde a dois mil quilômetros de distância dali, não se viam pessoas assim. Aquilo não existia!

– Ah, eu não sei.

Klemet abriu a sacola e tirou de lá um conjunto de mapas pertencentes à sede. Ele afastou a marmita e latas de feijão cheias de pontas de cigarro. Mattis aproveitou para esvaziar o resto do copo, ainda com uma careta, depois voltou a enchê-lo até a borda.

– Olhe, nós estamos aqui. Aqui é o rio. Ali, o lago pelo qual você vai para o norte para a sua transumância. Neste momento, as renas do Johan Henrik estão aqui e aqui, na floresta.

– Ah, é? – disse Mattis bocejando.

– E as suas atravessaram pelo rio.

– O rio...

Ele gracejou, deu um soluço e voltou a ficar sério.

– Ah, tudo bem, mas é que as minhas renas não conseguem ler o mapa, sabe?

– Mattis, você sabe perfeitamente o que eu quero dizer. As suas renas não podem ficar do outro lado do rio. Você sabe que na primavera vai ser um inferno para você separar as suas renas das do Johan Henrik. Vocês vão brigar, como sempre. Você sabe perfeitamente como dá trabalho fazer a triagem das renas.

– E vigiar o rebanho quando a gente está sozinho, em pleno inverno na tundra, por acaso não é trabalho?

– A sua pastagem de inverno vai de onde até onde? – indagou Nina.

A jovem policial ainda tinha apenas uma visão teórica da criação de renas, adquirida rapidamente durante sua formação em Kiruna. Quando criança, ela havia muitas vezes tomado conta dos poucos carneiros que sua mãe criava. Mais por prazer, aliás, porque os carneiros se cuidavam sozinhos no interior dos fiordes. Na casa dela, ser pastor não era um ofício; no máximo, um passatempo. Que se deva passar a noite em plena borrasca gelada para vigiar as renas lhe parecia algo inacreditável. Ela precisava recorrer a dados concretos e mensuráveis para entender.

Mattis bocejou mais uma vez, esfregou os olhos e tomou um gole de aguardente. Ignorou a pergunta de Nina.

– E por que o Johan Henrik esbraveja desse jeito? – perguntou olhando para Klemet. – É só empurrar as renas dele para a colina. Ele tem muita terra.

– Mattis – disse Nina –, perguntei quais são os limites da sua pastagem.

A jovem tinha falado com muita calma. Ela não podia imaginar que Mattis estivesse ignorando sua pergunta de propósito.

– Isso mesmo, ele tem muita terra – replicou Klemet. – Mas ainda assim você está nas terras dele. É isso. Você é responsável pelo seu rebanho.

– E daí? Quem traçou as fronteiras não fui eu. Foram os funcionários do Departamento de Gestão das Renas, com seus belos lápis de cor e suas regras bem claras, nos seus escritórios bem aquecidos.

Ele bebeu um gole, dessa vez apressadamente. Estava irritado.

– E eu passei quase toda a noite vigiando o rebanho. Você acha que isso tem graça?

– Mattis, você pode por favor me mostrar os limites da sua pastagem? Nina continuava falando suavemente.

– Você não tem ninguém para ajudá-lo? – retomou Klemet.

– Para me ajudar? Quem?

– Às vezes Aslak ajuda você.

— Tudo bem, mas dessa vez não. O inverno foi difícil para todo mundo. E ainda vai nos mostrar mais de sua cara feia. Além disso, as renas não têm alimento suficiente. Elas não conseguem quebrar o gelo e pegar o líquen. E eu já estou cheio. E não tenho dinheiro para comprar ração. Então as minhas renas vão até onde elas têm o que comer. Elas se contentam com o musgo dos troncos de árvores nas florestas. O que eu posso fazer nessa situação?

Ele tomou uma golada maior.

— Mas eu vou ver isso agora.

Mattis esvaziou o copo. Deu um longo bocejo.

— E a senhorita, não quer que eu leia o seu futuro?

— A senhorita gostaria que o senhor mostrasse os limites da sua pastagem.

— Klemet pode lhe dizer. Então nada de futuro? Se é assim, eu vou dormir.

E, sem a menor cerimônia, se virou para o lado oposto, metido no saco de dormir.

Klemet revirou os olhos e fez a Nina um sinal para partirem.

Quando estavam lá fora, Klemet foi dar uma olhada na moto de Mattis. Tocou no motor e ficou um instante observando a máquina.

— Klemet, por que Mattis não me respondeu?

— Ah, o meio aqui é um tanto machista, sabe? Eles não estão acostumados a ver mulheres na tundra em pleno inverno, e muito menos uniformizadas. Não sabem muito bem como administrar isso.

— Hum. E você, você sabe bem?

— O que você está querendo dizer?

— Nada, nada. E os tais limites de pastagem? O seu amigo me disse que você me mostraria.

A neve recomeçou a cair, apesar do frio. Klemet desdobrou o mapa no assento de sua moto e mostrou a pastagem para Nina.

— Mas, então, se é de uma floresta que ele precisa no momento, ele poderia levar o rebanho para noroeste, onde há uma floresta muito maior, que fica bem no meio da sua zona, longe do Johan Henrik.

— É, pode ser. Talvez o rebanho já tenha estado lá. E talvez a maior parte do rebanho dele ainda esteja lá. Podemos ir dar uma olhada, se você quiser – disse Klemet. – E depois vamos ver o Johan Henrik.

Eles voltaram a montar nas motos. Alguns minutos mais tarde, Klemet parou no meio do lago. Ele sabia que naquele lugar seu celular tinha sinal. A primeira mensagem era de Johan Henrik, que parecia exaltado. A segunda, da delegacia de Kautokeino, era mais seca. A Patrulha P9 devia ter toda a prioridade. Johan Henrik teria de esperar.

4

12h. Kautokeino.

Karl Olsen tinha deixado o motor de sua picape ligado. A área de estacionamento, a alguns quilômetros de Kautokeino, estava quase vazia, com apenas um reboque abandonado diante da entrada do cercado das renas, deserto naquela época do ano. O estacionamento não era visível da estrada. Ele se serviu de café, a borda da xícara queimando, e olhou em torno de si. Seria preciso começar logo a verificar o material. Empurrou para cima o boné verde com a viseira escura que tinha a efígie de uma marca de fertilizante e coçou a cabeça suavemente, apertando os olhos. Sim, seria preciso muita cevada este ano. E, além disso, ele queria fazer uma tentativa com os tomates de estufa. A União Europeia estava oferecendo novos subsídios. Não para o mercado local, é claro. Embora os turistas sempre se interessassem por esse tipo de coisa: os tomates da Lapônia. Ele deu uma risadinha.

A notícia do roubo ainda era a sensação no noticiário das nove da manhã. "Foi o primeiro tambor tradicional que retornou definitivamente a território *sami*", explicou o alemão no rádio. "Eram tambores utilizados pelos xamãs. O que foi roubado tem um valor enorme para a população daqui. É um drama para eles, porque há anos essas pessoas brigam para que os tambores voltem de vez para a terra dos seus ancestrais."

Karl Olsen tinha uma expressão contrariada enquanto ouvia a entrevista.

– A terra dos seus ancestrais... que idiota é esse *boche*. O que ele sabe sobre os nossos ancestrais? – Atirou pela janela o resto de café frio. Não se falava em outra coisa desde a manhã, pensou o camponês. Serviu-se de um pouco mais de café.

Alguns minutos depois, um Volvo azul-celeste estacionou perto de sua picape coreana. Um homem magro e bigodudo abriu a porta do carro e se sentou ao lado dele.

– Café?

– Aceito – disse o recém-chegado tirando o chapéu. – Cara, o que é que há? Depressa, não tenho muito tempo.

– Essa história do tambor.

– É. Está todo mundo nervoso.

– Então, Rolf... Conheci bem o seu pai, era um bom sujeito. Acho que ele também gostava de mim.

– E...?

– Você está na polícia há quanto tempo, meu velho?

– Dezessete anos. Foi para falar da minha vida que você me chamou aqui?

– E você voltou para cá faz uns três anos?

– Mais ou menos isso, você sabe perfeitamente.

– Escute, meu rapaz, essa história de tambor, hein, que chatice!

– É, uma chatice mesmo. E daí?

– Esse negócio vai chamar a atenção de todo mundo, eu acho.

– Já chamou a atenção de todo mundo.

– É, é mesmo. Acabei de ouvir aquele alemão idiota: "um *ferdadeiro* drama, um *ferdadeiro* drama" – disse o camponês, imitando o diretor do centro cultural.

Rolf Brattsen era outro que não gostava do alemão. Achava que ele dava importância exagerada aos lapões, mas não ligava tanto para os noruegueses.

Karl Olsen voltou-se um pouco mais para o policial. Ele tinha sempre na nuca uma rigidez que o obrigava a se contorcer para ver seus interlocutores. Olhou Rolf Brattsen de esguelha.

– Escute, Rolf, vou lhe dizer umas coisas. Porque eu sou assim, eu digo as coisas. Você sabe quem eu sou, sabe que eu sou do Partido do Progresso. E você sabe o que se pensa sobre essas histórias de lapões no partido.

O policial ouvia calado.

– Não sei o que você acha disso, mas sei o que o seu pai achava. E o seu pai e eu pensávamos de modo parecido. Você sabe que o seu pai era um bom norueguês, não é? E você, você também é um bom norueguês, não é?

O velho camponês, tendo se cansado de ficar naquela posição, chegou mais para a frente a fim de arrumar o retrovisor, de modo a encarar o olhar do policial sem precisar torcer o pescoço.

– Então, meu rapaz, sei que você é um bom sujeito. O seu pai era um bom sujeito. Você sabe que com ele fizemos os comunas passarem por maus bocados. Muito bem, com os lapões é a mesma coisa. Comunistas e companhia, é o que esses caras são, com suas histórias de direito à terra. Eu sei o que é a terra. A terra resolve sozinha a quem ela quer pertencer, e é a quem se ocupa dela, mais ninguém, entende? E eu, eu me ocupo da terra. E essa porra desse tambor vai provocar esses caras. O meu tambor, a minha terra, essa história toda. A conversa deles não é boa para nós. E, além do mais, isso vai trazer os investigadores de Oslo. Nós não precisamos de gente atrapalhada da capital, hein? Estamos bem, aqui sozinhos, apesar de que a gente estaria melhor sem esses lapões.

O camponês parou de falar para jogar pela janela o resto de café frio e se servir de outro, quente.

– Então me diga, você não é tagarela. Você é como seu pai. Ah, esse era um cara bom. Era correto, um cara de confiança, sabe? Ah, com a gente os comunistas comeram o pão que o diabo amassou. Você se parece com ele, sabe? Ele teria orgulho de você, meu rapaz.

– Escute, Karl – disse o policial subitamente –, esses bostas desses lapões, eu gosto deles tanto quanto você. E não gosto de ver esses bostas desses russos que passeiam na nossa terra, e esses bostas desses paquistaneses que invadem o nosso país. Mas eu sou policial, isso tem de ficar claro.

– Ah, meu filho, você está perdendo as estribeiras – sorriu o camponês de modo afetado, satisfeito com o rumo que finalmente a conversa ia tomando. – Claro que você é um policial, e um bom policial. Eu só queria que você soubesse que não está só. Esses caras não devem começar a pensar demais. E digo para mim mesmo que, se eles não recuperarem esse tambor, o caso talvez não seja tão grave. Senão, isso poderia lhes dar ideias. Olhe só, eles têm a sua própria polícia...

– A Polícia das Renas? A brigada ligeira! Uns idiotas fajutos! – Pela primeira vez o policial mostrou uma reação. – Olhe só – prosseguiu Rolf

Brattsen –, os caras de Kautokeino estão na casa daquele degenerado do Mattis. Aquele débil mental que passa o tempo todo bebendo e cantando em vez de tomar conta das suas renas.

– Ah, eles estão lá? – animou-se o camponês, tentando se voltar para o policial. A reação de Karl foi imediata. – Que ele é um degenerado, isso ele é mesmo. Mas é porque eles se deitam uns com os outros. Você conhece o pai do Mattis?

– Aquele bobão que diziam que era xamã?

– Isso é o que acham, rapaz. A verdade é que o pai do Mattis é o próprio tio dele, irmão da mãe dele, você está entendendo?

Rolf Brattsen balançou a cabeça.

– Bom, preciso voltar para o meu posto. Não sabia que você e o meu pai eram tão ligados – disse o policial. Ele se voltou pela primeira vez para o camponês e o examinou. – Ele nunca me falou de você.

O camponês olhou bem à frente de si.

– Vá fazer o seu trabalho, rapaz – respondeu Karl Olsen sem sustentar o olhar do outro. – E nunca se esqueça dos seus. E de que talvez o melhor seria não ter muita pressa para encontrar esse tambor, porque isso vai pôr contra nós esses lapões comunistas.

5

16h30. Kautokeino.

Klemet Nango e Nina Nansen se aproximavam pela encosta sudeste da aldeia. Eles tinham tomado a "autoestrada", como a chamavam no inverno, subindo o riozinho gelado que passava no meio da aldeia, para ir até o centro, onde ficava a delegacia. A entrada para o público ficava ao lado da Vinmonopolet, a loja do Estado que vendia álcool a varejo, e não era raro os clientes se enganarem de porta.

O clarão do sol já havia desaparecido do horizonte havia muito tempo, mas permanecia uma vaga luz azulada. Klemet e Nina deixaram suas motos de neve no estacionamento, levaram juntos para a garagem cada uma das caixas e depois subiram até o pavimento onde ficavam os escritórios.

– Ah, vocês chegaram bem na hora. Vai começar uma reunião no escritório do Xerife – disse-lhes a secretária da delegacia ao cruzar com eles na escada. – Não estou dando conta das coisas com essa história do tambor.

– O quê? Que tambor?

– Ah, você não está sabendo? Logo vai saber – disse ela mostrando-lhes um maço de papéis. – Fui!

Depois de guardar seu material, os dois policiais se apresentaram na sala de reuniões. Foram recebidos pela voz de Tor Jensen, que havia recebido o apelido de "Xerife" por causa do seu modo de mover os ombros e de usar um chapéu de couro no estilo caubói quando estava em trajes civis.

O Xerife esperou que eles se instalassem. Havia na sala outros quatro policiais. Klemet Nango notou a ausência de Rolf Brattsen, o auxiliar do delegado.

– Na madrugada de domingo para segunda-feira, um tambor lapão foi roubado do Centro Juhl – começou Tor Jensen. – Vocês sabem que esse tambor é especial; foi o primeiro a vir em caráter permanente para a Lapônia. Eu não sou lapão, mas para os lapões parece que é importante. É importante para você, Klemet? Você é o único lapão aqui.

– Acho que sim. Sei lá, não sei – disse ele, parecendo um tanto embaraçado.

– De qualquer forma, está havendo muito barulho em torno disso. Os lapões gritam que de novo estão lhes roubando sua identidade, que eles continuam sendo discriminados etc. Em Oslo estão irritados, evidentemente, sobretudo porque uma conferência importante da ONU sobre as populações autóctones vai começar daqui a três semanas, e os amigos lapões daqui são, como todos vocês sabem muito bem, a nossa querida população autóctone. Você aprendeu isso na escola de polícia, Nina? Isso me espantaria. Enfim, essa história deixa os nossos amigos de Oslo nervosos. Eles gostam muito de ser considerados os primeiros da classe na ONU, sobretudo com todo o dinheiro que recebem, e não gostariam de ser repreendidos por causa de um tambor.

– Já se tem uma ideia do culpado? – indagou Nina.

– Não – respondeu o Xerife.

– Há alguma teoria? – insistiu ela.

– Antes de chegar nisso, vamos começar do começo.

A secretária entrou. Entregou para cada um cinco folhas grampeadas.

– Esse tambor estava numa caixa fechada – recomeçou o Xerife. – Enviada recentemente por um colecionador particular ao museu. O tambor desapareceu com a caixa. Aparentemente nada mais desapareceu. Houve arrombamento. Duas portas foram estouradas. A porta de entrada era de vidro e voou em pedaços. Foto um. E depois a porta dos arquivos. Foto dois. Ela foi forçada, não se sabe como. Há uma planta do lugar. Pronto, virem-se com isso.

Klemet deu uma rápida olhada nas folhas. O conteúdo era escasso. Trabalho desleixado.

– Não custa lembrar: há muita pressão política de Oslo, mas também de políticos lapões daqui. Sem falar na extrema-direita, que tenta ganhar pontos à custa dos lapões e exagera as coisas. Pessoal, rápido para o museu e cavem essa história. Klemet e Nina, vocês vão reforçar a patrulha na aldeia. Parece que as coisas estão meio agitadas.

– E as teorias? – perguntou Nina com um sorriso gentil. Já era a segunda vez naquele dia que um interlocutor evitava responder às suas perguntas, e ela estava começando a achar aquilo irritante.

O Xerife a observou por um instante em silêncio.

– Tudo o que se sabe é que uma vizinha – ele olhou de relance para o magro relatório –, Berit Kutsi, ouviu uma moto durante a noite. Embora isso seja normal, com as idas e vindas dos criadores de renas a qualquer hora do dia e da noite, nesse lugar não é comum. As marcas foram apagadas pela tempestade de neve. Ah! A investigação foi confiada ao Rolf. Quero vocês na reunião amanhã de manhã.

Depois que os outros saíram, o Xerife indagou:

– Klemet, como estão as coisas no *vidda*?

– Estão voltando a ficar tensas. Inverno ruim. Para os pequenos criadores, é muito difícil. Acho que vamos assistir a uma escalada de conflitos.

– Klemet, seria bom se nessa conferência não tivéssemos uma quantidade muito grande de pepinos, se é que você me entende.

Klemet fez um ar de enfado.

– Vá falar isso para as renas.

– E você vá dizer isso aos criadores; é o seu trabalho. Enquanto espera, leve a Nina para dar uma volta na aldeia. E é para trabalhar, Klemet, não para ficar de papo com ela.

– Você me cansa, Xerife.

– Conheço você, Klemet.

Klemet e Nina rodaram de moto algumas centenas de metros na estrada de Alta até o entroncamento. O local era chamado apenas de "o entroncamento", por ser o cruzamento estratégico de Kautokeino. A estrada vinha de Alta, do lado setentrional, e seguia para a Finlândia e depois para Kiruna, na Suécia. Os veículos pesados a tomavam para ir do sul ao norte da Noruega. Embora os obrigasse a atravessar duas fronteiras, sua vantagem era ser direta, sem passar pela interminável estrada dos fiordes noruegueses. O eixo perpendicular ia menos longe. De um lado, até o estacionamento do supermercado, e do outro, até a estrada que dava acesso a várias empresas e, mais adiante, à imponente igreja de madeira que se via dali, sobressaindo-se um pouco.

Uma dúzia de pessoas ocupava o centro do entroncamento. A maioria vestia a tradicional roupa *sami*, cujas cores vivas se destacavam na neve. Duas mulheres idosas seguravam uma faixa visivelmente feita às pressas e quase ilegível. As letras escorriam. "Entreguem o nosso tambor." Não é preciso dizer mais nada, pensou Klemet. Um grupo se postava em torno de um braseiro. A temperatura estava ligeiramente mais razoável, pouco menos de vinte graus negativos. Mas o frio era cortante por causa do vento.

Os policiais deixaram as motos no estacionamento, ao lado do braseiro. A circulação de veículos era pequena, como de costume, aliás. Uma mulher, que parecia beirar os sessenta anos, voltou-se para eles e lhes ofereceu café.

– Então, Berit, o que você faz aqui? – perguntou-lhe Klemet.

Ele conhecia Berit Kutsi havia muito tempo. Sua pele fina colava-se firmemente ao contorno do rosto. As maçãs salientes puxavam para o alto as faces, que só enrugavam quando ela sorria. Seu rosto inspirava muita bondade, e as pálpebras levemente caídas no canto dos olhos acentuavam um olhar cheio de simpatia. Ele conhecia todos os manifestantes. Eram lapões, mas nenhum deles criava renas, com exceção de Olaf, o mais jovem do grupo. Olaf estava debruçado sobre o vidro aberto de um veículo e conversava com o motorista. Os outros pastores não tinham tempo para ficar ali. Estavam no *vidda*, tomando conta das renas ou dormindo para se recuperar da noite insone no frio, como sem dúvida era o caso de Mattis naquele momento. Tentando esquecer que dentro de algumas horas seria preciso voltar a sair no tempo gelado, sob o açoite do vento, seria preciso voltar a vestir suas camadas de roupas, esquecer a ressaca, avançar com a moto sozinho na tundra, esperando que não houvesse nenhum acidente. Mais uma vez haviam encontrado pastores mortos de frio não longe da moto que se chocara contra um rochedo escondido sob a neve. Criador de renas era considerado, com razão, o ofício mais perigoso do Grande Norte.

– Olha só, a moça é bonitinha – disse Berit rindo. – Klemet, seu danado. Abre o olho, menina – acrescentou ela, voltando-se para Nina. – Pode ser que não pareça, mas o Klemet é um mulherengo. Cuidado com o seu traseiro.

Nina olhava para Klemet com um sorriso um pouco envergonhado. O policial percebia que a jovem parecia surpresa com a conversa direta das pessoas do Norte, que devia destoar da reserva dos escandinavos do Sul.

Klemet e Berit se conheciam desde a infância. E ela sempre fazia brincadeiras pesadas com ele.

– Berit, foi você quem ouviu a moto na frente do museu?

– Foi. Já contei tudo para o Rolf. Quando ouvi a moto, pensei que era um criador que vinha do vale pelo lado norte, do outro lado da colina, onde fica o centro – precisou Berit para Nina. – Naquela direção tem rebanhos. Mas a moto parou na frente do centro, o que nunca acontece durante a noite, e o motor continuou a funcionar na marcha lenta.

– Que horas eram?

– Mais ou menos cinco da manhã, talvez, ou então mais cedo. Acordo quase sempre a essa hora e depois durmo de novo. Mas foi o barulho do motor que me acordou quando ele foi embora.

– A senhora viu a moto ou a pessoa? – indagou Nina.

– Teve um momento em que os faróis iluminaram o meu quarto como se fosse de dia. Na hora não consegui ver o piloto. Pelo menos não vi a cara dele. Mas quando ele foi embora, vi que vestia um macacão alaranjado, como o dos trabalhadores de estradas.

Era pouco. Ao contrário do que pensava o Xerife, o desaparecimento do tambor não atingia Klemet mais do que realmente era, ou seja, apenas um delito. Klemet nunca fora um lapão muito ortodoxo. Havia várias razões para isso. E ele não gostava muito de evocá-las. Menos ainda diante de não lapões.

Berit havia voltado para a margem do entroncamento, com outros manifestantes que bloqueavam o acesso à estrada da igreja.

Olaf, o manifestante mais jovem, que devia ter uns quarenta anos, avançou na direção dele com um andar orgulhoso e enérgico, maxilar sugerindo determinação e boca ávida sob as maçãs salientes. Tinha cabelos pretos meio longos e ondulados, que contrastavam com o cabelo castanho à escovinha de Klemet.

– Olhe só! Agora temos a polícia. – Ele falava rápido. – O que você quer de nós? Já encontrou o tambor, Klemet? Moça, bom dia – disse ele com um olhar sedutor para Nina.

– Bom dia – respondeu Nina com um sorriso polido. Klemet achou dispensável cumprimentá-lo.

– Klemet, se você ainda tem um pouco de sangue lapão, precisa entender que o roubo desse tambor é um escândalo. Uma punhalada! Nós, lapões, nunca vamos aceitar isso. É a gota d'água que fez a coisa transbordar, entende? Você consegue compreender isso ou esqueceu que é lapão?

– Escute, Olaf, abaixe essa voz, está bem?

– Você viu esse tambor? – perguntou Nina.

– Não. Acho que ele só seria exposto daqui a algumas semanas.

– Por que ele é tão importante? – prosseguiu Nina.

– É o primeiro tambor que volta para a Lapônia – respondeu Olaf olhando alternadamente para os dois policiais. – Durante décadas, pastores suecos, dinamarqueses e noruegueses nos perseguiram para confiscar e queimar os tambores dos xamãs. Eles tinham medo. Pense bem: nós podíamos falar com os mortos ou curar. Eles queimaram centenas de tambores. Sobraram apenas uns cinquenta em todo o mundo, nos museus de Estocolmo ou em outros países da Europa. E até com colecionadores. Mas nenhum conosco, na nossa própria terra. É incrível, você não acha? E então chegou, enfim, esse primeiro tambor. E ele é roubado? Isso é provocação!

– Quem poderia ter interesse em fazer isso? – indagou Nina.

– Quem? – Olaf esticou o queixo e passou a mão pelo cabelo. – Quem, na sua opinião, tem interesse no desaparecimento desse tambor? Os que não querem que os lapões levantem a cabeça, claro.

Klemet observava Olaf. O camponês o enervava com seus ares de grandeza. Embora fosse criador de renas, Olaf Renson sempre conseguia tempo para participar daquele tipo de manifestação. Mas era um caso particular. Um militante linha-dura da causa lapona desde meados dos anos 1970. Naquela época, muitas companhias norueguesas, chilenas, australianas, entre outras, instalaram canteiros de minas ou de barragens na Lapônia. Uma dessas empresas, a chilena Mino Solo, tinha despertado a animosidade de todo mundo por causa dos seus métodos pouco ortodoxos, provocando manifestações nas quais Olaf Renson tinha sido uma figura de destaque. Com isso ele havia firmado uma sólida reputação de militante e justiceiro. Muitas vezes ele fazia pesar a consciência de Klemet.

Dois caminhões tinham chegado no entroncamento. Foram bloqueados pelas duas velhinhas laponas que ficavam sistematicamente alguns segundos na frente de qualquer veículo antes de deixá-lo prosseguir. Os motoristas – suecos, de acordo com a placa – não pareciam irritados. Na outra direção, muitos veículos se enfileiravam. O motorista de um Volvo vermelho começou a buzinar e foi logo seguido por outro. As velhinhas miúdas continuavam no mesmo ritmo, com seus cinco segundos diante de cada veículo.

Um dos caminhões havia chegado na altura do entroncamento. Tinha na cabine duas pessoas. O motorista sueco parecia dar risada, dava tapinhas no cotovelo do passageiro, que Klemet reconheceu como sendo Mikkel, um pastor dali que trabalhava para os criadores mais ricos. O motorista baixou o vidro e, apesar do frio, repousou na janela o braço tatuado. Klemet não estava longe e pôde ouvir o motorista sueco gritar com voz retumbante para uma das laponas:

– Ei, velha, você ainda transa?

A velha, felizmente, não entendeu. Estourando de tanto rir, o motorista deu uma batida na mão do passageiro e então pôs o veículo em movimento. Indignado, Klemet balançou a cabeça. Sentia vergonha por eles.

Olaf havia retornado do outro lado do entroncamento. Mostrando altivez no caminhar, dirigiu-se para o Volvo vermelho e encarou o motorista sem dizer nada. Voltou o olhar para Klemet, como se o estivesse desafiando. Depois, com ares de lorde, fez sinal para que o motorista passasse.

Johan Mikkelsen, o jornalista, acabara de chegar. Estendeu o microfone para Olaf, que assumiu um ar exaltado. Klemet podia quase ler em seus lábios o que ele dizia. Olaf fazia gestos largos, com a postura arqueada que o distinguia. Quando a entrevista estava começando, um micro-ônibus veio buzinando pela estrada que levava ao supermercado. O jornalista esticou o microfone para a buzina. Isso daria uma boa ambientação para o jornal das seis da tarde. Um homem encorpado saiu berrando do ônibus. Era o pastor, que se dirigia à sua igreja. Tinha uma cabeça brutal e traços grosseiros e, com sua farta barba loira, parecia um açougueiro vociferante.

Klemet e Nina atravessaram o entroncamento.

– Liberem esta estrada imediatamente! O que deu em vocês?

O pastor estava fora de si. Os três velhos manifestantes que bloqueavam a estrada se afastaram calmamente para deixá-lo passar. Então ele se acalmou.

– O que está acontecendo, amigos?

– Ah, senhor pastor, é o tambor – disse um dos homens.

A cara do pastor se contraiu numa expressão mal-humorada.

– O tambor, o tambor. Vamos, meus amigos, essa história de tambor é muito aborrecida. Mas tudo bem, vocês vão encontrá-lo, vamos. Voltem para casa e não bloqueiem a minha estrada.

Olaf aproximou-se do pastor ao mesmo tempo que os dois policiais e o jornalista, que continuava com o microfone ligado.

– Não é a sua estrada, pastor, e esse tambor não é um tambor qualquer, você devia saber disso melhor que todo mundo, porque foram os seus antecessores que queimaram os outros.

Diante do pequeno grupo, a expressão do pastor se tornou afetada. Mas a boca contraída mostrava que ele estava se controlando.

– Vamos, meus filhos, tudo isso é passado. Você sabe muito bem, Olaf. Pelo menos devia saber, em vez de agitar essa gente boa.

– Agitar? Esse tambor é a nossa alma, a nossa história!

O pastor explodiu mais uma vez.

– Esse tambor desgraçado é um instrumento do diabo! E vocês, a polícia, seriam muito amáveis se liberassem o acesso à igreja. Estou esperando os fiéis.

Klemet não se sentia à vontade com aquele pastor. Ele pertencia à seita luterana dos laestadianos, que não eram nada brandos. Eles o faziam lembrar muito a sua família.

– Olaf, você pode continuar se manifestando, mas libere a estrada, está claro? – intimou Klemet Nango.

– Ah, o puxa-saco decidiu a questão – escarneceu Olaf. – Sempre do lado da autoridade, não é, Nango? Afinal de contas, você usa o uniforme. Vamos, gente, deixem passar o senhor incendiário de tambores.

O pastor fuzilou-o com o olhar.

– E o senhor, pastor, volte para a igreja e guarde para si os seus comentários.

Quem falou foi Nina, e todos a olharam cheios de espanto. Olaf lhe dirigiu um sorriso. Mas a atenção geral já se voltara para o entroncamento.

As buzinas tinham redobrado. A fila continuava aumentando. Era a hora de ir para o trabalho. Espremido entre os outros, Karl Olsen descarregava na buzina sua exasperação. O camponês estava vermelho de nervoso. Ele avistou Berit Kutsi.

– Meu Deus, fale para eles me deixarem passar, Berit!

– Ah, vou falar para eles acelerarem um pouco – disse Berit, reconhecendo o camponês.

– Escute, você não tinha de ir trabalhar no sítio hoje? – retruca Olsen secamente.

O camponês resmungou, acelerou ferozmente e desapareceu no meio das buzinas.

– Ele não parece muito amável – disse Nina a Berit.

– A vida não é sempre muito amável nestas bandas. Mas os corações bons velam e respiram no *vidda*. Fique com Deus – saudou-a Berit, afastando-se.

6

Terça-feira, 11 de janeiro.
Nascer do sol: 11h14; pôr do sol: 11h41.
27 minutos de luz solar.

8h30. Kautokeino.

O episódio da véspera havia mergulhado a Patrulha P9 no centro de turbilhões insólitos para a Polícia das Renas. Nina, recém-diplomada na escola de polícia, estava sem dúvida mais bem preparada, pois acabara de passar dois anos em Oslo, respirando uma atmosfera na qual as questões políticas e sociais eram discutidas acaloradamente. A cena do entroncamento provara a ela que apesar das aparências as tensões existiam, mesmo ali. Ela ignorava totalmente aquelas histórias dos *sami*. Certa ocasião, um deputado do partido populista havia se preocupado com a possibilidade de um tribunal *sami,* que trataria exclusivamente das questões *sami*. "E o que vem depois, um tribunal paquistanês!?", protestara ele. As críticas tinham sido intensas, mas a questão não havia avançado. As pessoas começavam a se acostumar com os excessos do Partido do Progresso.

A primeira visita naquela manhã era dedicada a Lars Jonsson, o pastor de traços fortes e calombos na cabeça. A viatura tinha precisado forçar a passagem pelo entroncamento, ainda ocupado por uma dezena de lapões que seguiam o ritual da véspera. Os policiais não escaparam. Berit Kutsi se afastou depois de cinco segundos e cumprimentou Nina e Klemet com um aperto de mão. Klemet tomou "a estrada do pastor". Parou a viatura no terreno aplainado diante da suntuosa igreja de madeira vermelha. O pastor estava trabalhando na sacristia.

Klemet não gosta desse pastor, e isso é visível, percebeu Nina. Os policiais de Kautokeino tinham distribuído os interrogatórios. O inspetor Rolf Brattsen e seus homens se encarregaram de fazer a ronda de rotina da noite de sábado. Os jovens desempregados se encontravam no bilhar do bar e muitas vezes terminavam a noite numa névoa etílica que podia levá-los a fazer bobagens. Na opinião de Brattsen, as ocorrências nunca eram muito graves: latas de lixo viradas, vizinhos acordados, corridas de veículos ou de motos de neve no lago gelado, tiros nas lâmpadas da rua, moças importunadas ou um pouco incomodadas. Ele ia interrogar um a um esses tipos imprestáveis e logo saberia se tinha sido um deles que havia bancado o espertinho no Centro Juhl. A Klemet e Nina coubera a ronda dos outros, a "dos políticos", como dizia Brattsen com desprezo: o pastor, os representantes do FrP e qualquer outro suspeito em potencial.

– Bom dia, Lars, viemos aqui por causa do tambor – começou Klemet.

– Ah, o tambor. Estão me acusando de ter queimado esse tambor, imagino? – O pastor respirou fundo. – É uma má ideia trazer tambores para cá. E você sabe por que, moça? Não é pelo tambor em si, mas por causa de tudo o que vem com ele. O tambor são almas que vagam; é o transe e as perturbações que o acompanham, os meios utilizados para entrar em transe. É o álcool, moça. O álcool e os estragos que ele faz. Nunca vou aceitar isso – trovejou.

Os dois policiais ficaram em silêncio por um momento. O pastor tinha os olhos flamejantes e o maxilar trêmulo.

– Vejam, foram necessárias décadas para tirar os *sami* dessa espiral maléfica. Somente a graça de Deus e a rejeição das crenças antigas os salvaram. E no entanto eles estão bem, podem acreditar, eles temem a Deus, e é assim que deve continuar. Um tambor é a volta do mal. A anarquia, os sofrimentos do álcool, as famílias desfeitas, o fim de tudo o que construímos aqui durante cento e cinquenta anos.

Nina se considerava ignorante demais sobre a questão para argumentar com o pastor, mas viu que Klemet se mexia na cadeira.

– Eu não conheço atualmente muitos *sami* adeptos do xamanismo – retorquiu Klemet.

O pastor o fuzilou com o olhar.

– O que você sabe, homem de pouca fé? Desde quando você se interessa por essas coisas, pela saúde das almas? A sua família, sim, mas e você? Na juventude você frequentava mais as oficinas mecânicas e as festas que a igreja.

– Pastor – interrompeu-o Nina –, o que nós queremos saber é quem pode ter tido interesse em roubar o tambor.

– E em queimá-lo, não é mesmo? Se eu estivesse com ele, logo o queimaria, podem acreditar! – Ele se acalmou subitamente. – Isso é uma forma de dizer, claro. Respeito a cultura dos nossos amigos *sami*. Desde que a coisa fique no plano da cultura, não é mesmo?

– O senhor tem um modo muito desdenhoso de falar desse assunto – disse Nina incisivamente.

– Desdenhoso? Não, não. Não me interprete mal. Mas eu sei o que fermenta por trás. Conheço a atração dessas forças maléficas. Eu as combato. Nosso mentor, Laestadius, enxergou antes de todo mundo como salvar os *sami*. E não se deve mostrar a menor fraqueza – ele se exaltou novamente.

– Lars, onde você estava no domingo à noite?

– Klemet, olhe bem o que você fala! Você me acha mesmo capaz de roubar esse tambor?

Nina achava que o pastor tratava seu colega com muita intimidade. E arrogância. Ela não gostava nada daquilo.

– O senhor pode se limitar a responder – intimou ela num tom que não tentava ser amável. – E não se esqueça de que está falando com um oficial da polícia.

O pastor lhe dirigiu um sorriso amarelo.

– Depois da missa do domingo, eu sempre passo o resto da tarde em família, com minha mulher e minhas quatro filhas. Fazemos um grande passeio, levando suco de mirtilo quente e biscoitos de aveia. É o único dia da semana em que comemos guloseimas. Minha mulher as faz de manhã. E à noite eu superviso os deveres das minhas filhas e depois nós jantamos cedo, algumas fatias de pão com manteiga e mel. Palavra de honra, é mais ou menos isso. Depois do jantar lemos a Bíblia e vamos dormir muito cedo. E foi assim no último domingo. Minha mulher e minhas filhas podem confirmar.

– O senhor notou se a presença desse tambor perturbava algumas pessoas? – perguntou Nina em seguida.

– Tenho pensado nisso. Alguns paroquianos me falaram nele. Talvez eles não vissem os mesmos riscos que eu, e não posso censurá-los por isso. São pessoas simples, como deve ser, pois Deus ama as pessoas simples. Eu os tranquilizei, claro, pois cabe ao pastor tranquilizar seus paroquianos. Mas não acho que algum deles seria capaz de cometer um delito desses. Os meus paroquianos são tementes a Deus e respeitam a lei dos homens, posso garantir – encerrou, num tom de desafio.

Em Kautokeino não havia truculência nas ruas. O máximo que se precisava fazer era orientar as pessoas a agir do modo certo. Isso quando não se tratava de problemas com renas, claro, pois nesse caso as regras não eram mais as mesmas. Kautokeino era relativamente poupada dos problemas com drogas. Elas existiam ali, como aliás em toda parte, mas os traficantes eram geralmente motoristas em trânsito.

Rolf Brattsen sabia onde encontrar seus suspeitos favoritos quando eles não estavam na escola ou no trabalho. Ou não fazendo nada, quando desempregados. Eles se dedicavam ao hip-hop *sami* ou a esse tipo de coisa da moda. O melhor, pensou ele com seus botões, seria poder rapidamente prender um deles. Uma prisão preventiva, que fosse. Às vésperas dessa conferência da ONU, isso lhe seria bem favorável. Diferentemente da Polícia das Renas, ele trabalhava em trajes civis. O que no entanto não mudava nada. Ele era reconhecido de longe. Esse é o inconveniente dos lugares onde se fica por muito tempo, pensou Rolf. Ele relembrou a reflexão de Karl Olsen sobre os muitos anos passados na polícia dali. E o que ele ganhara? Em Kautokeino, os *sami* sempre levavam a melhor. O Estado tinha a consciência pesada demais com relação à sua população autóctone pelos maus-tratos no passado. Vai entender! Resultado: não era permitido bater muito forte. Figurante, eis ao que Rolf tinha sido reduzido: a um figurante. Ele parou a viatura atrás do teatro e ficou contente por ver três jovens em pé fumando e tomando cerveja. Os rapazes não se mexeram quando ele desceu da viatura.

Todos os três o conheciam. Ele já os havia detido por coisas de pouca importância. Era o seu modo particular de proceder. Aqueles sujeitos precisavam sentir que ele estava de olho neles e que ao menor deslize a delegacia e a cela dos bêbados estavam à espera. Manter a pressão. Não pensem eles que tudo lhes é permitido aqui sob o pretexto de serem *sami*.

– E aí, estão revendo a matéria?

Os jovens continuaram fumando seus cigarros enrolados. Eles se olharam sorrindo. Não se notava neles nenhuma preocupação, observou o inspetor Brattsen.

– Passaram bem o fim de semana?

– Passamos – respondeu por fim um deles, que apesar do frio só usava tênis.

– Festas?

– Sim.

– A que festa vocês foram no domingo?

– No domingo?

O do tênis, que vestia um casaco Canada Goose com penas de ganso, como muitos jovens dali, pareceu refletir.

– Seja qual for, você não foi convidado – disse ele corajosamente, provocando o riso dos amigos.

Seu olhar exprimia outra coisa. Ele podia ter muitas razões para isso, pensou Brattsen.

– Belo casaco – comentou Brattsen.

O jovem não respondeu, tragando o cigarro.

– Posso dar uma olhada nele?

Brattsen examinou o casaco. Puxou um pedacinho que se destacava na manga e então uma pluma se soltou. Ele a examinou com atenção. Observou com a mesma atenção o agasalho dos dois outros jovens, que agora se entreolhavam nervosamente.

– Dá para pensar que houve um voo de gansos selvagens por aqui nos últimos tempos. No entanto, não é época de migrações – disse Brattsen.

Os três jovens o olharam sem entender.

– Ora, gente, vocês acham que eu sou idiota? Esses casacos são imitação. Caíram de um caminhão, foi isso?

Seu comentário foi recebido por um longo silêncio.

– Não entendi!

– Não dá para esconder nada do senhor, inspetor – disse o do tênis, que tinha acabado de fumar e afundara as mãos nos bolsos.

– Então diga, Erik, você resolveu me irritar hoje. Em que festa vocês estavam no domingo, quem viu vocês, até que horas vocês ficaram lá, por onde vocês voltaram para casa, quais foram as outras festas? Quero saber tudo, e imediatamente! Do contrário, enfio essas plumas falsas, uma a uma, vocês sabem onde!

Erik olhou rapidamente para os amigos.

— Domingo só teve uma festa, que foi na casa do Arne, no Albergue da Juventude.

— Perto do Centro Juhl? Veja só! Muito bem, venham comigo para me contar tudo isso tranquilamente no calorzinho da delegacia, meus meninos.

Quando os dois policiais voltaram à viatura, depois de terem saído da igreja, Nina comentou com o colega:

— Klemet, me pareceu que você não gosta desse pastor.

Antes de responder, o policial a fitou longamente e pôs o indicador sobre os lábios.

— Psiu. Agora não. Você vai me estragar o momento mais mágico do ano.

Nina olhou para ele sem entender. Klemet pegou o *Finnmark Dagblad* do dia e lhe mostrou a última página, onde estava a previsão do tempo. Nina entendeu logo e sorriu. Ela consultou o relógio. Faltavam menos de quinze minutos. Klemet dirigia velozmente. Ele passou pela delegacia, continuou até a saída de Kautokeino e tomou uma trilha que serpentava até o alto da colina que dominava a aldeia. Por fim parou. Outros veículos e motos de neve já estavam estacionados ali. Alguns moradores da aldeia tinham estendido peles de rena no solo e estavam instalados sobre elas com garrafas térmicas e sanduíches. Crianças corriam gritando, a mãe dizendo-lhes para se calarem. As pessoas se envolviam em parcas, cobertores, *chapkas*. Algumas ficavam dando pulinhos sem sair do lugar. Ninguém desviava o olhar do horizonte. O clarão magnífico se refletia cada vez mais ardentemente em algumas raras nuvens que repousavam à distância. Nina tinha saído da viatura. Olhou o relógio. 11h13. Via-se agora nitidamente um halo vibrante agitar o ponto do horizonte que todos miravam. Nina teve o reflexo de mergulhar a mão no bolso do macacão, mas ao ver a evidente emoção de Klemet se conteve e não lhe pediu que tirasse uma foto. Discretamente tirou uma foto dele e se voltou para aproveitar o instante. As crianças tinham se calado, o silêncio era impressionante, digno do momento. Nina não conhecia esse fenômeno no sul da Noruega, mas sentia plenamente seu poder carnal e até espiritual. Como Klemet, ela se encostou na viatura para se oferecer enfim ao primeiro raio de sol. Virando a cabeça, viu Klemet recolhido, os olhos quase fechados. O sol tinha dificuldade em decolar. Demorava-se próximo ao horizonte. Klemet parecia agora observar sua sombra na neve como se descobrisse uma obra de arte magnífica. Depois as crianças voltaram a brincar, e os adultos davam tapinhas nas mãos ou pulinhos sem sair do lugar. O sol tinha cumprido sua palavra. Todo mundo estava tranquilizado. A espera, quarenta dias sem sombra, não tinha sido em vão.

Depois do nascer – e do pôr – do sol, Klemet e Nina tinham ido almoçar no Villmarkssenter. O nome da pousada – "o centro das terras selvagens" – se adequava perfeitamente às condições do lugar.

Longe da costa, no interior da Lapônia, a aldeia de Kautokeino tinha cerca de dois mil habitantes. Dos montes que dominavam a aldeia, de cada lado do rio, se via o *vidda* até muito longe, mas não o suficiente para se ter uma ideia da verdadeira extensão desse distrito rural do tamanho de um país como o Líbano. Outros mil habitantes, também eles criadores de renas, povoavam o resto desse município imenso, vivendo em lugarejos isolados.

Eles escolheram o prato do dia, um picadinho de rena ao molho pardo com geleia de *lingonberry* e purê. Antes de começar, Nina havia tirado uma foto de seu prato. Durante toda a refeição ela mostrou uma curiosidade inesgotável pela gastronomia *sami*. Quando pareceu satisfeita, Klemet lhe disse o que havia ruminado desde a primeira garfada.

– Nina, não tente tomar a minha defesa num interrogatório. Diante do pastor ainda passa, mas nunca diante de um criador de renas. Você está me entendendo?

– Não, não entendo. Se alguém desrespeita um policial, me desrespeita também. Eu não posso dar a impressão de que não ouvi.

– Não se trata disso, Nina. Os *sami* têm uma relação particular com a autoridade, você vai perceber. Uma relação um pouco... fora de moda. Na qual os papéis são importantes.

Klemet esperava que Nina compreendesse com meias palavras. Mas ela o olhava, esperando o final da história. Ele resolveu parar por ali. Mads, o dono do albergue, veio lhes servir o café e se sentar à mesa com eles.

– Então, como vão as coisas? – indagou Klemet.

– Calmas, calmas. Um francês, alguns motoristas, um casal de turistas dinamarqueses idosos. O normal para este período do ano. E com você?

– Um pouco menos calmas que o normal nesta época do ano – disse-lhe Klemet sorrindo. – Eu não lhe apresentei a Nina, minha nova colega. Ela vem do Sul, da região de Stavanger.

– Bem-vinda, Nina. Está gostando daqui?

– Muito, obrigada. É tudo novo para mim.

– E você começa com um caso engraçado, essa história do tambor...

– É, mas isso na verdade não é da nossa alçada – retificou Nina. – Só estamos dando uma ajudinha. Aliás, agora à tarde vamos verificar alguns casos de renas acidentadas em Masi. A rotina da Polícia das Renas está atarefada.

– E Mattis ainda tem renas que passeiam por aí. É preciso telefonar para os vizinhos para que eles deem uma olhada. Nina, vamos passar também no Departamento das Renas quando voltarmos de Masi para saber como está a situação do rebanho dele.

– Mas que história, essa do tambor! – insistiu Mads. – Todo mundo só fala nisso.

– E o que estão dizendo?

– Ah, são boatos. Falam da máfia russa, de antigos xamãs. Se quer saber o que eu acho, para mim são delírios. As pessoas se perguntam principalmente o que esse tambor tinha de especial.

– Nós também – disse Klemet, fazendo um sinal de partida para Nina.

A breve aparição do sol já não era mais que uma lembrança distante quando, no fim da tarde, a Patrulha P9 entrou na delegacia. Nina havia preenchido pela primeira vez um auto de acidente com rena. Ela se surpreendera ao ver o formulário específico para esse auto, em que era preciso circundar no desenho da rena as partes em que o animal havia se ferido. Eles levavam também os pares de orelhas cortados com a marca do proprietário, que iriam se juntar a outros pares de orelhas no congelador da Polícia das Renas. Eram provas, mas também a certeza de que o criador não poderia pedir duas vezes a indenização pela mesma rena.

No Departamento das Renas, eles ouviram uma exposição sobre a situação administrativa do rebanho de Mattis que os deixou um tanto entediados. E já estavam voltando para a viatura quando o telefonte de Klemet tocou. Ele ouviu e desligou rapidamente. Seu olhar exprimia uma emoção que Nina ainda não tinha visto nele.

– Vamos diretamente para o *gumpi* de Mattis. Encontraram o corpo dele.

7

19h45. Lapônia Central.

Klemet e Nina pararam as motos de neve e não desligaram os faróis. Nina hesitava em deixar o calor do motor. Estava exausta. Eles tinham feito o caminho de volta em plena noite, sendo obrigados a redobrar a atenção. Ela olhou para Klemet. Ele parecia impassível. O frio e o cansaço não pareciam afetá-lo. Ele se dirigiu para o *gumpi*, visível num halo de luz. Em volta do abrigo espalhavam-se os galões, as pilhas de madeira, as cordas. Nina reconheceu a desordem que vira ainda naquela manhã.

– Ora, vejam só, a polícia montada – disparou um homem que saía do *gumpi* e que Nina não identificou imediatamente por causa do macacão e do *chapka*. Seu tom não pretendia ser simpático. Nina reconheceu Rolf Brattsen. O ambiente estava iluminado pelos faróis das motos. A neve pulverizada rodopiava nos feixes de luz. Sombras passavam. A cena parecia irreal.

– Depois de trazer todas as renas de volta para o pasto você começou a se aborrecer? – prosseguiu Brattsen.

Nina não sabia por quê, mas aquele policial não parecia gostar de Klemet.

– Ele é assim com todo mundo – sussurrou-lhe Klemet, antecipando-se à pergunta. Ele olhou em torno de si. Já havia esquecido a frieza da acolhida.

– Então diga lá, Bobola, desde quando a Polícia das Renas banca a polícia de verdade? Não foi uma rena que mataram aqui. O que está fazendo no pedaço?

– Ordem do Xerife – respondeu Klemet. – Talvez seja um conflito entre criadores.

– Conflito entre criadores, essa não! Conflito entre bêbados, isso sim!

– Bobola? – sorriu Nina olhando para o colega.

– Nina...

– Hein?

Klemet não parecia disposto a sorrir.

– Vai trabalhar

Nina ainda estava sorrindo, e isso irritou Klemet. Ele continuava ignorando o outro policial.

– É bonitinho.

– Nina!

– Estou brincando.

Klemet ultrapassou o *gumpi*. Outros dois policiais estavam ocupados um pouco mais acima, no flanco da colina que protegia o *gumpi* do vento leste. O caminho tinha sido marcado na neve espessa por uma moto que iluminava o local.

– Olá, Klem – disse um policial ao vê-lo.

– Olá.

– Dê uma olhada. Você nunca viu isso.

O corpo jazia sobre um rochedo achatado. A neve havia sido parcialmente retirada.

– Meu Deus – resmungou Klemet com uma careta. – Meu Deus!

Nina havia parado atrás dele. A brisa fria tinha sobre ela um efeito anestesiante. Felizmente. O criador estava deitado de costas, o corpo aparentemente azulado, ou então com a cor alterada pelos faróis de moto que esculpiam no seu rosto sombras inquietantes, olhos abertos, conforme ela pôde ver quando um policial soprou a película de neve. Nina olhou o rosto. E descobriu os terríveis ferimentos, tão incongruentes naquele lugar pacífico e magnífico: as duas orelhas do criador tinham sido cortadas. A carne estava exposta, mas já congelada. A neve cobrira quase totalmente a entrada do canal auditivo.

– Não foram encontradas – disse um policial, seguindo o olhar dos colegas. – O médico legista ainda não chegou, mas estamos calculando que a morte tenha ocorrido há menos de seis horas. Ele foi apunhalado. Vocês podem ver o *gumpi*, está virado do avesso. Foi revistado.

Ele mostrou a moto carbonizada.

– Foi a fumaça que nos alertou. Ou melhor, que alertou o Johan Henrik, vizinho dele. Foi sorte ele ter percebido. Foi ele quem nos chamou. Parece que ele tentou falar com você.

– Ele foi torturado, isso está claro – disse Nina. – Que barbárie.

– Vocês devem estar entre os últimos que o viram ainda vivo – disse-lhes subitamente Rolf Brattsen, que se aproximara por trás. – Sejam úteis. Tentem ver se está faltando alguma coisa a partir do que vocês se lembram.

– Já estava na maior desordem quando nós viemos – observou Nina.

Brattsen cuspiu na neve e não respondeu.

Nina olhou para o corpo. Demorou-se no rosto e nos olhos abertos de Mattis. Estranhamente, o criador tinha a careta que ela havia notado quando ele se preparava para falar. Pretendeu suplicar a seu assassino quando ele o apunhalou? O que estaria prestes a dizer? Suas mãos estavam retorcidas. O buraco deixado pelas orelhas retiradas já começava a ser menos perturbador.

– Temos sorte com o frio e a neve – disse Klemet. – Eles detiveram a efusão de sangue e a propagação do cheiro. Nenhum animal veio se servir até agora. Normalmente é como encontramos os cadáveres de renas, com os abutres voando sobre eles.

– Eu não havia reparado que ele tinha essas olheiras.

– Talvez seja resultado da tortura – arriscou o outro policial. – Ou do frio, não sei. O corpo às vezes tem reações estranhas.

A boca de Mattis estava ligeiramente aberta. Via-se que lhe faltavam dentes. Mas havia muito tempo.

– O Mattis morreu como viveu – disse Klemet contemplando-o. – Como um pobre. A morte nem quis fechar sua boca. Até o fim ele pareceu um pobre-diabo desdentado.

Klemet olhou também para os olhos de Mattis. Observou as olheiras. Deteve-se mais acima. Aproximou-se e examinou as orelhas.

– O corte é bem certinho – comentou.

– Ainda não olharam debaixo da roupa – prosseguiu o outro policial –, mas parece que ele recebeu apenas uma facada. Forte, claro, e que foi bem enterrada de uma só vez, apesar das camadas de roupa.

Klemet tocou delicadamente a pele em torno das orelhas, endurecida pelo gelo. Olhou mais uma vez o rosto, os olhos e as olheiras de Mattis, e então se encaminhou para o *gumpi*.

– Colha as impressões digitais! – gritou Brattsen ao policial que fazia fotos do corpo e do local.

Depois dirigiu-se a Klemet, na entrada do *gumpi*.

– Ei, Bobola, não perca tempo aqui, certo? Isto aqui não é com você. Melhor você se ocupar das renas desse alcoólatra. Elas ainda vão dar muita chateação para todo mundo, ainda mais agora que não tem ninguém para tomar conta delas.

Pôs o capacete e partiu nervosamente, seguido por outro policial. A noite pareceu cair de súbito no local do crime. Agora só havia ali as motos da equipe técnica e da Patrulha P9.

– O que vamos fazer, Klemet? – indagou Nina. – Vamos nos ocupar das renas?

– O Brattsen não é meu chefe – resmungou Klemet. – Dependemos de Kiruna e eventualmente do Xerife, se me der na telha. Não dele, isso é certo.

– Sim, mas quanto às renas ele tem razão.

– Vamos dar um pulo lá – disse ele entrando no *gumpi*. – Vai ser preciso reunir outras patrulhas da Polícia das Renas; não podemos fazer isso sozinhos. Vamos chamá-las quando descermos para o lago.

Klemet foi se sentar no lugar que havia ocupado de manhã. Embora durante aquela visita isso lhe tivesse parecido difícil de imaginar, a desordem do *gumpi* era ainda maior. O interior estava bem iluminado por uma lâmpada de gás.

Tudo o que antes ficava no beliche superior estava no chão ou fora atirado na frente da barraca. O mesmo com os sacos de dormir e as cobertas do catre em que Klemet e Nina tinham deixado Mattis mergulhar no sono. Até o fogão fora derrubado. Houvera luta, ou então tudo fora minuciosamente revistado. Ou as duas coisas. A moto fora queimada, mas o *gumpi* não. Por quê?

– Você está notando alguma coisa, Nina?

Nina havia imitado o colega e, para ter a mesma visão, se instalara no lugar ocupado na visita anterior.

– Mais bagunça ainda.

Seu olhar esquadrinhava o *gumpi*. Ela se levantou e deu três passos.

– Parece que não mexeram na prateleira.

Alguns galões e caixas de conserva estavam jogados no chão. Mas as facas, as tiras de couro e os pedaços de madeira ainda estavam lá. Por outro lado, era difícil dizer se faltava alguma coisa.

Klemet seguia o olhar dela.

– Um criador de renas jamais teria roubado uma faca – disse-lhe ele. – Entre os *sami* você pode roubar uma rena, mas nunca o que vai num trenó. Não se roubam as coisas materiais com que as pessoas podem se salvar no *vidda*. Aprendi isso com meu tio Nils Ante. Os pastores nunca ultrapassam essa fronteira invisível.

As facas *sami*, finamente esculpidas, estavam todas lá. Ao vê-las, o pensamento de Nina foi transportado para as orelhas cortadas de Mattis. Imaginar que no seu país se cometia tal barbárie a fazia se sentir mal. Colocou as luvas, pegou a primeira faca, tirou-a da bainha e fez o mesmo com as outras três. Estavam todas limpas. Depois voltou a se sentar no banco.

– Talvez seja preciso colher as digitais, de qualquer forma. Me diga uma coisa, Klemet, me falaram que na Polícia das Renas o trabalho era sobretudo de mediação, de prevenção de conflitos. Conflitos, sim, mas que chegam a mortes? E essa tortura, essas orelhas?

– Você tem razão, é estranho – admitiu Klemet. – Já aconteceu de os criadores trocarem tiros. Sobretudo quando estão com a cabeça cheia de álcool. Mas nunca houve morte, pelo menos não diretamente. Não que a gente saiba. Mas nesse caso, com as orelhas...

– Por que fizeram isso?

Klemet ficou em silêncio por um momento.

– Roubo.

– O quê? Roubo?

– Todas as renas são marcadas nas orelhas. Nas duas orelhas. Espero que tenham lhe falado isso durante seu estágio em Kiruna. E são necessárias as marcas das duas orelhas para identificar o proprietário. Os ladrões cortam as orelhas das renas para que não se possa identificar a quem a rena pertence. Sem proprietário, nada de queixa.

– E sem queixa, nada de investigação – completou Nina.

– Ou, se chega a haver investigação, ela é feita às pressas, sem cuidado – completou Klemet.

– Então o que seria? Uma vingança? O Mattis era um ladrão de renas?

Klemet fez uma careta.

– Ladrão e ladrão. De certa forma, podemos dizer. O Mattis era sobretudo um pobre-coitado. Basta olhar o seu *gumpi*, a sujeira, a desordem. E era alcoólatra. Uma vingança? Pode ser. Os tempos estão difíceis para todo mundo atualmente. Precisamos interrogar o Johan Henrik. Ele também não é nada bonzinho.

– Você acha que ele poderia ter feito isso?

– O Mattis estava em conflito com todos os seus vizinhos. Ele vigiava muito pouco suas renas. Era sozinho. O Aslak às vezes o ajudava. Mas quando isso não acontecia, ele estava só. E no *vidda* não se faz grande coisa sozinho.

– Quantos vizinhos ele tinha?

Klemet abriu o macacão e tirou um mapa da região. Atirou-o na mesa. Apontou o dedo para o *gumpi* de Mattis.

– Você se lembra – disse ele deslizando o dedo –, é o bosque onde o Johan Henrik tem as suas renas, e aqui é o rio que as renas do Mattis atravessaram. A zona de pastagem do Mattis cobre esta parte. E tem o Johan Henrik, que portanto vai daqui, do rio, até este lago. E o Aslak do outro lado dessa montanha. E depois tem mais um, Ailo, que pertence à família Finnman.

– O famoso clã dos Finnman? Já ouvi falar – disse Nina. Aparentemente a reputação deles havia chegado até Kiruna.

Enumerando-os assim, Klemet disse para si mesmo, decididamente o coitado do Mattis não tinha tido chance na vida. Ter sua pastagem de inverno entre aqueles três sujeitos não tornava fácil a sua vida.

8

Quarta-feira, 12 de janeiro.
Nascer do sol: 10h53; pôr do sol: 12h02.
1 hora e 9 minutos de sol.

Lapônia Central.

Tinha sido preciso mandar vir outras quatro patrulhas de Karasjok e Alta, na Noruega, de Enontekiö, no lado finlandês, e até de Kiruna, na Suécia. Klemet dirigia as operações. Nina era a única mulher. A débil claridade no horizonte lhes tinha permitido começar a trabalhar em condições quase toleráveis.

Em dez, os policiais conseguiram reunir as renas de Mattis. O trabalho levou um dia inteiro. Felizmente o rebanho de Mattis não era tão grande e o relevo limitava as possibilidades de dispersão. Com o consentimento dos criadores vizinhos, as renas haviam sido levadas em grupos pequenos na direção do cercado situado uma dezena de quilômetros a sudeste do *gumpi*.

Eles tinham começado pelo mais simples, identificando a rena líder ou guia, reconhecível pela idade e pelo chifre. Ela estava na margem de um lago, cercada da maioria do rebanho. Por experiência, Klemet sabia que o rebanho de Mattis era muito medroso. Não seria fácil aproximar-se sem que fugisse. Klemet orientou os policiais a evoluírem em círculo para conter as renas. Os animais não ousavam transpor essa barreira invisível e começaram a andar em círculos, como costumavam fazer. Klemet avançou muito lentamente, deixando a moto a alguns metros do círculo das renas, depois continuou a pé, segurando o seu laço alaranjado. Os animais o evitavam, mas continuavam na sua sarabanda, calcando a neve com os pés. Klemet às vezes surpreendia no feixe de luz de uma moto os grandes olhos ensandecidos das renas. Mas elas não faziam nada para romper o cerco. Klemet preparou seu laço e lançou-o na direção da rena líder. Pegou pelo chifre outro animal, que começou a se debater furiosamente. As demais renas agora davam voltas em torno deles enquanto os policiais davam voltas em torno delas, em dois círculos perfeitos. O sol não demoraria a se levantar no horizonte pela segunda vez no ano. Klemet se aproximava lentamente da rena, que não parava de empinar-se. Ele levou a corda ao chão, obrigando o animal a se curvar, e conseguiu imobilizar a sua cabeça pelo tempo necessário para liberar o laço. A rena saltou em seguida para se agregar ao círculo. Klemet precisou recomeçar a operação duas vezes antes de pegar a rena líder. Ela era maior, mas menos vigorosa. E sobretudo mais habituada a ser tratada daquele modo. Klemet deixou uma boa extensão de laço e a puxou até sua moto. Então se pôs lentamente a caminho. A rena seguiu dócil e as outras espontaneamente a seguiram, formando um triângulo alongado atrás dela. Os policiais cercaram a formação e empurravam as retardatárias e as rebeldes. A patrulha finlandesa, que viera com um reboque especial, precisou pegar e amarrar duas renas jovens, que não queriam segui-los.

A alguns quilômetros do cercado, quatro policiais se adiantaram para preparar a chegada das renas. Eles tinham retirado muitas barreiras para abrir o cercado e, de um lado e do outro da abertura, esticaram ao longo de dezenas de metros barreiras móveis feitas com largas tiras de tecido plastificado na altura de um homem, formando um grande funil. Ao se aproximarem do cercado, algumas renas ficaram nervosas. Os patrulheiros aceleraram mais ferozmente para conter o grupo todo.

Atrás das faixas de tecido os quatro policiais permaneciam imóveis. Se as renas ficassem amedrontadas ao percebê-los, elas poderiam fazer meia-volta, apesar das motos. Seria preciso recomeçar tudo. Elas não suspeitaram de nada e os policiais a pé correram pesadamente na neve, levando as faixas de tecido atrás delas para enclausurá-las. Em seguida eles as fizeram passar para outro cercado ali perto.

O dia prosseguiu nesse ritmo. O resto do rebanho tinha se distribuído em cinco pequenos grupos. De cada vez era preciso inicialmente reconhecer o terreno, observar o comportamento do rebanho, identificar os eixos pelos quais as motos deviam avançar para empurrar as renas à sua frente na direção desejada, ver onde era preciso bloquear passagens para que as renas não se precipitassem novamente na direção errada. Os policiais faziam uma corrida contra o relógio da falta de luminosidade, mas os binóculos para visão noturna lhes permitiam trabalhar. No meio da noite o rebanho inteiro tinha sido conduzido para dentro do cercado.

Os dez policiais haviam se reunido perto das barreiras. Eles tinham cortado madeira e cavado um buraco na neve para fazer uma fogueira. Nina estava esgotada e sentia o frio dominá-la. Fascinada, via o céu se animar. Uma aurora boreal parecia se apossar do firmamento. Visões esverdeadas, verticais, discretas, vindas sempre da mesma direção, se moviam lentamente. Estavam todos em silêncio. A aurora, as auroras, pareciam não querer mais parar. Elas se sucediam, serpenteavam, incertas e longilíneas. A sarabanda se ampliava. O céu cintilava, agitado por pulsações. Uma cavalgada sob um cone estriado. O céu inteiro fora tomado por convulsões luminosas. O café não demorou a esquentar. Os pensamentos dos policiais se voltaram para Mattis. Sem dúvida ainda restavam algumas renas isoladas, sem contar as que certamente estavam misturadas aos rebanhos dos vizinhos de Mattis. Estas seriam identificadas na próxima triagem de primavera.

– O que vai ser feito das renas do Mattis? – indagou Nina.

– Os homens do Departamento das Renas vão chegar amanhã – disse Klemet. – Agora é com eles. Eles vão alimentar os animais e decidir sobre o seu destino.

Mattis não tinha familiares próximos. As renas provavelmente seriam mandadas para o matadouro. Triste ironia, pensou Klemet, exaurido, lembrando-se de tudo de mal que Mattis havia falado sobre os empregados do Departamento pouco antes de morrer. As renas reunidas tinham o ar faminto. O rebanho de Mattis era considerado um dos mais mal cuidados da região. Klemet pensou na cara desdentada do cadáver de Mattis. Seu rebanho correspondia à sua imagem. O policial ficou calado, soprando mecanicamente o café já amornado há muito tempo. No alto, o mosaico de fagulhas inflamava o reino dos mortos com toda a força dos fogos do céu.

9

Quinta-feira, 13 de janeiro.
Nascer do sol: 10h41; pôr do sol: 12h15.
1 hora e 34 minutos de luz solar.

9h. Kautokeino.

A noite fora curta para Klemet Nango e Nina Nansen. O Xerife presidia a reunião das 9 horas na delegacia. Brattsen também estava lá. Duas garrafas térmicas de café tinham sido postas no centro da mesa de reunião. Todos se serviam. O Xerife não parecia estar de bom humor. Não dizia nada, esperando que todos se servissem, mas Klemet o conhecia o suficiente para saber que Oslo devia lhe ter dado uma boa reprimenda.

Subitamente, o Xerife acabou por se dirigir aos seus subalternos.

– Bom. Nós temos um grande problema. – Ele enfatizou o "grande". – Dois casos de peso em vinte e quatro horas. Isso vai fazer explodir a nossa cota anual. Um roubo, e não um roubo qualquer, e um assassinato bastante excepcional, vocês devem admitir isso. Oslo começa a entrar em pânico por causa dessa história de conferência, e não me espantaria se com as orelhas cortadas de Mattis víssemos desembarcar jornalistas de Oslo, de Estocolmo e até mesmo do exterior. Sobretudo depois das histórias de abuso sexual ocorridas nos últimos dois anos. E então, o que vocês têm para me dizer?

Brattsen foi o primeiro a falar.

– Com relação ao assassinato, começamos a interrogar os vizinhos. Por enquanto só temos o Ailo Finnman. Ainda não sabemos a hora exata da morte. Finnman disse que estava em Kautokeino. Estamos verificando. Mas tem os outros do clã. São cinco, que se revezam atualmente. Ele disse que não tinha conflito de pastagem com Mattis, embora tenha acrescentado que isso certamente acabaria ocorrendo, dado o modo como o preguiçoso do Mattis se ocupava dos seus animais. Foi o Finnman que empregou o termo – Brattsen se sentiu obrigado a informar isso com um sorriso breve.

– Quando você acha que vai acabar o seu trabalho com os outros membros do clã Finnman?

– Acho que hoje à noite. Antes disso não vai dar, porque dois criadores estão na tundra e não voltam cedo.

– Quem mais?

– Johan Henrik e Aslak – disse Klemet, antecipando-se a Brattsen. Este lhe lançou um olhar frio.

– Como disse o Bobola – ele fez uma pausa de propósito –, outros dois criadores. Ainda não estivemos com eles.

– Indícios?

– Não há marcas de moto. A neve apagou tudo. Pode ser que a gente encontre alguma coisa sob a camada de neve, que é muito fina. Estamos procurando digitais. A moto foi incendiada. Estamos fazendo levantamentos. Não se sabe se esse incêndio tem ou não relação com o assassinato. Talvez ele tenha antecedido a chegada do criminoso. Não sabemos. As orelhas cortadas nos fazem tender a acreditar num ajuste de contas entre criadores. Isso me parece evidente. O que o nosso perito acha? – acrescentou ele sarcástico.

Klemet aquiesceu.

– Embora me pareça difícil acreditar nisso, nos últimos tempos Mattis parecia cada vez mais deprimido. Ele estava muito desesperado quando nós o vimos logo antes da sua morte. Eu nunca o tinha visto beber daquele jeito – acrescentou Klemet.

– Tudo bem, mas ninguém vai acreditar na hipótese de suicídio, em todo caso, então o que mais você nos diz? – voltou a falar o Xerife.

– Vamos retomar todos os casos de roubo de rena dos últimos dois anos – disse Brattsen.

– Não estou certo de que isso vá ser muito útil – interrompeu Klemet. – Na maioria dos casos os criadores não fazem queixa. Eles sabem muito bem que não adianta nada e, além disso, preferem resolver seus problemas entre si, sem a polícia.

– É isso mesmo. Aliás, tem gente se perguntando para que você serve, Bobola – desfechou Brattsen.

– Ainda assim, retome todos esses casos – decidiu o Xerife. – É preciso começar por algum lugar. Então, para resumir: temos um criador torturado até a morte. Por que torturá-lo? Por vingança ou para que ele confessasse alguma coisa. Vingança de quê, de roubo? Ou de outra coisa? Confessar o quê? Que ele roubou? O quê, renas ou outra coisa? Ou queriam que ele confessasse outro fato? Quem era esse Mattis? Klemet, quero que você vá cavoucar tudo isso. Preciso de respostas rapidamente. Quero também que você encontre os outros dois criadores, sobretudo esse Johan Henrik, que tinha um conflito com o Mattis. E quanto ao tambor, alguma novidade?

– Ah, tem, sim: o relógio de sol dos lapões – escarneceu Brattsen.

Outro policial tomou a palavra.

– O tambor estava numa caixa. Foi uma doação de um colecionador particular. Um francês, ao que parece. Um velho. Estamos tentando contatá-lo. Segundo o diretor do museu, ninguém chegou a ter tempo ou oportunidade de fotografar a peça. O museu queria primeiramente tratá-lo para protegê-lo, e era isso que eles iam fazer nos próximos dias. Assim, não há foto do tambor. Não aqui, pelo menos. Não se sabe que desenhos tem em cima.

– Meu Deus, é incrível – exaltou-se Brattsen. – Numa época em que o Google escaneia até a folhinha que está voando em frente da nossa janela, não temos nenhuma imagem dessa porcaria de tambor tão importante? Nem para o seguro?

– É verdade, isso é espantoso – disse o Xerife.

– Posso tentar ver com o colecionador – disse Nina. – Fui babá na França quando era mais nova. Isso vai desenferrujar um pouco o meu francês.

– Tudo bem – concordou o delegado. – Mas que pistas nós temos até agora?

– Na noite de domingo uma moçada teve uma festa bem animada no alojamento de um dos rapazes que mora no albergue perto do Centro Juhl. A festa acabou bem tarde. Mas não às 5 horas da manhã, isso é certo.

– Berit não falou dessa festa para nós – observou Nina.

– Talvez não, mas ela aconteceu – insistiu Brattsen. – Em princípio, não foi nenhum dos meninos que roubou. As explicações deles coincidem entre si, e, com base no que eu sei deles, tudo leva a crer que não inventam histórias – disse Brattsen com um sorriso cabotino. – Depois, pode-se considerar a hipótese de tráfico; outro colecionador poderia ter encomendado o roubo, porque, afinal de contas, são peças raras.

– Sim, o dinheiro, por que não? Nina, você vai tentar investigar isso com o seu francês. Talvez seja preciso ver se outros tambores foram roubados.

– Você quer dizer por pessoas que não os pastores suecos e noruegueses de três séculos para cá? – Klemet não pôde conter a zombaria.

O Xerife olhou para ele, assombrado com a tirada de Klemet. Aquilo não se parecia muito com ele. Não esse gênero de humor, pelo menos. Ele sorriu com franqueza, observando com o canto do olho o esgar desaprovador de Brattsen. Então prosseguiu.

– Mas localmente? Quem teria interesse no desaparecimento desse tambor?

– É compreensível que a presença do tambor não agradasse ao pastor – notou Klemet. – O medo de que a peça despertasse os velhos demônios, de que afastasse as suas ovelhas. Medo de um despertar religioso ou algo do tipo.

– Você imagina realmente que o pastor possa ter sido o ladrão? – disse o delegado.

– Ele ou qualquer outro.

– E por que não Olaf? – irrompeu Brattsen. – Afinal de contas, esse roubo convém a ele. Permite que ele agite todo o mundo e repita as suas histórias de direitos ultrajados e de direito à terra, e sei lá o que mais. E, como se por acaso, exatamente antes da Conferência da ONU. Esses caras querem nos ferrar. Ele estava falando no rádio agora há pouco, fazendo-se de indignado. Dizia que, de qualquer forma, esse tambor não deveria jamais ter estado num museu, que pertencia ao povo lapão. Esse sujeito é um desajustado, um comuna convicto. Ele manipula todo mundo. E até foi para o xadrez, por causa daquela história do atentado com explosivos contra um equipamento de mina na Suécia.

– Você sabe muito bem que nunca provaram isso e que ele foi solto depois de quatro dias – disse Klemet. – E você sabe tanto quanto eu que o Olaf representa somente uma pequena minoria.

– Pode ser, mas não tem nada claro com esse sujeito. E você sabe tanto quanto eu que ele foi cúmplice do IRA na época das manifestações contra a barragem de Alta. E eu não acho absurdo imaginar que ele roubou para provocar agitação. Uma bela provocação, como os comunas sabiam fazer."

11h30. Kautokeino.

Klemet e Nina pararam no supermercado de Kautokeino para se abastecerem de comida antes de partirem de moto para a patrulha. Eles tinham resolvido começar pela visita a Johan Henrik. Além de ser o vizinho mais próximo, Johan Henrik era em princípio um dos últimos que tiveram contato com Mattis. Depois eles veriam Aslak.

As compras eram um momento importante na vida da Polícia das Renas. Quando se partia para muitos dias de patrulha em plena tundra, acampando em *gumpi* ou, na melhor das hipóteses, em cabanas, sob frio intenso e depois de horas extenuantes na direção, a refeição era escolhida com capricho. Raramente era alta gastronomia. A refeição tinha de sustentar o corpo, até porque eventualmente era necessário pular uma refeição por exigência da extensão a percorrer. Klemet gostava desse momento. A escolha de um saco de batatas congeladas já punha sua mente a vagar. Com costeletas – ele pegou outro saco de congelados – e molho béarnaise – era preciso pegar um sachê –, a refeição noturna seria perfeita depois de duas ou três horas de moto. O melhor era não cozinhar muito as costeletas, e ainda pôr um pouco de alho nas batatas. Ele tinha aprendido isso com um colega que passava as férias em Maiorca.

– À noite quem vai cozinhar sou eu – anunciou Klemet.

Ele não queria correr riscos.

– Que gentileza – respondeu Nina. – Preciso dizer que cozinha não é o meu forte.

Ela olhava os congelados se acumularem e dizia para si mesma que tampouco devia ser o forte de Klemet.

– Mas nós nos revezamos. Essa é a regra por aqui, sabe?

Eles continuaram procurando, consultando-se a cada ingrediente. Klemet também se abasteceu devidamente de pão polar um pouco açucarado, de *mesost*, o queijo mole caramelizado, e de tubos de molhos aromatizados com camarão ou com ovas de peixe para os lanches rápidos. Isso também era importante. Ele estava começando a ter fome, e de repente teve pressa de partir. Completou rapidamente a provisão com café, açúcar, chocolate, frutas secas, ketchup, patês, cervejas leves. Pensou em comprar uma garrafa de conhaque, depois desistiu. Em seguida eles foram providenciar o necessário para as motos e os galões de combustível reserva. Enquanto Nina manejava a bomba, Klemet foi encher os cantis de água. Ele verificou em seguida as correias que fixavam as caixas, os galões e os cantis nos reboques.

Eles tomaram a autoestrada e subiram rapidamente pela colina depois da saída da aldeia. A crista estava banhada por uma forte luminosidade. Klemet quase havia se esquecido de que o sol tinha feito a sua reaparição. Bom sinal, pensou ele vendo o seu resplendor.

O reflexo muito forte na neve tornava às vezes perigoso dirigir, sobretudo para Nina, cujos óculos de sol eram fracos demais. Ela contava com Klemet.

Eles chegaram perto do *gumpi* de Johan Henrik pouco depois do começo da tarde. O sol tinha desaparecido, mas a luz ainda estava viva. Johan Henrik tinha sido avisado por telefone da chegada deles. Em períodos de tensão, como era o caso naquele momento, os criadores não gostavam de ser surpreendidos. Johan Henrik os acolheu na entrada do *gumpi*. No instante em que Klemet e Nina pisaram no chão, um dos filhos do pastor, tendo na cabeça apenas um *chapka*, partiu em sua moto. Ele lhes dirigiu um sinal de cabeça e saiu disparado como um foguete, ereto sobre o motor, um joelho dobrado sobre o grande selim.

Johan Henrik, um toco de cigarro no canto da boca e barba de muitos dias, foi pegar um poncho de pele de rena pendurado no exterior do *gumpi*, enfiou-se nele sem tirar o cigarro e se aproximou dos policiais. Cumprimentou-os, sempre com o toco de cigarro nos lábios. Ele tinha olhinhos astutos, uma boca meio torta e nariz fino. Mechas de cabelo engorduradas despontavam do *chapka* forrado empurrado para trás. Ele tinha a pele marcada de uma pessoa que suportou muita coisa e o trejeito de boca dos que suportaram demais.

Klemet percebeu, quando viu Johan Henrik vestir a peliça, que ele não tinha intenção de acolhê-los no seu *gumpi* e que esperava que a conversa fosse o mais breve possível. Isso era bem típico daquele homem, disse Klemet para si mesmo. Um sujeito teimoso e desagradável. Embora Johan Henrik sempre tivesse sido, como os outros criadores lapões, respeitoso com a autoridade, nunca havia feito o menor esforço para facilitar o trabalho da polícia. Um traço comum entre os criadores, que prefeririam ajustar entre eles mesmos as suas histórias.

– Onde ele vai, o seu filho? – começou Klemet.

– As renas estão inquietas. Agitação demais neste momento: entre vocês, por causa da morte de Mattis, e com os pastores levando ração para as renas. Isso as inquieta. Não é bom.

Ele mascava o seu toco de cigarro.

– Então, você quer saber se eu matei o Mattis?

– É mais ou menos isso.

Os dois homens se observavam. O pastor olhava o policial, os olhos semicerrados. E reacendeu calmamente a ponta do cigarro.

– Você sabe o que eu acho? – retomou ele depois de uma tragada. – Quem pôs fogo na moto fez isso para alertar. Para que o corpo não inchasse. É o que eu acho. E dizendo isso respondi à pergunta que você não me fez. Fora isso, eu não sei nada.

– Você não sabe nada.

– Nada. Mais alguma pergunta?

Klemet olhou para ele. Não gostava da sua atitude. Uma brisa leve soprava, mas era suficiente para picar a pele do seu rosto. Klemet não tinha frio. Ele havia aprendido a não sentir frio havia muito tempo. Desde a juventude. O frio, assim como a noite, liquida o raciocínio e desperta temores pavorosos. Ele não podia mais se permitir ter frio. Havia jurado isso há muito tempo. Uma história antiga na qual ele tentava não pensar, mas de que jamais chegara de fato a se livrar. Johan Henrik continuava mascando seu toco de cigarro, aspirando-o mais que o necessário para impedi-lo de apagar, os olhos apertados, imóvel na sua peliça. Nina se sentia excluída daquele cara a cara silencioso. Klemet percebia isso, mas naquele momento não podia fazer nada pela jovem colega. A tensão era palpável. Johan Henrik era um homem inflexível, um desses criadores da velha geração que tinham conhecido uma época sem motos de neve, quadriciclos ou helicópteros. Uma época em que os pastores vigiavam suas renas com esqui, fosse qual fosse o tempo, levando horas para reunir os animais, ao passo que agora isso era feito em dez minutos com uma moto.

Em consideração a Nina, Klemet resolveu não prolongar aquele encontro, que não seria outra coisa senão estéril.

– Quando você viu o Mattis pela última vez?

– O Mattis? Eu bem que gostaria de ter visto esse cara um pouco mais. Porque as renas dele estavam por aí o tempo todo, mas ele...

Klemet ficou em silêncio, esperando que Johan Henrik respondesse à sua pergunta. Nina aguardava estoicamente. Ela é corajosa, essa moça, pensou Klemet. O frio não parecia perturbá-la. Suas faces e a ponta do nariz arrebitado tinham um vermelho vivo, e nos cílios se apoiava uma camada leve de gelo, mas ela estava firme. Johan Henrik segurou entre dois dedos seu toco de cigarro, manteve-o dentro da palma da mão, cuspiu na neve e tragou o cigarro. Mas continuava silencioso. Ele parecia obstinado, com a boca meio torta.

– As suas renas estão bem? – perguntou Klemet de repente.

A boca do criador entortou ainda mais. Aquilo era quase um tique nervoso.

– Claro que estão bem. O que isso tem a ver?

Novamente a boca torta.

– Nada, não tem nada a ver. Eu só queria saber. Vamos ter um trabalhão para fazer a triagem das renas de Mattis. Elas devem estar quase em toda parte, e certamente no seu rebanho também. E como você sabe, há uma investigação em andamento.

– E daí? O que isso tem a ver com as minhas renas?

– Ah, não são as suas que me interessam, claro que não. Mas eu preciso saber quantas renas de Mattis estão vivas, ver qual é a condição exata delas. Tudo leva a crer que o que está por trás de tudo isso é uma história de roubo de renas, você não acha?

– E matariam um criador por causa disso?

– Atiraram em você dez anos atrás.

– Não foi a mesma coisa.

– É o que veremos. Em todo caso, reunimos a maior parte do rebanho de Mattis, mas é preciso verificar os rebanhos vizinhos.

Klemet deixou passar um instante, observando a boca deformada de Johan Henrik, seu lábio onde o toco apagado estava dependurado. Depois prosseguiu, como se pronunciasse uma sentença.

– Vai ser preciso reunir o seu rebanho e contar os animais, Johan Henrik.

– Diabo! – gritou o criador como que por reflexo. Ele cuspiu na neve o toco de cigarro. O toco escurecido aterrissou na sombra do policial. Este se afastou ligeiramente. Tocar a sua sombra, isso não. Klemet às vezes se maldizia por ser tão supersticioso. Não era um comportamento apropriado para um policial. Mas ele fazia questão de ter sua sombra intacta.

– Pense nisso. Vamos voltar aqui mais tarde.

Klemet havia resolvido deixar o criador cozinhando em fogo brando.

– Eu não matei o Mattis. O que você precisa saber além disso?

Johan Henrik se agitava sob a peliça. Os criadores detestavam que se interessassem muito pelo número de renas que tinham. Era o mesmo que perguntar quanto dinheiro há na nossa conta bancária. O camponês estava numa cilada, e sabia disso.

– Claro, existe uma alternativa... – disse o policial para se certificar de que o criador havia entendido direito o recado.

A boca do pastor entortou de novo numa careta desconfiada. Depois de mais de meio século passado na tundra, ele estava acostumado aos golpes baixos, mais do que o policial podia imaginar.

– A última vez que vi o Mattis ele me preocupou de verdade – continuou Klemet. – Preciso saber como ele estava. Sei que vocês dois tinham problemas, mas sei também que você o conhecia bem.

Johan Henrik parecia avaliar a proposta. Mattis estava morto agora. E ele não tinha nenhuma vontade de que os policiais contassem as suas renas. Já bastavam os esmiuçadores do Departamento, que o assediavam com as suas taxas absurdas e lhe enviavam cartas registradas.

– Mattis estava no fim das suas forças. Se não tivessem cortado as suas orelhas, eu apostaria em suicídio.

Johan Henrik começava a preparar outro cigarro, agora com toda calma.

– Aslak – disse ele, e molhou o papel, fitando Klemet de baixo para cima com olhos inquisidores, como se quisesse testar a reação do policial. –

O Aslak fazia com o Mattis o que bem entendia. Você não tem ideia. Para o Mattis ele era um deus, mas, pela madrugada! O Aslak também lhe metia medo. É verdade, ele lhe metia medo. Isso sempre me incomodou quando eu os via juntos.

– Você está dizendo que ele metia medo, mas como? – indagou Nina. Então Johan Henrik a encarou, o que a espantou. Ele relanceou Klemet enquanto acabava de enrolar seu cigarro e depois voltou a olhar para Nina e lhe respondeu.

– Você é nova aqui – disse o criador.

Foi uma constatação, não uma pergunta.

– Conhece o Aslak?

– Não – disse Nina subitamente intrigada.

– Certamente você não vai demorar a descobrir.

Já não havia no olhar de Johan Henrik nenhum traço de suspeita. Visivelmente, a evocação de Aslak tinha um certo efeito nele, apesar da sua dureza.

– O Aslak é um tipo diferente de pessoa. Ele vive retirado do mundo na tundra, com as suas renas e a mulher. Hoje em dia ninguém mais vive como ele.

Klemet permanecia calado, mas concordava com a cabeça. Sentia o olhar de Nina. Nunca havia lhe falado sobre Aslak, que no entanto ele conhecia há muito tempo, e Nina parecia estar percebendo alguma coisa. Estava intrigada, mas não deixava isso transparecer diante do criador, o que agradou Klemet. Johan Henrik tragou o cigarro e então prosseguiu.

– O Aslak amedrontava o Mattis como amedronta todo mundo no *vidda*. Eu não tenho mais medo dele porque eu sei. Eu vi. O Aslak é meio homem e meio animal. Um dia eu vi que ele andava de quatro no meio de seu rebanho. Ele é o último no *vidda* que castra suas renas com os dentes. Você sabia disso, Klemet?

Ele se voltou novamente para Nina.

– Vocês não vão encontrar ninguém que cace lobos melhor que ele em toda a região. Eu vi com os meus próprios olhos, um dia. Ele tinha seguido um lobo que havia matado muitas das suas renas. Ele seguira o lobo durante horas na neve para esgotá-lo. Para não carregar peso, ele havia largado a espingarda e estava somente com um bastão. Quando chegou perto, o lobo se jogou em cima dele. Eu estava longe, do outro lado do vale, mas pude acompanhar a coisa toda com o binóculo. Você sabe como foi que o Aslak matou o lobo? Quando o animal atirou-se sobre ele com a boca escancarada, ele enfiou antes o punho e o braço na sua garganta e com a outra mão golpeou o crânio com o bastão. Você pode imaginar uma coisa dessas? O braço enterrado na goela!

– E o Mattis? – indagou Nina.

– Você provavelmente vai entender quando vir o Aslak. Ele impressiona as pessoas sem nem precisar abrir a boca. E o Mattis era particularmente impressionável. Você sabia que o pai do Mattis era xamã? Klemet não lhe contou isso? Um tipo de outros tempos. Estranho, discreto, mas respeitado. Morreu há muitos anos. O Mattis sempre viveu nesse mundo. Mas não tinha nenhum dom, nenhum talento. Nada. Não se vai longe na vida só por ser filho de xamã. E não se pode dizer que ele era respeitado, o Mattis. Acho até que era por isso que ele bebia demais. Enfim, é isso.

Johan Henrik acendeu de novo o cigarro. O vento havia acalmado. O frio era menos intenso. Klemet estava letárgico, mas já não sentia tanto frio com as botas de pele de rena. Nina usava as botas normais da polícia, que não eram tão eficazes. Por isso batia os pés no chão para se aquecer. A conversa estava durando mais que o previsto e Johan Henrik, embora tivesse se tornado loquaz, não se resolvera a fazê-los entrar para o calor de seu *gumpi*.

– Mas de certo modo o Aslak se dava bem com o Mattis. Durante algum tempo ele tinha frequentado a casa de seu pai, o Anta. Eles eram próximos. E além disso o Aslak e o Mattis, cada um a seu modo, são dois excluídos. O Mattis era excluído pelos outros e o Aslak se excluiu. Às vezes ele o ajudava com as renas.

– Mas não nos últimos tempos?

– Quando o Mattis estava numa fase de muita bebida, ele se retraía e não ousava pedir a ajuda do Aslak. Tinha vergonha de se mostrar naquele estado diante dele.

– De vez em quando eles brigavam?

– Sei lá... O Mattis entrava em conflito com todo mundo, mas isso passava. Nos últimos tempos ele não ligava muito para nada. Eu sei que isso irritou o Aslak, que se importava com ele. O Mattis me disse isso na semana passada.

O Mattis tinha medo. Eu não acho que o Aslak tenha feito alguma coisa ruim com ele, mas o Mattis era tão influenciado pelo Aslak que bastava ele lhe dizer qualquer coisa para o outro imaginar horrores.

– Então por que você diz que é preciso investigar o lado do Aslak?

– Eu digo, eu digo... o que eu digo é que eu não sei tudo.

– E o tambor, você tem alguma ideia? – perguntou Klemet.

– O tambor?

Johan Henrik deu uma tragada e cuspiu no chão.

– Aqui nós não precisamos de tambor. Essa época já passou. Quem vai querer ressuscitar essas histórias, fora os lapões de opereta? Você acha que tenho tempo de me ocupar com tambores? Me mostre um único criador que tem tempo para tratar dessas tolices.

– Olaf está muito envolvido.

– O Espanhol? Você está brincando! Não se pode ser criador de renas em meio período. Isso não existe. Eu me pergunto como ele se arranja. E o que ele vai querer fazer com o seu tambor, se ele for encontrado, hein? Veja o que aconteceu com o Mattis!

– O que você está querendo dizer? – espantou-se Nina.

– O Mattis era obcecado pelos tambores. Por causa do pai xamã e tudo isso. Ele não estava bem, o Mattis. Estava meio obcecado: o poder dos tambores, o poder dos xamãs, todas essas coisas, sabe? Em vez de se ocupar das suas renas.

Ele tirou de repente um binóculo de sob a peliça e examinou o vale. Atirou fora o cigarro.

– Preciso ir.

– Johan Henrik, onde você estava na segunda-feira durante o dia?

O camponês olhou para Klemet com uma expressão nada amigável. Ajustou as luvas de pele de rena.

– Vigiando as renas com o meu filho durante todo o dia. E com Mikkel e John, dois pastores dos Finnman, tentamos tocar o rebanho do Mattis, que se espalhava para todos os lados. Isso há de ser um bom álibi, não é?

Ele cuspiu e, sem esperar resposta, subiu na moto e partiu ferozmente. Alguns segundos depois, era apenas um ponto no vale.

10

Quinta-feira, 13 de janeiro.
2oh. Kautokeino.

O cliente inclinado sobre o balcão parecia não perceber o homenzinho que há um bom tempo se agitava a seu lado. O que não era muito grave. O sujeito apenas gesticulava, sem a menor agressividade, embora às vezes parecesse exasperado. Mas logo dava uma grande gargalhada, se precipitava para o copo, tomava grandes goles de cerveja e voltava a gesticular ao lado do cliente, que tinha os cotovelos fincados no balcão. O bar de Kautokeino acolhia naquela noite o público habitual dos dias de semana, ou seja, muito pouca gente. O bar ficava no térreo de uma casa localizada bem em frente de um chalé grande, recém-construído pelos dissidentes fundamentalistas da igreja de Kautokeino. Alguns achavam estranha essa promiscuidade, mas, afinal de contas, os ultrarreligiosos e os pecadores inveterados muitas vezes precisavam uns dos outros. O bar tinha uma sala onde estavam dispostas sem uniformidade umas dez mesas quadradas e redondas, mas ainda assim havia uma harmonia no conjunto. Com as cadeiras se dava o mesmo, todas elas diferentes umas das outras. O chão era forrado de linóleo vermelho-escuro. Nas paredes de toras de madeira estava exposta uma curiosa mistura de fotos emolduradas de carros dos anos 1950 e 1960, de Elvis e de outras glórias do *rock*, e de pinturas representando motivos *sami*, acampamentos de criadores de renas, rebanhos, auroras boreais. Acima do bar havia chifres de renas de todos os tamanhos e formas. No teto, lâmpadas vermelhas lançavam uma luz suave, refletida pela neve derretida que brilhava no linóleo. Duas mesas estavam ocupadas. Numa delas, três homens metidos em macacões gastos esvaziavam em silêncio seu copo de cerveja. Um deles tinha o peito atravessado por um laço alaranjado e a cabeça guarnecida por um *chapka* atirado para trás, revelando uma mecha de cabelo grudada à testa pelo suor. Pelo modo de se trajarem e pela cara cansada, eram criadores que deviam ter voltado de uma vigília não muito distante da aldeia. Noutra mesa estava uma mulher com uma colorida roupa tradicional lapona e um gorro usado pelas mulheres da aldeia. O homem do balcão observou que ela bebia café em vez de cerveja e não parecia estar à vontade, lançando olhares frequentes para o homenzinho gesticulador, como se o estivesse vigiando. Do fundo do bar a jovem garçonete se dirigiu a ela.

– Berit, você quer que eu encha novamente sua xícara?

Berit meneou a cabeça e fez com a mão um sinal de agradecimento.

– Escute – a garçonete voltou a falar –, não gostaria que seu irmão espantasse nosso novo cliente. Você não quer dar um jeito nele?

O cliente pousou o copo na mesa.

– Ele não está me atrapalhando – disse.

– Ah, então você entende nossa língua – disse admirada a garçonete. – E fala sueco? Mas pelo sotaque você não é sueco.

– Não, sou francês, mas morei na Suécia anos atrás.

– Ah, um francês...

A garçonete lhe dirigiu um bonito sorriso.

– Outra cerveja?

– Sim, obrigado.

– É raro algum estrangeiro aparecer por aqui, e mais raro ainda um que fale nossa língua.

– Pode ser – disse o homem, que, levando o copo à boca, apreciava calmamente as formas arredondadas da garçonete.

A moça percebeu e sorriu para ele.

– Você está de férias aqui? – indagou.

– Lena – gritou de repente um dos três homens –, cerveja!

Lena revirou os olhos por um instante e levou mais três cervejas para os criadores. Aquele que a tinha chamado, o pastor com o laço, a olhava fixamente. Discretamente, Lena evitou seu olhar. Aquele jogo não escapou ao francês, que o achou divertido.

André Racagnal estava perto dos sessenta anos, mas sabia que aparentava menos. Ainda tinha um físico em boa forma, com um rosto vincado que indicava uma vida passada ao ar livre, cabelos emplastrados para trás. Vestia-se como os trabalhadores da tundra: calça larga com bolso nas coxas, jaqueta de gola alta, lenço no pescoço. Uma corrente de prata com uma inscrição em letras grandes enfeitava-lhe um dos pulsos, e o outro tinha um grande relógio com pulseira de metal.

Lena voltou do fundo do bar e sorriu novamente para o francês.

– Então – recomeçou ela –, de férias?

– Não.

O francês bebia lentamente. Tirou um maço de cigarros e o estendeu para Lena.

– Não é permitido fumar aqui dentro, mas vou lhe mostrar onde pode – disse ela, encarando o homem. Ele semicerrou os olhos, como para avaliar a garçonete, fez com a boca um gesto de encorajamento e um movimento do braço em forma de convite.

– Lena!

O grito vinha do fundo. Era imperioso.

Lena voltou a revirar os olhos. O francês se exasperava com esse tique, mas a moça tinha formas que ele achava irresistíveis. Ele não se virou, continuando a bebericar a cerveja.

Ele ouviu atrás de si um dos criadores elevar a voz. Uma voz cansada, ou talvez pastosa. O sujeito não parecia gostar dos trejeitos de Nina para esse "estrangeiro que se dá ares de muito superior". Ele ouviu Lena murmurar alguma coisa.

– E daí se ele fala sueco? Meu Deus, grande coisa.

O francês se empertigou lentamente, tomou mais um gole e pôs as mãos de um lado e do outro do balcão, fechando os punhos para deixá-los bem visíveis, depois ficou imóvel, sempre de costas para os criadores.

O homenzinho que oscilava entre o balcão e a mesa de Berit, que tinha ficado calmo durante algum tempo, voltou a se agitar. Dirigiu-se com uma careta ao francês. Sua fala era rápida, espasmódica e incoerente.

– Então, então, eu dei uma volta de carro e voltei, de carro. Você tem carro? Me leva nele? O meu tem quatro rodas, quatro, e eu tenho quatro dedos...

Dito isso, ele lhe pôs sob o nariz a mão direita, efetivamente com quatro dedos, deslizou-a pelo balcão e imitando o ruído de um carro, fez conversões entre os copos. Em seguida explodiu de rir, bateu nas coxas, voltou-se para

Berit erguendo os braços para o céu, aplaudiu, divertiu-se ruidosamente, deu um tapa nas costas do francês, que não reagiu e voltou a beber. Berit se levantou tranquilamente, tomou-o pela mão e o levou para a mesa. Ele se acalmou, conservando nos lábios um largo sorriso.

– Lena, três cervejas e *snaps* – resmungou com voz arrastada o criador que tinha um laço no peito.

Lena levou o pedido e depois voltou para perto do francês.

– Venha, vou lhe mostrar onde a gente fuma.

Ela pegou o mantô longo de gola forrada e saiu na frente dele, passando no meio das mesas e evitando o olhar sombrio do criador que acabava de esvaziar de um só trago o seu copo de *snaps*.

O francês a seguiu com o copo na mão. No fundo do bar um corredorzinho dava para uma segunda sala, mais adiante à direita. Essa sala estava vazia, com exceção de um bilhar que ocupava o seu centro. No corredor, do lado esquerdo, havia uma porta que a garçonete empurrou. Eles entraram num pequeno cômodo com teto rudimentar de madeira. As paredes eram painéis que no verão se desmontavam. Fazia frio no cômodo.

O francês propôs um cigarro à garçonete, segurou por muito tempo suas mãos gorduchas para acender seu cigarro, acariciando-lhe suavemente um dedo, depois acendeu o dele. Lena lhe sorria aspirando a fumaça.

– Parece que você tem um admirador.

– Ah, é um velho amigo.

– Um criador de renas?

Ela riu.

– Aqui todos são, ou quase todos. Caso não sejam, são de uma família de criadores, o que vem a dar no mesmo. Ele é filho de uma das grandes famílias daqui, os Finnman. Eles têm milhares de renas no *vidda*.

– Lena, você nasceu aqui?

– Nasci. E você, nasceu em Paris?

Ele era de Rouen, mas não quis decepcioná-la.

– Sim, eu sou de Paris. Você já foi a Paris, Lena?

– Ah, não! Mas um dia ainda vou.

– Quantos anos você tem, Lena?

– Dezoito e alguns meses. Eu comecei a trabalhar no bar na semana do meu aniversário. Antes disso é proibido. Como você se chama?

– André.

André Racagnal começou a sentir frio e pensou no que podia fazer para encurtar aquela conversa boba. Ele queria transar com aquela moça, só isso. Via os seus lábios finos. Isso o contrariava um pouco, porque ele preferia uma boca mais carnuda, lembrança da África, mas, quanto ao resto, o que vira no bar lhe agradava. Para dezoito anos ela talvez já não tivesse todo aquele frescor, mas ele percebera que as moças do lugar se maquiavam muito quando ainda bem jovens, o que as envelhecia. Ele levou a mão ao rosto da garota, mas nesse momento a porta abriu-se subitamente. Era o jovem Finnman, com seu *chapka* sempre preso estranhamente no alto da cabeça e os olhos cada vez mais vidrados. André percebeu a embriaguez do homem e viu que era preciso ficar atento. Não seria difícil controlar um homem naquele estado, mas eles eram três. E, embora baixos, ele sabia que os criadores eram muito fortes. Finnman se plantou diante do francês, que era uma boa cabeça mais alto. Ele ergueu a mão para Lena, mas ela gritou e Racagnal bloqueou seu movimento. O outro punho do criador partiu imediatamente na direção do francês, contudo, o macacão grosso retardou a sua velocidade. Racagnal o evitou sem problema e se limitou a afastar vigorosamente o criador, que caiu sobre os dois outros, chegados nesse ínterim. Lena começou a gritar com Finnman, mas este já estava se levantando. Ele se jogou de novo sobre o francês, enquanto Lena saía precipitadamente da sala. Dessa vez Finnman caiu pesado sobre a neve que cobria parte do chão. Ele tirou a neve do rosto e voltou a se jogar para a frente. O francês não teve dificuldade em esquivar-se, o outro incapacitado pelo álcool, mas o *sami* investiu de novo. A luta em câmara lenta se prolongava. Evitando tão facilmente as investidas de Finnman, Racagnal acabou baixando um pouco a guarda. Finnman aproveitou para atingi-lo no queixo. Outro criador se atirou na confusão, deu um chute na tíbia do francês, que escorregou com a dor. O terceiro criador o atacou e ele caiu para trás. Sua queda foi amortecida pela neve. André Racagnal começou a golpear. Tudo estava ainda em marcha lenta. O sujeitinho do bar se pôs na moldura da porta e gesticulava dando gritos incoerentes. Ele foi subitamente afastado por um homem cuja voz tomou a sala cheia de neve.

– Mikkel, John, Ailo, agora acabou!

Para surpresa de André Racagnal, os três criadores se endireitaram e se acalmaram instantaneamente.

– Me esperem no bar.

Os três homens saíram sem nada dizer.

O inspetor, que se apresentou como Rolf Brattsen, parecia intrigado pela presença de Racagnal.

– Está tudo bem?

– Tudo bem. O pessoal daqui é um pouco nervoso.

– Você é de fora. Os *sami* têm o sangue mais quente que os escandinavos. Eles dão a impressão de arrogância, mas nunca são muito maus. Acompanhe-me até a delegacia, logo aqui ao lado. Vou registrar o seu depoimento.

– Ah, eu não quero dar queixa.

– Pode ser, mas mesmo assim preciso de seu depoimento.

Racagnal não tinha intenção de lhe dizer o que ele fazia ali, mas não podia se dar ao luxo de ter a polícia como inimiga. Aquele sujeito parecia bem limitado, e ele se livraria rapidamente. Ao atravessar o bar, notou que os três criadores esperavam de pé em silêncio.

– Estão orgulhosos? Vão para casa e parem de beber – disse-lhes simplesmente o policial, como se falasse com crianças. – Mais tarde, quando vocês estiverem sóbrios, vou passar lá para termos uma conversa.

André Racagnal saiu lançando um olhar insistente para Lena, que lhe fez um pequeno gesto discreto com a mão. Ele lamentou isso, pois percebeu que Brattsen havia notado. Eles saíram no frio, atravessaram a estrada, passaram pelo supermercado e entraram na delegacia, que àquela hora estava vazia. Brattsen levou o francês até a sua sala e sentou-se atrás do computador.

– Quem eram aqueles três sujeitos? – indagou o francês.

– Ailo Finnman, o do laço, é filho de uma das grandes famílias daqui. Um criador. Deve ter quase duas mil renas. Os outros dois, Mikkel e John, são pastores que ele emprega quando há trabalho. O resto do tempo eles trabalham para um agricultor daqui ou fazem outros bicos. Eles tinham passado o dia fora guardando suas renas. Houve alguns probleminhas por aqui nos últimos tempos.

O francês não perguntou nada, o que pareceu decepcionar o policial.

– Vamos, me conte a sua história em linhas gerais: quem você é, o que faz aqui e tudo mais.

Racagnal contou. Era geólogo, trabalhava para uma companhia francesa, estava ali para fazer a prospecção da área. Ele tinha se hospedado no Villmarkssenter, embora os hotéis novos fossem mais luxuosos. Esperava ficar algumas semanas.

– É raro ver prospectores nesta época – sublinhou o policial. – Normalmente eles vêm no verão, quando podem ver as rochas. O que você pode ver debaixo da neve?

O policial estava cético. O geólogo não se preocupava com isso, mas precisava tranquilizá-lo.

– Já trabalhei muito nesta região, tempos atrás. Por muitos anos. Conheço bem este lugar. No inverno, com o gelo, temos acesso a zonas que no verão são pantanosas e inacessíveis. São essas zonas que me interessam. E no interior do *vidda* é seco, não há tanta neve, você deve saber disso. Eu lhe garanto: um bom prospector pode fazer um ótimo trabalho no inverno.

Embora visse perfeitamente que o policial não estava convencido, Racagnal não ia lhe dar uma aula. De qualquer forma, ele não entenderia nada.

– O que você está procurando?

– Ah, o de sempre – sorriu o geólogo com um sorriso rígido o suficiente para que o policial compreendesse que estava entrando num terreno reservado. – O mesmo que todo mundo, imagino. Só espero ter mais faro que meus colegas.

– O que mais?

O policial o enervava. O francês se empertigou.

– Escute, a lei não me obriga a lhe dizer o quê. Apresentei o meu pedido de permissão de exploração na prefeitura, está tudo certo. Eu procuro. Se encontrar, você logo vai saber.

Racagnal esperava ter-lhe dado uma lição, mas era visível que o policial não aceitava receber de um estrangeiro uma aula sobre a lei norueguesa.

– Onde você estava na terça-feira? – perguntou-lhe Brattsen de repente, olhando-o mais intensamente.

11

Quinta-feira, 13 de janeiro.
20h. Lapônia Central.

A luz fraca já havia desaparecido totalmente havia muito tempo quando Klemet e Nina chegaram ao *gumpi* da Polícia das Renas. A cabana era um pouco mais acolhedora que os *gumpi* dos criadores. A polícia tinha outros, distribuídos nos quatro cantos da Lapônia, e alguns eram verdadeiros chalezinhos de montanha. Este era muito sóbrio, como Nina constatou. Tinha dois cômodos, um dos quais fazia às vezes de cozinha. Ela observou que naquele ambiente Klemet se investia de autoridade. Eles tinham tirado das motos as caixas e as sacolas e amontoado tudo na pequena entrada. A experiência de Nina na brigada não era muita, mas suficiente para saber que a chegada num acampamento tinha um certo ritual. Começava-se por aquecer o *gumpi* e preparar a comida.

Ela saiu de novo para buscar galhos secos guardados num abrigo. Era uma regra do lugar. Quando se partia em missão na tundra levava-se lenha, para ter garantia de que sempre haveria um estoque no *gumpi*. Era uma questão de vida ou morte para si e para os outros, se uma patrulha precisasse parar ali numa emergência. Nina havia se acostumado rapidamente a essas regras indispensáveis num ambiente tão adverso. Mesmo tendo vindo do Sul marítimo, ela fora criada numa aldeia no fundo de um fiorde, onde o isolamento não era no final das contas muito diferente, pensava ela. Ela arrancou cascas de bétula para com elas fazer gravetos. As chamas subiram rapidamente. Ela encheu de neve uma panela grande e a colocou no fogão.

Na parte de acomodação do *gumpi*, dois beliches se dispunham um ao lado do outro, separados por uma mesa comprida. Nina virou de pé contra a parede um dos colchões superiores e jogou sua sacola em cima do outro. Em seguida, acendeu duas velas na mesa.

Ela se sentia bem naquele momento e, pela primeira vez desde que eles começaram a fazer patrulhas juntos, achava que Klemet estava mais acessível. Seu parceiro era muito reservado e nada tagarela. Nina lamentava isso, pois tinham lhe dito em Kiruna que Klemet era o funcionário mais experiente da Polícia das Renas. Ele era inclusive o único *sami* entre os policiais dali. Ele se queixara disso, e ela o entendia, porque o conhecimento do idioma podia ser um trunfo entre os camponeses que usavam principalmente a sua língua para tudo o que dizia respeito à criação de renas. Ela o observava preparar a refeição. Notando sua aparência relaxada, resolveu aproveitar a ocasião.

– Klemet – disse ela prudentemente –, de onde vem esse apelido, Bobola? Porque você não tem nada de gordo. Quer dizer, para a sua idade.

Nina mordeu o lábio, amaldiçoando-se pela gafe cometida. Concedeu-lhe seu sorriso mais caloroso para compensar a falta de jeito. Klemet interrompeu o que fazia e se virou para ela, que tentava manter o sorriso para mostrar que na sua pergunta não havia nenhuma maldade. Ele voltou a mudar de posição e permaneceu calado, fitando-a. Resolveu abreviar seu desconforto.

– Tudo bem, Nina... Tanto faz, para mim. Quando eu era mais novo esse apelido me caía bem, sem dúvida. Hoje ele só me aborrece quando é usado por um sujeito como o Brattsen, que me chama assim só porque quer me magoar.

Nina sorriu, mas preferiu mudar de assunto.

– Por que o Johan Henrik chamou o Olaf de Espanhol? – perguntou ela depois de se sentar.

Klemet achou graça.

– Você não notou?

– O quê? Que ele é moreno de olhos castanhos?

– Não, não é isso. Todos os lapões são morenos de olhos castanhos. Nada mais?

Nina não via o que poderia ser.

– As pessoas o chamam de Espanhol por causa de sua postura. Dizem que ele tem a bunda orgulhosa, como os toureiros que vemos na televisão. Por isso ele é chamado de Espanhol.

– A bunda orgulhosa?

Nina sorriu, lembrando-se do manifestante que lhe tinha dirigido um sorriso absolutamente encantador. Ela se sentia um pouco perdida naquele mundo tão distante das suas referências, onde todos parecem se conhecer há muito tempo. Quando deixara a academia de polícia em Oslo alguns meses antes, ela não tinha tido escolha. Era a sorte dos bolsistas como ela. O Estado pagava tudo, mas era preciso aceitar sem protestos a primeira alocação. E as aldeias do Grande Norte polar não eram muito prestigiadas. Assim, ela havia aterrissado ali. Nina jamais pusera os pés naquela região. Como muitos escandinavos do Sul, ela ignorava tudo sobre aqueles condados despovoados e semidesérticos do Norte.

– E essa condenação?

– O Olaf é sueco. Na região, os passaportes e as fronteiras não têm muita importância, a não ser para a Rússia. As pessoas vão de um lado para outro. Todos nós aqui temos o sangue misturado. Pelo menos a maioria. Eu também: sou sueco por parte de mãe. O Olaf normalmente mora em Kiruna; ele é deputado no parlamento *sami* sueco, mas as renas dele têm pastagens nos dois lados da fronteira, como muitos criadores. E, além disso, entre Kautokeino e Kiruna há um pedaço de Finlândia. Há suspeitas de que o Olaf tenha explodido um veículo de mineração. Isso foi em 1995, acho. Ele ficou detido para averiguações, mas nunca provaram nada. No entanto, a prisão de um militante lapão rendeu muito barulho na época. Ele foi solto depois de uma semana e, claro, explorou isso. O caso o ajudou a se eleger. E desde então ele conta para todo mundo esse episódio.

– E essas histórias do IRA?

– Na época das manifestações contra o projeto da barragem em Alta, no final dos anos 1970, uns caras do IRA vieram para cá. Um barco foi inspecionado num pequeno porto mais ou menos perto da fronteira russa. Tinha armas e explosivos a bordo. Prenderam dois caras. Mas a história foi abafada. Mais tarde se soube que os dois caras eram mulas do IRA e que o contato deles era o Olaf. O IRA tinha proposto ajuda para explodir a barragem, só isso. Mas, como eu dizia, o caso foi abafado e deixaram o Olaf em paz.

– Que história é essa de barragem?

– Ah, foi quando eu estava começando na polícia. Entre aqui e Alta quiseram construir uma barragem para produzir eletricidade. Mas para isso era preciso inundar um vale que era utilizado pelos *sami* para as suas renas. Houve manifestações, os defensores da ecologia entraram na briga. Eles não estavam nem aí para os *sami*, vinham de Oslo, só queriam proteger a natureza. Mas todas essas pessoas ficaram atrás das barricadas.

– E você?

– Eu? Bom, como lhe disse: eu era policial. Foi pouco antes de eu ir para Estocolmo. E eu fazia o meu trabalho de policial.

– Mas de qualquer forma era injusto, não era?

Klemet olhou para ela. Mesmo sabendo muito bem que ali os funcionários tinham direito de exprimir a sua opinião, ele sempre se sentia inseguro. Mas achava que sua colega era sincera.

– Para dizer a verdade, eu compreendia os manifestantes. Era um ataque ao seu modo de vida e à natureza. É, talvez eu pudesse ter ficado do lado deles. Mas eu era policial.

O grande forno a lenha já emitia calor. Klemet tinha começado a assar as batatas e a carne. Embora não as visse, Nina sentia que suas faces estavam vermelhas, por conta do calor intenso que parecia se desprender delas depois de praticamente um dia inteiro de exposição ao frio. Ela se lembrava das advertências de Berit, mas não se sentia receosa na presença do colega.

– Você conhece bem esses criadores de renas? – perguntou ela.

– Pode-se dizer que sim – constatou Klemet depois de longos segundos. – O que é normal, depois de dez anos na Polícia das Renas.

– Não. Estou perguntando se você tem um conhecimento pessoal. Se já os conhecia antes de entrar para a polícia, por exemplo.

Klemet girava os pedaços de carne. Fazia aquilo com calma.

– Alguns.

Quando as perguntas se tornavam um pouco pessoais era preciso arrancar dele cada resposta.

– O Aslak e o Mattis?

– Um pouco. Não muito. Nós nos perdemos de vista por muito tempo. Sobretudo o Aslak.

– Você chegaram a ser próximos?

– Não. Próximos não.

– Você também já foi criador de renas?

Ele se imobilizou por um instante.

– Não. Na minha família não éramos criadores. A gente era pobre.

Nina pensou por um instante.

– Mattis era criador e não me deu a impressão de ser rico.

– Mas na minha família não havia alcoolismo. Se Mattis tivesse as ideias mais claras, ele talvez tivesse parado de criar renas há décadas, como há muito tempo meu avô acabou parando porque não conseguia mais alimentar a família. Mattis era como todos esses lapões que acham que não são nada se não forem criadores de renas.

Nina ficou em silêncio. Achava Klemet injusto com os criadores. Ela imaginou que talvez houvesse ali um pouco de inveja.

– Vamos comer agora. E depois vamos ligar para a delegacia.

Nina percebeu que a discussão estava encerrada.

– Entre nós, na aldeia, não havia alcoólatras – disse ela. – No fiorde todo mundo se vigiava. A minha mãe era muito religiosa, evangélica. E na aldeia havia muitos evangélicos. Às vezes, quando os barcos atracavam, havia pescadores que bebiam, e isso sempre causava problemas. Nessas noites a minha mãe nunca ficava tranquila. Eu lembro que ela ficava vigiando, com as amigas, até os barcos partirem.

– O álcool sempre causa problemas – disse Klemet, pondo os pratos na mesa. Eles comeram em silêncio.

Depois de terem lavado a louça, Klemet abriu um mapa sobre a mesa e pôs as velas em cima dele. Fez algumas ligações para os criadores e depois, com o celular no viva-voz, ligou para o Xerife. Fez para ele um rápido resumo do encontro com Johan Henrik. Eles só poderiam falar com Aslak no dia seguinte, na melhor das hipóteses.

– Fico pensando... Vocês têm ideia de por que queimaram a moto do Mattis? E por que não queimaram também o *gumpi*?

– Para apagar impressões? – sugeriu Nina.

– Para isso o *gumpi* também deveria ter sido queimado – disse Klemet.

A delegacia tinha obtido as coordenadas telefônicas do colecionador francês. Ele não falava inglês muito bem, e por isso seria preciso que Nina recorresse à sua memória.

— Ela precisa ligar logo – insistiu o Xerife. – Nós não estamos avançando. E Oslo começou a me cobrar. E tem também os primeiros jornalistas, que já estão chegando. Isso deixa todo mundo nervoso por aqui. O Brattsen falou com os dois pastores do Finnman. Eles confirmam que passaram o dia com ele na tundra. Eles estavam juntos quase o tempo todo, perto de Govggecorru. É longe demais para fazer ida e volta até o *gumpi* do Mattis naquela hora. Isso nos deixa na mesma.

Nina ouviu o Xerife resmungar. Ela imaginou que ele devia estar comendo salgadinhos de alcaçuz, sempre disponíveis em quantidade na sua mesa. Ele ainda mastigava quando voltou a falar.

— Klemet, você precisa ver o Aslak amanhã sem falta, o mais cedo possível. Dos vizinhos mais próximos do Mattis, ele é o último. Se ele não tiver álibi, não hesite em prendê-lo. Se não for ele, estamos mesmo na merda.

— Prender o cara... Peça para o Brattsen. Ele vai ter o maior prazer em fazer isso. Não é o nosso trabalho, você sabe muito bem.

— Eu sei, mas se for preciso vai sobrar para você, Klemet. E no que foi que deram os casos de roubo dos últimos dois anos?

— Ainda não tive tempo. De qualquer forma, precisam ser investigados talvez dez ou vinte anos, você sabe disso. Por aqui as histórias de roubo de renas geram vinganças inimagináveis. Mas vou trabalhar nisso com a Nina esta noite. E a análise dos indícios no *gumpi* mostrou alguma coisa?

O Xerife voltou ao alcaçuz.

— Mostrou dezenas de impressões digitais, claro, inclusive as suas e as da Nina. Mostrou que a morte aconteceu mais ou menos às duas da tarde. Mostrou também que a moto carbonizada é do Mattis. Eles tentaram encontrar marcas de moto sob a camada de neve mais nova, mas até agora não conseguiram grande coisa. E, só para você ficar sabendo, o Olaf e os seus velhos lapões continuam no entroncamento. Instalaram um acampamento com dois *gumpi* e tendas. Vão passar a noite lá. Uma festa. Mas o pastor se acalmou.

Klemet desligou o telefone. Saiu para encher de diesel o seu gerador e pô-lo para funcionar. Do interior, o aparelho era quase inaudível. Nina havia tirado da sacola o seu computador e já fizera a conexão via satélite. O *gumpi* acabava de passar do estado de cozinha-restaurante para o de base operacional. Klemet pôs o celular para carregar ao lado do de Nina, pegou também seu computador e se conectou ao servidor intranet da polícia. Digitou a sua senha, algumas palavras-chave, e logo teve diante de si uma longa lista de casos de roubo de renas. Nina, sentada ao seu lado, seguia o procedimento e lhe dirigiu um olhar cético.

– Duzentos e trinta e cinco itens em dois anos. É muito, não? As coisas por aqui são problemáticas assim?

Klemet ficou em silêncio por um tempo, coçando o queixo e olhando para os títulos dos primeiros casos.

– Sem falar em todos os casos que nunca chegaram a ser conhecidos. Na minha opinião, esse número de casos pode tranquilamente ser multiplicado por cinco. Isso sempre foi um problema por aqui, e, afinal de contas, essa é exatamente a razão pela qual a Polícia das Renas foi criada depois da Segunda Guerra Mundial. Os criadores já estavam cansados de ser roubados pelos noruegueses. As pessoas não tinham mais nada para comer, depois que os alemães queimaram tudo na região à medida que iam se retirando.

– E agora?

– Continuamos tendo roubos cometidos pelos noruegueses, sobretudo perto do outono, depois que as renas foram empanturradas de grama durante todo o verão. Em setembro, antes da transumância para as pastagens de inverno, é quando a carne é mais tenra. Sempre estão por aí noruegueses da costa que, para encher o congelador, são capazes de surrupiar uma rena encontrada na beira da estrada. Mas não é desse tipo de roubo que se fala aqui. Os noruegueses não vêm para a tundra em pleno inverno. Esse campo é dos *sami*.

– É estranho. Para mim é difícil ver os *sami* como ladrões de renas. Eu não imaginava que houvesse conflito entre eles. Achava que eles ajudassem uns aos outros.

Klemet fez uma careta. Nina prosseguiu:

– Se estou entendendo direito, haveria ainda algumas centenas de suspeitos entre os criadores de renas, caso pudéssemos encontrar a origem das vinganças, que têm muitas décadas...

– Em tese, sim. Não há outra coisa senão vinganças. Se dois rebanhos se misturam, um criador pode resolver abater as renas de outro que foram encontradas em meio às suas. Isso lhe permite economizar seus animais. As renas são identificadas pelas marcas nas duas orelhas. Você faz desaparecerem as duas orelhas e pronto, acabou: não há identificação, não há queixa e tampouco investigação. Quase sempre é assim, embora as pessoas daqui não gostem muito de falar sobre isso. E mais, não se considera que retirar algumas renas do rebanho do vizinho seja uma coisa tão dramática. Sempre se desconfia de que o vizinho faz isso. Na primavera, as renas jovens que perderam a mãe têm o mesmo destino. Um filhote sem marca encontrado em plena floresta pertence à floresta, quer dizer, a quem o encontra. Em muitos casos os criadores não consideram que isso seja um roubo, pelo menos não da forma que nós consideraríamos.

– Mattis estava implicado em casos desse tipo?

– Mattis e todos os demais. Outra coisa: há graus diferentes. Tem os que retiram uma ou duas renas, os que roubam dez e, por fim, os que dobram seu rebanho no espaço de alguns anos. Os Finnman, por exemplo, têm essa reputação. Nunca se pôde provar nada. Mas é a reputação deles na região. Vou começar a fazer uma triagem e você liga para a França antes que fique tarde.

Nina havia passado nove meses na França trabalhando como babá. Isso tinha sido no ano anterior à sua entrada na polícia. Na verdade, o que a levou a entrar na polícia foi o que ela havia vivido na França. Ela não tinha falado sobre isso com ninguém. Houve uma única exceção: a delegada de polícia que a examinara na prova oral de admissão à academia e que depois a apoiara guardando segredo. Nina havia conservado um sentimento de vergonha do incidente na França, pois tinha uma ideia muito clara do certo e do errado. Restos da educação rigorosa dada pela sua mãe. Ela sabia que o que acontecera na França era errado, no entanto, fora arrastada ladeira abaixo sem poder resistir. Contra a sua vontade. Perdendo o controle sobre si mesma. A simples lembrança da perda de controle lhe era penosa. Um sentimento de aversão por aquele homem, por si mesma. Por que ela não tinha encontrado forças para persuadir aquele homem? Por que ele não a havia escutado?

Ela olhou para o número do telefone. Um número parisiense. O caso tinha se passado em Paris. Ela colocou o fone de ouvido e digitou os números.

Uma voz masculina atendeu rapidamente. Assim que abriu a boca, ela ficou surpresa por constatar a que ponto o seu francês ainda era fluente.

– Bom dia, eu me chamo Nina Nansen.

– Bom dia – respondeu-lhe uma voz educada e bonita. E muito jovem.

– Estou ligando por causa de um tambor *sami* que o senhor doou ao museu de Kautokeino.

– O tambor, sim, claro, mas imagino que a senhora esteja querendo falar com o meu pai, que foi quem fez a doação. Eu sou Paul.

– Ah, sim, por favor.

– O problema é que o meu pai não está em condição de falar ao telefone. Ele está acamado, com dificuldade para falar. Está muito fraco. O que posso fazer pela senhora?

– Eu sou da polícia norueguesa e estou ligando porque o tambor foi roubado na madrugada de segunda-feira em Kautokeino, no Juhl.

– Ah, sim, eu sei. Os seus colegas ligaram mais cedo. Eles me disseram que uma pessoa que falava francês ia me ligar. Que história estranha. Vocês encontraram o tambor?

– Não, e é por isso que tenho algumas perguntas a fazer ao seu pai.

– Tudo bem. Se eu puder, ajudarei de bom grado. Do contrário, transmito as suas perguntas ao meu pai.

– Na verdade, o museu ainda não havia aberto a caixa. Por isso nós não temos ideia de como é esse tambor. Nós queríamos saber o que ele tinha de especial, quem poderia se interessar por ele.

– Posso ligar para a senhora nesse número dentro de alguns minutos? Vou perguntar ao meu pai.

Após desligar, Nina olhou para a tela de Klemet. Seu colega de equipe percorria os processos de queixas de roubo. Segundo o arquivo da polícia, o nome de Mattis aparecia em três casos nos últimos dois anos. Por curiosidade, Klemet havia feito uma pesquisa no conjunto da base de dados em que os casos estavam digitalizados desde 1995. Havia doze incidências. Das doze queixas, nove tinham sido classificadas como arquivadas por falta de provas. Uma proporção típica desse tipo de caso. Geralmente casos sem maior importância. A maior parte das queixas tinha sido feita pelos vizinhos mais próximos, fossem eles os Finnman – o que era muito cômico, dada a sua reputação malcheirosa – ou Johan Henrik, em dois casos mais graves. Nenhuma queixa fora feita por Aslak. Não o tendo conhecido ainda, Nina não se admirou. Isso correspondia à imagem que ela começava a fazer desse homem sobre o qual corriam tantos rumores.

Logo depois o telefone de Nina tocou. Paul, filho do colecionador, tinha conseguido fazer algumas perguntas ao pai. O tambor lhe fora entregue por um *sami* antes da Segunda Guerra Mundial, quando o velho estava na Lapônia.

– Nessa época meu pai participou de muitas expedições com Paul-Émile Victor na Groenlândia e na Lapônia. Aliás, é por isso que eu me chamo Paul. Durante toda a sua vida, meu pai teve por ele uma admiração sem limites. Ele se sente agora mais fraco e, pelo que eu entendi, tinha prometido mandar o tambor para a Lapônia quando chegasse o momento. Ele não foi muito específico. Fui eu quem remeteu o tambor para o museu. Segundo meu pai, havia também um problema com esse tambor, mas como lhe disse, meu pai está muito fraco. Eu não entendi que tipo de problema era. Vou precisar voltar ao assunto com ele para poder lhe informar. Por enquanto, só tenho isso para lhe dizer.

– O senhor poderia lhe perguntar quem era esse lapão e o que havia com o tambor?

Nina desligou em seguida. O nome do francês, Paul-Émile Victor, não lhe dizia nada, mas havia o velho lapão e o tambor com algum problema.

– Paul-Émile Victor? Não, não sei de nada – disse Klemet quando ela lhe resumiu a conversa.

Ele mandou uma mensagem por rádio a Aslak para avisá-lo da visita que lhe fariam na manhã do dia seguinte. Aslak não tinha telefone fixo nem celular. Apenas um rádio velho, de um estoque da OTAN. Klemet partia do princípio de que o criador de renas não responderia, e mal sabia se ele ouvira. Ele mandara a mensagem sobretudo para se motivar. A ideia de encontrar Aslak não lhe agradava. Klemet se levantou para pôr lenha no fogão. O *gumpi* estava agora bem aquecido. Pela janelinha não se via nada além de uma escuridão compacta. Ele percebeu uma vaga aurora boreal à esquerda, esverdeada, mas nada excepcional. O dia seguinte teria bom tempo. Ele pensou no seu tio Nils Ante. Não sabia por quê, mas todas as manifestações da natureza o remetiam sempre a ele. Seu tio, que sabia tão bem descrever esses fenômenos com palavras maravilhosas e simples, ao passo que ele se sentia tão canhestro diante da natureza. E, pensando bem, não era só na presença da natureza que ele se sentia desajeitado. Klemet afastou a aurora dos seus pensamentos.

Nina preparava café solúvel. O longo rabo de cavalo loiro caía sobre o pulôver grosso e seu rosto fresco parecia concentrado na tarefa que ela realizava. O pulôver moldava levemente os seus seios. Ela lembrava a Klemet essas mocinhas saudáveis e simples que ele desejava quando jovem, mas que eram inacessíveis. Elas não eram nunca para ele. Ele se sentia muito diferente, muito... desajeitado. Sempre voltava ao mesmo ponto. Ali, naquele *gumpi*, longe de tudo...

— Tudo certo, Nina? Você está bem?

Ela se virou para Klemet e lhe dirigiu um sorriso luminoso.

— Estou, obrigada. Três pedras de açúcar, como sempre?

— Três, sim. Você gosta daqui?

— Muito.

Ela despejou o café nas xícaras de plástico colorido.

— Na verdade, eu não entendo por que há tão poucos candidatos para o Norte na academia de polícia. Porque eu gosto.

— Melhor assim. Para nós, é bom ter pessoas do Sul. Sobretudo mulheres. Não há muitas por aqui.

Ela sorriu de novo, mas não disse nada. Klemet se sentia um idiota, e isso o irritava porque ele se lembrava dos seus vinte anos. Ele nunca encontrava o que dizer, ou encontrava tarde demais, quando outro já havia levado o prêmio. Ele se levantou.

— É verdade, por aqui não há muitas moças bonitas como você. Você tem intenção de ficar?

Ele havia se aproximado para pegar sua xícara.

Nina não parecia reagir aos esforços do colega. Isso é humilhante, pensou Klemet. Ela continuava sorrindo para ele, mexendo o leite em pó no seu café.

– Aqui eu me sinto bem. O que estou descobrindo sobre os *sami* e os noruegueses daqui me interessa. Para mim, não será nenhum problema ficar aqui por alguns anos. Vou falar sobre isso com o meu namorado – disse ela, mostrando sempre o mesmo sorriso.

Meu Deus, pensava Klemet, eu me sinto um idiota. Ele lamentava agora ter levado a conversa naquela direção, embora Nina não parecesse ter percebido, o que era ainda mais mortificante. Ele se lembrou de um amigo que atiçava as mulheres somente com um olhar no momento certo. Ele nunca soubera fazer isso. O telefone o salvou. Era o de Nina.

12

22h. Kautokeino.

Depois de uma hora na delegacia, André Racagnal saiu. Aquele policial limitado era durão. Ele o enfrentara. Durão e limitado. Inicialmente Racagnal tinha sentido os ossos gelarem quando o policial lhe perguntou o que ele havia feito na terça-feira. Ele tinha refletido muito rapidamente, repassando o filme do dia. Mas não, não era o que interessava ao policial. Brattsen até fora indulgente o bastante para lhe esclarecer imediatamente, mencionando o assassinato daquele criador de renas. Racagnal tinha ficado impassível. Mas sentira um imenso alívio. O policial não desconfiava de nada. A partir de então, ele tinha podido responder de modo bem mais despreocupado, retomando o tom cínico que afetava para todos. No entanto, o policial insistia. Não se satisfizera com o álibi consistente para a famosa terça-feira. Além disso, ele lhe fizera uma série de perguntas sobre o seu ofício de prospector.

Contudo, a sua ausência de Kautokeino na quarta-feira, dia em que tinha sido cometido o assassinato do criador *sami*, era explicável. Ele precisara fazer uma viagem de ida e volta a Alta, que ficava a uma hora e meia dali pela costa mais ao norte, e o seu veículo ficara bloqueado na garagem porque o mecânico baixara as portas durante uma manifestação do Partido do Progresso. A primeira manifestação naquele lugar há um quarto de século, e tinha de atrapalhar a sua vida! Uma manifestação "que não se pode perder", lhe garantira o mecânico, que havia levado consigo os seus dois auxiliares. Mas que idiota, esse mecânico! E ele se sentira obrigado a lhe explicar tudo, que aquela manifestação era uma reação dos noruegueses, que já não aguentavam mais os lapões que comem mortadela e arrotam caviar com o maldito tambor deles, que eles ficavam esquentados por causa desse tambor roubado em Kautokeino, que os outros queriam ter direitos, mas que eles, os noruegueses, tinham os mesmos direitos, não é verdade? E que se davam direitos aos lapões, logo seria preciso dá-los aos somalis. "Hein, francamente, era possível uma coisa dessas, hein?"

Que imbecil, pensara Racagnal. Ele não ligava a mínima para os lapões, os noruegueses, os somalis e o tambor. Ele não ligava a mínima para ninguém. Ele queria o seu 4x4. O pior era que o mecânico aparentemente achava que agradaria a um francês ver que os noruegueses também podiam fazer manifestações. Imbecil. Racagnal tinha ido comprar material, tinha dito que passaria para pegá-lo mais tarde, depois havia passado o resto do dia nos bares de Alta. Fazia-se rapidamente a ronda de todos eles. Ele tinha começado pelo bar do hotel Nordlys, depois se rebaixou, seguindo o conselho do motorista de táxi, e fora ao bar Han Steike, no centro. O bar tinha se tornado interessante no meio da tarde, quando ficou cheio de garotas vindas da escola. As jovens norueguesas riam muito. Racagnal não pôde deixar de examiná-las da cabeça aos pés. Era preciso prestar atenção. Uma delas, de cabelos cortados na altura do pescoço e com uma franja que lhe chegava até os olhos, tinha chamado a sua atenção mais que as outras. Ela não era a mais bonita, mas ele não podia deixar de pensar que, com aquela franja até os olhos que a obrigava a erguer o queixo para ver melhor, a menina tinha algo de safada. Normalmente as garotas de cabelo anelado o atraíam. Mas essa, a loirinha com franja, o havia excitado. Racagnal tinha dado uma olhada à sua volta. Havia uns dez clientes às mesas, a maioria tomando um café, mais três operários de macacão fluorescente que terminavam o dia de trabalho tomando uma cerveja no balcão. O grupo de colegiais ria alto. A de franja tinha pego um caderno. Muitas delas estavam fazendo os deveres no café. Muito perigoso aqui, disse o francês. Racagnal tinha se concentrado no seu copo, na sua missão. Isso não ajudara nada. O rosto infantil continuava se impondo a ele. Uma safadinha de pele suave. Racagnal havia fechado os olhos. Para se acalmar, se lembrou da sua última estadia no Congo. O Congo... As meninas de Kivu. Era preciso apenas se curvar. Nem mesmo se curvar. Elas eram erguidas até ele. Ali isso seria mais complicado...

Já haviam se passado dois dias. Depois da conversa na delegacia, a polícia o deixara em paz. Ele pudera se dedicar aos preparativos da sua missão. Estabelecera seu QG no Villmarkssenter, que durante muito tempo tinha sido o único hotel de Kautokeino. Era um lugar simples, com um proprietário prestativo cuja mulher, dinamarquesa, falava alto, fumava e bebia, mas somente no terraço, para não incomodar os clientes. Ele já estivera hospedado ali muito tempo antes. Outros hotéis bem maiores tinham surgido desde a construção de um pequeno aeródromo, nos últimos anos. O repentino desenvolvimento da aldeia se ligava ao grande interesse que a região passara a ter para as companhias de mineração. Em volta de Kautokeino, no interior de Finnmark, a prospecção mineira só era autorizada no verão, na época em que as renas estavam muitas centenas de quilômetros ao norte, dispersas pelas pastagens da costa. No inverno, depois da transumância do outono, as renas se concentravam de novo na região entre Kautokeino e Karasjok, onde se alimentavam de líquen. Os *sami* não autorizavam nenhuma atividade que pudesse perturbar seus animais ou ser capaz de fazê-los fugir para os vizinhos. As raras exceções a essa proibição ocorriam quando a atividade era limitada e não intrusiva. André Racagnal tinha preenchido um requerimento no qual explicara que na maioria dos casos ia fazer seu reconhecimento a pé, e excepcionalmente em moto, num perímetro claramente delimitado e respeitando uma pista balizada. Em Kivu era mais simples, mas Racagnal sabia que quem quisesse trabalhar em Kautokeino precisava respeitar essas regras. Pelo menos na medida em que elas não o restringissem excessivamente.

Klemet Nango tinha aproveitado a chamada telefônica para retornar ao seu lugar. Ele se sentou na frente do computador e retomou a leitura dos processos de roubos de renas. Mas ao ver os lábios de Nina diante do telefone, o pulôver com aquela bonita protuberância, ele voltou a devanear. Vinte e cinco anos passados ele sentia a mesma amargura. Quantas oportunidades perdidas... E, no entanto, Klemet havia frequentado na juventude as mesmas festas que seus colegas, organizadas nos mesmos paióis ou em meio às mesmas clareiras da floresta. Quantas vezes ele não havia se demorado na entrada dos paióis, na entrada dos caminhos da floresta, orgulhosamente apoiado no seu Volvo P1800 conversível vermelho. Ele tinha instalado um toca-fitas no painel do carro e punha para tocar a fita de *Pretty Woman*. Mas a moça nunca dizia sim. Foi nessa época que o apelidaram de Bobola. Ele se esforçava, no entanto. O vidro do Volvo não abaixava completamente, e com isso seu cotovelo sempre tinha uma posição impossível quando ele tentava parecer descontraído. Ele queria ser mecânico de carros. Adorava os carros e a mecânica. Um ronco de motor era para ele uma maravilha, quase tão bonito quanto os *joïk* do tio Nils Ante. Na época das festas de São João, quando os mastros eram levantados, ele saía com o cotovelo no ar ao volante do seu P1800 à procura de uma namorada. Mas as moças como Nina não eram nunca para ele. Klemet não bebia; ficava olhando os outros se divertirem, apoiado no capô do seu Volvo. Ele não se queixava, porque as meninas gostavam de encontrá-lo no final da noite, quando seus pares estavam caindo de bêbados. Bobola era o amigo fiel com quem se podia contar, o único que ficava sóbrio. Ele conseguia às vezes um beijo, nunca algo definitivo nem tampouco mais íntimo, mas de bom grado as meninas lhe concediam isso, sabendo que ele não iria além ou que pelo menos saberia parar, se elas pedissem. Na verdade ele as tranquilizava. E mesmo se muitas vezes se sentia frustrado, achava que encontrava naquilo o seu prazer. Por alguns dias aqueles beijos roubados bastavam para povoar a sua mente.

Quando se tornou policial, Klemet adquiriu segurança em relação às mulheres. Ou pelo menos tomava seu comportamento por segurança. Outra pessoa sem dúvida acharia que a sua atitude disfarçava a falta de jeito.

Klemet se lembrava como se tivesse sido ontem do dia em que chegara a Kautokeino, depois de anos de ausência, com uniforme de policial, sempre bem robusto mas agora sedutor. Olharam para ele de modo diferente. Ele havia ficado enormemente satisfeito com aquilo. Das mulheres da região, ele tinha podido obter mais que beijos no canto da boca, sobretudo quando partia em missão de muitos dias, visitando sítios. Ninguém tinha ousado voltar a chamá-lo de Bobola. Ninguém, até a chegada de Brattsen, que fora posto a par desse apelido antigo por alguma alma caridosa. Ninguém além de Brattsen ousava utilizá-lo, mas às vezes Klemet surpreendia olhares quando Brattsen o provocava, e isso o magoava. Nina o tirou do seu devaneio quando desligou o telefone, depois de ter falado em francês por algum tempo.

– Era o Paul. O lapão que o pai dele conheceu trabalhava como guia para a expedição francesa. Paul viu o tambor muitas vezes na sala do pai. Ele se lembra de uma cruz no meio e que uma linha separava o tambor em duas partes. Ele não se lembra mais dos símbolos, fora as renas.

– Em suma, nada de extraordinário – resmungou Klemet. – Uma cruz no meio é o que há na maioria dos tambores *sami*. Em geral, ela simboliza o sol. E a linha que separa o tambor em dois também é muito comum. Ela separa o mundo dos vivos do mundo dos mortos. Quer dizer, acho que é isso. É o que o tio Nils Ante dizia, se é que as minhas lembranças são corretas. A mesma coisa para as renas; não é isso que vai nos fazer avançar muito.

Klemet coçou a cabeça. Esse tipo de caso era excepcional para a Polícia das Renas. Um roubo de tambor, um assassinato. Quase sem indícios, fora as relações tensas entre os criadores. Mas sempre fora assim. Quem lucraria com a morte de Mattis? Ele não podia imaginar. As suas renas seriam abatidas pelo Departamento de Gestão, e, de qualquer forma, estavam em más condições. Quem ficaria com o distrito dele? Isso podia ser uma pista? Seria preciso ver com o Departamento. Mas Klemet não acreditava muito nisso. A distribuição das terras também era muito controlada e respondia a lógicas administrativas estritas.

– Paul me disse que o pai dele tinha conservado num cofre velhos papéis dessa expedição.

Klemet refletiu mais um pouco. Pegou subitamente o celular e ligou para o Xerife. Tor Jensen atendeu logo. Já era tarde.

– Tor, é preciso mandar a Nina para a França, para a investigação. Sem isso nós não vamos avançar.

Nina se voltou para o seu colega com olhos arregalados de espanto. Klemet não havia sequer se dado ao trabalho de pedir a sua opinião. Ela não ouvia o que o Xerife dizia, mas aquela certamente não era uma decisão fácil para uma pequena delegacia como a deles.

Quando Klemet desligou, ela não teve tempo de protestar.

– O Xerife concorda. Aparentemente Oslo está cobrando tanto dele que ele não vê problema em pedir recursos suplementares. Isso me parece uma boa ideia, você não acha?

– Você poderia ter me consultado!

– Por quê? Você tem uma ideia melhor? Você precisa ir dar uma olhada nesses papéis. Até agora não conseguimos nada nessa história. E os ânimos estão se exaltando. O Xerife me disse que houve uma manifestação do FrP em Alta. Manifestação contra manifestação.

– Você não precisa me tratar como uma criança!

Ela estava colérica. Klemet se calou, pensativo. Isso é por todas as vezes que eu esperei você na saída de um baile quando eu era jovem e você beijava todos os outros, pensou ele estranhamente. O fato de Nina mal ter acabado de nascer nessa época não lhe ocorreu.

– Se você tiver uma ideia melhor, fale.

Ele parecia emburrado.

– Eu não estou falando da sua ideia. Mas é no mínimo estranha a maneira como eu sou invisível para seus amigos criadores e para você.

– Os criadores não são meus amigos.

– Ah é? Mas vocês parecem se entender bem. No próximo interrogatório diga simplesmente que você quer que eu prepare um café para vocês. Você sabia que na escola de polícia em Oslo há um curso especial para as futuras investigadoras? Chama-se "Como ajudar seu colega macho a resolver as investigações difíceis demais para vocês". Aprendemos a fazer café, sorrir, dar apoio, a nos fazermos de bobinhas nos interrogatórios para valorizar as opiniões do nosso colega... Sabe?

Klemet continuava emburrado. Ele queria responder, mas não sabia o que dizer. E se enervava sobretudo por saber que descobriria a resposta quando já fosse tarde demais e fora de propósito. Essa menina o irritava. Uma fedelha! Ele tinha trinta anos a mais que ela, passara por todas as delegacias da região, sem falar de Estocolmo, e além disso ela é topetuda. E de tanto falar em café, lhe dera vontade de tomar um. Que menina desagradável, pensou ele.

Ele se levantou. A cólera de Nina parecia se aplacar. Observou com satisfação que ela não havia se oposto à sua ideia. Propôs um café. Ela aceitou, dando a entender que o incidente estava encerrado.

Nina prosseguiu:

– Você acha possível que os *sami* pró-independência estejam por trás disso?

– Tanto quanto o FrP. Todos eles têm alguma coisa para ganhar com a agitação por causa dessas histórias. Dentro de menos de um ano haverá eleições municipais e legislativas.

– E o Mattis? Os casos de roubo de renas?

– O caso mais importante no qual ele esteve envolvido aconteceu dez anos atrás. Foi nessa época também que atiraram no Johan Henrik. Houve uma sucessão de invernos muito rigorosos e outonos igualmente rigorosos, mais ou menos como este ano. Nevascas, depois degelo, e depois um frio intenso que forma uma camada de gelo. E depois outro aquecimento e outro esfriamento... e outra camada de gelo. Basta que isso aconteça umas duas ou três vezes e as renas já não conseguem quebrar as camadas de gelo para chegar ao líquen. Isso ferra todo mundo. Ficam todos com os nervos à flor da pele. As renas morrem de fome às centenas, aos milhares. Uma família num distrito muito afetado tinha perdido dessa forma milhares de renas. Recompôs parte de seu gado roubando centenas de renas de vários vizinhos. O Mattis estava envolvido. Não foi ele quem organizou o crime, mas o acusaram de cumplicidade. Ele ficou preso alguns meses.

– Mas como eles fazem para roubar animais com as marcas nas orelhas?

– Eles voltavam a marcar as orelhas.

– Voltavam a cortar?

– É, eles cortavam a parte da orelha que estava com a marca e punham a sua própria marca.

– Deus do céu!

– Resultado: centenas de renas com orelhinhas bem pequenininhas. Às vezes as orelhas infeccionavam, pelo modo como eles recortavam. Todas as renas marcadas tinham sido abatidas. Depois desse caso, até o tamanho das orelhas dos animais está regulamentado: não podem ser pequenas demais!

Nina estava perplexa. Era-lhe difícil acreditar que alguns *sami* se permitiam tais atos. Como a maioria dos nórdicos, ela ignorava tudo o que dizia respeito ao modo de vida deles. Ou melhor, tinha deles uma imagem estereotipada. O que vem a dar no mesmo.

– E as outras histórias em que o Mattis se envolveu?

– Coisas sem maior importância. Acho que é tempo perdido. Mattis era um pobre-coitado. E eu tenho a impressão de que a maioria das pessoas daqui o via assim, como um pobre-coitado sem sorte, não como uma ameaça.

– E na Lapônia se cortam as orelhas dos pobres-coitados?

Klemet ficou em silêncio. Ela não estava errada. Alguma coisa não estava se encaixando naquela história. Já não se matava mais uma pessoa por causa de um roubo de renas, principalmente porque nesse terreno Mattis não devia ser um dos que tinham revelado grande maldade.

– O Mattis morava sozinho?

– Que eu saiba, sim. O Aslak talvez possa esclarecer isso. Eu não tinha uma relação pessoal com ele. Você viu o *gumpi* dele? Cheirava à morada de um solteirão velho.

– Por quê? As mulheres são aceitas nos *gumpi*?

– Não, não era isso que eu estava querendo dizer. Os *gumpi* são território reservado. E quando uma mulher é acolhida nele, raramente se trata de uma esposa... Mas os criadores de renas quase sempre tentam mantê-lo em ordem. E ele tinha relaxado quanto a isso.

– Ele me deixou constrangida quando o encontramos. Ficou olhando para os meus seios.

– Ah, é? Ele fez isso?

Klemet se esforçou para olhar nos olhos dela.

– E aquele olhar depravado...

De repente Klemet se interessou pelas pontas dos seus dedos.

– Ora, você dá muita importância a isso – disse ele por fim. – Um homem sozinho no meio da tundra vê chegar uma moça bonita como você, isso mexe com a cabeça dele. Nada demais, é muito natural.

— Não, não é natural.

Então foi a vez de Nina parecer emburrada, e Klemet sentiu que não valia a pena insistir. Ele já não sabia para onde olhar. Felizmente ela retomou o fio do seu pensamento.

— Sem família, completamente?

— A mãe dele morreu há muito tempo. O pai, mais recentemente. Se ele tem irmãos e irmãs, eles não moram por aqui.

— Um homem só, de qualquer modo. Um homem só, um coitado, sem dinheiro, alcoólatra, a quem cortaram as orelhas por não se sabe que motivo antes de apunhalá-lo. E tudo isso apenas vinte e quatro horas depois do roubo do tambor. Isso não lhe parece estranho?

— Mas que diabo! Quem falou que era normal? — disse Klemet enervado. — Por enquanto não temos indícios, nem a arma do crime, nem impressões digitais úteis, nem motivo.

— E o tambor?

— O que tem o tambor?

— Não sei. Fico pensando na relação que ele pode ter com o caso. Afinal de contas, o Mattis fabricava tambores. Em todo caso, o Johan Henrik nos disse que o Mattis era obcecado por tambores.

— É verdade. Eu também revirei isso na minha cabeça, mas o que seria? Não se sabe nada sobre esse tambor. Era um tambor velho. Era...

Klemet fechou bruscamente o computador e pôs as mãos sobre ele. Nina esperou. Ela devia ter razão. O problema era que ele não tinha vontade de complicar a sua vida. Não era para isso que ele havia ingressado na Polícia das Renas. Ele tinha ido parar ali justamente porque se cansara dos golpes baixos, das investigações nas aldeiazinhas da costa onde o álcool fazia grandes estragos, como a prostituição e o tráfico. Ele já estava de saco cheio de tudo aquilo, das patrulhas só na noite de sábado, por causa dos orçamentos muito apertados. A angústia cada vez que saía. Depois de alguns anos essa rotina lhe tinha rendido uma boa depressão, e ele conhecia muitos colegas da sua geração que também haviam chegado a esse ponto. Como ela poderia entender isso? Klemet não tinha a menor vontade de cair outra vez no fundo do poço que o afastara do trabalho durante meses. Seus nervos estavam relaxados. Não havia nada de especial a dizer. Então, sim, a Polícia das Renas era a tranquilidade, o ar livre – e, sobretudo, nada de golpes baixos!

Klemet deu um suspiro. Ia falar, depois desistiu. Mas ele não podia ser caprichoso demais. Com as novas diretrizes da polícia, as mulheres teriam preferência, para preencher as cotas. Pelo menos quarenta por cento das mulheres nos cargos de direção. Diante da ausência de mulheres policiais no Grande Norte, Nina estava destinada a uma promoção muito rápida se não cometesse nenhum erro na Polícia das Renas.

– Talvez você tenha razão – Klemet acabou por dizer.

13

Sexta-feira, 14 de janeiro.
Nascer do sol: 10h31; pôr do sol: 12h26.
1 hora e 55 minutos de sol.

7h30. Lapônia Central.
Gumpi da Polícia das Renas.

No dia seguinte Klemet se levantou cedo. Lá fora era noite fechada. O vento batia contra a janela, na qual se acumulavam cristais da neve levantada pela borrasca. O fogão estava apagado. Ele sentiu arrepios. Sentia as pernas molemente entorpecidas no calor do saco de dormir, mas não hesitou por muito tempo. Saiu totalmente do saco, calçou os sapatos de pele de rena e espreguiçou-se. Nina ainda dormia no beliche oposto, do outro lado da mesa. Ela era a primeira mulher a fazer parte da Polícia das Renas, e os abrigos da brigada não tinham sido feitos para receber homens e mulheres ao mesmo tempo. Essa proximidade não pareceu incomodá-la quando fora dormir na noite anterior. Melhor assim. Klemet não teria suportado queixas. Pôs lenha no fogão e acendeu o fogo. Os ruídos a acordaram. Enquanto preparava o café, ela se vestiu rapidamente, cumprimentou-o e saiu. Voltou cinco minutos depois, com a toalete feita na neve.

– Devo dizer que isso não é de todo ruim – disse ela com as faces avermelhadas depois de ter esfregado o rosto com a neve.

Klemet pôs na mesa o café e a comida. Tivera tempo de dobrar o saco de dormir. Mostrou a panela cheia de água quente.

– Você pode terminar sua toalete, se quiser. Volto daqui a cinco minutos.

Klemet parou um instante na entrada da cabana, obrigando-se a se expor ao vento gelado, com o olhar plantado na escuridão, como se tentasse investigá-la. Desabotoou o macacão e o fez deslizar dos ombros até os joelhos. Obrigava-se a esse exercício toda manhã, quando a noite ainda reinava na tundra. Não gostava daquilo. Mas era um ritual. Era preciso que ele se forçasse a cumpri-lo. Seu olhar varreu a escuridão. Ele permanecia imóvel, para sentir o frio tomando-o. Aspirou profundamente e avançou no breu. Deu tapas nos ombros, depois pegou um pouco de neve e esfregou o rosto, o torso, as axilas, o pescoço. Enxugou-se e voltou para a cabana.

Sentaram-se em silêncio e comeram.

– Quando vamos encontrar o Aslak?

– Logo.

Klemet mastigava devagar o seu pão com creme de ovas de peixe.

– O Aslak é um tipo bem particular – disse ele sem olhá-la. – É muito respeitado na região, e temido também. Mas é temido por ser diferente. Não fez como os outros, que compraram casas, muitas motos, carros para qualquer tipo de terreno, que usam helicóptero para trabalhar, e alguns até começam a contratar tailandeses para ajudar na guarda das renas. Ele é... bom, ele parou no tempo.

– E com isso ele se torna especial?

– Digamos que as pessoas veem nele uma imagem do passado. E é uma imagem da qual elas podem ter um pouco de saudade, acho eu.

– Você tem?

8h30. Lapônia Central.

Pilotando as motos de neve, Klemet e Nina tinham deixado o acampamento havia quarenta e cinco minutos quando aconteceu o incidente.

Um incidente aparentemente sem importância, mas que Nina não esqueceria. Como sempre, Klemet ia na frente. O dia não tinha raiado, mas a luz da aurora, ampliada pela neve espessa, dava uma visibilidade quase suficiente para dispensar os faróis. Nina segurava firmemente o guidão, embalada pelo ronco forte do motor, que respondia ao menor movimento do pulso. O calor do motor contra as suas coxas se espalhava por todo o seu corpo. Eles não deviam estar muito longe do acampamento de Aslak. O vento frio era bloqueado pela viseira do capacete. Somente um fiozinho persistente se imiscuía por uma fenda e a incomodava como uma mosca teimosa. Ela matutava sobre o retrato estranho que todos pareciam fazer daquele homem. Olhava sem ver as bétulas anãs à sua esquerda, ao longo do que devia ser um rio gelado. Começaram a subir o flanco suave de uma montanha, afastando-se do rio invisível cuja sinuosidade se revelava melhor à medida que avançavam pelo leve aclive. Seguiam tranquilamente, sem pressa, e pela primeira vez, pensou Nina, quase ouviam a natureza enquanto passavam. Ela tirou o capacete, ficando apenas com o *chapka*, e ainda devaneava quando um tiro brutal cobriu o ronco da moto e a sobressaltou. Algo passou à sua direita. Ela só percebeu o que era quando viu diante de si uma larga silhueta com esquis que gesticulava diante da moto de Klemet. O homem, surgido do nada, estava parado numa nuvem de neve fina, no meio do caminho de Klemet, forçando-o a parar. Nina percebeu que Klemet permanecia calmo na moto e levantava o visor, enquanto o outro, esse sim, gritava. Ela estava pasma. Aquele homem acabara de atirar neles, ou pelo menos havia atirado para preveni-los, mas Klemet ficava ali sentado sem reagir aos gritos. Por instinto, Nina compreendeu que devia ser Aslak. Ela levantou as orelhas do seu *chapka* para captar melhor o que se passava.

– ... que é um inferno neste momento. Mas, meu Deus, como eu vou dizer? Você não pode passar por aqui. Minhas renas estão ali embaixo. Se se assustarem por sua causa, elas vão passar para o outro lado, onde não vão ter nada para comer. É um inferno, eu estou dizendo. Meu Deus, não é possível! Você tem de passar pelo outro lado, não aqui, falei claro?!

O tom incrivelmente autoritário, ameaçador, dispensava qualquer ameaça explícita. Toda a atitude do criador de renas exprimia força, um poder que envolve. Nina tinha a impressão de que se Aslak – porque o homem correspondia perfeitamente à imagem que ela fazia dele – se lançasse sobre Klemet, o reduziria a pedacinhos. E, estranhamente, naquele momento ela teve a impressão de que Klemet não faria nada para se defender. Que coisa esquisita, pensou.

Aslak usava uma peliça de pele de rena como a de Johan Henrik. A dele era mais longa. Tinha botas e calças de couro, e também luvas de pele de rena. Não usava capacete, mas um *chapka* grosso, parecido com o dos policiais.

Nina não ousava fazer o menor gesto. Observava, nítida, à luz do farol de sua moto de neve, a silhueta imóvel do seu colega e Aslak, cujos olhos escuros com olheiras fundas exprimiam furor. Seu rosto era cheio de cicatrizes, com barba de alguns dias, um maxilar quadrado – o que é raro entre os *sami* –, os traços pronunciados, com maçãs do rosto salientes, um nariz forte e uma boca carnuda, quase sensual. Mas o olhar penetrante foi o que mais a impressionou. Emanava daquele olhar uma força bruta. Ele tinha numa das mãos a espingarda e na outra um bastão. Todos os seus gestos eram lentos, mas se via que seu corpo inteiro se mexia a cada movimento. Aslak, apesar da espessa camada de roupas, era um homem de uma vitalidade admirável. Nina pensou num lampejo que Klemet e ela não estavam armados, como era usual na polícia. As armas ficavam num cofre da delegacia. Prático...

Aslak por fim se voltou para ela. Seus olhos a examinaram. Ela sustentou o olhar. Não havia mais nada de ameaçador nele, pensou ela. Só era... como que um imenso cansaço. Nina estava considerando que o interrogatório provavelmente seria complicado, mas nesse momento ficou paralisada. Um grito terrível ressoou. Um grito longo, rouco, que exprimia uma dor atroz. O grito vinha de longe. Mas de onde? O terror era invisível, mas o grito repercutia no vale. Depois ele cessou, cedendo lugar ao vento que o havia trazido até eles. Nina foi tomada por uma angústia súbita, inexplicável. Aquele grito inumano a gelara. Mas era preciso fazer alguma coisa. Ela se voltou para os dois homens. Aslak estava calado. Não manifestava nenhuma surpresa. Ainda tinha os olhos pousados nela. Seu rosto era perturbador. Os lábios, agora contraídos, haviam perdido toda a sensualidade. Klemet quebrou o silêncio.

– O que foi isso?

10h. Kautokeino.

André Racagnal entrou na loja de caça e pesca de Kautokeino. Quase imediatamente percebeu a viatura da polícia fazendo uma conversão e indo estacionar diante dela. O policial que o tinha interrogado alguns dias antes saiu do veículo. Merda, pensou ele. O geólogo francês pensou por um instante em fazer meia-volta, mas acabou achando preferível ficar, para não atrair a atenção do vendedor. Racagnal deu um jeito de ir até o fundo da loja, na seção de facas.

Rolf Brattsen entrou, dirigiu-se à parede da esquerda, onde estava o material de pesca. Ele parecia estar mergulhado na observação atenta de moscas coloridas. Racagnal se virou, e estava absorto na comparação de lâminas largas quando sentiu uma presença atrás de si.

— Isso é para caça grande...

Racagnal ergueu a cabeça. O policial estava ali. O geólogo se esforçou para sorrir ao cumprimentá-lo.

— Quem sabe eu vou ter sorte num dia de caça. É uma boa lâmina?

— Não entendo nada de facas — respondeu o policial olhando-o fixamente. — Você vai caçar?

— Vou fazer minha exploração, como sabe. Assim que tiver a autorização da prefeitura, o que não deve demorar. Estou terminando de me equipar.

Ele depôs a faca. Não precisava dela, e, como o policial não parecia pensar em ir embora, perguntou.

— Alguma novidade no seu caso?

— Estamos investigando, estamos investigando.

Brattsen estava bem perto dele. O policial havia perdido o aspecto de policial. Estava amável, com um sorriso um pouco congelado, é verdade, mas de qualquer forma se esforçava para adotar uma aparência que não parecesse obstinada demais. Mas o pior é que ele não conseguia, pensou Racagnal.

O francês não tinha tempo a perder, mas sentia que depois do interrogatório do outro dia ele precisava tomar cuidado com sua atitude. Nada devia pôr o policial na pista de Alta. Racagnal pensou em sua visita ao bar e logo afastou essa imagem.

— O encontro não foi agradável? — indagou o policial.

Meu Deus! Racagnal esperou um instante antes de responder. O policial desconfiava de alguma coisa? Não. Isso era simplesmente impossível.

– Não. Precisei renunciar a meu romance daquela noite. Não faz mal. Mas vou trabalhar durante um tempo por aqui. Não posso deixar todo mundo contra mim.

– Não, claro.

Os dois homens ficaram em silêncio por um momento e depois Brattsen voltou a falar.

– Você gostou muito daquela garota, hein? Eu notei...

Racagnal observou Brattsen, para tentar perceber suas intenções. O policial conservava o ar de quem se esforça para ser agradável. Ou talvez ele fosse realmente gentil.

– Ela era... interessante.

– Um pouco jovem, não?

– Maior de idade, me pareceu – disse com cautela o geólogo.

– Claro, claro – replicou Brattsen, olhos fixos nos dele e retomando, sem se dar conta disso, seu ar natural e obstinado. Seu rosto voltou a mudar.

– Quando você vai para o *vidda*?

– Estou terminando de me equipar. E depois preciso encontrar um guia, um sujeito daqui.

– Ah, sim, claro, um guia. Quem você vai contratar?

– Ainda não sei. Preciso de alguém firme, que conheça o terreno.

– Ah, isso não é difícil. Os caras daqui não são muito inteligentes, mas são fortes e na natureza estão no seu elemento. Se você não escolher um alcoólatra, claro.

– Me recomendaram um criador chamado Renson, de origem sueca. Parece ser um sujeito esperto.

– Renson? Se fosse você, eu procuraria outra pessoa.

– Por quê?

– Procure outra pessoa, não vou dizer mais nada. É o conselho de um amigo. Se você não quiser ter atrasos em sua exploração.

André Racagnal viu que era inútil insistir. Mas isso não mudava nada. No Villmarkssenter tinham alardeado os méritos de Renson. Um criador de renas atípico, um tanto cabeçudo mas muito esperto, com muitos contatos e sobretudo disponível, pois pertencia a um clã poderoso cujos membros podiam se revezar para cuidar das renas enquanto ele estivesse ausente.

– Não faz mal, eu me arranjo bem.

– Tenho certeza. E não se preocupe – disse o policial –, tenho certeza de que você vai encontrar uma garota no pedaço.

Ao dizer isso, fez meia-volta e saiu. Sem ter comprado nada nem olhado outra coisa, como observou Racagnal. O que levava a pensar que ele não estava ali por acaso.

14

Sexta-feira, 14 de janeiro.
10h30. Lapônia Central.

Nina não ouvira a resposta de Aslak. Nem tinha certeza, aliás, de que ele respondera. Seus lábios não haviam se mexido. Tinham permanecido apertados, transidos de dor. E aquele olhar que ao mesmo tempo gelava e queimava. Ela estava exasperada. Dessa vez não deixou que isso transparecesse. Mas estava exasperada. Não entendia nada daqueles tipos que passavam o tempo calados, do seu colega que parecia achar isso normal. Sendo ele policial! Ele estava em posição de exigir respostas, tinha direito a isso! Mas não, ele ficava ali em silêncio. Sem dizer uma única palavra. Como se se perturbasse diante de Aslak. Sim, é isso, pensou ela. Também ele fica impressionado com Aslak.

Quando ela foi se apresentar ao chefe da Polícia das Renas em Kiruna, no lado sueco, ele a alertara. A Polícia das Renas não era uma brigada como qualquer outra. Para começar, disse-lhe o chefe, não admitiam pessoas tão jovens. No entanto, como só havia homens na brigada, era preciso criar um contingente feminino. Mas aquele não era um mundo de mulheres. E depois de ter hesitado durante um momento, o chefe também lhe dissera: talvez não seja nem mesmo um mundo para nós, não lapões.

Fez-se silêncio novamente; o grito parecia ter acabado de se enterrar no fundo do vale, mas ainda provocava arrepios em Nina. Ela olhou à sua volta, toda aquela brancura, as montanhas sem vegetação, de onde emergiam algumas bétulas anãs, alguns rochedos, aquela claridade azulada no céu, onde o sol a custo se imiscuía. De onde eles estavam, no flanco da montanha, o olhar alcançava longe, mas não encontrava nada de humano. O acampamento de Aslak devia ficar do outro lado do cume.

– Aslak, nós temos algumas perguntas a lhe fazer. Nina vai seguir você e cuidará disso.

Nina esperava tudo, menos aquilo. Não era absolutamente o que estava previsto! Ela ia abrir a boca, mas Klemet começou imediatamente a falar, sem olhar para ela, como se evitasse o seu olhar. É isso, ele evitava seu olhar! E não punha os olhos em Aslak. O que estava acontecendo com ele?

– Preciso passar no *gumpi*. Depois explico. Me avise quando tiver acabado; vou voltar para encontrar você aqui. Ou em algum outro lugar. A gente vê.

Klemet a olhou de relance e baixou o olhar. Nina nunca o tinha visto assim. Ela olhou para Aslak, que avaliava os dois.

Aslak não respondeu. Olhou para Klemet e, com um gesto rápido, levantou a espingarda. Com igual presteza a colocou a tiracolo e se pôs a caminho, deslizando em silêncio em direção ao cume.

Em pouco tempo eles tinham chegado ao acampamento, do outro lado do cume. Nina permaneceu por um momento sentada na moto, depois de ter desligado o motor. Estava fascinada com o que via. O acampamento se compunha de três tendas cobertas de ramagem, terra e musgo. Da maior delas saía uma fumaça pela abertura que havia no ponto mais alto. Do lado da tenda mais distante, Nina percebeu um cercado onde, com a chegada deles, uma dezena de renas tinham começado a andar em roda. Demonstravam a sua inquietação, sem dúvida pouco habituadas aos motores. Nina não via nenhuma moto. Tinha a impressão de ter descoberto um cartão-postal de antes da guerra, como no livro sobre os *sami* que ela folheara em Kiruna. Acampamentos como aquele não existiam mais. Embora ainda não tivesse visto tudo, os pastores que ela encontrara até então não dispensavam um mínimo de conforto. Mas Aslak, sim. Aquele homem era de outra têmpera. Ao lado da entrada havia uma espécie de andaime onde estavam suspensos quartos de carne que tinham secado ao vento e deviam estar duros como pedra.

Nina sentia que ia entrar num mundo de cuja existência nunca suspeitara, um mundo bem mais estranho que o de outros criadores de renas. Ela ia transpor uma nova fronteira. O vento a impelia para a entrada enquanto ressoavam em seus ouvidos os gritos de Aslak para um Klemet impassível, o tiro de espingarda, aquele uivo terrível cuja fonte ela imaginava que logo iria descobrir. Aslak se abaixou para entrar primeiro. Desapareceu na semiobscuridade. Depois ergueu um pesado reposteiro que fazia as vezes de porta. Ela já ia se curvar quando voltou o olhar para ele. Aslak fixava nela os olhos negros, com uma intensidade que crepitava no meio das olheiras fundas. Seu rosto todo marcado estava meio oculto sob a barba cerrada. Nina não sabia interpretar aquele olhar que não se movia. Ela se abaixou, transpôs o vão, avançou dois passos e se viu diante da lareira. Tossiu, incomodada com a fumaça que invadia o ambiente. Percebeu um espaço livre à esquerda e foi para lá. No nível do chão o ar era respirável. Ela tirou o *chapka* e soltava os cabelos loiros quando Aslak entrou. Ao perceber novamente aquele olhar sobre ela, Nina voltou a se sentir incomodada por estar expondo seus cabelos, como se estivesse mostrando algo indecente. Prendeu-os sem perda de tempo e com a mesma rapidez se culpou. Aslak continuava em silêncio, esperando que ela se instalasse. Nina se sentia tão longe de tudo o que conhecia que se achava incapaz de abrir a boca. Seus olhos começavam a se acostumar à penumbra, e foi somente então que ela distinguiu, do outro lado da lareira, uma forma que se mexia. Deslocou-se um pouco e viu uma mulher metida numa pesada roupa de pele de rena e com um *chapka* amarrado debaixo do queixo. Fazia gestos muito lentos. Tinha o queixo levemente recuado, maçãs do rosto altas, menos marcadas que as de Aslak, e olhos amendoados que seriam magníficos se não fossem apagados, pensou Nina. Aqueles olhos vazios eram perturbadores, pensou ela. Sem saber por quê, teve certeza de que quem havia gritado pouco tempo antes fora aquela mulher. Ela parecia nem mesmo ter notado a presença deles. Voltou-se lentamente, pegou uma acha de lenha e a colocou delicadamente na lareira. Nina a olhava, incomodada com sua atitude. A mulher não parecia ferida, e sim... distante, ausente, afastada deste mundo. De repente ela deu um longo suspiro. Nina reteve a respiração, temendo ouvir outro grito. Mas não aconteceu mais nada. O olhar fixo nas chamas conservava a mesma imobilidade.

– É a minha mulher – disse Aslak. – Ela não fala. Está num outro mundo.

A mulher começou a cantarolar, como se a fala de Aslak a tivesse tirado de seu torpor. Nina reconheceu o mesmo tipo de melodia rascante que Mattis havia entoado. Devia ser um *joïk*. Nina era incapaz de dizer qual era sua idade. Ela poderia ter entre trinta e sessenta anos.

– Foi ela quem gritou? – perguntou Nina por fim, rompendo um silêncio que começava a lhe parecer pesado.

– Foi ela.

– Por quê?

– É o seu modo de falar.

Ele ficou calado por alguns segundos.

– Como as crianças – retomou Aslak numa voz surda.

Nina observava Aslak. Ele parecia pesar cada palavra. Entre eles havia apenas a lareira. Ela voltou a pensar no comportamento de Klemet. Era quase palpável um véu de tensão entre aqueles dois. Não entendia por que não conseguia começar a discussão. Algo de indefinível pairava ali, junto com a fumaça. Ela tentou voltar a pensamentos racionais, à investigação que os levava cada vez mais longe das suas terras conhecidas. Aslak. Ele seria apenas um vizinho? Teria razões suficientes para matar Mattis?

– Você tem perguntas para me fazer?

Nina sentia que não era bem-vinda ali.

– Estamos investigando a morte do Mattis. O senhor sabe que ele foi assassinado, que a moto dele foi incendiada e o *gumpi*, revirado. Nós estamos conversando com os vizinhos. Tenho perguntas precisas a lhe fazer, que fazem parte do procedimento de rotina e da investigação da vizinhança.

Nina percebia que exagerava nos detalhes como justificativa, quando não precisava se justificar. Mas o olhar intenso de Aslak sobre ela e o silêncio dele a impressionavam e deixavam-na desconcertada. E isso a enervava!

— Onde o senhor estava na segunda-feira e na terça-feira?

— O que você acha?

Nina olhou longamente para o pastor. Os lábios dele se franziam num trejeito desdenhoso. Mesmo assim, achava Nina, eles conservavam uma sensualidade selvagem. As brasas se refletiam no seu olhar, e para Nina aquele olhar era perigoso. Aquele homem era capaz de matar, disse para si mesma.

— Onde o senhor estava?

— Com as minhas renas.

— Com as suas renas. Hum.

Nina percebeu que Aslak não faria nada para lhe facilitar o trabalho. Evidentemente ele não sabia que pesava sobre si uma ameaça de prisão. Ela parecia reviver exatamente a mesma situação experimentada com Johan Henrik. Deu uma olhada para a mulher dele, que fixava o cume da tenda, absorta na fumaça que saía por lá. Não havia mais nada para extrair ali também.

— Quando foi que o senhor viu o Mattis pela última vez? — prosseguiu Nina.

Aslak se curvou sobre a panela. Mergulhou nela a sua caneca de bétula e bebeu um gole de um quentíssimo caldo de rena. Somente depois fez um sinal para a policial se servir. Ela mergulhou na panela a sua caneca.

— Eu o vi no domingo — disse finalmente Aslak. — Domingo. Ele estava mal. Mal. Mal durante o tempo inteiro. Não se aguentava mais. Ele veio comer aqui. Nós nos encontramos a oeste, uns quarenta e cinco minutos daqui. Eu lhe disse que tinha de cuidar das suas renas. Elas estavam do meu lado. E do lado do Johan Henrik. Ele não ligou.

Ele tomou um grande gole, aspirando ruidosamente, e voltou a falar, agora com o olhar ainda mais intenso.

— Foram vocês que mataram o Mattis. Vocês. Com as suas regras, os seus traçados. Já não dá para viver da criação como se vivia antes.

— Ninguém o obrigava a beber — replicou Nina.

— O que você sabe sobre isso? Ninguém ajudava o cara. Fazia seis meses que ele não abria uma carta. Ele não ousava mais fazer isso. Tinha medo.

— Ele tinha medo do quê? — indagou Nina.

— Tinha medo de estar perdido. De ter se perdido. De ter falhado em tudo.

— O senhor quer dizer como criador?

– Como criador, como homem. Um criador que não sabe cuidar das suas renas não é um homem.

– Pelo que estou começando a compreender do modo de vida de vocês, um criador que trabalha sozinho não tem a menor chance, o que não tem nada a ver com o fato de ser ou não um homem – interrompeu Nina. – Sempre houve ajuda mútua no *vidda*, não é verdade?

– Ah, muito bem, o que você sabe sobre isso? Foi o Klemet quem lhe contou isso? Não basta ser lapão para saber e compreender o que acontece aqui.

– A culpa não é do sistema. Foi ele quem se meteu nessa situação – argumentou Nina. – Onde o senhor estava na segunda-feira e na terça-feira?

Enquanto fazia as perguntas, Nina percebia que, qualquer que fosse a resposta de Aslak, seria muito provavelmente impossível checá-la. Aslak limitava ao mínimo seus contatos com a cidade – não precisava ir até lá para se reabastecer de gasolina. E não tinha celular que pudesse ser rastreado. Um impasse.

Ela sentia que não adiantava nada tentar pressionar Aslak como Klemet havia feito com Johan Henrik. Ele era outro tipo de homem.

Era preciso trabalhar de modo diferente. Quanto mais a investigação avançava, mais tinha a impressão de que eles estavam tateando. Por outro lado, lhe parecia que Klemet era muito cheio de cuidados com os criadores. Sem falar em seu comportamento inexplicável com relação a Aslak pouco antes. Ele seria demasiado próximo deles? Entretanto, os *sami* davam a impressão de desconfiar dele. Nina lembrou o que o Xerife lhes tinha recomendado antes de ir embora: prender Aslak se ele não tiver um álibi...

– Aslak, o senhor percebe que não respondendo às perguntas se torna suspeito?

O homem lhe dirigiu um olhar frio – indiferente, talvez – que Nina sustentou.

– Como eram suas relações com o Mattis? Parece que vocês eram próximos. Mas também tinham suas diferenças.

Aslak cerrou os maxilares, mantendo o olhar cravado nos olhos de Nina. Ela se forçava para sustentá-lo, mas se espantava ao ver até que ponto os olhos dele eram capazes de exprimir sentimentos tão fortes e trágicos. Então entendeu por que ele impressionava tanto as pessoas. Mas ela não o temia.

— O Mattis estava perdido. Há muito tempo. Sobretudo após a morte do pai. Eu conheci o pai dele. Era um autêntico *sami*. Sabia de onde nós viemos. Há muitas histórias sobre ele. Boas e ruins. Mas as pessoas não sabiam nada sobre ele. Ele tinha o poder. Tinha o conhecimento. Tinha a memória. Mattis não tinha nada disso. Ele tentava parecer um xamã.

— Como?

— Você esteve com ele quando ele ainda estava vivo?

— Estive. Por quê?

— Ele não tentou ler o seu futuro ou lhe vender um tambor?

Nina se lembrou da cena no *gumpi*, com Mattis semiembriagado e de olhos postos nos seus seios.

— Tentou.

— O Mattis era como uma criança. A figura do pai era grande demais para ele. E vocês, sua sociedade, seu sistema, só o rebaixaram ainda mais. Só o destruíram ainda mais.

Nina não queria entrar naquele tipo de discussão. Ela se lembrou do que lhe dissera Johan Henrik sobre a excepcional resistência de Aslak.

— Aslak, é verdade que o senhor matou um lobo enterrando um punho na garganta dele?

Aslak não respondeu imediatamente. Ele mudou a posição das brasas. Nina olhou sua mão curvada sobre a lareira. Notou várias cicatrizes que subiam até o punho. Os traços deixados pelos dentes do lobo, pensou ela com o coração disparado.

— É verdade.

— Parece que o senhor perseguiu esse lobo durante horas, com esquis?

— É possível.

— Quantos quilômetros o senhor pode andar assim durante um dia?

Aslak estava novamente fechado. Ela olhava para a sua boca, que voltara a ser nada mais que um fio miúdo. A mulher dele começou a mexer lentamente a cabeça, da esquerda para a direita. Um murmúrio saía da sua boca, um murmúrio gutural. Ela abriu ligeiramente a boca e o murmúrio se tornou mais forte.

— Saia! – disse-lhe subitamente Aslak.

Nina se surpreendeu com essa reação súbita. Viu que tinha encostado o dedo num ponto sensível.

– Saia daqui agora! – rosnou Aslak.

O que estava acontecendo? Nina olhou para Aslak, que se levantava. Ela o via, ameaçador, mas ele não fazia o menor gesto na direção dela. Sua mera presença era ameaçadora e suficiente.

Seu olhar era irrecorrível. O murmúrio da mulher se ampliava. De repente Nina se deu conta de que estava em plena tundra, diante de um homem de reputação misteriosa, cercada de gelo e desolação, longe do seu colega. Sentiu frio repentinamente, mas seus calafrios exprimiam também uma outra coisa que ela não queria confessar. Seus olhos ardiam com a fumaça. Ela fechou a sacola. Agora queria fugir daquele murmúrio lancinante. Com o corpo soerguido, avançou em direção à saída. Aslak a seguiu e parou diante da entrada da tenda. Quando Nina ia dar partida na moto, o grito terrível voltou a ressoar. Ela se virou para Aslak. Ele ergueu o reposteiro, preparando-se para voltar para o interior. O grito continuava. Nina esqueceu imediatamente seus questionamentos, seus medos. Estava desamparada e lançou um olhar cheio de empatia para Aslak. Este havia congelado o olhar, um olhar duro. Ele respirava mais rápido, projetava o queixo num gesto de desafio e mantinha os punhos fechados. Nina percebeu, pela abertura da tenda, a mulher de Aslak levantando os braços para o céu numa expressão de sofrimento extremo. Então ela ouviu. E o que ouviu a perseguiu durante todas as horas que durou a viagem de volta. O grito.

15

Sexta-feira, 14 de janeiro.
11h. Kautokeino.

Naquela manhã, Berit Kutsi havia chegado mais tarde que o normal. Temia ver chegar Karl Olsen, mas o velho camponês irascível não apareceu. Felizmente ela não precisava dele para realizar seu trabalho. Sabia muito bem o que devia fazer. Para dizer a verdade, ela sempre soubera o que devia fazer.

Desde a infância, sabia qual era seu lugar. Pessoas como ela sempre sabiam qual era seu lugar. Berit tinha deixado a escola aos onze anos. A escola não era uma boa lembrança. Ela havia aprendido apenas o norueguês. Não havia escolha. Foi por isso que a puseram na escola. Para aprender norueguês. Quando já sabia o suficiente para se arranjar, ela simplesmente deixou a escola. Já sabia o suficiente para compreender qual era seu lugar na sociedade norueguesa.

Berit entrou no paiol. Tinha de tratar das vacas. Os animais passavam a maior parte do ano no estábulo. As vacas eram em pequeno número no interior de Finnmark. Aqueles territórios selvagens não pareciam comportar outros animais exceto as renas. Mas alguns camponeses como Olsen haviam conseguido uma boa situação ali, embora fossem minoritários e apenas tolerados pelos *sami*.

Olsen era um homem injusto, avarento. Berit desconfiava dele. E também o temia. Mas Berit Kutsi pertencia a um clã malvisto na região. E encontrar trabalho quando não se pertencia a uma família que tinha as suas próprias renas era uma missão impossível.

Graças a Deus, sua fé lhe permitia sobreviver a essas provações. Deus era um senhor exigente mas misericordioso. Berit tinha confiança, mesmo sem compreender tudo. Acontecia-lhe maldizer Olsen quando ele a humilhava, mas ela sempre o perdoava. O pastor sempre insistia nisso. Para chegar ao reino dos céus era preciso perdoar o homem e se voltar para Deus. Era muito simples, garantia o pastor. "Sem isso não há salvação", dizia ele categoricamente.

Berit era uma laestadiana fiel, confiante e temente. Renunciara a uma vida própria para se dedicar muito cedo ao seu jovem irmão posto à prova por Deus. Ela passou atrás das vacas, que ela sabia reconhecer melhor que os filhos nunca tidos. Depois de tantos anos com as vacas, ela simplesmente achava difícil imaginar que teria podido compreender melhor os seres humanos. Às vezes ela dizia a si mesma que os seres humanos não valiam a pena, se fossem todos como Olsen. As vacas valiam mais. Ela trabalhava nesse sítio desde os doze anos. Agora estava com cinquenta e nove.

No entanto, ela precisava tomar conta dos outros. Deus não teria gostado que ela se limitasse às vacas. Essa ideia a fez sorrir. Às vezes ela se permitia essas liberdades... Imaginar que Deus tinha uma opinião sobre as suas vacas. Berit teve um pouco de vergonha de atribuir a ele pensamentos tão elementares. Deus era amor, mas era preciso temê-lo.

O pastor tampouco teria gostado se Berit se limitasse às vacas. Ele precisava muito dela. Contudo, as vacas competiam mais a ela. Ele era um homem muito próximo das preocupações cotidianas dos seus paroquianos. Era amigo de Karl Olsen, e o bom andamento dos assuntos de Karl Olsen agradava a Deus, lhe dizia ele, porque as vacas são criaturas de Deus, ao contrário das renas. Berit não percebia muito bem a diferença e, de modo geral, censurava o pastor pelo fato de ele se interessar um pouco demais por política, embora ela não entendesse grande coisa disso. Berit achava que o pastor não tratava todas as suas ovelhas do mesmo modo. Ela tratava melhor as suas vacas que o pastor as suas ovelhas. Um dia ela lhe disse isso e ele ficou encolerizado. O pastor lhe repetia isto com muita frequência: "Minha boa Berit, você não sabe nada. É mais complicado. Vou lhe explicar depois da missa", ele costumava dizer. E nunca explicava nada. Essa história de tambor também o tinha enervado. No dia em que ele ouviu Olaf Renson, o deputado *sami*, dizer no rádio que a identidade dos *sami* estava ameaçada pelo roubo daquele tambor – naquele mesmo dia em que, no cruzamento, Olaf Renson o havia chamado de "queimador de tambores" – o pastor tinha despejado em Berit a sua frustração e a sua cólera. "Deus não falava *sami*, Berit, nunca se esqueça disso!" Berit acreditou prontamente nele, afinal, havia aprendido a ler numa Bíblia em norueguês.

Não, Berit não se limitava a tomar conta das vacas de Karl Olsen. Ela precisava cuidar das almas fracas do *vidda*. E das almas puras. Quando pensava nas primeiras e nas últimas, imagens muito nítidas vinham ao seu espírito. Mattis e Aslak. Eles eram os líderes dos criadores de renas, esse povinho do *vidda*, com suas grandezas e misérias, com seus impulsos e sofrimentos. Berit vivia no mesmo ritmo deles. Seu espírito os acompanhava nas montanhas, os aquecia quando das vigílias intermináveis durante o frio mais rigoroso. Berit rezava muito por eles. Os evangelhos noruegueses estavam cheios de palavras bonitas para as almas do *vidda*, e os pastores laestadianos que se sucederam não tinham nunca fraquejado na transmissão da palavra de Deus. Mas quando pensava no que ela sabia, Berit se arrepiava. Ela parou de ordenhar as vacas por um tempo. Foi lavar as mãos, limpou o rosto e deslizou para o fundo do estábulo, onde um cantinho abrigava seus momentos de recolhimento. Ela se persignou e rezou pela saúde das almas fracas e das almas puras do *vidda*.

16h30. Kautokeino.

Quando se encontraram, Klemet não deu nenhuma explicação à jovem colega para seu estranho comportamento com Aslak. A patrulha P9 tinha feito apenas uma pausa de algumas horas para descansar. O regulamento da brigada prescrevia uma noite de repouso num chalé se as distâncias em moto excedessem duzentos e cinquenta quilômetros, mas Nina tinha insistido tanto para prosseguir na investigação que não avançava, segundo ela, que Klemet se dobrara à sua vontade. Só restava esperar que o GPS deles não fosse controlado na volta.

Ela tem ganas de se afirmar, pensou Klemet. Desde que a ideia lhe atravessara a mente, ele pensava naquela história das cotas, e não podia evitar imaginar que mesmo sendo ele o cabeça da patrulha, em razão da experiência e da antiguidade, era ela quem tinha diante de si o futuro. Algum dia ela vai me comandar...

Por ora ele precisava encontrar uma estratégia para avançar na sua investigação. E evitar se encontrar de novo numa situação tão constrangedora como aquela com Aslak. Felizmente Nina não tinha insistido. Ela havia entendido alguma coisa? Aslak teria lhe contado? Ele achava que não. Não era o estilo de Aslak.

O Xerife os esperava na sua sala. Servia-se dos salgadinhos de alcaçuz com uma voracidade indevida. Rolf Brattsen, seu assistente, já estava sentado diante dele. Klemet sabia o que se passava na cabeça do Xerife: Tor Jensen imaginava sem dificuldade que algum dia Brattsen ocuparia o seu lugar. Brattsen era ambicioso. Isso desagradava ao Xerife, Klemet sabia, pois as opiniões de Brattsen, mais radicais, não coadunavam com o delicado equilíbrio que era preciso tentar preservar naquela região. Kautokeino era uma aldeia norueguesa com os mesmos atributos de qualquer cidade norueguesa, mas, além disso, era uma das raras aldeias verdadeiramente *sami*, com um estatuto à parte, como seus habitantes tendo o direito de se exprimirem em *sami* nas suas relações com a administração. A maioria da população era *sami*, e sempre fora assim. Por outro lado, a Polícia das Renas, com a sua jurisdição transnacional, precisava muitas vezes pisar em ovos. A área de competência da Polícia das Renas se estendia pela Lapônia norueguesa, mas também por territórios lapões na Suécia e na Finlândia. A sede da polícia ficava em Kiruna, na Suécia. Essa Polícia das Renas era considerada pelos líderes políticos uma experiência bem-sucedida de cooperação nórdica. Mas o equilíbrio era precário, Klemet bem o sabia. Ele próprio estava incluído na "cota sueca". Passara pela academia de polícia sueca. Mas isso não tinha grande importância para ele. Seus pais vinham da região. Para os *sami* essas histórias de fronteiras eram fúteis. Menos para ele, que respeitava a ordem, e mesmo assim...

— Então, Rolf, a coisa está progredindo?

O Xerife começou se dirigindo a Brattsen.

— Você sabe que Oslo fala em mandar equipes do Sul. Isso seria muito ruim. O nível de confiança de que dispomos em Oslo e em Estocolmo não é muito alto depois da história dos pedófilos, então é bom você conseguir algum resultado, para usar a linguagem de Oslo. Em que pé vocês estão?

Klemet observava Brattsen. Este não tinha pressa, e começou por um giro de olhos pela sala. Além do Xerife estavam ali Klemet, Nina e um membro sueco da equipe técnica que viera da sede, em Kiruna, como reforço.

— Bom, acho que seria melhor o Fredrik, nosso técnico do caso, nos dizer primeiro o que ele acha. Fredrik...

O sueco vindo da sede em Kiruna era um loiro alto e barrigudo, de cabelos à escovinha. Ele olhou para todos, demorou-se em Nina, com quem não cruzara por lá até então, e abriu uma pasta. Deu uma olhada rápida no material e se dirigiu a Jensen, que se impacientava mastigando o seu alcaçuz.

— Bom. Primeiro o assassinato. O relatório do médico-legista não deve demorar, mas me admiraria muito se fosse prioridade. O assassinato de um lapão criador de renas não está no alto da lista. Em todo caso, quero ver esse relatório antes de interpretar algumas coisas. O tipo de faca utilizado, o comprimento da lâmina, isso pode nos dar pistas importantes, assim como as marcas de possíveis golpes e o corte das orelhas. Este é o mais estranho, como os senhores sabem. No *gumpi* nós colhemos muitas impressões digitais. Quanto a isso não avançamos muito porque, na verdade, há as impressões dos policiais e de todos os criadores das vizinhanças. Quanto aos criadores, posso entender. Mas preciso comentar que fiquei decepcionado por ter colhido as impressões de vocês...

O técnico olhou para Klemet e Nina sem nada acrescentar. Mas Brattsen se encarregou de destacar o erro cometido por eles.

— É verdade que a polícia montada não está acostumada com o trabalho da polícia, não é mesmo, Bobola?

— Brattsen, chega — interrompeu-o o Xerife. — O que mais, Fredrik?

— Nós voltamos ao *gumpi* quando parou de nevar. Não vale a pena explicar detalhadamente, imagino, quais as nossas chances de isolar as marcas na neve. Mas, como não nevava havia um tempo, a camada de baixo estava bem compacta e, em alguns pontos, endurecida pelo vento. Sei que isso parece cansativo, mas acho que retirando a camada de neve recente no perímetro em volta do *gumpi* talvez algumas marcas ficassem nítidas.

— Isso é bobagem e perda de tempo — disse Brattsen. — E além do mais você procura vestígios do quê? De uma moto? Poderiam ser marcas de um esqui. Acho que o que se devia investigar era a motivação, e então se saberia por onde começar. E a motivação, já se sabe. É um ajuste de contas entre os criadores.

— Brattsen — cortou Klemet —, você sabe muito bem que podemos ter todas as motivações da face da terra, mas se não ligarmos um assassinato a observações de campo isso não se sustenta perante um tribunal. E isso, veja você, eu aprendi durante a minha passagem pelo grupo que investigou o assassinato do Olof Palme.

— Deixe de lado o aspirador — prosseguiu Brattsen, ignorando Klemet e se dirigindo ainda a Fredrik — e procure sobretudo vestígios nas facas dos criadores, por exemplo, se você realmente está querendo provas. Mas não vá perder tempo com isso. Você acha que temos tantos recursos? Não esqueça que o alto escalão quer resultados – disse ele encarando o Xerife –, então não vamos lhes dizer que ficamos passando aspirador na tundra, não é mesmo?

O silêncio se instalou. Como ninguém falava, o Xerife olhou para Klemet.

– E dos criadores, tem alguma coisa?

– Nós interrogamos o Johan Henrik e o Aslak – disse Klemet. – Nada de conclusivo. O Johan Henrik parece ter um álibi, embora seja meio precário para uma parte do período, pois ele só tem o filho para confirmá-lo. Diga-se de passagem, o Johan Henrik não acha que seja um ajuste de contas entre criadores.

– Ah, ótimo – exclamou Brattsen. – É verdade que ele está em boa situação para dar sermões. Quando atiraram nele? Uns dez ou doze anos atrás? – Brattsen escarneceu. – Só há inocentes nesse caso.

– É verdade que atiraram nele, mas você sabe muito bem que o atirador estava bêbado como um gambá. Os conflitos não se resolvem assim por aqui. As pessoas não cometem crimes só porque são geniosas.

– Ah, sim, e os tiros nos *gumpi* foram só perfumaria, não para intimidar, hein?

– Podemos voltar ao Johan Henrik? – interpôs o Xerife.

– Muito bem, para voltar ao raciocínio do Brattsen – disse Klemet –, eu não vejo motivação para o crime. O roubo de algumas renas não é suficiente. Até o Brattsen devia concordar com isso.

– A não ser que fosse a gota d'água, a não ser que o Johan Henrik estivesse bêbado naquela noite. Tudo pode desandar por qualquer razão.

– Pode ser – disse Klemet em voz baixa. – Mas um motivo não é suficiente.

– Meu Deus – irritou-se Brattsen –, agora o Bobola está nos dando lições de método policial. Isso lhe adiantou muito para encontrar o assassino de Palme. Vamos rememorar: quantos anos faz que mataram o primeiro-ministro em 1986 e o assassino até hoje é desconhecido?

– Brattsen, os seus comentários começam a me cansar – interveio o Xerife.

– E quanto ao Aslak?

Klemet ia falar quando Nina rapidamente se adiantou.

– Também está entravado no álibi.

Durante algum tempo Nina mergulhou em seus pensamentos, lembrando-se do incrível encontro com Aslak. E a impressão estranha, ela percebeu então, de que apesar de seu aspecto aterrorizante, forte e quase brutal, ele também fazia com que a pessoa que falava se sentisse o centro do mundo. Alguma coisa nos olhos, talvez.

– Não há ninguém para confirmar – prosseguiu Nina.

– O quê? – interrompeu brutalmente o Xerife, batendo na mesa com o punho. – E onde está o Aslak? Vocês o trouxeram, espero eu.

Nina olhou embaraçada para Klemet, que lhe fez com a cabeça um sinal.

– Aconteceu uma coisa estranha na casa dele. Ou melhor, a coisa começou antes de chegarmos lá. Ouvimos um grito terrível. Não soubemos inicialmente o que era. E depois, quando eu ia embora, ouvi o mesmo grito. Era a mulher dele, que parece meio louca. Ela dá gritos terríveis.

– Sem enrolação – irrompeu Brattsen, gargalhando. – E o que tem a ver isso com o nosso caso? Ela é retardada, e daí? Mattis não era muito esperto também, o que é normal por causa dessas histórias de incesto. Você sabe, o pai de Mattis é o próprio tio!

Klemet ia replicar quando o Xerife explodiu.

– Brattsen! Você está ultrapassando os limites. Se esqueceu de que é um policial? Meu Deus, onde é que eu vou parar com uma equipe assim, entre inspetores que deixam impressões digitais por toda parte e outro que se diverte repetindo boatos? Será que vocês podem, por favor, levar as coisas a sério?

Klemet Nango e Rolf Brattsen se encararam. Nina começou a falar.

– Sobre o assassinato de Mattis, acho que apesar de tudo avançamos, pelo menos do nosso ponto de vista, da Polícia das Renas. Nós descartamos um certo número de possíveis suspeitos. Por enquanto estamos investigando apenas o âmbito dos criadores, por ser da nossa competência. Acho que seria interessante ver os outros meios, nos quais o inspetor Brattsen certamente trabalha.

Ela falava com segurança, incentivada pelo silêncio dos homens.

– Com relação à história do tambor, se o inspetor Brattsen não se opuser, claro, estou disposta a ir à França para encontrar esse homem. Tenho certeza de que ele vai nos ajudar a avançar.

– Tudo bem – grunhiu Brattsen. – Quanto ao tambor, é sem dúvida uma boa ideia ir para a França, sobretudo se há documentos, como você diz no seu relatório.

– Acho a ideia tão boa – disse o Xerife – que quero que o Klemet e a Nina se envolvam mais no caso do tambor. Acho, para ser totalmente claro, que é preciso um pouco mais de tato do que o que você é capaz de demonstrar, Rolf.

Brattsen fulminou-o.

– Que tato? Por que seria preciso tato com os criadores de renas? Por que eles são *sami*?

Tor Jensen o olhava tranquilamente, e seu silêncio, o sorrisinho na sua boca, valia por todas as respostas.

– Bom – retomou Tor Jensen. – Nina, quando você vai para a França?

Nina se voltou para Klemet.

– Nos próximos dias.

– Bom, quanto mais cedo melhor – disse o Xerife. – Talvez a gente consiga avançar um pouco.

Antes que Tor Jensen prosseguisse, Nina retomou precipitadamente a palavra.

– Eu queria insistir nesta coincidência: estamos diante de duas histórias excepcionais com dois dias de intervalo uma da outra; um roubo de tambor e o assassinato de um criador perito em tambores. Acho difícil não ligar os dois casos, embora não saiba dizer qual é a relação.

– Isso é puramente especulativo, Nina – interveio Klemet. – Nós só podemos avançar a partir de provas tangíveis. E isso nós não temos. No caso do Palme, vagamos durante anos a partir de especulações interessantes mas estéreis.

– Klemet, na falta de outras pistas por enquanto, quero que você continue a interrogar os criadores – cortou o Xerife. – Até agora é a pista mais plausível. Mas continuo me admirando por você ter mostrado tanta clemência com relação ao Aslak, uma vez que o álibi dele não tem nada de sólido, ou no mínimo não é verificável. Qualquer dia você vai ter de explicar isso.

16

Sexta-feira, 14 de janeiro.
17h30. Kautokeino.

Ao saírem da sala de Tor Jensen, todos pareciam amuados. Fredrik foi o primeiro a desaparecer, porque precisava voltar para Kiruna a fim de analisar suas diversas descobertas e amostras.

Klemet foi encontrar Nina. Antes de voltar para o *vidda* e interrogar os pastores de renas, ele queria conversar com Helmut, o diretor alemão do museu, para preparar a viagem de Nina.

Os policiais encontraram Helmut no depósito, supervisionando a abertura de algumas caixas vindas do Afeganistão. Ele os levou para a sua sala, que dava para o vale de Kautokeino. Naquele fim de tarde o vale já estava mergulhado havia muito na penumbra. Helmut lhes disse que não tinha sido contatado por ninguém. Não tinha ouvido nada. Nenhum boato, nada. Parecia sinceramente abalado pelo que acontecera.

– O tambor tinha seguro? – indagou Klemet.

– Tinha, mas num valor muito abaixo do real – confessou Helmut –, se é que se pode estimar o seu valor real. Eu pretendia mandá-lo para um perito um dia desses.

– O senhor quer dizer que não tinha certeza da sua autenticidade? – deduziu Nina.

– Não, não tinha. Mas, enfim, nós o recebemos no museu baseados em declarações do Henry Mons, o francês que fez a doação. Não tenho nenhuma razão para questionar a sua iniciativa, tampouco a autenticidade do tambor, mas do ponto de vista estritamente financeiro, pelo menos, não me foi possível providenciar uma avaliação consistente. E na França eles não têm a competência necessária nesse campo.

– Se eu entendi bem, o tambor estava aqui há uma semana quando foi roubado – disse Nina. – Não se pode dizer que o senhor estava ansioso por vê-lo, o que é estranho para alguém que é especialista em cultura *sami*...

O alemão pareceu incomodado diante dessa constatação, como se tivesse sido pego numa falta.

– Entendo o seu espanto, mas estamos a todo vapor com essa conferência da ONU daqui a alguns dias. Delegações vão chegar para visitar Kautokeino e certamente os integrantes virão ao museu. E o tambor devia ser um dos principais interesses da sua visita. Porém, tínhamos uma infinidade de detalhes práticos para providenciar antes que me mantiveram atarefado. Mas garanto que durante todo o tempo estava pensando nesse tambor.

– Tudo bem – disse Klemet. – Vamos admitir isso. Então o senhor não tinha nenhuma ideia do aspecto desse tambor?

Mais uma vez o diretor mostrou uma expressão de embaraço.

– Conheço o Henry Mons de reputação. Ele foi um dos colaboradores mais próximos do Paul-Émile Victor. Eu garanto a vocês que ele é um excelente profissional e uma pessoa magnífica. Se alguém desse calibre procura você dizendo que tem uma coisa excepcional para lhe dar, você não põe em dúvida a palavra dele. Ainda mais não havendo dinheiro envolvido. Ele não me pediu nada, desde que assumíssemos o pagamento do frete e do seguro.

– E vocês não tiraram nenhuma foto para o seguro?

O diretor ergueu as mãos num sinal de impotência.

– O ato desse francês o surpreendeu? – continuou Klemet.

– E como não me surpreenderia? Se ligam dizendo que têm um tambor *sami* para você, há motivo para surpresa, eu lhe garanto, sobretudo se você sabe do que se trata. Em princípio, existem setenta e um tambores *sami* no mundo. Setenta e um, você percebe? Centenas, talvez milhares, foram queimados pelos pastores luteranos. E esse era o primeiro a voltar para o povo *sami*.

– Setenta e um tambores, o senhor disse. E esse faz parte dos tambores conhecidos ou não? – indagou Nina.

– Em tese eu diria que não.

– Em tese?

– Alguns tambores foram identificados e autenticados, e em seguida desapareceram de circulação. A maioria está em museus europeus, mas alguns desapareceram. No entanto, há descrições precisas desses setenta e um tambores, as cópias dos desenhos no couro.

– Desaparecidos? Como? Roubados?

– Alguns deles certamente. Para coleções particulares. Sempre há histórias assim.

– A ponto de haver um tráfico de tambores? – perguntou Nina.

O alemão ficou em silêncio por um momento. Parecia estar refletindo.

– Eu tenderia a dizer que não. A cultura *sami* não é conhecida e divulgada o suficiente para ensejar comportamentos assim.

– Sem querer insistir – disse Nina –, eu ainda me pergunto como é possível que o senhor não tenha se atirado sobre o embrulho para ver como era esse tambor.

– Escute, um tambor assim, se for autêntico, precisa ser manipulado com muitas precauções. Essa é outra razão pela qual eu ainda não o tinha visto. Estava esperando um perito em conservação para não correr nenhum risco. Ele devia ter vindo anteontem. É verdade. E garanto que me sinto terrivelmente frustrado e mal com essa história. Tenho a impressão de ter traído os *sami*.

Helmut parecia sinceramente aborrecido.

– Quando foi que o Henry Mons contatou o senhor? – continuou Klemet.

– Não faz muito tempo, na verdade. Posso informar a data exata, se isso lhes interessa, porque ele me escreveu. Mas de cabeça acho que foi há um mês, mais ou menos. Isso, um mês. Devia ser véspera ou antevéspera da festa de Santa Lúcia, porque me lembro de ter brincado com a minha mulher dizendo que íamos festejar a data com uma santa vestida de xamã, que marcaria o ritmo dos cantos num autêntico tambor *sami*.

Klemet achou estranha a ideia, mas não disse nada.

– Quem sabia sobre o tambor?

Helmut abriu os braços.

– Todo mundo na região, imagino. A imprensa falou dele. Não tínhamos razão para escondê-lo. Embora hoje eu ache que teria sido o melhor a fazer.

– O senhor conhece esse Henry Mons?

– Apenas a sua reputação. Tenho os livros do Paul-Émile Victor. Talvez o senhor também tenha.

– Eu não. Quem é esse Victor? – perguntou Klemet.

– É um explorador francês muito conhecido, especialista na Polinésia e nas regiões polares – disse Helmut. – Ele percorreu a Lapônia logo antes da Segunda Guerra Mundial.

– E o Mons trabalhava com ele?

– Trabalhava. Ele era geólogo por formação, mas também etnólogo. Fazia parte dessa geração de aventureiros que se metiam em tudo antes de tudo ter se tornado ultraespecializado. Esse tipo de expedição envolvia todo tipo de pessoas com diversas competências, o que saía menos caro, imagino eu. Mas o Mons era alguém muito qualificado nesses campos.

– Como foi que esse tambor foi parar nas mãos dele?

– Para falar a verdade, ignoro os detalhes da história. O tambor lhe foi dado por um dos guias *sami* que trabalharam com eles, me parece. Foi presente? Não sei. Eu ia perguntar ao Henry Mons e então esse roubo atrapalhou tudo. Isso passou imediatamente para segundo plano.

– Se esses tambores são tão raros, deve ter sido um presente excepcional, então?

– Claro! Mas será que esse guia *sami* sabia do seu valor? Isso não dá para saber. A maioria dos que ainda existem era conservada num contexto estritamente familiar. Talvez os tambores não fossem mais usados. Os *sami* já estavam em grande parte cristianizados nessa época. Mas, de qualquer forma, é um objeto muito importante para a cultura nórdica. E europeia, por extensão. Os *sami* são a última população aborígene da Europa. O modo como são tratados, sua cultura e história diz muito sobre a nossa capacidade de apreender a nossa própria história.

– Sem dúvida, sem dúvida – disse Klemet, que não estava muito à vontade com aquela discussão. – Isso nos distancia um pouco da nossa historinha particular.

– Somente você pode dizer isso, inspetor.

– E o Mattis Labba, o pastor que foi assassinado – arriscou Nina –, não significa nada para o senhor, imagino.

– Mattis? Claro que sim – replicou Helmut para surpresa dos policiais. – Eu o conhecia muitíssimo bem.

Klemet e Nina se entreolharam incrédulos. Diante do ar espantado dos dois, Helmut riu.

— O Mattis era um sujeito extraordinário.

— Para nós ele foi descrito, sobretudo, como um pobre-coitado, um alcoólatra, um homem que se perdeu – disse Nina, olhando com insistência para Klemet.

— Ah, sim, imagino que ele possa ser visto também desse modo. Eu diria que o Mattis era um sujeito mais complexo. Na verdade ele tinha muitas ambições, mas achava que não estava à altura delas. E isso o deixava deprimido. Mas eu entendo. Ele levava isso muito a sério.

— De que ambições o senhor fala?

— Ah, vocês sabem quem era o pai dele? Um sujeito misterioso, um autêntico xamã, segundo se diz. Ninguém acredita nessas coisas hoje em dia, mas elas têm um valor sentimental e nostálgico inegável. Sem falar, claro, da sua importância histórica e cultural.

— Mas e a ambição do Mattis?

— Acho que ele vivia muito na sombra do pai. Eu não diria que ele queria se fazer passar por xamã, mas o seu talento para fabricar tambores era inegável.

— Que tipo de tambores?

— O mesmo tipo dos que eram utilizados pelos xamãs. Era por isso, na verdade, que eu estava em contato frequente com ele. Eu revendia seus tambores na loja do centro. Inclusive, devo ainda ter um, acho, que um cliente não veio buscar. A feitura desses tambores é muito trabalhosa, então o Mattis só produzia sob encomenda. Pelo menos a maioria, para os colecionadores. Havia também os que eram vendidos para os turistas, que por darem menos trabalho eram mais baratos, claro.

Nina se lembrou da parafernália que viu no *gumpi* de Mattis. Era com isso que ele passava o seu tempo livre, quando não vigiava as renas. Com isso e com o álcool. Ela imaginou Mattis isolado no seu *gumpi*, no meio de uma tempestade de neve, debruçado sobre um pedaço de madeira, trabalhando-o laboriosamente, a vista nublada pelo álcool. Ela esqueceu o ressentimento pelo Mattis com o olhar pervertido que a havia repugnado. Seus pensamentos flutuaram naturalmente até Aslak. Aslak e seu olhar duro e atormentado, implacável e... perturbador.

— Quando foi que o senhor viu o Mattis pela última vez? – perguntou Klemet.

O alemão esfregou a barba.

– Eu o vi... duas semanas atrás, se não me engano.

– O que ele queria?

– Ah, o mesmo de sempre. Nós nos encontrávamos talvez uma vez a cada dois meses. Quase sempre quando ele precisava de dinheiro, na verdade. Então eu lhe encomendava alguns tambores. Eu gostava muito do Mattis. Ele fazia parte de um tipo de criador de renas em extinção. Já não há lugar para os pequenos como ele. Não com os custos fixos que têm os criadores atuais e a pressão a que o Departamento de Gestão os submete. Mas eu já falei muito sobre isso e são assuntos que não me competem.

– Que impressão o senhor teve dele?

– O Mattis era capaz de passar de um extremo ao outro, isso dependia do seu estado...

– Se ele tinha bebido ou não – completou Nina.

– Isso – disse o alemão, parecendo constrangido. Depois de olhar para um e para o outro, ele prosseguiu: – Não quero manchar sua memória.

– Não estamos lhe pedindo isso – disse Klemet. – Continue.

– Eu acho que o Mattis era uma pessoa muito sensível. Ele não era feito para este mundo.

– Ninguém é feito para este mundo – murmurou Klemet em voz tão baixa que Nina lhe pediu para repetir.

Klemet voltou a prestar atenção no alemão, ignorando o pedido de Nina.

– Ele estava diferente das vezes anteriores? Desde quando o senhor o conhecia?

– Conheci o Mattis praticamente na minha chegada à Escandinávia, há mais de trinta anos. Ele era jovem, trabalhava para outros criadores, era adolescente na época. – O alemão estava sorrindo, parecia assistir com visível prazer a um filme. – Eu vi quando a mecanização chegou à criação de renas. Estavam descobrindo as motos de neve. O Mattis era louco por essas máquinas. Totalmente imprudente quando estava numa delas.

Helmut sorria em silêncio. Depois ergueu os olhos e os fixou nos policiais, um de cada vez.

– Ele tinha mudado. Mudava o tempo todo. Estava indo ladeira abaixo. O álcool podia estar associado a isso, mas o fato é que ele afundava cada vez mais. Tenho a impressão de que alguma coisa o transtornava. Não, essa não é a palavra certa. Ele estava dominado. A palavra pode parecer um pouco pomposa, mas acho que ele trazia dentro em si alguma coisa que não conseguia partilhar. Isso o minava. Exatamente; isso o minava. Mas voltando à última vez que ele veio aqui: ele se demorou bastante. Ficou um bom tempo na oficina, olhando os outros artesãos trabalharem, e passeou pelo centro. Não havia muita gente. Ele estava calmo, e acho que gostava daqueles momentos, antes de retomar o caminho do *vidda*, com o frio, os riscos, aquele trabalho sem fim com as renas. Acho que ele conhecia alguns momentos de paz aqui.

Klemet e Nina se calaram. Não tinham mais nenhuma pergunta. Pareciam eles próprios perdidos em pensamentos. E estavam. Por razões diferentes. Quando, ao saírem, Klemet convidou Nina a dar um pulo na casa dele, ela concordou quase aliviada.

17

Sexta-feira, 14 de janeiro.
19h. Kautokeino.

Ao bater na porta da casa de Klemet, exatamente às sete da noite, Nina teve uma sensação estranha. Era a primeira vez que ia lá, e a primeira vez também que se apresentaria para ele em roupas civis. Claro que não havia razão para achar isso estranho, fora uma certa impressão de maior exposição. Ela vestia um *parka* fechado e um gorro decorado com um pompom vermelho que balançava no lado. Sem ter resposta, bateu na porta novamente. Nada de resposta. Ela se virou, olhando para a rua iluminada. O carro de Klemet estava estacionado. Deu uma olhada para o lado, na direção do jardim, mas estava tudo muito escuro. Bateu de novo, com mais força. Depois gritou o nome de Klemet. A essa altura ouviu uma resposta.

– Aqui!

– Aqui onde?

– No fundo do jardim!

Nina contornou a casa, avançou prudentemente na neve e então percebeu uma claridade no fundo do jardim. Uma claridade vinda do interior do que devia ser uma tenda *sami*. Um pedaço de tela foi levantado e a silhueta de Klemet surgiu. Nina deu alguns passos, surpresa, e se curvou para entrar na tenda, enquanto Klemet segurava a tela. Quando se endireitou, ela continuava perplexa. Klemet havia ajeitado no jardim uma tenda *sami* que reproduzia muito bem a original.

No centro havia uma lareira onde um fogo generoso desprendia um agradável calor e enfumaçava até meia altura o ambiente. O chão estava atapetado com peles de rena, com exceção da entrada, coberta de ramos de bétulas.

– Escolha o seu lado – sugeriu Klemet.

– E você, onde vai ficar?

– Do outro lado, não se preocupe – disse ele sem sorrir.

– Não estou preocupada.

Ela se sentou à esquerda e voltou a olhar em torno de si. Em toda a volta, entre as peles e a borda da tenda, estavam dispostos baús compridos, de uns trinta centímetros. Alguns recobertos de almofadas sedosas e brilhantes que denotavam refinamento. Diante da entrada, atrás da lareira, estava disposto um baú antigo e envernizado, grande mas sem parecer pesado, ao pé de um belo armário esculpido e com cantos reforçados por adornos de couro. Por um sistema de cordõezinhos e madeira suspensa, Klemet havia dependurado reproduções de pinturas e fotos exaltando a magnificência do *vidda*, paisagens fascinantes com luzes mágicas, e também pinturas abstratas em tonalidades que se harmonizavam com o resto. Nina observava encantada essas imagens veladas pela fumaça em suspensão que lhes acrescentava um quê de mistério. Erguendo os olhos, seguiu a fumaça que escapava pelo cume da tenda, aberto para o exterior. Na parte superior da tenda, entre os quadros e o ápice aberto, dezenas de chifres de renas estavam emaranhados com um desvelo evidente, presos por um sistema científico e invisível. Nessa barragem de chifres, através da qual escapava a fumaça, Nina percebeu uma harmonia, como se os pensamentos contidos naquela tenda passassem através de um filtro misterioso. Tudo estava instalado com gosto e calor. Nada no comportamento de Klemet havia dado margem a que se imaginasse um refúgio daqueles, que transporta para outra dimensão. Nina estava impressionada e ao mesmo tempo intimidada. Essa intimidação quase era demasiado brutal. Ela se sentiu obrigada a voltar a algo mais terra a terra.

– Reservei a minha passagem de avião para a França. Vou amanhã no fim da manhã.

– Ótimo – disse simplesmente Klemet. E não acrescentou nada, consciente da atmosfera que isso criava. Consciente também de que era preciso dar a Nina um pouco de tempo para ela se pôr à vontade ali.

– O que você quer beber? – ele perguntou por fim. – Tem também alguma coisa para comer. E não é tíbia de rena, prometo – disse ele, olhando-a com um leve sorriso.

– Klemet, este lugar é... extraordinário. Eu estou muito surpresa. A gente é transportada para outro mundo. De verdade. É tão... harmonioso, caloroso, mágico. E surpreendente também. Que ideia, instalar uma tenda assim no meio do jardim...

– Com ou sem álcool?

Nina olhou em torno de si. Aparentemente estava tudo bem arrumado. Ela já havia visitado uns vinte *gumpi* e tendas de criadores desde começara a trabalhar naquela brigada e não vira nada como aquilo.

– Vou beber uma cerveja.

Klemet abriu o baú e tirou de lá duas garrafas de cerveja Mack de Tromsø. Entreabriu o móvel e pegou dois copos, depois estendeu para Nina um deles e a garrafa aberta.

– É preciso saber tudo sobre esse tambor, sobre essa expedição anterior à guerra, sobre esse lapão, sobre outros possíveis colecionadores. O que quer que o Helmut fale a respeito, não se deve excluir a hipótese de um roubo para o tráfico. É preciso saber se ele faz parte dos tambores conhecidos ou não. Se foi alguém daqui que roubou, seja Olaf ou qualquer outra pessoa, deve haver uma razão consistente para isso.

– Você ouviu a rádio nacional? Estão dizendo que poderia ser a extrema-direita, talvez até os laestadianos daqui. Dizem que a extrema-direita quer impedir os lapões de, através do tambor, reforçar a sua identidade, e os laestadianos querem evitar que os lapões sejam novamente tentados pela sua antiga religião.

– Eu sei. Isso seriam motivos, não provas.

– O que são esses laestadianos? Não temos isso no Sul.

Parecendo muito relaxado, Klemet ergueu seu copo na direção de Nina.

– Saúde.

– Saúde – disse Nina.

– É uma seita luterana. O meio de onde eu vim.

Nina arregalou os olhos, sem poder esconder o seu espanto.

– Foi criada por um pastor sueco, metade lapão, que lutou muito para levar os lapões para o bom caminho, porque achava que eles se entregavam demais ao álcool. Isso já faz cento e cinquenta anos. Até hoje há quem o segue. Eles são muito aferrados à tradição, muito rígidos. Isso não serve para mim. Nada de televisão, nada de álcool, nada de cortina nas janelas, coisas assim. Na minha família era esse o regime. Por isso nossa relação esfriou. Nunca aceitei essas coisas puritanas.

– E a sua família? Eles eram criadores?

Klemet não se apressou e bebeu calmamente.

– Não, eu já lhe disse, meu avô tinha sido criador. Mas precisou parar. Não estava se dando bem. Em alguns anos o sujeito pode se arruinar. Foi o que aconteceu com o meu avô. Ele poderia ter se arruinado. Mas ele tinha a sua moral laestadiana nas costas. Foi trabalhar como caseiro de um agricultor da região. Morava num sítio à beira de um lago, do outro lado da montanha, a dois dias a pé de Kautokeino. Meu pai, quando criança, trabalhava com as renas dos outros e às vezes também nos campos, durante o verão. Mas, de qualquer forma, o meu avô nunca bebeu. Nem o meu pai. Eles eram orgulhosos.

– Você disse que era sueco.

– E sou. Minha mãe é sueca. O meu pai a conheceu quando trabalhava na Suécia como empregado temporário. Ele vivia parte do ano conosco na Suécia e a outra parte na Noruega, dependendo dos trabalhos que encontrava. Eu cresci em parte em Kiruna, na Suécia, onde fica a mina de ferro. Foi lá que eu nasci. Tinha quinze anos quando viemos morar em Kautokeino.

Nina se sentia um pouco letárgica, bebericando a cerveja, aquecida sobre as peles de rena, reclinada e leve. Ela sentia que seu colega estava de bom humor. O que não era comum.

– Klemet, por que uma tenda como esta?

Klemet riu, parecendo um pouco embaraçado.

– Eu gosto do clima que ela cria. É íntimo.

– Você gostaria de ter sido criador de renas?

Klemet não respondeu imediatamente. Estava mergulhado em pensamentos.

– Não. Não digo que não seja um ofício interessante. Mas acho que é preciso nascer no meio. Eu queria ter uma oficina mecânica. Quando era adolescente em Kautokeino eu trabalhei numa oficina. Era divertido. Deixavam lá todo tipo de veículos e a gente cuidava deles. Havia o veículo do entregador de sorvetes, os dos policiais, a ambulância. O meu preferido era o rabecão. Muito chique. Quem os levava era eu, quando acabava o conserto. Eu adorava aquilo.

– Foi isso que você sempre quis fazer?

– Não.

Ele pareceu constrangido.

– Você vai achar isto idiota. Mas o que eu teria gostado de fazer era um trabalho que não é daqui, um trabalho que nenhum lapão fez em tempo algum. Eu queria ter sido caçador de baleias.

– Caçador de baleias...

– É. Quando se está no interior da Lapônia isso é uma bobagem.

– Meu pai foi caçador de baleias – Nina deixou escapar.

Então foi a vez de Klemet olhar para ela surpreso. Ele esperava que Nina continuasse, mas nada aconteceu.

– Veja você!

Durante um momento Klemet ficou devaneando. Ele ia fazer uma pergunta a Nina quando notou o seu ar sombrio. Não ousou.

18

Segunda-feira, 17 de janeiro.
Nascer do sol: 10h07; pôr do sol: 12h52.
2 horas e 45 minutos de sol.

8h30. Kautokeino.

Karl Olsen entrou mal-humorado na prefeitura de Kautokeino. O camponês era rabugento por natureza, mas estava mais do que o normal. O conselho municipal se reuniria no final da manhã e ele não tinha tido tempo de preparar os processos como desejava. Karl Olsen era conselheiro municipal do Partido do Progresso, minoritário na aldeia; mas como nacionalmente o partido tinha vinte por cento do eleitorado, era considerado com certo respeito. Alguns opositores se empenhavam em classificar o seu partido como de extrema-direita, mas isso não era verdade. A questão era que os lapões achavam que ali tudo lhes era permitido e isso não podia durar. E ele, Karl Olsen, pretendia se dedicar com muito empenho a mudar essa situação. Não tinha sido à toa que na sua família todos foram sempre camponeses, de geração em geração. Sim, a família Olsen era de pioneiros, estava entre os que conquistaram o Grande Norte para proveito da Coroa, entre os que tinham desbravado aquele deserto frio quando os lapões só sabiam correr atrás das suas renas. O problema era que na Lapônia Interior os lapões, embora pouco numerosos, eram majoritários. Na costa era outra coisa. Mas ali era preciso conciliar. E isso, conciliar, era algo que Karl Olsen sabia fazer. Ele tinha conseguido amolecer os outros partidos e ser escolhido para integrar duas comissões, a de questões agrárias e a de questões mineiras. Geralmente ele ia à prefeitura um vez por semana. Era muito, mas para ele aquilo era um dever, para ter um olho sobre o que era tramado ali. Com a cabeça sempre erguida, ele virou o dorso para cumprimentar a recepcionista. Não gostava dela – ele sabia que ela era trabalhista –, mas a mulher ocupava um cargo importante. Quando a secretária do prefeito não estava, muitas vezes era ela quem tomava conta das questões em curso na prefeitura.

– Tudo bem, minha pequena Ingrid? – indagou ele num tom meloso.

– Tudo bem. Imprimi a ordem do dia da reunião da Comissão das Questões Mineiras. Está no seu escaninho. E também a relação dos convidados da Conferência da ONU sobre as populações autóctones que vão visitar a prefeitura.

– Obrigado, obrigado, menina. Estou a mil por hora.

Olsen pegou a ordem do dia e a relação, e também alguns envelopes e jornais. Empertigado, foi a passos curtos e rápidos até a sala do Partido do Progresso. Como esperava, não havia ninguém ali. Seu companheiro de chapa era um incapaz que ele desprezava, um rapazola que achava muito importante desfilar na sua moto de neve nos dias de feira. Ele era patético. O sujeito era dono da loja de informática e só tinha entrado no Partido do Progresso porque este queria baixar os impostos em geral e utilizar amplamente o dinheiro do petróleo. Esse rapazola não entendia nada do que estava em jogo ali, mas Karl Olsen precisava dele, por isso o suportava.

Karl Olsen pensava no que estava acontecendo na região. Muita animação. Até mesmo um pouco demasiada, sem dúvida. Mas pelo menos isso ocupava todos aqueles policiais preguiçosos. Ele pegou a relação dos convidados à Conferência da ONU e, sem lê-la, amassou-a em uma bolinha de papel e a jogou no cesto de lixo. Pensou numa outra conferência, bem mais importante para ele, a que dentro em pouco iria atribuir licenças de exploração mineira na Lapônia.

Pensava nisso enquanto folheava negligentemente o *Finnmark Dagblad*. Falava-se da manifestação do seu partido em Alta. Aquele casinho estava fazendo barulho. Na costa as pessoas já estavam cansadas dessas histórias e de assistirem aos *sami* impondo a própria lei. Muito bem, muito bem, pensou Olsen. Ele virava as páginas: um acidente de carro na estrada de Hammerfest, um barco de pesca em dificuldade ao largo do cabo Norte, uma colegial violentada em Alta, um traficante de cigarros preso em Kirkenes, a reforma da escola de Tana Bru finalmente votada. Ele atirou o jornal para o lado.

As poucas companhias mineiras que trabalhavam na região tinham inegavelmente trazido um grande desenvolvimento para a aldeia, por isso julgaram necessário construir o pequeno aeródromo. Mas aquilo não era nada em comparação com o que ia acontecer com a nova distribuição de licenças. Deus do céu, seria algo enorme, fabuloso. Ele sabia bem, porque estava na Comissão Municipal das Questões Mineiras. Tinha sido exatamente a fim de acompanhar isso tudo o mais de perto possível que ele havia se desdobrado para ser nomeado para essa comissão, deixando para o rapazola as atividades mais trabalhosas, como as da Comissão do Orçamento. Sim, a coisa seria enorme, sobretudo para quem soubesse onde fazer a droga do requerimento.

– Diabo, diabo, diabo, diabo – amaldiçoou Olsen.

Essa porcaria de conferência estava se aproximando a todo vapor e ele continuava não sabendo onde devia apostar. Ele estava olhando a ordem do dia da Comissão das Questões Mineiras e então o telefone tocou.

– Karl, está aqui na recepção um senhor. Ele está pedindo para ver alguém da Comissão das Questões Mineiras.

– E daí? Eu não tenho tempo – rosnou Olsen. – Fale para ele passar aqui à tarde.

Houve uma conversa abafada e, em seguida, a recepcionista voltou.

– Ele insiste, Karl. É um francês. Um geólogo. Disse que apresentou uma demanda de exploração e quer saber em que ponto está a coisa.

Diabo, diabo, pensou o camponês. Deve ser o sujeito de quem o Brattsen me falou. Ele pensou rapidamente em tudo o que o policial contara dois dias antes. Eles tinham se encontrado à noite, atrás da casa dele. Parecia uma conspiração, mas era um modo de testar a força de vontade de Rolf Brattsen. Achava que, conseguindo levar o policial a encontros como aquele, poderia levá-lo também a muitas outras coisas. Ele não devia descuidar daquele sujeito. Brattsen tinha falado do geólogo. Poderia até ser um suspeito, quem vai saber? Afinal de contas, a sua chegada ali coincidia com a série de catástrofes que se abatera sobre a aldeia. O que aquele sujeito tinha na cabeça? Seguramente não seria muito difícil prendê-lo por algum tempo, enquanto as coisas não se acalmassem, aquela porcaria de Conferência da ONU não acabasse e a tensão não baixasse. Enquanto escutava Brattsen, Karl Olsen apertou os olhos, refletindo. Depois, subitamente, ele se virou inteiramente para o policial.

— Mas você está totalmente errado, garoto – dissera-lhe ele. – Foi a providência que nos mandou esse sujeito. Compreenda: é inesperado.

Brattsen não compreendia absolutamente.

Mas Karl Olsen tinha na cabeça um embrião de ideia. Uma ideia gerada por uma obsessão. Talvez a hora tivesse enfim chegado, pensou ele, massageando a nuca. Mas ele não conseguiria sozinho. Nunca confiara nos geólogos locais, que na sua opinião eram próximos demais das autoridades locais. Todo o aparato econômico e industrial no Grande Norte estava infiltrado pelo Partido Trabalhista, inclusive geólogos, ele tinha certeza disso. Nada mais que burocratas a soldo do poder. Eles nunca guardariam um segredo. A lealdade dessas pessoas jamais estaria com ele. E então um geólogo estrangeiro lhe cai do céu.

No telefone, Ingrid continuava à espera. Karl Olsen raciocinava a toda velocidade.

— Ingrid, peça a ele para esperar um momento.

Ele desligou. Digitou o número de Brattsen. Quando o policial atendeu, o conselheiro municipal entrou de chofre no assunto.

— Rolf, o que você sabe sobre esse francês, além do que já me falou?

Escutando o policial falar, o olhar de Olsen se concentrou. De vez em quando ele resmungava. Continuava ouvindo atentamente enquanto seu olhar recaía no jornal jogado no lixo. Ele o alisou com a mão livre, abriu-o na página que o interessava, a das variedades. Agradeceu. Esfregou as mãos, recortou um pedaço do jornal e voltou a pegar o telefone.

— Ingrid, diga para esse senhor que eu não posso recebê-lo antes da reunião da comissão. Ele não deveria tentar conseguir um favor especial, não é mesmo?

— Ah, eu não tinha pensado nisso, Karl. Mas é claro que você tem razão. De qualquer forma, é muito sensato da sua parte. Se pudéssemos dizer o mesmo sobre todos os nossos conselheiros municipais...

— Tudo bem, menina. Bom, agora preciso trabalhar. Não me incomode mais até a reunião da comissão, certo?

Eles desligaram. Olsen se precipitou para a janela da sua sala. O francês estava subindo rapidamente no seu 4x4, aparentemente colérico. Ele tinha um

Volvo XC90. Karl Olsen viu que direção ele tomava, esperou alguns minutos e então saiu pela porta de trás.

Karl Olsen alcançou sem dificuldade o francês. Esperou até chegarem a uma parte isolada da estrada e lhe deu um sinal de farol. Um pouco adiante o geólogo desacelerou e acendeu o farol intermitente.

– Você queria ver alguém da Comissão das Questões Mineiras – disse-lhe Olsen com o vidro baixado. – Siga-me.

Eles rodaram pelos arredores da cidade até o lugar, perto do cercado das renas, onde poucos dias antes o camponês havia encontrado Brattsen. Olsen abriu a porta do lado direito, com uma careta por causa da sua nuca, e pegou a garrafa térmica que trouxera de casa pela manhã.

– Café?

Racagnal sentou-se em silêncio. Não parecia particularmente surpreso pelo fato de um desconhecido o ter levado a um lugar deserto. Karl Olsen disse para si mesmo que o sujeito não tinha cara de ingênuo e certamente devia estar acostumado a golpes baixos. Era preciso ter dupla atenção. Karl Olsen virou o dorso para a direita e estendeu a mão, com um sorriso que ele pretendia complacente, mas que na verdade não passava de um ricto.

– Karl Olsen – apresentou-se ele. – Faço parte da Comissão das Questões Mineiras. Tive um contratempo na prefeitura e não pude recebê-lo, mas estou reparando a falta. Então, diga lá...

André Racagnal demorou-se observando o camponês que a custo se mantinha na sua posição, meio voltado para ele.

– Não bebo café, obrigado – disse ele num sueco com sotaque francês.

Racagnal parecia estar avaliando a situação. Acariciava mecanicamente a corrente de malha de prata que tinha no punho esquerdo.

– Minha companhia, a Francesa de Minérios, apresentou uma solicitação de licença para exploração. Me prometeram para hoje uma resposta positiva. Eu passei por todos os vários escalões administrativos do Ministério, do órgão mineiro e da região. Agora só me resta o carimbo do município, e me deram a entender que isso não seria problema.

– Não seria problema, hein? – disse o camponês. – Rá, rá, quer dizer que nós não servimos para nada, é isso?

– Não foi o que eu disse. Respeitei todos os critérios próprios dessa época do ano, para evitar as zonas de pastagem das renas e...

– As renas, as renas...

Olsen fez um gesto de mão, como se desprezasse as renas.

– Agora preste atenção – prosseguiu o camponês.

Karl Olsen ficou em silêncio por um momento, como se estivesse pesando suas palavras uma última vez, como se fizesse uma última tentativa de visualizar todas as opções.

– A comissão está bastante restritiva neste momento. Houve muitos debates no Conselho Municipal e há quem pense que a coisa está indo rápido demais.

Aquilo não era verdade, mas Olsen se virou um pouco para examinar o francês. Nada. Nenhuma reação que lhe facilitasse a tarefa. Ele prosseguiu.

– A prospecção aérea já foi proibida, como você certamente sabe.

Isso era verdade. Outra olhada. Nada, ainda. Deus do céu!

– A sua história está mal encaminhada... mas posso ajudá-lo. Você parece um sujeito sério. Conhece a região, segundo me disseram.

Dessa vez o semblante do francês mostrou uma reação.

– Meu bom amigo, comissário Brattsen, excelente policial, certamente o futuro chefe da polícia daqui. Foi ele quem me falou de você.

– E...

– Você já trabalhou na região?

– Trabalhei durante muitos anos. Trabalhei muito também na África, no Canadá, na Austrália, em vários lugares.

– Sempre para a mesma companhia?

– Não, para os chilenos também, mas há dez anos trabalho para a Francesa de Minérios, que é o maior grupo francês. Um pessoal muito sério.

– Muito bem. Veja você, examinei o seu processo. E preciso reconhecer que ele é bem consistente. Ah, que pena que a comissão seja tão severa... Mas vou lhe propor outra coisa.

O francês o olhou com mais intensidade.

– Veja você, eu também tenho interesse nos minérios. Muito interesse, e há bastante tempo. Mas preciso de um geólogo. E um bom, um sujeito que não seja unha e carne com os trabalhistas ou com o pessoal daqui. Um sujeito que possa trabalhar discretamente, que não tenha de prestar contas, sabe? Você entende o que eu quero dizer...

– Entendo – disse Racagnal. – Continue.

– Eu lhe proponho sociedade numa mina. Uma mina grande. Um negócio que nos faria ricos. – Os olhos de Olsen estavam ainda mais apertados. Ele enfatizava as suas palavras, via aquela mina. – Mas eu não sei onde ela fica.

– Ah...

– Mas eu tenho um mapa – disse ele logo a seguir.

– Um mapa... Mas você não sabe onde é? Não estou entendendo.

– É um mapa geológico, sem nenhum nome de lugar. É um mapa antigo, e...

Novamente Olsen deixou sua frase em suspenso para avaliar Racagnal. Quando ele falou num mapa geológico, o francês redobrou a atenção.

– Um mapa de quando? – atalhou Racagnal.

– Não está indicado, mas, segundo o que disse meu pai antes de morrer, deve ser de logo antes da guerra.

– E o que o leva a crer que existe essa mina tão importante? E uma mina de quê?

Karl Olsen esfregou a nuca fazendo uma careta e se aproximou um pouco mais do geólogo francês.

– De ouro – murmurou ele –, montões de ouro.

Olsen recuou novamente, pois sentia muita dor naquela posição.

– O que você espera de mim? – indagou Racagnal.

– Procure no meu lugar. Você terá a permissão para a sua companhia. E daí você procura essa jazida também. Como prioridade. Eu lhe prometo exclusividade. Isso fará de você um homem rico.

– Como você pode ter tanta certeza?

– Porque é o que o meu pai dizia, e na região há muito tempo se fala nessa jazida que ninguém conseguiu encontrar. Só que ninguém tem esse mapa.

Racagnal ficou calado. Estava refletindo. É sempre assim, pensou o camponês. Pelo menos ele não deu uma gargalhada.

– Nós temos uma reunião da comissão daqui a pouco, como você sabe. Para mim não é difícil adiar essa reunião para daqui a alguns dias. Isso lhe deixa tempo para apresentar um processo suplementar. O meu nome não apareceria, claro. Mas isso também quer dizer que, até lá, é preciso ter uma ideia bem mais precisa da localização da jazida, para termos certeza de que vamos chegar no lugar certo, pois as atribuições de licenças que serão outorgadas no fim do mês para toda a Lapônia são as maiores de todos os tempos aqui no Norte, e outra distribuição de permissão desse vulto só vai acontecer daqui a uns dez anos, certamente. Então, é agora ou nunca!

O francês tinha os olhos cravados nos de Karl Olsen, que de novo massageava a nuca.

— Isso pode ser interessante. Me dê um pouco de tempo para pensar e tomar algumas providências.

Olsen lhe dirigiu um olhar sombrio. Com a nuca empertigada, lentamente levou a mão à sua pasta, onde havia guardado o recorte de jornal, depois se deteve.

— A reunião da comissão é ao meio-dia. Preciso da sua resposta antes disso. Não se esqueça: exclusividade. O meu número é este. Agora vá.

10h. Kautokeino.

Karl Olsen voltou a estacionar atrás da prefeitura e entrou discretamente. Isso não era difícil. Naquela prefeitura se entrava e saía à vontade. Qualquer um podia chegar e atravessar as salas sem que alguém percebesse. Ali não havia desconfiança em relação às pessoas. Um perfume de inocência ainda flutuava no ar. Tanto melhor, escarneceu Olsen intimamente. Ele entrou na sala do Partido. Ninguém. Ótimo. Foi até a recepção. Ingrid discutia com vários conselheiros municipais, entre eles o seu companheiro de chapa, vestido ainda com o macacão de moto.

— Algum recado para mim, Ingrid?

— Não, Karl, e eu não deixei entrar ninguém enquanto você trabalhava.

Ela abria a correspondência do dia enquanto conversava amavelmente com cada um dos conselheiros. A reunião da comissão devia começar dentro de uma hora.

– Ingrid, a sala está pronta? – perguntou outro conselheiro municipal. – Na última reunião o retroprojetor estava estragado.

– Vou ver.

Ela se levantou e se dirigiu para o corredor do lado oposto àquele por onde ia Olsen. Em seguida, virou no corredor. Alguns instantes depois um grito estridente ressoou. Num único movimento, todas as pessoas que estavam ali se precipitaram para o corredor. Encontraram Ingrid com as mãos na boca e os olhos aterrorizados.

– Ali, ali – disse ela, apontando uma forma no chão.

Todos olharam. A coisa, ao lado de um saco plástico, estava retorcida, um pouco escura em alguns pontos, mas os contornos não deixavam dúvida: era uma orelha humana.

19

Segunda-feira, 17 de janeiro.
10h30. Kautokeino.

Brattsen estava interrogando Ingrid quando Klemet chegou sozinho. Nina estava se preparando para ir ao aeroporto de Alta. Na véspera eles haviam se separado numa atmosfera melancólica.

Brattsen não lhe deu a menor atenção. Um policial fazia fotos da orelha e outro procurava impressões digitais. A recepcionista explicou que tinha achado o saco plástico preso com tachinhas na porta. Ela não sabia há quanto tempo o saco estava ali. Aquele era o corredor das salas de reunião, e a do meio-dia seria a primeira, portanto, não havia certeza de que alguém o tivesse colocado ali naquele dia. Enquanto Brattsen continuava o seu interrogatório, que, imaginou Klemet, certamente não levaria a nada, dado o alheamento que imperava na prefeitura, ele se abaixou até a orelha, que continuava no chão. Distinguiam-se muito claramente cortes no lobo. E o que ele viu o deixou estupefato.

A orelha de Mattis, pois não havia a menor dúvida de que era a orelha dele, tinha sido cortada como a de uma rena comum. Do mesmo modo que os criadores marcam os filhotes com facão para estabelecer a sua propriedade. Ele ficou de joelhos para examinar com calma. Havia cortes em dois lugares. Um, na parte baixa da orelha, formava uma espécie de círculo, mas um círculo incompleto, mais ou menos como uma lua crescente com três quartos já iluminados. O outro corte, na parte superior, parecia mais complexo. Lembrava um pouco uma espécie de garra, e bem embaixo, sem que se pudesse garantir que se tratava do mesmo conjunto, um movimento que podia parecer um pouco com... um anzol, um gancho. Klemet se levantou. Brattsen tinha acabado de interrogar Ingrid e ela se afastava, acompanhada de um colega que a segurava pelo braço.

– Então, Bobola? Já chegou?

E em seguida ele se foi. Klemet se dirigiu ao fotógrafo.

– Peça para me mandarem as fotos.

Klemet se perguntava a que aquela marca podia estar ligada. Seria a marca de um criador? Por que fazê-la? A descoberta daquela orelha, e naquele estado, levaria a uma retomada da investigação. Com que tipo de sujeito perverso estavam lidando?

Ele chegou à delegacia, fechou-se na sua sala e imediatamente pegou o manual do Departamento de Gestão das Renas, que registrava a marca de todos os criadores da Lapônia nos três países nórdicos. Havia milhares, algumas não eram mais utilizadas, mas continuavam tendo legalmente o direito de existir. Klemet esfregou a testa. A marca lhe lembrava vagamente alguma coisa, mas uma vaga ideia não era de grande ajuda. Não havia nada a fazer senão começar. Ele pegou o telefone para avisar Nina e depois, com uma caneta na mão e um bloco de notas do seu lado, começou a folhear o manual.

11h. Kautokeino.

Depois de dar uma grande volta para ver se nenhum veículo suspeito estava parado por ali, Brattsen voltava à delegacia quando viu o veículo do francês estacionado diante do bar da outra noite. Ele devia retornar à delegacia para a investigação, mas foi guiado por uma intuição. Parou o carro do lado do Volvo. A julgar pelo estacionamento, não havia no lugar mais ninguém. As pessoas ainda levariam perto de uma hora para ir almoçar. Ele abriu silenciosamente a porta e viu Racagnal no bar, diante de uma cerveja. Parecia pensativo. Brattsen ia cumprimentá-lo quando viu a garçonete sair da cozinha para entrar no bar. Não era Lena, e sim a irmã dela, dois anos mais nova. Brattsen viu Racagnal estender a mão sobre o bar para lhe acariciar o lábio com o polegar. Ela sorriu timidamente e afastou a mão dele. Depois se dirigiu para a cozinha, nos fundos, e Racagnal virou um pouco a cabeça para a esquerda, a fim de olhar o traseiro dela. Seu olhar estava acompanhando o movimento dela para a esquerda quando ele notou, na sombra da entrada, a silhueta do policial. Os dois se encararam e Brattsen avançou até o balcão.

– Ulrika, uma cerveja leve.

A mocinha lhe trouxe a cerveja, lançou de passagem um olhar ambíguo para o francês e depois voltou para a cozinha. Brattsen ergueu o copo para o francês.

– Ainda não partiu?

– Estou na reta final. Esperando o sinal verde da prefeitura.

– Ah, sim, a prefeitura.

Brattsen não lhe revelou nada sobre a orelha encontrada. Bebeu um pouco de cerveja e lhe disse, baixando a voz:

– Essa aí, tenho certeza, ainda não é maior de idade.

Racagnal não respondeu.

– Mas tem um traseiro danado de bonito, hein?

O geólogo ficou surpreso, mas não deixou que isso transparecesse. Ele não conseguia decifrar que tipo de gente era o policial. Mas a lembrança das formas da jovem garçonete esquentou seus sentidos.

– Essas menininhas não são muito difíceis, sabe?

Racagnal retinha a respiração e olhava sempre à frente. Mas sentia que o policial queria chegar a alguma coisa.

– E além do mais, elas estão muito acostumadas; até o pai transa com elas.

Ulrika saía da cozinha nesse momento. Os dois homens a olharam. Ela desviou o olhar, bruscamente intimidada, e voltou para a cozinha.

– É verdade – disse Brattsen –, é só se servir. O pai não será nenhum problema, eu lhe garanto. Ulrika – chamou ele.

A jovem saiu da cozinha.

– Venha cá.

A moça contornou o bar e se colocou entre os dois homens. Racagnal respirava mais rapidamente, mas continuava mudo. Brattsen pôs a mão no rosto da garota, que pareceu um pouco surpresa.

– Tudo bem, mocinha? – indagou Brattsen. Ele lhe acariciava a face com o polegar, com uma ternura que lhe era incomum. – Tudo bem na escola? E em casa?

Agora o polegar lhe acariciava os lábios, num total desacordo com aquela conversa banal que desconcertava a jovem. Ela não sabia como se comportar.

Racagnal continuava aturdido. A moça, os olhos um tanto perdidos, não opunha resistência a Brattsen. Este havia inclinado ligeiramente o dorso para trás a fim de observar Racagnal. O francês olhava, fascinado, o polegar roçar os lábios da jovem numa carícia que se pretendia paternal, mas era na verdade excessivamente carnal. De repente Brattsen retirou a mão.

– Ulrika, você vai ser boazinha com o meu amigo, não é mesmo? – disse o policial, levantando-se para ir embora.

A garota o olhou com uma expressão submissa e foi para a cozinha sem se voltar. Racagnal tinha o olhar em brasa e não despregou mais os olhos da porta da cozinha.

20

11h10. Rodovia 93.

Nina seguia de carro pela Rodovia 93 entre Kautokeino e Alta, rumo ao aeroporto. Tinha tempo de sobra e ia devagar. Por causa das nuvens muito escuras que cobriam a região, a temperatura estava a vinte graus negativos. Mas o vento soprava, levantando turbilhões de neve. Naquela hora do dia o sol já deveria ter se mostrado. Mas em vez disso estava escuro como em plena noite. A paisagem era invisível. Alguns trechos da estrada estavam cobertos por uma camada de gelo e Nina desacelerou ainda mais. A estrada era um tanto sinuosa, o vento continuava soprando e a nevasca às vezes a cegava, com o feixe de luz dos faróis se refletindo contra uma neve quase compacta em alguns trechos. Ela descia agora, e logo chegaria a um lago que, no inverno, os pilotos de moto costumavam usar. Era difícil distinguir o que havia além da estrada, tão ruim era a visibilidade. Subitamente Nina percebeu uma sombra vinda da direita. Com um golpe de direção, ela derrapou, evitando a sombra. Uma rena, pensou ela com o coração disparado. Acelerou novamente, avançando no gelo, mas novas formas surgiam e se aproximavam rápido, rápido demais. Ela bateu de frente contra uma delas. O choque brando a fez dar uma guinada. Uma carreta que se aproximava a grande velocidade à sua frente lhe dava furiosos sinais de farol e buzinava violentamente. Nina desviou acelerando, deu uma nova guinada, deslizou e foi se chocar violentamente contra a neve acumulada na curva logo a seguir. Ela foi brutalmente sacudida e ouviu um barulho sinistro quando o lado direito do carro se enterrou. Depois, nada mais. Nina olhou para as suas mãos no volante e, incapaz de se mexer, sentiu a adrenalina invadi-la. Pôs a mão direita no coração, percebeu os batimentos acelerados e depois se virou. Não via nada atrás. A carreta nem mesmo tinha parado. Nina deu ré para estacionar o carro num estreito acostamento. Deixou o motor funcionando e acendeu o pisca-alerta. Pôs o *chapka* e as luvas e saiu com a lanterna. A nevasca arranhava seu rosto. Ela havia perdido a noção da distância. O vento quase a cegava e picava a sua pele. Metia-se dentro do macacão mal fechado. O frio a tomou de assalto. Ela tentou se orientar pelas marcas dos pneus, mas a nevasca confundia tudo e a sua lanterna, embora possante, só iluminava até três metros na neve que soprava quase horizontalmente. Nina acabou distinguindo uma forma à sua esquerda. A rena estava com metade do corpo no talude de neve, as patas traseiras ainda na estrada. Estava viva. Sua língua caía de um lado, os grandes olhos abertos exprimiam pavor. Ou então dor. Ou os dois. Ainda em estado de choque, Nina estava ensurdecida pela tempestade, arrepiada de frio e de adrenalina, perturbada diante daquele animal que tinha visivelmente a bacia quebrada. Diante dela se esparramava o sangue já misturado ao gelo. Ela se voltou, os olhos marejando de lágrimas, e deu um grito de terror. Uma silhueta estava atrás dela. Com o vento, Nina não tinha ouvido ninguém se aproximar. Aslak. A barba cheia de neve a aterrorizou. Ele mantinha fechado o musculoso maxilar e seus olhos muito fundos estavam injetados de sangue. Exprimiam uma cólera que deixou Nina ainda mais aterrorizada. Sozinha no meio da tempestade diante daquele homem, ela subitamente sentiu medo. Ele estava coberto com sua capa de pele de rena. Na verdade ele estava coberto dos pés à cabeça com roupas de pele de rena. Nina se pasmara ao vê-lo surgir assim do nada, em plena tempestade.

– Mas o que você faz aqui? O que você faz aqui?

Ela gritava, não para se fazer ouvir, mas para aliviar a tensão, pois o culpava por tê-la amedrontado daquele jeito. Aslak não reagia. Ele se afastou, se aproximou e se debruçou sobre a rena. Apalpou o animal, olhou para ele. A rena tinha ainda os olhos escancarados, aflitos, no entanto, a presença de Aslak parecia tê-la apaziguado. Nina assistia, imóvel, transida de frio, trêmula, a essa cena surrealista que ela iluminava com a lanterna. Aslak estava ajoelhado na neve. Acariciava agora a rena com uma ternura que Nina jamais teria suspeitado. Ela foi brutalmente tomada por uma imensa emoção, com aquela imagem que a fazia reviver imagens tão nítidas, tão fortes, tão absurdas também. A imagem do seu pai, um homem abatido, acariciando os seus cabelos na noite em que ela receava dormir porque ele havia tido outra crise. Ela custava a se controlar, tão violentas eram as suas emoções, e não viu Aslak tirar um punhal. Só percebeu quando, com um golpe rápido e seguro, ele sacrificou a rena. O animal expirou imediatamente. Aslak lhe fechou os olhos e acariciou por um momento ainda.

– Você está indo para Alta?

Nina levantou a cabeça, como se surpresa porque uma palavra lhe fora dirigida.

– Estou – balbuciou ela.

– Então eu vou pôr o animal no seu veículo e você vai entregá-lo para a polícia. Eles preparam os papéis.

Ele se abaixou, pegou a rena nos braços e seguiu Nina. Quando o animal foi posto na carroceria, eles se sentaram no veículo. Nina já ia dar partida quando Aslak reteve sua mão.

– Vou ficar. Tenho que conduzir outras renas.

– Nessa tempestade? Onde está sua moto? Não a ouvi.

– Estou de esqui.

– Você é louco!

– Louco? É o que acham as pessoas aqui – disse ele calmamente. Seus olhos já não tinham o mesmo furor.

– Era uma rena sua? – indagou Nina com voz triste.

– Eram duas renas minhas.

– Duas?

– Era uma mãe, uma das minhas preferidas, um animal inteligente. Estava prenhe. O filhote ia nascer na primavera. Não se esqueça de esclarecer tudo em Alta.

Nina se sentiu à beira das lágrimas, mas trancou o maxilar e se conteve. Olhou bem à sua frente.

– Aslak, eu sinto muito, de verdade. Vão lhe reembolsar os dois animais, não é mesmo?

Aslak ficou mudo por um momento.

– Se você não fosse da polícia, eu não iria declarar o acidente.

– Mas por quê, já que você pode ser reembolsado? A administração lhe fará justiça!

– Eu não acredito na sua justiça. Não acredito.

– Mas você está errado, você tem direito à mesma justiça que todo mundo aqui. Tem direito a ser tratado como os outros.

– Verdade?

O olhar de Aslak era tão desiludido que subitamente Nina se sentiu compadecida. E com um gesto quase incontrolado pôs a mão sobre a dele. Mas retirou-a quase imediatamente. Estava aturdida, não sabia o que fazer, queria que ele fosse embora. Nina queria que os olhos dele revelassem alguma coisa, e o olhar aflito da rena se impunha sobre o dele, como se para confundir a sua visão. Ela cobriu os olhos com os braços e apoiou os cotovelos no volante. Quando voltou a se recostar no assento, começando a reencontrar a calma, viu a mão de Aslak estendida para ela. Aslak segurava um saquinho de couro.

– Dentro há uma joia em estanho que eu esculpi. Leve para você, e leve a alma das renas com você. Você não deve se sentir culpada.

Sem esperar resposta, ele abriu a porta e desapareceu na escuridão.

21

**Segunda-feira, 17 de janeiro.
11h30. Kautokeino.**

A notícia da descoberta da orelha tinha se espalhado em toda a aldeia e até para além dela. Jornalistas começavam a ligar dos quatro cantos. A barreira do entroncamento foi levantada. O pastor Lars Jonsson conversava com a velha Berit Kutsi quando soube do ocorrido.

– Que destino terrível para o Mattis Labba – disse suavemente o pastor. – Era um pecador, mas um pobre-coitado. Vivia muito longe dos Evangelhos.

– Talvez ele não fosse totalmente responsável – hesitou Berit.

– É preciso pôr a vida nas mãos de Jesus, Berit; não há salvação sem isso. O Mattis ainda vivia com as crenças antigas. Nada de bom podia resultar delas para ninguém, acredite em mim – disse ele com um olhar frio que a inquietou. Ela se afastou precipitadamente.

Berit Kutsi subiu no seu velho Renault 4, uma atração na aldeia, e rodou alguns minutos até o sítio de Karl Olsen, perto da aldeia. Em geral, ela trabalhava ali todos os dias. Mas o assassinato selvagem de Mattis a afetara profundamente, muito mais do que se poderia suspeitar. Antes de sair do carro, que estacionara atrás de um paiol, ela fez de olhos fechados uma oração e depois se dirigiu ao estábulo para alimentar as vacas.

Karl Olsen tinha acabado de falar com Brattsen no telefone quando viu Berit chegar.

– Deus do céu, ela podia andar um pouco mais depressa, essa preguiçosa.

Ele ia sair para repreendê-la quando o telefone tocou.

– Seria preciso combinar as condições.

Olsen reconheceu o sotaque francês.

– Venha ao meu sítio agora. Preciso voltar logo para a prefeitura.

Olsen já se esquecera de Berit. Subiu silenciosamente para o quarto, foi até o fundo e abriu uma porta baixa que podia se confundir com um armário.

Embora não houvesse ninguém na casa àquela hora, ele se voltou com um ar desconfiado. Penetrou num comodozinho mal iluminado e entulhado de caixas, rolos e jornais velhos. Estendeu a mão para um pequeno cofre e inseriu atentamente a combinação. Tirou de lá um grande envelope, que alisou contra o peito, e então, depois de ter voltado a fechar tudo, desceu. Quando entrava na cozinha viu o Volvo do francês parar diante da casa.

Ele o esperou na entrada da cozinha e o convidou a se sentar. Pôs o envelope bem em evidência à sua direita. Satisfeito, constatou com um olhar de soslaio que o francês não desgrudava os olhos do envelope.

– Isso pode me causar problemas com a minha companhia – atacou logo de saída o francês.

– Trate de tranquilizá-los. O santo vale a vela.

– Você tem o mapa?

Karl Olsen deslizou lentamente o envelope para o francês. Este retirou de dentro o papel amarelado e o desdobrou com cuidado. Não havia dúvida; era um mapa geológico. Uma verdadeira obra de arte, com a aplicação dos tempos antigos, embora Racagnal reconhecesse ao primeiro olhar que era obra de um geólogo amador. Racagnal via as curvas, os símbolos e as cores, sinais de um levantamento atento e laborioso efetuado no local sessenta ou setenta anos antes. Isso despertou nele muitas lembranças. Ele se considerava um geólogo da escola antiga, que ainda sabia manejar caderno e lápis, diferentemente desses fedelhos que pegavam um computador assim que viam uma pedra.

– Interessante – comentou ele. – Camadas graníticas...

Racagnal ficou em silêncio e se concentrou. Aquele mapa geológico exigira centenas, talvez milhares de horas de trabalho de campo. Para fazer um mapa era preciso saber ler uma paisagem, era preciso também ir além das aparências, ver o que está invisível sob as camadas de terra, de vegetais, ou sob os fragmentos de rocha ao pé das geleiras. Mapas como aquele eram insubstituíveis, porque continham uma multidão de detalhes. Detalhes que pouco a pouco foram eliminados à medida que os mapas se modernizaram e não mais se complicavam com miudezas, concentrando-se apenas nos grandes conjuntos de rochas, conforme a sua natureza. A julgar pelo seu aspecto, aquele mapa era produto direto de observações de campo, com uma profusão de pontos, ganchos e asteriscos. Um mapa original, elaborado a partir do que um ou vários geólogos tinham de fato visto e notado no local, com uma inestimável abundância de informações.

Um verdadeiro geólogo buscava sempre o mapa de origem, o antigo, o que cheirava a suor e a tempo despendido. Porque o geólogo de campo estava pronto a notar a menor anomalia. E eram essas pequenas anomalias que faziam os grandes geólogos. Ele logo sentiu acordar o seu instinto de caçador, e a pontada de adrenalina lhe evocou uma imagem forte da jovem garçonete, Ulrika.

Racagnal reconhecia a complexidade dos terrenos, própria daquela região esmagada por geleiras durante milênios. O geólogo observava as legendas do mapa, mas nada, na verdade, permitia situar precisamente aqueles levantamentos. Os cantos e as bordas da folha estavam gastos, cheios de manchas. O mapa dava a impressão de ter sido muito manuseado. Alguém o havia aberto muitas vezes. Para tentar descobrir o seu mistério.

– De onde vem esse mapa? – indagou Racagnal depois de um longo momento.

Olsen encarou o francês com um ar desconfiado. Não havia muito tempo antes da reunião da Comissão das Questões Mineiras. Muito provavelmente a descoberta da orelha levaria ao seu adiamento, mas era preciso apresentar essa nova solicitação de permissão.

– Herdei do meu pai. Foi ele quem desenhou.

Racagnal voltou a olhá-lo em silêncio.

– A quem você mostrou isso?

– A ninguém! Você acha que eu sou o quê? Meu pai me disse no leito de morte que nesse lugar tinha uma grande jazida de ouro. Mas esse velho doido esqueceu que não tinha indicado nenhum nome de lugar. Ou então ele fez de propósito. O que não me espantaria. Ele não queria que pensassem que a comida ia cair do céu. Pode ser que ele tenha feito isso de propósito, o velho safado.

Racagnal examinava o mapa.

– Nesta região muitos lugares apresentam esse tipo de configuração. Uma vez que não há indicação de lugar, o único jeito é ir para a pesca.

– Para a pesca?

– É preciso ir a campo. Ver, sentir, testar, esfregar. Não há outra solução. Você disse que o reconhecimento aéreo está proibido?

– Está, por causa da droga das renas. E além disso eu acho que, como a prospecção de urânio está proibida nos nossos países, não querem que as pessoas possam fazer prospecção aérea para levantar zonas radioativas. Tudo o que é ligado ao urânio é tabu aqui.

– E você, também acha que isso deve ser tabu?

– Não estou nem aí para o urânio deles. O que eu quero é o meu ouro. Então, você está disposto ou não?

Racagnal olhava as grandes curvas que se entrecruzavam, e os pontinhos, os pequenos obstáculos.

– Olhe aqui, o que o meu pai marca como metais amarelos, esses pontinhos, são onde existe ouro. Está vendo?

– Estou – disse Racagnal.

Mas pelo tom da sua voz ele parecia ver ainda muito mais. O camponês deduziu que aquele tom denotava a visão de uma jazida bem maior.

– Então está de acordo?

– De acordo – resolveu o francês.

– Bom, vou correr para a prefeitura. Você vai assinar esse papel e preencher o processo. Eu completo depois. É preciso que ele passe pela Secretaria de Minas. Quanto tempo você precisa para realizar a prospecção e identificar o terreno certo com base no mapa?

Racagnal olhou para ele com uma expressão de desprezo.

– Você acha que dá para fazer isso num piscar de olhos?

– Você está pronto para partir, não é?

– Mas preciso pegar todos os mapas geológicos da região para ver quais se parecem mais ou menos com o do seu pai. – Racagnal estava exasperado pelo tom do camponês. – E não tente me ensinar como eu devo trabalhar.

Foi a vez de Olsen olhá-lo maldosamente. Ele se aproximou, encostou o rosto no do francês, apesar da dor na nuca.

– Você acha que eu sou um desses camponeses molambentos que não servem para nada, é isso? – disse Olsen muito baixinho. – Se você quiser me passar a perna ou não fizer o que eu digo, e sem perda de tempo, posso sugerir às pessoas que se interessem pelo que você fazia em Alta outro dia.

Olsen recuou e abriu diante de si o recorte de jornal relatando o estupro de uma colegial em Alta.

– Soube por um bom amigo que você gosta de comer garotinhas. Você estava em Alta nesse dia?

– Você está querendo me chantagear? Fui comprar material em Alta, só isso.

– Sente-se e cale a boca agora! – gritou Olsen. – Se você não achar esse terreno bem depressa, é muito provável que o depoimento de uma certa Ulrika, que pelo que sei ainda está bem fresco, aterrisse na escrivaninha da polícia.

– Do que você está falando?

– Você acha que todos nós somos uns caipiras bobalhões, não é? Mas fique sabendo que somos espertos também. Então faça o seu trabalho agora. E se fizer tudo direitinho você terá exclusividade e, além disso, vai poder pegar todas as meninas que quiser. Você tem uma semana. Vou acelerar o procedimento para que tudo esteja pronto para a próxima reunião da comissão. Com certeza ela não será adiada por mais de uma semana. E você vai assinar este papel. Mas isso fica entre nós. É um contratinho que nos liga e que diz que o proprietário desse terreno sou eu. E esse contratinho vai ficar ali, direitinho, no meu cofrinho, com o depoimento da pequena Ulrika e o artiguinho sobre Alta. Assim, se alguma coisa acontecer comigo, vão chegar até você.

– Sem guia não há como achar que isso é possível em tão pouco tempo – arriscou Racagnal.

Karl Olsen amansou.

– O melhor é um sujeito chamado Aslak. Aslak Gaupsara. Mas não vai ser fácil contratá-lo. Ele mora nas montanhas. É um selvagem, mas é caçador de lobos e um tremendo seguidor de pistas. Ele conhece toda a região como a palma da mão. Quando você tiver reunido o seu material, volte aqui para me ver.

12h. Kautokeino.

Para convencer definitivamente Brattsen e fazê-lo acreditar na jazida, Olsen tinha prometido que ele seria o chefe da segurança do empreendimento, recebendo um salário com o qual ele nunca havia sonhado, mesmo se se tornasse chefe da polícia. Um mal menor, pensava Olsen. Ao mesmo tempo, o simples fato de já ter um chefe de segurança para a sua mina de ouro que não fora sequer encontrada ainda a tornava quase real. Olsen começava a acreditar nela de fato, depois de décadas de esperanças malogradas. Mas havia essa droga de elo perdido. E havia esse... Deus do céu, ele afastou aquele pensamento. E a Lapônia era grande demais. Ele tinha estado tão perto e então... Olsen freou bruscamente diante da prefeitura. Os policiais tinham ido embora. Bando de preguiçosos, pensou ele. E voltou a pensar no pai. Ele havia dito a Racagnal que seu pai tinha desenhado o mapa. O francês não precisava conhecer a verdade. Não devia saber que seu pai tinha roubado aquele mapa, mas nunca havia conseguido descobrir a localização exata da jazida. Durante toda a sua juventude, Karl Olsen vira o pai partir para intermináveis excursões, munido de um detector de metais e da droga do mapa. Ele havia encontrado ninharias, mas nada que se aproximasse da jazida miraculosa prometida pelos pontos amarelos do mapa.

Os quatro integrantes da comissão já estavam sentados à mesa quando Olsen ocupou seu lugar. Como era esperado, o presidente, membro do Partido dos Sami Nômades, abriu a sessão e declarou imediatamente que pretendia adiá-la, em vista dos acontecimentos.

Em torno dele as pessoas assentiam com a cabeça em silêncio. O presidente da comissão era um homem respeitado ali, um velho sensato, e a sua opinião pesava, Olsen sabia disso.

– No entanto, temos decisões importantes a tomar. O próximo relatório da Secretaria de Minas terá consequências sobre o nosso município pelos próximos dez, talvez vinte anos. Muitas companhias estão interessadas na região por causa dos minérios. É a região mais rica da Europa e uma grande parte da Lapônia não é explorada e nem mesmo conhecida. Mas precisamos encarar os fatos. As pressões são enormes. Porque se sabe, ou se pensa, que há enormes jazidas.

Karl Olsen quase não conseguia ficar imóvel. Girava o dorso, discretamente, para observar os demais integrantes da comissão. Ele era o único não *sami*. Para que lado penderiam? O atrativo do lucro seria mais forte para eles? Olsen esperava que sim.

22

Segunda-feira, 17 de janeiro.
13h. Kautokeino.

Klemet Nango tinha passado horas percorrendo o manual de marcas dos criadores. Voltara várias vezes a algumas páginas, e precisava se render à evidência. A marca desenhada na orelha era idêntica a uma das usadas por Olaf Renson. Isso parecia insensato, contudo, era a verdade.

Para estar seguro ele precisaria ter a segunda orelha. Somente a combinação das duas poderia identificar com certeza o proprietário. Mas por que o assassino procederia como se fazia com uma rena? Por que uma única orelha não era suficiente? Porque a retirada das orelhas e o procedimento da marcação eram rituais que remetiam ao mundo das renas. A segunda orelha cedo ou tarde surgiria. Klemet levantou-se e dirigiu-se à sala do Xerife.

Ele entrou sem bater e se sentou diante de Tor Jensen. Jogou sobre a mesa o manual aberto na página com a marca mais parecida e colocou ao lado uma das fotos que lhe tinham sido entregues.

Tor Jensen mastigava um salgadinho de alcaçuz olhando a foto e os desenhos. Não havia necessidade de explicações para compreender onde Klemet queria chegar. O Xerife pegou outro alcaçuz, folheou as páginas, parou, prosseguiu, mastigando em silêncio.

— E você acha que é isso? Você acha que a marca na orelha quer nos levar a um criador de renas?

— O que mais seria?

Outro silêncio.

— Tudo bem, você vai me dizer que isso parece lógico. Só que a sua lógica é capenga. O assassino não poderia estar querendo denunciar alguém? Por isso eu não aceito a sua ideia.

Então foi Klemet quem ficou em silêncio.

— A não ser que o Mattis, se é que a orelha é dele, trabalhasse para o criador que usava essa marca.

O Xerife assobiou e se lançou para trás na poltrona. Cruzou as mãos na nuca e olhou atentamente para Klemet Nango, que acabara de pensar nessa possibilidade. Refletiu sobre o que isso poderia significar.

– O assassinato seria então uma forma de advertência para uma pessoa influente? É o que você acha?

– Eu não sei de nada – confessou Klemet.

– Mas quem, então? E você não vai tirar da cabeça que isso significaria uma grande escalada nos conflitos entre os criadores, hein?

Como Klemet continuava calado, Tor Jensen continuou.

– O chefe visado, além da vítima, seria então o Olaf Renson, e nesse caso seria preciso descobrir quem está em conflito com o Olaf Renson... Mas seria preciso ser muito idiota para assinar desse jeito um assassinato. Não pode haver muitos criadores em conflito grave com o Olaf. Além disso, o Mattis trabalhava às vezes com ele, mas em que ocasião? Klemet, você pensou em alguma coisa. O que foi?

Klemet já estava de pé. E saiu sem nada dizer.

14h. Kautokeino.

A ideia de telefonar para Olaf não agradava a Klemet. Ele sabia que o criador de renas e militante não gostava dele nem um pouco e que achava que ele colaborava com os inimigos. Klemet foi para a intranet. As ocorrências do nome do outro eram raras, precisou admitir. Há mais de dez anos Olaf Renson não se envolvia em nenhum caso de roubo. Nada que valesse a pena destacar. O único caso que podia se aproximar de um roubo era o de duas renas que tinham sido atingidas por um caminhão, segundo declarações de Olaf. As orelhas não tinham sido apresentadas, como exigia a lei, o que não havia impedido Olaf de pedir uma indenização. Que, aliás, lhe fora recusada. Caso encerrado. Klemet leu todas as ocorrências. Uma história de paliçada arrancada por um irascível criador vizinho atraiu a sua atenção. Mas quando chegou ao final da leitura considerou o caso absolutamente inofensivo.

Restavam duas ocorrências no nome de Olaf quando Klemet enfim encontrou um elemento bem mais interessante. Olaf tinha ficado preocupado na ocasião em que atiraram em Johan Henrik. Klemet sentiu um arrepio percorrê-lo quando leu que a arma tinha vindo da casa de Olaf. Johan Henrik quase fora atingido. Seria um caso de vingança?

20h15. Paris.

Nina Nansen tinha chegado ao seu hotel à tardinha. Henry Mons morava no décimo quinto distrito de Paris, mais ou menos perto da prefeitura. Ela encontrou um hotelzinho na Place du Général Beuret. Uma vez instalada, ligou para Paul e combinou um encontro para o início da manhã seguinte com o pai dele. Ele estava melhor e teria prazer em receber a jovem. Paul lhe disse que o pai até parecia revigorado pela sua visita e nos últimos dias remexera muito nos seus arquivos, passando o tempo entre o escritório e o sótão.

Quando desligou, ela se deu conta de que a voz de Paul lhe tinha novamente evocado aquela penosa experiência da juventude. Nina teria sido ingênua demais? Ela voltara muitas vezes a pensar naquela história e nunca conseguira realmente perceber que erro havia cometido. O rapaz lhe agradava. Ela ainda se lembrava de sua voz. A de Paul Mons despertava nela as mesmas sensações. Paul tinha uma voz mais grave, mas o ritmo e a profundidade eram os mesmos. A ideia de passar sozinha aquela noite lhe pesava. Ligou para Klemet. Ele contou a conversa que tivera com o Xerife e Nina achou que as conclusões de Tor Jensen eram sensatas. Então percebeu que Klemet se irritara com a sua posição a favor de Jensen.

— Você vai interrogar o Johan Henrik amanhã?

— Nina, não embarque nessa do Xerife! Essa orelha não é uma prova.

— Mas você vai interrogá-lo, pelo menos?

— Claro que vou! Só que dessa vez será preciso ser mais rigoroso. Hoje à noite vou voltar a mergulhar nas histórias de conflito em que ele esteve envolvido. Examinar tudo direitinho. Acho que de qualquer forma um ajuste de contas dessa importância pede uma investigação que se estenda até mais de dois anos atrás. Isso talvez cheire a vingança. Pode ser que eu tenha encontrado uma coisa que ligue o Johan Henrik a Olaf. Ainda não falei sobre ela com o Xerife.

– Você vai sozinho?

– Você quer que eu leve o Brattsen?

– Vocês dois não se bicam. O que foi que aconteceu?

– Esse sujeito é um racista. Não tem nada que fazer na polícia. E não tenho mais nada a dizer sobre ele.

Nina sabia que ele não falaria mais nada. Quando desligou, ainda não estava cansada o suficiente para dormir. Pegou o dossiê sobre o caso do tambor. Havia fotos do Centro Juhl, xerox de tambores conhecidos. Ela examinou tudo. Os tambores eram quase sempre ovais. Estavam cheios de símbolos estranhos para ela. A jovem chegou a identificar alguns deles, embora fossem bastante estilizados. Reconheceu renas, claro, às vezes pássaros, e outros símbolos que só podiam ser árvores, barcos. Viu tendas como as que visitara, inclusive a de Klemet. Pessoas também. Extremamente simplificadas, de um modo quase pueril. Mas ela não conseguia situar muitos outros símbolos. Podiam representar divindades ou talvez concepções mais abstratas. Mas quais? Nina percebia que estava pondo os pés num mundo que lhe era totalmente desconhecido. O ensino escolar sobre os *sami* era dos mais sucintos. Isso se deveria ao fato de eles serem tão poucos? Desde seu estágio em Kiruna ela sabia que eles eram algumas dezenas de milhares, não chegando a cem mil, pelo que se lembrava, espalhando-se pela Noruega, Suécia, Finlândia e Rússia. Eles tinham seus parlamentos em cada país. Ao pensar nisso, ela se lembrou de Olaf, de seu sorriso sedutor e de seu estranho sobrenome.

E que papel desempenhava aquele Espanhol? Meu Deus, pensou ela, como esse mundo está longe do meu. Nina se deitou e pensou no pai. Conservava os olhos fechados. Imagens fortes lhe vieram à lembrança. Papai, pensou ela. De mansinho, começou a chorar.

22h45. Kautokeino.

André Racagnal não tinha dito nada àquele maldito camponês, mas se havia um mapa devia haver também uma caderneta. Era assim sempre.

Todos os geólogos trabalhavam desse modo. Um mapa remetia a uma caderneta, onde, antes de elaborar o mapa, o geólogo anotava todas as suas observações de campo. Se um velho mapa original como aquele de Olsen valia o seu peso em ouro comparado aos mapas geológicos divulgados pelos organismos profissionais, uma caderneta de geólogo certamente valeria o Santo Graal. Onde estaria essa caderneta? Ela por certo lhe permitiria avançar na localização da jazida de ouro. Se é que era mesmo uma jazida de ouro. O camponês tinha ficado com o mapa, mas Racagnal registrara os seus dados principais. Olsen não era um profissional, felizmente. Para o camponês um mapa era sinônimo de tesouro, como nos antigos romances de aventuras. Sua imaginação não ultrapassava essa barreira. Melhor assim. Isso dava a Racagnal uma vantagem.

Mas ele se enfurecia com Olsen. O policial que parecia limitado fingira simpatizar com ele. Já estava em conluio com o camponês. Como, do contrário, este poderia estar informado sobre a garçonete? Aquela piranhazinha. De qualquer forma, ela havia obedecido. Mas agora ele não poderia mais se permitir essas bobagens. Voltou a pensar na proposta de Olsen. A exclusividade na exploração de uma jazida, se esta realmente fosse grande, era terrivelmente tentadora. Ele não precisaria mais abastecer todos aqueles burocratas de Paris, todos aqueles geólogos de salão que expunham as suas apresentações bem cuidadas em PowerPoint, mas que se perderiam se fossem deixados em campo sem um computador e um GPS. Ele faria pagar pela sua arrogância os colarinhos-brancos que o tinham posto em quarentena quando ele voltou de Kivu. Eles se fizeram de vestais assustadas ao se inteirarem do modo como ele tinha se desincubido de sua missão no Congo. Ou melhor, quando eles descobriram nos jornais o que tinha sido feito no Congo em nome da empresa. Porque tudo indicava que, se a imprensa não tivesse dado destaque aos incidentes, ele teria tido paz na sede. Teriam mesmo lhe dado um prêmio em dinheiro. Ficaram bem contentes durante os anos em que ele havia assegurado uma jazida de coltan numa das regiões mais podres do mundo. Quatro anos. Ele havia passado quatro anos ali, com milicianos loucos furiosos, embrutecidos pelo álcool, assassinos amadores. Percorrendo a região em todas as direções, encontrando aquela jazida e preparando sua exploração. Para permitir a extração desse precioso coltan de que os parisienses de merda precisavam para o seu celular. E depois, vieram lhe dar lições de moral, tudo porque ele, Racagnal, havia se ocupado daqueles monstros. Ele não ligara a mínima para aqueles sermões. Ah, claro, eles estavam indignados... mas nem por isso renunciaram ao seu precioso celular. Estou cagando para todos eles, pensou ele.

Quatro anos, droga. Aquelas menininhas do Kivu à minha disposição... Um miliciano, um dos mais burros que ele já encontrara, achava que era o Chuck Norris. Tinha a barba aparada e o paletó sem mangas, como o ator. Comparado a ele, o verdadeiro Chuck era um grande intelectual. Comandante Chuck, era como ele fazia com que o chamassem. Um verdadeiro doido, que comandava o pelotão de segurança da jazida. Racagnal lhe fornecia drogas e conhaque, e o comandante Chuck lhe fornecia menininhas. Um bom negócio. Só que o sujeito era verdadeiramente perigoso. Um dia, em delírio, tinha matado diante dos seus olhos um engenheiro da Companhia Francesa de Mineração. Por uma bobagem. Racagnal, no entanto, lhe dissera que não se devia tocar nos estrangeiros, mas o idiota do comandante Chuck não deu a mínima importância. Isso tinha sido o início da confusão. Racagnal afastou Kivu dos seus pensamentos.

A caderneta. Ela existia pelo menos? Caso existisse, estaria no sítio? Ele teria de se virar para verificar. Mas se ela existisse e não estivesse no sítio, onde estaria? Na prefeitura, num museu local, ou então no Instituto de Geologia de Malå? Nesse santuário de geologia onde estavam reunidos todos os arquivos geológicos do Grande Norte...

Racagnal havia ido lá várias vezes na época em que trabalhava na Lapônia. Esse instituto era uma fonte inesgotável de informações para quem sabia decifrá-las. Estavam ali reunidos todos os levantamentos realizados nos últimos cem anos. Nem mesmo os americanos eram tão bons e dispunham de recursos relativos a uma extensão de tempo tão longa. Havia ali mapas, cadernetas, amostras, levantamentos aéreos, tudo. Classificado e acessível. Um tesouro. Mas por que a caderneta e o mapa teriam sido separados? Isso não fazia sentido.

23

Terça-feira, 18 de janeiro.
Nascer do sol: 10h; pôr do sol: 12h59.
2 horas e 59 minutos de sol.

9h30. Lapônia Central.

Klemet Nango tinha saído bem cedo em sua moto de neve. Estava acompanhado de dois outros policiais. Não achava que o criador de renas, apesar da sua agressividade, lhe oporia resistência. Mas nunca se sabia. Apesar da escuridão azulada, eles avançavam rápido, chegando finalmente a uma verdadeira autoestrada formada pelo rio Heammojavri congelado. A cinco quilômetros do *gumpi*, eles deixaram o leito do rio e subiram na margem coberta por uma neve espessa. Depois de terem percorrido quatro quilômetros complicados através das rochas invisíveis e de algumas bétulas anãs, Klemet parou no alto da Searradas, uma colina que em seu ponto mais alto media seiscentos metros. Ele pegou o binóculo e, com o joelho apoiado no assento da moto, observou lentamente os arredores à procura do menor movimento. Os motores estavam desligados. O silêncio era quase total. Não havia vento, o que não impedia o frio de se meter pela menor abertura que encontrasse.

O *gumpi* de Johan Henrik se localizava no alto de Vuordnas, numa espécie de platô de onde emergiam, na parte setentrional, dois pequenos picos de poucos metros. O *gumpi* estava sempre ali, protegido entre os dois picos. O platô era uns cem metros mais alto que os arredores, o suficiente para fazer dele um observatório ideal da região adjacente. Klemet não tinha prevenido o camponês da sua chegada. Na véspera, depois do telefonema de Nina, ele voltara a mergulhar no dossiê de Johan Henrik. O pastor era o caçula de cinco irmãos. Seguindo a tradição *sami*, herdara o rebanho de seu pai, a casa, a mobília e o direito sobre as terras da família. O que era um modo de dar uma ajuda ao mais jovem e recompensá-lo por cuidar dos pais velhos. Johan Henrik não se limitou a fazer prosperar o rebanho do pai. Além disso, tinha começado a trabalhar com turismo durante os períodos que exigiam menos dedicação às renas. Ele organizava excursões de pesca, levava os turistas em visita a um cercado com algumas renas e vendia artesanato *sami*. Talvez até mesmo tambores fabricados por Mattis, pensou Klemet. Era preciso lhe perguntar. Johan Henrik tinha também veículos agrícolas que alugava para o município se necessário, sobretudo para limpar a neve. Sua mulher mantinha uma lanchonete à beira da estrada de Alta, onde cozinhava pratos à base de rena e vendia sanduíches, bebidas e massas. No auge da estação, uma boa quinzena de pessoas trabalhava para ele.

Com todas as suas atividades, Klemet concluiu que o criador soubera se arranjar. Nada a ver com Mattis. Johan Henrik era um empreendedor local e também membro do Partido dos Sami Nômades, o partido dominante em Kautokeino.

Klemet guardou o binóculo. Tinha percebido pequenos grupos de renas calmas. Uma fumaça subia do *gumpi*. Uma moto – e apenas uma – estava estacionada diante dele. Johan Henrik estaria a par das suspeitas de assassinato que pesavam agora sobre ele? Pelo menos não pelos jornais.

– Deve ser a moto do nosso homem que está ali – disse o policial aos colegas. – Parece que ele está sozinho. Me deixem agir e fazer as perguntas. Nada de atitudes agressivas. Não estamos em Oslo. Não precisamos de caubóis. – Klemet sempre se divertia muito ao dar ordens a policiais noruegueses.

Eles desceram pela vertente sul, atravessaram um lago congelado e começaram a subida para o Vuordnas, cujo aclive era muito suave ao sul. Klemet chegou ao platô e percebeu o *gumpi* na extremidade dele, três quilômetros ao norte. Estava ainda a meio caminho quando viu uma silhueta sair do abrigo. Então acelerou. O outro acabou por percebê-los. Klemet o viu avançar devagar e de repente subir na moto e se afastar a toda a velocidade, contornando o *gumpi* e oscilando ao longo da vertente setentrional. Klemet xingou e acelerou mais. Do seu capacete equipado com rádio deu instruções aos outros dois policiais, que o ultrapassaram logo, enquanto ele virava para a esquerda e descia. Ele procurou com o olhar a moto e não mais a viu. Era preciso agir rapidamente. Os dois outros policiais não estavam acostumados, e o fugitivo certamente não teria dificuldade em despistá-los. Klemet acelerou em direção ao lago que percebeu à sua direita, continuando a ladear o flanco da colina, mas evitando as moitas, os pontos recobertos, e as anomalias do relevo, que podiam ocultar bétulas recobertas de neve, pedras e até fendas. A todo momento ele voltava o olhar na direção do lago. Era preciso chegar lá antes da outra moto. Era preciso passar por uma espécie de pequeno desfiladeiro estreito antes de desembocar no lago. Mergulhado por um instante nesses pensamentos, Klemet se chocou contra um rochedo. A pesada moto deu uma guinada. O policial se sentiu levado para a esquerda e percebeu que a moto começava a se enterrar. Então se jogou para a direita, pressionando a maneta do acelerador o máximo possível, o que o projetou num salto fantástico. Ele conseguiu restabelecer a sua direção e depois de menos de meio minuto chegou ao lago. Então percorreu a margem pela direita e parou na entrada do desfiladeiro. Nenhum sinal. A moto ainda não havia passado, mas já estava chegando. Klemet ficou de pé na sua moto fazendo gestos largos. Percebeu, bem longe atrás de si, uma das motos da polícia. O piloto da moto – que agora Klemet identificava como Johan Henrik –, percebendo que não podia passar, desacelerou e parou bem diante de Klemet.

— O que você está fazendo? – gritou o pastor. – Me deixe passar. Preciso apanhar minhas renas!

— Tenho certeza de que o seu filho poderá perfeitamente fazer isso – berrou Klemet para cobrir o ruído dos motores. – Vamos voltar imediatamente para o seu *gumpi* e conversar. Depois a gente vê se deixo você ir cuidar das suas renas.

Johan Henrik resmungou alguma coisa, deu partida e tomou o caminho do *gumpi*, ladeado pelo outro policial e por Klemet. Um pouco mais acima eles encontraram o colega, que acabava de tirar a moto de um buraco onde metade da máquina devia ter desaparecido, a julgar pelas marcas. O policial não parecia ferido.

Johan Henrik entrou na frente no *gumpi*, seguido do primeiro policial e de Klemet. O interior se parecia com o de todos os *gumpi* do *vidda*. Duas camas superpostas de um lado, um banco na frente, uma mesa no meio. Klemet indicou a extremidade mais distante do banco para Johan Henrik, que foi se sentar ali a contragosto.

— Para começar, vamos revistar o *gumpi* – informou Klemet.

Antes que o criador de renas tivesse tempo de protestar, Klemet ergueu a mão.

– Você talvez saiba que ontem encontraram uma orelha na prefeitura. Essa orelha tinha marcas, cortes feitos a faca.

Johan Henrik olhava incrédulo para ele. Sua boca se contorceu, mas ele nada disse. Tirou um maço de tabaco e começou a enrolar um cigarro.

– E o que eu tenho a ver com isso? – indagou ele com cara de bravo. – É por isso que você veio aqui me impedir de trabalhar?

– A marca se parecia estranhamente com a do Olaf. Pelo menos se aproximava da dele.

Johan Henrik não deu mostras de se perturbar. Acendeu o cigarro.

– Que lindo. Uma orelha a mais com a marca do Espanhol.

– Você não me disse que teve aquela história com ele?

– Que história?

– Quando você foi ferido por um tiro de espingarda, vocês dois não estavam em conflito por causa de pastagem, o Olaf e você? Um conflito antigo, segundo ele me disse. O Mattis trabalhava para ele nessa época. Parece que ele também esteve envolvido.

– Ah, então você acha que matei o Mattis, cortei as orelhas dele, fiz a marca do Olaf e plantei a orelha na prefeitura. Muito bem, vocês são craques na Polícia das Renas!

Sua boca voltou a se retorcer, agora com um sorriso malévolo. Ele fazia chacota.

– Não acho nada, Johan Henrik. Nada diz que a marca incrimina você, mas somos obrigados a investigar essa pista.

Enquanto os dois policiais revistavam o *gumpi*, Johan Henrik se limitava a observar Klemet através da fumaça. Depois de um momento os dois policiais puseram na mesa o que haviam encontrado: três punhais e uma garrafa de conhaque com três quartos do seu conteúdo.

– Vamos levar as facas, se você não se opuser.

O pastor continuava soprando a sua fumaça.

– Você não vai me prender?

– Nós conhecemos o caminho, vamos voltar – disse Klemet, fechando a porta atrás de si.

24

Terça-feira, 18 de janeiro.
9h30. Paris.

Chovia quando Nina saiu do hotel. Ela pressionou duas vezes o botão do interfone ao lado do nome "Mons". Paul respondeu logo e destrancou a porta. O vestíbulo era rico. O imóvel, do início do século XX, era bem mantido, de pedra antiga recém-tratada. Nina subiu pela escada os dois andares. O próprio Henry Mons a esperava no vão da porta. O velho lhe dirigiu um largo sorriso de boas-vindas.

– Ah, senhorita, eu a esperava com impaciência.

Nina se surpreendeu ao constatar a que ponto ele parecia esperto, com gestos apressados, quase nervosos.

– A sua vinda lhe deu uma revigorada – disse Paul, apertando-lhe a mão por sua vez. – Mas de qualquer forma é preciso ter cuidado para não esgotá-lo – acrescentou ele com um sorriso.

Nina olhou os dois homens que estavam diante dela. Henry Mons tinha cabelos brancos ainda fartos para um homem da sua idade, penteados para trás. Seu rosto era macilento, o nariz fino, orelhas um tanto grandes em relação ao resto do conjunto. Os ombros estreitos arqueavam-se levemente, mas isso não comprometia a sua bela e fina presença. Com vivos olhos azuis, ele examinava Nina afavelmente. Ao lado dele, Paul tinha nos cabelos castanhos o mesmo penteado. Era quase da mesma altura do pai, mas com um corpo que parecia bem tratado. Uma barba de alguns dias aparada com cuidado recobria seu rosto moreno. Nina percorreu com os olhos o que tinha em torno de si. O apartamento era espaçoso, coberto de quadros, revestimentos de madeira, tapeçarias, lembranças de expedições. O ambiente era caloroso, confortável, burguês. O cheiro da cera usada ali lhe era desconhecido, mas achou-o elegante. Nina se sentia muito distante das casas de madeira de Kautokeino, com móveis de madeira clara que, se tanto, recebiam um verniz.

Quando se sentaram na sala, em confortáveis poltronas de couro e com uma xícara de chá diante de si, Henry Mons, incontestável senhor da casa, dirigiu um sorriso a Nina.

– Saiba, senhorita, que tenho o maior prazer em receber a visita de tão encantadora representante da polícia norueguesa.

Nina lhe respondeu com um sorriso educado. De si para si, pensou que aquilo não passava de conversa mole. Ela conhecia muito bem os franceses para saber que não podiam evitar esse tipo de cumprimentos. Armou a expressão mais satisfeita possível, tentando ao mesmo tempo não parecer muito envaidecida.

– Então, o tambor. Alguma notícia?

– Ainda não, senhor. Temos várias equipes de investigadores trabalhando no caso. Seguimos muitas pistas, mas uma vez que não temos uma ideia mais precisa sobre esse tambor, sobre a sua história, nossa impressão é que avançamos às cegas.

– Entendo, entendo. Mas no que eu posso ajudar vocês?

– Para começar, o senhor pode me dizer o que fazia na Lapônia antes da guerra?

– Estava com o Paul-Émile Victor, que realizava um estudo etnológico na Lapônia. Nós acompanhávamos os irmãos Latarjet, dois médicos. Estivemos lá em 1939, portanto, logo antes da guerra. Percorremos toda a Lapônia, fora a parte soviética, claro.

– Então eram vocês quatro...

– Todos franceses. O Paul-Émile e os irmãos Latarjet eram amigos de longa data. De minha parte, eu era uma espécie de álibi para provar ao Museu do Homem, que financiava a nossa pequena expedição, que aquela viagem não era um passeio exótico. O que ela foi também, mas isso é outra história. Estavam lá igualmente dois suecos e um alemão. Os suecos eram antropólogos de Uppsala, pessoas que de início nos pareceram encantadoras. O alemão vinha de... de uma região do Leste, creio eu, ou do Sudeste, dos Sudetos, ou da Boêmia, não conheço muito bem aqueles lados. Mas isso não tem importância, ele era alemão e geólogo. E, evidentemente, nós tínhamos guias e ajudantes lapões que nos acompanharam em todo o périplo.

– O senhor disse que os suecos lhes tinham parecido encantadores... de início. O que o senhor quer dizer?

– Bom, o Paul-Émile era um sujeito muito engajado, sabe? Ele era extremamente dedicado às pessoas. Essa era uma das suas paixões: a descoberta do outro, fosse isso na Polinésia, como ele fez mais tarde, ou no Grande Norte, onde trabalhava na época. Quanto mais as coisas lhe eram estranhas e distantes, mais ele se entusiasmava. E foi com esse espírito de autêntica descoberta do outro que ele realizou essa viagem para a Lapônia. Assim como eu, aliás, ou os irmãos Latarjet. Mas logo descobrimos que o mesmo não acontecia com os nossos colegas suecos. Sinto-me até um pouco mal, depois de tudo, de empregar a palavra "colega". Mas, enfim: o que Émile e eu ignorávamos durante a preparação dessa viagem é que os dois antropólogos da Universidade de Uppsala eram também ligados ao Instituto de Biologia Racial.

Ele fez uma pausa para observar se isso tivera algum efeito sobre Nina. Ela o olhava com olhos bem abertos, o que parecia significar o desconhecimento daquela instituição.

– Paul, você pode ir buscar no escritório o livro que eu deixei na poltrona?

Quando teve o livro entre as mãos, Henry Mons o folheou e então o estendeu para Nina.

– Eis o tipo de estudos a que se dedicavam esse instituto e aqueles senhores.

Nina levou algum tempo percorrendo as páginas amarelecidas, redigidas em sueco. Sentia-se observada. Considerou que, se o velho o tinha deixado à mão, era porque lhe atribuía uma importância especial. Assim, era preciso folheá-lo com vagar. Mas ela não precisou fazer um grande esforço. O final do livro era enfeitado com fotos. Nina não precisou de muito tempo para perceber que as fotos pretendiam ilustrar a superioridade racial dos escandinavos e a inferioridade... de todos os demais: lapões, tártaros, judeus, finlandeses, bálticos e russos. A coisa era ainda mais caricata pelo fato de os escandinavos serem representados por estudantes, camponeses, empresários e médicos, ao passo que os outros lembravam fotos de criminosos. E, aliás, em muitos casos eram de fato criminosos que serviam para ilustrar essas sub-raças. Nina ergueu os olhos para Henry Mons. Ela se sentia incomodada.

– Esses dois pesquisadores alemães eram muito cultos, encantadores. Tinham discussões apaixonadas, e às vezes era até engraçado, porque um era social-democrata e o outro conservador. Sobre essas questões raciais eles às vezes não estavam em total acordo. O social-democrata falava sobretudo sobre o Estado previdenciário que estava a caminho e cujo avanço os elementos associais não deviam tentar retardar. O outro tinha uma lógica claramente mais racial. Preciso lhe dizer que os meios universitários, conforme eu soube depois da guerra, eram muito pró-alemães na Escandinávia. Mas ficamos chocados com as conversas deles. À noite, no acampamento, nós tínhamos discussões muito acaloradas. Mas estávamos na verdade em dois planetas diferentes. O Paul-Émile, em especial, praguejava contra eles, porque via o modo como aqueles homens desvirtuavam a ciência. No entanto, precisávamos deles. E eles tinham estudado muito os lapões, que, para eles, era uma raça inferior, condenada a desaparecer. E eles argumentavam mais ou menos do modo como hoje se argumenta sobre os ursos brancos, sabe? Era odioso, verdadeiramente odioso.

– E o tambor, então?

– As nossas diferenças não escapavam aos guias. Um deles, sobretudo, era particularmente sensível a elas, porque tinha sido ele próprio objeto da atenção científica dos senhores de Uppsala. Eles lhe tinham medido o crânio, como haviam feito com centenas de pessoas.

Henry Mons se levantou e convidou Nina a segui-lo. Eles percorreram um corredor revestido de madeira, decorado com pequenos quadros de moldura dourada encimados por lâmpadas, representando cenas de caça ártica. O escritório era um amplo cômodo, com um pequeno divã de dois lugares instalado no ângulo de duas paredes cobertas de livros. Um grande armário ocupava parte de uma outra parede, enquanto uma escrivaninha de acaju enviesada ficava quase diante da entrada, com um janelão à sua esquerda. Henry Mons instalou-se atrás da sua escrivaninha e convidou Nina a se sentar do outro lado. A jovem viu que o velho havia preparado com todo o cuidado aquele encontro. Pilhas de papéis bem ordenados se acumulavam à sua esquerda. Mas ele começou pegando uma foto que estava sob a sua mão direita. Inclinou-se para a frente e convidou Nina a fazer o mesmo.

– Isso foi no começo da expedição. No meio está o Paul-Émile, claro, os irmãos Latarjet à sua direita, os pesquisadores suecos e o alemão à sua esquerda. Os suecos são os dois que estão mais próximos dele.

– O senhor está aqui – comentou Nina, apontando com o dedo um homem de olhar franco e sorridente à direita dos médicos franceses.

– Exatamente. Nessa época eu teria tentado seduzi-la, senhorita, pode acreditar – disse ele com um sorriso que se pretendia maroto. – E estão aqui também os nossos três guias, o nosso intérprete e o cozinheiro – prosseguiu Henry Mons, deslizando o dedo pela imagem.

A foto fora tirada no vestíbulo de um hotel da Finlândia, a julgar pelas inscrições. As pessoas pareciam paralisadas, coisa típica das fotos do período imediatamente anterior à guerra, como se a sua gravidade anunciasse os acontecimentos terríveis que se esboçavam. Todos vestiam macacões. Era sem dúvida o momento da partida. Os lapões que os acompanhavam estavam vestidos com sua roupa tradicional: sapatos de bico curvo presos à perna por tiras enfeitadas, calça de pele clara de rena, túnica de lãzinha – sempre azul-real – decorada com muitas fitas, que Nina sabia serem multicoloridas depois de ter cruzado no mercado de Kautokeino com dois *sami* que ainda se vestiam assim. Os diversos chapéus usados pelos lapões indicavam os vários locais geográficos de onde eles vinham. Um deles tinha um gorro de quatro pontas, do mesmo tipo usado por Aslak, observou Nina.

Henry Mons mostrou novamente o geólogo alemão.

– Coitado do Ernst. Não fazia muito tempo que ele estivera ali, mas quis ir conosco para revisitar um certo lugar. Morreu durante a expedição. Tinha partido havia vários dias para fazer levantamentos de uma área que o interessava, levando um dos nossos guias lapões. Mas no caminho de volta teve uma queda fatal. Foi enterrado no cemitério de Kautokeino. Para um alemão daquela época, Ernst era diferente. Nunca falava de política, nem a favor nem contra o Hitler. Não se interessava absolutamente pelas histórias que apaixonavam os dois suecos. A maior parte do tempo ele passava afastado. Uma noite eu o surpreendi enquanto trabalhava à luz do seu lampião. Vi que ele rabiscava num mapa geológico. Mas ele o cobriu quando eu cheguei. Não lhe fiz perguntas. Entre geólogos, claro, isso não se faz. Deve-se respeitar os pequenos segredos dos outros.

– Quem é esse homem com o gorro de quatro pontas? – indagou Nina.

– O gorro do diabo, você quer dizer? – sorriu Henry Mons. – Era assim que o consideravam as pessoas crentes de lá. O gorro do diabo. Ele se chamava Niils. Não me lembro mais do seu sobrenome. Foi ele quem partiu como guia do Ernst e quem nos contou que ele tinha morrido. O Niils era muito experiente. Como guia, ele se sentia responsável, creio eu, pois nos disse que o Ernst morreu quando ele se ausentara para caçar uma rena que os alimentaria. Aparentemente o Ernst caiu numa espécie de falha recoberta de líquen e bateu a cabeça numa pedra. O Niils se sentia culpado. Acabei me tornando amigo dele. Percebi que muitas vezes ele se sentia humilhado pelas opiniões dos pesquisadores suecos. Ele não ousava protestar. Acho que partia do princípio de que todos os "homens brancos", como ele mesmo dizia, tinham as mesmas ideias sobre os lapões. Essa humilhação era transmitida pelo olhar. Acho que era uma mistura de orgulho, distância, incompreensão por vezes, até mesmo pavor. Tudo isso havia me impressionado muito. Não ousei tocar no assunto com ele logo que partimos porque seria preciso passar pelo filtro do intérprete. Mas lhe dei a entender, também por olhares, que era sensível às suas reações. Ele percebeu. Uma noite, já perto do fim da estadia, quando senti que podia confiar no nosso intérprete, nós conversamos. O que eu descobri me afetou terrivelmente, porque revelava uma injustiça terrível.

Henry Mons fez uma pausa e Nina notou que o velho francês tinha os olhos úmidos.

– Pai, acho que o senhor devia repousar – disse seu filho Paul, que acabava de entrar.

Henry Mons parecia cansado. Ele protestou, mas só formalmente, pois acabou indo se deitar. Nina teria de esperar.

25

Terça-feira, 18 de janeiro.
10h30. Kautokeino.

André Racagnal tinha estacionado na entrada do hotel, exatamente diante da ala onde estava instalado. Havia uma entrada particular que dava para a rua, por isso ele não precisava passar pela recepção. Podia se deslocar com toda a tranquilidade estando naquela ala, que comportava um quarto e uma grande sala. Ele havia depositado ali todo o seu material e acabara de colocá-lo nas caixas. A mudança de planos que se tinha imposto não modificara em nada os seus preparativos.

Ele tirou o seu martelo de prospecção, que deixara mergulhado durante toda a noite num balde com água para que a madeira do cabo dilatasse. Era um martelo sueco, com cabo comprido, prático para se apoiar em terreno difícil. Mais eficaz também porque aquele comprimento aumentava a sua força quando era preciso quebrar um rochedo. Ele verificou mais uma vez se cada instrumento estava no seu lugar: máquina fotográfica, GPS – embora não fosse nada adepto dele –, lupa. Providenciara também uma bússola, uma provisão de lápis com grafite bem grosso para os seus desenhos e também lápis de cor.

Em seguida, abriu uma caixa cheia de mapas. Passou um momento selecionando aqueles dos quais pensava que iria precisar, em diferentes escalas, cada um em vários exemplares. Ele tinha uns sessenta. Começou levando para a traseira do seu Volvo uma caixa metálica, depois o resto do seu equipamento. Estava levando o necessário para duas semanas, e a comida que comprara para duas pessoas devia também ser suficiente para esse período.

Racagnal pensou por um momento em passar no bar. Mas acabou concluindo que a ideia não era boa. Pena. Por enquanto.

Em vez disso, se concentrou na lembrança do mapa visto na casa do camponês. Era um mapa extremamente detalhado. Seria preciso justapô-lo a todos os mapas que ele levava. Ele sabia por experiência própria que um mapa nunca representa o terreno tal como ele é. Que entre os antigos e os modernos, a visão do terreno podia ter mudado. O trabalho seria cansativo, mas não impossível. Ele sabia ver. Ele era bom. Tinha consciência disso. Seria preciso depois proceder à análise de campo. Ele estaria então no seu elemento. Racagnal não tinha dito nada ao camponês, mas o mapa parecia indicar sobretudo amostras, extremidades de alguma coisa, e, em algum caso, uma jazida concentrada. Claro, tais indicadores, se se revelassem sérios, não tinham preço. Mas traços de mineral numa rocha nunca queriam dizer que bastava cavar sob o rochedo para chegar a uma jazida. Somente quem tinha uma visão muito romanceada da geologia podia imaginar isso. Não era o caso dele, pelo contrário. Era conhecido por ter uma intuição formidável, baseada numa leitura infalível da geologia das regiões que percorria e num conhecimento enciclopédico das estruturas geológicas, obtido graças às suas inúmeras viagens. Ele sabia ler uma paisagem melhor que a maioria dos seus colegas.

Racagnal passou no posto para encher de gasolina seus galões e de água seus garrafões. Então rumou para a casa de Karl Olsen. O verdadeiro encontro o esperava.

26

Terça-feira, 18 de janeiro.
13h30. Paris.

Nina fora tomar ar para concatenar as ideias. O que já ficara sabendo a perturbava. E assustava, sob certos aspectos. Ela havia crescido achando que os países nórdicos tinham conseguido desenvolver o melhor modelo de sociedade do mundo... Talvez a história do instituto e da medição de crânios fosse um pouco exagerada. Afinal de contas, ela só tinha ouvido falar daquilo a propósito de um ou dois artigos. Portanto, não era algo tão importante.

Paul lhe abriu a porta alguns instantes mais tarde.

– Venha. Meu pai descansou e está aflito para retomar a conversa com você. Acho que ele ainda tem muita coisa para lhe dizer.

Ela foi diretamente para o escritório e se sentou diante de Henry, que ergueu os olhos de um documento.

– O Niils era um homem dotado de múltiplos talentos, senhorita – começou ele imediatamente. – Como a maioria dos lapões, não tinha educação. Não no sentido que nós a entendemos, pelo menos. Mas era um homem de grande sensibilidade. Tinha aparentemente alguns talentos de xamã. Da minha parte, eu estava pondo os pés na Lapônia pela primeira vez e não sabia grande coisa sobre esse tipo de prática. O Paul-Émile era bem mais apaixonado. Ele já havia tido oportunidade de observar xamãs na Groenlândia e o assunto o entusiasmava. Mas foi comigo que o Niils confidenciou, como lhe disse. Sobre o seu xamanismo ele não falou nada, pois, como eu ficaria sabendo mais tarde, um autêntico xamã nunca diz que é xamã. Mas, por outro lado, o Niils estava inquieto. As conversas dos antropólogos indignavam a nós, franceses. Mas eles, os lapões, que viviam ali e que ali ficariam depois da nossa partida, tinham todas as razões para ficar inquietos. Eu não saberia lhe dizer que percepção eles tinham do drama que se gerava na Europa, com o Hitler. Nós mesmos, afinal de contas, não havíamos entendido bem o que se tramava. Mas o Niils tinha uma espécie de pressentimento. Uma noite ele nos arrastou para um canto à parte, a mim e ao intérprete. Tirou de debaixo da capa um tambor. Segundo o que pude julgar à luz do lampião de querosene, era magnífico. E estava em bom estado. Tinha uma forma arredondada, era cheio de pequenos símbolos que não distingui bem.

"Perguntei ao Niils o que era e ele me disse que aquele tambor lhe pertencia. Não me disse de onde vinha, somente que lhe pertencia. Ele estava muito solene naquele momento e senti que não era hora de começar uma conversa científica do tipo que eu estava ávido por ter. Eu estava animado por saber que aquele era um dos sonhos do Paul-Émile, mas precisava me conter. Niils então me contou que aquele tambor estava em perigo. Eu lhe disse que não compreendia muito bem. Então ele me explicou que com as ideias que circulavam naquele momento, tudo o que tinha a marca do seu povo estava ameaçado. Tentei tranquilizá-lo, mas vi que ele estava realmente inquieto. E preciso dizer que embora tentasse parecer muito calmo, eu não podia deixar de lhe dar razão. Foi então que ele me pediu para tomar conta daquele tambor, para trazê-lo para a minha casa na França e protegê-lo. Ele me disse que o tambor poderia voltar no dia em que eu julgasse oportuno. Ele tinha confiança no meu julgamento. Preciso lhe confessar, senhorita, que fiquei perplexo com aquele sinal de confiança. Subitamente eu me tornava depositário de um tesouro da civilização lapona."

Henry Mons ficou em silêncio por um tempo. Ele havia falado com certa grandiloquência e estava visivelmente emocionado. Nina sorriu para ele e pôs a mão no seu antebraço. O velho sorriu, como se lhe agradecesse a permissão que ela lhe dera de retomar o fôlego. Nina também estava comovida, mas por razões diferentes. Aquele estrangeiro lhe fazia tomar consciência de uma realidade do seu país que ela ignorava quase por completo. Ela sentia alguma dificuldade em se posicionar com relação a essa situação nova. Felizmente, podia se ater à sua investigação. O final da manhã se aproximava. Henry Mons pediu ao filho que lhes preparasse outro chá. Enquanto esperava, pegou algumas fotos tomadas durante a expedição. Eram belas imagens, mostrando a vida cotidiana das pessoas com as quais eles cruzaram pelo caminho. Viam-se famílias *sami* dentro da sua tenda ou às vezes diante dela. Em algumas fotos se via uma mãe ocupada com um bebê coberto num berço. Alguns *sami* posavam ao lado de uma rena, sem dúvida a líder do rebanho, a favorita. Observando as fotos, Nina via uma população desconfiada. Uma coisa a impressionou: praticamente ninguém sorria. Ou quando o fazia, era um sorriso tão forçado, até mesmo deslocado, que isso quase incomodava. Nina passou rapidamente pelas fotos. Viu ainda algumas em que os membros da expedição posavam no meio dos *sami*.

– Você sabe que a Lapônia é uma terra apaixonante para os minérios? Na época já havia muitas minas, destacando-se a mina de ferro de Kiruna, que aliás interessava muito aos alemães. O ferro de Kiruna serviu para a fabricação de armas nazistas. Mas me lembro que circulavam muitos rumores sobre uma enorme jazida de ouro. Pelo modo como as pessoas falavam dela, parecia quase uma lenda. Isso nos assombrava, porque nós tínhamos a impressão de que os *sami* eram pouco ligados a esse tipo de riqueza material. Na época eles ainda viviam essencialmente como nômades. No entanto, havia esse boato sobre a tal jazida extraordinária. Quando Niils me entregou o tambor, achei que alguma coisa se ligava a essa jazida. Mas ele tinha um ar muito... grave ao evocar isso. Então contou que havia uma maldição sobre essa jazida, que ela havia levado muita infelicidade ao seu povo. E que era também por isso que aquele tambor precisava ser levado em segurança para longe dali. Para que a verdade sobre a jazida não caísse nas mãos de pessoas indesejáveis.

– De que maldição ele podia estar falando?

– Você pode argumentar que eu era muito pouco curioso, mas não perguntei nada. Fui tomado pela solenidade do momento, pelo sentimento de que estávamos na iminência de um cataclismo político, por aquele ambiente ao mesmo tempo sinistro e sedutor, à luz de um lampião, cercado por uma natureza negra e hostil, por um vento atordoante, longe da civilização, diante daquele homem de rosto perturbador com o gorro de quatro pontas. Era muito impressionante, posso garantir.

— E o que o senhor acha disso?

— Eu deduzi, no fim das contas, que devia ter mesmo a ver com a história da jazida de ouro. Quanto à maldição, não sei nada. De que modo a jazida teria tido um impacto sobre o povo dele? Eu ignoro. Eles seriam privados das pastagens que lhes pertenciam ou das terras importantes para a transumância? Isso provocaria a perda de rebanhos, renas morreriam de fome? Ou a maldição dizia respeito aos próprios *sami*? Eu me fiz todas essas perguntas e muitas outras.

— Pelo que eu entendi, não havia réplica desse tambor.

— É bem possível, na verdade não sei dizer. O que sei é que eu não a tenho. Se outros têm, eu não sei.

— Uma vez que o tambor o impressionou tanto, o senhor deve se lembrar dele.

— Você superestima a minha memória, mocinha — disse ele com um sorriso. — Mas vejamos...

Ele fechou os olhos e os conservou assim durante um longo momento.

— Era dividido em dois por uma linha horizontal. Essa linha ficava na parte superior do tambor. Eu me lembro de que nessa parte havia renas estilizadas, uma ou várias pessoas muito simples, também estilizadas. Eu diria que eram caçadores, já não tenho certeza. Acho que havia árvores e talvez montanhas, ou então eram tendas, não me lembro mais.

Nina anotava rapidamente na sua caderneta, observando Henry Mons, que continuava de olhos fechados.

— Na parte inferior é mais complicado. No meio dessa parte havia uma cruz com vários símbolos em cada segmento dela, e também no centro, aliás, no meio de um pequeno losango. O que mais? Nas bordas, outros símbolos. Acho que nelas havia novamente pessoas estilizadas, muito simples, mas também outras mais elaboradas. Divindades, talvez. E havia peixes, um barco. Uma figura que me impressionou e da qual me lembro bem é uma grande serpente. Acho que havia também árvores, montanhas e por fim alguns símbolos muito difíceis de interpretar. Eu sempre me prometi que pesquisaria sobre eles, mas você sabe como é, fiquei atarefado com mil outras coisas. E respeitei a minha promessa: não mostrei o tambor para ninguém. E também por essa razão não fiz nenhuma cópia. O Paul-Émile me culpava por isso, claro, mas sei que por outro lado ele respeitava a minha integridade.

– Por que o senhor recebeu pedidos de pessoas que queriam ver o tambor?

– Mas é óbvio! – exclamou ele. – Uma peça assim, isso desperta a cobiça. Claro, não é um objeto pré-colombiano nem são vestígios egípcios, mas de qualquer forma acho que posso dizer que esse tambor é uma bela peça, e uma peça única, certamente ligada a uma história dramática, como todos esses tambores e como você certamente não ignora.

Nina não se deu ao trabalho de expor a sua ignorância.

– Quem contatou o senhor?

– Houve esse museu alemão de Hamburgo, acho que eles trabalham com o Centro Juhl de Kautokeino. Eles queriam vir ver o tambor, avaliá-lo.

– Então eles fizeram fotos – disse Nina cheia de esperança.

– Na verdade eles não chegaram a vir. Porque nesse meio-tempo entrei em contato direto com o Centro Juhl. Se me lembro bem, duas outras pessoas me procuraram ao longo dos anos. Outro museu, de Estocolmo, e um senhor que não se apresentou, mas me pareceu ser um intermediário, sem dúvida de algum colecionador. Não sei como foi que eles ficaram sabendo que eu tinha esse tambor. Como não estava me dispondo a vendê-lo, essas histórias não foram muito longe.

– O senhor guardou o nome desse museu e desse intermediário?

Ele consultou uma porção de documentos, e depois de ter procurado durante um momento encontrou anotações feitas numa folha, com caneta-tinteiro. Nina leu rapidamente. O museu era o Museu Nórdico de Estocolmo. O nome do intermediário lhe pareceu norueguês.

– Quem sabia da existência do tambor?

– Poucas pessoas, afinal de contas – disse ele depois de refletir por algum tempo. – Pelo menos até eu o ter entregue ao Centro Juhl.

O francês autorizou Nina a levar consigo as fotos e alguns documentos relativos à expedição. No momento de partir, ela parou um segundo no umbral da porta.

– O que foi que o levou a entregar o tambor agora?

– Primeiramente a minha idade – disse ele com um sorriso cansado. – Não quero que depois da minha morte os *sami* percam esse tambor. Então me perguntei se mandar o tambor agora não contrariaria a vontade de Niils. Me pareceu que não. Não tenho nenhuma dúvida de que há muito tempo as ideias daquela época não circulam mais na Escandinávia. Espero não ter me enganado...

27

Terça-feira, 18 de janeiro.
15h30. Kautokeino, Rodovia 93.

André Racagnal parou diante do prédio principal do sítio de Karl Olsen. O camponês, que o vira chegando, esperava no vão da porta. Ele não entendia aquele francês. O sujeito não revelava nada. Não se sabia o que lhe passava pela cabeça. Fora o gosto pelas menininhas, claro. Ele não se deixava manipular tão facilmente quanto o Brattsen. Qualquer um teria protestado contra aquela acusação, teria ficado bravo. Ele não. Meu Deus, e além de tudo, ele punha na boca um ricto irônico quando o olhava.

O velho mapa geológico estava na mesa da cozinha. Racagnal foi diretamente pegá-lo.

– Lembre-se – disse-lhe Olsen. – O tempo corre para apresentar uma solicitação na Secretaria Nacional de Minas e para que em seguida seja examinada pela Comissão Municipal das Questões Mineiras. Na Secretaria a coisa pode ser rápida porque lá o pessoal trabalha o tempo todo, mas na comissão aqui, só quando nós nos reunimos. Nós não podemos perder a reunião, que já foi adiada; seria tarde demais para a distribuição de licenças. É agora ou nunca.

Racagnal não respondeu, o que inquietou o camponês. Olsen abriu outro mapa, um mapa da região. Apontou com o dedo.

– Aslak está aqui. É um tipo estranho, mas é o melhor, sem dúvida. Tenho certeza de que você vai conseguir contratá-lo – disse ele, voltando o dorso para Racagnal.

O francês continuava mudo, contentando-se em observar os dois mapas. Ele os dobrou, olhou para Olsen e foi embora.

16h30. Rodovia 93.

Racagnal partiu em direção ao norte antes de tomar a bifurcação para o leste, que daria em Karasjok. Era ali que encontraria Aslak. As precauções do camponês lhe eram indiferentes. Um tipo estranho, esse Aslak? O imbecil daquele camponês pensava mesmo que Aslak, por mais estranho que fosse, poderia ser mais estranho que o comandante Chuck? Aquele caipira nunca havia saído de seu buraco, isso era evidente. Racagnal avistou uma lanchonete à beira da estrada. A tabuleta dizia "RENLYCKA", a sorte da rena. Grande coisa. Ele já a havia notado, era a única entre Kautokeino e Alta, bem no entroncamento com a Rodovia 92, que ia para o leste. Ele parou. Depois que começasse, teria de acampar ao sabor dos *gumpi*, dos abrigos ou na sua tenda. Esse tipo de situação não o desassossegava. Mas para a pequena sessão de trabalho a que ia se dedicar seria bem melhor o bar. Não havia nenhum cliente. Uma mulher de uns sessenta anos saiu de um comodozinho no fundo e ficou atrás do caixa, sem nada dizer. Esperava. Era uma lapona, com um avental nas cores vivas das túnicas tradicionais. Ele foi se sentar em uma mesa comprida situada no canto, ao lado das janelas. Havia ali umas dez mesas de madeira clara, com cadeiras do mesmo tipo. Paninhos bordados decoravam cada mesa. Representavam cenas da vida dos lapões: a marcação das renas, as caravanas à moda antiga, a triagem no cercado. Em cada mesa pequenas velas redondas estavam dispostas em suportes de vidro. A mulher veio acender a que estava na mesa de Racagnal. Uma vitrine fechada expunha objetos de artesanato, bonecas laponas, pequenos tambores cobertos de estatuetas primitivas, adesivos. Ele via a estrada que passava ao pé de uma pequena colina e, virando a cabeça, adivinhava as vastas extensões semidesérticas em que logo mais iria se enterrar. Tudo parecia em paz porque a neve tudo adormecia. Ele sabia que isso não duraria muito tempo.

Ele tirou os mapas e depois foi até o caixa, onde a lapona o observava com um ar vazio. Ela esperava. Racagnal pediu um sanduíche e um café. Pagou. A mulher agradeceu.

– A senhora conhece o Aslak? – perguntou ele.

A mulher primeiro o olhou longamente.

– Conheço.

Ela ficou esperando.

– É fácil encontrá-lo?

– Não.

– Talvez a senhora possa me explicar como posso encontrá-lo.

Novo silêncio.

– Não.

Racagnal não gostava de ser surpreendido. Mergulhou o olhar no dela e lhe dirigiu um ricto. A mulher baixou os olhos. Ele lhe deu as costas e voltou para a mesa. Desdobrou finalmente o velho mapa geológico do camponês e tirou um jogo de mapas que havia selecionado. Estava novamente no seu elemento. Era preciso ser rápido, porque a nova reunião da Comissão das Questões de Mineração seria na manhã seguinte. Olsen lhe tinha garantido que confirmaria o pedido. Racagnal ia fazer aquele maldito mapa falar.

18h. Kautokeino.

Nina tinha chegado à noite em Alta. Klemet fora buscá-la, o que a deixou contente.

– Estamos esperando o relatório do legista para amanhã – começou Klemet. – Já não é sem tempo. Como foi Paris?

Durante a hora de trajeto que se seguiu, Nina lhe fez um relato fiel do que havia conseguido apurar na casa de Henry Mons. Quando passaram diante do lugar onde, na véspera, havia atropelado a rena, ela contou resumidamente – e sem detalhes – seu acidente e também a estranha reação de Aslak, que lhe dera uma pequena joia. Como Klemet não reagiu, ela voltou ao encontro com Henry Mons.

– Achei essas histórias de biologia racial uma coisa muito louca, incrível – disse Nina.

– Deixa para lá.

– É só o que tem a dizer?

Klemet dirigia, concentrado na estrada. Girou a cabeça para Nina, sem nada dizer, depois voltou a olhar para a frente. Eles se aproximavam da entrada de Kautokeino, mergulhada na escuridão.

– Vamos tomar um café na minha casa.

Não era uma pergunta. Nina não desgostou da ideia de voltar a ver a tenda misteriosa de Klemet. Quando o carro parou, Klemet apontou para a sacola dela.

– Pegue a sua bagagem.

Nina olhou para ele com a cabeça meio tombada para um lado, interrogativa, como se embaraçada pelo que o colega lhe dissera.

– Quis dizer os documentos de Paris.

– Ah, claro – disse Nina.

Ele podia apostar que ela enrubesceu. Ele foi mais longe.

– Quer tomar um banho?

Nina parou. Não sabia se seu colega zombava ou não dela. Educadamente agradeceu a sugestão. Klemet seguiu em frente na neve e ergueu o pano para deixar passar a jovem. Ele pôs achas no fogo quase apagado. As chamas voltaram a se reanimar. Nina se sentia bem novamente. Olhou encantada em torno de si.

– Klemet, você pode tirar uma foto minha na frente do fogo?

Klemet deu um sorriso forçado. Nina já estava lhe estendendo a câmera. Ele sabia como fazer. Focalizou as chamas. Nina lhe agradeceu, olhou a foto e deu um suspirinho.

– Klemet, eu fiquei no escuro. Quando se tira uma foto com uma fonte de luz como essa atrás é preciso...

– Nina, me dê rápido essa câmera de novo, por favor.

Klemet tirou outra foto, levemente inclinada. Ela pareceu satisfeita. Guardou a câmera e pegou a pasta. Estendeu para ele a primeira foto que Henry Mons lhe mostrara e identificou as várias pessoas.

177

– Quem fez a foto? – indagou Klemet.

Nina olhou para ele em silêncio, como se tivesse sido surpreendida numa falta. Não sabia a resposta.

– O que você quer beber?

– Uma cerveja sem álcool.

Klemet tirou duas. Ele se serviu também de um conhaque três-estrelas. Era um velho costume conservado de sua educação laestadiana. No ramo laestadiano rígido de sua família, o álcool era estritamente proibido. A única exceção era em caso de doença, quando se podia tomar como remédio o conhaque três-estrelas. Klemet sempre tinha achado aquilo engraçado, e permanecia fiel ao conhaque, seu modo próprio de não negar totalmente suas origens. Ele bebeu metade do copo e tomou um gole de cerveja.

Nina estava ao lado de Klemet naquele momento, deitada sobre peles de rena. Ela olhou para as fotos penduradas acima dela, pensativa. O mistério acerca de Klemet a intrigava. Ela sacou as outras fotos que Henry Mons lhe tinha confiado. Havia umas cinquenta. A maioria retratava cenas do dia a dia *sami*. Havia também outras quinze fotos que mostravam os membros da equipe em diferentes momentos da expedição. Ele separou as fotos com os membros da expedição das que mostravam os lapões. A equipe de pesquisadores e os guias estava presentes em cada uma deles, embora nem sempre completos. Exceto pela foto que os imortalizava no hotel finlandês, sem dúvida o ponto de partida da expedição, todas as demais tinham sido feitas ao ar livre, seja no meio da tundra, seja diante das tendas do acampamento. Elas eram menos posadas, sinal de que não devia ter havido muito lazer na viagem.

– Olhe, esse homem não estava na primeira foto.

Nina tinha notado um homem mais miúdo, se comparado com os pesquisadores suecos e o norueguês, mas que não parecia ser lapão.

Ele podia ser visto também em outra foto. Sua figura era estranha. Ele parecia ligeiramente deslocado. Como se não pertecesse àquele lugar. Tinha um nariz fino e um bigode que cobria os cantos da boca.

– Verdade – disse Nina. – Vou perguntar ao Mons. – Ela vistoriou as outras fotos e voltou a vê-lo em mais uma. Então dispôs todas as fotos entre eles dois, em várias fileiras. Ficaram todas completamente visíveis. Ela bebericava a cerveja e Klemet fazia o mesmo enquanto olhava as fotos. Klemet pegou uma e virou-a de costas. Encontrou o que queria: a data.

– Vamos organizá-las seguindo a cronologia – propôs ele.

Feito isso, eles voltaram a mergulhar no seu estudo.

– O que estamos procurando exatamente? – perguntou Nina passado um momento.

– Não sei – confessou Klemet. – Mas acontece alguma coisa durante essa expedição, com esse tambor, com esse homens. O que é, eu não sei. Mas alguma coisa aconteceu.

Klemet se serviu de mais um pouco de conhaque.

– Bom, uma vez que estamos seguindo o tambor, parece lógico seguirmos Niils. Ele está nas primeiras fotos e nas últimas.

– Nas do meio ele não está – completou Nina. – Não está porque se ausentou com o geólogo alemão.

Nina virou a última foto em que Ernst e Niils estavam com o grupo e depois a seguinte, em que eles já não estavam.

– Esta data de 25 de julho e a outra, de 27 de julho. Então Ernst e Niils partiram durante a última semana de julho de 1939.

– E aqui – disse Klemet, apontando para uma das últimas fotos – Niils está de volta. Sozinho, claro, porque Ernst já tinha morrido.

Ele se ergueu para ver o verso da foto.

– 7 de agosto. E a foto anterior em que ele está ausente é de... 4 de agosto. Assim, Niils voltou em algum momento entre esses dois dias.

Ele largou a foto e se lançou para trás, contra o bauzinho comprido recoberto de almofadas.

– Niils volta atormentado dessa missão com o geólogo alemão. E pouco depois de sua volta, se confidencia com o Mons e lhe entrega o tambor.

Klemet depôs o copo e pegou a pasta com os documentos relativos à expedição. Havia ali a correspondência oficial, listas de material, cartas de recomendação, faturas, títulos de transporte, toda uma papelada amarelecida desinteressante. Klemet procurava alguma menção ao tambor. Acabou por encontrar num recibo de retirada da alfândega. Na descrição fora acrescentado em sueco, à mão: artesanato ordinário. E na linha destinada ao valor, um simples "Nenhum".

18h. Rodovia 93.

André Racagnal saltava de vale em vale ao sabor das curvas geológicas que dançavam diante de seus olhos. Tinha diante de si cinco mapas abertos. Voltou a examinar o do camponês. Imaginava sem dificuldade as horas que aquele geólogo passara em campo para reconhecer as formações geológicas, procurar fósseis, estabelecer os limites de afloramento, onde os diversos terrenos eram invisíveis. Racagnal ia com calma, embora seu tempo fosse escasso. O mapa antigo parecia descrever um plúton granitoide do território carélio. Um terreno que portanto datava de cerca de 1,8 bilhão de anos. Esses terrenos do Grande Norte europeu estavam entre os mais antigos que ele tinha tido a possibilidade de estudar. Quando não estava em campo, avançando em terreno difícil, o estudo desses mapas era a única coisa capaz de fazê-lo esquecer seus demônios. E nem era preciso que a curva fosse demasiado evocadora. Racagnal seguia os contornos e falava consigo mesmo. A rocha plutônica tinha se desenvolvido em rochas encaixadas que pertenciam a uma cintura xistosa. O francês se sentia no seu elemento. Ela se compunha de quartzo, dioritos e granitos. Isso era absolutamente coerente. Podia-se encontrar ouro nesse tipo de terreno, quanto a isso não havia a menor dúvida. A questão, como sempre, era outra. Esse ouro seria em quantidade suficiente, estaria numa profundidade razoável, as perspectivas do mercado justificariam se lançar na exploração de uma mina no Grande Norte, em condições humanas e climáticas difíceis? Muitas perguntas, às quais era impossível responder em apenas uma semana. Mesmo os bons geólogos, sobretudo os bons geólogos – e ele se incluía nessa categoria –, tinham necessidade de sentir o terreno, de percorrê-lo a pé, de deixar a sua intuição correr solta, mesmo que isso enfurecesse os jovens e os burocratas, para os quais era preciso que tudo se conformasse a modelos. Mas esses tipos não poderiam jamais entender como funcionava o cérebro de um sujeito como eu, pensava Racagnal. Do mesmo modo que eles jamais iriam entender o seu gosto pelas menininhas. Essa imagem de pureza, tão linda. Ele só pensava em sujar essa imagem. Aos seus olhos, era esse o único comportamento racional. Essa pureza o angustiava, o fazia se sentir diferente. Ele se sentia mais à vontade com pessoas ambíguas, como aquele calculista medíocre ou como o policial limitado. Eram pessoas que o tranquilizavam, que o confortavam na sua ideia de que o mundo era cinzento, injusto, movediço.

Os granitos tinham sido erodidos pelas geleiras que durante muito tempo haviam recoberto a Escandinávia. As últimas geleiras tinham sido removidas há apenas dez mil anos, deixando os picos nus e cercados de lagos. Ele podia ler naquele mapa terrenos eruptivos que formavam uma profusão de filõezinhos. O autor do mapa descrevia também conglomerados com pedras de quartzo. Havia muitos fatores concordantes, avaliou Racagnal, novamente concentrado no mapa.

Geologicamente falando, a Lapônia era uma região estável. Fazia parte do escudo escandinavo, embora houvesse algumas falhas. Para geólogos como Racagnal, o que era particularmente interessante eram essas falhas. E o mapa descrevia uma delas.

Ele pegou os mapas geológicos que tinha levado consigo e se pôs a refletir. A maioria dos detalhes presentes no antigo estavam ausentes neles. Sem falar da escala muito diferente. Era preciso saber ler nas entrelinhas. Seu dedo indicador começou a acariciar as curvas do mapa. Que logo o fizeram lembrar-se das de Ulrika. A pequena garça teria que ceder. Mas isso não era grave. Se ele encontrasse o que achava que ia encontrar, ela viria rastejando, com a sua cabecinha de anjo. E aquele camponês também teria de rastejar.

19h20. Kautokeino.

Antes de acompanhar Nina até em casa, Klemet a detivera por mais alguns momentos.

– Tenha cuidado com o Aslak – disse ele.

Nina ia protestar quando ele pôs um dedo sobre os lábios.

– Não diga nada.

Ela quase se enganou com o seu gesto. Estava errada.

– Você me perguntou há pouco, no carro, por que eu não me revoltei quando você falou dos pesquisadores suecos. No sítio dos meus pais nós só falávamos em *sami* quando estávamos em casa. Quando comecei a frequentar a escola, aos sete anos, fiquei num pensionato onde quase todas as crianças eram laponas. Nós éramos proibidos de falar em *sami*. O diretor era sueco e só falava sueco. De propósito. Era preciso que nos tornássemos pequenos suecos. Houve certo progresso desde o período que Henry Mons descreveu para você. Naquela época se tratava de ver morrer a raça lapona e de documentá-la em nome da ciência. Na minha época queriam que nós fôssemos aculturados. Totalmente, à força. Nós apanhávamos se conversássemos em *sami*, até durante o recreio. Veja esta cicatriz aqui – disse ele mostrando a têmpora. – Eu tinha sete anos, Nina. Tinha sete anos e não podia mais falar a minha língua, simplesmente não podia. Então, se você fala em revolta, Nina, eu...

Estupefata, Nina viu os olhos do colega marejarem. Ela jamais o vira assim. Ele não concluiu a frase e saiu, levantando o reposteiro para Nina. Quando o tecido baixou, o tempo das confidências tinha passado.

19h30. Rodovia 93.

A velha lapona continuava atrás do caixa, imóvel. Já deveria ter fechado há muito tempo, mas esperava. Um único cliente havia entrado no intervalo de uma hora. Era um motorista de caminhão que tinha deixado o motor do veículo ligado no estacionamento.

– Então, minha lapona tratante, ainda se divertindo atrás do caixa? Se você se encher dessa vida, é só vir para a minha cabine, hein, patroa!

A lapona olhava para ele em silêncio e sem mostrar nenhuma reação.

O motorista era sueco, constatou André Racagnal, que examinou-o durante um segundo, notando as muitas tatuagens que ele tinha no antebraço. O sueco deu uma gargalhada, voltando-se para Racagnal, certo de que suas tiradas de humor deviam ser contagiosas. Racagnal olhou para ele por um instante e então voltou para os seus mapas.

– Ah, o cavalheiro está muito ocupado. Então, minha velha, os sanduíches já vêm? Ah, espero não estar atrapalhando um caso que começava entre vocês dois, hein?

E o motorista gargalhou sozinho. Já havia se esquecido da existência de Racagnal. Tamborilou com os dedos no alto do caixa, esperando os seus sanduíches, marcando o ritmo de uma música que não se ouvia. Ele parecia ser um cliente regular, pensou Racagnal, porque não especificou os sanduíches que queria.

A mulher voltou com dois sanduíches embrulhados e colocou também uma garrafa de Pepsi ao lado do caixa. Pegou uma caderneta e anotou tudo.

– Ah, velhota, você sabe que me excita com a sua cadernetinha. Vou comer estes sanduíches pensando nos seus peitinhos, gorducha. Porra, você devia largar o seu marido, eu já lhe disse isso. A gente ia se divertir muito, os dois juntos. *Yeeaah*. E você – disse ele dirigindo-se a Racagnal –, não encoste um dedo nessa lapona. Ela é minha. Pronto, *hasta la vista, baby* – disse ele batendo a porta, sem parar de cantarolar e de marcar o compasso com a mão livre.

A lapona tinha fechado a caderneta. Balançou a cabeça e voltou ao seu ar indiferente atrás do caixa.

Racagnal tinha feito progressos. Havia ainda um tanto de coisas a fazer, mas depois de muito confrontar informações e identificar as estruturas geológicas, ele sentia que se aproximava de algo.

O autor do mapa parecia ter se concentrado na parte central, bem mais anotada. Racagnal acreditava saber o porquê. Havia as famosas marcas de metal amarelas, inscritas como tal no mapa. Racagnal estava mais interessado no corte geológico na parte superior direita do documento. Tratava-se de uma formação terciária, que parecia concentrar muitos calhaus, blocos, com predomínio dos elementos xistosos. Era lá também que dois solos de épocas diferentes se tocavam. Era a famosa falha, na qual o geólogo desconhecido tinha colocado os sinais indicadores de mármore. Era a presença, mesmo escassa, de mármores no local que enervava Racagnal. Ele batia no mapa com o lápis, pensativo. Resolveu deixar aquilo para mais tarde, voltando a se fixar nos incidentes amarelos que inegavelmente indicavam abundância de ouro. Depois de mais uma hora de cálculos e comparações, Racagnal concluiu ter delimitado a zona em que devia procurar. Então desenrolou o mapa diante de si e dobrou-o várias vezes. Devia coincidir. O mapa antigo mostrava diferenças, claro, anomalias, mas isso podia se atribuir à diferença de perspectiva, de recursos, sem dúvida, e também de profissionalismo. Fazendo-se abstração de todos esses parâmetros, era por ali que seria preciso buscar. Racagnal sabia que o ideal seria levantar amostras, fazer furos exploratórios. Mas ele não dispunha de tempo para isso. Teria de se valer de todo o seu talento. Mas precisava desse Aslak, com o curto tempo que lhe restava. Não tinha mais nem um minuto a perder. O instinto de caçador o invadiu novamente, lançando nele a sua descarga de adrenalina. Pena que a velha não tivesse uma filha, pensou ele. Como se adivinhasse os seus pensamentos, a velha pela primeira vez olhou demoradamente para ele e não lhe despregou os olhos até ele sair no frio e na noite.

28

Quarta-feira, 19 de janeiro.
Nascer do sol: 9h54; pôr do sol: 13h07.
3 horas e 13 minutos de sol.

8h. Kautokeino.

A notícia dada no rádio sobre a descoberta da segunda orelha não foi surpresa para ninguém, embora tenha sido um choque terrível para a faxineira que a encontrou atrás de uma porta do corredor de entrada do anexo do Departamento de Gestão das Renas, em Kautokeino. Eram sete horas da manhã e ninguém havia chegado ainda. Aquela porta ficava sempre aberta, e a mulher só a tinha fechado para passar o aspirador. Talvez a orelha estivesse ali há muitos dias e ninguém a tivesse percebido, porque só se passava o aspirador uma vez por semana. Assim como a primeira orelha, esta também estava marcada. A notícia correu rapidamente pela aldeia, sobretudo porque a faxineira não tinha conseguido avisar a polícia. Assustada, ela chamara o seu vizinho, Mikkelsen, o jornalista. Ele certamente saberia o que fazer. Mikkelsen chegou quinze minutos depois e imediatamente entrevistou a vizinha. Teve o maior cuidado para não tocar em nada, mas tirou fotos de todos os ângulos. Era um furo de primeira. A polícia tinha tentado ocultar o fato de que o cadáver de Mattis fora encontrado sem orelhas, mas Mikkelsen ouvira o boato. Na sua opinião, aquela orelha mirrada provava que o caso tinha alguma importância, não era um assassinato simples. Ele dispunha de pouco tempo para o jornal das oito. E depois postaria a foto da orelha no site do jornal. Aquilo ia dar o que falar.

A sala de Tor Jensen estava cheia e o Xerife parecia particularmente mal-humorado. Ele ainda não havia começado a consumir os salgadinhos de alcaçuz. Eram só oito da manhã e todas as pessoas presentes tinham acabado de ouvir o noticiário do rádio. Circulava o café, e duas travessas cheias de bolachinhas se esvaziavam. Brattsen estava num canto, ao fundo, com ar entediado. Nina conversava amigavelmente com Fredrik, representante da polícia científica, que na noite anterior chegara de Kiruna. Ele viera acompanhado de um médico-legista, que estava mergulhado no seu relatório. Fredrik parecia muito interessado em Nina e sussurrava para ela. Havia também dois outros policiais da equipe de Brattsen. Ainda faltava Klemet. Ele tinha ido colocar no congelador da Polícia das Renas, instalado na sala de mapas, a segunda orelha, que se juntava assim a uma estranha coleção de elementos de provas, constituída por algumas orelhas de renas, alguns gansos da Sibéria e outros animais caçados ilegalmente. Agora ela incluía duas orelhas humanas.

Klemet finalmente chegou, com muitos documentos na mão. O Xerife fez um sinal.

– A primeira orelha é de Mattis Labba, não há a menor dúvida – começou o homem da polícia científica.

– E certamente será o caso dessa última – acrescentou Klemet. – Mesmo tamanho, mesmo tipo de corte, mesmo tipo de entalhe também, embora os motivos sejam diferentes.

– Então isso nos leva a um criador de renas? – atalhou o Xerife.

Klemet Nango se serviu calmamente de uma xícara de café.

– Na verdade, agora tenho bem menos certeza quanto a isso – disse Klemet. – Se interpretarmos um pouco livremente os entalhes das duas orelhas, isso poderia nos levar a Olaf e o clã dele.

No fundo da sala, Brattsen deu um pulo.

— Ah, eu sempre achei que esse sujeito estava implicado de um modo ou de outro. Eu lhe digo que esse cara não é confiável. Tenho certeza de que ele está com a consciência pesada.

— Brattsen, deixe o Nango terminar.

O outro se sentou com uma expressão enfurecida.

— Então, Bobola, impressione a gente!

Klemet, como de costume, ignorou Brattsen.

— Eu falava de interpretação, de adaptar um pouco os indícios, levando em conta a pressa com que essas marcas foram feitas, o fato de muitos dias terem se passado e de as orelhas terem se atrofiado. Assim, sem muito esforço, podemos ver um parentesco com a marca do clã do Olaf. Mas agora, com as duas orelhas, tenho menos certeza disso, porque se fizermos uma comparação rigorosa... Bem, não há correspondência com nenhuma marca do manual.

Um pesado silêncio se seguiu à explicação de Klemet. O Xerife fez um sinal para o médico.

— Caro doutor, espero que você tenha muitas coisas para nos dizer, porque nestes últimos dias você quase não falou.

O médico deu um largo sorriso para Tor Jensen.

— O procedimento, comissário, o procedimento. E sobretudo para nós, com essa brigada transnacional, é ainda mais importante seguir o procedimento para evitar mal-entendidos entre as nossas meticulosas administrações. E o procedimento diz que nada deve ser divulgado por telefone ou...

— Conheço o procedimento, doutor. Só gostaria muito que, para variar, tivéssemos sido a prioridade, mas nisso voces nem chegaram a pensar, em Kiruna.

— Klemet resumiu a situação quanto às orelhas, mas eu vou voltar a elas daqui a pouco. Apenas uma colocação sobre os entalhes. Ainda não examinei a segunda orelha, mas imagino que observarei a mesma coisa. Os entalhes, quer dizer, as marcas que foram feitas no lobo e na parte superior da orelha, são nítidos. Com isso eu quero dizer que quem manejou a faca não teve hesitações. A carne foi cortada de modo preciso; não estão rasgadas. Não há muitos cortes, o que indicaria, por exemplo, que a pessoa que segurava a faca a enterrou na pele várias vezes.

O médico-legista abriu o seu relatório.

— E agora a causa da morte. O exame do corpo mostra que Labba recebeu um golpe violento, dado com um objeto pontiagudo e cortante, com uma lâmina que, na sua largura maior, teria de 3,5 a 3,8 centímetros. Provavelmente uma dessas facas do tipo Knivsmed Strøment utilizadas por criadores de renas, mas que também são encontradas nas lojas de caça e pesca, e que os turistas gostam de ter. Embora o ferimento não tenha sido profundo, pode-se avaliar a força de quem o fez, pois foi preciso atravessar as roupas. O assassino era forte, pois bastou um único golpe. Labba vestia macacão, duas malhas, uma das quais era bem grossa, uma camisa e duas camisetas. Todas essas camadas de roupas explicam também o fato de se ter encontrado pouco sangue no local, porque quase tudo foi absorvido pelos tecidos. No entanto, o corte foi suficientemente profundo para provocar uma ferida no rim. Se a largura da lâmina é a que eu disse, o comprimento correspondente é de 17 centímetros, ou seja, a profundidade necessária para atravessar as camadas de roupa e chegar ao rim.

O médico-legista fez uma pausa. Todos o escutavam atentamente.

— Uma ferida no rim, vejam vocês, não é uma ferida mortal, como uma ferida no coração, por exemplo. É aí que eu quero chegar. O golpe dado em Labba não o matou. Em tempo normal, quer dizer, se a temperatura fosse moderada, se por exemplo ele estivesse dentro da tenda, ele teria tido um tempo de sobrevivência de talvez umas seis horas. Mas ali fazia mais ou menos vinte graus abaixo de zero. Ele estava vestido, o que o protegeu, mas não impediu que a hipotermia agisse muito rápido. A sua agonia foi bem mais curta. E eu acho que a morte ocorreu mais ou menos uma hora depois do golpe de faca.

O médico esperou os policiais absorverem as informações.

— Mas isso não é tudo. Agora de volta às orelhas.

O médico remexeu nos seus papéis.

— Talvez eu vá decepcionar alguns de vocês... O corte das orelhas não foi um ato de tortura, isso posso afirmar com segurança.

Todos o olharam então com um ar assombrado e impaciente.

— Simplesmente pelo fato de que Mattis Labba já estava morto havia duas horas, sem dúvida, quando as orelhas foram cortadas.

Então os policiais se entreolharam. Um murmúrio invadiu a sala. Até mesmo Brattsen parecia incrédulo.

– Quase não há sangue escorrido das orelhas, apenas algumas gotas, o que indica uma vasoconstrição muito considerável. Depois da morte não há mais sangramento, porque não há mais circulação cardíaca. Se ele estivesse vivo no momento em que as orelhas foram cortadas, nós teríamos constatado sangramento. Mas nada disso foi observado. O efeito do frio intenso se acrescentou a isso. Ele tinha começado a congelar quando as suas orelhas foram cortadas. O que explica principalmente a orientação das carnes.

– Isso quer dizer, a acreditar nas suas constatações, que depois de ter apunhalado Labba o assassino passou lá... três horas procurando alguma coisa antes de cortar as orelhas e ir embora?

Todos estavam mergulhados em reflexões.

– A menos – interrompeu Klemet – que haja duas pessoas envolvidas...

10h30. Lapônia Central.

André Racagnal não teve muita dificuldade em localizar o acampamento de Aslak Gaupsara. Olsen tinha feito no mapa uma indicação precisa e, na verdade, a ajuda daquela mulher rabugenta não fizera falta. O geólogo francês tinha parado numa pequena área de estacionamento. Ele olhou mais uma vez o mapa. Poderia se aproximar um pouco mais com seu veículo por um caminho que, segundo o camponês, devia estar liberado, mas depois disso seria preciso prosseguir de moto. Não estava proibida para ele a pista pela qual tencionava seguir, ele havia se certificado disso. Não poderia aborrecê-lo. Ele se indagava sobre o modo de abordar aquele criador de renas. As advertências do camponês não o impressionavam particularmente. Ele não era homem de se perturbar diante de um sujeito um pouco marginal e com reputação inquietante. Pelo contrário: ele sabia muito bem lidar com esse tipo de gente. Racagnal retomou o trajeto pelo atalho que ia em direção a um lago, congelado como tudo o que via ao redor. Depois de alguns quilômetros de estrada em marcha lenta, ele chegou à margem do lago. Havia ali algumas cabaninhas, utilizadas no verão por pescadores que moravam em Alta ou por aldeões vizinhos. Estavam abandonadas naquela estação. Ele estacionou o Volvo e desembarcou a moto, engatou nela o reboque e o carregou com o seu material. Consultou pela última vez a sua lista de checagem. Nesse tipo de expedição não se tinha direito de errar, mas Racagnal era muito precavido. Extremamente. Detestava se expor desnecessariamente a riscos. Seus colegas frequentemente o julgavam de modo equivocado. Pelo fato de confiar no seu instinto para a pesquisa de minérios, eles o consideravam um sujeito descuidado, até mesmo pouco sério. Mas era exatamente o contrário. Ele só se fiava no seu instinto quando havia conferido tudo nos mínimos detalhes, quando tinha eliminado todas as incertezas que povoam o seu campo de conhecimento. Então partia, com todos os sentidos despertos, mais caçador que nunca.

Deu uma última olhada para a paisagem que o cercava. Em menos de duas horas chegaria ao acampamento do criador de renas. Pararia no caminho para acampar num abrigo assinalado no mapa, a fim de chegar bem cedo ao acampamento. Ele sempre achava interessante surpreender as pessoas entorpecidas de sono.

Aslak Gaupsara respirava regularmente, profundamente, avançando com um movimento monótono. Seus esquis deslizavam quase sem ruído. Faltava-lhe se assegurar de um último valezinho para ter certeza de que um pequeno rebanho de renas que fora para lá na véspera teria o que comer. Aslak gostava de sentir seu corpo atender sem reclamar às mais exageradas solicitações que ele lhe fazia. Ele não tinha pressa. Seu dia estava quase encerrado. Ele não se preocupava muito com as renas. Elas se pareciam com seu dono. Eram duras na queda, capazes de prosseguir nas condições mais extremas, insensíveis ao frio, mais resistentes que quaisquer outras. Podiam encontrar líquen até a dois metros de profundidade sob a neve, e andar dias sem comer para descobrir uma pastagem. No entanto, não se achava em todo o *vidda* um rebanho mais disciplinado, mais atento ao seu pastor. Aslak tinha três cães para ajudá-lo, também com aquele mesmo temperamento. Eles sabiam encontrar os filhotes perdidos, reconduzir ao caminho certo as renas rebeldes ou impedir a passagem do rebanho em trilhas perigosas, farejando antes de quaisquer outros os riscos do *vidda*. Todos viviam em perfeita harmonia com a natureza que os cercava. Aslak não tinha estudo. Não era desses, como os que ele já vira nos dias de feira em Kautokeino, que idealizavam aquela vida. Não havia ali nada para idealizar. Era a sua vida. Ele tinha compreendido que era diferente dos outros. E também tinha compreendido que, vivendo como ele sempre vivera, como antes dele haviam vivido os seus, ele muitas vezes suscitava reações violentas. Frequentemente lhe perguntavam por que ele recusava o progresso. Aslak não entendia muito bem o que isso significava. Via os outros criadores que faziam o mesmo trabalho que ele com motos, quadriciclos, até mesmo helicópteros, e coleiras eletrônicas equipadas com GPS. Para pagar todo esse material eles precisavam ter rebanhos grandes, que exigiam territórios enormes para pastar. E tudo isso gerava conflitos entre os pastores, sob o olhar malicioso das autoridades que tinham naquele contexto um meio ideal de manter pressão sobre os *sami* e fazer com eles o que queriam, sob o pretexto de manter a paz no *vidda*. Isso era progresso? Tornar-se escravo de declarações a preencher, prestar contas a pessoas que ignoravam tudo sobre a sua vida? Para os pequenos pastores como Mattis, que queriam viver a vida tranquilamente, sem fazer barulho, não havia alternativa. Aslak se deteve um instante e se apoiou nos bastões. Fechou os olhos e, dentro das luvas, cerrou os punhos. Um observador externo o teria julgado retirado em recolhimento, pois ele parecia totalmente voltado para si mesmo, e a intensidade com que o fazia era tal que resplandecia apesar do seu aspecto humilde. Mattis, pensou ele endireitando-se. Pobre sujeito. Então se pôs de novo em movimento.

Havia anos em que as renas de Aslak ficavam magras, mas nunca famintas. Elas tinham sempre uma boa figura, que as diferenciava dos animais abandonados à própria sorte por tempo demasiado pelos pastores que levantavam muito tarde ou tinham muita pressa de voltar para o calor do seu *gumpi*. Aslak parou na crista. Não via quase nada, mas sabia o que procurava. Seu cachorro o conduzia infalivelmente. Depois de quinze minutos apareceu a velha rena. Era uma das suas renas líderes mais resistentes e também mais espertas. Um animal que sempre levava o grupo para o lugar certo, mesmo quando isso lhe custava esforços insensatos. Aslak tinha confiança nela. Se ela estava ali, era porque havia ainda líquen em quantidade suficiente. Ele se aproximou de mansinho. Seu cão sabia, e ficava a distância. Ele sabia que quando seu dono se aproximava da rena grande ele devia ficar afastado.

Quando Aslak se aproximou, a grande rena ergueu a cabeça encimada pelos chifres grossos e bonitos. Ela deu alguns passos para se afastar, lentamente, e de novo o encarou. Aslak deu uma olhada em torno de si. As renas que pôde ver cruzavam a neve, que naquele valezinho não tinha caído em abundância. Pareciam chegar ali com facilidade. Poderiam ficar ali alguns dias. Sua grande rena havia escolhido bem o lugar. Satisfeito, Aslak fez meia-volta, seguido pelo cão. Retomou o caminho do acampamento. Sua mulher logo precisaria dele. Como todos os dias, o tempo todo. Ele redobrou sua energia, pressionando os bastões, insensível ao ar gelado que lhe entrava pela garganta.

29

Quarta-feira, 19 de janeiro.
10h30. Kautokeino.

As revelações do médico e a hipótese lançada por Klemet – dois suspeitos em vez de um – tinham provocado uma discussão animada entre os policiais. Se havia um assassino e outro suspeito que seria o autor do corte das orelhas, o caso assumia um novo caminho. Se havia dois suspeitos, isso multiplicava por dois as chances de encontrar vestígios, indícios. Devia haver mais coisas. Algo devia ter passado despercebido.

O Xerife tinha pedido silêncio e, para acalmar as pessoas, convocou Nina para fazer um relato sobre a sua visita a Paris. Klemet escutou a colega expor com precisão os principais pontos observados, até o pano de fundo político sob o aspecto dos cientistas suecos.

– Pelo menos dessa vez os suecos tinham razão – zombou Brattsen. – Estou brincando, claro – acrescentou ele ao ver a expressão exasperada do Xerife.

– E quanto às pessoas que tentaram ficar com o tambor?

– O Museu Nórdico tentou bastante, mas desistiu quando o Henry Mons entrou em contato direto com o Centro Juhl. Sobra então essa pessoa que contatou o Henry Mons e que tudo indica ter sido um intermediário. Seu número de telefone parece ser de Oslo. Vou ficar sabendo logo.

Tor Jensen mastigava seus salgadinhos de alcaçuz e parecia nervoso.

– A cena do crime, o que temos? – indagou ele a Fredrik, o homem da polícia científica.

O policial que chegara da sede em Kiruna não se deu ao trabalho de abrir a pasta que pusera à sua frente. Ele se empertigou, sorriu para Nina.

– Muito bem, acho que a nossa varrida da tundra não foi totalmente em vão – disse ele, olhando para Brattsen. – Observamos marcas de moto muito claras que não correspondem à de Mattis e que encobrem as marcas da moto da vítima, indicando que foram feitas depois. Mas há outra coisa. As marcas são profundas. E pela minha percepção isso indica que havia dois passageiros nessa moto. Isso ficou muito evidente quando examinamos os trechos em que a moto precisou reduzir a velocidade, onde ela se enterra muito mais. Portanto, dois passageiros. Deixo que vocês tirem as conclusões que quiserem.

– Deu para saber se eles também foram embora em dois? – perguntou Klemet.

– Eu diria que sim.

– Há algum meio de identificar a moto? – indagou o Xerife.

– Não. Evidentemente, para levar dois homens no *vidda*, a máquina precisa ser possante. Mas isso é algo muito frequente por aqui. Por outro lado, constatei sinais de gordura no poncho de Mattis. Segundo me informaram, ele herdou esse poncho do pai e o tratava com muito cuidado, o que contrasta, aliás, com o resto do seu equipamento. Assim, eu me interessei por essa mancha de gordura, porque era visivelmente recente. Não excluo a possibilidade de que ela tenha vindo do macacão do assassino e que ele tenha manchado a peliça quando apunhalou o Mattis. Como disse o legista, o assassino aplicou muita força, e pode ser que ele tenha usado o peso do corpo para reforçar o golpe. Ainda não tenho o resultado da análise dessa gordura. Mas sei que não é gordura animal.

– Muito bem – engrolou o Xerife. – Se não há mais nada, agora desapareçam.

Klemet levantou a mão.

– O GPS – disse ele. – O GPS do Mattis. Deu para saber alguma coisa com ele, apesar do incêndio? Ele poderia indicar quais foram os seus últimos trajetos.

O Xerife se voltou para Fredrik, que sorriu com um ar um pouco afetado.

– Isso está sendo feito, claro. Mais alguns dias. Paciência.

Todos perceberam que Fredrik não havia pensado em examinar o GPS.

A reunião terminara. Quando passou perto do envergonhado homem da polícia científica, Klemet não pôde evitar dizer baixinho, perto da sua orelha, que Nina tinha namorado. Klemet não gostava dos ares de Casanova do policial de Kiruna.

Ao sair da sala do Xerife, Klemet segurou o médico-legista pela manga e lhe fez sinal para segui-lo. Os outros já se dispersavam pelos corredores. Klemet fechou a porta e convidou o legista a se sentar.

– Tenho uma pergunta... não estou certo de que isso seja muito importante, mas...

– O que você quer dizer é que você não queria fazer a sua pergunta na presença de Brattsen para não ter de tolerar as zombarias dele?

Klemet olhou para ele em silêncio, mas com uma cara que dizia tudo.

– Klemet, garanto a você que em Kiruna nós sabemos perfeitamente da sua situação por causa do Brattsen. Mas é muito importante que você fique aqui. O Brattsen tem aliados na hierarquia. Parece que os noruegueses não se aborrecem por terem um sujeito como ele num lugar como este, mas garanto que na Suécia consideram que você faz um trabalho formidável, dadas as circunstâncias.

– O que quer dizer que ninguém moverá uma palha para calar esse sujeito...

– Não seja injusto, Klemet. Então, qual era a sua pergunta?

– Quando examinou o corpo de Mattis, você notou alguma coisa na altura dos olhos?

193

– Dos olhos?

O legista parecia surpreso com a pergunta. Ele refletiu.

– Você está pensando em alguma coisa em particular?

– Eu não estou totalmente seguro, na verdade, mas tive a impressão de que o contorno dos olhos dele parecia escuro. Um pouco azulado ou acinzentado. Eu me lembro da Nina dizendo que ele tinha olheiras muito fundas. E eu não sei bem o que pensar disso.

– Escute, vou olhar quando voltar para Kiruna. E dessa vez será prioridade, garanto.

Ao sair da delegacia para fazer compras no supermercado, Nina Nansen cruzou com Berit Kutsi. A lapona sorriu para a jovem com um ar bondoso.

– Então, aquele tratante do Klemet não está maltratando você?

Nina sorriu para Berit. Os olhos dela eram cheios de pés de galinha e sempre se tinha a impressão de que ela ia fazer uma brincadeira.

– Ele é um colega agradável, não se preocupe. Mas pode deixar que não me esqueço dos seus conselhos – garantiu-lhe Nina, esforçando-se por manter um ar sério.

– É engraçado – prosseguiu Berit. – Conheci o Klemet quando ele era garoto, sabe? Ele tinha acabado de chegar a Kautokeino. Naquela época ainda não era policial. Era louco por carros e por mecânica. E não muito esperto com as meninas. Foi um delegado daqui que um dia lhe propôs que ele cobrisse um turno num dia que a sua equipe não estava completa. Klemet era um rapaz sério, que não bebia. Aqui isso já era o bastante. Ele começou assim, o Klemet. No início do verão ele dirigia o carro fúnebre, mas no fim desse mesmo verão já usava o uniforme e dirigia o carro de investigador. Só depois ele foi mandado para a escola da polícia na Suécia. Acho que quando voltou, musculoso no seu belo uniforme, ele se vingou um pouco de alguns. Houve algumas contravenções um tanto pesadas. Mas isso acabou logo. E depois ele foi transferido para todas as aldeiazinhas da região. Nas aldeias pequenas como esta, na época, não era muito complicado ser policial.

De repente ela balançou a cabeça, com o olhar sombrio.

– É horrível pensar no pobre Mattis.

– Você o conhecia bem? – perguntou Nina, atraindo suavemente Berit para a entrada da loja, a fim de que as duas ficassem abrigadas do frio.

– Todos os rapazes, eu conhecia desde que eram meninos, sabe? O Mattis tinha um parafuso a menos, e...

– Berit – disse Nina baixando a voz –, tenho que lhe perguntar uma coisa. Isso precisa ficar entre nós, por favor.

Berit dirigiu à policial um olhar encorajador.

– Correm boatos sobre o Mattis. Parece que era um pouco, um pouco, como posso dizer, simplório. Algumas pessoas dizem que isso é porque... porque ele tinha... enfim, que os pais deles eram... parentes entre si.

Nina se sentia terrivelmente envergonhada de dar voz aos boatos veiculados por Brattsen.

Berit olhava para ela com uma expressão triste. Com muita ternura ela tomou entre as suas a mão esquerda da jovem.

– Nina, minha filha, o Mattis era um rapaz corajoso. Um rapaz... bonzinho. Gostaria de poder dizer o mesmo sobre outras pessoas daqui. Mas me deixe dizer uma coisa: o que você ouviu não é verdade. Conheci o pai do Mattis, também conheci muito bem a mãe dele. Fui eu quem a ajudou a dar à luz. Isso lhe diz alguma coisa sobre como eu era ligada a esse rapaz? Uma vez que você não ousa empregar a palavra e eu não quero que você a empregue, minha boa menina, eu mesma digo: o Mattis não é fruto de um incesto. O que dizem é um boato abominável que chegou até os ouvidos do nosso pastor. E eu ouvi o Karl Olsen espalhar essa coisa. É, eu sei, trabalho para ele. E vou lhe dizer outra coisa, Nina, porque vejo nos seus olhos que você não tem preconceito em relação a nós, tampouco ideias negativas. Ainda hoje muita gente tenta nos rebaixar. Não sei por que é assim, porque tem de ser tão difícil conviver quando há tanto espaço no *vidda*. Mas é assim. Rezo todos os dias para Nosso Senhor, mas todos os dias o que vejo é o rancor, a inveja, a mesquinharia.

Nina tinha, por sua vez, posto a mão direita sobre as de Berit. As duas mulheres ofereciam assim um espetáculo singular na entrada da loja, embora se mantivessem um pouco afastadas, perto da máquina de reciclagem de garrafas. Elas pareciam alheias ao que as cercava, à passagem dos carrinhos, aos clientes apressados que saíam com os braços carregados de sacolas, às crianças barulhentas.

– Deus seja louvado – disse Berit.

Nina lhe deu um último sorriso e depois entrou na loja, enquanto Berit a seguiu durante muito tempo com o olhar.

18h. Kautokeino.

Depois de ter se despedido do médico-legista, que ia voltar para Kiruna com Fredrik, o Casanova da polícia científica, Klemet tinha ido para casa, a de tijolos. Era lá, afinal de contas, que ele se sentia mesmo em casa, bem mais que numa tenda *sami*, que também para ele tinha algo de exótico. Klemet não pertencia a uma família de criadores, embora houvesse marcas de rena na sua família. O meio *sami* era complicado. Uma hierarquia muito nítida colocava os criadores de renas no ponto mais alto. Essa ideia de tenda lhe tinha ocorrido inicialmente como provocação, subitamente, motivada por alguns criadores que o olhavam de cima para baixo porque ele vinha de uma família que havia deixado o meio. Felizmente, a maioria dos pastores não era assim. Sabiam perfeitamente como era duro esse ofício, e não eram severos com quem, por razões diversas – meteorologia, azar, doença, predadores –, era obrigado a procurar outra coisa. Sabiam que aquilo podia acontecer também com eles. Havia os agressivos, como Renson, que o acusavam de se aliar ao inimigo, mas Klemet sabia que o desprezo aparente de Olaf Renson era apenas político. Não tinha a ver com o fato de ele não ser da casta dos criadores. Johan Henrik era um pastor da velha guarda, um verdadeiro bronco, astuto, mas não devia nada a ninguém e estava sempre tenso por saber que seu ofício se mantinha por um fio. Embora não o admirasse particularmente, Klemet o respeitava. O mesmo não se dava com Finnman, o rapaz de família próspera que não se constrangia em mostrar todo o desprezo que sentia por Klemet. Um dia Klemet resolveu construir a tenda no seu jardim para enraivecer os pretensiosos como Finnman. Inicialmente os vizinhos tinham achado aquilo estranho, depois acabaram considerando a ideia bastante interessante. Quanto a Klemet, ele tinha descoberto outra vantagem quando se deu conta de que a misteriosa tenda, cuja reputação de elegância e conforto logo correra a região, também atraía para ele a curiosidade das mulheres. Foi somente mais tarde que a presença da tenda começou a despertar nele vagas reminiscências de um passado distante, que ele só havia conhecido pelos relatos da sua mãe ou do tio Nils Ante.

Quando estava sozinho, Klemet raramente ia à tenda. Assim, naquela noite ele ficou na casa. As pessoas visivelmente a achavam mais conforme a norma. Alguns visitantes se sentiam mais à vontade ali. Distinguir-se dos demais a ponto de ter tenda no jardim podia dar a impressão de que ele se sentia diferente dos outros. E se sentir diferente dos outros significava se sentir superior. O que constituía um pecado, um grande pecado, ali em Kautokeino.

Klemet foi para a cozinha se servir de um copo de leite e preparou um pão com margarina e queijo. Ligou o pequeno televisor que ficava ao lado do micro-ondas e assistiu ao noticiário local. A morte de Mattis ocupava evidentemente a maior parte do telejornal, mas Klemet não ficou sabendo nada de novo sobre ela. Somente especulações e suposições em ritmo acelerado. Um criador de renas contava, sem se deixar identificar, que o que acontecera era consequência de muitos anos de deterioração do relacionamento entre os criadores e as autoridades, que a cada dia ficava mais difícil sobreviver como criador de renas e que isso levava as pessoas à exasperação. O criador anônimo falava de muitos casos em que se tentara incendiar *gumpi* como forma de advertência. As mudanças climáticas pioravam a situação, explicou um especialista. Normalmente havia pouca neve por ali. As renas cruzavam a região com facilidade para encontrar líquen. Mas com o aquecimento a neve e a chuva se sucediam. A chuva gelava. Camadas de gelo se acumulavam. As renas não conseguiam quebrá-las. Corriam o risco de morrer de fome. E o acesso às boas pastagens provocava mais tensões.

Em seguida mostraram uma entrevista com Helmut. O alemão falava do tambor desaparecido e mostrava para a câmera os tambores que havia nas suas vitrines. Ele mostrou um em particular, um belo trabalho.

– Este foi fabricado pelo Mattis Labba. A pessoa que o encomendou não veio buscá-lo. Vamos guardá-lo aqui, como lembrança do Mattis – disse Helmut.

Klemet ouviu o repórter perguntar se as antigas crenças *sami* ainda eram correntes na Lapônia.

– Não que eu saiba – respondeu Helmut prudentemente. – Mas todos têm o maior respeito pelo que isso representa. O Mattis talvez acreditasse num certo poder que emanava dos tambores. De qualquer forma, isso não lhe salvou a vida.

A reportagem se encerrou com as palavras de Helmut, que entristeceram Klemet. Ele esvaziou o copo e se levantou. Depois de um momento de hesitação, pegou num armário da cozinha uma garrafa de conhaque três-estrelas. Abriu-a, suspendeu seu gesto, fechou-a novamente e primeiro fez um café. O jornal televisivo prosseguia com os últimos preparativos para a Conferência da ONU. Naquela noite estavam destacando o que a região podia ganhar ou perder, quanto a recaídas econômicas, com a visita de quase duzentos delegados durante muitos dias. O assunto se esgotou quando Klemet acabava de preparar o café. Ele abriu novamente a garrafa de conhaque e se serviu de um bom copo. Pôs na mesa da cozinha a xícara de café e o conhaque e desligou a televisão. Ficou refletindo por um momento com a xícara de café na mão. Pensava na reportagem, assim como na censura de Nina sobre sua recusa a considerar seriamente, na ausência de prova contrária, a relação entre o assassinato de Mattis e o roubo do tambor. Klemet admitia que tinha uma obsessão por submeter qualquer suposição a um indício material. Bebericou o café e depois tomou um trago do conhaque. Nina não tinha tais restrições. A vantagem, talvez, de ter estudado, pensou ele. Não se teme pensar grande, explorar uma pista, enganar-se, recomeçar. Klemet não era assim. Ele realmente não era assim, pensou. De jeito nenhum. Era o preço que pagava por suas origens. Ele não queria, não podia, se permitir o menor erro. Precisava ter provas a cada passo. Tinha medo, na verdade, de ser ridicularizado caso fizesse suposições tolas demais. Mas quem ele acha que é, esse mecânico de oficina? Era o que ele temia. Ainda há pouco ele se surpreendeu ao propor a hipótese dos dois suspeitos. Não confessaria isso a ninguém, mas se sentiu orgulhoso porque ninguém escarneceu dele. Nem mesmo Brattsen! Klemet esvaziou o copo de conhaque. Ele não estava longe de se aposentar, e lamentava sua sorte como uma velha. Naquela idade, tinha comportamentos de adolescente. Klemet, você é patético. Olhou para o copo, bebeu o café e se levantou para se servir novamente de conhaque. Aquilo lhe fazia bem. O calor o invadia. Ele não tinha costume de beber, e sentia chegar uma leve embriaguez, que geralmente lhe bastava e lhe dizia que já era suficiente.

Em que pensava? Ah, sim, no Mattis e no tambor. Mattis, aquele coitado. Ergueu o copo e brindou à saúde do pastor. O que eu sabia do Mattis? Do pai do Mattis? Não o conheci. Um xamã? Não era o meu mundo.

Crescera numa família laestadiana. Verdadeiros, puros, duros. Dos que só bebiam conhaque quando estavam gravemente doentes. Encheu o copo de conhaque e brindou.

— Aos laestadianos!

Esvaziou de uma só vez o copo. Agora ele se sentia realmente bem. Sempre naquela leve embriaguez tão agradável. Ele gostava de pensar que sabia qual era seu limite. Já vira tanta gente bêbada durante suas patrulhas. Não gostava de ver homens naquele estado. Menos ainda mulheres. Mas homens também. Não era uma coisa digna. Ele não entendia por que era tão difícil conhecer seus limites. No que mesmo ele estava pensando? Ah, sim, nos laestadianos. Os laestadianos, a elite dos luteranos. Ele tinha se enchido dos laestadianos. Certamente era o único da família que não ia às grandes reuniões anuais em Lumijoki, que não seguia seus preceitos. Claro, em sua família aquilo era levado a sério. Afinal de contas, seu bisavô tinha sido batizado pelo próprio Lars Levi Laestadius. E isso foi suficiente para marcar toda uma família por várias gerações! Nada de álcool, nada de dança, nada de sexo antes do casamento, nada de esporte na escola, nada de tevê. E era assim que ele era, Bobola, aos vinte anos, olhando os outros dançarem e se beijarem longamente sob os mastros da festa de São João. À saúde dos laestadianos!

Ouviu baterem à porta. Olhou em volta, procurando o relógio, mas não o encontrou. Levantou-se precisando se segurar na mesa. Rá, rá, divertiu-se ele, felizmente eu soube parar a tempo. Avançou lentamente até a porta, gritando "já vai". Não tinha a menor ideia da hora. Isso não era grave. Não podia ser tão tarde. Ele não estava cansado. Ah, sim, os laestadianos e o seu tambor. História engraçada. Abriu a porta. Diante dele estava uma bela loira. E ainda por cima sorrindo para ele.

– Sinto muito incomodar você, Klemet. Passei na tenda e você não estava lá. Olhei outra vez as fotos do Henry Mons e acho que encontrei uma coisa, e... você está bem, Klemet?

– Ôooo, olá, Nina!

Segurando-se firmemente na porta com uma das mãos, Klemet avançou para Nina. Beijou-a na boca. No minuto seguinte, levou uma bofetada. Depois disso viu apenas as costas de Nina afastando-se.

30

Quinta-feira, 20 de janeiro.
Nascer do sol: 9h47; pôr do sol: 13h14.
3 horas e 27 minutos de sol.

8h15. Lapônia Central.

Aslak tinha posto achas de lenha e o fogo se alastrou, iluminando o interior da tenda. Sua mulher dormia. Isso era bom. Quando dormia, parecia não sofrer. O sono era bom para ela. Mas ela não dormia muito. Acordava frequentemente. Muitas vezes com gritos. Ele requentou o seu café da manhã habitual, uma tigela de sangue de rena. Muito tempo antes, quando ainda era bom da cabeça e não temia a própria sombra, Mattis o havia convidado à sua casa para tomar café e comer pão. Aslak não tinha gostado. Felizmente a rena lhe dava tudo de que ele precisava. Desde sempre. Ele nascera numa transumância havia muito tempo. A primeira vez que sugou o seio da sua mãe fazia menos quarenta graus. Sua mãe morrera de frio. Então ele foi alimentado com gordura de rena derretida. A rena era um bom animal quando se sabia cuidar bem dela. Ela alimentava, vestia. Os mais hábeis transformavam seus chifres em caixinhas, estojos de faca, joias. Aslak também fazia isso. Ele também sabia manejar a prata, o metal nobre dos nômades lapões, esse metal transmitido de geração para geração, de transumância para transumância. Ele sabia de tudo isso, e sabia que depois dele tudo se perderia. Olhou para a mulher. Ela era jovem quando ele a conhecera. Naquela época ela não sofria. Não como hoje, pelo menos. Não como há tanto tempo. Mas a doença tomou conta dela. E com a doença chegou a infelicidade.

Aslak comia lentamente. Teria de sair dentro em pouco para supervisionar suas renas. Como sempre, não sabia por quanto tempo seria preciso ficar fora. A pastagem impunha a sua lei. A rena seguia. E o pastor seguia a rena. Era assim. Ele não se preocupava com a mulher. Ela não ia morrer de fome. Havia o suficiente para ela, por semanas se fosse o caso. Ela não sabia viver, mas sabia sobreviver.

Ela ainda estava dormindo quando Aslak ouviu uma moto se aproximar. O rádio tinha estado mudo. Ninguém havia se anunciado. Ele terminou de juntar as coisas. Estava pronto para as suas renas. A lona da tenda se ergueu para deixar entrar o homem da moto. O homem se ajoelhou e ficou diante de Aslak. Dirigiu-lhe um sorriso.

Aslak não lhe devolveu o sorriso. Ele olhou o homem longamente, o maxilar cerrado. E viu que o mal tinha retornado.

8h30. Kautokeino, Suohpatjavri.

Klemet Nango acordou num estado lamentável. Na véspera ele havia adormecido no sofá da sala. Saiu do banho, assistiu ao noticiário da televisão e, enquanto tomava um café mais forte que o costumeiro, leu o *Finnmark Dagblad* depositado na caixa de correspondência. Não tinha dor de cabeça. Era a vantagem do conhaque de boa qualidade. Ele se sentia sobretudo miserável. Custava-lhe acreditar que havia beijado sua parceira. Francamente, era a última coisa que ele devia fazer, embora se lembrasse de ter pensado nisso dias antes no *gumpi*.

Agora ele teria de enfrentar o olhar de Nina e continuar a trabalhar com ela. Ela iria reportar o incidente? Se aquilo chegasse aos ouvidos do Xerife ou, pior ainda, de Brattsen, ele podia esperar por um futuro abominável. Não o expulsariam da polícia, mas poderiam encostá-lo numa delegaciazinha de quinta categoria, na qual ele iria voltar a fazer as infernais patrulhas solitárias nos bares de aldeias da costa. Ele esfregou o rosto, amaldiçoando-se pela bobagem que fizera. Então tentou se lembrar da noite anterior, retomar a sequência dos acontecimentos e esqueceu imediatamente seus remorsos. Mattis e o tambor. Nils Ante. Ele precisava falar com seu tio. Era um velho. Mas era a única pessoa que ele imaginava capaz de esclarecer um pouco as questões do tambor. E Nina? Em princípio, devia levá-la junto. Mas não achava recomendável enfrentá-la imediatamente. Isso passaria, ele sabia. Os escandinavos estavam acostumados às festas da empresa, nas quais o álcool ligava intimamente os colegas durante horas numa noite e após as quais todos, segundo uma regra tácita solidamente estabelecida, eram acometidos por uma amnésia coletiva na manhã seguinte. O lado pragmático dos escandinavos, pensou Klemet. Isso tinha vantagens, ele reconhecia. Ele resolveu então deixar passar algumas horas antes de voltar a encontrar Nina. Iria ao Centro Juhl com ela. Mas era razoável que ele fosse sozinho visitar seu tio. Sim, era o que faria. Não a avisaria diretamente. Não queria ter de se desculpar. Ligou para a delegacia e disse para a secretária deixar um bilhete na mesa de Nina dizendo que ele ia verificar uma coisa e passaria lá à tarde.

Vinte minutos depois ele estava diante da casa do tio Nils Ante. Pelas normas nórdicas, o Nils Ante podia ser considerado um tipo original; para os mais convencionais, um ser associal. Ou marginal. Em suma, um sujeito diferente, inclassificável, e por isso mesmo inquietante numa sociedade que adora classificar. O tio Nils Ante sempre tinha representado para Klemet esse espírito de liberdade que a sua educação laestadiana lhe tinha recusado. Ele lhe abrira as portas de um mundo extraordinário. A Klemet faltava a pitada de loucura para cortar os vínculos com o seu meio, mas o tio Nils Ante havia semeado nele uma pitadinha que às vezes florescia. Inconscientemente, pensou Klemet, essa ideia da tenda no jardim deve ter vindo dele. A escolha de entrar para a polícia podia ser vista como uma vitória da sua educação. Ele voltava a valores rigorosos. Embora, na visão dos laestadianos, a lei fosse permissiva, frouxa. Mas, de qualquer forma, o tio Nils Ante tinha tido um dedinho na sua educação.

Ele morava numa modesta casa de madeira pintada de amarelo havia muito tempo. A casa ficava uns dez quilômetros depois de Kautokeino, à beira de uma estrada que ia para o sul. A aldeiazinha, que tinha nove habitantes, chamava-se Suohparjavri. Além da casa, Nils Ante tinha também um celeiro pintado de vermelho, uma cabana com utensílios e uma última construção – uma tenda cônica tradicional de madeira, coberta de musgo e terra, com uma porta de madeira espessa fechada a cadeado. Não saía dali nenhuma fumaça.

Nils Ante vivia sozinho, e isso também o distinguia dos seus parentes laestadianos com famílias numerosas. Pensando bem, ele se perguntava como seus pais puderam deixá-lo passar tanto tempo com aquele rebelde. Certamente eles se arrependeram, ao constatar que Klemet nunca fora capaz de formar uma família para viver em harmonia com as Escrituras.

A neve era de um branco imaculado e, em alguns pontos, atingia a altura das janelas. Pequenas lâmpadas elétricas decoravam cada uma delas. No pátio, diante da casa principal, estava estacionada uma velha perua Chevrolet, outro motivo pelos quais o tio ficava à margem da família. Klemet sorriu vendo o veículo que ele havia consertado incontáveis vezes nos últimos vinte anos. Ele não tinha podido fazer nada contra a ferrugem, a carroceria não era lá essas coisas. Mas estava de pé. Como seu tio, Klemet buzinou duas vezes. O tio Nils Ante começava a envelhecer. Não gostava de grandes surpresas e o telefone não combinava com o seu estilo. Klemet não viu ninguém abrir a porta. Então buzinou mais uma vez, em vão. Nils Ante, com a ajuda da idade, tinha ficado surdo.

Klemet abriu uma passagem na neve espessa. Bateu os pés, abriu a porta e entrou. Depois de ter tirado o sapato, passou em revista os cômodos, um depois do outro. Não havia ninguém no térreo, mas na mesa da cozinha tinham sido deixadas duas xícaras de café. No entanto, Klemet não havia visto nenhum veículo de fora. Ele chamou pelo tio, depois resolveu subir ao primeiro andar. Ouviu enfim vozes, mas numa língua desconhecida. Estranho. Avançou prudentemente até o cômodo de onde vinham as vozes e empurrou a porta. Viu então Nils Ante, sentado de costas. O velho tio, com grandes fones de ouvido, se agitava diante de um computador. Batia o compasso e estava claro que ouvia música. À sua direita, também de costas para a porta, estava sentada uma mulher. Ela falava, também ela com fone de ouvido. A imagem de uma outra mulher fazia gestos na tela do computador.

Klemet não esperava por aquele espetáculo ao chegar à casa do velho tio, que ele julgava à beira da sepultura. Nenhum dos dois o vira chegar. Klemet limpou a garganta. Não queria provocar um ataque cardíaco no tio. A jovem se voltou para ele e, sem a menor perturbação, deu um tapinha no ombro de Nils Ante. Este olhou para a jovem e finalmente se voltou. Ao perceber Klemet, seu rosto se iluminou com um largo sorriso. Ele tirou o fone e se levantou para apertar calorosamente nos braços o sobrinho.

– Senhorita Chang, diga à sua avó que mais tarde você a chama. Quero lhe apresentar o meu sobrinho preferido.

Nils Ante se pôs diante da câmera e fez sinais com a mão para a avó, dizendo palavras que Klemet não entendia. Esta lhe respondeu com um grande sorriso. Quando a comunicação pelo Skype foi encerrada, Nils Ante fez as apresentações.

– Klemet, esta é a senhorita Chang. A senhorita Chang é uma pessoa incrível, que me salvou a vida evitando que eu me tornasse um velho gagá. E você que me conhece, Klemet, sabe que eu estava no caminho.

– Não exagere, meu querido tio, no máximo o senhor...

– Blá-blá-blá, deixe de bobagem, Klemet. É isso mesmo. Mas esta senhorita é uma pérola. A sua energia vale por duas, felizmente. A senhorita Chang é chinesa, como você já deve ter percebido. Ela veio no ano passado com um grupo de camponeses chineses do vale das Três Gargantas para colher frutas. Eles se endividaram para vir, e evidentemente ela se deu mal. Você sabe como exploram aqui esses pobres apanhadores de frutas. Quando houve um recital de solidariedade para eles, eu a vi e... é isso. Não foi fácil obter o visto, mas nós conseguimos.

Nils Ante beijou a moça, que devia ser uns cinquenta anos mais jovem, e ela acariciou ternamente os seus cabelos.

– A senhorita Chang só tem a avó na China. Ela tem um vizinho muito interessado em computação, felizmente, que conseguiu instalar para ela um computadorzinho barato e nada complicado com o Skype.

A senhorita Chang estendeu a mão para Klemet.

— Minha avó viu você chegar pela câmera — disse ela rindo, num norueguês quase sem erros.

— E você, Nils Ante, o que você fazia no computador?

— Estava ouvindo música. Foi a Changuezinha que me mostrou. Eu ouço o que a concorrência faz — disse ele piscando um olho. — Alguns jovens não se saem mal. E você sabe que eu estou por dentro do assunto — disse ele, mostrando as prateleiras que rodeavam o cômodo, cheias de fitas cassete com registros de *joïk*.

De repente Nils Ante ficou sério.

— Mas me diga, os urubus estavam sobrevoando a casa ou o que foi que fez você se lembrar de mim, sobrinho indigno?

— Acho que você não está precisando dos meus cuidados — disse Klemet, olhando para a chinesinha que não se descolava do seu tio, passando a mão no peito do velho. — Posso falar com você?

— Claro, venha tomar um café. Senhorita Chang, dê um beijo na sua avó e lhe diga que depois eu termino o *joïk*.

Ele levou Klemet para baixo.

— Menininha abençoada — disse ele, preparando o café. — Então, não está faltando trabalho para você ultimamente, hein?

— É em parte por isso que vim ver você. Essa história do tambor me inquieta. Estão procurando uma ligação entre a morte do Mattis e o desaparecimento do tambor. Mas não se sabe grande coisa sobre ele. Achei que...

— Bom, vamos ser claros: tambor não é comigo. Sou cantor, poeta, o que você quiser, mas com religião não tenho nada a ver.

— Eu sei, eu sei, não fique nervoso. É por isso mesmo que você é a única pessoa da família com quem ainda me dou.

Klemet passou quinze minutos resumindo a situação. Nils Ante conhecia quase todo mundo. Seu sobrinho lhe deu também detalhes que Nina obtivera na França e tentou não omitir nada. Quando concluiu, bebeu lentamente seu café e esperou.

— Escute, Klemet, quanto à morte do Mattis, espero que você descubra quem fez isso. Eu não conhecia muito o Mattis. Mas conheci o pai dele.

Um homem incrível. Completamente comprometido com sua missão de ser um bom poeta. Mas lhe faltou pouco.

– Que missão?

– Ele tinha um lado de pregador, tirado dos religiosos protestantes que combateu durante toda a vida. Porque o proselitismo não é praticado pelos lapões, você sabe disso. Pelo menos não no xamanismo.

– Certo, certo, sei de tudo isso: o grande xamã respeitado, o filho que não chega aos pés do pai e tudo o que decorre disso, mas...

– Me deixe concluir. Nisso que você me disse, há outra coisa que me intriga e me interessa. É essa espécie de maldição da qual o Niils falava.

– A maldição ligada a uma jazida de ouro?

– É o que eu acabei de dizer. Não fique aí repetindo que nem uma velha. Algumas histórias correm pelo *vidda* há muito, muito tempo.

– Escute, Nils, não me venha com lendas antigas, por favor. Já não tenho mais sete anos.

– E você não seja insolente. Você escutava minhas histórias antigamente.

– E vou querer escutar outra vez com todo prazer. Mas neste caso estou trabalhando em uma investigação policial. Preciso de indícios, de provas, e não de uma história que corre pelo *vidda* há séculos.

– Talvez, mas você precisa admitir que, queira ou não, os *sami* só começaram a escrever há meio século. Antes, tudo era transmitido por relatos e *joïk*.

Klemet então se calou. Se seu tio começasse a falar de *joïk*, aquilo se estenderia por toda a manhã. Vendo que Klemet não o replicava, Nils Ante começou subitamente a cantar.

Apesar de toda a impaciência, o canto arrebatou Klemet. Ele reencontrou subitamente as suas emoções da juventude. Nils Ante tinha um talento incomparável para levar as pessoas para além das montanhas, mergulhando-as no balé magnífico de uma sarabanda de auroras boreais. O mais fascinante, pensou Klemet, é que mesmo os não *sami*, que ignoravam o que se falava, eram envolvidos por aquelas melopeias. O canto de Nils Ante falava sobre uma casa maldita, um estrangeiro maléfico que lançava um sortilégio funesto sobre os habitantes, que então perdiam a capacidade de se exprimir. Klemet, absorto nos seus pensamentos, foi subitamente tomado por uma ideia estranha. Ele olhou para o tio, entregue ao canto, e se perguntou se ele lia a sua mente. O *joïk* despertava uma lembrança dolorosa. A investigação sobre o roubo e o assassinato lhe parecia distante. Mas a visão fulgurante da sua juventude longínqua o deixou incomodado. Ele ouvia os sons rascantes do seu tio e, diante de si, era a silhueta indefinida de Aslak que se destacava.

31

Quinta-feira, 20 de janeiro.
8h20. Lapônia Central.

Racagnal não esperava ser convidado para se sentar diante de Aslak. Conservava seu sorriso, mas este se congelara em ricto. Aslak via a transformação que se operara no rosto do estrangeiro. Ele se esforçava para parecer simpático. Mas não conseguia enganá-lo. Aslak havia reconhecido o mal. Ele olhou para sua mulher. Quando ela dormia, vivia os raros instantes de paz do seu dia. Ela não fora acordada. Aslak respirava fundo, calmamente. Esperava, maxilares duros, olhar fixo.

– Eu me chamo André. Sou geólogo. As pessoas com quem trabalho me disseram que você era o melhor guia da região. Preciso dos seus serviços. Só por alguns dias. Você seria bem pago.

O estrangeiro falava num sueco ruim. Havia reassumido o ar simpático, mas por trás da fachada agradável Aslak via o seu verdadeiro olhar. Ele podia ver coisas assim. O estrangeiro abriu uma sacola grande. Desembrulhou um salmão defumado e pão preto e empurrou os dois para Aslak, convidando-o a se servir. Dispensando o pão, Aslak cortou um pedaço de salmão, que comeu em silêncio. O estrangeiro por sua vez pegou o salmão e cortou para si uma grande fatia de pão preto. Ele também se mantinha calado. Não parecia estar apressado. Seu olhar adquiriu uma nova intensidade quando percebeu um movimento ali perto. A mulher de Aslak acabara de se virar, oferecendo à luz do fogo seu rosto ainda adormecido. Aslak olhou para o estrangeiro e este voltou a olhar para ele.

Aslak já havia trabalhado como guia no passado. Assim, o pedido nada tinha de estranho. Mas ele estava muito ocupado com as suas renas. Precisava supervisionar sem descanso seu território para garantir que outras não viessem se misturar às dele. Ele era sozinho. E aquele homem, ele sentia isso, encarnava o perigo. Aslak não conhecia o medo. Se lhe pedissem para falar sobre isso, ele teria olhado sem entender. Mattis lhe tinha feito essa pergunta certa vez. Aslak não compreendeu o que ele queria dizer. O medo? Ele não gostava de perguntas que não tinham sentido. Podiam lhe perguntar se ele tinha fome, se tinha sono, se tinha frio. Mas não se tinha medo. Aslak sabia o que precisava saber. O medo não lhe servia para nada. Então ele o ignorava. Mas sabia reconhecer o perigo. Por instinto de sobrevivência. O perigo que vinha de um lobo, de uma tempestade. Ou de um homem.

– Não é possível neste momento – disse Aslak.

Era evidente que o estrangeiro não se preparara para uma recusa. Aslak via que seus olhos estavam estreitados. Ele tinha a cabeça de uma raposa que espreita sua presa. Demorava-se mastigando. Por um instante, desviou os olhos de Aslak para observar o que havia à sua volta. Parecia estar fazendo um inventário.

– Preciso insistir – retomou calmamente o geólogo. – É muito importante. E você será muito bem remunerado.

Aslak balançou a cabeça. Não se deu ao trabalho de abrir a boca. Para deixar bem claro que o assunto com o estrangeiro estava encerrado, largou o salmão e se serviu de uma xícara de caldo de rena. Bebeu-o aos golinhos, sem desviar os olhos do geólogo. Este o fitava meneando lentamente a cabeça. Depois pareceu se decidir. Juntou as suas coisas e se endireitou, o que fez metade do seu corpo desaparecer na fumaça.

– Aconselho você a refletir. Você está sozinho aqui. Seria muito ruim se a sua rena líder tivesse um acidente. Ou os seus cachorros... Ou alguém a quem você é apegado.

O estrangeiro já não fazia nenhum esforço para parecer simpático, e seu olhar pesava sobre a mulher que dormia.

– Tenho coisas a fazer, mas vou voltar daqui a duas horas.

Ele saiu. A mulher de Aslak abriu os olhos, totalmente desperta. Aslak viu no seu olhar que também ela havia sentido o mal.

9h15. Suohpatjavri.

– Talvez você não saiba, meu querido sobrinho, mas as lendas que correm pelo *vidda* não falam somente de caça, pesca, transumância, amores e poesia.

– Nunca ouvi outra coisa sair da sua boca – disse Klemet.

– É verdade. Tenho um fraco pelas coisas bonitas.

– Você estava dizendo que essa história de mina ou de maldição lhe fazia lembrar alguma coisa.

– Mais que isso. Não faltam histórias estranhas no *vidda*. Por exemplo, você sabe que quando os carélios nos invadiram, trazendo com eles a maldição, nós...

– Escute, meu tio, você não está indo procurar um pouco longe demais? Os carélios? Os russos? Você está falando da máfia?

– Fique quieto, seu inculto. Estou falando de antes dos escandinavos. Há mais de mil anos. Dois mil anos talvez, que eu saiba; isso não é o mais importante. Quando eles nos invadiram, nós não tínhamos a força, e sim a manha. Nós atraíamos os carélios cruéis e idiotas para a beira de precipícios. Há lugares que têm o nome de falésia russa porque os rochedos ou os liquens são tingidos com o vermelho do sangue dos carélios, aqueles monstros.

Klemet resolveu não falar nada. Respirou fundo para se acalmar. Sabia que o tio precisava deixar sair sua dose de histórias antes de dar ouvidos aos outros.

– Espero que você não conte as suas histórias de carélios à senhorita Chang, porque isso vai lhe dar medo.

– Você está brincando? Ela tem histórias bem mais abomináveis. Mas pare de me interromper, não tenho a vida inteira. É verdade, existe uma lenda. Uma jazida extraordinária, um reino secreto, invisível, riquíssimo, mas terrível, perigoso, até mesmo mortal. Essa lenda é mais ou menos o contrário da história da falésia dos carélios. Aldeias *sami* foram dizimadas por artimanhas, por um mal terrível, trazido pelos brancos.

— Pelos brancos?

— Klemet, se esforce, homem! O uniforme estragou você a esse ponto? Os brancos, os suecos, os escandinavos, os colonos, os invasores, como quer que você chame, mas eles nos trazem um mal misterioso.

— Para nós? Você está falando de que época?

Nils Ante fez um trejeito com a boca, parecendo refletir.

— É uma lenda, claro, mas data da época em que a Lapônia foi colonizada por causa das suas riquezas. Ou seja, do século XVII.

— Mas isso não se sustenta. Por que uma jazida de ouro dizimaria aldeias *sami*? E qual seria a relação com esse tambor, com o roubo ou com o assassinato?

— Diga você, afinal, é o policial da família.

Klemet sentiu de súbito o efeito dos últimos vapores do conhaque, então voltou ao café. Isso o fez pensar que ele ainda teria de enfrentar Nina.

— Mas é verdade que a lenda dessa jazida existe — prosseguiu Nils Ante. — Não se esqueça de que naquela época os *sami* foram recrutados à força para extrair ferro das primeiras minas. Até então, eles tinham pouco contato com os estrangeiros.

— Não estou vendo a relação.

— Você soube que os indígenas foram dizimados por doenças que desconheciam?

Klemet deu um longo suspiro. Esfregou as têmporas. Essas histórias de lenda o afastavam da sua investigação, das provas. Provas. Era preciso voltar a elas. Nils Ante o desorientava totalmente.

— Como você pode estabelecer uma ligação entre essa lenda e o tambor?

— Você tem o guia lapão que em 1939 entrega um tambor ao francês. Você tem a jazida lendária, a maldição. O que foi que o francês disse para a sua jovem colega?

— Ele fazia apenas suposições. Achava também que havia lá uma jazida de ouro, mas que a maldição podia estar ligada ao desaparecimento das pastagens ou das rotas de transumância que teriam provocado a morte de rebanhos.

— E naquela época a morte dos rebanhos significava a morte dos *sami*.

— Vamos admitir isso. Mas por que o tambor seria interessante hoje?

— Seria preciso vê-lo para dizer.

— Que merda!

Klemet não pôde evitar xingar a plenos pulmões. Seu tio olhou para ele perplexo, depois divertido. A senhorita Chang pôs a cabeça na porta para se assegurar de que estava tudo bem, e logo desapareceu. Klemet voltou a respirar fundo.

— Meu Deus, eu tinha esquecido. Eu não tenho foto do tambor, mas tenho fotos do xamã.

Klemet saiu correndo e voltou instantes depois com o envelope. Dispôs várias fotos diante do seu tio e pôs o dedo sobre o guia.

— Ele se chamava Niils. Não sabemos qual era o sobrenome dele.

— Não precisa mais investigar. Labba. Niils Labba.

— O quê? O pai do Mattis?

— Avô. Niils Labba. O pai do Mattis se chamava Anta. É engraçado, os prenomes dos dois formam o meu nome. O Niils é o avô que o Mattis não chegou a conhecer, acho eu.

O tio de Klemet mergulhou em cálculos.

— Que idade tinha o Mattis? Mais ou menos cinquenta?

Klemet pegou a caderneta.

— Cinquenta e dois anos. Ele nasceu em 1958.

— É isso. Eu acho que o avô dele morreu durante ou logo depois da guerra. Quanto ao Anta, o pai do Mattis, ele morreu há... cinco ou dez anos, mais ou menos.

— É, mais ou menos.

Klemet passou o dedo pelas outras pessoas que estavam na foto.

— Estes são os franceses, e estes são pesquisadores suecos de Uppsala. Aqui um alemão, que morreu durante a expedição, e os outros são pessoas da região. Eu imagino que a maioria devia vir da Finlândia, porque foi de lá que partiu a expedição.

— Ah, sim, é provável, embora as longas distâncias nunca tenham sido problema para as pessoas daqui. Eu, por exemplo, fui fazer compras numa loja de móveis na Suécia no último fim de semana. Encontrei lá uma cadeirinha perfeita para me sentar diante do computador.

Klemet sabia que as pessoas dali se tornaram crianças, encantadas com a megaloja que abrira em Haparanda, na fronteira entre a Suécia e a Finlândia. Essa cidade ficava a mais de quatrocentos quilômetros de Kautokeino, mas, como dizia o seu tio, as distâncias não tinham nenhuma importância no Grande Norte. Percorria-se cem quilômetros para comprar cigarros do mesmo modo como outras pessoas iam até o bar da esquina.

– Mas este me parece ser daqui.

Nils Ante mostrava com o dedo o homem de nariz fino e bigode que lhe cobria os cantos da boca. Klemet se lembrava de que Nina e ele tinham se perguntado quem seria esse homem, que parecia um pouco deslocado do resto do grupo e não aparecia em todas as fotos. Ele não era *sami* nem francês, tampouco era cientista.

– Mas não consigo saber exatamente quem ele é.

Nils Ante pegou a foto e se inclinou sobre ela. Depois se empertigou.

– Changuezinha!

A jovem chinesa chegou depois de alguns instantes.

– Minha docíssima pérola de âmbar, você poderia ir buscar para mim a lupa que está na escrivaninha?

A senhorita Chang trouxe a lupa e a deixou na mesa da cozinha, não sem antes dar um beijinho delicado na testa de Nils Ante. Este, com um ar de encantamento, a seguiu enquanto ela se afastava.

– Um anjo entrou na minha vida, Klemet. E você, meu sobrinho, nada de sério ainda?

– Você queria olhar um detalhe – disse Klemet, estendendo-lhe a lupa.

Nils Ante balançou a cabeça e pegou a lupa.

– Não, não consigo identificar. Não posso jurar que é alguém daqui, mas ele tem alguma coisa de familiar.

Klemet pegou por sua vez a lupa e examinou detidamente cada uma das pessoas. Voltou ao desconhecido de bigode fino. Então notou que ele segurava de lado, pendurado a tiracolo, um aparelho do qual só se via uma parte, mas que se assemelhava aos usados para a pesquisa de metais.

Decididamente, pensou ele, o interesse dessa expedição de 1939 parecia ir muito além da simples descoberta dos usos e costumes dos *sami*.

10h05. Lapônia Interior.

A calma era impressionante. Aquele silêncio do qual se diz que é ensurdecedor. Há dias não ouvia um silêncio assim, pensou André Racagnal. Talvez anos. O menor som chegava até muito longe.

André Racagnal observava à distância Aslak calçar seus esquis. Quase podia ouvi-los roçando a neve congelada. Ele não tinha imaginado que seria fácil convencer Aslak. Por princípio, ele nunca apostava no sucesso logo de saída. Era um sujeito pragmático. Se acabava sendo bem-sucedido, é porque sempre tomava todas as medidas necessárias para atingir o seu objetivo. Sabia recuar quando era preciso. No seu caso, o orgulho nunca fora um combustível, como acontecia com tantos outros que se desorientavam com o primeiro obstáculo sério. Racagnal ajustou novamente o binóculo. No final das contas, administrar gente como Aslak era simples demais: todas as decisões dessas pessoas dizem respeito à vida ou à morte. Aslak não tinha nada supérfluo. Não era vítima da sociedade de consumo, como os outros. Laçar pessoas que tinham empréstimo no banco não constituía um problema em si, apenas era um pouco mais sutil e tecnicamente avançado. Com Aslak era uma operação bruta. Tudo o que ele arriscava perder podia ter consequências diretas sobre a sua sobrevivência. Sobre a sobrevivência do seu rebanho. E a da sua mulher. Era muito simples.

Ele não precisara de muito tempo para elaborar um plano. Essa era a vantagem no caso de Aslak. A vida inteira dele se estendia sob os seus olhos. Não havia conta escondida em banco, não havia outra casa. Suas renas pastavam ao longe. Ali ele tinha o acampamento, a sua mulher. E os seus cachorros. Ele tinha quase certeza de que não se enganava quanto a isso. Seria um choque, mas ele permitiria uma abertura. Racagnal não queria perder esse instante. Com o binóculo, não perdia Aslak de vista. A luz era suficiente. No começo da manhã, na escuridão, havia sido mais difícil encontrar um dos cachorros que haviam ficado de guarda. Ele precisou fazer as coisas discretamente, sem provocar pânico nem barulho. É agora, pensou Racagnal. Infelizmente, nesse momento Aslak se pôs de costas para ele. Mas o pastor não se mexia. Acabara de descobrir o corpo do seu cachorro. Ou melhor, a cabeça.

Racagnal resolveu deixar passar mais trinta segundos, tempo para o pastor sentir o choque e calcular a enorme perda que representava a morte daquele cão, e também o tempo para ligar sua morte à visita de Racagnal. Mas não mais de trinta segundos, para que ele não começasse a se recuperar e a refletir sobre o que fazer depois daquela descoberta. Agora. O geólogo ligou o rádio e chamou Aslak. O barulho do rádio vindo do interior da tenda era quase audível no lugar onde Racagnal estava escondido. Aslak, depois de um momento de hesitação, entrou. Alguns segundos se passaram. Então ele atendeu.

– O cachorro é uma advertência – disse Racagnal sem esperar. – Para lhe mostrar que falamos sério. Preciso dos seus serviços. Se você continuar se recusando, vamos matar a sua rena líder. Se ainda assim você não aceitar, vamos matar a sua mulher. Se você me acompanhar, o seu cachorro será substituído. Você terá três novos, dos melhores. Estou indo para aí agora. E nós dois vamos partir. Não é por muito tempo. Se houver algum problema, a minha equipe vai se encarregar da sua rena guia. Se você entendeu bem o que eu disse, saia da tenda e tire o seu *chapka*.

Racagnal cortou a comunicação. Calculou o tempo de reação de Aslak em quinze segundos. Pegou novamente o binóculo. Nada se mexia. O silêncio era total e Racagnal sentiu os dedos entorpecerem. Enfim a lona da tenda se mexeu. Ele havia se enganado. Vinte segundos. Aslak saiu. Ficou um longo tempo imóvel, olhando à sua volta. Depois de outros quinze segundos que pareceram intermináveis para Racagnal, o pastor tirou seu *chapka*.

32

Quinta-feira, 20 de janeiro.
11h30. Delegacia de Kautokeino.

Klemet Nango viu ao consultar seu relógio que não podia mais se demorar na casa do tio. Tinha adiado o máximo possível o reencontro com Nina, mas fugir não era uma opção. Ele prometeu a Nils Ante voltar antes dos urubus, despediu-se da senhorita Chang, que lhe respondeu alegremente com um aceno, e retomou seu caminho para a delegacia, dirigindo a uma velocidade anormalmente razoável.

Respirou fundo antes de bater na porta de Nina e entrou precipitadamente, com sua primeira frase já engatilhada, mas ficou boquiaberto. Nina estava ali, de pé com as mãos nos bolsos da calça azul-marinho do uniforme, mas tinha transformado a sua sala. As fotos trazidas da França estavam penduradas na parede em frente à sua mesa. Uma dezena de reproduções de tambores fora fixada com durex nas janelas. As fotos de todos os protagonistas encontradas até então estavam presas com tachinhas num grande compensado que descansava num cavalete. Ela havia criado um cenário de experiência prática e, para vivenciá-lo melhor, chegara a pôr música *sami* no computador. Nina tinha transformado o cômodo num centro operacional.

– Eu perdoo você – disse ela, animada, sem lhe deixar tempo de balbuciar suas desculpas. – Da próxima vez será um soco. Agora olhe.

Tirando do bolso uma das mãos, ela o arrastou para diante da parede onde alinhara as fotos de Henry Mons. Klemet estava admirado. Tanto pelo trabalho realizado por Nina quanto pela sua reação. Ela havia mantido o controle da situação tomando a dianteira. E mais uma vez Klemet se viu mudo, incapaz de se pôr à altura.

– Nina, de qualquer forma, quero...

– Klemet, por favor, não complique mais as coisas. E agora olhe essas fotos.

Klemet curvou-se ao conselho de Nina. Afinal de contas, ela não o deixara contrariado. Então se concentrou nas fotos, sobretudo nas quinze que mostravam os membros da expedição.

– Então, o que você vê?

Nina parecia muito animada. Devia ter encontrado alguma coisa. Isso certamente explicava a sua pressa em desconsiderar o incidente da véspera.

– Ainda não sei – respondeu Klemet, detendo-se em cada foto. – Estou pensando. Mas já posso lhe dizer uma coisa: o sobrenome do homem de gorro de quatro pontas, o Niils, é Labba. Isso lhe lembra algo?

– O quê? O pai do Mattis?

– Avô.

Nina arregalou os olhos. Parecia estar pensando rápido.

– Então o avô do Mattis era o homem que setenta anos atrás tinha o tambor que foi roubado e que talvez tenha causado a morte do seu neto?

– Que simplificação, Nina!

– Simplificação, talvez, mas, francamente, isso dá um nó na cabeça. O tambor fica na França durante setenta anos. E alguns dias depois de reaparecer, o neto do seu proprietário é assassinado. Klemet, você ainda acredita na história de ajuste de contas entre criadores de renas?

Klemet ficou calado por um momento. Enquanto refletia, observava as fotos que os cercavam.

– Então? – indagou Nina, vendo que ele estava agora concentrado nas fotos.

Klemet voltou a pensar no detalhe que o havia impressionado.

– Dá para ver na foto material de detecção de minérios. Então, acho que essa história de tambor ou de expedição talvez se ligue à existência de uma mina de ouro.

– É bem possível. O Mattis era ligado à pesquisa de minério de algum jeito?

– Não que a gente saiba.

– Olhe a foto de novo.

Os olhos de Nina coruscavam tanto que Klemet se sentiu despeitado. Ele se concentrou mais. Refletia em voz alta.

– Descobrimos que o geólogo alemão partiu... no dia 25, não entre 25 e 27 de julho de 1939, acompanhado do Niils.

Ele consultou sua caderneta.

– E que o Niils voltou sozinho entre 4 e 7 de agosto.

– Isso. E...

– E... que os outros ficaram lá e continuaram a expedição, já que todos eles estão nas fotos seguintes.

– Sim.

– Sim, o grupo dos franceses, os dois pesquisadores suecos, o intérprete, o cozinheiro, o...

Klemet voltou a pensar no seu tio. Se eles não tivessem conversado sobre o homem de nariz fino e bigode que lhe cobria os cantos da boca, ele já o teria esquecido, de tal forma o sujeito parecia apagado nas fotos.

– Falta um. O do bigode.

– Bingo.

– Meu tio, que visitei esta manhã, me disse que esse homem lhe lembrava vagamente alguém, mas não conseguiu descobrir quem. Mas por que ele não está nas fotos seguintes?

– Ainda não sei. Mas temos um morto e um tambor em 1939 e outro morto e, sem dúvida, o mesmo tambor em 2011. Entre esses dois mortos, há uma ligação: a família Labba.

– Não sabemos se a morte de Mattis está ligada ao tambor – cortou Klemet.

– Ah, Klemet, faça-me o favor!

Nina pareceu subitamente exasperada.

– Sei perfeitamente que ainda não temos nenhuma prova, mas de qualquer forma está tudo aí, diante dos nossos olhos.

– E as orelhas cortadas, Nina? E as orelhas cortadas?

Nina Nansen não queria se deixar afetar pela prudência do seu colega. Quando os dois se apresentaram diante do Xerife, quinze minutos depois, ela estava resolvida a levar em frente o seu avanço. Aquele caso ultrapassava as competências clássicas da Polícia das Renas e era preciso pensar de modo diferente. Paradoxalmente, a experiência de Klemet o atrapalhava. Não tanto a da Polícia das Renas, mas a dos anos passados no grupo Palme. Quando da sua passagem por Kiruna, antes de ser enviado para um cargo em Kautokeino, os policiais suecos com quem Klemet trabalhara tinham manifestado um grande respeito pela sua participação naquela investigação, a mais importante realizada pela polícia sueca. Os colegas noruegueses e finlandeses só viam nela motivo de zombaria. Mas ter integrado a equipe que realizou aquele trabalho valia como uma medalha na carreira de um policial sueco, embora o malogro tenha sido inegável, porquanto a única pessoa julgada e condenada havia finalmente sido inocentada em instância superior. Essa obsessão por provas impedia Klemet de se projetar.

Tor Jensen recebeu a equipe da patrulha P9 sem os eternos salgadinhos de alcaçuz. Indicou-lhes a garrafa térmica, convidando-os a se servir. Permaneceu calado, o que não era um bom augúrio. Nina ignorava se a causa do silêncio era a falta do alcaçuz ou alguma notícia ruim.

– E então?

Tor Jensen estava com pressa. Nina sabia que o seu cargo era sensível à política. As tensões entre os *sami* e os noruegueses não eram raras, sobretudo desde que o Partido do Progresso, com suas ações populistas, dava voz a muitos noruegueses. Nina vinha descobrindo essas tensões. Mas o seu conceito de bem e mal lhe dizia que os *sami* não estavam na origem desse confronto. O testemunho de Henry Mons a havia abalado. Ela não fora criada para achar que os noruegueses ou os suecos faziam o papel de vilões.

Outra coisa a incomodava. Os pesquisadores suecos e a maldição faziam pesar na investigação uma atmosfera inquietante. Não se tratava mais de um crime como tantos outros.

O Xerife se impacientava. Klemet hesitava em tomar a palavra. Nina se cansou das cautelas do chefe da patrulha, com a sua religião dos indícios.

– O roubo do tambor e o assassinato do Mattis devem logicamente estar ligados – começou ela. – Quais são as chances de que dois acontecimentos tão excepcionais ocorram com vinte e quatro horas de intervalo um do outro num lugar como este?

– Continue – disse o Xerife.

– Duas pessoas visitam o Mattis, procuram alguma coisa. Elas vão lá para conversar ou para procurar alguma coisa? O tambor? Seria lógico. O Brattsen fala de um ajuste de contas entre criadores? Nada na nossa investigação corrobora essa versão, embora ela seja a mais tentadora. Acrescento que para alguns seria conveniente levar a crer que os criadores matam uns aos outros ou estão em conflito aberto. Isso justificaria o reforço do controle sobre esse meio, que dizem ser mafioso e incestuoso. Pois é isso que dizem, não é?

Klemet continuava em silêncio. Nina quase podia adivinhar os seus pensamentos. Seu chefe de patrulha estava desconcertado por ela se aventurar naquele terreno.

– Sei que ainda não temos provas, mas acho que alguma coisa está acontecendo diante dos nossos olhos. Estou convencida de que os crimes atuais estão ligados aos acontecimentos de 1939. O tambor, uma jazida. Mortos, um roubo.

– E as marcas nas orelhas? – atalhou o Xerife.

Nina deu uma olhada para Klemet. Seu colega lhe havia feito a mesma pergunta. E as orelhas? Klemet continuava calado. Não hostil. Mas calado. A bola estava no campo de Nina. Tor Jensen esperava.

– As orelhas são o principal elo ausente. Não o único, mas o que nos dará a resposta definitva para o enigma, ou para uma parte dele.

Klemet refletia.

– A hipótese de Nina precisa ser considerada. Até nas suas lacunas – ele acabou por dizer. – Acho que devemos explorar essa história de mina. Meu tio Nils Ante também falou dela. Tenho horror a rumores, mas devo admitir que existe muita coisa confluindo.

– Bom, então vocês devem ir logo a Malå esclarecer essa história de mina.

– Malå? O que tem lá? – interrogou Nina.

– Fica na região do Västerbotten, uma cidadezinha no norte da Suécia. O Instituto Geológico Nórdico. Seus arquivos, pelo menos. Talvez estejam lá os arquivos mais antigos do mundo. Me mantenham a par.

11h. Lapônia Central.

André Racagnal parou sua moto a cinco metros de Aslak. Ficou alguns instantes observando o pastor. Para um lapão, o homem tinha uma estatura que impunha. Seu rosto, de maxilar quadrado, não se mexia. Racagnal tinha diante de si um homem determinado. Antes de chegar junto dele, contornou o seu reboque, pegou o rádio. Com o microfone na mão, dirigiu-se a um interlocutor desconhecido, de modo que Aslak o ouvisse.

– Eu estou na área com o nosso homem, que está pronto para nos ajudar. Se você não receber uma mensagem a cada duas horas, já sabe o que fazer.

Ele desligou sem esperar resposta. E finalmente se aproximou de Aslak.

– Você sabe ler mapas?

– Sei.

– Vamos entrar.

Racagnal e Aslak passaram as duas horas seguintes estudando os mapas. Racagnal tomava cuidado, mas o pastor não parecia ter intenção de se rebelar.

O francês não era ingênuo a ponto de imaginar que um homem duro como Aslak se dobraria tão facilmente. Ele sabia também que as pessoas primitivas e isoladas como Aslak não tinham as reações dos homens acostumados às pequenas intrigas da vida urbana. Aslak podia estar verdadeiramente convencido de que não tinha escolha, e a promessa da substituição do seu cachorro talvez lhe fosse suficiente. Quando se vivia em condições tão extremas, aceitava-se os golpes da sorte. Não se combatiam os *djinns*; arqueava-se o peito para encará-los, esperava-se que partissem o mais cedo possível, e depois que iam embora, tentava-se esquecê-los, sempre temendo a sua volta.

O geólogo entendia por que o camponês tinha insistido na indicação de Aslak como guia. Aslak não sabia decifrar os símbolos geológicos, mas conhecia as curvas, sabia sentir, sabia descrever um lugar com uma riqueza de detalhes preciosa. Racagnal precisava contar com uma dupla margem de erro: por um lado, Aslak podia se enganar e, por outro, ele ignorava até que ponto podia confiar naquele velho mapa geológico. Seu autor não tinha, propositadamente, indicado o nome do lugar. Do mesmo modo, ele talvez tivesse posto outras armadilhas para desviar olhares inconvenientes. Racagnal não podia ignorar essa possibilidade.

Aslak embrulhou suas coisas em peles de rena que amarrou firmemente. Depois se aproximou da mulher. Ela certamente seria ser capaz de se arranjar por uma semana. Mas ele não devia se ausentar por tempo demasiado. Ele sabia disso. Ela era atormentada por todos os sofrimentos. Aslak havia suportado tudo na vida. A ausência da mãe. A morte do pai quando era ainda garoto. Seu pai também fora vítima do frio, um dia em que saiu para recuperar um grupo de renas passadas para o lado finlandês. Na época os regulamentos eram impiedosos. O pai de Aslak podia sofrer uma multa muito alta se os guardas finlandeses as encontrassem. Ele não podia arcar com isso. Então partira depressa, muito depressa, sem se agasalhar direito. Foi surpreendido por uma tempestade de neve como raramente se tinha visto até então. Seu corpo só foi encontrado dois meses depois. E então o drama da esposa se abateu sobre eles. Ela era jovem na época. Eles viviam juntos havia apenas três anos. Aslak olhou para ela, pôs a mão em sua cabeça. Eles não se falavam há muito tempo. Os olhos bastavam, durante os raros momentos em que ela parecia compartilhar a sua vida. Aslak se ergueu. Ela se endireitou e ele manteve a mão na sua cabeça. Ela lhe dirigiu um olhar intenso. Um desses olhares que geralmente anunciavam uma crise. Mas sua garganta não emitiu nenhum grito. Do outro lado da lareira, Racagnal se impacientava. Ela encarou o estranho e depois voltou-se para Aslak. Sua mão esquerda não soltava a mão que Aslak pusera no seu rosto. Mas com a outra mão, sem que Racagnal pudesse ver, ela traçou na pequena superfície de terra perto da lareira algo que gelou o sangue de Aslak.

33

Quinta-feira, 20 de janeiro.
15h. Kautokeino.

Para chegar a Malå, a Patrulha P9 tinha quase setecentos quilômetros a percorrer na direção sul. Eles rodariam cerca de dez horas na estrada.

Resolveram partir no final da tarde e revezar-se na direção para chegar na manhã seguinte. Dormiriam algumas horas numa das cabanas da Polícia das Renas.

Antes de descansar, Klemet e Nina foram almoçar no Villmarkssenter. Precisaram apenas atravessar a estrada principal. Ao saírem da delegacia, Nina parou um instante para olhar as luzes alaranjadas que se decompunham no horizonte, devoradas pela massa escura e impiedosa da noite polar. Desde que chegara à Lapônia, Nina descobria luzes ainda mais cruas e magníficas que as do seu fiorde. Impressionavam-na ainda mais por causa do frio que se apoderava dela. Temperaturas a que ela já não estava tão acostumada. Em sua terra, a corrente do Golfo garantia uma temperatura suportável durante todo o ano. Uma rajada de vento açoitou o rosto dos policiais. Eles baixaram a cabeça. Nina pôs o braço diante da boca e dos olhos, tamanha foi a agressividade súbita do frio. Apressaram-se até o restaurante. Nina escorregou no aclive congelado e quase riu ao ver Klemet escorregar também, quando tentou ajudá-la. Ela venceu os últimos metros quase patinando. Os derradeiros reflexos do sol já haviam desaparecido totalmente, tragados pelas nuvens que cobriam aquela parte do céu.

A hora do almoço já havia passado, mas Mads preparou uma mesa para os dois. Trouxe-lhes o prato do dia: salmão com dill, batata cozida e molho branco. Como não havia clientes, sentou-se com eles. A nuvem tinha passado e o vento abria o céu. O hotel e restaurante ficava no alto da estrada e dali se via toda Kautokeino. Àquela hora o que se via eram apenas as luzes que serpeavam numa curva suave ao longo da margem do Alta.

– E então, encontraram o desgraçado que massacrou o Mattis? – indagou Mads.

– Ainda não.

– O que está atrapalhando? As pessoas começam a fazer perguntas, sabe? Todo mundo está nervoso.

Klemet balançou a cabeça.

– Você ainda tem hóspedes?

– Não. Os velhos dinamarqueses foram embora, os motoristas vão e vêm como sempre e o prospector francês foi embora ontem.

Klemet e Nina se entreolharam.

– Que prospector?!

– Ah, o francês! Já estava aqui há algum tempo, mas foi embora com todo o seu equipamento. Como ele tem coisas, esse sujeito. Vai procurar não sei que minério. Esses tipos sempre são cheios de segredos, sabe? Ah, ele tinha todos os papéis em ordem, segundo me disse. Xingava por causa do tempo que a Comissão das Questões Mineiras estava demorando, mas tudo se resolveu.

– Ele foi embora sozinho?

– Que eu saiba, sim.

– E você disse que ele estava aqui há quanto tempo?

– Ah, ele chegou... antes dessas coisas todas, então eu diria... ah, sim, foi no dia do início das aulas, portanto dia 3 de janeiro, uma segunda-feira. Eu lembro porque ele insistiu em ajudar a Sofia, que tinha um dever de francês. Você sabe, ela está na quarta série, começou o francês neste outono.

– E para onde ele foi?

– Ah, isso você teria de ver na prefeitura.

Klemet olhou o relógio. Dava tempo de passar lá. Eles tomaram o café rapidamente.

– Como era esse francês?

– Ah, um bom sujeito, que parecia meio chateado porque precisou esperar a autorização. Ele contava muitas histórias da África, incríveis. E ele fala sueco. Trabalhou na Lapônia tempos atrás, já como prospector. Mas você devia perguntar ao Brattsen, que o interrogou. Aliás, o francês ficou furioso.

Klemet olhou para Nina. Ela arregalou uns olhos assombrados, para mostrar-lhe que entendera a coisa do mesmo modo que ele. Por que Brattsen não mencionara esse interrogatório? De repente aquilo levantava uma porção de novas perguntas. Naquele momento Sofia entrou no restaurante. Estava com a sua sacola e voltava da escola. Fez um gesto para a mesa deles, com um largo sorriso. Aproximou-se para dar um abraço em Klemet e apertar a mão de Nina.

Klemet e Nina se levantaram para ir embora.

– Ponha as duas refeições na minha conta, Mads. Tenho de ser perdoado por uma coisa...

Nina sorriu.

– Já estava desculpado.

Sofia estava pondo seus cadernos na mesa ao lado.

– Então, Sofia, você fez progressos no francês? – perguntou Nina.

O rosto de Sofia mudou subitamente.

– Por que você me pergunta isso? – disse a garota num tom arrebatado que deixou todos surpresos.

– Por nada, à toa – replicou Nina. – Parece que você teve um professor particular durante alguns dias.

– Sujeito nojento! Com aquela mão boba? Durou cinco minutos, cinco minutos!

Mads pareceu cair das nuvens.

– Que história é essa de mão boba? Por que você não me falou nada? – perguntou à filha.

223

– Pois é, estou falando agora. É isso, e agora me deixe em paz!

A jovem recolheu suas coisas e saiu enfurecida da salão do restaurante.

Mads ficou sem voz.

Nina foi a primeira a reagir. Ela correu atrás de Sofia. Depois de cinco minutos voltou. Parecia furiosa, mas assumiu um tom calmo e metódico para falar com Mads.

– Não aconteceu nada de grave, fisicamente falando – ela garantiu. – Ela soube dizer não... e se fazer ouvir.

Nina ficou em silêncio e engoliu em seco. Embora isso não tenha levado meio segundo, Klemet percebeu a sua perturbação.

– Mas acho que ela deve fazer uma queixa de assédio sexual, pelo menos – prosseguiu Nina. – Creio que é importante para ela. Esse tipo de coisa deve ser levado muito a sério, ao menor gesto e desde o início. E devemos mostrar a ele que estamos apoiando a Sofia.

– Claro, claro...

Mads parecia em estado de choque. Dava a impressão de estar percebendo pouco a pouco que havia hospedado o francês durante duas semanas no meio da sua família, que vivia numa ala do hotel.

– Não haveria nenhum problema na queixa – prosseguiu Nina. – Ela é menor, por isso a coisa seria muito discreta, e, se for necessário, ela poderá consultar alguém.

– Você acha que é tão grave? – disse Klemet.

Nina lhe dirigiu um olhar fulminante.

– É grave, sim! E já é tempo de os homens se darem conta disso! – disse ela saindo apressada, logo seguida por Klemet.

15h45. Prefeitura de Kautokeino.

Klemet se apresentou sozinho na prefeitura para não dar um caráter muito oficial à sondagem da polícia. Enquanto isso, Nina começaria a redigir o relatório para Sofia. Ingrid, a recepcionista, o acolheu com um sorriso encantado.

– Bom dia, Klemet – sussurrou ela. – Então, achei que você tinha desaparecido. Já faz tanto tempo que você não me convida para uma bebidinha na sua tenda.

Klemet se debruçou sobre o guichê e sussurrou por sua vez:

– Quando essas histórias acabarem, prometo uma noite só para nós dois.

Ingrid deu uma gargalhada, mas voltou a ficar séria quando percebeu um membro do FrP entrando com um macacão de moto novinho em folha, cabelos emplastrados de gel e um bronzeado artificial. O colega de Olsen, que este chamava de rapazola, mal cumprimentou a recepcionista trabalhista e o policial *sami,* que pareciam ter as mesmas tendências políticas.

– Um idiota, esse aí – disse Ingrid. – O Olsen, aquele velho hipócrita, chega quase a ser simpático comparado com ele. Bom, mas se eu estou entendendo bem, você não veio aqui para falar comigo.

– Aparentemente um francês passou para ver o pessoal da Comissão das Questões Mineiras. É ele quem me interessa, mas discretamente. Não quero deixar as pessoas preocupadas, sabe?

– Entendi, meu gatão, e me lembro desse francês. Ah, que homem, hein! Bonitão! Parece meio perigoso, do jeito que eu gosto... Da última vez que veio aqui, estava bufando, queria ver alguém da comissão. O Olsen era o único que estava na prefeitura, mas disse que não podia atender. Não sei o que aconteceu depois.

– O Olsen está aqui?

– Não, deve estar no sítio. Ele geralmente passa aqui à tarde, a não ser quando tem reunião.

– A última reunião quando foi?

– Estava prevista para segunda-feira. Ele veio nesse dia. Ah, meu Deus, foi o dia em que encontrei aquela orelha medonha, como eu poderia esquecer? Segunda-feira. Mas depois disso não voltei a ver o francês.

– Ele chegou muito tempo antes de você descobrir a orelha?

– Não. Algumas horas, talvez.

– Muita gente passou por aqui entre a vinda dele e a hora em que você encontrou a orelha?

– Deste lado não, não haveria por quê. Mas já contei tudo isso ao Brattsen, sabe?

– O Brattsen outra vez.

– Outra vez? O que você quer dizer?

– Nada, estava só pensando alto. Algum outro membro da comissão está aqui?

Ingrid olhou rapidamente uma lista.

– Não. Por quê? O que interessa a você?

Klemet se aproximou um pouco mais de Ingrid.

– Eu queria saber em que canto o francês estava pensando ir escavar. E queria saber logo, porque estou indo para Malå esta noite. Vou investigar com a Nina.

– Ah, Nina. A mocinha não está aqui há muito tempo, mas se fala muito nela. Parece que é uma menina inteligente. E ela é bonita, hein, Klemet? Me diga, você já convidou essa moça para a sua tenda?

– Ingrid, por favor, preciso mesmo saber para onde foi o francês. Você lembra que eu estou fazendo uma investigação criminal?

– Ah, isso quer dizer que ela teve direito à tenda, não é mesmo? – retrucou Ingrid, um pouco despeitada.

Ela olhou em silêncio para Klemet durante alguns segundos, como se o estivesse julgando.

– E além disso – recomeçou ela –, conforme o que o Brattsen disse, é ele quem se ocupa dessa história do assassinato. Bom, aquele lá continua gostando muito pouco de você. Ele é um mau-caráter. Você devia desconfiar dele.

– Obrigado, Ingrid. E então?

– Devo ser a mulher mais idiota da aldeia, mas acho que esses documentos não são confidenciais. Bom, por serem solicitações de pesquisa eles não têm nada de secreto, pois os habitantes precisam estar a par. Uma solicitação de pesquisa não é uma solicitação de exploração. Os solicitantes podem ser tão vagos quanto quiserem. Tá, espere aqui. Vou ver lá no fundo.

Ingrid se levantou e desapareceu num corredor. Klemet a olhou com um certo desagrado. Ele ainda se lembrava dela com vinte anos. Uma moça soberba, com um sorriso devastador e uma juventude irresistível. Já não restava grande coisa da sua beleza. Naquela época ela o rejeitara. Como tantas outras. Ele não lhe queria mal por isso. Não muito. Ela não havia feito aquilo por maldade. Somente dissera "não" de um jeito brincalhão, como as outras. Com apenas um beijinho rápido na boca, sem consequências para ela. Ele ficara obcecado por ela, como ficara pelas outras. Klemet havia sofrido com isso, mas sem dúvida o pior era o fato de ser evidente para ele que o que lhe cabia era só aquele beijinho. E nada mais. Ele acabara aceitando aquelas migalhas.

Ao voltar para seu cargo na Lapônia, depois dos anos na polícia criminal de Estocolmo, Klemet tinha saboreado durante algum tempo a mudança de atitude das mulheres com relação a ele. Como acontecera com Ingrid. Sua visão ainda estava de tal forma toldada pelos reveses de sua juventude que ele as via ainda como se tivessem vinte anos. Agora ele as via como elas eram. Mulheres gastas pela vida, que lutavam para ter uma boa aparência e reivindicavam o seu quinhão de felicidade. Haviam se tornado como ele. Sabiam se contentar com um beijinho. Fora preciso esperar trinta anos para que eles se igualassem.

Ingrid voltou. Klemet lhe sorriu. Ela trazia um pequeno dossiê.

– Você corre o risco de se decepcionar um pouco, se procura alguma coisa muito precisa. Mas olhe...

Ingrid lhe pediu para contornar o guichê da recepção, para que ela não mostrasse o dossiê para todo mundo. Ele a atendeu.

Ele percorreu rapidamente o formulário. André Racagnal, data de nascimento e coordenadas, Companhia Francesa de Minérios. Período de pesquisa. E, por fim, as precisões geográficas.

– Você pode xerocar?

– Klemet, não, por favor. Acho que não devemos ir tão longe.

Klemet não insistiu e pegou sua caderneta. As regiões de prospecção eram vastas. Ele notou que havia dois dossiês.

– Por que dois dossiês?

Ingrid olhou.

– Simplesmente porque se trata de duas zonas diferentes. Veja, aqui é um vasto território a noroeste de Kautokeino. A solicitação é do último outono e foi validada pela comissão quarta-feira no final da tarde. E esta aqui... foi validada também na quarta-feira. A solicitação é de... quarta-feira de manhã. Veja só, pelo menos uma vez a coisa andou rápido.

– Por que você diz isso?

– Ah, não sei. São apenas autorizações de reconhecimento de terreno. Mas as atribuições de licenças de exploração são decididas no dia 1º de fevereiro. Nós já recebemos muitos dossiês. Em geral eles demoram a ser preparados. Este foi rápido, era o que eu queria dizer.

Klemet fazia anotações em silêncio. Tentava encaixar as peças do quebra-cabeça. Quando tinha tudo de que precisava, ele se aproximou de Ingrid. Ternamente tomou nas mãos o rosto dela, olhou-a durante um segundo e lhe deu um beijo na testa. Ingrid sorriu para ele e lhe fez um sinalzinho com a mão.

– Ligue para mim – disse ela quando ele saía da prefeitura.

16h. Lapônia Interior.

André Racagnal dispunha de pouco tempo para realizar uma pesquisa. O fato dessa droga de camponês ter exigido dele a descoberta da jazida de ouro num prazo tão pequeno se explicava pela sua ignorância do ofício.

Limitar o campo das pesquisas a três zonas, como ele havia decidido depois do estudo solitário dos mapas e em seguida com a ajuda de Aslak, era praticamente impossível em tão pouco tempo. Quanto a isso o camponês teimoso tinha razão. Aslak parecia conhecer a região como a palma da mão.

O criador de renas estava agora deitado sobre sacolas e caixas no seu reboque. Racagnal não se preocupava muito com Aslak, mas precisava dele e se obrigava a não ir depressa demais para evitar solavancos muito fortes. Àquela velocidade o francês levaria três horas para chegar ao primeiro ponto que queria observar. Ele havia partido logo depois da passagem de uma depressão que tinha tapado o horizonte durante um longo momento. O céu estava novamente desobstruído agora. Um céu de aurora boreal, pensou Racagnal. Ele ignorava o porquê disso, mas a visão de uma aurora boreal era o único espetáculo capaz de emocioná-lo. Emocioná-lo de verdade. Não de excitá-lo como uma colegial era capaz. Ele se deu conta disso quando da sua primeira estadia na Lapônia, alguns anos antes. A louca dança das auroras boreais assumia o aspecto desesperado da sua própria vida. Ele via ali a beleza efêmera, o vigor irresistível e a visão caótica.

Segundo o mapa, Racagnal devia poder seguir durante toda a primeira etapa a direção de um rio. Dirigir assim ficava mais fácil. Os choques eram raros, os relevos igualmente. O vento havia aberto o céu, que deixava uma lua forte iluminar o caminho. Suas primeiras observações não lhe permitiam ter uma ideia precisa. Ele teria de checar muitas outras para ser capaz de determinar se elas coincidiam com o mapa. Racagnal não acreditava em sorte. Ele havia sido preservado dessa ingenuidade. Seu credo era simples: a vida não passa de uma soma de escolhas. Era isso que o havia salvado até então. Não deixar nada ao acaso. Esse credo fazia dele um dos melhores geólogos do mundo, porque o que alguns invejosos consideravam um instinto excepcional era marcado por um trabalho de formiga. Esse método lhe permitia também levar sua vida sexual com relativa tranquilidade. Ele percebia, no entanto, que no espaço de alguns dias havia cometido erros idiotas. O camponês e o policial tinham conseguido pegá-lo numa armadilha. Era preciso encontrar uma solução para essa anomalia no seu caminho. Ele se concentrou novamente no leito do rio. Ao longo das curvas, o luar se atenuava. Ele não podia se permitir relaxar a atenção. Reduziu a velocidade por um momento para se virar e se certificar de que o *sami* continuava ali, depois voltou a se concentrar na direção. O único relevo era composto de arbustos que não chegavam a se desprender da terra. A vista agora chegava até bem longe, apesar da noite. Ele ia pelo platô alto num relevo ondulado. Já estava rodando há mais de uma hora e não tinha cruzado com a menor luz. Parou no início de um valezinho e desligou o motor. O silêncio absoluto os envolveu. Uma vez cessado o calor do motor, o frio voltou a arder. Racagnal ergueu os olhos por um momento. As auroras ainda não tinham começado a surgir. Ele pegou o rádio e mandou uma mensagem. Depois se voltou para o *sami*. Naquela escuridão ele não conseguia ver a expressão dos seus olhos. Mas via pelo menos que o homem não virava a cabeça.

17h30. Kautokeino.

No horário combinado, Nina e Klemet estavam na delegacia de Kautokeino. Ficariam fora pelo menos dois dias. O Xerife lhes tinha dito que passassem para vê-lo antes de partir. Tor Jensen gostava de manter o controle sobre seu pessoal.

Os salgadinhos de alcaçuz tinham reaparecido. Com um aceno de mão, Klemet cumprimentou o Xerife. Este aproximou dele o pote, mas Klemet agradeceu, assim como Nina. Tor Jensen fechou a cara e levou o pote para a extremidade da mesa, o mais longe possível do seu alcance.

Empurrou um envelope na direção de Klemet.

– A foto de Racagnal. E algumas informações sobre ele. Não é grande coisa. Por que você está interessado nele?

– Uma suspeita de assédio sexual. Mas acontece que esse sujeito trabalha na indústria mineradora. Isso o torna duplamente digno do nosso interesse.

Tor Jensen franziu os lábios, manifestando descrença.

– Isso não é um pouco frágil?

– O assédio pelo menos não é – interveio Nina com firmeza.

O Xerife notou seu tom, mas nada disse.

– Tudo bem. E quanto a Malã?

– Depois do exame das fotos de 1939, achamos que pode haver uma relação com uma história de mina de ouro – respondeu Klemet. – Precisamos esclarecer isso.

O Xerife voltou a franzir os lábios. Não parecia convencido. Debruçou-se e puxou o pote de alcaçuz, pegando três de uma só vez.

– Vocês sabem que já estamos bem perto da Conferência da ONU – disse ele com a boca cheia.

Klemet e Nina responderam meneando a cabeça.

– Já me deixaram bem claro que esses casos precisam estar resolvidos até lá. Então não venham me trazer mais casos! Quando voltarem, parem em Kiruna. Eles me prometeram dar os resultados das últimas análises. – Jensen olhava para eles. – E então? Ainda estão aqui?

Klemet hesitava.

– Somos muitos nesse caso, mas tenho a impressão de que não estamos com todas as cartas na mão. Por exemplo, ignorávamos até uma hora atrás que o Brattsen tinha interrogado esse francês há uma semana. Uma semana! E não ficamos sabendo de nada.

– Muito bem, vamos perguntar para ele. E vocês, também relatam tudo?

– Evidentemente. Pelo menos tudo aquilo de que temos certeza.

O Xerife pressionou uma tecla do telefone.

– Rolf, pode vir aqui, por favor?

Durante os segundos que se seguiram se fez silêncio. Tor Jensen mergulhou a mão no pote.

Brattsen entrou depois de dois minutos. Não se deu ao trabalho de cumprimentar Klemet e Nina, e olhou para Tor Jensen com uma expressão interrogadora.

– Você sabe que está na cidade um tal... Racagnal? – indagou Jensen depois de ter lido o nome no dossiê.

– Racagnal? Um francês? Sim, interroguei esse cara há alguns dias.

– E por que você não comunicou nada à Polícia das Renas?

– Mas por que eu teria de fazer isso? Foi uma história corriqueira de briga de bar. Nada a ver com nossos casos. Não queria sobrecarregar a Polícia das Renas – acrescentou Brattsen com um tom explicitamente irônico.

O Xerife parecia estar avaliando a situação.

– O que foi que aconteceu, exatamente?

– Uma briga de bar, como já disse. Entre esse sujeito e o Ailo Finnman. O John e o Mikkel entraram também. Nada de grave. O francês nem quis fazer queixa. Precisei insistir para tomar o seu depoimento.

– Então o queixoso era o francês? – perguntou Klemet, parecendo desapontado.

– Era. Por quê? Você está admirado? Foram os criadores que partiram para cima dele. Seguidos pelos outros, como sempre.

– Por quê? – indagou o Xerife.

– Os pastores estavam com algumas cervejas na cabeça. Isso é o suficiente para eles fazerem besteiras, pode crer.

– E onde está esse francês agora? – perguntou Klemet.

– Como vou saber? – replicou prontamente Brattsen. – Ele veio para fazer uma prospecção. Deve estar prospectando.

– Sozinho?

– Não tenho a menor ideia. Ele conhece este lugar. Acho que deve ser capaz de andar por aí sozinho.

– E foi ele quem esteve na prefeitura algumas horas antes de a Ingrid descobrir a primeira orelha – insistiu Klemet.

– E daí? – Rolf Brattsen olhou para Klemet com um ar desconfiado. – Isso é um interrogatório?

– Ele tinha ido procurar o Olsen – prosseguiu Klemet. – Talvez você saiba se eles se encontraram.

– Não, não se encontraram – latiu Brattsen.

– E como você sabe disso? – perguntou Klemet no mesmo tom.

– Acho que eles não se encontraram – retificou Brattsen. – Não sei. E, de qualquer forma, que importância tem isso, se se viram ou não?

Jensen deu novamente um profundo suspiro e afastou para a ponta da mesa o pote, que já estava pela metade. Brattsen assumiu o seu ar obstinado. Klemet olhou para o Xerife, que lhe fez com o queixo um sinal em direção à porta.

Klemet dirigia a picape Toyota da Polícia das Renas havia já uma hora. Ele tinha partido em viagem cheio de material inútil para uma missão daquelas, como sacos de dormir, uma cozinha de camping e provisões para dois dias. Um hábito antigo, disse ele em resposta ao comentário de Nina.

– Na Polícia das Renas – contou-lhe Klemet enquanto dirigia –, não se trabalha seguindo o relógio. Aqui isso não faz nenhum sentido. Três quartos do nosso trabalho estão ligados aos conflitos de criação de renas, que implicam enormes distâncias. Às vezes ligam para nós e só voltamos quatro dias depois.

Nina olhava pela janela. Escuridão fechada. Os faróis só iluminavam escarpas cobertas de neve e algumas raras bétulas anãs. A estrada estava congelada. Mas graças ao revestimento de cascalho e aos pneus especiais, Klemet mantinha uma velocidade de noventa quilômetros por hora. A estrada era reta em longos trechos, e com tanta escuridão se via a grande distância os veículos que se aproximavam. Desde que saíram de Kautokeino eles tinham cruzado apenas com um carro e duas carretas, que levantavam atrás de si turbilhões de neve.

Eles atravessaram a parte finlandesa e depois entraram na Suécia. O termômetro indicava uma temperatura externa de menos vinte e cinco graus. Klemet desacelerou e parou numa área de estacionamento no alto de uma colina. Deixou o motor funcionando e propôs preparar um café.

Nina saiu para esticar as pernas. Usava um macacão pesado sobre o uniforme, *chapka* e luvas grossas. Ficou em silêncio, com o rosto voltado para o céu.

– Com um frio desses, será que à noite teremos uma aurora boreal?

– O frio não tem nada a ver com isso – disse Klemet. – Para haver uma aurora é preciso tempo claro. E no inverno tempo claro quer dizer tempo frio.

– De onde vêm essas auroras?

– Ah, para falar a verdade eu não sei. Tem algo a ver com o sol. Na minha casa se dizia que eram os olhos dos mortos, e que por causa disso não se devia apontar para elas.

Ele estendeu para Nina uma xícara de café.

– Os olhos dos mortos... – repetiu Nina. – Eu diria que esta noite os mortos estão cegos.

34

Sexta-feira, 21 de janeiro.
Nascer do sol: 9h41; pôr do sol: 13h20.
3 horas e 39 minutos de luz solar.

7h30. Lapônia Central.

André Racagnal e Aslak Gaupsara haviam dormido apenas algumas horas num abrigo de pastores. Saíram rapidamente. Estava escuro demais por causa das nuvens baixas, que toldavam o pouco de luminosidade que poderia ter aparecido naquela hora. Eles não haviam trocado uma única palavra. Racagnal só tinha dormido um sono leve, atento aos movimentos do *sami*. Estava disposto a bater se preciso, a acorrentar se necessário, e até a ir bem mais longe se o *sami* lhe causasse muitos problemas. Racagnal tinha uma visão muito clara do risco e não veria nenhum problema em tomar as decisões que se impusessem. Se o *sami* tivesse de morrer, ele morreria. Isso complicaria o seu trabalho, claro, muito provavelmente o impediria de cumprir a sua missão no tempo imposto pelo camponês, mas ele seria capaz de encontrar o que buscava. Talvez a Companhia Francesa de Mineração se dispusesse a lhe dar cobertura se ele descobrisse uma jazida magnífica.

Racagnal sabia que qualquer profissional consideraria terrível o método de trabalho que ele estava empregando. O geólogo menos experiente seria capaz de prever que a sua expedição estava fadada ao fracasso. Podia ouvir os jovens dando-lhe uma aula, falando de levantamentos aéreos geofísicos, de amostras de morainas, de perfurações, de análises em laboratório, de estudos de mapas antigos e novos, de pesquisa em cadernetas de geólogos, de estudo das relações de terreno. Uma atividade cansativa, rigorosa, mistura de trabalho de campo, laboratório, arquivos. Uma alquimia que era o orgulho das pessoas da sua profissão. E que ele estava ridicularizando. Se seus patrões soubessem como ele estava procedendo, sem dúvida começariam a se perguntar se não seria o caso de aposentá-lo antes da hora. Mas Racagnal precisava assumir aquele risco. Era tudo ou nada. Se fracassasse, perderia muito. Se tivesse sucesso...

Ele se virou e viu que o *sami* continuava no reboque. Racagnal ainda não podia distinguir seus olhos, mas adivinhava que estavam voltados para ele. A paisagem era um pouco mais ondulada que na véspera, porém, a vegetação não mudara absolutamente. Nenhum pinheiro, apenas algumas bétulas anãs endurecidas e com o tronco retorcido. Ele já não devia estar muito longe do primeiro ponto de observação que fixara, porque a espessura da neve começava a diminuir. No feixe de luz dos possantes faróis da moto, podia até perceber a terra meio descoberta onde o vento havia levantado a neve. Aquela parte de Finnmark fazia jus à reputação de deserto, pois ali as precipitações eram muito fracas.

Racagnal avançou ainda por mais de meia hora e então procurou um lugar para acampar. Encontrou-o à margem do cotovelo de um rio. Para pessoas como ele, os rios eram amigos preciosos. A Lapônia era constituída por enormes massas de granito. Era preciso procurar as falhas, porque é nelas que escorrem os fluidos em que os minérios são transportados. Logo, um rio era uma falha. Um ponto frágil numa rocha fraturada que a água havia utilizado para cavar um leito.

Ele explicou a Aslak o que pensava fazer. Aslak levantou um abrigo sumário e estirou no chão suas peles de rena. Saiu para cortar lenha e logo uma fumaça subiu do abrigo. Era preciso que tudo estivesse pronto antes das primeiras luzes do sol, para que não perdessem nem um minuto de dia. Racagnal fiscalizou o céu. As nuvens se alongavam. O céu começava a se abrir. Com um pouco de sorte, dentro de uma hora já estaria quase claro, e então ele poderia começar as suas pesquisas. Ele examinou novamente o mapa geológico do terreno em que estava e o comparou com o documento antigo. Seu autor fizera o possível para ocultar o seu lugar exato. Isso era ao mesmo tempo sutil e grosseiro. Racagnal disse para si mesmo que aquele mapa provavelmente fora feito em pouco tempo. Às pressas, talvez. Mas, por outro lado, os detalhes que continha indicavam horas laboriosas de análise dos fragmentos de rocha e de localização destes no papel.

O francês bebia o seu café em pequenos goles. Começava a ficar obcecado com o geólogo que tinha feito aquele mapa. Queria adivinhar o seu segredo. Descobrir quem tinha sido esse homem. De que tipo de mulher ele gostava? Ou talvez ele gostasse de homens? Ele teria preferências sexuais comuns? Ou era também um aventureiro nesse campo? O francês se via como um aventureiro, um homem que não tinha medo de experimentar, que podia ultrapassar as fronteiras do convencional.

Racagnal achava que a sexualidade dos homens dizia muito sobre a sua capacidade de explorar novas áreas. Virou-se para o *sami* deitado num canto do abrigo, perdido na observação das chamas. Pensou na mulher que vira na tenda. Ele já havia visto muitas mulheres parecidas com ela na sua primeira estadia. Divertira-se com algumas. Elas eram mais tímidas que as escandinavas. Ele se perguntava se os *sami* também gostavam de garotinhas. Todo mundo devia gostar delas, pensou ele. O céu agora se abria. Racagnal pegou o seu material, entregou o do *sami*, que o tomou sem nada dizer, e eles saíram no frio, começando a subir o leito do rio.

10h. Malå, Suécia.

Depois de passar a noite num refúgio sueco da Polícia das Renas, a Patrulha P9 tinha prosseguido em seu caminho para o sul. Agora a paisagem era constituída quase invariavelmente de vastas extensões de florestas fechadas, sobretudo de pinheiros e bétulas, que não tinham mais nada a ver com as bétulas anãs do *vidda*. No entanto, eles continuavam nas terras do interior da Lapônia e ainda muito ao norte. Ao sabor das estradas retilíneas que penetravam na floresta, eles às vezes contornavam laguinhos, e outras vezes seguiam por algum tempo rios largos que se transformavam em corredeiras antes de encontrar um curso mais tranquilo. Nina via pela primeira vez aquela parte do norte da Suécia. A região lhe pareceu pouco mais povoada que a Lapônia norueguesa, mais bem explorada. Alguma trilhas se embrenhavam na floresta, que em alguns lugares era cuidadosamente mantida e visivelmente replantada. A intervalos regulares, havia placas indicando a existência de minas. Postes largos, que sustentavam grossos cabos elétricos, surgiam aqui e ali entre as bétulas e os pinheiros, cortando a estrada para se enterrar de novo na floresta por sangrias profundas, indo destilar a eletricidade no reino. Eles atravessaram cidadezinhas com casas de madeira pintada de vermelho dispostas em torno do posto de gasolina e da loja de conveniência. Enfim, depois de outros tantos quilômetros monótonos de pinheiros e bétulas, eles chegaram a Malå.

As instalações do Instituto Nórdico de Geologia ficavam na entrada da cidadezinha. Alguns arquivos dependiam ainda de prerrogativas nacionais, mas por razões práticas os países nórdicos tinham agrupado no local tudo o que dizia respeito à Lapônia, cuja geologia era bastante particular. Essa pequena cidade desencravada unicamente pela estrada que a ligava à costa sueca do golfo de Bótnia, muitas centenas de quilômetros a sudeste, recebia regularmente a visita de companhias mineradoras do mundo inteiro, que vinham preparar *in loco* as suas campanhas de prospecção na região. Os suecos tinham desenvolvido ali o seu instituto há mais de um século, e dispunham assim de arquivos únicos, notadamente de resultados de perfurações efetuadas desde 1907. Nina e Klemet se apresentaram na recepção do prédio administrativo. A sala da diretora era uma das que davam diretamente na entrada. Ela os acolheu e os levou para um canto da recepção que fazia as vezes de lanchonete. Eva Nilsdotter trabalhava há vinte e sete anos no NGU, o Instituto Nórdico de Geologia, nos últimos cinco anos como diretora. Se tudo corresse bem, ela ocuparia esse cargo até a aposentadoria, dentro de dois anos. Eva Nilsdotter esperava que aqueles policiais não fossem perturbar a sua tranquilidade. A mulher parecia mal-humorada. Tinha uma farta cabeleira grisalha levada para o alto num penteado estranho. Ela não se dava ao trabalho de dominá-la. Magníficos olhos azul-claros intensos iluminavam o seu rosto fino e enrugado.

– Então, o que vocês querem, exatamente? – disse ela de modo pouco agradável e mascando um chiclete. – Nosso diretor de Informações fica em Uppsala e não faz a menor ideia do trabalho que nós temos aqui. Me disse para receber vocês, então eu recebo. Mas já vou avisando: não gosto muito de perguntas indiscretas. Temos aqui muitos visitantes que prezam bastante a discrição. Isso é um penhor da nossa reputação, percebem? As pessoas sabem que podem trabalhar aqui com toda a confiança. Muitos dos nossos clientes são de companhias cotadas nas bolsas da América do Norte ou da Ásia, vocês entendem o que eu quero dizer? Eles vêm aqui fazer pesquisa prospectiva, eventualmente investir muito dinheiro. E não gostam de muita onda. Por isso, como vocês são dois policiais uniformizados, embora amistosos, nós lhes pedimos para agir discretamente, sobretudo depois que as nossas queridas administrações de tutela nos pediram para ser rentáveis, ou seja, para tirar dinheiro dos nossos clientes em vez de lhes fornecer tudo de graça às custas dos contribuintes. Mas vocês têm sorte, hoje está calmo aqui – finalizou, acendendo um cigarro numa flagrante desconsideração às regras de proibição de fumar, em vigor nos prédios públicos.

Klemet e Nina não esperavam essa recepção. Nina se perguntava como uma mulher assim, tão pouco diplomata, pudera chegar àquela posição e conservá-la. Eva Nilsdotter pareceu ter lido os seus pensamentos.

– Não dormi com ninguém não, meu bem. Mas veja você, vou lhe contar um segredo: eu era a melhor. Durante muito tempo eles não quiseram me dar nenhuma responsabilidade, de tanto que eu era boa. Eles precisavam de mim como geóloga no trabalho de campo. Um dia me cansei de ver tantos incapazes serem promovidos só porque era preciso colocá-los em algum lugar. Então me enfureci e resolvi ser chefe. E veja você: eu me tornei a melhor também nisso – arrematou, esmagando o cigarro.

Nina olhava para ela com um ar incrédulo. Klemet parecia se divertir. Ele reconhecia a boa têmpera do caráter das mulheres do Norte, que não se atrapalhavam com frescuras.

– Então, o que traz vocês até o meu canto, Polícia das Renas? O que vem a ser isso? Nunca ouvi falar.

– Com um pouco de imaginação dá para descobrir o que fazemos – replicou Klemet. – Tudo o que precisa saber é que estamos trabalhando num caso de assassinato. E temos motivos para achar que ele pode ter relação com a história de uma mina.

– E sobretudo com uma história que remontaria a uma expedição realizada na Lapônia em 1939 – prosseguiu Nina –, envolvendo uma espécie de maldição sobre uma jazida de ouro, uma jazida que trouxe muita infelicidade ao povo *sami* e...

– Ah – disse ela, acendendo outro cigarro. – Vamos, adoro essas velhas histórias de mapas de tesouro. Foi o que me trouxe para esse trabalho.

Klemet passou os quinze minutos seguintes fazendo para aquela mulher singular um resumo da situação. O roubo do tambor, a morte de Mattis, as suspeitas no meio dos criadores, a expedição de 1939, a lenda da mina de ouro, os rumores sobre uma maldição, contou tudo. Eva Nilsdotter bebia as suas palavras. Ela se entusiasmava, se indignava e se entristecia segundo o ritmo da história. Klemet se esmerava na sua explanação e mesmo Nina ficou admirada de ela mesma estar tão atenta ao que ele dizia.

Eva Nilsdotter ficou em silêncio por muito tempo. Depois se levantou de repente, saiu da sala e voltou com uma garrafa de Petit Chablis bem gelado e três taças.

– Vamos comemorar a nossa nova parceria. Porque, embora ainda não tenham me pedido nada, vocês querem encontrar essa mina misteriosa, não é mesmo? – disse ela ao abrir a garrafa. No instante seguinte, ela esvaziava de um só gole sua primeira taça, observada por uma Nina embasbacada.

* * *

Meia hora depois, com a garrafa já vazia – outras esperavam na geladeira, garantira Eva, que sozinha havia bebido três quartos da primeira –, a diretora do instituto e os dois policiais perambulavam num galpão do outro lado da rua. Enormes prédios guardavam dezenas de milhares de caixas de madeira, cada uma delas contendo dez amostras cilíndricas de terra de um metro de comprimento e alguns centímetros de diâmetro. Eva foi se sentar sobre algumas caixas.

– Vejam, cada amostra é numerada. Esta aqui é uma série U – disse ela mostrando os códigos. – "U" de urânio, isso esquenta a bunda! – disse ela rindo alto com sua voz rouca de fumante.

Acendeu outro cigarro e soprou uma nuvem de fumaça que se misturou ao vapor úmido. O frio era intenso no galpão.

– Se eu fosse sensata não fumaria aqui, em cima do urânio. Essa coisa emite um gás muito perverso, inodoro, incolor, sem sabor, o radônio. Ele pode ser encontrado em estado natural, mas é um gás radioativo que se acumula em espaços como este aqui, ou, pior ainda, numa mina. Dá câncer no pulmão. Pelo menos nós fazemos circular ar aqui. Mas o pior é se você respira esse gás e fuma ao mesmo tempo. Nesse caso, vai ter problemas... Tudo bem, vamos resumir – retomou ela. – O tambor roubado poderia conter indicações sobre essa jazida. Vocês acham que o geólogo alemão estava na pista. E imaginam que o geólogo francês também estaria na pista, já que a sua vinda coincide com todos os acontecimentos recentes. Do que nós dispomos para identificar essa mina?

A pergunta foi acolhida por um silêncio pesado.

– Entendo – disse Eva. – De qualquer forma, vocês sabem que a Lapônia tem quase quatrocentos mil quilômetros quadrados. Maior do que a Finlândia ou o Japão.

– Tudo o que temos são as três zonas que o geólogo francês quer explorar.

Eva se dirigiu a uma sala num canto do galpão. Ligou um computador e digitou as coordenadas. Observou os mapas que apareceram na tela e foi procurar num armário especial os mapas em questão em escala legível. Colocou-os numa mesa muito grande.

— Eis os lugares onde o seu francês vai passar – disse ela. – Ele vai fazer isso sozinho?

Eva se debruçou sobre os mapas, passou o dedo em símbolos, seguindo curvas, emitindo grunhidos, falando consigo mesma.

— Vejam, quando um geólogo desenha um mapa, ele registra uma porção de detalhes observados em campo. Os mapas que vemos aqui são simplificados e realizados a partir de mapas originais. Quando alguém quer fazer uma prospecção, começa indo no nosso site na internet para olhar mapas geológicos como estes. Mas em seguida há uma lista de relatórios sobre as zonas-alvo. São esses arquivos que estão aqui, como também as amostras cilíndricas que nos cercam. E nós preparamos esses relatórios para quem os solicita. Alguns remontam a antes da Segunda Guerra Mundial.

— As fotos da expedição – sugeriu Nina.

Ela apanhou seu notebook e começou a mostrar a Eva as fotos que tinha escaneado.

— Trata-se de uma expedição realizada no verão de 1939. Organizada por franceses, que também participaram dela com pesquisadores suecos, um geólogo alemão e...

— O nome desse alemão? – interrompeu Eva Nilsdotter.

— Ele se chama Ernst. Só sabemos o seu prenome e que ele é dos Sudetos – indicou Klemet.

Eva fez com os lábios um trejeito de desagrado, mas anotou o nome num papel. Os policiais ficaram em silêncio por alguns minutos, tentando decifrar as expressões no rosto da geóloga. Ela havia acendido um cigarro e examinava demoradamente cada foto. Deteve-se um bom tempo nas que mostravam o alemão.

Ao cabo de um momento, Nina rompeu o silêncio.

— Nós achamos que eles tinham também material de detecção de metais.

Eva tragou profundamente a fumaça do cigarro.

— Detecção de metais, sim. Mas não só isso. O que vocês veem aqui é um contador Geiger, o primeiro modelo portátil, embora pesasse vinte ou vinte e cinco quilos.

— Um contador Geiger? O que isso quer dizer?

– Ah, sei o que está passando pela sua cabeça, mas nada de precipitação. Na época não se procurava urânio, pela simples razão de que se ignorava tudo isso. Em 1939 ainda não havia bomba atômica.

– Mas a primeira bomba data da guerra, e eles precisaram de urânio para as suas pesquisas e para prepará-la – observou Nina.

– Precisaram, de uma mina no Congo. Mas eu acho que estamos longe disso.

– Mas então por que um contador Geiger?

– Antes da guerra o urânio era um produto que interessava às pessoas unicamente por causa da sua cor amarela. Na época, o rádio interessava por ser um componente de pinturas fosforescentes para os mostradores de relógios ou outros instrumentos, e também por ter aplicações médicas. Evidentemente, isso faria todo mundo gritar, mas na época não se conheciam os efeitos da radioatividade. Marie Curie, a mãe de todos nós, trabalhava com minérios que vinham de Joachimsthal, na Alemanha ou na Tchecoslováquia, não sei bem.

– Então esse geólogo alemão poderia estar procurando rádio? – indagou Nina.

– Em todo caso, os alemães se interessavam por ele já naquela época. Com esse material seu geólogo devia estar em condição de identificar zonas que continham rádio. O que não quer dizer que ele estivesse especificamente procurando rádio. Ele podia estar, como a maioria dos geólogos, procurando vários minerais ao mesmo tempo. Aleatoriamente. Voltando ao rádio, não se esqueçam de que em toda parte a radioatividade existe em estado natural à nossa volta. Peguem um bloquinho de granito, por menor que seja, e vejam o que acontece quando ele é passado no Geiger.

Eva Nilsdotter tinha voltado a mergulhar no exame das fotos, abandonando os policiais às suas reflexões.

– O seu alemão estava talvez procurando essa mina de ouro milagrosa. De qualquer forma, sei onde foi que esse geólogo alemão desapareceu – disse ela subitamente.

Klemet e Nina olharam para ela com uma expressão de tal perplexidade que Eva riu.

– Se vocês vissem a cara de vocês, meus nenéns! E agora prestem atenção e ouçam-me. As últimas fotos em que o Ernst está presente foram tiradas do lado norueguês. Vejam atrás deles esse pico aqui, com essa espécie de nariz adunco, e logo atrás um lago que tem a forma da vela desses barcos usados para ensinar os jovens a velejar. Não há a menor dúvida.

Eva se levantou e voltou com um mapa da região.

– O lago está aqui, a montanha de nariz adunco está aqui. Tendo em vista o ângulo e as distâncias, eu diria que a foto foi tirada... aqui – disse ela, apontando com o dedo. Então pegou um lápis vermelho grosso e traçou uma cruz.

– Isso para a última foto em que o Ernst está presente. Eles vinham de Inari, vocês disseram, que fica aqui. Eu diria, tendo em vista os meios que eles usaram, que passaram por aqui. E agora vamos ver a foto em que o seu guia *sami* aparece novamente.

Eva mergulhou no estudo da foto em que Niils aparecia de volta.

– Dada a direção seguida, vocês têm aqui o acampamento *sami*. Hoje ele está abandonado. Eu mesma já acampei lá quando era mais nova. Mas ele fica num caminho de transumância das renas, com um rio e esse delta bastante incongruente para a região. Assim – disse ela brandindo o lápis vermelho –, a foto foi feita... aqui!

Em algum lugar entre esses dois pontos, Ernst morrera procurando a mina. Ou talvez a tivesse encontrado.

– E agora – prosseguiu Eva – vamos ver se conseguimos adivinhar o raio em que o Niils e o Ernst avançaram. Eles foram a pé, não é? Não se sabe quantos dias eles caminharam para chegar ao lugar aonde o Ernst queria ir, nem quantos dias eles ficaram por lá.

– Mas sabemos que o Niils foi e voltou – disse Nina.

Eva tinha voltado a mergulhar no estudo do mapa. Ela se deslocou ao longo da mesa comprida para observar os três mapas geológicos correspondentes às zonas que Racagnal tinha a intenção de explorar. Então voltou à salinha e se sentou diante do computador. Escreveu alguma coisa, olhou para a tela, pegou o telefone e começou a falar em inglês com seu interlocutor. Esperou em silêncio por um bom momento. Seu interlocutor voltou. Ela anotou um endereço eletrônico num pedaço de papel e depois o destacou.

– Conecte-se à rede sem fio do Instituto – mandou Eva. – E envie as fotos com o seu alemão para este endereço. Indique claramente na mensagem quem é o sujeito que você quer identificar na foto.

Eva falava num tom que não admitia a menor discussão.

– A dificuldade é que não sabemos se o seu alemão em 1939 e o seu francês hoje procuram a mesma mina. E vocês também não sabem se estão correndo atrás de outra jazida. Então, uma única mina ou duas, ou três?

– Acho que corremos, para retomar sua expressão, atrás da mesma mina que o Ernst – opinou Klemet. – Dessa vez eu deixarei falar a minha intuição. Essa jazida maldita... Niils sabia dela. O tambor, de um modo ou de outro, falava dela.

– E o francês? – interrogou Nina. – Tudo o que nós vemos é que ele parte para explorar diferentes zonas, com as autorizações necessárias. Eva, você vê parâmetros comuns às três zonas? Alguma coisa que pudesse nos dar uma pista?

Eva se debruçou novamente sobre os mapas e ficou em silêncio. Teve tempo de fumar dois cigarros, sem dizer uma única palavra.

– Vejam aqui – disse ela por fim aos dois policiais. – Um primeiro ponto comum é a aparência geral do rio principal que atravessa o mapa. Em todos os mapas o rio começa mais ou menos a noroeste, segue para o sul, sobe para o leste e volta a descer para o sudeste.

Klemet franziu os lábios, dando mostras de não estar convencido, mas Nina balançou a cabeça em sinal de concordância.

– Depois o relevo – prosseguiu Eva Nilsdotter. – As altitudes são diferentes, as superfícies são diferentes, mas nos três casos vocês têm nitidamente zonas mais elevadas, planalto, para o sul um lago, para nordeste zonas aparentemente muito fraturadas.

Nina continuava balançando vigorosamente a cabeça. Klemet ainda tinha os lábios franzidos.

– Não considerem o que eu digo a descrição cirúrgica de um quadro de um mestre flamengo. Estou falando de pintura impressionista, de grupos de cores, de toques suaves. Vejo grandes semelhanças. E ainda não falei do terceiro nível de comparação: a análise geológica.

– Tudo bem, vamos admitir que você tenha razão – atalhou Klemet. – Acho que o nosso francês não sabe exatamente aonde deve ir. Mas ele procura uma região que corresponde a indicações que outra pessoa lhe forneceu. Deduziu daí um tipo de geografia bastante preciso e procurou as zonas que correspondiam.

– Acho que você acertou na mosca! – exclamou Eva. – Ele é um ótimo profissional para chegar a identificar essas três zonas. Poderia apostar que nenhuma outra área da região se aproxima de todos esses parâmetros. As zonas cobertas pelos três mapas geológicos representam áreas muito vastas. Se vocês quisessem examinar rigorosamente todas essas zonas, precisariam de semanas, talvez meses. Agora, eu acho que seria bom você dar uma olhada na sua caixa de entrada – sugeriu a Nina.

Nina leu uma mensagem escrita em inglês por um certo Walter Müller.

– Ernst Flüger – anunciou. – Nosso geólogo alemão se chamava Ernst Flüger. Formou-se em meados dos anos 1930 na Escola de Minas de Viena.

– Uma excelente escola – comentou Eva. – Pena que depois todo o seu pessoal tenha trabalhado para os nazistas. Mas não foi o caso do Flüger. Ele morreu antes.

– Flüger pode ter trabalhado para eles assim mesmo, porque os nazistas chegaram ao poder em 1933 – observou Klemet.

– Isso me espantaria – atalhou Nina, ainda lendo o *e-mail*. – Flüger não concluiu a sua formação. Ele foi excluído no final do primeiro ano. Era judeu.

A informação os impressionou. Eles ficaram mudos, sem saber como reagir.

– Talvez ele tenha tido sorte morrendo de uma queda na Lapônia – disse Klemet depois de um tempo.

Nina teve um palpite. Saiu para telefonar por alguns minutos para a França.

– O nome do Flüger era familiar para o Henry Mons. O Flüger e o guia partiram para o norte. E, de acordo com o que o Niils contou ao voltar, eles tinham caminhado por cerca de dois ou três dias e erguido um acampamento onde ficaram dois dias antes de Flüger cair.

Eva retomou o mapa geral.

— Isso nos deixa ainda duas possibilidade. Aqui... e aqui. Se partirmos do princípio de que essa famosa jazida de ouro está em alguma parte por aqui, isso deixa ainda vastas zonas a explorar. Ah, se ao menos esse geólogo tivesse feito um mapa...

— Ele fez um mapa – disse Nina. – O Henry Mons disse que viu. Mas esse mapa desapareceu.

— Ah, mas então isso muda tudo. Nosso Flüger deve ter feito anotações numa caderneta. Os geólogos sempre têm cadernetas com base nas quais traçam seus mapas.

Com um andar decidido, ela foi se sentar diante da tela do computador e ali esperou, fumando nervosamente.

35

Sexta-feira, 21 de janeiro.
12h30. Lapônia Central.

Racagnal tinha subido o leito do rio por mais de um quilômetro, seguido pelo pastor *sami*. Como ele antecipara, a neve era rara naquela parte do *vidda*. Via muitas rochas aflorarem. Suas primeiras observações em campo confirmavam as informações fornecidas pelo mapa mais recente. Saber se isso coincidia com o mapa geológico antigo exigia um trabalho mais árduo. Supondo que tivesse a extraordinária sorte de logo na primeira tentativa acertar o lugar, era preciso muita imaginação para ver na zona atravessada a que está desenhada no mapa antigo.

Uma luz azulada cobria o leito do rio e as colinas nuas que o cercavam. O geólogo golpeou uma pedra cuja forma chamou sua atenção. Reuniu caprichosamente os fragmentos que caíram, mas não cedeu à tentação de lamber a pedra gelada, pois corria o risco de deixar nela um pedaço da língua. Com sua luz frontal iluminou a pedra e em seguida a descartou. Depois subiu o rio até um cotovelo. Entre a borda gelada do rio e o alto da margem, um desnível de dois metros lhe permitiu ver o panorama geológico do lugar. Rocha antiga, sem surpresa. Uma camada de granito, pedras de cor vermelha (granadas) não alteradas, pedras conhecidas como gnaisses, compostas por feldspato e quartzo, uma goiva argilosa de cinco centímetros que chegava a quinze graus. Mais abaixo, ele distinguiu uma matriz saibro-argilosa (composta de argila e areia). Racagnal anotava sistematicamente na caderneta suas observações, mas não podia ser tão preciso quanto de hábito porque o tempo era escasso. Chamou Aslak e lhe pediu um aparelho pequeno envolvido em tecido de lã. Era uma espécie de pistola, que apontou para a rocha. A máquina emitiu um débil apito. Direcionou então a pistola para diversos níveis. As variações eram pequenas. Mal chegavam a cem tiros por segundo. Fechou o aparelho e o entregou a Aslak, que voltou a envolvê-lo na lã. Eles retomaram o caminho na espessa camada de gelo que cobria o rio. Racagnal avistou um rochedo na borda do rio. Tinha uma bela forma arredondada e manchas de líquen de várias cores, desde o verde-escuro até o amarelo. Racagnal voltou a brandir o martelo e pegou uma ponta da pedra para observar sua textura e estrias. Desprezou-a e prosseguiu. Um pequeno amontoado de calhaus havia se acumulado num recanto do rio. Ajoelhou-se para virá-los um após o outro. Tirou uma lupa e os examinou minuciosamente. Uma bela luz os envolveu então. A reverberação da neve iluminava-os violentamente. Isso não duraria muito tempo, mesmo com o rápido aumento da luz solar. Um brilho mais vivo atraiu sua atenção. Racagnal passou a lupa sobre o brilhozinho. Tratava-se sem dúvida de uma partícula de ouro. Um amador teria pulado de alegria, mas Racagnal sabia que aquilo não significava nada. O fato de haver ouro naquelas paragens não tinha nada de espantoso. Todo mundo sabia disso. Os canadenses, sobretudo, estavam muito cientes, pois a geologia da região se parecia com a de seu país. O geólogo se empertigou, subiu na margem e olhou demoradamente em torno de si. Os montes nus se estendiam a perder de vista. Ele deu uma olhada no mapa e retomou seu curso. Ainda havia muita coisa a fazer. Muita coisa para ver. E certamente muito pouca chance de sucesso.

14h20. Malå.

Eva Nilsdotter entrou numa sala grande e pouco iluminada, com duas paredes cobertas de prateleiras entulhadas de pastas e caixas de arquivos.

– Bom, vamos começar por aqui – anunciou ela, indicando uma pequena série de pastas no alto da parede principal, à direita.

Puxou uma primeira pasta de capa amarela.

– Se entendi bem – resumiu ela –, o mapa do nosso Flüger desapareceu ao mesmo tempo que ele. Imagino que esse mapa não tenha se perdido para todo mundo. Durante os meus estudos e as minhas próprias pesquisas, conversando com os *sami* mais velhos, ouvi falar muitas vezes em histórias de maldição. Contava-se essa história de uma jazida fabulosa que tinha trazido a infelicidade. Ninguém conseguiu identificá-la. Parece que o seu querido tio, Klemet, também não. E, no entanto, à maneira dele, ele sabe. É perturbador, não é mesmo?

– O que você está querendo dizer? – indagou Nina.

– Passei parte da minha carreira no exterior, como todos os geólogos, aliás. Pratiquei bastante na Ásia. As histórias de minas terminam frequentemente do mesmo modo, vocês sabem. As pessoas de um lugar não têm muita importância para o Estado que quer explorar seus recursos.

Eva puxou uma caixa de papelão com arquivos que estava numa prateleira bem no alto e desceu.

– Peguem isso – ordenou aos policiais.

A caixa estava cheia de envelopes de papel pardo. Ela tirou um, leu as referências. Passou em revista seu conteúdo e encontrou o que procurava.

– Sentem-se – disse ela, abrindo o envelope.

Puxou uma caderneta. Com cuidado, a colocou diante de si. Não a abriu de imediato.

– Essa é a caderneta do Ernst Flüger. Existe apenas uma, o que é bastante raro. Os geólogos geralmente têm séries de cadernetas, que muitas vezes são verdadeiras obras de arte. Pelo menos é o que eu acho. Como essa caderneta chegou aqui? Não sei. Mocinha, você devia perguntar isso ao seu velho amigo francês. Mas não me parece que exagero se disser que essa caderneta não deve ter sido aberta desde a morte do Flüger. Ela deve ter sido recuperada junto com os pertences dele e, na época, certamente consideraram que o lugar dela era aqui. E aqui ela ficou esquecida. Aconteceu isso com muitos arquivos que nós temos. A maioria das amostras de terras e de rochas foi prospectada algum dia, mas por razões próprias da época as análises não foram julgadas atraentes. Um século depois, no entanto, com a evolução das técnicas ou das necessidades, elas podem despertar interesse. E então se volta a mergulhar nestes velhos tesouros.

Klemet e Nina escondiam a custo sua impaciência. Eva lhes sorriu e abriu a capa de couro endurecido.

Eles viram a caligrafia miúda e compacta. A caderneta continha registros extremamente precisos das mais insignificantes observações realizadas em campo. Os policiais olhavam fascinados os esquemas e os cortes geológicos, os desenhos precisos dos relevos, com escalas, hachuras de texturas diferentes para significar essa ou aquela espécie de rocha. A caderneta estava redigida em alemão. Eva traduziu alguns trechos aleatoriamente.

— O nosso Flüger era um homem preciso e rigoroso. Durante seu ano de formação ele no mínimo aprendeu excelentes técnicas para redigir seus relatórios.

Eva folheou o documento até o fim. A última página era datada de 1º de agosto de 1939. Ela ficou em silêncio por um bom tempo.

— Preciso dizer que essa caderneta é muito incomum. Pelo menos para quem tem o olho treinado. Em alguns trechos, ela descreve como no local se espera a presença de minérios, os cortes geológicos, a idade das rochas, seu modo de se superporem, a história provável do fragmento observado, sugestões de pesquisas a fazer posteriormente.

— Mas...? — perguntou Klemet num tom que não tentava mais disfarçar a impaciência.

— Mas o Flüger anota alguns esquemas ou observações sobre locais raros de um modo absolutamente fascinante e... misterioso. O Flüger já havia tido uma primeira estadia nessa região. A maior parte da caderneta remete a essa primeira visita. Uma coisa bastante estranha para um documento desses é a ausência de coordenadas precisas. Isso é muito surpreendente. Tendo em vista o rigor de Flüger em todos os outros aspectos relativos à cartografia geológica, não posso atribuir isso a um esquecimento ou erro. Talvez ele tenha transportado tudo isso para o mapa geológico que fez tendo como base as informações da caderneta. Isso é altamente provável. Mas vamos continuar...

– Eva, você estava falando de anotações misteriosas. Como o quê, por exemplo?

Nina também estava começando a perder a paciência.

– Normalmente, uma caderneta de geólogo é bastante seca, muito técnica. É preciso ser do ramo para apreender sua poesia. Alguns estetas fazem floreios, croquis que são autênticas obras de arte. No entanto, os textos em si são muito breves, técnicos, como eu disse, utilizando abreviações e jargões incompreensíveis para os não iniciados. Mas o Flüger faz comentários muito sucintos, que não concernem claramente à geologia. É preciso muita atenção para descobri-los, porque eles estão imbricados em várias observações. Aliás, eu não os tinha percebido na primeira olhada que dei. São comentários deslocados. Muito bem: o Flüger tinha tido uma primeira estadia e sabia que precisava voltar para pesquisar. O que explica sem dúvida a sua presença na expedição dos franceses no verão de 1939. Ele tem na cabeça um objetivo preciso. Essa jazida. Isso para mim é simplesmente óbvio.

Eva lia de novo em silêncio. Pegou uma folha de papel e a cobriu de anotações.

– Quando se sabe o que uma caderneta de geólogo precisa conter, o que não deve estar lá salta aos olhos – explicou Eva Nilsdotter. – É mais ou menos como se num texto sueco aparecessem citações em russo. Flüger só passou uns poucos dias em campo. Suas observações cabem em poucas páginas. Em cinco páginas, tudo incluído. E o que ele quer dizer aparece assim, em duas frases, com duas páginas de intervalo: "A porta está no tambor." "Niils tem a chave."

– O tambor de Niils – grunhiu Klemet.

– A localização exata da mina deve estar no tambor do Niils! – exclamou Nina. – É por isso que o Niils queria tanto que ele ficasse bem protegido. E quem roubou o tambor sabia o que ele significava. É evidente que sabia! Klemet, nós seguimos pistas falsas desde o início. Esse tambor não é um tambor comum, mas a chave dessa mina de ouro!

Nina parecia exaltada, e o próprio Klemet estava sob os efeitos dessa súbita evidência: o tambor era a chave.

– Esperem – disse Eva de repente. – Eu não falei em mina de ouro.

— Então do que você está falando? Não entendi o que quis dizer – insistiu Nina com uma ponta de irritação.

— Em nenhum lugar Flüger fala em ouro. Tudo é feito para dar essa impressão por pequenos toques. Trata-se talvez de ouro. Mas ele não fala em ouro. Ele fala de minério amarelo, de blocos negros alterados. Diz que tem a impressão de estar se aproximando de algo enorme, extraordinário. Mas eu não tenho certeza de que ele sabe o que está prestes a descobrir. E não se esqueçam de que a formação dele não é completa. Se ele é ótimo na técnica de cartografia, que deve ter sido dada no início da formação em Viena, lhe faltam todas as qualificações para identificar rochas. Logicamente isso devia ser objeto de aprofundamento na sequência de sua formação. Não dá para mudar isso: quase sempre a teoria vem antes da prática. Uma boa experiência só é adquirida depois de anos e anos de reconhecimento de terrenos muito diversos, e o coitado de nosso Flüger, formado pela metade em meados dos anos 1930, certamente não teve tempo de adquirir essa habilidade. O Flüger pode ter se enganado ou não ter certeza do seu acerto ao identificar minérios.

Klemet se virou para Nina.

— Você lembra que o Niils não queria que essa jazida fosse descoberta. Eu me pergunto se ele não havia acompanhado o Flüger exatamente para vigiá-lo, para garantir que ele não descobriria a jazida.

— Mas então – disse Nina – você está dando a entender que o Niils pode ter matado o Flüger e em seguida representado um papel? O Flüger sabia da existência desse tambor porque falou dele. Deve ter ouvido o próprio Niils falar dele. Por que o Niils o teria matado, então?

— Eva, será que dá para ficarmos sozinhos um pouco, por favor? Eu preciso esclarecer uma coisa com a minha colega.

— Sem problema, amigo da polícia. Vou pôr na geladeira uma garrafa de vinho branco e vocês vão me encontrar depois na minha sala. Não fiquem sentados por muito tempo sobre as amostras de urânio, porque correm o risco de ficar com hemorroidas – disse ela ao sair.

Klemet e Nina se olharam sem saber se ela estaria ou não zombando deles.

— Que figura engraçada – observou Nina quando ela se foi. – Com esses modos, deve ter incomodado muita gente. Eu gosto dela.

– O problema – engatou Klemet sem comentar – é que continuamos sem saber qual é a aparência dessa porcaria de tambor. A minha opinião é que ele deve parecer um tambor tradicional, do contrário, teria chamado a atenção. Mas sempre resta a pista daquele antiquário de Oslo que quis comprar o tambor. Tente falar com ele agora.

Deixando Nina ligar para Oslo, Klemet abandonou o calor da salinha e começou a andar pelos corredores de terra batida onde se amontoavam as caixas de amostras cilíndricas. As mais altas deviam ter seis ou sete metros de altura. Ele se deteve diante de uma caixa e pegou uma amostra.

– Epa, não toque nisso! – gritou uma voz.

Eva Nilsdotter voltava com uma garrafa de vinho branco e três taças numa cesta. Tinha um *chapka* grosso colocado meio enviesado na cabeça, o que lhe dava um ar travesso.

– É importantíssimo que as amostras fiquem no seu devido lugar nas caixas. A menor mistura é como mudar as datas de nascimento dos seus ancestrais na árvore genealógica da família; ela deixa de ter sentido e se torna inutilizável. Que bom que você está aqui; eu não queria esperar sozinha. Beba uma taça.

– Então só um dedo. Nós já vamos voltar para Kiruna.

– À sua saúde – disse Eva, que tinha enchido até a borda uma taça para si mesma depois de ter posto a garrafa numa caixa.

– Ouro – sorriu ela, dando palmadas nas amostras cilíndricas.

Klemet conservou na boca um pouco de vinho para esquentá-lo. Naquele depósito glacial, o álcool, mesmo em doses muito pequenas, lhe dava uma vaga sensação de bem-estar.

– Não é evidente à primeira vista – disse Klemet depois de ter observado as amostras cilíndricas.

– A maior parte das rochas esconde seus atrativos. Mais ou menos como as mulheres de certa idade – disse ela sorrindo. – Se você imaginasse a massa incrível de minérios e de trabalho, de transformação e de energia necessária para extrair um quilo de ouro...

— E essa famosa mina de ouro, tão incrível que sua lenda corre o *vidda* há décadas, não parece inacreditável que ela não tenha sido encontrada antes?

— Inacreditável? Não. Em primeiro lugar, as pessoas procuram minérios diferentes em diferentes épocas. Os nossos arquivos estão cheios de tesouros insuspeitos. O interesse por alguns minérios, mas também os progressos técnicos e os custos de exploração são fatores que farão as pessoas voltarem algum dia a esses arquivos, vendo-os com outro olhar. E, além disso, alguns minérios se dissimulam com mais habilidade.

— Agora há pouco você estava falando do rádio.

— Ah, esse é um espertalhão. Super-radioativo. Se esconde nos minérios de urânio, ou seja, é um dissimulado. Na época, ele era muito procurado pelas suas qualidades luminescentes. Como eu dizia, nas agulhas dos relógios ou de outros aparelhos, até os anos 1950. Isso era útil sobretudo para os pilotos de caça na Segunda Guerra Mundial. Esse rádio é branco, mas quando posto ao ar livre ele se camufla, fica escuro. Malandro, não é mesmo? Como o seu primo, o urânio. Esse também é bem perverso. O urânio é preto na forma de uranita. Mas quando é alterado, dá produtos amarelos, como o *yellow cake*, e, para simplificar tudo, pode-se encontrar esse *yellow cake* em estado natural. Preto, amarelo, ele brinca de camaleão.

— Eva, você já nos ajudou bastante, e eu lhe agradeço por isso. Mas precisamos mesmo encontrar rapidamente essa mina, porque temos todas as razões para pensar que esse geólogo francês está à procura dela. E, além disso, temos a impressão de que encontrando a mina vamos encontrar também muitas respostas para as outras questões que nos preocupam. Eu não devia falar com você dessas coisas. Trata-se mais de intuição do que de fatos.

— Não se preocupe com isso, meu querido. Intuição, isso eu conheço bem. No meu trabalho, intuição e sorte são oitenta por cento. Quem afirma outra coisa é mentiroso. Você vai me dizer que a intuição se alimenta de coisas vistas e vividas, portanto, de trabalho e experiência, mas sobra muito faro — argumentou Eva, cheirando sua taça de vinho branco antes de beber um grande gole.

Klemet sorriu para ela.

– Se algum dia a sua intuição levar você a Kautokeino, não deixe de fazer uma visita à minha tenda, Eva Nilsdotter. Deixarei sempre na geladeira uma garrafa de vinho branco para você.

– Uma tenda *sami* equipada com vinho branco gelado? Parece um convite irresistível – respondeu Eva, erguendo sua taça para o policial. – Bom, voltando à sua preocupação do momento, a única solução, a meu ver, para localizar a mina é encontrar o mapa geológico que deve acompanhar essa caderneta. Ele não está nos nossos arquivos. Será que ele ainda existe? Não sei. A presença da caderneta aqui desacompanhada do mapa é um mistério.

– Encontrar o mapa geológico... Mas isso parece uma missão impossível, se ele não está aqui.

– É você quem está dizendo. A única saída que vejo é tentar seguir a pista dos participantes dessa expedição de 1939.

– Você tem razão, de certo modo – reconheceu Klemet depois de pensar um pouco. – É a única pista lógica. O problema é que quase todos estão mortos. Nós poderíamos encontrar as famílias, pedir para termos acesso aos seus arquivos, mas... francamente...

– Francamente, a sua intuição lhe diz a mesma coisa que a minha, meu querido, não é verdade? Não é uma tarefa fácil. Mas no seu trabalho, assim como no meu, a paciência é a arma dos melhores.

– Eu sei. Só que desta vez eu não tenho tempo.

– Bom, eu só posso lhe desejar boa sorte...

Eva ergueu mais uma vez a taça para Klemet e então Nina, com os olhos brilhando, saiu da salinha para deixar entrar o seu colega, desculpando-se com Eva.

– Eu já liguei para um colega em Oslo. O antiquário em questão tem uma loja entre a prefeitura e o Parlamento, ou seja, um endereço muito chique. Ele é especializado em livros científicos sobre o Ártico, fauna e flora, esse tipo de coisas. Vende na loja e pela internet, mas trabalha também por encomenda para clientes particulares.

– Por que esse antiquário se interessaria por um tambor *sami*?

– Não era para ele. Ele era intermediário. Por ter essa especialização, ele é um interlocutor que conhece o que lhe pedem. Os *sami* são, afinal de contas, um povo ártico. Além disso, segundo o meu colega, ele está metido em negócios um pouco escusos.

– É alguém que as pessoas procuram quando precisam de algo específico.

– Então liguei para ele. O homem não escondeu que tinha contatado o Henry Mons. O que vem depois é um pouco complicado. Ele invocou o segredo profissional para não revelar o nome de seu cliente, especialmente porque o negócio não foi concluído, dado o desinteresse do Henry Mons pela venda.

– Como ele sabia que o Mons estava com o tambor?

– De acordo com o que ele me disse, seu cliente lhe tinha falado dessa expedição de antes da guerra. O antiquário fez as suas pesquisas, o que não foi muito difícil para ele. Durante a guerra, um dos companheiros do Paul-Émile Victor havia publicado um relato sobre a expedição. Sem dar detalhes, pois nunca o tinha visto, ele mencionou esse tambor entregue ao Mons, mas só isso. No entanto, para o antiquário, foi fácil demais seguir a pista.

– Então quem lhe fez essa encomenda?

– Alguém que sabia da existência do tambor antes que ele aparecesse nos jornais.

– Alguém que pôde estar próximo da expedição na época...

– Ou o descendente de um dos participantes – completou Nina.

– O Mattis? Não imagino o Mattis se dirigindo a um antiquário de Oslo, nem os outros *sami*, sobretudo porque a maioria deles certamente era da Finlândia. Os franceses estão fora de cogitação. Flüger morreu.

– Sobram os dois pesquisadores suecos – acrescentou Nina.

– E esse famoso bigodudo de nariz fino que desapareceu pouco tempo depois do Flüger e não voltou a aparecer.

– E que o seu tio acha que conhecia.

– O que foi que o seu explorador francês falou sobre eles?

– Sobre os dois suecos, nada. Eles perderam contato, ainda mais porque a guerra começou quase imediatamente depois do fim da expedição. Um deles passou dois anos em Berlim no início da guerra, no Instituto Kaiser-Wilhelm de Antropologia, pesquisando hereditariedade humana e eugenia. Ele foi chamado de volta a Uppsala em 1943.

— Justo quando a coisa começou a azedar para os alemães em Stalingrado. A neutralidade com geometria variável. Um grande clássico na Suécia. Sempre tive vergonha disso.

— Ele passou alguns anos na Direção das Questões Sanitárias e Sociais — continuou Nina — e morreu em meados dos anos 1950 num acidente automobilístico. O segundo fez uma bela carreira como médico. Chegou a professor de geriatria no Instituto Karolinska e membro da comissão do Prêmio Nobel. Morreu no final dos anos 1980.

— Resta o nosso bigodudo.

— Esse era da região, de Finnmark — disse Nina. — Norueguês, uma pessoa local, uma espécie de apoio logístico.

— Se era da região, ele saiu de lá ou então morreu logo depois, do contrário, tenho quase certeza de que o Nils Ante o teria identificado.

— Talvez valesse a pena voltar lá para ter certeza disso. Em todo caso, é a única pista sólida que temos para seguir.

36

Sexta-feira, 21 de janeiro.
16h55. Lapônia Central.

Há horas Aslak seguia em silêncio o estrangeiro. A noite estava fechada, mas um pedacinho de lua bastava para fazer brilhar as cintilações do *vidda* e da neve suspensa nos arbustos. Aslak obedecia sem protestar. Observava. Desde que aquele homem entrara na sua tenda, ele refletia sobre o melhor modo de matá-lo. Aslak poderia ter feito isso naquela hora. Ele sabia melhor do que qualquer outro manejar o punhal. O pai lhe havia oferecido a primeira faca quando ele tinha cinco anos e já estava impaciente para ter a sua própria lâmina. Com ela Aslak pudera começar a moldar brinquedos usando a madeira da bétula, como um de seus tios que esculpia figurinhas, renas e trenós. Seu pai não tinha zombado dele. Dera-lhe uma faca de homem, embora ele tivesse apenas cinco anos. Para um *sami* isso era importante. Ele nunca se desfizera dessa faca. O cabo de madeira de bétula estava impregnado de gordura e a bainha de osso de rena belamente esculpida se quebrara em alguns pontos. Mas a lâmina ainda estava quase perfeita.

Aslak tinha outras facas, mas todos os seus gestos importantes ele os realizava com aquela. Desse modo honrava seu pai. Ele não tinha conhecido a mãe. Por isso, não sentia nada em relação a ela. Ela nunca lhe fizera falta. Mattis lhe tinha feito essa pergunta um dia. Como podemos sentir falta de alguém que não conhecemos? Ele não tinha percebido o sentido da pergunta de Mattis. Mas Mattis era bizarro, às vezes. Tinha um parafuso de menos. Urdia ideias estranhas. O único conforto que Aslak havia conhecido era o das peles de renas no seu trenó, como agora. Era um bom conforto. Dava calor quando era preciso. Podia salvar a vida. Quando Mattis, meio bêbado, um dia ousou lhe falar de conforto, ele também tinha evocado a falta de ternura. Outra ideia bizarra, que mostrava até que ponto Mattis estava maluco. Uma pele de rena não mostrava ternura. E a ternura não podia salvar uma vida. Uma pele de rena salvava a vida. Seu pai lhe tinha ensinado a tratar as peles de renas. Como retirar dela o conforto. Foi o que ele lhe transmitiu de mais importante na vida. Seu pai nunca falara com ele, a não ser para lhe recomendar que respeitasse a rena e desse um nome à líder do rebanho. Seu pai viajava com frequência. Muitas vezes ele o seguia. Mas muitas vezes o velho mesmo assim estava ausente. E um dia ele não voltou. Seu pai era um homem temente a Deus, mas foram homens que o mataram. Aslak sabia disso. Os homens não traziam nada de bom. Nenhum conforto. Ele pensou por um momento na mulher. Ele lhe deixara alimento, lenha e peles de rena suficientes. Provavelmente ela iria se arranjar. Se as crises não fossem violentas demais.

Ela já havia se arranjado por muito tempo.

Às vezes ela gritava sem parar durante horas. Ficava com a garganta arranhada. Nas crises mais graves ela erguia os braços para o céu e gritava, gritava. Aslak sabia que não podia fazer nada. Era preciso deixá-la gritar e somente mostrar que ele estava ali. Ela acabava se acalmando quando, depois de ter contemplado por muito tempo os quatro cantos do céu, cruzava o olhar com o dele. Como se ela voltasse a encontrar o caminho. Mas muitas vezes o olhar de sua mulher passava através dele. Isso provocava uma sensação estranha, porque então Aslak se sentia invisível, e ela gritava, braços erguidos para o céu. Ele sabia por que ela gritava. Compreendia por que ela gritava. Ela precisava gritar.

Um dia um funcionário do Departamento de Gestão das Renas que estava visitando os criadores tentara falar sobre ela com Aslak. Era um homem corajoso, um *sami* que tinha conhecido seu pai. O funcionário havia perguntado a Aslak se não achava que sua mulher devia ver um médico. Por respeito à amizade que outrora havia ligado aquele homem ao seu pai, Aslak respondera que pensaria naquilo. O homem tinha voltado a visitá-lo muitas vezes, mas entendera que de nada adiantava falar no problema. O grito da mulher de Aslak tinha se tornado uma lenda no *vidda,* do mesmo modo que a jazida misteriosa que deixava os homens agitados.

Aslak olhava em torno de si. Eles estavam agora no leito de um rio congelado. O sol começava a sua descida, mas a luminosidade continuava ofuscante por causa da neve. Um pequeno grupo de nuvens muito baixas quase se confundia com a montanha que tinham à sua esquerda. Com os reflexos do sol, só se percebia uma massa cinza-claro. Somente os rochedos sem neve permitiam diferenciar montanha de céu. O vento havia descoberto retalhos de terra paralelos à crista. No sopé da montanha aplainada, frágeis troncos nus retinham a neve mais espessa. Algumas renas indiferentes à presença dos dois homens cavavam na camada branca em busca do líquen. Levantavam a cabeça para olhar para eles e depois a mergulhavam novamente para cavar mais. Seus corpos desapareciam quase totalmente. A montanha deslizava para o rio num declive suave. Grandes rochedos estavam dispersas no flanco. O geólogo deixou o leito do rio para ir na direção daquelas pedras relativamente imponentes. Olhava-as com atenção, batia nelas com o martelo e acionava seu aparelho estranho. Ele se interessava particularmente por essas pedras grandes. Tomava notas, consultava o mapa. O estrangeiro lembrava uma raposa a Aslak. Ele investigava com todos os sentidos despertos. Pronto para morder e fugir. Como havia feito com ele. Morder e guardar distância. Refugiar-se atrás de uma ameaça invisível. Ele pensou no sinal que sua mulher havia desenhado.

Aquele homem era como uma raposa. Mas Aslak era um lobo. Ele já chegara bem perto delas para se afastar agora. Tinha seguido muitas pistas daqueles animais, estudado seu comportamento, para vê-los como estrangeiros. E um lobo podia morder e não largar a presa. Ele só esperava o momento certo. Por muito tempo, se preciso fosse. O lobo era bem mais paciente que a raposa. A raposa desistia se não era satisfeita rapidamente. O lobo não.

– Então, vamos nos mexer?! – gritou o estrangeiro. – Preciso do saco, rápido! O dia vai acabar logo.

Aslak se apressou. Mas ele se apressava de um modo tão maleável, quase sem se mexer, as costas arqueadas, os braços colados ao corpo, que conservava a sua boa figura perturbadora. O estrangeiro estava ajoelhado perto de um rochedo arredondado, que tinha o tamanho de uma rena dormindo. Ele tirou do saco um material do qual se serviu para engordurar a pedra e pôr nela produtos líquidos. De vez em quando lançava olhares desconfiados para Aslak, mas este não lhe mostrava nenhuma hostilidade. Fitava-o com um olhar vazio, e isso parecia irritar o homem. Sua boca formava um ricto, com um canto subindo para a face numa careta de aspecto ruim.

O estrangeiro tirou seus óculos de geleira para observar com a lupa um brilho de rocha. Pareceu desapontado. Xingou numa língua desconhecida e reuniu seu material. Em seguida, enviou uma mensagem curta pelo rádio, do mesmo tipo das anteriores. Mostrou a Aslak que a ameaça continuava pesando sobre ele.

– Vamos voltar para o acampamento. Amanhã a gente continua seguindo o rio. Vamos, mexa essa bunda, droga! Quase não dá para ver mais nada. Depressa, você ainda precisa pegar lenha e fazer a comida. Mexa-se, droga!

Aslak fez meia-volta depois de ter pousado o saco nos ombros. Os vinte e cinco quilos não eram peso para ele. Se fosse preciso, ele podia transportar nas costas renas de cinquenta ou sessenta quilos por grandes distâncias. Os pastores que o tinham visto fazer isso e se consideravam homens fortes haviam se impressionado. Caminhando na frente do estrangeiro, guiando-se facilmente na noite que caía, Aslak o ouvia xingar sem parar atrás dele. Mesmo sem entender nada, ele sentia que quanto mais o homem continuasse daquele jeito, mais aquilo lhe serviria.

17h50. Kautokeino.

Berit Kutsi se persignou. Acabava de concluir seu dia de trabalho no sítio do velho Olsen. O camponês estava agitado. Mais desagradável que o normal. Berit havia passado um longo tempo ocupando-se das vacas. Elas eram menos esquivas do que as renas e se deixavam acariciar sem dificuldade. Podia-se também falar com elas, contar-lhes coisas que ela não ousava confessar ao pastor. Sim, as vacas eram boas companheiras.

Naquela estação, o trabalho ao ar livre era reduzido. Olsen vistoriava as máquinas e as consertava. Nos dias em que suas costas lhe permitiam, ele desobstruía os caminhos com a limpadora de neve. Mas xingava desde de manhã até a noite. Mais raramente pedia a Berit que passasse um pano no interior do estábulo. Mas o velho tinha mania de limpeza, e Berit achava que ele a mandava ir lá somente para se comprazer em maltratá-la, quando não tinha mais nada para fazer. Berit se sentia mal por ter esses pensamentos, mas Deus sabia que ela não era uma mulher má.

Ela sempre se persignava antes de sair do estábulo. Com isso, suas companheiras conservavam consigo alguns pensamentos divinos. As vacas não eram criaturas de Deus, Berit sabia disso perfeitamente. Mas a bondade delas bem que merecia uma pequena recompensa. Um dia ela havia confidenciado ao pastor Lars que fazia esse ritual, mas ele se enfurecera.

Pela primeira vez, no entanto, ela havia resolvido mentir para ele. Quando depois disso ele lhe perguntou se ela continuava rezando para as vacas, ela lhe garantiu que não. Culpou-se por isso, claro, e depois temeu as longas conversas a sós com o pastor. Ela temia que apenas com um olhar ele a levasse a confessar tudo. Com seu ar severo, ele seria capaz disso.

Berit havia temido seu pai do mesmo modo, um religioso laestadiano de princípios rígidos. Ela não se lembrava de vê-lo rindo uma única vez. Ele tinha a barba longa dos crentes idosos e a camisa branca abotoada até o colarinho. Era duro, mas justo.

A mãe de Berit havia se convertido já na idade adulta. Era uma crente fervorosa, criada na fé protestante. Mas descobrira tardiamente a verdadeira fé. Ela havia confidenciado a Berit que, antes da conversão, sempre se perguntava se sua fé se sustentaria em face da morte. Uma amiga lhe dissera que conhecia um homem cuja fé era assim. Era o pai de Berit. Desde sua conversão e o casamento, ela nunca mais havia duvidado. Os seis irmãos e irmãs de Berit eram todos laestadianos. E a fé de sua mãe não tinha se abalado nem com a morte de dois deles. Era como se as provações a reforçassem. Berit crescera muito impressionada com o brilho da mãe. Seu sorriso, pois ela sorria, nunca era excessivo, mas sempre moderado, e ela sabia conter o riso. Uma mulher admirável, que se foi cedo demais. Ela contara a Berit que a fé laestadiana a atraíra, entre outras coisas, por aceitar o perdão dos pecados. Podia-se até confessá-los como entre os católicos, garantira-lhe o pastor Lars. Claro, os católicos não eram um exemplo a seguir quanto a muita coisa, todos concordavam, mas o perdão dos pecados e a confissão eram dádivas formidáveis de Deus, que permitiam às pessoas fracas e crentes como Berit se conservarem a uma distância razoável do fogo do inferno.

O pastor Lars sempre lhe dizia que, para uma pessoa chegar à fé, precisava primeiramente sentir o pecado. "Quem não matou Jesus Cristo seu Criador não precisa ser salvo", tinha lhe dito o pastor um dia, com o dedo em riste. E quem não viesse muito arrependido suplicar a salvação do Senhor não seria nunca um bom protestante.

Por algum tempo o pai de Berit havia acarinhado a ideia de que o pastor Lars seria certamente um bom marido para sua filha. O destino decidiu as coisas de modo diferente. Certo dia o pastor aparecera com uma finlandesa taciturna. Durante a primeira gravidez da esposa, o pastor insistira muitas vezes com Berit sobre a necessidade de sentir o pecado para chegar à fé. Ele parecia insinuar que Berit não tinha a verdadeira fé. Isso a deixou perturbada, na opinião de sua mãe. Sem o menor sorriso, a mãe de Berit ficou na igreja depois do serviço dominical. Conversou brevemente com o pastor. Berit não soube o que se falou ali, mas o pastor nunca mais voltou a fazer alusão à necessidade de Berit sentir o pecado.

Desde a chegada da finlandesa na vida do pastor, não houve outro pretendente em perspectiva para Berit. Ela precisou dedicar grande parte de seu tempo ao irmãozinho deficiente mental e vira as oportunidades passarem, acreditando na palavra de Deus e se submetendo ao olhar dos pais. Embora sentisse queimar um fogo ardente, ela nunca pôde expressá-lo. Mesmo depois da morte dos pais. Berit levava a vida espartana dos laestadianos, longe da moda, do consumo, da televisão. Sua renúncia a tudo isso tinha sido fácil. As pessoas que ela frequentava e de quem gostava, quase todas elas pastoras, sem serem necessariamente laestadianas praticantes, eram pessoas que trabalhavam arduamente e às vezes sofriam privações. Como Aslak.

Berit fechou os olhos. Depois se persignou mais uma vez.

Ao sair do estábulo, ela viu se aproximar um carro. Reconheceu o policial que não gostava dos *sami* e o viu entrar correndo na casa do velho Olsen. Nos últimos tempos, Brattsen tinha vindo com muita frequência ver o velho Olsen. E o velho parecia cada vez mais agitado. Berit se perguntou se o camponês estaria com problemas com a polícia. Ela não imaginava qual podia ser a razão. Mas muitas questões lhe escapavam.

18h05. Kautokeino.

– Eles estão em posição. O francês me mandou uma mensagem pelo rádio. Ele convenceu o Aslak a ir com ele.

Olsen refletiu um momento e esfregou as mãos.

– Acho que esse comuna foi a escolha certa, no final das contas – disse o camponês.

– Pode ser, pode ser, mas não cante vitória antes da hora. Precisei dizer na delegacia que tinha certeza de que o francês não estava acompanhado. E Nango sabe que o francês procurou você. Precisei garantir que você não tinha visto ele.

– Tudo bem, você fez bem, rapaz. Afinal de contas, não houve oficialmente um encontro, não é? E você não deve se preocupar demais. O seu francês e o Aslak podem ser um grande sucesso. Quanto àquele pessoal, quero que se lasquem.

– O que você quer dizer? – indagou Brattsen sem perceber aonde o camponês queria chegar.

– Você me disse que viu o francês pela primeira vez quando houve uma briga no bar.

– Sim, e daí?

Karl Olsen se impacientava, mas tentava não demonstrar isso.

– Você mesmo me disse que a primeira coisa que pensou foi que ele era o assassino do Mattis.

– Foi. É verdade.

– E então? Você não percebe?

– Mas agora acho que foi um ajuste de contas entre criadores.

– Bravo! – exclamou Olsen com ênfase. – O policial é você. Você sabe melhor que eu todas essas coisas. Eu não passo de um camponês, só isso. Não sei o que é intuição. O que eu conheço é só a cor e o cheiro da terra. Eu só digo que você desconfiou do nosso francês, você seguiu o seu instinto, e com isso acabou descobrindo aquelas histórias com garotinhas. Você percebe? Você tinha razão.

– É verdade – admitiu Brattsen.

– Os bons policiais são assim, não é mesmo?

– São – respondeu Brattsen cuidadosamente, sem saber aonde Olsen queria chegar.

Karl Olsen fez uma careta, virando-se um pouco mais para o policial.

– Agora o seu instinto lhe diz que esse caso leva você a um ajuste de contas entre criadores *sami*.

– Tudo bem. Mas a Polícia das Renas acha que o francês pode estar implicado por causa dessa história de mina e de tambor. E o Xerife parece que está decidido a investigar isso.

– Mas isso é uma besteira! – explodiu o camponês.

Ele se acalmou imediatamente.

– Escute: no caso de seu pai, na época da caça aos comunas, fizeram o possível, muitas vezes, para que ele seguisse pistas falsas. Mas ele não caía naquilo. Ele farejava os caras, que sempre ficavam sem ação. E eu me lembro bem que ele sempre dizia que tinha um sexto sentido para desentocar esses canalhas. Ah, você é mesmo o filhão dele, um ótimo cão de caça, também. Não é verdade? Eu não preciso falar, não é? Você está vendo que essa história é um caso de criadores. Você percebe o que eu estou querendo dizer, rapaz?

Rolf Brattsen olhava para Olsen com ar obstinado. O que não significava que ele estava entendendo, mas Olsen precisava se certificar.

– Veja, menino, o que eu acho é que seria pena a polícia perder tempo e dinheiro perseguindo esse francês. E não seria bom para os meus negócios. Nem para os seus. Você entende, meu filho?

Brattsen pareceu refletir, mas Olsen tinha certeza de que agora o policial havia entendido bem o que ele queria dizer. O camponês olhou o rosto atormentado do policial e disse para si mesmo que Brattsen tinha o mesmo ar apalermado do pai. Ele quase não o havia conhecido, mas se lembrava do seu rosto.

– Eu acho que entendo – disse Brattsen por fim. – Mas as minhas possibilidades são limitadas. O Xerife desconfia de mim.

– Então o problema é o Xerife?

– De certo modo, sim. A Polícia das Renas faz o que mandam ela fazer, simples assim. Mas o Xerife está sob pressão por causa da Conferência da ONU.

Agora Karl Olsen estava mergulhado em seus pensamentos.

– E se o seu Xerife, o Jensen, fosse afastado da função, o que aconteceria? – perguntou de repente Karl Olsen.

– Afastado da função?

– Você ouviu bem.

Então foi a vez de Brattsen mergulhar em seus pensamentos. Depois, subitamente, seu rosto se iluminou. Ele quase tinha um ar infantil. Que cabeça de bagre, pensou Olsen. Mas ele sorriu melifluamente para o policial.

– Eu acho que as coisas poderiam se arranjar.

– Bom, menino. É isso aí, o seu pai teria orgulho de você. Então eu acho que tenho uma ideia. Vou precisar ser rápido, mas ela pode dar certo.

19h. Rodovia 93.

Nina estava dormindo no banco do passageiro, enrodilhada, tolhida pelo macacão, a cabeça apoiada numa almofada. Seu cabelo loiro desaparecera sob o *chapka*. O ar quente estava no máximo. Lá fora o frio continuava glacial. O vento vindo da Sibéria voltara a soprar. A jovem era resistente, mas ao sair do Instituto de Geologia desmoronara sem cerimônia no banco do carro. Klemet se dirigiu imediatamente para Kiruna, no norte. A Patrulha P9 era esperada na manhã do dia seguinte na sede da Polícia das Renas. A Delegacia Central da Lapônia Interior também se situava na aldeia mineira, perdida no meio da tundra. Klemet tinha nascido lá. Mais tarde, vivera lá durante alguns anos. Ele gostava da silhueta barriguda e regular da montanha, com seus níveis em patamares. Desde os anos 1960, a exploração era feita debaixo da terra, invisível, num dédalo de quatrocentos quilômetros de caminhos e graças a uma tecnologia que sempre se refinava mais. Para os *sami* das redondezas, a mina tinha significado uma reviravolta em seus hábitos, rotas de transumância cortadas, perturbação sonora, pastagens perdidas.

O pai de Klemet tinha trabalhado na mina em algumas épocas da vida, quando as atividades do sítio na Lapônia norueguesa exigiam menos mão de obra. Muitos mineiros eram empregados sazonais, como ele. Na Lapônia, não era raro as pessoas terem vários trabalhos, conforme a estação. As longas distâncias não intimidavam ninguém. A transumância devia estar no sangue do povo do Grande Norte. Klemet havia pensado em combater essa tendência. A estranha ideia de ser caçador de baleias lhe havia passado pela cabeça, como ele disse a Nina, mas ele não a levara adiante. Ele não havia ousado confessar à sua colega que o trabalho mais próximo do mar que ele realizara tinha sido duas temporadas sucessivas de verão numa beneficiadora de peixes das ilhas Lofoten. O trabalho era bem pago, mas não tinha nada de atraente. Deram-lhe a entender que aquilo não era trabalho para um lapão. Mas ele era realmente um lapão? Um verdadeiro lapão tinha de ser pastor, cuidando das suas renas. Seu pai, pelo menos, nunca havia lhe inculcado na consciência que ele era *sami*.

O mundo dos *sami* era muito fechado. Os criadores ficavam à parte e bem no alto da pirâmide. Eram a aristocracia. As grandes famílias, os proprietários, os mandachuvas, que podiam impor seu número de renas ao Departamento de Gestão praticamente sem temer represálias. A seguir, vinham os jovens que tinham optado pelo caminho dos estudos. Esses eram mais raros e o fenômeno era recente, mas já se viam alguns médicos e advogados *sami*. E depois vinham os batalhões de anônimos, que já não sabiam muito bem se eram *sami*, suecos, noruegueses ou finlandeses. Abaixo desses, tentavam sobreviver aqueles que o mundo da criação havia rejeitado. Os decaídos. Os párias. Os fracassados. Como o seu avô. Klemet se perguntava para quem isso tinha sido mais difícil. Para seu avô, que tinha feito uma escolha pensada, porque não podia mais alimentar a família, e se lançara com tanto ardor no trabalho de sitiante e de pescador à margem do laguinho onde Klemet passara os primeiros anos de vida? Ou para seu pai, que tinha crescido na vida livre dos nômades, com suas renas, seu orgulho, e de repente, sem compreender, se vira privado de tudo isso para sofrer as chacotas dos adolescentes de sua idade? Decaído. Quando Klemet chegou na devida idade, seu pai insistiu com ele para que fosse aprender norueguês na escola. Queria fazer dele um verdadeiro norueguês para que não passasse vergonha. Para que pudesse levar a vida longe daquele meio de criadores que zombavam deles. Isso não tinha sido simples. No internato, Klemet havia encontrado os filhos dos criadores nômades. Ele encontrara Aslak.

Klemet se sentia invadido pelo cansaço. Estava próximo de Kiruna. Já via as luzes familiares da mina, que ao longe desenhavam sua silhueta.

Ele gostava daquelas luzes, que lhe faziam lembrar a época em que, ainda criança, chegava do sítio da família, do outro lado da montanha em Kautokeino, depois de horas de viagem a pé ou de barco, dependendo da estação. Depois das horas fatigantes e inquietantes na escuridão densa, a magia estava sempre à espera.

Eles iam chegar exatamente na hora em que toda noite ocorriam as explosões nas entranhas da mina. Nina continuava dormindo. Klemet se dirigiu para o refúgio que a Polícia das Renas tinha naquele lado da cidade. Acordou Nina delicadamente. Eles já estavam na cama havia alguns minutos quando a cabana tremeu de leve. A vida na mina continuava.

37

Sábado, 22 de janeiro.
Nascer do sol: 9h35; pôr do sol: 13h27.
3 horas e 52 minutos de sol.

9h. Kiruna, Suécia.

Os integrantes da Polícia das Renas estavam habituados aos horários mais estranhos. E às vezes conseguiam convencer os colegas a se adaptar a esse incômodo. A sede geral da Polícia das Renas ficava na antiga caserna dos bombeiros, um prédio conservado com uma bela torre, todo em madeira pintada de branco, não longe da vasta igreja de madeira vermelha que era o orgulho de Kiruna.

Os outros membros da Polícia das Renas estavam fora, em patrulha pelos quatro cantos da Lapônia, ou de folga. Klemet requentara o café e tinha posto a garrafa térmica na sala de reunião, cujas janelas davam para a igreja que seria desmontada dentro de poucos anos, quando a cidade seria mudada para não frear a exploração do minério de ferro que estava debaixo dela. À janela, Nina tirava fotos "de longa exposição", conforme explicou a Klemet. Algumas centenas de quilômetros ao sul de Kautokeino, Kiruna ainda estava mergulhada na noite polar àquela hora. O médico-legista chegou exatamente às nove. Parecia enregelado, metido num enorme *parka* forrado de pele. Ele escorregou numa placa de gelo ao chegar e entrou mancando e xingando.

– Você devia pôr as solas com pregos que a sua sogra lhe deu – sugeriu Klemet.

– Klemet, no dia em que você compreender que um cidadão de Estocolmo não pode se rebaixar a fazer certas coisas, serei poupado de suas bobagens – disse ele com uma careta de dor.

Klemet gostava muito do legista. Conhecera-o em Estocolmo, na época em que integrara o grupo que investigava o caso Palme. Raramente encontrava alguém com tão poucas ideias preconcebidas. Eles tinham bebido juntos algumas cervejas no Pelikan ou no Kvarnen, quando o médico tentara recrutá-lo para o clube de futebol de Hammarby. Klemet não era fã de futebol, e o médico logo percebeu isso. Mas na presença daquele colega Klemet não precisava ficar na defensiva. Por isso, para ele, valia a pena fazer alguns sacrifícios, como passar algumas noites assistindo a jogos no telão entre torcedores que usavam lenços verdes e brancos, inclusive o médico.

Fredrik, o representante da polícia científica, não estava lá no horário combinado, mas Klemet não se admirava com isso. Achando desnecessária a reunião, ele só a aceitara a contragosto, e imaginava que, chegando atrasado, mostrava seu descontentamento.

– Chegou o Fredrik – anunciou Nina, apontando para fora da janela.

Klemet olhou o relógio. Só cinco minutos atrasado. Um atorzinho, pensou ele. Fredrik entrou e, com um gesto teatral, tirou o cachecol de caxemira e o gorro de pele de camelo. Tinha a barba recém-feita, cheirava a loção pós-barba e dirigiu a Nina um sorriso sedutor.

– Podemos começar – propôs Klemet irritado, consultando demoradamente o relógio. – Nós ainda vamos encarar a estrada até Kautokeino.

– Ah, vocês não vão pernoitar aqui? Que pena – disse Fredrik, lançando um olhar insistente para Nina. – Muitos grupos já estão aqui para a Conferência da ONU e vão dar um show hoje à noite na Casa do Povo.

Nina sorriu educadamente para ele e se virou para Klemet. Quem falou foi o médico-legista.

– Bom – disse ele abrindo a pasta. – O nosso Mattis morreu mais ou menos uma hora depois de ter sido apunhalado com esse tipo de faca – ele empurrou uma foto na mesa –, e as orelhas foram cortadas por volta de duas horas depois de sua morte. Quanto a isso não houve mudança. A segunda orelha, como era previsível, é do Mattis. Fiz ampliações para que vocês vejam bem as marcas – disse ele, empurrando outras fotos para os policiais. – Vocês avançaram na identificação das marcas?

Klemet fez uma careta.

– Na verdade, eu estava mais avançado com uma única orelha. O desenho da segunda me distanciou da minha primeira pista.

– Isso poderia levar a dois criadores diferentes? – indagou o médico.

– Em princípio, as marcas das duas orelhas servem para identificar um mesmo proprietário – indicou Klemet.

– Mas em princípio não se cortam as orelhas dos criadores, assim, essas marcas talvez não devam ser lidas com filtro tradicional – observou Fredrik, contente por estar pondo Klemet no seu lugar.

– Exatamente – retomou Klemet sem olhar para ele. – Só que a marca da segunda orelha não nos põe de fato na pista de um criador específico, como aconteceu com a primeira orelha. E isso me fez pensar que essas marcas podem não estar ligadas ao mundo dos criadores.

– A propósito de criadores e de marcas, tenho a análise das facas apreendidas na casa do Johan Henrik. Em todas elas há traços de sangue. Sangue de rena, com exceção de uma faca, na qual eu encontrei sangue humano, mas que não é do Mattis.

Ele deslizou algumas folhas até Klemet.

– E o GPS? – disparou Klemet num tom impaciente.

– Ah, sim, o GPS – respondeu Fredrik empertigando-se. – Está tudo aí. Consegui recuperar uma parte dos dados. Acho que fiz um bom trabalho.

– Que dados você recuperou? – insistiu Nina.

– De modo geral o registro das suas posições, o que permite reconstituir o percurso dele nos últimos seis meses. Eu imprimi para você a semana que antecedeu a morte dele. Se precisar de mais, Nina, me diga.

– Então imprima outra semana – disse Klemet, enervado porque o homem da polícia científica o esnobava para favorecer Nina. – E faça isso logo, para que a gente possa ir embora logo.

Klemet notou o vermelho subir às orelhas de Fredrik, e ficou duplamente satisfeito por ver que ele obedeceu incontinente, saindo da sala.

Klemet e Nina mergulharam imediatamente no exame dos documentos. Os dados dos registros do GPS eram sumários. O mau estado do aparelho não tinha permitido elaborar mapas, mas havia pelo menos arquivos de dados brutos de onde era possível isolar as coordenadas e os horários. O trabalho seria longo e cansativo. Nada dizia que as coordenadas eram completas. Só se poderia ter uma ideia disso quando elas fossem postas num mapa. Fredrik voltou cinco minutos depois com muitas páginas grampeadas, que ele atirou na mesa.

– Ah, eu ia me esquecendo. A peliça do Mattis. Eu a passei no pente fino. Lá tem de tudo. A relação também está na pasta. Vocês estavam interessados no traço de gordura. É óleo de motor, mas não do tipo que ele usava para a sua moto. É isso. Se vocês não têm mais nenhuma pergunta, vou embora.

Fredrik estava ofendido e não escondia isso. O código de bom comportamento sueco teria exigido que Klemet fizesse um gesto, se desculpasse, mas ele não tinha a menor vontade de fazer isso. Tipos como Fredrik, arrogantes e seguros de si, o exasperavam. Klemet permaneceu impassível enquanto o colega se preparava para sair. Nina lhe agradeceu.

Quando Fredrik partiu, o legista sorriu abertamente.

– Você é um grande teimoso – disse ele a Klemet – e não vai mudar nunca.

– Esse cara nem percebe o modo como se comporta. É natural nele, você entende, natural. Com esses ares. Olhe, poderia ser um cidadão de Estocolmo...

– Ah, isso agora é má-fé – disse o médico. – Não ligue não, Nina – acrescentou ele –, sei que você também acha que seu colega exagera, mas ele tem contas a ajustar com um certo tipo de gente.

– Que bobagem! – exaltou-se Klemet. – Não tenho contas a ajustar com ninguém!

– É mesmo? – brincou o médico. – De qualquer forma, Nina, você deve saber que trabalha com um excelente policial, obcecado pelos pequenos detalhes que fazem as grandes investigações, um cavaleiro das provas. Klemet, você se lembra das olheiras sob os olhos do Mattis? Você me pediu para analisar...

– É verdade – interveio Nina. – Também fiquei impressionada com elas quando vi o cadáver. Aquelas marcas sob os olhos davam a impressão de que ele deve ter sofrido um martírio.

– Não eram olheiras, Nina – disse o médico, olhando fixamente para Klemet. – Eram marcas de sangue.

9h30. Lapônia Central.

Aslak e Racagnal tinham partido de manhã bem cedo na mesma direção da véspera. Racagnal continuava mandando suas mensagens por rádio a intervalos regulares. Naquela manhã ele pegara o fuzil que o proprietário do Villmarkssenter tinha concordado em lhe emprestar. Pensou que uma das renas vistas na véspera poderia melhorar a refeição, na falta de coisa melhor.

Antes de sair, ele havia examinado longamente o mapa, fazendo perguntas a Aslak sobre algum acidente do relevo, algum rio. O *sami* tinha efetivamente um conhecimento quase enciclopédico da região. Seu talento para a observação era tal que ele era capaz de, com as poucas palavras que empregava, descrever a forma e a cor de algumas pedras. Para um geólogo, isso evidentemente não substituía a observação em campo, mas Racagnal tinha podido limitar um pouco seu campo de pesquisa.

Desde que deixaram o acampamento, Aslak estava sempre muito silencioso, mas Racagnal não se importava com isso. O francês andava como um astronauta: usava um grosso macacão forrado e botas de expedição. Seu rosto quase desaparecia totalmente atrás de um lenço. Como sempre, quando partia em expedição, ele se punha a falar sozinho, em voz alta, e via em Aslak um público perfeito. O sujeito escutava e concordava com tudo.

– Uma boa renazinha esta noite, hein, meu lapão? A gente vai se regalar, você vai ver. Sabe, quando saio em prospecção, como agora, sei que vou ficar fora duas, três, até quatro semanas. Não levo comida para um mês, porque um verdadeiro geólogo sabe se virar. Se você me arranjar uma vara de pescar, sou capaz de alimentar uma aldeia. Mas uma renazinha seria ótimo. Você não se incomoda, espero. Você não fala nada? Assim está ótimo. Veja, olhe para esse matacão. Magnífico. Você se incomoda se eu for dar uma raspada nele? Pronto, vou pegar o meu martelo. Sabe que esse martelo é sueco? E depois vou dar uma martelada na garganta dele, toma lá, seu safado, e pronto, trabalho feito. E aí, lapão, você viu? O matacão não dá uma de orgulhoso, hein? Ah, entendi, você não sabe o que é um matacão. Tudo bem, é uma bela pedra recheada de minério, entende? Não, você não entende. Sim, você entende. Bom, para mim está ótimo você se contentar em ouvir. De qualquer forma, esse é um belo pedacinho de rocha magmática. Veja como brilha. É um belo quartzo. Você não se importa, não é mesmo? Tem razão, esse aqui não é nada. Bonito, mas nada. Mas, veja, o ouro daquele seu camponês limitado é encontrado em quartzos como este. Então mexa-se, vamos continuar. Quero continuar até o cotovelo do rio, lá adiante, e raspar um pouco nas redondezas. Não vamos ter muito tempo para isso.

Agora Racagnal se sentia bem: estava em seu ambiente. Rei em seu reino. À caça. Com todos os sentidos despertos. Apelando para os recônditos de sua memória para deles retirar uma classificação de rocha, um acidente geológico observado em algum lugar, vinte anos antes, mas cuja lembrança poderia lhe permitir interpretar o que ele tinha diante dos olhos e que nenhum outro geólogo poderia desconfiar. Tudo isso porque ele, Racagnal, tinha uma memória sensorial infalível. Ele era capaz de se lembrar de todas as suas conquistas femininas. Tinha delas um inventário de uma tal precisão que podia reconstituir nos menores detalhes a textura da pele de todas as suas conquistas, a maciez dos cabelos, a curva de uma anca, a elevação de um seio. E o olhar. Os olhos. Racagnal tinha observado uma tamanha profusão de olhares. Que galeria!, pensou ele. Ele via desfilar aqueles olhos, intimidados, submissos, tímidos, vencidos. Rebeldes. Suplicantes. Aterrorizados. Vencidos. Sempre vencidos.

Eles tinham chegado ao cotovelo do rio.

– Venha – disse ele a Aslak, estendendo-lhe o martelo. – Quebre um pouco de gelo. Vamos dar uma olhada.

Ali onde estava, Racagnal instalou um abrigo precário para se proteger do frio e estendeu no chão as peles de rena que Aslak havia transportado. Tirou seu fogareiro de excursão e o acendeu para aquecer água, o que espalhou um pouco de calor pelo abrigo. A jornada seria dura. O frio devorava a energia a uma velocidade incrível. Racagnal tentou aquecer as mãos. Saiu do abrigo e olhou em torno de si. O rio não era muito largo naquele ponto. Para leste, o campo era aberto por algumas centenas de metros cobertos de uma neve aparentemente fina, pois deixava descobertos os menores montículos, com urze cristalizada pelo frio. O francês quase podia contar os arbustos, pois eram pouco numerosos e débeis. Um tanto mais distante uma pequena montanha obstruía o horizonte, ao pé da qual devia haver um lago, a julgar pela extensão branca uniforme e regular. A paisagem era suave, adormecida, ligeiramente ondulada e cintilante, agora que o sol se levantava. Embora não fosse suficiente para esquentar os ossos, ele marcava o verdadeiro início da jornada de prospecção. Os dias eram contados. Quanto mais Racagnal refletia, mais ele se dizia que de um modo ou de outro precisaria levar a cabo aquela missão insensata. Ele simplesmente não podia se permitir ser o objeto de uma investigação, pois se isso acontecesse todos aqueles olhares vencidos poderiam se tornar acusadores.

38

Sábado, 22 de janeiro.
9h55. Lapônia sueca.

Klemet e Nina não ficaram muito tempo em Kiruna. A cidade estava em plenos preparativos para receber uma parte das delegações da Conferência da ONU. Montavam-se enormes tendas *sami* destinadas a abrigar exposições ou seminários. Operários descarregavam um sistema de som no saguão do hotel Ferrum. Klemet e Nina passaram em frente da prefeitura, um prédio de tijolos expostos encimado por uma torre metálica. De olhos bem abertos, Nina descobria a capital da Lapônia sueca. Ela já havia ido lá quando entrou na Polícia das Renas algumas semanas antes, mas a chegada do sol acrescentava à cidade uma dimensão incomparável. Ela conseguiu fazer com que Klemet a fotografasse diante da prefeitura. Seu colega não estava nos seus melhores dias. Ela precisara lhe pedir três vezes para se posicionar de forma a obter uma foto mais ou menos enquadrada, na qual ela aparecesse ao mesmo tempo que a prefeitura e a mina, ao fundo.

Assim que eles saíram da cidade, a tundra recuperou seus domínios. O sol brilhava sem as nuvens da véspera. A reverberação era intensa para onde quer que se voltassem os olhos, pulando de colina em colina. A Lapônia oferecia um rosto cintilante, a perder de vista. Assim contemplada, parecia imensa. E infinito era o seu horizonte. Tão diferente do que Nina havia conhecido, engolfada naquele fiorde profundo onde vivera antes, com as suas falésias íngremes mergulhando brutalmente no mar, suas pontas de matagais e de prados suspensas sobre as ondas. Era preciso ir até a extremidade do fiorde, diante do mar, para ver uma imensidão como a oferecida pela Lapônia. Nina se perguntava se a tundra ocultaria segredos, pois tinham lhe dito que o mar era capaz de escondê-los. Ela não havia desconfiado disso na sua juventude, até o dia em que a mãe evocou os problemas de seu pai. Depois de ter descido ao fundo do mar, ele nunca mais foi o mesmo. O mar, aparentemente tão previsível, tão disponível, dissimulava forças invisíveis que quase o tinham matado.

Nina tirou da sacola a pasta com o relatório da perícia sobre a peliça de Mattis.

– Óleo de motor, mas não da moto do Mattis – disse ela em voz alta.

– Deve ser da outra moto. Vamos precisar pesquisar isso ao voltarmos. Temos de percorrer a relação de todas as motos e dos combustíveis e óleos que cada um utiliza. Faremos o giro por todos os postos do pedaço. Isso pode acelerar as coisas.

– Klemet, o que você acha dessa história de sangue sob os olhos?

O policial parecia absorto na estrada congelada e cintilante.

– Sangue sob os olhos... Orelhas cortadas... Isso parece cada vez mais um crime ritual. Mas...

Klemet deixou a frase em suspenso. Nina compreendeu que ele se calava, do mesmo modo que ela.

– Ritual? Os *sami* têm costumes tão diferentes dos escandinavos? Entre os *sami* há ritos selvagens assim? Eles me dão a impressão de ser extremamente pacíficos.

– E são. Em geral. Até me admira que nunca nenhum deles lhe tenha dito que a palavra "guerra" não existia na língua *sami*.

As horas passaram. Klemet e Nina se revezavam na direção. Depois de algum tempo eles ligaram o rádio. Já deviam estar na Finlândia, a rádio captada agora era norueguesa. As informações regionais da NRK para Finnmark não demorariam. Nina encheu de café duas canecas.

O apresentador começou com o boletim meteorológico e prosseguiu com o anúncio de um dramático acidente na estrada, perto de Alta, com dois mortos, um dos quais de Kautokeino.

Nina olhou para Klemet, que balançou a cabeça ao ouvir o nome da vítima.

– Um criador muito jovem. Um rapaz bom. Será um drama para a família.

O apresentador da NRK prosseguiu. Uma notícia importante de Hammerfest, o porto de gás da região, onde acabava de ser decidido um investimento importante. Seriam criados cem empregos. Depois vieram as notícias sobre os preparativos para a Conferência da ONU. Paralelamente a ela, ocorreriam muitas atividades culturais nos quatro cantos da região. Associações que queriam se fazer ouvir iam também organizar operações.

Era difícil imaginar todas essas atividades quando se via a tundra desértica a perder de vista, disse Nina.

Um pedaço de céu começava a ficar com um tom azul-real de uma intensidade rara. A voz do apresentador também mudou de intensidade ao passar para a notícia seguinte: "Acabamos de saber que o delegado de Kautokeino foi afastado do cargo. Ele foi chamado com urgência na sede regional da polícia em Hammerfest".

Klemet freou imediatamente. Nina derrubou o café. Ela não deu atenção ao líquido que escorria pelo seu macacão. Como Klemet, ficara perplexa com a notícia.

"Segundo o nosso repórter em Kautokeino, Johan Mikkelsen, essa convocação de urgência é absolutamente incomum. A direção regional da polícia teria resolvido intervir por causa do roubo do tambor em Kautokeino, que a poucos dias da abertura da Conferência da ONU ainda não foi encontrado. A exposição desse tambor deveria simbolizar vigorosamente a reconciliação, enfim, dos estados nórdicos com suas populações aborígenes. E lembro ainda que, em Kautokeino, o assassinato recente de um criador de renas, Mattis Labba, continua sem solução. Trata-se de um crime terrível que chocou a população, pois se sabe que a vítima foi torturada e lhe arrancaram as orelhas. É compreensível que na região haja um clamor crescente contra a lentidão da polícia, e o delegado Tor Jensen certamente está na linha de frente para receber as críticas. Segundo nossas fontes, essa convocação anunciaria na verdade uma exoneração."

10h. Kautokeino.

Berit Kutsi disfarçou seu espanto. Karl Olsen a havia chamado mais cedo que o normal quando ela estava no estábulo. No sábado, ela ficava ali apenas umas duas horas, para ter certeza de que a ordenha transcorreria sem problemas e que as vacas dispunham de tudo de que precisavam. Mal ela havia terminado a ordenha, o velho Olsen gritou. Berit se precipitou para fora do estábulo. O frio era muito intenso e o estábulo era aquecido no ponto mais baixo, para economizar dinheiro. Berit vestia por baixo do macacão uma túnica velha de lã azul-escuro. Sua vestimenta não era muito ortodoxa, mas bastante prática para tratar das vacas com um tempo tão frio. Ela avistou ao sair John e o seu inseparável amigo Mikkel vestidos com macacão de mecânico. Os dois jovens pastores faziam seu dinheiro durar até o fim do mês consertando as máquinas dos agricultores do lugar. Eles montaram numa caminhonete e saíram do sítio.

– Vamos, Berit, sua imprestável, ande depressa! – gritou o camponês.

A pobre Berit correu até a entrada da casa. Era uma casa grande, em um único bloco retangular de madeira amarela, com a moldura das janelas e portas pintada de branco. A entrada era coberta por um anteparo de madeiras moldadas. Tendo quase escorregado no gelo com suas botas de pele de rena, ela se segurou como pôde, subiu os poucos degraus do anteparo e entrou, feliz por se refugiar no calor. Retirou as botas e foi para a cozinha. Olsen a esperava na cadeira habitual.

– Nossa, você é lenta demais! Acha que tenho a vida inteira? Você tem de arrumar a casa. Estou esperando visitas. E depois dê uma geral lá em cima também, já faz anos que não vai lá. É preciso estar tudo arrumado antes das cinco. Vamos, não fique aí parada!

Berit deu meia-volta e foi até o cômodo atrás da cozinha para procurar a vassoura, as escovas e os produtos de limpeza. Embora não fosse muito grande, a velha casa de madeira de Olsen era bem conservada. O piso e alguns móveis da cozinha e da sala eram de madeira clara. O colorido vinha dos tapetes, compridos e estreitos, tecidos pelas velhas da aldeia e vendidos no mercado. O andar térreo era impessoal. Nenhuma lembrança, nenhuma evocação familiar. Os raros objetos vistos ali remetiam às atividades de Olsen. Material, ferramentas, revistas profissionais, peças para consertar. O velho Olsen não tinha visitas frequentes, e a sala servia mais de oficina do que de ambiente social. Quando recebia, Olsen levava os convidados para a grande cozinha, onde ele próprio passava a maior parte do tempo. Berit fez a arrumação rapidamente. Pôs um pouco de ordem na sala, mas não ousou tocar nas ferramentas e nas peças desmontadas, sabendo perfeitamente que o camponês ficaria enfurecido se tirasse alguma coisa do lugar. Ela dispôs as revistas e alguns folhetos do FrP numa pilha e os colocou perto do televisor.

Berit estava mais curiosa de limpar o andar superior. Ela só pusera os pés lá uma única vez em dez anos, a um pedido expresso de Olsen. Tinha sido na época da morte da mulher dele. Olsen pedira a Berit que fosse procurar as roupas da falecida e fizesse com elas o que bem entendesse. "Queime tudo, se quiser, mas me livre daquilo", grunhira o camponês. Não era segredo para ninguém na aldeia que havia uns trinta anos os Olsen não eram mais um casal. Marido e mulher tinham quartos separados desde que seu filho único saíra de casa. O rapaz havia partido para estudar engenharia em Tromsø e nunca mais voltara a se instalar na aldeia.

A velha Olsen era ainda mais grosseira do que o marido, uma verdadeira onça, pelo que diziam. Intratável, mais dura e moralista do que uma turma de pregadores laestadianos em missão de redenção. Daquela vez, Berit vira alguns retratos de família, fotos de parentes desconhecidos. Durante pouco tempo, na verdade, pois Olsen logo encheu uma caixa com todas aquelas fotografias de caras severas. "Essa velha carola não queria ver a minha família nas paredes", esbravejara Karl Olsen. "Dizia que eles estavam perdidos para a verdadeira fé. Decadentes, ela ficava dizendo!" Olsen havia levado a caixa para o celeiro. "Tomara que todos se sufoquem aqui", esconjurou ele ao bater a porta.

Berit se lembrava bem daquele dia. Desde então, ela nunca mais vira nada. Assim, sua curiosidade foi despertada quando constatou que o corredor do andar superior e os quartos estavam novamente decorados com alguns quadros. Estes não tinham nada a ver com aqueles de que ela se lembrava. No corredor, quadros representavam paisagens da região. Ela estava apressada, mas assim mesmo se demorou diante de cada um. Berit reconheceu algumas terras de Olsen, campos normais, bem conservados, que eram o orgulho de seu proprietário. No alto da escada, reconheceu igualmente a primeira colheitadeira comprada por Olsen. Ela passou um pano nos quadros. Depois foi para o quarto da mulher dele. Pôs apenas a cabeça lá dentro. Estava vazio.

Um colchão fora jogado no chão e num canto havia caixas de papelão. O cômodo ficara desocupado desde a morte da mulher de Olsen. No entanto, parecia bem limpo. Berit se persignou e voltou a fechar a porta.

– Então, ainda não terminou? – berrou Olsen lá de baixo.

– Já vai, já vai. Só falta o seu quarto.

Berit deslizou pelo corredor e empurrou a porta do quarto de Karl Olsen. O velho camponês tinha uma vida sóbria e seu quarto confirmava isso. No prolongamento da porta, Berit tropeçou na cama do patrão. A cama se embutia num móvel ao longo da parede, à moda antiga. Olsen dormia sobre gavetas e se fechava com uma cortina. Os laestadianos não permitiam cortinas nas janelas, mas o velho Olsen havia encontrado o meio de contornar as proibições de sua mulher pondo a cortina na cama, para se proteger da luz do dia que brilhava sem interrupção durante todo o verão. Berit não se admirou ao ver que, depois de tanto tempo da morte da mulher, Olsen não havia abandonado esse hábito. Isso era bem dele. Tudo por economia. O móvel-cama era pintado e decorado com motivos folclóricos. Berit passou uma esponja e um pano no móvel velho, sacudiu o pano áspero e abriu a cortina. Na parede oposta à cama ela também foi passar um pano no grande armário de madeira clara, onde estavam as roupas de Olsen. Ela apurou o ouvido na direção dos barulhos da casa e entreabriu o armário. As prateleiras estavam semivazias. Alguns pulôveres grossos, camisas de tecido encorpado, calças *jeans*. Tudo bem dobrado. Berit passou um pano rapidamente. Olhou em torno de si e viu fotos emolduradas nas outras duas paredes. Aproximou-se e examinou todas elas. As fotos eram uma galeria de retratos ou de grupos. Devia ser a família de Olsen, pensou Berit, lembrando-se de como ele havia raivosamente depositado numa caixa no celeiro todos os retratos da família da mulher. Uma foto do filho de Olsen mostrava o rapazinho quando da festa de formatura do ginásio. Berit não via nenhuma foto mais recente. Outros retratos mostravam os avós. Ela limpou as molduras.

– Berit! Miserável! Ainda não terminou?

Ela acelerou o ritmo. Quando terminou de limpar as molduras e uma estante que sustentava uns poucos livros, olhou ao redor. Viu no fundo uma porta baixa, que podia ser confundida com um cartaz. Até então ela nunca a havia notado. Berit apurou o ouvido, aproximou-se da porta e a puxou para si sem fazer barulho. Lá dentro estava escuro. Ela procurou um interruptor. Quando a lâmpada acendeu, ela descobriu um pequeno cômodo com luz fraca. Uma mesa muito pequena e uma cadeira em mau estado empurrada para baixo da mesa constituíam o único mobiliário daquele cubículo. O pequeno espaço estava entulhado de caixas, rolos e jornais velhos. Berit começou a passar o pano. Afastando os rolos, viu um cofrinho. Pensou então que o velho Olsen não devia ter confiança no banco. Passou uma esponja e continuou limpando, intrigada com aquele pequeno cômodo. Não ousou abrir os rolos nem as caixas, temendo que Olsen aparecesse sorrateiramente. No entanto, eu não estou fazendo nada de errado, pensou Berit. Ter medo por quê? Ela deu de ombros e continuou passando o pano antes de fechar novamente a portinha. Uma silhueta se elevou diante dela. Berit teve um sobressalto e deu um grito: Olsen estava a dois metros dela. Com suas meias grossas, o velho tinha subido em silêncio. Olhava para ela sem nada dizer, solidamente plantado, pernas afastadas e braços pendentes.

39

Sábado, 22 de janeiro.
14h. Kautokeino.

A picape da P9 descia a rua principal de Kautokeino. O sol tinha se posto, mas as luzes de um azul-escuro se agarravam ainda ao cume das montanhas baixas que cercavam a cidadezinha. A aglomeração seguia as curvas do rio Alta, adormecido sob o gelo. Do lado onde o sol acabava de desaparecer e onde o azul-escuro do céu ainda resistia, o aclive entre o leito do Alta e o cume da montanha era mais íngreme. Esse flanco acolhia o Centro Juhl, o Villmarkssenter, a nova escola superior e o posto de gasolina. A outra margem oferecia um território mais vasto, que subia em aclive muito suave para o cume oposto, mais afastado e já mergulhado na escuridão. Esta já havia engolfado a igreja e as prósperas residências dispersas por esse flanco. O sítio de Olsen ficava numa extremidade dessa margem. Dizia-se que ele ocupava o sul e a igreja, o norte. Os *sami* haviam, há bastante tempo, povoado sobretudo a outra margem, mas agora muitos deles tinham ido para o lado leste.

Numa tarde de sábado normal, a delegacia teria estado vazia. O orçamento da polícia não permitia uma presença contínua e os horários de expediente se pareciam com os de qualquer outra administração. Atendia-se ali das nove às cinco, de segunda a sexta-feira. No verão, era frequente não encontrar muita gente na sexta-feira à tarde. E durante os períodos de caça ao alce e à perdiz a taxa de absenteísmo subia brutalmente. A delegacia estava aberta quando Klemet empurrou a porta. A notícia da convocação de Tor Jensen a Hammerfest devia ter tido o efeito de um choque entre a pequena equipe. Klemet conhecia muito bem Johan Mikkelsen, o jornalista local que era correspondente da NRK em Kautokeino, para saber que ele certamente não havia se enganado ao falar de uma exoneração. Mikkelsen era um intrometido, conhecia todo mundo e, por causa das suas amizades com o pessoal do Partido Trabalhista, que dominava a região, aproveitava o eco de todas as intrigas. Klemet havia pensado em lhe telefonar, mas se contivera. Ele viu a secretária da delegacia. Ela estava com um ar abatido e, ao vê-lo, as lágrimas lhe assomaram aos olhos.

– Ah, Klemet, Klemet...

E então explodiu em soluços. Klemet a abraçou e lhe deu um tapinha no ombro.

– O que foi?

– Ah, Klemet – disse a secretária num grande soluço. – Ah...

E o choro travou novamente as suas palavras no fundo da garganta.

Klemet lhe deu outro tapinha e prosseguiu pelo corredor. Nina abraçou a secretária e seguiu Klemet. Ele abriu a porta da sala do Xerife. A sala estava tão vazia quanto o vidro de salgadinhos de alcaçuz. Ouviu-se então o barulho de vozes vindas da cozinha. Muitos policiais estavam discutindo. Calaram-se ao ver Klemet. Ele ia interrogá-los quando a porta da cozinha se abriu novamente. Rolf Brattsen entrou com um passo rápido. Deu uma olhada na sala, notou uma cafeteira fumegante. Agora ele já não tinha pressa. Klemet desconfiou. Brattsen parecia muito seguro de si. Os demais policiais não tinham voltado a conversar. Um silêncio pesado descera sobre a sala. Sobre a grande mesa coberta com um plástico amarelo havia muitos copos e caixas de bolachas. Uma bandeja tinha apenas migalhas de amanteigados. Um dos policiais comia bocadinhos delas. Nina rompeu o silêncio.

– O que foi que aconteceu com o Tor?

Brattsen, de pé, segurava seu copo com as duas mãos, soprando suavemente por cima, mas seus olhos passavam de um para outro. Um dos policiais, depois de ter lançado um olhar para ele, ergueu a cabeça para Nina.

– Bom, parece que a coisa começou aqui. Quer dizer, em Kautokeino. Não na delegacia – esclareceu ele rapidamente, lançando um olhar para Brattsen, que continuava soprando seu café com o copo entre as mãos. – Tor foi de manhã para Hammerfest. Tudo aconteceu muito depressa, aparentemente. Ele foi contatado bem cedo e o chefão em Hammerfest ordenou que ele comparecesse imediatamente. De acordo com os caras de Hammerfest, tem uma história política por trás da coisa. Tudo aconteceu durante uma sessão do conselho regional ontem à noite. Totalmente de improviso. O caso nem estava na ordem do dia. O Partido Conservador, o Partido do Progresso e o Partido Cristão-Democrata declararam que esperavam explicações do Xerife sobre a incrível lentidão da polícia no tratamento desses casos excepcionais que manchavam toda nossa região antes da Conferência da ONU. Foi a expressão que eles usaram. "Esses casos excepcionais que manchavam a nossa região" – repetiu o policial, imitando um político na tribuna. Ele ficou em silêncio ao ver o olhar de Brattsen.

– Os partidos políticos? Mas a troco de que eles estão se metendo nisso? – indagou Nina.

– Eles se metem no que lhes diz respeito – interveio Rolf Brattsen num tom incisivo e pondo o copo bruscamente no plástico amarelo. – Estamos dando com os burros n'água com esses casos. E com essa conferência da ONU não dá para evitar que os políticos daqui fiquem nervosos. É isso que eu estou tentando dizer desde o início. Nós estamos sendo muito moles com esses casos. Muito cheios de dedos com os *sami*. Nós somos policiais, e não Deus, etnólogos, guardas de zoológico ou mediadores, como algumas pessoas estão querendo que a gente seja... Então vai ser preciso que a coisa ande!

– O que você está querendo dizer? – interpelou Nina. – Tenho a impressão de que estamos progredindo sim, embora ninguém tenha sido preso por enquanto.

– Ah, é? Vocês estão progredindo? Grande notícia. Todo mundo está ridicularizando a gente, essa é a verdade.

– E o que você propõe? – perguntou Klemet, que não havia despregado o olho de Brattsen. – Porque sei perfeitamente que você tem uma ideia na cabeça, não é, meu caro Rolf?

14h30. Kautokeino.

O silêncio do velho inquietou Berit mais do que as manifestações brutais de cólera, das quais só ele tinha o segredo. O camponês parecia avaliá-la. Berit se sentia transparente, como se Olsen tentasse penetrar na sua alma ou nas suas intenções. Ela baixou os olhos para o chão.

– Eu tinha acabado de terminar – disse num fio de voz.

Passou apressadamente diante de Olsen, que a seguiu com o olhar sem mover o resto do corpo. O camponês pareceu subitamente acordar, virando a cabeça para seguir Berit com o olhar, quando sua nuca o apunhalou dolorosamente.

– Sua boçal, suma daqui agora mesmo, e não tenha a cara de pau de voltar a limpar aqui! Eu não preciso de você!

Berit não quis discutir e desceu precipitadamente a escada. Deu uma última passada de pano na entrada e então viu Olsen descendo. Ele grunhiu, mas não parou. Observou-a partir de carro e voltou para a cozinha.

Olsen esperou que Rolf Brattsen passasse para dar as últimas notícias. Na véspera, ele havia retomado todos os seus contatos. Tinha até conseguido fazer o rapazola entender que agitar um pouco aquela história seria benéfico para o partido. Ele sugerira insistentemente que contatasse seu bom amigo do Partido Conservador em Kautokeino e também o de Alta, e aproveitasse a sessão em curso no conselho regional para relembrar o caso. O rapazola não devia hesitar em dramatizar um pouco. Olsen o havia lisonjeado como convinha, seduzindo-o com a perspectiva de que, com a aproximação das eleições municipais, ele pensava talvez em não encabeçar a relação em Kautokeino. O rapaz entendeu a mensagem e, sem pedir licença, começou a falar como se já fosse o prefeito da aldeia. Converse, converse, pensara Olsen, obrigando-se a ouvir com um ar muito entusiasmado uma série de sugestões vazias. Antes que o outro pegasse o telefone para fazer valer as suas relações, Olsen lhe recomendou prudência. O ideal, sugeriu ele enfaticamente, seria que a interpelação no conselho regional fosse apresentada pelo Partido Conservador. Evidentemente, o rapazola não havia entendido por que era necessário propor às escondidas. Olsen não esperava outra coisa dele. Assim você vai ver as reações que a proposta provoca. Se eles apoiarem a gente, então você tira a artilharia pesada e aí fica na linha de frente para receber os louros porque vai levar uma solução.

Olsen quase deixou cair sua máscara melosa quando o rapazola o olhou com seu olhar estúpido e perdido. Uma solução, mas que solução?, perguntara ele num tom suplicante.

Eu lhe explico depois, evadira-se Olsen. Mas, se não der certo, para a opinião pública a responsabilidade vai ser dos conservadores, entende? Você vai salvar a sua pele!

Isso o outro entendeu imediatamente. Sobretudo a parte que falava sobre salvar a pele. Olsen precisou admitir que em seguida o rapazola agira com uma eficiência relâmpago. Ele havia sabido fazer passar a mensagem, e quando chegou o momento das questões abertas, no final da sessão, a flecha foi disparada. E atingira mais em cheio do que Karl Olsen havia esperado. Depois de desligar o telefone, o velho tinha esfregado as mãos de satisfação durante uma boa meia hora, sozinho na cozinha. Ele zombava em voz alta e esfregava a nuca. Ficara sabendo que na tribuna o pessoal do Partido Conservador se inflamara, com mais virulência ainda porque meia hora antes tinha sido grosseiramente repreendido por um conselheiro trabalhista por causa de uma história de financiamento de associação. O resto havia engrenado às mil maravilhas. Agora era preciso passar à segunda parte do plano. Ele esfregou a nuca mais vigorosamente e olhou para o relógio, xingando por causa do atraso daquele burro do Brattsen.

18h30. Kautokeino.

Klemet ficara frustrado. Queria saber o que Brattsen tinha de fato na cabeça. Qual era verdadeiramente a sua ideia para resolver a questão, como ele havia dito. Brattsen se fizera de ofendido e saíra da cozinha. Depois, todos tinham ido para casa. Seria preciso esperar até segunda-feira de manhã para ter notícias. Mas o fim de semana de Klemet e Nina já estava estragado. Eles retomariam a investigação na segunda-feira, quando tudo estivesse esclarecido com o Xerife. Klemet queria convidar Nina para encerrarem juntos aquela semana intensa, mas ainda não se sentia disposto a convidá-la novamente à sua tenda. Não depois de seu comportamento desastroso naquela noite.

– Nina, vamos comer qualquer coisa no Villmarkssenter?

– Estou moída, Klemet. Esta noite não. Vou direto para a cama. Pego uma parte dos registros do GPS e lhe dou o resto. Até segunda-feira!

Klemet ficou sozinho na delegacia. Já estava acostumado a isso. Desde a juventude. Com os anos, ele havia transformado em força aquela capacidade de resistir à solidão. Tinha compreendido. Ele precisava contar consigo mesmo. Não com os outros. Ele havia levado seu barco. Os outros o tomavam por um solitário por escolha, um tipo meio urso. Ele não via as coisas assim. Achava-se até bastante sociável. Conversava com as pessoas. Mas o fato de as pessoas terem essa imagem dele não lhe parecia um problema.

Klemet tentou encontrar alguém que pudesse convidar para a noite. Alguém que bebesse com ele na tenda. Pensou em ligar para Eva Nilsdotter. Não para convidá-la; ela estava longe demais. Só para conversar um pouco. Que mulher ótima. Quem mais? Apagou a luz da sala, ficou um instante no corredor. Empurrou a porta à sua frente, que abria para a sala dos mapas, que tinha um congelador onde ficavam as peças de prova reunidas ao sabor das patrulhas. Puxou a bandeja grande. As duas orelhas congeladas de Mattis estavam cada uma no seu saco plástico, etiquetadas, presas uma à outra com um barbante. Havia pouca chance de confundi-las com as orelhas de renas guardadas às dezenas no congelador, pensou Klemet. Ele as tirou e olhou-as de diferentes ângulos. Os entalhes já não tinham a mesma forma apresentada quando as orelhas foram encontradas. O policial estava pensativo. Colocou-as de volta no congelador e saiu do cômodo. Voltou para sua sala e pegou na prateleira o manual das marcas dos criadores. Seria uma boa leitura para o domingo. E talvez para aquela noite. Estava cansado. Não ligaria para ninguém.

Os clarões azuis tinham desaparecido totalmente do céu quando Klemet atravessou a pé a estrada. No fundo negro opaco da abóbada, clarões esverdeados flutuavam levemente do lado da igreja. Não estavam muito acima, pareciam brotar da montanha. A noite talvez estivesse agitada lá em cima, pensou Klemet.

Alguns minutos depois, ele empurrava a porta do Villmarkssenter. Embora tivesse hesitado em ir lá sozinho, Klemet queria conversar com Mads e saber notícias da filha dele. O restaurante tinha uma boa frequência nos sábados à tarde. No canto mais distante do caixa, a mesa grande estava ocupada por uns vinte homens. Reconheceu trabalhadores de uma pedreira que estava operando ao longo da fronteira finlandesa. A refeição do sábado à noite era sempre a mesma: picadinho de rena com champignon e batata. Outras duas mesas diante da janela envidraçada que dava para Kautokeino estavam ocupadas por famílias *sami*.

Todas as gerações envergavam a roupa tradicional. Algumas das mesas restantes estavam ocupadas por outros clientes. Músicos preparavam seu equipamento. Mads saiu da cozinha e acenou para Klemet ao notá-lo ali. Klemet foi se sentar à mesa mais próxima do caixa. Fora os trabalhadores da pedreira, ele reconheceu todo mundo. As duas famílias vinham de um mesmo *siida*, a oeste da aldeia. Três gerações estavam à mesa. Era uma espécie de refeição festiva, pois os homens chegaram exatamente ao meio-dia e voltariam para o *vidda*. Vinham tomar banho, encher o tanque de gasolina da moto e os seus galões, e fazer compras para a semana seguinte que passariam no *gumpi*. Cumprimentar a esposa. Dar um beijo nos filhos. Klemet olhou para os garotos. Dois deles tinham mais ou menos a idade que ele tinha quando foi para o internato de Kautokeino. Sete anos. Quando ele mergulhou num mundo desconhecido, onde pessoas desconhecidas falavam uma língua desconhecida. Olhou pela janela envidraçada. As luzes de Kautokeino se estendiam a seus pés. A aldeia se esparramava pelo vale. A igreja à direita, valorizada por alguns projetores. Não se podia ver o internato, que ficava num nível inferior, atrás do centro da aldeia e perto da margem do Alta. Mas Klemet não precisava tê-lo diante dos olhos para ver cada canto do prédio.

Ele foi arrancado de seus pensamentos por Mads. O dono do hotel-restaurante colocou diante dele uma bandeja com picadinho de rena. Pôs na mesa duas cervejas e sentou-se do outro lado da mesa. Os dois homens ficaram bebendo em silêncio. Klemet abaixou o copo e começou a comer, apreciando o sabor do cogumelo que se desmanchava na sua boca. Balançou a cabeça em aprovação. Mads lhe estendeu o copo, agradecendo o cumprimento.

– Sofia não está aqui?

– No quarto.

– Como ela está?

Mads pensou, com um leve movimento de cabeça da direita para a esquerda, como se ponderasse a sua resposta. Tinha um farto bigode castanho, atributo raro na região, um rosto redondo e a cabeça calva. Dizia-se que um de seus avôs talvez fosse italiano.

– Acho que está um pouco melhor. Quando foi que vocês passaram aqui? Hoje é sábado... foi...

– Quinta-feira.

– Isso. Ela ficou fechada no quarto o dia inteiro, sem comer nada. Meu Deus, eu não desconfiei de nada, Klemet.

– Eu sei.

– Ontem de manhã foi parecido. Eu me perguntei se seria bom insistir para que ela fosse à escola. Achei que talvez fosse melhor ela ir, em vez de ficar remoendo pensamentos sombrios.

Klemet meneou a cabeça, mastigando.

– Fez bem – disse ele com a boca meio cheia.

– Acho que sim. Ela estava melhor quando voltou à tarde, depois passou a noite na casa de uma colega de classe e hoje a amiga veio passar o dia com ela. Parece que elas conversam muito. Parece que há um segredo entre elas, mas a conversa é animada.

– Bom, antes assim.

— E... aquele cara, o francês, você prendeu ele?

— Ainda não. Ele está enterrado em alguma parte do *vidda*. Está prospectando, mas não sabemos onde exatamente. Estamos procurando. Vamos acabar agarrando ele. Mas preciso prevenir você. A Nina ficou muito indignada, e com toda razão, claro, mas se o cara disser que não aconteceu nada não vamos poder fazer grande coisa.

Mads balançou a cabeça enquanto bebia um gole de cerveja. Os primeiros acordes de violão encheram a sala. Klemet afastou a bandeja vazia.

— Vou até lá dizer olá a ela. Tudo bem?

Mads se levantou, pegou a bandeja e os copos. Levou Klemet até a cozinha. A mulher dele estava esvaziando uma máquina. Klemet viu Berit descascando batatas. Acenou para ela, pensando que teria de passar para vê-la na segunda-feira. Não achou necessário avisá-la. Isso só a deixaria inquieta. Entraram na parte privada do prédio. Mads bateu numa porta. Não ouviu resposta. Bateu mais forte. A porta se abriu. Sofia baixou a cabeça com um ar de irritação que se transmudou em interrogação quando viu Klemet.

— Bom dia, Sofia.

— Bom dia.

— Só passei para cumprimentar você.

Sofia continuava no vão da porta, com a cabeça baixa. Sorria.

— Tudo bem. Tá feito. Posso voltar para ficar com a minha amiga?

— Posso falar com você um minuto?

Sofia deu um suspiro.

— Tá bom. Tá bom.

Olhou para dentro.

— Já volto.

Aparentemente, sua amiga não lhe deu atenção. A garota devia estar escutando música, porque Sofia gritou:

— Ul-ri-ka! Volto num minuto.

Então Sofia saiu para o corredor. Continuava segurando a maçaneta da porta, mantendo-a entreaberta.

— É a irmã mais nova da Lena, que trabalha no bar? – indagou Klemet.

— É. E aí?

– Só queria saber como você está.

– Vou deixar vocês, se vocês quiserem – disse Mads. – Vou voltar para o salão.

Sofia ficou olhando o pai desaparecer do corredor.

– Você pegou o nojento?

– Ainda não, Sofia. Mas estamos na pista. Ele está no *vidda*, um lugar que dificulta sua localização, como você pode imaginar. Mas vamos encontrá-lo, e então ele vai ter de falar.

– Vocês vão interrogar o cara?

– Vamos, para ouvir a versão dele.

– Por quê? A minha não é suficiente?

– Bom... não é. É preciso ouvir todo mundo e depois decidir. No final, um juiz decide. Quer dizer, se o caso chega ao juiz, claro. Mas... quer dizer... você precisa saber que esse tipo de caso... é um pouco complicado.

– Não vejo nada de complicado – interrompeu Sofia. – Esse cara não presta. Não vejo onde está a complicação. Francamente.

– Sofia, a justiça é assim. Eu prefiro prevenir você. Posso lhe garantir que estamos levando muito a sério esse caso. A Nina está tão brava quanto você.

– Ah, ótimo. E você, não? – perguntou Sofia secamente.

– Sofia, me escute: só temo que para um juiz uma mão boba não seja suficiente para que ele veja nesse sujeito um patife que deve ser condenado.

Sofia mudou radicalmente de expressão. Deu uma olhada rápida no quarto e fechou delicadamente a porta. Ela estava agora debaixo do nariz de Klemet; com o rosto inclinado para trás, olhava-o bem nos olhos.

– Esse cara é um cafajeste. Um cafajeste! Precisa ser apanhado e colocado atrás das grades.

Ela deu meia-volta e desapareceu no quarto. A porta bateu. Klemet ficou ali, aturdido. E perplexo. Teria sido desajeitado? Precisava admitir que nem sempre ficava muito à vontade nesse tipo de caso. Talvez devesse dizer a Sofia que também ele levava aquilo muito a sério. Pôs a mão na maçaneta. Hesitou. Precisava pedir desculpas, ou não? Não gostava de se desculpar. Mas era uma garota. Ele poderia fazer um esforço. Nenhum adulto seria testemunha. Ele teve uma inspiração, apertou a maçaneta. Hesitou novamente. Será que Sofia não tinha dito tudo? Será que o francês teria ido além da simples mão boba? Ulrika teria posto ideias em sua cabeça? Klemet relaxou a pressão da mão. Olhou para a maçaneta. Depois falaria com Nina sobre aquilo.

Voltou ao restaurante. Uma melodia folclórica vinha de lá. Berit continuava descascando batatas. Ela trabalhava desde a manhã até a noite, pensou Klemet. E não era muito mais velha do que ele, mas pertencia a uma geração sacrificada, que não tinha tido acesso à educação. Berit deve ter sentido o olhar atrás dela, pois se voltou. Viu Klemet, olhou longamente para ele, fez-lhe um sinal com a cabeça e voltou às batatas.

Klemet atravessou a sala. Mads estava tirando a mesa dos trabalhadores. Os homens olhavam os músicos e diziam gracejos. As crianças batiam as mãos. Klemet pegou o seu *parka* na entrada e saiu.

Um grupo de jovens que naquele momento entrava precipitadamente no restaurante deu um esbarrão nele. Klemet colou-se à parede para deixá-los passar. Eram uns dez rapazes. Algumas meninas estavam com eles, rindo e maldizendo o frio. Klemet viu que, apesar do frio, elas usavam minissaia por baixo do *parka*. Tiraram as botas forradas e puseram botas curtas de pele. Os homens eram na maioria jovens criadores. Ailo Finnman, que parecia ser o líder do grupo, levou uma das garotas para a pequena pista diante da orquestra e começou a dançar, aplaudido pelos outros. Klemet notou também Mikkel. Ocorreu-lhe que ele queria lhe dizer alguma coisa, mas não conseguiu saber o que era. John também estava lá, inseparável, e também dois rapazes que Klemet nunca havia visto acompanhando-os. Um deles estava tirando o paletó de couro e o outro, o macacão de mecânico manchado de óleo. Ele teve um clarão ao ver as tatuagens de um deles. O motorista de caminhão que havia sido grosseiro com uma velha *sami* no entroncamento. Aproximou-se de Mikkel, que acabava de tirar o macacão, e o levou para um lado, puxando-o pelo braço.

O criador teve um sobressalto. Seus olhos não se desviavam da mão de Klemet que segurava seu braço.

– Mikkel, esse sujeito com a tatuagem é seu amigo?

– É... bom, na verdade não, eu não conheço ele muito bem.

– Se ele é seu amigo, fale para ele, numa boa, para tomar cuidado com a linguagem da próxima vez que falar com pessoas idosas.

Mikkel pareceu se tranquilizar.

— Mas por quê?

— Outro dia você estava no caminhão dele, não estava? Ele é um caminhoneiro sueco, seu amigo? No dia da manifestação... Você não se lembra do que ele disse à velha?

Mikkel começou a enrubescer, como um garoto pego fazendo arte.

— E gostaria muito que você não deixasse ele falar coisas como aquelas. Você deixaria ele falar assim com a sua avó?

— Vou conversar com ele, Klemet, pode contar comigo. Eu juro que ele não vai fazer mais isso.

Ele estava aliviado porque aquilo terminava ali, e se dispunha a prometer o que quer que fosse.

— É isso, me prometa, jure. E não faça piada às minhas custas, certo?

Klemet vestiu o seu *chapka* e saiu. De certo modo Mikkel lhe lembrava Mattis. Pastores marginalizados, que não conseguiam sair daquela situação e que a qualquer momento podiam tropeçar e cair. A época não era fácil para aquele tipo de criadores. Antes de entrar no carro, ergueu os olhos para ver como andava a aurora boreal. Ela ganhara volume e oscilava numa pequena metade do céu. Desenhava motivos estranhos. Mensagens enviadas do espaço, pensou Klemet. E tão indecifráveis quanto as orelhas de Mattis, disse a si mesmo enquanto dava partida no carro.

40

Segunda-feira, 24 de janeiro.
Nascer do sol: 9h24; pôr do sol: 13h39.
4 horas e 15 minutos de luz solar.

8h15. Kautokeino.

Tor Jensen, o Xerife, era um chefe popular, atento aos seus homens, e aquela saída em condições tão obscuras perturbava a equipe.

Ninguém havia tido notícias do Xerife, e o celular dele estava desligado. Em princípio, ele ainda não havia chegado de Hammerfest. Todos tinham sido convocados mais cedo do que o habitual para se inteirarem de anúncios urgentes "de interesse do serviço". Klemet passara parte do domingo revendo uma a uma as marcas de orelhas dos criadores da região, o que tinha apenas aumentado a sua frustração. Ele havia tentado as combinações mais estapafúrdias e acabara atirando o manual num canto da sala. Não lhe dera sequer vontade de ir relaxar na tenda.

Nina começara a estabelecer o traçado das posições do GPS de Mattis. A tarefa era cansativa; ela ainda teria de trabalhar algumas horas naquilo. Klemet acabara de lhe contar a visita feita na véspera a Sofia quando Rolf Brattsen entrou. Não passou despercebido para ninguém que ele estava com um prato cheio de amanteigados.

– Todo mundo está aqui – constatou ele num tom satisfeito. – Ótimo.

Era evidente que a situação lhe agradava. Ele não tinha pressa: pegou uma bolacha e tomou um gole de café. A tensão era palpável na cozinha. Aglomeravam-se ali uns quinze policiais e funcionários da delegacia.

– O delegado Jensen foi convocado pela Direção Regional, em Hammerfest, como vocês sabem. Ele continua no posto, reportando-se à Direção e às autoridades. Isso leva algum tempo. Essa é a versão oficial.

Tomou outro gole de café e trincou mais uma bolachinha.

– Ninguém quer? – perguntou, um tanto desconfiado.

Brattsen sabia que não era querido, embora nunca tivesse entendido o porquê disso. Ele era brutal, desdenhoso, vulgar, rancoroso, tendencioso, racista, e Klemet ainda poderia acrescentar outras coisas. Mas Brattsen se via como alguém direto, talvez um pouco franco demais, o que ele admitia satisfeito, mas eficiente, de qualquer forma. Que sabia tomar decisões bem definidas quando necessário. Na verdade, dissera ele a Klemet certa vez, a única em que eles tinham tido uma discussão tempestuosa, ele não entendia por que as pessoas lhe torciam tanto o nariz. Brattsen era limitado demais para compreender esse tipo de coisa. Pegou outra bolacha.

— Agora vou explicar o que acontece de fato. Jensen está afastado. *Out. Bye bye. Time out.* Férias. Descanso. Boas férias. Bem merecidas. Ah, eu estou vendo a cara de vocês... mas ele vai voltar, fiquem tranquilos. Quando esse caso estiver encerrado. Sacaram? Essa história já está se arrastando há muito tempo. E nós ficamos muito cheios de dedos com esses caras da tundra. Quem faz a lei, eles ou nós? A gente continua na Noruega, não?

Brattsen não poupou tempo num olhar de zombaria para Klemet.

— Hein, Klemet? Nós estamos na Noruega, não estamos? Ou eu perdi alguma coisa? Estamos fazendo figuração?

Klemet espumava. Brattsen o provocava abertamente. Mas ele não tinha vontade de lhe dar satisfação. Ao lado dele, Nina se agitava. Foi ela quem explodiu.

— Você não tem o direito de dizer isso, Rolf. Nós fazemos o nosso trabalho tão bem quanto você. Investigamos toda a região, já percorremos milhares de quilômetros. Mas o mundo dos criadores é complicado e os *sami* têm uma cultura diferente da nossa. É preciso respeitá-la. E nós avançamos. Temos todas as razões para pensar que esse geólogo francês deve ser objeto de investigação e vamos começar a procurá-lo. Por outro lado, há uma queixa de assédio sexual contra ele.

— Assédio sexual... Ah, sim, eu vi isso. Emocionante. Um dossiê muito sólido. Os fantasmas de uma adolescente agitada pelos seus hormônios que fantasiou uma mão boba. Isso vai longe. Que delírio é esse, cacete? Nas nossas costas pesa um assassinato, essa porra de roubo de tambor, e você vem encher o saco porque pegaram no joelho de uma menina de catorze anos, e pode ser até que tenha sido por acaso?

Nina ficou vermelha de raiva. Então se levantou de um salto.

— Você não tem direito de dizer isso. Você é injusto, Rolf, e além disso não age com isonomia. Essa garota precisa ser levada a sério.

Brattsen deixava Nina falar com um ligeiro ricto, como se estivesse satisfeito por tê-la feito perder as estribeiras. Klemet não via nisso um bom presságio. Nina continuava sua arremetida.

— E tem mais: os *sami* não podem ser considerados malfeitores comuns. Eles são protegidos pela Constituição e têm direitos específicos que nós devemos respeitar.

– Muito bem, Nina, vejo que você aprendeu direitinho nos seus cursos em Kiruna. Formidável. Com isso a gente vai progredir...

Os policiais se entreolharam, sem compreender aonde Brattsen queria chegar. Klemet sentia que Brattsen prolongava o próprio prazer, mas que também havia planejado cuidadosamente aquela exposição e se preparado para os efeitos dela. Bastava ver sua pachorra, ele que era na verdade um tipo muito impaciente.

– Nós progredimos, Rolf, nós progredimos. Mas é um caso que remete a acontecimentos passados há muito tempo, que remetem talvez a uma história de mina, e...

– E besteira! – atalhou Brattsen com o rosto subitamente exalando maldade. – Nós não estamos aqui para fazer um tratado de antropologia ou sei lá que baboseira! Esqueça essa história de mina e de geólogo, pelo amor de Deus. É preciso ser cego para não ver um ajuste de contas entre criadores. Johan Henrik e Olaf estão atolados nisso até o pescoço, de um modo ou de outro, e isso é mais do que evidente. Agora me escutem bem todos vocês. Hammerfest quer um resultado rápido – prosseguiu ele. – As autoridades de Oslo estão muito nervosas, coitadas. Então, vamos agitar um pouco esse balaio, hein, o que vocês acham? Hoje é segunda-feira. Antes de quarta-feira eu quero o Johan Henrik e o Olaf Renson nesta delegacia em prisão preventiva para serem interrogados, e quero que os jornalistas estejam aqui quando eles forem trazidos.

Nesse ponto Klemet sentiu que já era demais. Levantou-se e deu um murro na mesa.

– Você não pode colocar as pessoas em prisão preventiva quando a nossa investigação se orienta em outra direção!

Então Brattsen exibiu um ricto que não conseguiu disfarçar. Ele se deleitava com a situação e disse com voz melíflua:

– Ah, na verdade eu me esqueci de dizer... Eu devia talvez ter começado com isso, claro... me esqueci. Hammerfest nomeou um novo delegado interino. Eu. Então eu é que decido mesmo, Klemet. E decido também que a partir deste momento a Polícia das Renas não se ocupa mais desses casos de assassinato e de roubo. Isso muito obviamente extrapola a competência de vocês.

Vocês vão partir para a tundra e contar as renas, Klemet, ficou claro? Vou ser legal e até poupar você de prender seus amiguinhos criadores.

Aí está, disse Klemet a si mesmo. Ele devia estar esperando por esse momento desde o início. Klemet tinha certeza de que Brattsen devia ter escolhido as palavras certas em sua cabeça perversa. Notou o ar obstinado do outro. Um soco na cara, só um, pensou. Mas ele cuidava de não deixar transparecer seus sentimentos. Não dar a menor satisfação àquele patife. Ele sentia, sem vê-la, que Nina estava ultrajada e certamente prestes a explodir, dado o seu temperamento espontâneo.

A sala ficou em silêncio. Os policiais se entreolhavam e observavam Klemet. Brattsen talvez fosse o suplente do Xerife, mas isso não fazia dele um sucessor natural. Ser suplente significava sobretudo que estavam a cargo dele algumas questões concernentes à ordem pública. Eles sabiam que o mais lógico teria sido Klemet ficar como interino. Ele era respeitado e tinha competência. Alguma coisa havia acontecido. Brattsen aproveitou o momento. Pegou a bandeja com os amanteigados.

— Então, meus caros colegas, uma bolachinha antes de ir trabalhar?

Muitos policiais hesitaram e se serviram antes de sair, para grande satisfação de Brattsen. Klemet ficou sozinho. Brattsen o olhou de alto a baixo. Depois, de saída, jogou no lixo as últimas bolachas.

Nina explodiu quando Klemet foi encontrá-la em sua sala.

— Mas meu Deus, Klemet, como você pôde ficar lá sem dizer nada? Ele nos humilhou! E tirou de nós a investigação! E você fica aí sem falar nada? Parece até que está gostando disso!

— Nina, não admito que você diga isso!

— Escute, Klemet, desde o início desse caso eu tenho a impressão de que você avança sob protesto. Como se não ousasse ir em frente.

— Você está sendo injusta, Nina. Eu avanço com base em fatos. E isso leva tempo. Se você quer ação, vá se juntar ao Brattsen; ele é menos rigoroso do que eu. Ele prende e depois pergunta. Confesso que tendo a levar as coisas de outro modo.

– Nunca duvidei da sua seriedade, Klemet, mas prefiro falar francamente com você. Eu me pergunto se você não está desmotivado. E para dizer tudo, me pergunto se afinal de contas você não está à vontade com essa história dos criadores, desde que ela não faça espuma e não perturbe sua tranquilidade.

Klemet estava espantado com o ataque de Nina. A colega simpática, sorridente e brincalhona se punha a atirar flechas venenosas. Brattsen primeiro e depois ela. Ele teria de se justificar para aquela menina mimada que não entendia nada, que descobria tudo com seus grandes olhos azuis e se permitia julgá-lo, ele que tinha passado ao longo de mais de trinta anos por todas as delegacias da região e trabalhara no caso Palme? Girou nos calcanhares e saiu batendo a porta da sala.

Lapônia Central.

Aslak Gaupsara seguia o geólogo francês passo a passo, no flanco da montanha congelada. O estrangeiro às vezes jogava para ele amostras de rochas depois de numerá-las, e ele as punha no saco que levava às costas. O francês persistia no trabalho com as pedras, batia com agressividade, muitas vezes xingava na sua língua, e então nuvens de vapor lhe saíam pela boca. Frequentemente, ele perdia a calma. Era um homem atormentado. Há muito tempo Aslak sabia que os estrangeiros se interessavam pelas pedras de seu país. Aquele estrangeiro não era o primeiro que ele acompanhava. Mas parecia mais nervoso. Já fazia muito tempo que Aslak trabalhava como guia. Ele já conhecera outros criadores que tinham sido empregados por estrangeiros. Estes falavam de pedras, de minérios, de minas. Falavam de riquezas. Falavam de progresso. Quase todos eles esperavam despertar o entusiasmo dos criadores *sami*. E muitas vezes se espantavam porque só encontravam caras fechadas. Os estrangeiros não compreendiam. Onde eles viam minas e o que chamavam de progresso os criadores viam outra coisa. Viam estradas que cortariam suas pastagens, caminhões que assustariam suas renas, acidentes que machucariam os animais quando atravessassem as estradas.

Os estrangeiros davam de ombros. Falavam de dinheiro. Diziam que para cada rena perdida o pastor receberia dinheiro. A maioria dos criadores continuava sempre de cara fechada. Então os estrangeiros se irritavam. Diziam que os lapões não percebiam a chance que tinham, que arriscavam perder tudo, que as minas viriam de qualquer forma.

Quando, na primavera ou no outono, se encontravam para reunir e selecionar as renas, os criadores muitas vezes conversavam. Aslak até mesmo recebera a visita de alguns deles, que tinham ido à sua tenda. Olaf tinha ido. Johan Henrik tinha ido. Mattis ia lá frequentemente. Ele não compreendia mais. Eles iam vê-lo embora ele fosse talvez o menos envolvido. Os outros sabiam disso. E era por isso que eles iam. Ele lhes avisara. Vocês têm renas demais. É por isso que precisam de pastagens tão grandes. E é por isso que ocorrem tantos conflitos. Mas eles respondiam que precisavam ter muitas renas para pagar as despesas, as motos, os quadriciclos, os carros, o caminhão, a locação do helicóptero. Você não entende, Aslak, diziam eles, você só tem duzentas renas.

Aslak olhava para eles. E dizia, eu tenho duzentas renas e vivo assim. Tenho duzentas renas e não preciso de pastagens imensas. Tenho duzentas renas e as vigio. Estou sempre com elas. As fêmeas, eu ordenho. Elas me conhecem. Minhas renas ficam perto de mim quando me aproximo. Não preciso passar dias e mais dias percorrendo toda a tundra à procura delas. Meus esquis e meus cachorros me bastam. Sou um pastor pior do que vocês porque tenho menos renas ou porque não tenho moto?

Quando dizia isso, Aslak via muitas vezes um véu triste sombrear o rosto dos outros pastores. Eles ficavam silenciosos. Os mais velhos lembravam que tinham conhecido essa época. Os mais jovens diziam que gostavam também da moto. Que gostavam de poder ir passar uma noite na aldeia, no sábado, quando trabalhavam duro. Que nesse caso a moto era útil. Aslak balançava a cabeça. Ficava mudo. E os jovens pastores também ficavam mudos. Mas às vezes eles iam vê-lo de novo. Só para saber como era antes. Alguns o temiam. Mas mesmo assim voltavam. Esses ficavam à distância. Mas ele, Aslak, via-os observá-lo de longe quando estava de esqui com suas renas. Eles ficavam muito tempo. Até o frio expulsá-los.

Kautokeino.

Alguém bateu na porta. Nervosamente.

– Quem é? – gritou Klemet, ainda de mau humor.

Nina entrou, se pôs diante dele, com as pernas afastadas, mãos nos quadris, a cara zangada e determinada. Vestira o macacão, tinha às costas sua mochila e a tiracolo outra sacola. Estava pronta para sair.

– Você fica com o Brattsen ou vai correr atrás das renas? – indagou Klemet com uma voz carregada de censura.

– Pegue as suas coisas, Klemet, tudo. Vamos sair em missão. Não precisamos ficar aqui, com o Brattsen nos vigiando. Depressa. Espero você na garagem.

Nina saiu tão rápido quanto havia entrado. Klemet ergueu os olhos para o céu. Ele mal tinha começado a passar em revista os últimos conflitos entre criadores, iniciados depois do roubo do tambor e da morte de Mattis. Mais por rotina, para manter o autocontrole, que por uma verdadeira vontade de mergulhar naquilo. Contudo, ele estava indeciso. Desprezava Brattsen, mas ele havia dado um golpe de mestre. Klemet digitava em seu computador. De mestre com M maiúsculo. Ele havia pensado por um momento em avisar Johan Henrik e Olaf. Logo mudara de opinião, porém. Isso iria apenas agravar as coisas para o lado deles. E também para ele próprio. Klemet batia os punhos fechados contra as duas extremidades do teclado. De qualquer forma era inútil ficar plantado ali sem fazer nada. Nina tinha razão. Melhor sair para trabalho em campo, já que essa fora a ordem recebida.

Pegou suas coisas e dez minutos depois encontrou Nina na garagem. Ela não perdera tempo. Havia enchido de água os galões, pusera em ordem a parte traseira do veículo, trouxera roupa de cama limpa. O que ela estaria tencionando fazer? Sem nada dizer, Nina lhe indicou o banco do passageiro, subiu no veículo e engatou imediatamente uma marcha a ré nervosa. Lá fora o céu aparecera novamente. A luz era viva. Klemet fechou os olhos. Sentia sua face direita ser picada pelo ar vigoroso que entrava por uma fresta da janela, mas deixou o frio agredi-lo. A iniciativa de Nina lhe agradava, pois lhe permitia escapar de Brattsen. Sua ausência passaria despercebida. A Polícia das Renas devia estar em patrulha permanentemente, longe da base. Naquela semana eles deveriam estar descansando, mas todo seu programa de atividades tinha sido perturbado. Eles podiam perfeitamente voltar a sair em missão por alguns dias e se limitar a enviar de tempos em tempos uma mensagem boba. Com alguma sorte Brattsen nem perceberia. Aliás, ele estaria ocupado demais. Nina parou o carro na área de estacionamento do supermercado. Ela pensava na mesma coisa que ele.

– O problema é como não ir ao mesmo lugar para onde vão as equipes que o Brattsen vai pôr em campo – disse ela. – Porque se houver um encontro desses ele seria capaz de nos pôr em quarentena.

– O Brattsen vai apostar tudo nas prisões preventivas. Eu conheço o tipo. Ele é um javali. Vai desenterrando tudo. Não se incomoda de seguir outras pistas ao mesmo tempo. Além disso, ele sonha em pôr os *sami* na linha. Esse babaca mau-caráter deve estar em êxtase.

Nina ainda não tinha ouvido Klemet falar assim. Ele devia estar arrasado.

– Não entendo como esse sujeito está durando tanto tempo aqui, uma vez que ele não suporta os *sami*. Eu me pergunto quem ele mais detesta, se os *sami* ou os paquistaneses.

– Você não está exagerando? Sei que na Suécia são severos quanto a essas questões, mas...

– Exagero? Esse cara poderia ser o porta-voz do Partido do Progresso. E ele mal disfarça isso. Meu Deus, esse partido é tão rico há tanto tempo, com seus vinte por cento no Parlamento, que as pessoas nem dão mais atenção. Eles estão completamente letárgicos, de tanto se banharem no dinheiro do petróleo – Klemet bufou com força.

– Você acha que o Tor foi afastado por questões políticas?

– Se acho? Eu tenho certeza. Mas ainda vou me inteirar direito, não tenha dúvidas. Afinal você está com a razão, Nina. Eu andava meio apático. Perto demais da aposentadoria, imagino. Mas não posso deixar o Brattsen destruir tudo o que nós pusemos no lugar. E além disso precisamos levar até o fim essas investigações.

Klemet via Nina se animar. Com o seu jeito simples, aquela garota era uma guerreira.

– Vamos precisar de outra sede – lembrou Klemet.

– Eu sei de uma: a tenda! E se me lembro bem, você tem até algumas garrafas para nos dar coragem. Se é que elas ainda estão lá, claro.

O sorriso largo de Nina iluminava todo o seu rosto. Ela estendeu a mão para Klemet, que a apertou sorrindo-lhe.

Quando terminaram de preparar as provisões para o acampamento e de buscar o reboque, as motos e os estoques de gasolina, já havia passado do meio-dia. Eles deixaram o veículo e o reboque diante da casa de Klemet e foram diretamente para a tenda. Klemet pôs lenha e o fogo acendeu rapidamente. Ainda estava frio lá dentro, mas Nina já se sentia bem ali. Klemet havia conseguido criar uma atmosfera realmente calorosa. Ela se instalou à esquerda e apanhou suas pastas. Klemet se sentou perto dela e pegou suas coisas. A tenda era ampla o suficiente para eles ficarem à vontade. Klemet pegou almofadas e caixas, organizando planos de trabalho. Ligou o computador numa tomada discretamente escondida. Nina sorriu para ele sem nada dizer.

– Vamos começar pelos registros do GPS – propôs Klemet.

Cada um deles pegou a pasta com suas coordenadas. Klemet tirou da sacola um maço de mapas e os dispôs entre eles. As duas horas seguintes foram silenciosas. Os mapas se enchiam de pontos e traços vermelhos. Um e outro se absorveram em sua tarefa e davam a impressão de estar com o dobro da energia depois de terem sido afastados da investigação. Um fato novo: pela primeira vez, uma verdadeira cumplicidade parecia uni-los.

41

Segunda-feira, 24 de janeiro.
20h10. Kautokeino.

Klemet foi o primeiro a sentir calafrios correrem pela sua espinha. Pôr em ordem os dados tinha sido mais trabalhoso do que ele esperara. Eles tinham sido parcialmente destruídos pelo incêndio e parte do arquivo estava estragado. Mas ele acabara por encontrar uma certa lógica e sobretudo estabelecer uma lista cronológica dos registros. Depois disso, tudo tinha sido relativamente rápido. Fora preciso apenas passar para os mapas os dados restantes. Klemet certificou-se de que Nina seguia pelo mesmo caminho, e no espaço de meia hora eles tinham obtido um traçado grosseiro, mas significativo. Em seguida, Klemet introduziu os dados no software de posicionamento geográfico de que a polícia dispunha. Depois dessas horas passadas, entre o domingo e a segunda-feira, manipulando tantos números, de repente foi emocionante imaginar Mattis em carne e osso em sua moto nos dias e horas que antecederam sua morte.

A maioria das linhas vermelhas traçadas indicava que Mattis tinha permanecido em torno do seu *gumpi*, sem dúvida tomando conta das renas. Os numerosos traçados desenhavam ondas que beiravam os territórios de todos os vizinhos, com estadias mais prolongadas no *gumpi*.

– Para um criador que tinha problemas com seus vizinhos, Mattis passava muito tempo no seu *gumpi* – observou Klemet. – Tempo demais. Deixava as renas sem supervisão durante a maior parte do tempo, pelo menos foi o que ele fez nos dias que antecederam sua morte. Não é de admirar que seus vizinhos já estivessem fartos disso.

Nina havia observado um traçado que não deveria existir. Pelo menos não na hora indicada.

– A Berit disse que ouviu a moto suspeita por volta das cinco da manhã? – perguntou ela.

– Mais ou menos às cinco, sim. Os faróis da moto iluminaram o quarto. E o piloto estava de macacão alaranjado de trabalhador de estrada. Isso. Agora olhe a hora do último registro.

Nina examinou o mapa.

– 4h27. A última vez que ele parou a moto na frente do *gumpi* – informou Nina. – Ele disse mesmo que tinha vigiado as renas durante uma parte da noite.

– É verdade – disse Klemet. – Portanto, ele não pode ter estado ao mesmo tempo no seu *gumpi* e diante do Centro Juhl às cinco da manhã, sabendo que são pelo menos duas horas de trajeto entre os dois.

– Mas então...

– Mas então o que é essa viagem para Kautokeino, ida e volta? Na noite de domingo...

– Na noite ou na madrugada do roubo.

– Sim, a moto saiu do *gumpi* à 1h52. Portanto, ele levou duas horas e meia para voltar. Considerando a tempestade daquela noite, talvez não seja tão estranho o fato de ele ter levado mais tempo.

– Conclusão – prosseguiu Nina –, isso significa que Mattis não passou a noite vigiando as renas, como ele nos disse.

– E isso explica porque estava tão cansado.

Os dois policiais olharam novamente para os traçados.

– É plausível imaginar que ele tenha dito a verdade e que outra pessoa tenha usado sua moto?

– Uma pessoa que teria estado antes no *gumpi*?

Klemet fez uma careta.

– Afinal de contas – prosseguiu Nina –, há essa segunda moto com duas pessoas. Não sabemos nada sobre o horário da chegada delas. Nem sobre as intenções delas. Talvez fossem outros criadores que foram ajudar o Mattis a reunir suas renas. E depois eles tiveram uma briga qualquer.

– Mas o Mattis não mencionou a ajuda, lembre-se. Ele disse que trabalhou sozinho durante toda a noite. Por que ele teria escondido que recebeu ajuda? Isso não tem sentido. Não, eu só vejo uma explicação...

Klemet olhava para Nina e percebeu que lhe era penoso cogitar a tal explicação.

– Você quer dizer que a Berit teria se enganado quanto à hora? – perguntou ela.

– Ela se enganou. Ou então mentiu deliberadamente.

– A Berit? Mentir? Isso é impossível! Mas ela pode ter ouvido outra moto às cinco horas. A do ladrão.

– É uma hipótese, é verdade – admitiu Klemet. – Mas de qualquer forma você tem de admitir que a moto do Mattis, com ou sem ele como piloto, chegou até as imediações do Centro Juhl, e, portanto, da casa da Berit, por volta das dez da noite de domingo. E não saiu dali durante toda a noite. Tudo isso levanta muitas perguntas.

Subitamente, Klemet olhou para o relógio.

– Oito e meia. Nina, eu acho que nós ainda temos tempo para fazer uma visitinha à Berit.

Dez minutos depois, Klemet e Nina estavam diante da casa de Berit. Os dois policiais ficaram por algum tempo no carro. A casinha de Berit, em madeira amarela, ficava a apenas algumas dezenas de metros da entrada do Centro Juhl. Havia luz na casa. Berit ia dormir cedo, mas ainda estava de pé. Se a pessoa ficasse numa janela, da casa dela se via bem a entrada do Centro; era tudo muito nítido. A noite estava escura, como às cinco da manhã na noite do roubo. Via-se também o Albergue da Juventude, do outro lado da estradinha. Onde uma festa bem animada acontecera na mesma noite.

Montes de neve se erguiam contra as laterais da casa de Berit. Uma parte da neve havia deslizado do teto. A luz dos postes de iluminação clareava uma camada espessa de neve no teto. Berit havia desobstruído a entrada, mas não as redondezas da casa. A neve chegava quase até as janelas. O carro dela estava estacionado sob um anteparo que também protegia achas de bétula. Os policiais viram uma silhueta lenta passar diante da janela da cozinha. Alguns traços paralelos se cravavam num monte de neve que havia sob uma janela. Os passos deles estalaram na neve cristalizada. A temperatura devia ter caído novamente para perto de trinta graus negativos. Klemet bateu na porta. Eles ouviram pequenos ruídos e a porta se abriu.

Berit os recebeu com um ar surpreso. Seu olhar passou de um para o outro. Depois seu rosto acabou se enrugando num sorriso quando ela reconheceu Nina.

– Não fiquem aí, entrem, senão vocês morrem de frio.

Os policiais entraram e tiraram os sapatos. Berit os levou diretamente para a cozinha e os convidou a se sentar em volta da mesinha de pinho. Ela vestia uma bela túnica evasê de algodão azul-real. Na parte inferior havia uma tira de veludo vermelho ondulada como uma cortina de teatro. Um debrum fino amarelo-ouro fazia o acabamento. Berit trazia nos ombros um lenço nas cores tradicionais *sami*: vermelho, amarelo, verde e azul, todas em furta-cor. O xale lhe cobria também o busto e era fechado por uma pequena joia formada por pecinhas côncavas montadas num motivo geométrico. A touca de lã vermelha, também ela bordada com debruns amarelo-ouro, iluminava seu rosto enrugado e os olhos castanhos que as pálpebras cobriam pela metade. Berit permaneceu de pé, as mãos encaixadas uma na outra, o olhar interrogativo.

– Café?

Sem esperar, ela fez meia-volta e preparou a cafeteira. A cozinha era modestamente mobiliada, como o restante da pequena casa. Klemet adivinhava que devia haver dois quartos, no máximo, no andar de cima. A sala devia ter o tamanho da cozinha, ou muito pouco mais. Completava a disposição dos cômodos um quarto de costura e de passar roupa, cuja porta se via à esquerda da geladeira antiga. O piso era de linóleo marrom, os móveis de cozinha eram de pinho envernizado. Os raros utensílios visíveis estavam dispostos num lugar que certamente lhes fora destinado há muito tempo. Fora a vasilha com café e uma pequena cesta trançada contendo duas maçãs, não se via nenhum alimento. Na mesinha, um quadrado de tecido encerado fazia as vezes de toalha. O quadrado estava amassado e tinha muitas marcas de cortes. Berit vivia num despojamento que teria deixado admirada a mãe de Nina. A luz fraca não dava nem mesmo a impressão de uma intimidade calorosa, mas aumentava em Nina um sentimento de tristeza e abandono. Berit era uma mulher que não tinha sido poupada pela vida dura e que se contentava com o estritamente necessário. Sua condição não explicava por si só esse despojamento. Sua convicção laestadiana não convidava à exibição de riquezas.

Berit sorriu novamente para eles, tirou duas xícaras. Pegou uma faca e cortou as duas únicas frutas da cozinha em lâminas finas, que pôs em dois pratos diante dos policiais. Acendeu uma velinha e a colocou no meio da mesa. Ela se serviu de um copo de água. Klemet e Nina tinham ficado em silêncio, respeitando a solenidade do momento. Mas sem nada dizer, cada um sondava também a velha, tentando decifrar, naquela triste cozinha, aquele rosto enrugado e bom cercado das cores cambiantes da túnica.

Ela foi a primeira a quebrar o silêncio.

– Posso ajudar em alguma coisa? Vocês têm alguma novidade sobre o assassinato do Mattis?

– A investigação está progredindo – respondeu Klemet. – E tenho uma grande esperança de que você possa nos ajudar, Berit. Na verdade, tenho certeza de que você vai poder nos ajudar.

Berit sorriu, as mãos juntas diante de si.

– Se puder, faço isso com prazer. Se for a vontade de Deus.

Klemet balançou a cabeça. Para disfarçar a atrapalhação, tirou um mapa da sacola que tinha às costas. Berit se aproximou com um copo de água.

– Veja, Berit, você disse que ouviu a moto do ladrão mais ou menos às cinco da manhã de segunda-feira. Mas nós não encontramos nenhum rastro de uma moto que confirmasse isso. O que é estranho. Em compensação... outra moto estava lá algumas horas mais cedo.

Klemet parou um instante. Berit continuava com um sorriso atento. Mas Klemet teve a impressão de que ela segurava com um pouco mais de força seu copo de água.

– Ah, bom, vocês têm certeza?

– Você sabe que estava acontecendo uma festa no Albergue da Juventude? – interveio Nina pela primeira vez.

– Uma festa?

– Você se lembra de como estava o tempo naquela noite? – acrescentou Klemet sem deixar a Berit tempo de responder.

Agora a velha parecia desamparada, perturbada pela rápida sequência de perguntas. Ela pôs a mão no espaldar da cadeira diante dela, como se quisesse garantir seu equilíbrio.

– Uma festa, o tempo... eu não estou entendendo nada. Por favor, eu sou uma velha.

Suas pálpebras caídas e o seu ar subitamente perdido inspiravam compaixão.

– Berit, você disse que acordou com o motor da moto – insistiu Klemet. – Você ouviu o nosso carro chegar naquela noite?

– Eu... ouvi... não, eu não sei, acho que não prestei atenção, estava cuidando das minhas coisas.

– Berit, naquela noite houve uma tempestade. O barulho do vento era muito forte. Você pode não ter ouvido a moto simplesmente porque a tempestade abafou o ronco do motor.

Berit fechou a pasta sem responder. Ela fazia movimentos estranhos com a boca, como se mordesse o lábio inferior. Mas não respondia. Klemet achou que era hora de pô-la contra a parede.

– Outra coisa, Berit: nós sabemos que a moto do Mattis ficou estacionada aqui durante grande parte da noite. Na verdade entre as dez da noite do domingo até de madrugada, por volta de duas e vinte. Você não acha isso estranho, Berit? Assim como são estranhas essas marcas antigas de moto no monte de neve, como se alguém tivesse entrado atabalhoadamente sem ter parado a tempo. É pelo menos estranho, você não acha?

– Ah, meu Deus, meu Deus – disse Berit agitada, pondo trêmula na mesa o copo de água, sem evitar que caíssem algumas gotas.

Nina se levantou e foi abraçar os ombros da velha. Levou a cadeira para diante dela e a ajudou a se sentar. Berit se deixou levar.

– Berit – disse Nina segurando entre as suas a mão direita da velha *sami* –, o Mattis veio aqui na sua casa na noite de domingo para segunda-feira?

– Ah, meu Deus, meu Deus... Senhor todo-poderoso!

Berit olhou para Nina com uma expressão de desespero. A jovem tentava encorajá-la com o olhar e um sorriso. Berit desviou o olhar para Klemet, que se aproximava dela inclinado sobre a mesa, e depois, sempre atenta, voltou a olhar para Nina.

– Ah, Senhor, me ajude – disse ela, subitamente rompendo em prantos. As lágrimas brotaram de repente, num fluxo longo que ela não se preocupava em reter. A velha chorava, invocando Deus, sacudindo a cabeça, apertando, sem perceber, a mão de Nina. A jovem policial se ajoelhou e apertou a mão dela com as suas. Klemet correu os olhos pelo cômodo à procura de um rolo de papel mas só viu um pano de chão, que foi buscar e entregou a Berit. Esta continuava meneando a cabeça, chorando e gemendo. Nina pegou um canto seco do pano e delicadamente enxugou os olhos de Berit. A velha pareceu voltar à realidade. Seu rosto molhado de lágrimas se iluminou por um instante. Ela sorriu tristemente e, fungando, passou a mão trêmula pelo rosto de Nina. Depois, olhou para Klemet.

– É verdade, o Mattis esteve aqui naquela noite. Foi a última vez que o vi.

Ela explodiu novamente em fortes soluços. Klemet e Nina se entreolharam. Nina estava emocionada pela reação de Berit. Seus olhos estavam úmidos. Klemet lhe fez com a cabeça um sinal de encorajamento.

– Conte para a gente, Berit – disse Nina.

A *sami* pegou o pano e se assoou longamente.

– Ah, Senhor, Senhor...

Sua voz agora começava a se acalmar. Ela balançava um pouco a cabeça da esquerda para a direita.

– O Mattis nunca teve chance, coitado. Naquela noite ele estava desesperado. E tinha bebido. Meu Deus, ele tinha bebido muito.

– O que foi que aconteceu? – indagou Klemet. – Por que foi que ele bebeu?

Berit enxugou os olhos.

– Foi o tambor, Klemet, esse tambor. Ele era obcecado por tambores, você sabe disso. Mas com aquele tambor do Centro Juhl era diferente. Aquele era um tambor verdadeiro. E alguém pôs na cabeça dele que ele poderia recuperar seu poder e se tornar um xamã melhor ainda do que o pai dele. Ah, meu Deus, Klemet, Deus sabe que tentei fazer com que ele voltasse à razão. Mas ele começou a beber naquela noite e... ele saiu. Só voltou algum tempo depois, trazendo alguma coisa embrulhada. Ele foi para o andar de cima, num dos quartos. Eu ouvia o seu canto, ele grunhia, gritava e voltou a cantar *joïk*. E ele se enervava. A certa altura, ouvi o barulho de uma garrafa quebrando e depois o choro dele. Isso durou duas horas, talvez. Foi horrível, não acabava nunca. Depois comecei a me preocupar. Subi. Não ousei nem mesmo abrir a porta. Olhei pelo buraco da fechadura. Ah, meu Deus, Senhor, o que eu vi! Desci imediatamente – disse ela com um ar perturbado. – Voltei a me sentar aqui, nesta mesma cadeira, e rezei, rezei.

Berit tomou um gole de água. Seu rosto se apaziguou. Ela não chorava mais.

– Finalmente ele desceu. Coitado. Parecia muito infeliz, muito desesperado. Tinha os olhos perdidos. Acho que eu nunca tinha visto o Mattis daquele jeito. Ele veio para a cozinha e continuou chorando. Chorou no meu ombro como uma criança. E depois, de repente, se endireitou e me disse: "De qualquer maneira ele vai pagar caro se agora quiser ficar com o tambor". Foi tudo o que ele disse. Mas parecia estar decidido. Juntou suas coisas e foi embora.

Berit pegou por um instante o pano de chão e o levou diante da boca. Estava novamente tomada pela emoção.

– E não voltei a ver o Mattis – disse ela de repente, sufocada pela emoção, antes de voltar a chorar convulsivamente.

Klemet e Nina deixaram que ela chorasse. Nina pegou sua mão.

– Que horas eram quando o Mattis foi embora? – perguntou Klemet.

Berit recuperou a calma.

– Deve ter sido a hora que você falou agora há pouco, duas ou duas e meia. Eu estava morta de cansaço.

– Então, ele ficou fora pouco tempo por volta da meia-noite – prosseguiu Klemet. – Você tem ideia de para onde ele foi?

Berit olhou para ele.

– Você sabe muito bem, Klemet. Ele foi até o Centro, e foi ele quem roubou aquele maldito tambor cujo poder haviam prometido a ele. Ah, meu Deus, durante toda aquela noite ele tentou controlar o tambor, eu percebi isso. Ele queria se fazer obedecer e não conseguiu, coitado, isso é evidente. E ele ficou muito perturbado porque não estava à altura.

– Você sabe de quem ele falava quando disse "Ele vai pagar caro se agora quiser ficar com o tambor"?

– Não, não, eu não sei. Mas o que eu sei é que ele morreu por causa do tambor!

42

Segunda-feira, 24 de janeiro.
21h50. Kautokeino.

As novas ordens de Rolf Brattsen tinham sido cumpridas com rapidez exemplar. Brattsen havia sido muito claro. Sem mais demora. Ação rápida e eficaz.

Era preciso ter um resultado. "Vamos a fundo." Se pudesse, teria armado seus policiais, mas ele ponderara que isso seria ir longe demais. Segundo as informações obtidas, Olaf Renson ainda estava em Kiruna. Brattsen julgara inútil alvoroçar os colegas suecos. Isso apenas complicaria as coisas, e ele odiava a burocracia e os burocratas, quase mais do que os *sami* e os paquistaneses. Melhor esperar que Renson voltasse para Kautokeino. A sessão do Parlamento *sami* tinha terminado naquela segunda-feira à tarde, Brattsen se informara discretamente. Renson estaria de volta em Kautokeino a partir da manhã do dia seguinte.

Duas equipes tinham partido e iam se posicionar de modo a estarem prontas para prender Johan Henrik na manhã do dia seguinte, antes que ele saísse para o *vidda*. Elas iam acampar bem perto do território dele e estariam prontas para a ação desde a madrugada. Era preciso discrição. De qualquer forma, não se esperava que os criadores oferecessem resistência. Ele contava com o respeito que os *sami* têm pelas autoridades. O único que poderia causar problemas era Renson. Esse obstinado era capaz de reunir a mídia e posar de indignado, como já havia feito quando o prenderam pelo atentado a bomba contra um equipamento de mina na Suécia.

Se tudo corresse bem, Rolf Brattsen seria capaz de prender os dois *sami* na terça-feira. Mais rápido do que o previsto. Isso é que é trabalho, pensou ele. O velho Olsen não tinha se enganado. E se tudo continuasse como previsto, se o francês e Aslak trabalhassem igualmente bem na tundra, ele logo estaria rico...

22h10. Lapônia Central.

Aslak e o estrangeiro tinham voltado para o acampamento depois daquela nova jornada ainda mais longa. O francês havia se isolado num canto da tenda e olhava as pedras que levara. Escrevia numa caderneta, olhava mapas, fazia marcas, consultava um livro, observava as pedras com lupa, media-as, anotava outra vez, sempre xingando.

Aslak não conhecia a ciência das pedras como aquele homem possuído. Mas sabia que pedras eram macias o suficiente para ser esculpidas. Ele preferia trabalhar com o chifre de rena. Aprendera com seu avô, que as seguia nas transumâncias. O velho já não era capaz de ajudar no trabalho com as renas. Passava os dias no acampamento montado entre duas etapas de distâncias muito variáveis, segundo a disposição das renas. A família praticava essas transumâncias duas vezes por ano, na primavera, quando os rebanhos deixavam o *vidda*, a Lapônia interior, depois do nascimento das crias das corças, e subiam para o norte, em direção à costa, em direção às pastagens verdes e ricas das ilhas do Grande Norte. As renas fugiam do calor do *vidda* e dos mosquitos, que as enfureciam. A viagem atrás das renas podia durar um mês. O caminho inverso era feito no outono. As pastagens de verão estavam esgotadas. As renas encontravam naturalmente o caminho do *vidda*. A comida do inverno seria magra. Líquen. As renas o aceitavam apenas porque estava molhado de neve.

Aslak se lembrava de ter sentido, durante as suas longas e lentas transumâncias, uma sensação que ele não conhecia e que desde que se tornara homem não havia mais sentido verdadeiramente. Um dos jovens pastores que às vezes iam vê-lo tinha empregado a palavra "felicidade". Aslak não entendia o que aquilo queria dizer. Ele só sabia que quando criança tinha aprendido com o avô tudo o que era importante aprender numa vida de homem.

Seu velho avô caminhava com muita dificuldade. Mas durante os longos dias de espera no acampamento, quando os pastores vigiavam ao longe os rebanhos em suas pastagens de etapa, o avô partia às vezes para fazer passeios curtos. Um dia, ele havia levado Aslak ao cume de uma montanha. A altura não era muito grande. O cume era plano. Mas do alto se podia ver as outras montanhas, a perder de vista. Aslak havia aprendido a amar aquelas montanhas naquele dia, quando seu avô lhe disse: "Veja, Aslak, essas montanhas, elas se respeitam. Nenhuma delas tenta subir mais alto para fazer sombra ou esconder a outra, ou para dizer que é mais bonita. Daqui a gente pode ver todas elas. Se você for ao alto daquela outra montanha, lá, vai ser uma coisa parecida, você vai ver todas as outras montanhas à sua volta." Nunca o avô tinha falado tanto. Sua voz era calma, como sempre. Um pouco triste, talvez. "Os homens deviam fazer como as montanhas", dissera o velho. Aslak não respondeu. Olhou para o avô e olhou a paisagem que se estendia em torno dele. Nunca as montanhas enlanguescidas da Lapônia tinham sido tão belas.

As infinitas ondas de bruma com seus tons de fogo, sangue e terra, brilhavam e crepitavam de vida sob os raios do sol. Seu avô pegou um chifre de rena que havia recolhido no caminho. Tirou a faca e começou a moldá-lo. Eles ficaram em silêncio durante horas no cume daquela montanha. No final, o avô mostrou o chifre a Aslak. Ele tinha gravado as iniciais dos dois e a data daquele dia. Depois escorou o chifre de rena entre duas pedras grandes. Ele estava cansado. Antes de descer para o acampamento, pegou a mão de Aslak e lhe disse: "Assim, quando eu tiver morrido, as pessoas vão saber que eu passei por aqui neste dia com o meu neto."

Kautokeino.

Klemet e Nina se isolaram na sala por um momento. Eles acreditavam na versão de Berit. O sítio e o *gumpi* de Mattis tinham sido revistados. E o tambor não estava lá. Café fresco e outra vela esperavam por Klemet e Nina quando eles voltaram à cozinha. Berit havia secado as lágrimas, mas tinha os olhos inchados. Klemet a conhecia suficientemente bem para saber que ela devia estar atormentada. Aproximou-se e segurou seus ombros.

– Berit, por que você mentiu quanto à hora? Você sabe que é errado mentir para a polícia...

Berit olhou para ele com uma expressão imensamente triste.

– Mattis era como um irmão mais novo para mim. Quando eu era mocinha, ajudei a mãe dele no parto. As nossas famílias cresceram juntas. Quando ele estava no seu *gumpi*, no *vidda*, ele às vezes vinha na minha casa para comer alguma coisa. Ele dormia no quarto lá em cima. Para ele isso era mais prático do que voltar ao seu sitiozinho, que fica longe. Eu lavava a roupa dele, lhe dava comida. Escutava o que ele queria me dizer. Ele sabia que eu não o julgaria. Aqui ele encontrava um pouco de paz.

Klemet balançava a cabeça.

– Berit, nós queríamos saber exatamente com quem o Mattis esteve nos dias que antecederam sua morte. Isso pode ser importante para encontrar a pessoa de quem ele falou logo antes de ir embora.

Nina pegou o conjunto de fotos que levara de sua sala. Escolheu as dos protagonistas dos dois casos que agora com toda a certeza eram um só. O ladrão tinha sido identificado. Restava saber se Mattis havia agido só. Nina dispôs as fotos. Os rostos se sucediam. Mattis. Ailo. John. Mikkel. Johan Henrik. Olaf. O pastor. Helmut, do Centro Juhl. A própria Berit. E por fim Aslak. Faltava uma foto de Racagnal. Nina havia acrescentado uma foto de Sofia. E para que a série ficasse absolutamente completa, mais para registro, ela pôs as fotos da mulher de Aslak e de Johan Mikkelsen, o jornalista da NRK.

Em silêncio Berit olhou as fotos por um momento. Klemet e Nina vigiavam as suas reações, mas a velha parecia sobretudo triste. Ela tocou a foto da mulher de Aslak.

– Coitada...

Berit continuou olhando as fotos. Balançou a cabeça.

– Eu não sei o que dizer a vocês. O Mattis conhecia todo mundo. O Helmut: o Mattis às vezes fabricava tambores pequenos para vender aos turistas. Vocês estão vendo? Sempre os tambores. Ele só pensava nisso, o coitado. O pastor: garanto a vocês que o Mattis não era praticante; crente, então, muito menos, coitado. Isso teria lhe ajudado bastante. Ele ficava no mundo dele, achando que cada coisa, um pequeno rochedo, as árvores, tudo tinha uma alma.

Berit se persignou, por reflexo. Afastou as primeiras fotos e prosseguiu com as outras. Pôs a foto de Aslak na outra pilha, deslizando-a lentamente sem deixar de olhá-la. Pegou a foto de Olaf.

– Eles não se conheciam muito bem. Acho que o Olaf desprezava um pouco o Mattis. Ou então achava que ele era muito... muito distante. O Mattis havia participado um dia de uma reunião política com o Olaf. O Mattis se interessava por essas histórias sobre a Lapônia, sobre a autonomia, sobre os valores lapões. Ele gostava disso, uma vez me falou. Até acho que o Mattis votou no Olaf nas eleições para o Parlamento *sami*. Mas quando o Olaf precisou do Mattis para distribuir panfletos nos mercados, o Mattis quase sempre se esquecia de ir. O Olaf se encheu com isso. Começou a criticar o Mattis, a dizer que se limitasse aos tambores, que ele mesmo faria o jogo dos políticos que queriam confinar os *sami* num parque de atração cultural para turistas. Eu me lembro da expressão, porque achei aquilo maldoso.

Berit pôs a foto de Olaf sobre a de Aslak e pegou a seguinte, de Ailo. Antes que ela começasse a falar, Nina segurou sua mão.

— Berit, você não falou nada sobre o Aslak... No entanto, eles eram muito próximos, não eram?

Berit fez uma expressão de menina pega em alguma travessura. Suas pálpebras caíram um pouco mais sobre os olhos.

— Ah, o Aslak, é verdade, eles se conheciam. Tinham respeito um pelo outro. Eles se viam no *vidda*, só isso.

Ela voltou a pegar a foto de Ailo, como se quisesse encerrar logo seus comentários sobre Aslak. Nina se surpreendeu, mas a deixou prosseguir.

— Antes o Mattis tivesse frequentado menos este aqui. Junto com os dois outros, aliás, porque eles nunca estão separados. Ailo Finnman. Ele e sua família... Eles acham que podem fazer tudo. Ameaçam todo mundo no *vidda*, abrem caminho com os cotovelos.

— O Mattis frequentava esse pessoal?

— Frequentar, se quiserem chamar assim. Eles às vezes faziam negócios entre eles. O Mattis também os ajudava na hora da triagem. Eu falava para ele não se misturar com aquela gente, mas o Mattis quase sempre fazia o que lhe dava na telha. Os outros vendiam tambores para ele de forma ilegal. E, além disso, passavam adiante mercadorias. Eu nunca quis saber. Mas você, Klemet, você deve estar por dentro dos tráficos com esses grandes caminhões que atravessam o tempo todo a Lapônia entre a Noruega, a Finlândia e a Suécia.

— E domingo, antes de vir para sua casa, você sabe onde o Mattis esteve? Segundo o GPS ele estava em Kautokeino desde dez horas naquela noite. Mas ele só chegou em sua casa um pouco mais tarde, não é mesmo?

— É possível. Não me lembro mais do horário. Se a sua máquina diz isso, provavelmente é verdade. Mas não sei com quem ele esteve, se é que esteve com alguém. O certo é que ele já tinha bebido quando chegou aqui. O que não era de admirar. Ele sabia que na minha casa não tem álcool e que eu não queria que ele bebesse aqui. Mas, meu Deus, naquela noite, ah, meu Deus, ele tinha bebido e bebido...

Klemet e Nina agradeceram a Berit. Ela pôs as últimas fotos na pilha. Seu olhar deslizou para a pilha vizinha, que Nina havia posto de lado, com as fotos de Henry Mons feitas durante a expedição de 1939.

– Olha – disse ela –, o que ele está fazendo aí? – espantou-se Berit.

Os policiais se debruçaram sobre a foto e a aproximaram da vela.

– De quem você está falando? – indagou Nina agitada.

– Deste aqui, o baixinho bigodudo.

– Você o conhece? – insistiu Klemet.

– Não, mas outro dia, limpando pela primeira vez depois de muito tempo o andar de cima da casa do Olsen, vi algumas fotos no quarto dele. E estava lá esse cara, que podia ser o pai dele.

O pai de Karl Olsen. Estava explicada a presença daquele homem na expedição. Na época, o pai de Olsen já devia criar vacas e por isso deve ter fornecido à equipe uma parte do material, talvez veículos, ou animais, cavalos ou burros. Mas isso não explicava seu desaparecimento das fotos pouco tempo depois da partida de Niils Labba e Ernst Flüger, o geólogo alemão. Karl Olsen não tinha nascido nessa época. Mas seu pai provavelmente havia lhe falado sobre essa expedição.

– Nós vamos lhe fazer uma visita – disse Klemet. – Vamos ver direitinho. A que horas ele costuma estar no sítio?

– Ah, amanhã de manhã ele vai estar lá, sem dúvida, porque o Mikkel e o John vão trabalhar nas máquinas dele. Eles chegam de manhã, e o velho Olsen gosta de ficar de olho para ter certeza de que eles trabalham direitinho.

– John e Mikkel? Faz tempo que eles trabalham para o Olsen? Eu achava que eles só faziam extras na oficina.

– Eles se metem em tudo, aqueles lá. Já faz anos que eles trabalham também para o velho Olsen – disse Berit. – E o Mattis também ia às vezes ao sítio do velho Olsen encontrar os dois, dar uma de mecânico junto com eles. O Mattis tomava ferramentas emprestadas do velho. Eles tinham os seus trambiques ali, eu acho.

O celular de Klemet tocou. Ele olhou o nome que apareceu na tela. Tor Jensen. O retorno do Xerife. Klemet passou para a sala e atendeu. A ligação durou apenas alguns minutos. O Xerife estava de volta a Kautokeino. Não incógnito, mas quase. Ele soubera do afastamento da Polícia das Renas. Queria encontrar Klemet ainda naquela noite. O tom não enganou Klemet. O Xerife estava de volta, e isso o agradava.

Voltando à cozinha ele viu Nina, que tinha um sorriso resplandecente. Um sorriso cintilante de malícia. E de satisfação intensa. Na pequena mesa da cozinha, uma forma escura, oval e gorda repousava sobre um pedaço de pano. Bastou dar uma olhada para Klemet compreender. Ele tinha diante dos olhos o tambor, o que havia sido roubado por Mattis. O que havia causado sua morte.

43

Segunda-feira, 24 de janeiro.
23h30. Kautokeino.

A volta à tenda de Klemet aconteceu num clima de muita agitação. Nina contou que subitamente percebera que eles não tinham feito à Berit a mais simples das perguntas. Mattis havia deixado o tambor no quarto para que ela tomasse conta dele! E Berit o colocara no armário da cozinha. Os policiais saíram imediatamente com seu tesouro. Eles foram firmes ao exigir de Berit que não falasse com ninguém sobre o tambor, pois a investigação ainda estava em curso. Culpada de falso testemunho e de ocultação, não foi difícil convencê-la.

– O que vamos fazer com o tambor? – disparou Nina. – Em princípio, a gente não está mais na investigação. Teoricamente estamos em plena tundra controlando os rebanhos.

– Eu sei, mas não vamos estragar o nosso prazer assim tão cedo, você não acha? Está fora de questão eu entregar o tambor ao Brattsen.

– Mas eles está prestes a prender aqueles criadores de renas.

– Ele vai prender os criadores pela morte do Mattis, não pelo roubo do tambor. A não ser que ele espere, por um passe de mágica, resolver tudo com sua varinha de condão. Ele terá de ser muito convincente.

– Mas como nós vamos esconder a descoberta do tambor? Além disso, agora nós já estamos a poucos dias da Conferência da ONU!

– Eu sei, Nina, mas precisamos consolidar nossa posição. Saber mais sobre tudo o que esse tambor pode nos contar. E deixar o Brattsen se enterrar. Depois, tudo volta aos eixos.

– Hum. Esse joguinho não me agrada muito – disse Nina franzindo os lábios num gesto de descrença que ele adivinhou em sua voz. – E o Xerife, você pensa em contar a ele?

Klemet não havia se decidido. Tor estava do lado deles. Mas ele preferia esperar para ver o que o seu chefe de Kautokeino tinha em mente.

– Nós logo veremos, quando ele passar na tenda.

– E quanto ao tambor? Não devíamos protegê-lo? O diretor do Centro Juhl disse que queria que fosse restaurado antes da exposição. Se nós o deteriorarmos por descuido arriscamos pagar caro.

– Vamos passar para ver o tio Nils Ante amanhã bem cedo. Ele certamente vai saber o que fazer.

Logo que chegaram à tenda, eles se precipitaram para o tambor. As chamas lançavam sombras estranhas nas paredes da tenda. Pareciam dar vida aos motivos que havia no tambor. Uma linha separava o instrumento na sua parte superior, como lembrara Henry Mons. Viam-se efetivamente algumas renas estilizadas, mais ou menos como nas pinturas rupestres. E a cruz estava bem ali, mas era mais do que uma cruz.

Nina teve o reflexo de tirar sua máquina fotográfica para imortalizar o tambor e conservar uma lembrança dele. Depois ficou estudando a pele esticada e sulcada.

Ela reconheceu renas nas duas partes do tambor. Peixes também, pássaros escuros que podiam ser corvos, mas era ilusório querer determinar a espécie. Uma grande serpente, gorda demais a julgar suas proporções em relação aos outros animais. Mas as proporções tinham sem dúvida pouca importância, pensou Nina ao considerar isso, pois os pássaros e os peixes eram do mesmo tamanho que as renas. Ela via sinais quase indígenas – sem saber por que achava isso –, extremidades de abetos, um sol, ou talvez fosse um personagem num sol. Embaixo, à esquerda da cruz, Nina viu uma espécie de barco num círculo. Sob o traço de separação estava desenhado o que parecia uma rede de arame. Depois havia ainda losangos apoiados sobre a linha. Do lado direito, ondas divertidas orlavam o tambor. Nina estava admirada pela assimetria dos motivos, pela sua delicadeza. Tentava se convencer de que tudo aquilo podia ter um significado para as pessoas. Mas em que linguagem?, pensou ela. Seu olhar se dirigiu à cruz. Era uma cruz larga, com uma espessura dupla e o centro formado por um losango. Cada seção da cruz tinha um símbolo diferente, e o centro do losango xibia outro. Nina olhou para Klemet, esperando captar nos olhos do companheiro uma luz de compreensão.

– O que você acha?

Klemet estava perdido. Não pensava em confessar aquilo. Não naquela hora. Mas ao descobrir aquele tambor ininteligível ele percebia o fosso que o separava da cultura *sami*. Que sempre o havia separado. Dezenas de pesquisadores teriam matado pai e mãe para ter nas mãos aquele tambor. Mas Klemet era incapaz de ver o que quer que fosse. A duras penas, ele compreendeu que havia crescido afastado da cultura *sami* e que, tanto quanto Nina, por exemplo, ele estava desligado do que, no entanto, representava o centro dessa cultura. E dessa história. Subitamente, as palavras de seu tio lhe vieram à memória. Os *sami* tinham sido vítimas de uma guerra santa. De uma autêntica guerra de religião. E tinham perdido. Klemet era um exemplo gritante disso. Diante de um tambor que deveria ter despertado nele sentimentos perturbadores ele ficava insensível.

Klemet olhou novamente o tambor. O traço de separação fora colocado muito alto. A cruz estava no meio da maior das duas partes delimitadas pelo traço de separação. A cruz era ricamente adornada. Aquilo seria incomum? Klemet era incapaz de dizer. Ele podia identificar as renas, os peixes, os pássaros, os abetos talvez, as montanhas talvez, as tendas *sami* sem dúvida. Não tinha certeza nem mesmo disso. Não tente parecer perito, disse ele a si mesmo. Você é um *sami* bem medíocre!

– Precisamos ligar para o Tor – lembrou Nina.

– Isso. E inteirá-lo do que aconteceu. Mas me diga, Nina, você que não é *sami* e não conhece essa cultura, o que você vê no tambor? Um olhar de principiante talvez enxergue melhor certas coisas...

Nina já havia superado a enorme surpresa inicial e começava a assimilar os símbolos.

– É verdade – disse ela –, tenho alguns palpites, mas já estou influenciada pela história ligada a esse tambor. Eu vejo tendas *sami*. Por quê? Não sei. Nessa fronteira, ou nessa separação, eu poderia perfeitamente ver um limite entre o que há sobre o mar e o que há sob ele. Nos losangos eu vejo icebergs. A parte imersa na água é bem maior. Um lago que ocultaria alguma coisa? Uma aldeia que foi inudada e ficou submersa? Por causa da construção de uma barragem talvez? Klemet, você disse que veio trabalhar pela primeira vez na região quando houve manifestações em Alta. Essas manifestações não eram contra a construção de uma barragem?

Klemet se levantou e pegou o tambor. Pondo-o de volta, observou-o de vários ângulos.

– É uma teoria muito boa. Sabe, eu tinha embarcado de tal forma nas lembranças vagas de meu tio, com as histórias de uma fronteira entre o reino dos vivos e o dos mortos, que... Uma aldeia submersa. Uma aldeia ou uma mina submersa...

– Ou as duas!

– Ou as duas...

– Essa espécie de grade apoiada na linha poderia ser uma escada entre os dois lados do nível da água.

– Uma escada... Por que não?

– Aqui, um homem estilizado que segura duas cruzes: um pastor? E aqui uma cruz que simboliza o sol, mas se você pensa de modo diferente, como com os reinos dos mortos, pode ser que isso não tenha nada a ver com o sol. Eu tendo a ver uma espécie de bússola ou uma rosa dos ventos. E aqui, esse círculo, uma bússola mais uma vez – sugeriu Nina.

– Mas por que duas bússolas?

– Não sei. A pessoa que desenhou esse tambor talvez precisasse esconder muitas coisas.

– Ou talvez precisasse contar muitas coisas – murmurou Klemet com um ar soturno.

O Xerife chegou dez minutos depois. Já não parecia cansado. Mal chegara de Hammerfest; vestia calça cargo cinza e *parka* azul-marinho. Tor

Jansen estava visivelmente com um humor combativo. Há muito tempo Klemet não o via em uniforme de campo. De tanto comer alcaçuz, ele havia engordado. A roupa estava um pouco apertada demais. Mas isso não era importante. Klemet disse para si mesmo que seu chefe, ou ex-chefe, tinha pela frente uma bela desforra.

– O que aconteceu em Hammerfest? – perguntou Klemet.

– Hammerfest! Uma porção de gente divertida. A região está infiltrada. Ou você encontra trabalhistas em todos os cartazes...

– Como você – indicou Klemet com um sorriso.

– Não me encha o saco... ou você tem o Partido do Progresso puxando os cordões e manipulando os conservadores. Em Oslo é assim, mas eu posso lhe garantir que nessa região isolada de Finnmark é parecido ou igual. As pessoas são tão babacas quanto na capital!

Nina parecia chocada por ouvir o delegado falar daquele jeito. Tor Jensen não deu atenção a isso.

– O Partido do Progresso?

– Eu não me espantaria. Eles estão ganhando terreno na região. Até aqui, no Norte vermelho! Eles têm o *lobby* das motos com eles!

– O *lobby* das motos?

O Xerife se voltou para Nina, irritado com a pergunta.

– Você não deveria saber dessas coisas, não, já que faz parte da Polícia das Renas? O *lobby* das motos, puta merda! Klemet, explique, é o seu trabalho.

O Xerife estava realmente encolerizado, pensou Klemet, divertindo-se por ouvi-lo xingar daquele jeito.

– O pessoal que usa moto quer poder passear nas montanhas quando está de folga, por exemplo no feriado da Páscoa, que é um dos fins de semana mais bonitos na região, com muita neve por toda parte e ao mesmo tempo muito sol. Os noruegueses da costa vão de moto com a família para a sua cabaninha na tundra, ao longo dos rios, durante três ou quatro dias. Mas é a época em que as renas fêmeas estão parindo, e os rebanhos não devem ser perturbados de maneira alguma, do contrário, as fêmeas podem abandonar o filhote, com grandes perdas para os criadores. Daí resultam conflitos. Só se ouve falar nessas histórias de motos, mas isso mostra com quem você está lidando.

– E essa droga de *lobby* das motos tem um baita poder nas cidades da costa. O Partido do Progresso não precisa fazer nenhum esforço para aliciar pencas de eleitores entre esse pessoal.

– Do lado sueco é parecido, em Kiruna – precisou Klemet. – Lá também tem um tremendo *lobby* das motos. Pessoas que não querem reduzir seus lazeres, passeio com a família, caça ou pesca, quaisquer que sejam as razões apresentadas.

– Está fora de cogitação deixar o Brattsen zonear onde ele bem entender – exaltou-se o Xerife novamente.

Klemet permaneceu mudo por algum tempo, vendo as chamas iluminarem o rosto em cólera do Xerife. Voltou a cabeça para Nina, sentada sobre os calcanhares. Eles se olharam por longos segundos, então Nina o encorajou com a cabeça. Klemet se resolveu.

– Eu tenho uma notícia boa e uma ruim.

– Não brinque com os meus nervos, Klemet, garanto a você que não é hora!

Klemet fez como se não tivesse ouvido.

– A boa notícia primeiro: fizemos um progresso importante na investigação. Um progresso muito grande. Muita gente vai dar um baita suspiro de alívio. E agora a má notícia: isso corre o risco de pôr um fim ao resto da investigação. Ou, melhor, nossos superiores vão se contentar com as prisões feitas por Brattsen para proclamar o encerramento dos casos na véspera da abertura da Conferência da ONU.

– Vocês encontraram o tambor?!

– A caixa atrás de você.

Tor se virou precipitadamente.

– Vá com calma – pediu Nina –, é frágil.

O Xerife tirou a tampa delicadamente. Ficou um bom momento olhando.

– Eu nunca vi nada parecido.

Klemet explicou em que condições o tambor fora encontrado. O Xerife balançou a cabeça.

– De qualquer forma, ela é cúmplice de ocultação. Quem mais está sabendo?

– Ninguém.

– Hum – grunhiu o Xerife, olhando de volta para o tambor. – E o que esse tambor conta? Vocês descobriram?

A cara fechada dos policiais lhe respondeu.

– Vamos ver... Muitos animais na sua mixórdia... Serpente, alguma coisa perigosa, aparentemente. Aqui, focas...

– Eu achei que eram pássaros, corvos, talvez – disse Nina.

O Xerife fez uma careta.

– Focas, corvos; animaizinhos, de qualquer forma. À direita, pássaros ou montanhas. À esquerda são tendas, e também sobre a cruz. E depois poderia ser uma espécie de trenó puxado por uma rena. Esses pontos no trenó poderiam ser o quê? Crianças? Ou mosquitos? Ou não, minérios de ferro, talvez. O que vocês acham? E essas pessoas estilizadas, a gente poderia dizer que eles seguram... pistolas.

O Xerife deu um longo suspiro.

– Vocês acharam uma explicação?

– Não. Por enquanto só uma teoria da Nina.

Klemet convidou a colega a expô-la.

Assentindo com a cabeça, o Xerife ouviu a jovem.

– Uma mina ou uma aldeia submersa. Não é bobagem. É plausível, afinal de contas. A questão que agora podemos levantar é se o tambor só conta essa história ou se ele nos dá também indicações sobre a localização dessa aldeia ou dessa famosa mina submersa. E a relação com o assassinato de Mattis?

– O que o Mattis queria era o poder do tambor. Ele não se interessava pelo dinheiro – disse Klemet.

– Ele não se interessava pelo dinheiro quando se tratava de somas pequenas, que eram a sua única perspectiva, com os seus tamborzinhos para turistas e a carne de algumas renas. Mas a perspectiva de muito dinheiro pode transformar as pessoas, Klemet, até mesmo os menos interessados, pode acreditar. De qualquer forma, por ora você tem esse tambor, isso já é formidável. O caso não está totalmente resolvido, mas a devolução do tambor já vai acalmar os espíritos.

– Não tínhamos pensado em devolver o tambor imediatamente – retificou Nina.

Tor Jensen olhou para a jovem com um ar incrédulo. Então olhou para Klemet, que parecia concordar com Nina. Eles estão falando sério, o Xerife pareceu concluir.

– A Nina tem razão – explicou Klemet. – O aparecimento do tambor e a prisão dos criadores marcarão o fim das investigações, pois todos ficarão contentes de encerrar essa confusão na véspera da conferência. Mas sabemos que há mais. Precisamos de tempo. E precisamos de você.

– Mas, meu Deus, eu não sou mais nada e vocês não estão mais no caso, já se esqueceram?

– É o dobro ou nada – retorquiu Klemet. – Se nós perdermos, perdemos um pouco mais, é só isso. Mas se conseguirmos resolver os casos, o benefício se estenderá também a você. Vão dizer que você assumiu suas responsabilidades mesmo na adversidade, que tomou decisões arriscadas e corajosas, e todos ficarão tão contentes por tudo terminar numa boa que todas essas pequenas irregularidades logo serão esquecidas.

– Tudo bem, mas se não der certo...

– Se não der certo, Spitzberg pode estar à sua espera, e sem o bônus do isolamento.

O Xerife olhou novamente para o tambor. Acariciou a sua borda.

– Eu topo. Não vi esse tambor. E nem vocês. É bom vocês ficarem de olho na Berit. Amanhã mando o dossiê que preparei para você sobre o geólogo francês. Klemet e Nina, vocês têm três dias. Não mais que isso.

44

Terça-feira, 25 de janeiro.
Nascer do sol: 9h18; pôr do sol: 13h45.
4 horas e 27 minutos de luz solar.

Gumpi de Johan Henrik, Lapônia Interior, Kautokeino.
A prisão de Johan Henrik ocorreu sem problemas no início da manhã, exatamente como Rolf Brattsen previra. O pastor havia sem dúvida pensado

em fugir, mas os policiais tinham bloqueado as possíveis saídas. Isso, aliás, provocara problemas inesperados, pois o frio estava mais intenso ainda do que nos dias anteriores. Fora algumas raras nuvens, o céu estava imaculado e o termômetro havia caído para quase quarenta graus negativos. De qualquer maneira, a fuga de Johan Henrik teria sido de curta duração. Com aquele frio, até mesmo os pastores hesitavam em sair. Um dos policiais tinha inflamação causada pelo frio e os outros, em razão da longa e silenciosa espera, estavam enregelados. Felizmente para eles, Johan Henrik, vendo as saídas interditadas, não tentara fugir. O pastor havia xingado, cuspido, ameaçado, garantira que a polícia seria responsabilizada se seu rebanho se misturasse com os dos vizinhos. Mas, seguindo escrupulosamente as instruções, os policiais tinham sido intratáveis do começo ao fim. Apressados para acabar com aquilo, eles haviam esperado apenas Johan Henrik avisar o filho para que ele organizasse a guarda do rebanho durante sua ausência.

A prisão de Olaf Renson tinha sido bem mais complicada. Mas isso também fora previsto por Brattsen. Renson estava habituado às práticas midiáticas e dispunha de uma boa rede rapidamente mobilizável. O próprio Brattsen supervisionara a operação, embora permanecendo ligeiramente retirado. O velho Olsen, pensando na eventualidade de uma retirada, lhe tinha aconselhado não se mostrar demais. "Se as coisas acontecerem como está previsto", lhe dissera o velho camponês, "sempre haverá tempo de você se mostrar e se valorizar. Nossos amigos vão lhe prestar homenagens." Sim, o velho Olsen pensava em tudo.

Renson tomava o café da manhã no hotel Thon quando os policiais o abordaram. Um dos agentes lhe entregou o mandado. Como previsto, Renson ficou indignado, começou a dar gritos escandalizados, tomando como testemunhas os empregados do hotel e alguns hóspedes que estavam nas mesas. Invocou sua condição de parlamentar, gritando que aquilo era um escândalo, uma discriminação. Brattsen tinha recomendado aos policiais: firmeza, mas nada de violência. E comentários, muito menos. Nada que lhe desse argumentos. Os policiais não puderam fazer nada quando Renson pediu aos funcionários do hotel que avisassem à imprensa. Em seguida ele havia sido bastante esperto, atrasando a saída, sem opor resistência diretamente repreensível, até a chegada de Mikkelsen, o jornalista da NRK, que viera com alguns colegas. Quando os jornalistas estavam reunidos, Renson se deixou levar, gritando que aquilo era um erro judiciário, acusando os policiais de incompetência e racismo e criticando a ausência de verdadeiros policiais *sami* para fazer reinar uma justiça *sami* em território *sami*. "Alguns *sami* que colaboram com o sistema norueguês não nos ajudam nada. Eu sou vítima de uma injustiça intolerável que ilustra mais uma vez até que ponto a nossa necessidade de mais autonomia é crucial!"

Brattsen ficou encantado. Espontaneamente, Renson tornava Klemet Nango responsável pela sua prisão. O velho Olsen estava certo. Se o caso malograsse, Nango facilmente apareceria para os moradores da aldeia como o responsável.

Nina e Klemet tinham acabado de ouvir no rádio as declarações indignadas de Renson sobre os *sami* colaboradores quando o carro particular de Klemet, um Volvo vermelho velho, parou diante da casa de seu tio Nils Ante, em Suohpatjavri. Os dois policiais tinham sido discretos. Deixaram o uniforme em casa. Dessa vez a senhorita Chang havia ouvido o carro chegar e recebeu Klemet e Nina no vão da porta, envolta num casaco polar.

– Olá, Klemet, ela é sua amiga?

– Minha colega – sorriu Klemet divertindo-se com a rápida familiaridade da jovem chinesa. – O meu tio está em casa?

– Venham, ele acabou de tomar o café da manhã.

O pequeno grupo entrou na cozinha de onde vinha uma música executada por instrumentos que Klemet não conseguiu identificar.

– São instrumentos chineses. Formidável essa sonoridade! – exclamou Nils Ante. – Estou tentando combinar isso com um *joïk* que escrevi para a avó da Changuezinha. Ah, enfim a sua amiguinha!

– Nina é minha colega. Nós patrulhamos juntos.

– E você veio patrulhar até na minha casa?

– Preciso falar com você sobre uma coisa.

– Tudo bem, mas antes ouça o início do meu *joïk*.

Nils Ante desligou o aparelho e, com as mãos voltadas para a sua jovem companheira, começou a entoar um melodioso canto rascante.

Os dias são longos,
Quando eu não posso encontrar
Aquela com quem eu deixei o meu coração.

Nils Ante começou a fazer longas vocalizações, retomando as mesmas palavras, que repetia em um sem-fim de modulações. Muito terna, a senhorita Chang segurava sua mão e bebia seu canto enfeitiçante. O exercício durou três longos minutos e Klemet começou a perder a paciência.

– Essa é apenas a primeira estrofe, claro – esclareceu Nils Ante finalmente. – Então, você gosta?

– É muito bonito, como sempre – disse Klemet. – A última parte é um pouco melancólica, mas linda.

– E você, Nina, o que você acha?

Nina arregalou os olhos.

– Ah, eu não entendi nada – confessou ela caindo na risada.

A senhorita Chang caiu na risada por sua vez, logo seguida por Nils Ante.

– Esse *joïk* é para a sua amiga ou para a avó dela? – indagou Klemet.

Nils Ante lhe respondeu piscando o olho.

– Espere a sequência. Então, a que devo essa segunda visita em tão pouco tempo? Os abutres se aproximaram?

Klemet fez um sinal para Nina, que pôs a caixa na mesa da cozinha.

– A senhorita Chang sabe guardar segredos?

– Como se a minha vida dependesse disso. Então?

Nina levantou um pouco a tampa. Nils Ante pegou o tambor com um longo assobio. Pôs os óculos e se aproximou. Antes de olhar os símbolos ele começou por uma apreciação da curva, dos contornos, da textura. Observou a parte lateral, as costuras. Assentiu com a cabeça, como um perito.

– Não sabia que a sua especialização em tambores era tão profunda – comentou Klemet.

– Então por que você veio me ver, sobrinho inculto? Espera que eu possa lhe dizer duas ou três coisas, ainda assim? Não posso garantir a autenticidade desse tambor, se é isso que você quer. Mas parece que ele respeita todas as regras da arte. Seria preciso uma análise mais apurada para determinar os componentes, como a tinta, por exemplo. Mas a feitura dele é muito bonita. Imagino que foi este que desapareceu do Centro Juhl.

Klemet aquiesceu silenciosamente.

– Mas os símbolos desse tambor são fascinantes. Não sou um grande conhecedor, tenho mais a ver com os *joïk*, como você sabe, mas posso adivinhar duas ou três coisas. A parte alta é muito simples. Há uma cena de caça, com esse homem que estica o arco. Ele persegue duas renas. Está cercado por abetos bem abundantes. Uma cena de caça feliz, prolífica. E esses triângulos com pontos no meio...

– Não seriam icebergs, com a parte submersa e a aparente?

– Nada disso. São tendas *sami*, claro, e os pontos simbolizam os habitantes. Essas tendas estão abrigando gente. Você vê aqui um acampamento *sami* com seus ocupantes e muita caça, abetos exuberantes que simbolizam também a abundância. O que você vê é uma cena feliz.

Nina ouvia de olhos bem abertos, mas Klemet estava fascinado por ver o sentido oculto do tambor aparecer com um simples olhar.

– Mas vocês certamente notam uma coisa, hein? Essa cena feliz que descreve uma vida de aldeia harmoniosa se concentra numa parte minúscula do tambor, bem no alto. Esse traço, como você sabe, Klemet, separa o mundo dos vivos do mundo dos mortos...

– Nós achamos que poderia ser outra coisa, como o nível do mar ou de um lago, que teria inundado uma aldeia ou uma mina...

– ... que separa o mundo dos vivos do mundo dos mortos – recomeçou Nils Ante como se não o tivesse ouvido –, com um mundo dos mortos enorme, de um tamanho que não me lembro jamais de ter visto nos tambores. De novo, não sou especialista. Mas um indício é muito significativo. Sob as tendas com os pontos que simbolizam os habitantes você vê as mesmas tendas de cabeça para baixo, mas agora vazias. Como se os habitantes as tivessem evacuado. Ou como se eles estivessem mortos. E esse mundo dos mortos é aterrorizante pelo seu tamanho. O xamã deve ter tido trabalho com isso tudo. E a época devia ser terrivelmente difícil para esses pobres-coitados...

– O que você quer dizer? – perguntou Klemet.

– Um tambor mágico comporta muitas figuras. E através de todos esses símbolos o xamã exprime a filosofia da vida e a vida dos homens. E esse é muito sombrio. Essa serpente, por exemplo, me perturba. Ela deve simbolizar o mal, porque, como você sabe, na Lapônia não existem serpentes. E você vê essas figurinhas aqui...

– Você quer dizer essas tendas?

Nils Ante suspirou.

– Isso são deusas, sobrinho inculto ao quadrado. Mas se são as que imagino, muito me espanta, porque em princípio elas sempre aparecem em trio, e aqui são apenas duas...

– E...?

– E eu vou lhe indicar alguém que vai poder ajudar. Pode falar em meu nome. É um sujeito um pouco estranho. Dedicou toda sua vida a esses tambores.

Nils Ante rabiscou um nome num pedaço de papel e procurou o número no celular.

– Hurri Manker. Se ainda não morreu, ele contará uma ou outra coisa interessante, tenho certeza. Ele mora em Jukkasjärvi.

– Onde tem o hotel de gelo? – quis precisar Nina.

Jukkasjärvi não ficava longe de Kiruna, na Lapônia sueca. Antes de ficar célebre pelo hotel de gelo que recebia milhares de visitantes do mundo inteiro, a aldeiazinha de Jukkasjärvi havia sido um centro essencial para o comércio *sami*. Ficava à margem do rio, facilitando as trocas numa época em que não havia estradas.

– Ligue para ele – aconselhou Nils Ante –, ele passeia frequentemente pela região. E depois volte aqui. Talvez eu já tenha terminado o meu *joïk*.

Assim que saíram da casa de Nils Ante, depois de muitos abraços na srta. Chang, Klemet ligou para o número que o tio lhe dera. Foi atendido por uma voz trêmula. Klemet explicou com poucas palavras o que queria, sem dar muitos detalhes. Os policiais estavam com sorte. Hurri Manker fazia uma visita a Karesuando; ficaria lá o dia inteiro. Se eles se apressassem, poderiam encontrá-lo à tarde, antes de sua volta para Jukkasjärvi.

Klemet e Nina rumaram imediatamente para o sul. O tambor ainda estava por lhes confiar muitos segredos. A visita ao velho Olsen esperaria um pouco. Klemet se lembrou das indicações que Eva Nilsdotter lhes tinha dado. Identificar os lugares possíveis no lapso de tempo de que eles dispunham seria praticamente uma missão impossível.

45

Terça-feira, 25 de janeiro.
Lapônia Interior.

André Racagnal achava que já havia passado tempo suficiente no primeiro local. Fizera descobertas interessantes. Precisava planejar uma ida até Malå para verificar dados e ver se as amostras cilíndricas, se é que havia amostras para os lugares desejados, podiam contar algo interessante. A dificuldade com o ouro, Racagnal não a ignorava, era que esse metal precioso era procurado pelo homem há milênios. Assim, os especialistas partiam do princípio de que todas as grandes jazidas de ouro já tinham sido descobertas há muito tempo. Se existia essa jazida na Lapônia, ela seria uma sensação no mundo da indústria mineradora.

Racagnal e o lapão tinham saído cedo naquela manhã de terça-feira. Ele explicara ao guia onde precisava chegar e que tipo de falha estava procurando. Eles tinham rodado durante quase duas horas extenuantes com visibilidade quase nula. Por mais incrível que isso possa parecer, aquele diabo de *sami* com seu gorro de feltro de quatro pontas o tinha levado exatamente onde ele queria. Agora a neve estava azul com brilhos cor de fogo. O sol não nascerá antes das nove e quinze, mas seus reflexos no céu já inflamavam todo o horizonte. O contraste das cores era brutal. Racagnal gostava daquela acidez de tons. Ela correspondia melhor à sua visão do mundo.

Ele parou diante do céu afogueado. Todo o horizonte, para onde quer que se olhasse, era recortado de montanhas aplanadas cobertas de neve, nuas. A luz do sol ricocheteava de cume em cume. Toda a tundra despertava ao mesmo tempo. A região que se estendia a seus pés era essencialmente granítica. O geólogo tirou um mapa. Deveria haver muitos veios de granulito e de quartzo de orientação oeste-sul-oeste para leste-norte-leste. Ao que tudo indicava, seria interessante observar alguns veios realçados no mapa. Ele consultou o velho mapa do camponês. Uma fratura mais ou menos nítida e irregular no granito. O que ela ocultaria? Em alguns lugares o autor do mapa, muito minucioso, tinha feito minúsculos detalhes de cortes geológicos que remetiam a pontos precisos. Esse tipo de cortes relatados num mapa geológico era absolutamente incomum. A caderneta devia ser ainda mais precisa. Um dos cortes indicava granulita preenchida por uma argila caulínica e pedaços de diferentes rochas. O que não o deixava nem um pouco mais perto de sua jazida de ouro. Os velhos mapas de Malå e as cadernetas que deviam acompanhá-los se revelariam preciosos, certamente. Mas ele levaria pelo menos quarenta e oito horas para chegar ao NGU. Uma eternidade. E naquela situação ele não dispunha de tempo.

Nina descobria de dia o trajeto entre Kautokeino e Karesuando, que ela percorrera de noite alguns dias antes quando eles foram ao Instituto Geológico em Malå. Aquela parte da Lapônia era desabitada, desolada. Inumana, pensou Nina. Seu olhar se tornava sonhador. Sem que ela soubesse por quê, aquela paisagem dura e magnífica lhe trazia seu pai. Ele tinha essa noção inata do bem e do mal, que parecia se colar tão bem àquele relevo sem nuances. Isso devia estar nos genes daquelas aldeias dos fiordes noruegueses. O que, no entanto, não havia impedido seu pai de... do quê, na verdade? De pôr a perder sua vida e a de sua família? Nina se recusou a aprofundar a questão. Balançou-se na cadeira.

– Cansada? – indagou Klemet.

– Não, estou agitando os meus neurônios – brincou ela, sorrindo com uma tristeza que Klemet não percebeu.

– É uma história estranha. Estou curioso para encontrar esse Hurri.

Os dois ficaram mergulhados em seus pensamentos por mais um momento. O frio cristalizava a umidade nos vidros do carro, apesar do aquecimento estar no máximo. Na estrada, o sol projetava reflexos azuis na neve congelada. Os pneus próprios para neve permitiam vencer os quilômetros sem dar a impressão de arriscar a vida numa curvazinha. Eles tinham passado para a Finlândia.

– Foi aqui que o pai do Aslak veio, procurando suas renas, que tinham passado para o lado errado da fronteira.

– Ele tinha medo de receber uma multa, é isso?

– É. O traçado das fronteiras ferrou a vida dos criadores de renas, pode-se dizer – comentou Klemet. – Não tenho certeza, porque isso era tabu na minha casa, mas acho que isso contribuiu para o meu avô ter desistido da criação de renas.

– As fronteiras? Mas por quê?

– Antes a Lapônia era uma terra contínua onde só havia *sami*. Depois, os pastores finlandeses, por exemplo, ficaram confinados, privados das pastagens de verão ao longo da costa norueguesa e privados das pastagens de inverno que tinham no lugar que hoje é o norte da Suécia. Eles não tiveram alternativa senão começar a alimentar suas renas. Foi assim que os finlandeses formaram sítios de criação de renas. Entre eles, a criação já não tem nada a ver com o que se conhece na Noruega ou na Suécia. Mataram a criação tradicional. É também por isso que eles ficavam tão raivosos com os pastores suecos e noruegueses que deixavam suas renas passar para o lado errado da fronteira.

– Estranho terem feito isso.

– O pai do Aslak morreu porque tinha medo de uma multa que não poderia pagar. Meu avô precisou parar de criar renas pelas mesmas razões, certamente porque a sua rota de transumância tinha sido cortada por essas porcarias dessas fronteiras. Muitos conflitos começaram desse jeito. E se você quer saber a minha opinião, essas fronteiras mataram muitos criadores.

15h30. Karesuando, Lapônia sueca.

Hurri Manker era um sujeito engraçado que dava o que falar aos céticos. Os mais negativos achavam que ele se aproveitava vergonhosamente dos turistas fazendo-se passar por xamã e servindo-lhes uma espécie de sopa xamânica *new age*. Klemet e Nina tinham visto cartazes publicitários e o site dele na internet que prometiam apresentações extraordinárias. Manker enfeitava, dizia-se, com lendas terríveis e malucas as suas incursões nas terras alegadamente sagradas de seus ancestrais. Outros diziam, entretanto, que ele tinha poderes reais, evidentemente misteriosos, sendo até capaz de fazer milagres. Razão a mais para desconfiar dele, murmuravam essas pessoas.

A verdade é que Hurri Manker era um *sami* das cidades, um dos primeiros *sami* a terem formação universitária completa. Conservando seu sobrenome, ele seguira as pegadas de um tio, um respeitado etnólogo sueco que havia sido o primeiro a estudar sistematicamente os tambores. Hurri Manker tinha um doutorado, era membro de várias sociedades especializadas e convidado para muitas conferências. Um autêntico erudito, que também era considerado pelos museus e pela academia o melhor especialista em tambores xamânicos de todo o mundo, notoriedade adquirida por viagens, pesquisas e estudos.

Sua reputação demoníaca provinha sobretudo dos engajamentos da juventude, na época em que, ainda estudante, ele se lançara apaixonadamente na primeira luta política dos *sami*, nos anos 1970. Nesse meio que tende a ser tradicional e conservador, ele fez muitos inimigos ferozes que o acusavam de todos os males esquerdistas sob o sol. Hurri Manker, que gostava de usar a má-fé e o humor cínico, se divertia loucamente com essa reputação imerecida e sobretudo não fazia nada para combatê-la. Pelo contrário, gostava de reforçá-la sempre que houvesse ocasião, sabendo que sua fama aumentaria e se deturparia ainda mais com esse comportamento.

A Patrulha P9 encontrou esse homenzinho meio calvo e de discretos óculos redondos no presbitério do modesto templo de Karesuando, iluminado a vela. A igreja de pedra e madeira estava inteiramente recoberta de neve congelada e as árvores que a cercavam curvavam-se sob o peso da neve. A aldeia de quatrocentos habitantes, dos dois lados da fronteira da Suécia com a Finlândia, continha apenas alguns sítios, onde a vida parecia paralisada pelo frio. As chaminés expeliam fumaça. Débeis clarões tremiam aqui e ali nas janelas. Nenhuma cortina, claro, naquele reduto do laestadianismo. O pregador Lars Levi Laestadius tinha vivido ali muitos anos de sua vida. Dali ele havia conduzido sua cruzada contra o pecado e o álcool, partindo para a conquista das almas *sami*. O visitante que por ali passasse compreendia rapidamente que naquele lugar tão esquecido pelo mundo, nos confins de tudo, só se podia ser alcoólatra ou místico. Karesuando não era um lugar que permitia nuances. Ali o cinza era condenado. Preto ou branco, era preciso escolher um lado.

O pastor tinha viajado para visitar os fiéis. Hurri Manker os recebeu como se estivesse na própria casa. Usava um *parka* verde-cáqui, um macacão e botas de pele de rena. Um cachecol ocultava metade de seu rosto. Depois de saudá-los, Manker pôs novamente o seu *chapka* de pele de raposa. Ele calçara luvas finas para poder virar as páginas dos registros e a todo momento esfregava as mãos para aquecê-las. O pastor havia reduzido o aquecimento ao sair e a temperatura não estava acima de dez graus. Hurri Manker retirou os óculos e seus olhinhos maliciosos examinaram os policiais.

— A Polícia das Renas — disse ele com uma voz alegre. — Já ouvi falar muito de vocês. Enfim ela está diante de mim. Muito honrado!

Os policiais não sabiam se ele falava sério ou não.

— Viemos ver o senhor por causa de uma investigação criminal, e apelamos para a sua total discrição — precisou Klemet logo de saída. — Tudo aqui é estritamente confidencial.

— Entendo — garantiu Manker soprando vapor. — Você me falou de um tambor *sami* que está com você, e como preâmbulo vou logo dizendo que estou extremamente cético. Extremamente — insistiu ele levantando os óculos. — Conheço todos os tambores *sami* existentes. Se não os vi pessoalmente, estudei todos os documentos relativos a ele. Nenhum deles passeia por aí assim.

— Trata-se do tambor que foi roubado no Centro Juhl — completou Nina.

— E que vocês encontraram! Parabéns. Mas a minha opinião continua a mesma. Desde o início me mantive muito cético sobre esse famoso tambor de Kautokeino que parece não ter local de origem.

Decididamente, o pesquisador tinha tudo a ver com o lugar. Sem nuances.

– Mas o senhor pelo menos aceita vê-lo, não é mesmo?

– Claro! Talvez eu tenha direito a um segundo Natal, quem sabe? E, além disso, as histórias de tambores, verdadeiros ou falsos, sempre me apaixonam. Vamos, me mostre o seu pequeno tesouro.

Nina abriu delicadamente a tampa da caixa depositada na mesa grossa do pequeno presbitério. Hurri Manker tinha recolocado os óculos. Klemet e Nina seguraram a respiração, como um jovem casal à espera do veredito do médico quando do primeiro ultrassom feito na gravidez. Manker emitia o seu vapor, observando com atenção o tambor. Não dizia nada. Seu silêncio era insuportável. Ele tirou uma lupa de sua velha pasta de documentos e se deteve sobre os símbolos desenhados na pele. Molhou um dedo, passou-o sobre um símbolo e o levou de volta à boca. Tocou a pele do tambor. Pegou um escalpelo fino e cortou um pedaço minúsculo de pele. Fez a mesma coisa com um pedacinho da moldura de madeira.

– Já volto – disse ele.

Nina e Klemet se fitaram com um olhar interrogativo. Não sabiam o que pensar. Hurri Manker voltou rapidamente. Pôs na mesa uma caixinha e tirou de dentro dela um microscópio eletrônico portátil.

– O senhor está muitíssimo bem equipado – comentou Nina. – É o modelo que utilizamos na polícia científica.

– Quando se trabalha em regiões como a Lapônia ou a Sibéria, como eu faço, não dá para esquecer alguma coisa no laboratório ou dizer que à tarde voltamos com o material adequado. Quando viajo em missão, sempre transporto comigo meu laboratório móvel. É, eu custo caro para os contribuintes... Por favor, venha segurar esta lâmpada assim – disse ele a Nina.

Ele mergulhou no estudo do pedaço de pele. Anotou algumas coisas numa caderneta.

– Já volto.

Saiu novamente. Klemet balançava a cabeça, exasperado. Nina estava muda, impressionada por aquela atmosfera glacial e tensa. Hurri Manker voltou com outra caixa, maior e envolta em material isolante. Pegou um cotonete, molhou-o numa solução e esfregou com ele um dos símbolos. O cotonete se coloriu levemente. Ele repetiu a operação várias vezes. Preparou muitos tubos e mergulhou cotonetes nas soluções. Manker ligou também um aparelho eletrônico. Muitos mostradores e luzinhas minúsculas se iluminaram.

– Vamos esperar alguns minutos. O que vocês achariam de um bom chocolate quente com bolinhos de canela?

Ele desapareceu sem esperar a resposta. Manker parecia se divertir com o prolongamento do prazer, brincando com os nervos dos policiais. Voltou com uma bandejinha. Colocou-a na mesa e observou os tubos e o aparelho.

– Os símbolos não interessam ao senhor? – indagou Klemet num tom irritado.

Hurri lhe respondeu com um sorriso de mofa. Ele se divertia.

– Claro que me interessam. E vão me interessar sobretudo quando eu souber mais sobre esse tambor. Devo considerá-lo um objeto autêntico ou não? Você vai me dizer que ele pode ser interessante mesmo sendo falso. Mas não se pode analisá-lo do mesmo modo. E não se pode esperar dele a mesma coisa. Por isso, é preciso saber com que materiais ele foi feito, de que madeira, com que tipo de pele, que tinta. Depois, depois... é preciso sempre deixar o melhor para o fim, concordam?

Klemet lhe dirigiu um sorriso crispado.

– Primeiro, a madeira. Madeira de bétula. Um bom começo, não é mesmo? O tambor foi talhado em grande parte num nó. Método tradicional elaborado, que denota um bom conhecimento. O nó é escavado em forma de cuia e completado por uma tira de madeira sobre a qual se estica uma pele. É uma bela pele, a pele sem pelos de um filhote de rena de cerca de um ano. Fêmea, ao que tudo indica, na mais pura tradição. Nosso fabricante respeitou todas as regras da arte. Posso lhes dizer que ele vem da região de Lahpoluoppal, entre Kautokeino e Karasjok. Agora a tinta. Mais uma vez, trabalho à moda antiga. A cor de sangue, o sabor e os resultados das primeiras análises a partir dos meus reativos deixam pouca margem de dúvida: temos com noventa e cinco por cento de certeza uma tinta constituída de seiva de casca de amieiro misturada com saliva. Isso também é bem tradicional. Às vezes se usava também sangue de rena, dependendo do que se tinha à mão. Seria preciso também um exame mais apurado, mas tenho certeza de que se trata de uma textura tradicional.

– Ele é autêntico? – insistiu Nina.

Hurri Manker olhou para a jovem policial e depois para o colega dela. Já não tinha mais o olhar de mofa. Então examinou demoradamente os símbolos. Quando ergueu os olhos, os dois policiais viram pela primeira vez uma profunda emoção marcar o seu rosto. Ele tinha a voz embargada quando finalmente falou.

– Estamos diante de um tambor autêntico. Mas não é qualquer um. Das centenas ou milhares de tambores que existiram na Lapônia, atualmente estão no mundo apenas setenta e um tambores conhecidos, arrolados, classificados, autenticados. Conheço todos eles, de cor. Alguns estão com colecionadores, outros em museus e outros, ainda, desapareceram. Mas, apesar de tudo, nós temos descrições precisas de todos eles. Assim, posso garantir a vocês – disse ele num tom lento e solene – que estamos na presença de um septuagésimo segundo tambor.

Ergueu a cabeça e os policiais viram lágrimas em seus olhos.

46

Terça-feira, 25 de janeiro.
Kautokeino.

A delegacia de Kautokeino estava em plena efervescência. Não havia uma cela de verdade, segura, como as de que eram dotadas as delegacias da costa. As celas mais frequentadas eram aquelas onde os farristas das noites de sábado iam curar a bebedeira sob o olhar plácido dos policiais. A última vez em que a cela de prisão preventiva tinha sido utilizada remontava ao verão anterior, quando dois turistas, um alemão e um finlandês, brigaram por causa de uma jovem que não conseguia se resolver entre eles. Enquanto esperavam que a cela fosse esvaziada das latas e pilhas de lenha que a haviam invadido, Olaf e Johan Henrik tinham sido colocados na cozinha. De quando em quando os policiais iam até lá pegar um café e discutir com os dois homens. Johan Henrik demonstrava abertamente a sua contrariedade, recusando-se a falar com quem quer que fosse, ao passo que Olaf Renson estava permanentemente enfurecido, maldizendo os policiais.

Um pequeno grupo se reunira diante da delegacia. Em face do frio muito intenso, os corajosos não eram numerosos. Eles acenderam imediatamente uma fogueira. Uma meia dúzia de aliados do Espanhol vinha regularmente se revezar diante da fogueira. Dois cartazes tinham sido redigidos às pressas, desajeitadamente. Lia-se neles: "Libertem os criadores de renas" e "Justiça para os *sami*".

Outros simpatizantes se aqueciam na entrada da loja de bebidas, que ficava ao lado da delegacia. Eles se revezavam assim a cada dez minutos para resistir ao frio. Johan Mikkelsen os entrevistara e um primeiro artigo já fora divulgado. As fotos começavam também a ser divulgadas na internet e, como de hábito, eram acompanhadas do seu quinhão de comentários raivosos.

Na cozinha, Rolf Brattsen tinha ido olhar de alto a baixo os dois criadores. Esforçava-se para dissimular o seu júbilo, mas não conseguia.

– Seus alojamentos estarão prontos dentro de alguns minutos – disse ele com um largo sorriso. – Vamos finalmente poder abrigar vocês com tudo certinho, numa boa celinha, como todo bom norueguês. Vocês não vão querer tratamento especial, ou vão? Ou será que vocês querem uma cela em forma de tenda?

Ele explodiu numa gargalhada, testemunhada pelos dois policiais encarregados da vigilância dos presos na cozinha.

– Vocês estão cometendo um erro grosseiro e isso vai lhes custar caro – gritou Olaf Renson. – Vocês não têm nada contra nós. Essa história de orelhas é ridícula. O caso com o Mattis já está esquecido há muito tempo, todo mundo sabe disso.

– Conversa! A gente sabe perfeitamente que as histórias de vocês nunca são resolvidas. Elas são como um câncer. Se propagam. A gente acha que elas desapareceram e elas voltam a brotar com outra forma. Mas dessa vez nós vamos até o fim desse caso. Seus amigos da Polícia das Renas nos esclareceram muitas coisas. Nós vamos nos valer de tudo isso.

– Eles não são nossos amigos!

– Ah, não? – disse Brattsen num tom falsamente inocente. – Eu achava que na tundra eles eram considerados uma polícia *sami*...

– Vá para o inferno, Brattsen, vocês todos são iguais. Mas nós vamos mudar isso tudo. Já faz tempo demais que vocês agem como bem entendem nesta região.

– Ai, que medo! – ironizou Brattsen, saindo da cozinha. – Mas é verdade que vocês não hesitam em usar métodos pouco convencionais...

Karesuando.
Hurri Manker havia se conservado em silêncio por um longo tempo.

Ele se concentrou, examinou Klemet, observando a posição do *sami*. Dava a impressão de meditar. Por fim ergueu a cabeça e os olhos. Seu olhar estava apaziguado.

– Essa é a primeira vez que um tambor autêntico é identificado desde a Segunda Guerra Mundial.

– E o senhor tem certeza absoluta de que ele é autêntico?

– Absoluta. Só tenho dúvida quanto à datação; preciso investigá-la melhor, com o uso de equipamentos de que não disponho aqui. Talvez ele seja antigo e admiravelmente conservado, talvez seja mais recente e fabricado de acordo com os métodos antigos e com materiais antigos.

– O senhor conhece pessoas que seriam capazes de hoje fabricar tambores assim, do jeito antigo?

– Conheço uma pessoa. Ele foi assassinado há duas semanas.

– O Mattis Labba?!

– Isso, o Mattis. Uma pessoa com a cabeça atormentada, mas com mãos admiravelmente bem dotadas. Trabalhei há muito tempo com ele para aprender as técnicas de fabricação ancestrais. Mas nos últimos anos ele bebia muito. Já não dava mais para confiar nele.

– O Mattis poderia ter fabricado um tambor assim?!

– Ah, não nos últimos anos. Ele não tinha mais a mesma qualidade, infelizmente. Mas antes ele teria sido capaz. E antes dele, o pai e o avô, e o bisavô.

– O que o senhor está querendo dizer?

– Quero dizer que ele pertence a uma família que transmitiu de geração a geração um *know-how* excepcional para a cultura *sami*. Eles não transmitiam somente essa habilidade manual, mas também a simbólica e o poder dos símbolos. O Mattis tinha uma tendência a interpretar mal esse poder. Esperava que ele lhe proporcionasse coisas demais. Ele cresceu depressa demais sem pai. O Anta era um pouco distante do filho. Acho que ele não o julgava à altura de sua tarefa. E o Mattis sofria muito com isso. Mas essa é outra história. Para voltar à família Labba, sua tradição remonta a muitos séculos.

– Então o Niils Labba também tinha esse talento?

– O avô, sim, como eu lhe disse, e assim por diante pelas gerações anteriores. A família dele, e outras duas ou três na Lapônia, transmitia esse conhecimento de pai para filho. Estou falando de um aspecto da tradição *sami* extremamente desconhecido. E que certamente incomodaria muita gente se fosse do conhecimento geral. Mas certas famílias agiram na verdade como guardiãs de algumas tradições tornadas secretas pela força das circunstâncias, por causa das perseguições das tropas reais e dos pastores a partir do século XVII.

– E esse tambor?

– Imagino que isso também faz parte das coisas transmitidas de geração a geração. Para protegê-las, simplesmente.

– E os símbolos?

Hurri Manker balançou a cabeça.

– A separação entre os dois mundos concede um lugar enorme ao mundo dos mortos. Enorme.

– Com uma cena de caça e de vida numa aldeia povoada, com árvores exuberantes, simbolizando a abundância, bem no alto, e a mesma aldeia vazia embaixo – acrescentou Nina.

– Exatamente. Você não precisa de mim, se sabe tudo!

– Receio que o nosso conhecimento não vá além disso.

– Sim, essa aldeia esvaziada é um primeiro símbolo inquietante. Símbolos dessa natureza não são surpreendentes em si. A religião *sami* anterior ao cristianismo se apoiava em muitos deuses da natureza e em fenômenos naturais. Para os *sami*, cada coisa tinha uma alma. A natureza tinha uma alma, era viva. E o poder que se exprimia através dos fenômenos naturais era objeto de um culto particular. Assim, essa grande cruz com um losango no meio representa o sol. É um símbolo clássico em muitos tambores. É chamado de Beaivi. Muito útil para afastar os maus espíritos e a doença. Agora olhem o que o sol tem nas suas partes. No alto, temos uma divindade.

– Então não é uma tenda?

Manker sorriu gentilmente.

– Uma divindade, como as duas que estão à esquerda, mas eu volto a ela mais tarde. A que está sobre o sol se chama Madderakka. É muito importante. Está na origem de todas as coisas. É a ancestral, a mulher-chefe. Recebe a alma humana. Ela tem uma faculdade essencial porque forma no seu corpo os bebês que vão nascer. Mas uma coisa me deixa numa enorme inquietação... são esses pontinhos na cabeça.

– Normalmente eles não existem?

– Não, e desgraçadamente esses pontos só podem ter uma explicação: a infelicidade. Nós estamos lidando aqui com uma Madderakka má. Esses pontos podem ser utilizados para assinalar o perigo. O que nesse caso lança uma sombra muito, muito negra sobre esse reino dos mortos. E isso não me deixa admirado quando eu vejo o resto.

– Que resto?

– Vamos voltar a essas duas deusas de que eu lhe falava, as que estão à esquerda do tambor. Elas são encontradas às vezes em locais diferentes, segundo as tradições e as regiões da Lapônia. Geralmente, elas são três. Essas três deusas são as três filhas de Madderakka, a mulher-chefe. Entre os *sami* a alma de uma pessoa viajava em diversas etapas, de deusa em deusa. A mais à direita é Sarakka. Ela é a primogênita. Diz-se também que é a mais distinta. Sarrakka é a que recebe em primeiro lugar a alma entregue pela sua mãe. Depois Sarakka permite a essa alma se tornar um feto. Em outros tempos as mulheres *sami* davam à luz nas tendas ou nas cabanas de turfa no meio das quais ficava uma lareira.

– Até hoje é assim – comentou Nina.

Hurri, concentrado na sua explicação, nem mesmo ouviu a observação de Nina.

– E Sarakka morava na lareira das tendas. Razão pela qual ela era chamada de mãe do fogo. A ela se confere o papel de guardiã das mulheres. Mesmo depois da cristianização forçada dos *sami*, a criança batizada na igreja era às vezes levada para casa e batizada novamente com outro nome em honra à nossa Sarakka.

— E em seguida, o que a alma se tornava? — indagou Nina.

— Havia essa deusa que está à esquerda da Sarakka. Ela é chamada de Juksakka. É a deusa do Arco. Pode ser facilmente reconhecida com seu arco, aliás. Tenho um fraco por essa Juksakka, vejam vocês, porque ela transforma as meninas em meninos.

Nina arregalou os olhos admirados.

— Isso mesmo. Entre os *sami* todas as crianças são mulheres inicialmente, no ventre da mãe. Os futuros meninos passavam por ela. Inspetor — disse ele a Klemet —, devemos muito a ela, você e eu.

— Vou me lembrar disso no momento oportuno — prometeu Klemet. — Mas você estava falando de três deusas.

— Ah, sim. Aliás, vocês veem as árvores em torno delas. Dá para notar que o lugar foi reservado para a terceira deusa. Vejam onde está a árvore da esquerda.

— É verdade — constatou Nina.

— Falta uma deusa. A terceira moça. Ela se chama Uksakka. Uksakka mora exatamente na entrada da tenda ou da cabana, na verdade logo na frente da abertura. Às vezes ela é chamada de "mulher da porta". E vocês sabem qual era o papel dela? Ela vigiava a entrada e a saída. Garantia a proteção da mãe e da criança depois do nascimento. Ela as protegia da doença e permitia que a criança crescesse. Uksakka morava simbolicamente na entrada, diante da lareira, para impedir que as crianças caíssem no fogo. E eu só vejo uma maneira de interpretar essa ausência.

Os policiais continuaram em silêncio.

— A intenção é nos fazer entender que as pessoas estão desprotegidas diante do perigo. E se vocês acrescentarem à ausência de Uksakka a maldade de Madderakka, a mulher-chefe, terão todos os ingredientes para uma história fora do comum. Esse tambor é único porque parece nos contar uma história. Vamos voltar ao sol. Os símbolos que estão nas outras partes do sol. Eles são de fácil leitura. À esquerda vocês têm um soldado, com um arco em cada mão. À direita, com duas cruzes, vocês têm um pastor. E bem embaixo está o símbolo do rei, vejam, com a sua coroa. Um soldado, um pastor e um rei, todos submetidos à maldosa Makkerakka.

As sobrancelhas de Nina se franziram. Ela refletiu intensamente.

– O soldado, o pastor e o rei seriam os instrumentos dessa famosa catástrofe?

– Muito bem – exclamou Hurri sinceramente impressionado. – Acho que você captou algo importante. Sim, certamente você tem razão. E para que Madderakka, a rainha-mãe, esteja assim conchavada com todos os símbolos do poder terrestre dos invasores, a catástrofe devia ser enorme. E olhe, bem em cima da Madderakka há dois grandes corvos, entre ela e as filhas deusas. Mas vamos observar o resto, agora. Temos a aldeia esvaziada. Alguma coisa aconteceu. Querem nos fazer entender isso, pois ela está exatamente debaixo da aldeia habitada. Parece que esse contraste nos interpela. E à direita da aldeia vocês têm esse símbolo que eu vejo mais ou menos como uma porta. Em torno dessa porta um aspecto simbólico que me escapa um pouco.

O professor ergueu os olhos para os policiais buscando uma ajuda, mas esta não lhe chegou.

– Suponhamos que seja uma porta. Ou uma construção. Ou um monumento. Vou deixar de lado por enquanto. Vamos para baixo. Olhem estes motivos muito regulares. Espantoso, não é? Ainda mais espantoso porque eles representam sem dúvida uma espécie de alucinação. Mas, novamente, estamos no escuro, porque essa alucinação nos conduz a caixões. Quatro caixões. A morte. Muitos mortos. Temos a explicação para a aldeia esvaziada. As pessoas estão mortas. Mas por que essa alucinação, de onde ela vem?

Hurri estava preocupado.

– Sob os caixões há até mesmo um barco funerário. Vejam, esse navio emborcado com uma cruz. E essas pessoas, ao lado do barco funerário, também estão de bruços. Certamente são mortos. São as mesmas pessoas que vocês veem no lugar, à direita da porta ou do monumento. Elas passaram de vivas a mortas. Quem são?

– Elas têm uma arma na mão – observou Nina. – Que arma?

– Isso, uma arma. Um machado. Ou uma pistola, talvez?

– Uma pistola? – interveio Klemet com uma careta de descrença. – Não é uma arma muito frequente na Lapônia. Sobretudo se for antiga.

–Poderiam ser soldados – sugeriu Nina.

– Mas soldados estão simbolizados com arcos, não é? – retorquiu Klemet, interrogando Hurri Manker com o olhar.

– É verdade. Pode-se perfeitamente imaginar soldados representados de várias maneiras, e os diversos autores de tambores usam representações diferentes. Mas o fato é que um mesmo autor geralmente é fiel a um mesmo símbolo. Ele sempre desenha os soldados da mesma maneira.

Hurri Manker se serviu novamente de chocolate e comeu um bolinho de canela. Seu nariz estava vermelho de frio mas ele não se queixava. Com a boca meio cheia, continuou passeando o dedo transido de frio sobre a parte direita do tambor.

– Uma rena puxando um trenó. É a primeira vez que eu vejo isso. E esses pontos no trenó. Um trenó do mal? Isso não tem sentido.

– Alguém sugeriu pedras – indicou Klemet.

– Ah, sim, pelo menos isso é mais lógico. Um trenó para transportar pedras.

Hurri Manker ficou em silêncio. Sua cabeça balançava. Ele parecia estar avaliando hipóteses. Sua memória devia estar funcionando a pleno vapor para passar em revista as centenas de símbolos que tinha observado em outros tambores. E para estabelecer correlações.

Ele abriu a boca mas pareceu mudar de opinião. Mergulhou outra vez em suas reflexões.

– Se essas pessoas realmente têm uma arma, seja ela um machado, uma pistola, uma espingarda ou outra qualquer, alguma coisa lhes acontece e elas morrem – disse Klemet. – Pode-se muito bem achar que são as mesmas.

– A não ser que as que estão viradas tenham perdido uma batalha para as que estão do outro lado – retificou Nina.

Hurri Manker continuava mudo, como se não ouvisse os comentários dos policiais, apertando os olhos por trás dos óculos redondos.

– A mente que desenhou esse tambor me fascina – acabou dizendo. – Acho que a leitura deve ser feita em vários níveis. Ele certamente queria ocultar alguma coisa, para a eventualidade de o tambor cair em mãos indesejáveis, mas ao mesmo tempo queria transmitir uma mensagem importante.

— Se o senhor olhar os outros símbolos, o que eles lhe dizem? — encorajou-o Nina.

— Você tem razão, vamos proceder por eliminação. Aqui, este quadrado com duas cruzes em cima, isso é um templo. Sem a menor dúvida. Podemos observar que, tendo por referência, o sol ele está colocado em oposição aos corvos. É preciso ver nisso um símbolo? Não sei. Embaixo e à direita do tambor temos um setor diferente do resto. Esses cones embaixo. Pensei inicialmente num acampamento *sami*, mas estou mais inclinado para as montanhas, e depois entre as duas outras montanhas mais à esquerda um desfiladeiro ou um sol nascendo ou se pondo. E depois uma rena, bem visível, assim como dois peixes e um barco. E no meio dessa parte, uma cruz. Muito surpreendente.

— Uma cruz como símbolo religioso ou uma cruz para marcar um lugar? — indagou Nina.

— Bingo — respondeu Hurri Manker. — Mais uma vez, parece que você tem uma intuição de gênio! Por que não?

— Que maravilha — comentou Klemet. — Uma cruz entre duas montanhas, vamos encontrar bem rápido mesmo...

— Mas vocês têm esses peixes e esse barco — prosseguiu Hurri Manker. — Portanto, um lago piscoso.

— Formidável, isso limita a escolha a apenas uma centeninha de lagos. Fácil...

— E a rena indica talvez uma pastagem, quem sabe um caminho de transumância — prosseguiu Manker.

— E o senhor acha que isso nos faz avançar muito? — insistiu Klemet.

Atrás do professor, Nina arregalou os olhos para Klemet, que lhe respondeu com um suspiro silencioso.

— Vamos deixar isso de lado — descartou Hurri. — Acho que estamos progredindo. Resta esse círculo embaixo, à direita do sol. Muito estranho, também. Uma pessoa no meio e quatro outras figurinhas colocadas no círculo. Três delas são seres humanos. Mas uma tem pontos acima da cabeça.

— Um ser do mal? — arriscou Nina.

341

– Certamente. E o animal ao lado é um lobo. Um lobo ao lado de seres humanos para rodear essa outra pessoa.

– Entre os *sami* – disse Klemet a Nina – se fala frequentemente do homem como um lobo de duas patas.

– Você não imagina como acertou – ressaltou Hurri. – Talvez seja justamente o que este desenho significa. Homens maus como lobos.

– Mas e esse no meio, então? – perguntou Nina.

– Ele tem esquis, como você pode ver, e um bastão de esqui. Os *sami* não esquiavam com apenas um bastão. O esqui simboliza o inverno mas também o movimento. Na outra mão parece que ele tem a mesma arma que os outros, mas virada ao contrário.

– Um desertor! – exclamou Nina. – Ou um soldado que se recusa a atirar. Ou a executar uma ordem! E que tentava fugir!

Hurri Manker olhou novamente para Nina, muito admirado.

– Não sei se é isso, mas o que você diz é magnífico. Vou precisar pedir você emprestada à polícia por algumas semanas para examinar os meus outros tambores. Ainda temos que ver dois símbolos. Essa serpente, para começar. Ela me intriga, porque não há serpentes na Lapônia, não é mesmo?

– Evidentemente – concordou Klemet. – E então?

– A ausência de serpentes na Lapônia não impede que o nosso fabricante de tambores possa saber que esse animal existe. A serpente pode ser a marca de uma intervenção externa. Ou talvez seja preciso procurar algum significado na forma dessa serpente, na sua orientação. Eu estou tentado a ligá-la à parte mapa do tambor.

– A parte mapa? O que é isso? – interrogou Nina.

– Quanto mais avançamos, mais tenho a convicção de que esse tambor, por ser autêntico, não é menos extraordinário. No sentido de que não tem um significado clássico. E tenho certeza, ou, sendo modesto, quase certeza, de que ele se compõe na verdade de dois tambores em um. Um que nos conta uma história terrível e o outro que nos indica um lugar.

– O lugar dessa catástrofe?

– Eu apostaria nisso uma garrafa térmica tamanho gigante cheia de chocolate bem quente.

– E esses símbolos ao longo do lado direito do tambor, parecendo ondas – retomou Klemet. – Uma cadeia de montanhas, talvez, a fronteira entre a Noruega e a Suécia? Isso poderia nos ajudar a localizar essa cruz, se ela indica um lugar.

– Sim, mas eu continuo acreditando que o autor se atém a seus símbolos. As montanhas estão escarranchadas na borda do tambor, isso não é neutro. Quando você fala em ondas está bem mais próximo da verdade do que imagina...

– Auroras boreais! – exclamou Nina.

Hurri Manker a olhou com o ar satisfeito do professor que tinha a convicção de não ser decepcionado pelo aluno predileto.

– Podemos nos perguntar o que elas fazem aqui – disse Hurri Manker. – Sobretudo tendo em vista o lugar importante que elas ocupam na borda do tambor. Não acho que elas sirvam só para decorar. Tudo tem um sentido nesse tambor. É preciso ligá-las a essa alucinação? Eu não acho. É tentador, mas as auroras estão muito distantes disso.

Klemet assumiu um ar um tanto sonhador.

– Meu avô, que eu conheci pouco, me contava uma porção de histórias extraordinárias com auroras. Ele precisou... parar de criar renas, mas dizia que as auroras lhe serviam de bússola durante as transumâncias.

– Ah, isso é interessante – observou Hurri.

– Pois é, ele dizia que as auroras sempre iam do leste para o oeste.

Hurri Manker ergueu a mão para pedir silêncio. Acabara de ter uma ideia. Fechou os olhos e depois os abriu.

– Então essa aurora nos indica uma direção. O norte, simplesmente.

Hurri Manker ria, feliz com sua descoberta.

– Bendito xamã! Se poderia facilmente pegar o tambor diante de si no sentido da altura e dizer que o norte estava no alto. E não! Para situar, é preciso girá-lo noventa graus. Um verdadeiro artista! Essa aurora nos indica em que sentido segurar o tambor. E o movimento de leste para oeste nos diz como colocar o leste e o oeste no tambor, e, portanto, o norte. Nosso mapa começa a se desenhar. Evidentemente, isso continua vago demais para mim.

– Mas talvez não para nós – sussurrou Klemet.

O policial se lembrou das avaliações geográficas realizadas com a ajuda da geóloga-chefe do NGU, Eva Nilsdotter. Eva Nilsdotter seria uma Madderakka engraçada...

47

Terça-feira, 25 de janeiro.
Rodovia 93.

Os policiais tinham retomado a direção do norte no velho Volvo de Klemet. O tambor estava cuidadosamente fechado na caixa.

– Você pensou a mesma coisa que eu? – interrogou Klemet.

– A maldição evocada pelo Niils Labba quando ele entregou o tambor para o Henry Mons em 1939?

– Isso. Tudo bate. Eu me pergunto se o tambor foi feito pelo Niils ou por um dos seus ancestrais.

– É melhor a gente esperar as análises complementares do Hurri Manker.

– Verdade, embora eu ache que a idade exata desse tambor não tenha uma importância primordial para nós. A Eva Nilsdotter falava dessa jazida fabulosa que havia trazido infelicidade, mas que ninguém jamais tinha podido identificar.

– E você se lembra do que havia na caderneta do Flüger com relação a essa jazida que ele procurava? "A porta está no tambor." E "Niils tem a chave".

– Isso. Pena, gostava muito da sua ideia da aldeia ou da mina submersa.

– O tambor falaria sobre essa maldição. Acho que nesse caso a rena que leva pedras deve estar levando minérios. As renas eram usadas para o transporte do minério.

– A mina... mas então essa famosa porta poderia ser a porta ou a entrada da mina, e não de uma construção. A porta simboliza a mina, Nina, deve ser isso. Aliás, a rena que transporta o mineral sai dessa porta, com os homenzinhos que têm uma arma na mão. Talvez guardas.

– Ou mineiros! Com picaretas! Não são armas, Klemet! O Hurri comentou que o fabricante de um tambor utiliza sempre o mesmo método para desenhar os seus símbolos. Nesse tambor o soldado está representado com dois arcos, como o símbolo que está numa das partes do sol. Tenho certeza de que são mineiros. E os que estão deitados de bruços são os mesmos mineiros, mas mortos. E nesse círculo, outro mineiro que tenta fugir com esqui está sendo alcançado.

O olhar de Nina brilhava com uma intensidade que Klemet jamais vira em sua colega. A jovem segurava o tambor diante de si, movendo-o para expô-lo melhor à pequena lâmpada do teto do carro. Klemet lançava olhares furtivos para ela. Então voltou a sua atenção para a estrada mergulhada na escuridão. Eles ficaram em silêncio pelo resto do trajeto. Cruzaram apenas com três carretas, ameaçadoras como monstros saídos do abismo, com suas luzes mostrando a cabine e os faróis potentes varrendo a tundra e despertando sombras inquietantes que se apagavam imediatamente após sua passagem. Elas deixavam na sua esteira nuvens de uma neve agitada, como se os flocos exprimissem sua cólera por terem sido perturbados.

Nina tinha adormecido. Klemet relembrou os acontecimentos desde o início daquele caso. Em que história Mattis havia embarcado? Tudo levava a crer que ele fora manipulado. Haviam abusado de sua boa-fé. E de sua ingenuidade. Mattis, herdeiro de uma linhagem de xamãs guardiões de segredos *sami*? Klemet tinha dificuldade em ver nesse papel o pastor tão simples. Se Mattis sabia que devia assumir esse papel e ao mesmo tempo tinha consciência de não ser suficientemente dotado para assumi-lo, então tinha uma boa razão para afundar no desespero. Eu talvez reagisse como ele, pensou Klemet. O que eu teria feito no lugar de meu avô quando ele tomou a decisão de abandonar a criação de renas? Talvez eu acabasse desmoronando como Mattis. Talvez. Klemet não tinha certeza. Seu pai não tinha desmoronado. Ele havia vivido aquela vida errante, passando de um trabalhinho a outro, entre o sítio do *vidda* e a mina de Kiruna.

Ao se aproximarem de Kautokeino, no meio da noite, Klemet parou em Suohpatjavri. Hesitou em despertar Nina; deixou o motor ligado e aumentou um pouco o aquecimento. Pegou o tambor e entrou sem bater na casa do tio. Mesmo com a porta fechada, ele ouviu sua voz melodiosa vinda do andar de cima.

Chang de olhos negros de Suohpatjavri,
Tem todos os tesouros,
Ela é jovem, é rica, é bela,
Tem duas mil renas que a amam,
E as pastagens verdes dançam por ela.

Klemet ouviu em silêncio no vão da porta. O *joïk*, que retomava as mesmas palavras em diferentes melodias cantadas com voz rouca, durou longos minutos. Nils Ante cantava no meio do cômodo, sob o olhar maravilhado e comovido da senhorita Chang, sentada perto do computador. A tela estava voltada para Nils Ante. Num canto dela Klemet viu a avó da senhorita Chang conectada pelo Skype. Ele se perguntou que horas seriam na China. A velha chinesa começou a aplaudir e a falar ao mesmo tempo. Subitamente, a senhorita Chang se levantou como uma mola e contornou Nils Ante para ir dar a mão a Klemet.

– A minha avó viu você e até o reconheceu! – exclamou encantada a jovem chinesa.

– Decididamente, vocês estão mais bem protegidos do que se tivessem um sistema de alarme – brincou Klemet, acenando para a avó chinesa, que respondeu imediatamente com gestos quebrados ao ritmo da ligação da internet.

– Eu vi que o *joïk* está tomando forma – disse Klemet ao tio.

– Ah, eu lhe disse, estou começando a entrar no cerne do assunto. Acho que será uma peça bonita. Vamos testar no YouTube e depois eu vou tentar apresentá-lo no festival da Páscoa. Vamos tomar um café.

Os dois homens saudaram a chinesa com a mão e desceram.

– Onde está a sua colega encantadora?

– Dormindo no calor do carro. Estamos voltando de Karesuando. Hurri Manker estava lá.

– E então? – impacientou-se Nils Ante. Ele pegou uma cafeteira que há horas se mantinha quente numa placa elétrica e encheu duas xícaras.

Klemet relatou o que a erudição de Hurri Manker havia descoberto. Madderakka, a mãe maléfica que tinha pontinhos na testa, Uksakka, a grande ausente, o rei, o soldado e o pastor, a alucinação, a aldeia que ficara deserta, o transporte de minério, a aurora boreal. Mencionou também as suposições feitas por eles próprios: talvez mineiros, um desertor ou fugitivo. Nils Ante bebia seu café em pequenos goles, sem perder uma palavra das explicações do sobrinho. Quando Klemet terminou, ele já tivera tempo de encher mais duas vezes as xícaras. Terminou de beber e mergulhou num exame silencioso do tambor, que fora posto na mesa da cozinha, guardado em sua caixa. Estava emocionado e contido. Como Hurri algumas horas antes.

– Hum. Você sabe em que me faz pensar essa história que aparentemente o tambor conta? Na história da colonização de nosso país.

– É? Então explique.

– Os reinos escandinavos começaram a se interessar pela Lapônia por causa do comércio de peles e, pouco a pouco, por causa de suas riquezas naturais. A madeira, a água, os minérios.

– Eu sei, o Espanhol fala nisso quase sem parar, clamando que os *sami* são vítimas de pilhagem, como os índios das Américas.

– Ele não está errado, o Espanhol. Mas o que você aparentemente ignora são alguns episódios trágicos nessa colonização. Quando ela começou, no século XVII, não havia na Lapônia nenhuma estrada. Isto aqui era uma terra desconhecida. O comércio era praticado ao longo dos rios, no verão. Quando o reino da Suécia começou a procurar minérios para custear suas guerras e fabricar armas, montou expedições exploratórias e enviou cartógrafos. Algumas minas pequenas foram exploradas. Nas condições que você pode imaginar para a época, no fim do mundo, longe de tudo. Devia ser uma coisa horrorosa. Em que condições eles deviam trabalhar? Só de pensar, fico arrepiado. Os suecos recrutavam à força os *sami* para esse trabalho. E utilizavam as renas para transportar o minério até os rios. É essa a história. Os *sami* que se recusavam eram espancados, aprisionados. Você pode ver qual foi a base da riqueza desses belos reinos nórdicos. A coisa não deu certo. Todas essas minas pequenas fecharam, uma após outra. Muitos *sami* perderam a vida nelas. Com isso, e com a bênção da Coroa, camponeses escandinavos recuperaram as terras a um preço barato, pois a Coroa estava muito contente com a domesticação da Lapônia. Mas até então se arriscou pouco. Foi preciso esperar duzentos anos para que os suecos começassem a vir em grande número, agora com a ferrovia.

– E do lado norueguês e finlandês foi a mesma coisa?

– Não importa, na época era tudo misturado. As fronteiras vieram depois na Lapônia. Todos tentaram encher os bolsos às custas dos *sami*. Esse tambor conta a história de uma dessas minas. Mas certamente não é qualquer uma. Essa história de mortos, de aldeia esvaziada dos seus habitantes, de maldição, isso me lembra um canto que narra uma história desse tipo. Você sabe que os *joïk* foram durante séculos o nosso modo particular de transmitir a nossa história. Todos esses caixões são medonhos. E esses corvos. E esses mortos. Até essa aldeia, Klemet, esse tambor fala de uma aldeia *sami* exterminada. Sempre achei que essa lenda fosse falsa. Mas não vejo outra explicação. Tudo se encaixa quando a gente olha esse tambor. E não são só os soldados a causa de todo o horror descrito. Esse símbolo de alucinação não por acaso está na entrada da mina. É ele que mata. Um mal desconhecido os dizimou. É preciso que você encontre, Klemet, antes que ele vá matar outra vez, se essa jazida for reativada...

48

Quarta-feira, 26 de janeiro.
Nascer do sol: 9h13; pôr do sol: 13h50.
4 horas e 37 minutos de luz solar.

8h45. Kautokeino.

Um arzinho de primavera soprava em Kautokeino. Com sua habitual rapidez na Lapônia, o clima se amenizara bruscamente. As nuvens mantinham a temperatura em clementes dezessete graus negativos. O ar era respirável e o frio, bastante suportável. Diante da delegacia, o grupo de manifestantes havia aumentado. Uma dúzia de *sami* estava reunida em volta da fogueira. Os cartazes também eram mais numerosos. O teor das reivindicações não tinha sofrido alteração. Mas era perceptível um endurecimento do tom. "Vergonha para a justiça", "Parem com a caça aos inocentes". Os dois criadores em prisão preventiva tinham passado sua primeira noite na cela.

Conforme a orientação dada por Klemet, Nina não havia parado na delegacia. Passara reto e fora diretamente para a tenda do colega depois de ter comprado o *Finnmark Dagblad* e o *Altaposten*. Klemet já havia preparado um café.

Eles continuavam sem nenhuma notícia sobre a localização do geólogo francês. Precisavam procurá-lo. Nina pensava na advertência feita por Nils Ante, que Klemet lhe havia comunicado enquanto a levava para casa na noite anterior. Era preciso agir rápido, para evitar que a jazida voltasse a matar. Mas antes os policiais teriam de fazer uma visita discreta a Karl Olsen, para ver se o camponês podia informá-los sobre o seu pai.

O carro do Xerife chegou à casa de Klemet quase ao mesmo tempo que o de Nina. Tor Jensen continuava envergando seu uniforme de campo, mais apertado do que antes. Apesar das nuvens, a claridade era forte, e ele usava óculos escuros que acentuavam sua aparência belicosa. Tirou-os ao entrar na tenda e jogou duas pastas sobre as peles de rena.

– Racagnal e a empresa dele. Reuni na segunda pasta informações sobre a companhia que o empregava durante sua primeira estadia aqui.

Klemet lhe serviu uma xícara de café e abriu a primeira pasta. Era uma cópia da que o Xerife mostrara alguns dias antes. Racagnal trabalhava há doze anos para a Companhia Francesa de Mineração. Havia percorrido os quatro cantos do planeta e posto seus conhecimentos a serviço de apenas três companhias ao longo dos anos. Iniciara sua carreira numa companhia francesa que, segundo o dossiê, fechara as portas nos anos 1990. Nesse ínterim ele tinha entrado para uma empresa chilena, a Mino Solo, para a qual realizara missões na América Latina e na Europa. Esse era o único elemento novo em relação ao primeiro dossiê que o Xerife lhe mostrara. Racagnal trabalhava para a Mino Solo quando ficou na Lapônia por um longo período, entre 1977 e 1983, trabalhando em projetos de minas e também em barragens.

– E então? – perguntou Nina.

– Nada de esclarecedor – respondeu Klemet. – Fora os detalhes sobre a Mino Solo, a empresa para a qual ele já havia trabalhado na Lapônia. Mas não acredito numa simples coincidência. Esse sujeito, um especialista, surgiu do nada e o tambor desapareceu pouco tempo depois. E o Mattis é encontrado apunhalado.

– Leia o segundo dossiê antes de se queixar – aconselhou o Xerife.

Klemet puxou algumas folhas. Havia um relatório de polícia e alguns recortes de jornal. Essa parte era nova. Os documentos mencionavam a empresa chilena Mino Solo. Ou melhor, sua presença na Lapônia entre os anos 1975 e 1984, quando ela foi obrigada a deixar a região. Dois casos de corrupção. Abusos de poder. Muitos estudos de impacto ambiental feitos sem o menor rigor. Ameaças. Queixas das populações ribeirinhas. Degradações anônimas. O relatório da polícia era muito rigoroso, mas na maioria dos casos não tinha sido possível apresentar nenhuma prova. O material da imprensa noticiava uma grande tensão, com muitas manifestações. Numa das fotos, Klemet reconheceu Olaf Renson, muito jovem, agitando um cartaz onde se lia: "Que viva o rio! Fora Mino Solo". A Mino Solo era descrita como a companhia mineradora que concentrava todos os males da industrialização da Lapônia, trazendo consigo uma onda de agitações. Muitas centenas de trabalhadores e engenheiros noruegueses e estrangeiros de diversas companhias haviam naquela época invadido as pequenas aldeias *sami*. Houve inúmeros problemas e todo mundo deu um enorme suspiro de alívio quando as atividades mineradoras foram encerradas. Klemet depôs o dossiê, olhos fixos num ponto invisível.

– Um rio!

O Xerife e Nina olharam para ele sem entender.

– Um rio. A serpente é um rio! Merda, como pude ser tão cego assim? Nina, pegue o tambor, rápido.

Nina acabara de entender. Klemet devia estar certo. O Xerife ainda parecia perdido. Os três se debruçaram sobre o tambor.

– Evidentemente, a mina fica perto de um rio grande. É uma coisa lógica. Era preciso transportar o minério. Mesmo com as renas, não devia dar para transportar o minério por distâncias grandes demais nesse tipo de lugar.

Klemet abriu um baú de madeira e retirado um conjunto de mapas da região. Espalhou vários sobre as peles de rena. Acendeu os lampiões para completar a claridade das chamas.

– Na prefeitura descobrimos que esse geólogo francês foi prospectar três zonas repartidas num perímetro que se estende a leste e a sudeste de Kautokeino, até a fronteira finlandesa. Depois, a Eva Nilsdotter, diretora do NGU, comentou que as três zonas do francês se pareciam. O que levava a pensar que ele procurava a partir de descrições precisas. Portanto, esse geólogo deve estar na pista de uma jazida específica descrita num documento específico. Nossa hipótese é que se trata da mesma jazida procurada pelo geólogo alemão em 1939.

– Por quê? – interrompeu-o o Xerife.

– Por enquanto, só uma porção de coincidências, nada de concreto, admito. Mas a base dessa hipótese é, sobretudo, o estudo das fotos de 1939. A Eva Nilsdotter pôde eliminar uma das três zonas calculando a distância percorrida por Flüger em 1939. O fato é que nessas zonas, e até na que foi eliminada, um rio segue mais ou menos o mesmo traçado. Começa a noroeste, vai para o sul, volta a subir para o leste e torna a descer para sudeste. E agora, vejam: se vocês pegarem o tambor e o girarem, considerando que as auroras boreais indicam mais ou menos o norte, há uma correspondência quase perfeita. A serpente segue exatamente esse traçado. Isso é mais do que uma porção de coincidências, concordam?

– Fascinante – deixou escapar o Xerife.

– Isso significa que esse geólogo francês está buscando a mina do tambor... – disse Nina e logo depois completou: –Sem ter visto o tambor!

– Então o mapa geológico antigo de que a Eva Nilsdotter falava deve existir em algum lugar. Talvez o francês tenha tido conhecimento dele. O NGU nos falou de um platô alto, de um lago a sudeste e de zonas muito fraturadas a nordeste. Também aqui, se olharmos as indicações de relevo do tambor, com as montanhas, um lago, parece que tudo coincide mais ou menos. Olhe esse mapa. Se você o orienta assim... você tem o rio que corre, um lago aqui, montanhas mais altas de cada lado. E aqui – exclamou Klemet, apontando para o mapa – a jazida, indicada pela cruz no tambor. Ela está em algum ponto nesse perímetro. E é aqui que nós vamos encontrar o geólogo francês!

Lapônia Interior

André Racagnal tinha levado menos tempo para descartar a segunda zona. Contudo, ele realizara levantamentos prévios. Nos meios profissionais o consideravam o melhor vigia de matacões, essas rochas que as geleiras arrancam de um filão e deslocam ao sabor de seu avanço. Seguir a pista de matacões interessantes podia levar a jazidas. Na primeira fase, quando se tratava de partir ao acaso, a observação paciente era sua principal virtude, sua força. Os colegas mais antigos que o haviam acompanhado nessa fase lhe tinham dado o apelido de Buda, o Buda dos matacões. Piadistas, os sujeitos! Mas eles comentavam que Racagnal se transformava quando identificava um matacão que podia levá-lo até uma jazida promissora. De Buda ele passava a Buldogue. Isso os divertia. De certo modo eles não estavam errados. Quando farejava a pista de um matacão bom, ele esquecia tudo o que o cercava. Nessa segunda zona explorada ele só tinha podido manifestar o lado Buda de sua personalidade. Ele continuava um pouco frustrado. Mas se consolava. Disporia de um pouco mais de tempo para essa terceira zona em que chegava por fim.

Sem o velho mapa geológico ele jamais poderia ter chegado ali tão depressa. Naquela manhã de quarta-feira ele já havia percorrido muitos quilômetros. Não se preocupava mais em respeitar as autorizações referentes à moto. Se isso lhe trouxesse algum problema, o velho camponês se viraria para resolver a questão com a ajuda do policial babaca que era seu aliado. O céu estava nublado, mas a luminosidade era forte. Racagnal deu uma olhada no mapa e depois na paisagem que o cercava. Ele estava num vale atormentado e nu, com apenas alguns arbustos retorcidos colados ao chão. A neve era pouco abundante e ele via muitos rochedos aflorando, que apimentavam com manchas amarronzadas a extensão branca e ondulada. O geólogo francês tinha observado cerca de vinte rochedos. Observara, como nas outras duas zonas levantadas, quartzos em quantidade, micas interessantes, feldspatos de um rosa comovente. Racagnal estava numa zona bastante granítica, e era exatamente isso que ele procurava. Graças à sua experiência, ele era capaz de perceber a presença profusa de quartzo. Desde aquela manhã, ele manejava frequentemente o seu longo martelo sueco, quebrando muitas rochas. Os brilhos eram reveladores. De quando em quando ele tirava a lupa, mas tinha podido, a olho nu, identificar esses quartzos que pareciam pedacinhos de vidro com um brilho gorduroso.

Eram onze horas e doze minutos quando pela primeira vez Racagnal teve a impressão de progredir de fato. Ele gostava da precisão e anotou a hora em sua caderneta de campo. Mas esse progresso o levava para uma direção totalmente inesperada. Desde o início, sob a influência do velho camponês obcecado pela mina de ouro, Racagnal tinha seguido a pista do metal amarelo. Em seu estado natural, já estava sendo algo muito excepcional a descoberta de ouro em quantidade satisfatória. O metal precioso era encontrado no estado de pepitas. Às onze e doze Racagnal tinha topado com aquele novo matacão, meio enterrado na neve, não muito grande. Sua forma bastante arredondada indicava que ele tinha sido arrastado por muito tempo pela geleira. A rocha estava enegrecida, e foi isso que intrigou Racagnal. Ele não sentia mais o frio quando brandiu seu martelo para quebrar o matacão. Asperezas amarelecidas apareceram. Eram muito vivas. Racagnal controlou a respiração. Acalme-se, Buldogue, disse ele em voz baixa, sentindo a adrenalina invadi-lo. Ele chamou o guia e lhe ordenou que instalasse o abrigo com as peles de rena no chão. Racagnal era meticuloso. Respirou profundamente para conter a adrenalina. Quase sempre conseguia isso. Então observou o *sami* instalar o material. Racagnal tirou o fogão portátil para fazer café. Gostava desse cerimonial. Como com as meninas que ele comia. Quando a conquista do objetivo parecia próxima, não se devia precipitar as coisas. Era preciso ir com calma. Sentir. Fruir a adrenalina que saturava sua alma. E pouco importava se se tratasse apenas de um falso alerta. As rochas podiam decepcioná-lo ou as meninas podiam escapar dele. Exatamente por isso era mais importante aproveitar aqueles instantes preliminares. Tirou finalmente sua lupa, deliciando-se com o amarelo intenso que faiscava da rocha negra. Teve até vontade de comunicar aquilo ao lapão.

– Olhe – disse ele simplesmente.

O *sami* se aproximou. Seu olhar não exprimia nada que Racagnal pudesse definir. Racagnal deu de ombros e olhou de novo para o amarelo intenso da rocha. Foi até o reboque da moto e tirou dele um aparelho de medição, um SPP2, uma espécie de pistola pesada que funcionava com pilhas. Prendeu o cinto de couro do aparelho. Trocou as pilhas. Com o frio, ele consumia uma quantidade três vezes maior de pilhas do que na África. O SPP2 começou a fazer ruído a cem choques por segundo. Mas os blocos de granito que o cercavam levavam o barulho a trezentos choques. Tratava-se da radiação natural, enganosa. O ouro podia estar nesses ambientes de falhas no meio de rochas magmáticas. Era preciso saber desconsiderar os guinchos do SPP2.

Em menos de uma semana ele já havia utilizado umas trinta pilhas. Seu SPP2 tinha medido radioatividades normais para a região, às vezes chegando a quase quatrocentos choques por segundo. Em três ocasiões ele já havia medido pequenos pontos a quase quinhentos choques por segundo. Essas medições não passavam de pura rotina para qualquer geólogo experiente. Mas agora era outra coisa. Pela primeira vez ele precisou mudar o nível. A medida ultrapassava quinhentos choques por segundo. Ele passou para a escala seguinte, que chegava a mil e quinhentos choques. O SPP2 guinchou mais forte e o aparelho indicou mais de setecentos choques por segundo. Racagnal observou novamente o matacão. Tratava-se apenas de granito, mas de um bloco modificado, atravessado por uma fissura. Ele respirou fundo e olhou em torno de si. As colinas nuas e cobertas de neve conservavam seu segredo, mas Racagnal saberia fazer com que elas falassem.

– Fique aqui – ordenou ele a Aslak.

Racagnal separou o reboque e subiu na moto, equipado apenas com o SPP2 e o martelo. Vamos lá, Buldogue, procure, disse a si mesmo, dando partida brutalmente. Não precisou percorrer quilômetros. Avançou apenas uma centena de metros no flanco da colina, esmagando em sua passagem algumas bétulas anãs, e parou perto de uma cavidade. Muitas pedras grandes estavam espalhadas, mas somente uma o interessou. Era um pouco maior do que a anterior. Ele tirou o SPP2 e a iluminou. O aparelhou guinchou novamente com tamanha força que Racagnal precisou novamente mudar o nível. Passou para cinco mil. A medida que apareceu fez seu coração se acelerar. O SPP2 anunciava agora quatro mil choques por segundo. Apressadamente, Racagnal pôs no chão o aparelho, pegou o martelo e, dando um grito de lenhador, golpeou a rocha. Pegou um pedaço dela e observou o mesmo amarelo intenso dentro da rocha negra.

– Puta merda – exclamou ele baixinho e lentamente. – Isso não é ouro. É urânio!

Racagnal ergueu a cabeça e olhou em torno de si. O *sami* estava sentado nas peles de rena, virado para ele. Do flanco da colina, onde estava, ele via a parte inferior do vale que se estendia longe sob os seus olhos. O sol, embora toldado pelas nuvens, era poderoso. Cintilava na neve brilhante, de onde aqui e ali saíam apenas alguns galhos de bétulas nuas que formavam escuros toques impressionistas naquela vastidão imaculada que se estendia, limitada no horizonte por algumas montanhas suaves cinza-azuladas. Racagnal sentiu um calafrio percorrer-lhe a espinha.

– Esse caipira idiota acha que está procurando ouro e a porcaria da jazida é uma puta jazida de urânio – disse ele elevando ligeiramente a voz.

Sorriu levemente.

– Ah, mas isso muda tudo. Não vamos mais brincar, meu velhinho...

Subitamente, começou a gritar a plenos pulmões, apesar do frio.

– Que babaaaca! Urââânio! Que babaaaca!

Racagnal começou a rir como um demente, brandindo o martelo num gesto de desafio, de frente para o sol que continuava enclausurado atrás da névoa.

À distância, o pastor *sami* não perdia nada daquele espetáculo. Mesmo sem compreender tudo, uma palavra pelo menos não lhe escapou.

Klemet parou o seu Volvo diante do estábulo. Para parecer menos protocolar, sabendo que a Polícia das Renas estava oficialmente desligada do caso, Nina e ele tinham resolvido que ele iria sozinho à casa de Karl Olsen a fim de tentar interrogá-lo sobre a foto que Berit Kutsi comentara.

Combinaram que nesse meio-tempo Nina visitaria os postos de gasolina de Kautokeino. Ela deveria se informar discretamente sobre os óleos utilizados nas motos da região, de modo a seguir a pista do óleo encontrado no casaco de pele de rena de Mattis.

Klemet bateu na porta. Ouviu passos. O velho Olsen, com a cabeça um pouco inclinada, foi atendê-lo. Depois de um instante de surpresa rapidamente domada, ele o examinou com um ar desconfiado.

– A Polícia das Renas? E ainda por cima em trajes civis? Essa é boa!

– Bom dia – Klemet o cumprimentou educadamente.

– O que há? – atalhou Olsen raivoso.

– Eu só queria lhe mostrar uma foto – adiantou Klemet com prudência.

– Ela tem relação com o tambor ou a morte do Mattis? – contrapôs Olsen com o mesmo ar raivoso.

– Não sei – esquivou-se Klemet.

– Porque eu tinha entendido que vocês não estavam mais no caso, é ou não é? Você não viria me visitar sem motivo, contra as ordens, hein? – insinuou Olsen parecendo desconfiado.

– De jeito nenhum – protestou Klemet. – É mais por curiosidade, porque o meu velho tio achou que tinha reconhecido alguém que você poderia conhecer numa foto que ele encontrou.

Sem deixar tempo para Olsen protestar, ele lhe mostrou a foto ampliada do homem bigodudo.

– E daí? – grunhiu o camponês com sua cara de desconfiança.

Klemet continuou em silêncio, pondo a foto bem diante do nariz de Olsen.

– É o meu pai – Olsen acabou dizendo. – O velho morreu há séculos. Puf. Aneurisma. Puf. Ponto final. Mas a foto é velha. De onde foi que ela saiu?

– Ele estava com um grupo de pessoas que fez uma expedição pela Lapônia um pouco antes da Segunda Guerra Mundial.

– Sei lá. Não tenho ideia. Nada a ver. E a troco de que você está aqui?

– Você não tem motivo para se preocupar, Karl – sorriu Klemet para apaziguá-lo. – O que o seu pai fazia?

– Ele era agricultor! Que pergunta...

Klemet balançou a cabeça sem nada dizer.

– Ele falou com você sobre essa expedição com estrangeiros logo antes da guerra? Talvez mencionado histórias sobre uma mina?

– O velho não conversava. Nada. Não falava. História de minas? E por que não história de gnomos? Ah, faça-me o favor, vá embora porque eu tenho mais o que fazer. O velho trabalhava a terra. E depois puf, aneurisma. Não tenho mais nada a dizer.

Klemet percebeu que não devia insistir, se não quisesse correr o risco de despertar ainda mais suspeitas em Olsen. Então, agradeceu em silêncio, despediu-se com um aceno de mão e foi embora. No vão da porta se voltou.

— Um geólogo francês está passeando por aqui há algum tempo. Ele conseguiu permissão da Comissão das Questões de Mineração. Por acaso você não sabe se ele mencionou um mapa geológico antigo da região?

— Não, eu não conheço esse sujeito. Ele quis se encontrar comigo. Mas não sei quem é. E nunca ouvi falar de um mapa desses.

Klemet agradeceu com um sinal de cabeça. Quando pôs o carro em movimento e passou diante da casa, percebeu Olsen na cozinha falando ao telefone com gestos nervosos.

As horas seguintes foram das mais agitadas que Racagnal tinha vivido em décadas. Ele continuava fazendo suas investigações na área. Consultava frequentemente os diversos mapas, o antigo e os modernos, percorria sua caderneta de notas e desenhos, colhia amostras, brandia por toda parte o cintilômetro para medir a radioatividade. Avançava lentamente e vociferava contra o dia, que começava a escurecer cedo demais. Porém, estava convencido.

Quando o sol se pôs e o acampamento foi montado para a noite, ele se instalou diante do rádio. O *sami* estava cozinhando uma rena. Racagnal tinha se permitido esse pequeno prazer para festejar sua descoberta. Com o fuzil que havia lhe passado o *sami*, tinha atirado numa rena algumas horas antes e o lapão se encarregara de esquartejá-la e prepará-la. Os quartos de carne estavam nas árvores anãs, que vergavam sob seu peso.

Racagnal ligou para Brattsen. O policial lhe pediu que esperasse alguns instantes, para poder se isolar, depois voltou a falar. Racagnal foi sucinto.

— Você pode dizer ao Olsen que eu encontrei uma coisa. Talvez algo grande demais, se o que eu estou pensando se confirmar. Mas não é o que ele achava. Esperem uma enorme surpresa.

— O que você encontrou?

— Ainda não posso lhe dizer, não pelo rádio. Preciso de mais alguns dias. Mas diga ao Olsen que a nossa fortuna provavelmente está garantida.

Brattsen ficou superexcitado. Racagnal percebeu isso e se deleitava imaginando a impaciência dos dois noruegueses. Informou a Brattsen sua posição atual e indicou o plano que tinha para os dias seguintes.

– Você tem certeza de que é isso mesmo que deve ser feito? – inquietou-se Brattsen.

– Quanto a isso fique tranquilo. Sozinho eu não vou chegar lá, mesmo sendo excelente como sou. Fique tranquilo, vai ser discreto.

E encerrou a conversa.

Em seguida, entrou em contato com a central de logística internacional da companhia. Perto de Paris, no prédio em La Défense que a Companhia Francesa de Mineração ocupava, um departamento especial estava à escuta vinte e quatro horas por dia para atender às dezenas de equipes distribuídas pelos quatro cantos do planeta. Identificou-se e explicou que queria entrar em contato imediatamente com o geólogo-chefe de plantão. Passaram-no rapidamente para um homem acostumado a tomar decisões rápidas. Isso podia parecer paradoxal num mundo onde as pessoas se interessavam pela evolução da Terra, no qual se mediam os períodos de espera em dezenas de milhões de anos e as prospecções se estendiam frequentemente por anos. Mas o mundo da indústria mineradora estava submetido também às regras mais capitalistas, nas quais a medida do tempo era a das salas do mercado. A mais simples comunicação podia às vezes ter consequências fabulosas ou terríveis sobre o curso da ação. Essa realidade impunha decisões rápidas que podiam se revelar muito vantajosas.

O geólogo-chefe conhecia Racagnal há muito tempo. Conhecia todos os aspectos de sua personalidade, até os mais controversos, mas há muito tempo resolvera que, se seu colega preferia adolescentes a mulheres mais maduras, ele não tinha nada a ver com isso. Registrou imediatamente a importância da exposição de Racagnal e, assim como ele, entreviu um enorme potencial. Então concordou com tudo o que ele pedia.

– Vou lhe enviar o Brian Kallaway – disse o geólogo-chefe. – Um jovem muito brilhante. É o melhor glaciologista que temos na companhia atualmente. Um canadense. E as geologias do Canadá e da Lapônia se parecem como duas gotas d'água. Não estou lhe ensinando nada de novo. Ele pode ir para aí amanhã de manhã e chegar na área ainda de dia. Vou recomendar que ele faça o sobrevoo em baixa altitude, adequado à prospecção radiométrica. Que método você quer no campo? Elétrico, eletromagnético ou magnético? Ou um estudo geoquímico?

– Não vou ter tempo.

Racagnal se deu conta de que, para a empresa, o fator tempo não tinha muita importância. Controlou-se.

– Uma série de licenças vai ser liberada dentro de alguns dias. Preciso cimentar isso imediatamente, do contrário podemos perder tudo. Os noruegueses já estão no pedaço. Me mande esse Kallaway e diga a ele que, logo ao chegar, tome as medidas aéreas na área que eu lhe indiquei. Mas ele precisa ser discreto. Deixe bem claro para ele que a exploração de urânio é proibida nos países nórdicos e tudo o que diz respeito a isso é ultradelicado.

Racagnal desligou. Naquela noite ele ia saborear a rena. Só faltava uma menina, como a tal Sofia que resistira a ele. Mas logo mais ninguém poderia lhe recusar nada.

Como sempre, Karl Olsen esperava Rolf Brattsen no estacionamento do cercado das renas. O velho esfregava vigorosamente a nuca. Nos últimos dias a dor vinha vindo num crescendo, à medida que ele era dominado pelo nervosismo. Duas semanas tinham se passado desde o primeiro encontro e esse tempo fora utilizado do melhor modo possível, ele tinha de admitir.

Serviu-se de uma caneca de café quentíssimo e tomou um gole, aspirando ruidosamente. O afastamento de Tor Jensen tinha provocado tensões. Os trabalhistas se viram encurralados. O governo trabalhista de Oslo queria resultados, e esse era precisamente o argumento que a oposição de direita havia utilizado no plano regional. Para salvar a pele, o conselho regional de Finnmark, nas mãos dos trabalhistas, havia declarado que Jensen estava provisoriamente em missão de coordenação para a segurança da Conferência da ONU, mas ninguém havia engolido aquilo. Olsen imaginava que depois da Conferência da ONU os trabalhistas dariam o troco, mas não estava preocupado com isso. Ele viu chegar o carro do policial. A porta do passageiro abriu.

– Recebi a visita do seu caubói da Polícia das Renas. Ele me fez perguntas, como quem não quer nada. Com uma foto antiga do meu pai que eu não conhecia. Eu não gosto disso. E muito menos agora.

– Nango?

Brattsen já estava com aquele seu ar obstinado. Parecia contrariado.

– Você falou no telefone que ia me dizer alguma coisa – prosseguiu Karl Olsen logo depois, virando-se num transe de dor para o policial.

– O francês encontrou alguma coisa importante, parece.

– É!? Mas já? Será que ele conseguiu?

– Acho que sim. Ele parecia muito seguro de si. Deve mandar vir um especialista de Paris para garantir o sucesso.

– Um especialista de Paris? Eu não gosto disso. Você acha que ele vai tentar passar a perna na gente, esse filho da mãe?

– Ele não é nada ingênuo.

– Eu não gosto disso – repetiu o camponês.

– Ele me deu a sua localização.

– Ah, é?

– Cento e cinquenta quilômetros daqui a sudeste.

O camponês massageava a nuca enquanto pensava. Jogou pela janela o café frio e se serviu novamente. Bebeu aos golinhos e apoiou a caneca no painel.

– Nós vamos lá. Você pode encontrar um pretexto qualquer para não aparecer na delegacia. Agora eu vou ficar de olho nesse sujeito.

– Não sei se isso é prudente. O Johan Henrik e o Espanhol estão em prisão preventiva. Todos esperam que eu interrogue os dois. E tem gente admirada porque o Aslak não está lá junto com eles.

– Mais uma razão para você ir procurar o Aslak. Está vendo? Tudo se arranja; você tem uma desculpa. E os interrogatórios podem perfeitamente esperar. Nós precisamos ir logo para lá.

– Eu posso esticar um pouco, mas não depois da conferência. Preciso interrogar os criadores amanhã. Eu poderia ir para lá na sexta ou no sábado.

– Muito bem, está perfeito, está vendo? Eu viajo hoje à tarde, para Alta. Digo que vou ficar lá alguns dias fazendo cursos. E encontro você.

O policial concordou meneando a cabeça. Olsen via que Brattsen estava um pouco assustado.

– Tudo isso vai acabar logo, filho – garantiu o camponês. – A distribuição de licenças já vai acontecer, e nada mais segura a gente depois. Só precisamos garantir que esse francês encontre a nossa mina de ouro. E que ele não faça besteiras. Mas você vai se ocupar direitinho dele, não é? Afinal de contas, o futuro responsável pela segurança da mina é você, não é mesmo?

49

Quarta-feira, 26 de janeiro.
18h40. Kautokeino.

No fim do dia Nina chegou de sua visita aos três postos de gasolina de Kautokeino. Com o céu nublado, tinha-se uma noite escura. O frio era mais intenso do que durante a tarde. Ou talvez fosse o cansaço, pensou Nina. Ela havia ido diretamente para a tenda de Klemet. Levantou o reposteiro e se agachou perto do fogo. Tirou as luvas e esfregou as mãos por um longo tempo. Klemet estava do outro lado da lareira examinando relatórios.

– O óleo encontrado no casaco de Mattis não vinha de uma moto – disse ela, continuando a esfregar as mãos sobre as chamas.

Klemet fechou o relatório e ficou à espera.

– Eu verifiquei todos os componentes nos galões vendidos nos postos de gasolina, conversei com as pessoas que iam se abastecer e com os frentistas. Sem chance. Nas motos esse tipo de produto não é utilizado. Aliás, nem mesmo nos carros. O óleo em questão é utilizado nos tratores, em máquinas pesadas e nas carretas. Eu não conhecia aquela marca.

Nina mergulhou a mão no seu *parka* e tirou de lá a caderneta.

– A marca é Arktisk Olje. O nome do óleo é... Big Motors Super Winter Oil.

– E você disse que é um óleo especial para tratores e máquinas, tipo máquinas agrícolas, imagino eu.

– Isso. E carretas.

O reposteiro foi erguido, deixando entrar um sopro de ar frio. O Xerife foi se sentar ao lado de Klemet. Desabotoou o *parka* e o blusão azul-marinho muito apertando, dando um suspiro de alívio.

– Bom, e os seus planos agora? Já faz tempo demais que a viatura de patrulha está estacionada na frente de sua casa. Você não devia ficar por aqui.

– Eu sei – interrompeu-o Klemet. – Mas, meu Deus, nós não paramos de seguir muitas pistas ao mesmo tempo e com séculos de distância uma da outra. E tudo isso escondido do Brattsen, num território imenso em que se sabe de tudo num piscar de olhos!

– Vocês estão com o tambor e sabem quem foi que o roubou. Isso já é formidável, Klemet.

– Passei agora há pouco no sítio do Olsen e ele me pareceu muito suspeito.

– O Olsen, o conselheiro municipal do FrP?

– Isso. O famoso bigodudo da foto de Henry Mons era o pai dele. Percebi que ele relutou muito em me dizer isso.

Nina ergueu a cabeça ao ouvir a notícia.

– Pai dele? – repetiu o Xerife. – O pai do Olsen e o avô do Mattis estavam juntos na mesma expedição de 1939? Que coincidência engraçada.

– Se a gente pensar bem, na verdade não é uma coincidência. Isso foi transmitido de geração a geração. Mattis às vezes trabalhava com o Karl Olsen – lembrou-se Nina. – A Berit nos disse que também vão lá dois outros pastores, o John e o Mikkel, que fazem consertos...

– ... nos tratores e nas máquinas agrícolas do Olsen – completou Klemet com os olhos subitamente fixos nos da colega, que, enquanto articulava as palavras, acabava de ter a mesma revelação.

Estava tudo às escuras no sítio de Karl Olsen quando o Volvo vermelho de Klemet se aproximou bem devagar. Antes de entrar, o policial se certificou de que ninguém poderia vê-lo. Certamente seria difícil justificar sua presença naquele lugar, sem mandado, em trajes civis, já que teoricamente ele estava na tundra "contando renas". Estacionou atrás do paiol. Uma ligação anódina para Berit, oficialmente a fim de garantir que ela continuava à disposição para perguntas eventuais, tinha sido suficiente para ela lhe informar que o camponês acabara de partir para uma permanência de vários dias em Alta. John e Mikkel deveriam fazer pequenos trabalhos, mas não antes da manhã do dia seguinte. A própria Berit só iria lá no dia seguinte à tarde para tratar das vacas.

A ideia de uma visita noturna e ilegal ao camponês não agradara nada ao Xerife. Nina havia sido ainda mais categórica: fora de cogitação, simplesmente. Klemet tinha dito alguma coisa inaudível e o Xerife havia resolvido a questão declarando que na manhã do dia seguinte falaria com o juiz de Tromsø e se empenharia para obter os meios legais. Eles se separaram com essa decisão acertada.

Quando seus colegas partiram, Klemet foi para a garagem, apanhou uma mochila e, certificando-se de que a rua estava vazia, tomou o rumo do sítio de Olsen. Em quinze minutos estava lá, depois de alguns desvios, estacionando num caminho secundário que passava atrás da construção. Assim ele podia entrar lá caminhando apenas uns cem metros, sem precisar andar pela alameda.

Klemet ficou sentado no carro com o motor desligado durante dois longos minutos. Tinha aberto uma janela para poder ouvir o menor barulho suspeito. O frio o envolveu rapidamente. Ele se arrependeu de ter vestido uma roupa tão leve.

Pegou uma lanterna de luz discreta e avançou em direção ao paiol. Percorreu lentamente a distância, parando de quando em quando. Chegou à entrada do paiol. A porta estava aberta. O paiol era muito grande. Abrigava dois tratores e não menos de três máquinas para o cultivo dos campos. Em todas as paredes havia painéis com ferramentas e material leve, além de prateleiras. Uma impressionante coleção de facas estava dependurada. Por precaução, Klemet calçou as luvas leves antes de examinar as lâminas, uma a uma. Nenhuma delas era do modelo que servira para apunhalar Mattis. O que não queria dizer nada. Possíveis esconderijos abundavam num sítio. Mas Klemet não tinha ido ali para isso. Explorou todos os cantos do paiol e acabou encontrando. Muitos vasilhames de cinco litros de óleo estavam alinhados perto de um armário antigo e de grandes galões velhos de óleo. Os galões eram de vários tipos, mas dois deles tinham a marca Arktisk Olje, da Big Motors Super Winter Oil.

Satisfeito, ele fez meia-volta. Saiu do paiol e observou as imediações. Divisou, algumas centenas de metros mais abaixo, a estrada principal com seus postes iluminando os raros veículos. Já se preparava para sair quando ouviu um caminhão se aproximar da alameda. Logo viu seus faróis varrerem o vasto pátio do sítio. Afastou-se precipitadamente. Quem poderia ir à casa de Olsen quando ele estava ausente? Klemet fechou com cuidado a porta do paiol e escondeu-se num canto. O caminhão parou e o motor foi desligado. Uma porta se abriu imediatamente e Klemet ouviu uma massa despencar no chão. Depois ouviu um barulho de passos. E um assobio. O motorista da carreta assobiava uma música pop. Parecia estar sozinho. Klemet tentou olhar através do espaço entre duas tábuas mas não viu nada. Apenas ouvia o homem dar pulinhos sem sair do lugar, sem dúvida para se aquecer, enquanto continuava a assobiar. Os segundos, intermináveis, escoavam. Klemet se pegou tentando descobrir que música estava sendo assobiada. O barulho foi subitamente coberto pelo de outro veículo que entrava na alameda. Uma caminhonete a diesel, identificou Klemet. Os faróis varreram o pátio e depois se apagaram, junto com o motor. Duas portas bateram. Os três homens se abraçaram. Ele reconheceu facilmente a voz de Mikkel, um dos pastores que trabalhavam para Ailo Finnman e ocasionalmente na manutenção das máquinas do velho Olsen. Alguma encrenca, pensou Klemet. Ele vai entrar no paiol. O policial procurou com o olhar, na penumbra, um lugar para se esconder melhor. Mas os passos não se aproximaram da entrada. Os três homens permaneceram no pátio. Um deles acabara de abrir a porta do caminhão e Klemet calculou que outro abria a porta traseira da caminhonete. Os dois veículos estavam lado a lado. Ele ouviu um homem manipular o elevador de carga do caminhão. Os homens faziam muita força. Aparentemente transportavam caixotes ou mercadorias de um veículo para outro, talvez da carreta para a caminhonete. Klemet sentiu o frio invadi-lo. Uns bons cinco minutos se passaram assim. Ele tinha deixado as luvas grossas no carro e a ponta de seus dedos começava a doer. Lá fora, os três homens pararam por fim. Voltaram a fechar as portas dos veículos. Acenderam cigarros. Falavam de mercadorias. Klemet apurou o ouvido. Suas desconfianças se confirmaram. O que acontecia ali era um tráfico. Um homem, muito provavelmente John, dizia que logo mais seria preciso outro estoque de cigarros. Esse sujeito que Klemet identificara como John deve ter passado um papel para seu interlocutor, porque dizia agora que a lista das bebidas estava no papel. O outro respondeu que voltaria dentro de três dias. Era sueco. Klemet ouviu alguém assobiar e estalar os dedos. Depois eles se cumprimentaram. Ao subir na cabine, o sueco disse *"Hasta la vista, guys"* e bateu a porta. A caminhonete foi a primeira a ligar o motor. Fez uma volta no pátio e seus faróis iluminaram a cabine da carreta. Com o olho bem posicionado no intervalo das tábuas por um segundo, Klemet reconheceu o motorista sueco tatuado.

50

Quinta-feira, 27 de janeiro.
Nascer do sol: 9h08; pôr do sol: 13h56.
4 horas e 48 minutos de luz solar.
Kautokeino.

Diante da delegacia de Kautokeino, a multidão aumentara ainda mais. Os manifestantes tinham se organizado. Um pequeno acampamento começava a se formar, prolongando-se até uma parte da praça do mercado, diante da prefeitura. Alguns *gumpi* foram rebocados pelos criadores. Três fogueiras forneciam calor aos cerca de trinta manifestantes que estavam ali. Alguns passavam bem cedo antes de ir trabalhar. Novos cartazes eram levantados.

Brattsen abriu passagem, mal-humorado, empurrando um criador de renas que segurava um cartaz onde se liam em letras grandes traçadas a mão: "Chega de colonização". Brattsen caprichava na sua melhor cara de mau. Ele teria tido prazer em insultar aquele sujeito com seu gorro azul de quatro pontas. Mas haveria violência. Agora ele era o chefe da polícia em Kautokeino. Tinha sido aconselhado a se conter. O cargo também comportava aparentemente um papel de representação. Representação! Droga! Uma porção de burocratas! Olsen lhe havia dito que eles estavam perto do fim e que era preciso ter cuidado. O velho camponês não parava de lhe falar sobre seu pai e de mencionar o futuro cargo de chefe da segurança que ele teria na mina milagrosa. O salário seria polpudo. E Brattsen não precisaria ficar se contendo quando fosse tratar com os *sami* e todos os outros parasitas da sociedade. Ao chegar diante da porta da delegacia ele se voltou e lançou um olhar de desafio aos manifestantes agrupados em semicírculo a uns dez metros de distância. O confronto permaneceu silencioso. Brattsen deu meia-volta e entrou sem cumprimentar ninguém. Serviu-se de uma xícara de café e desceu para o subsolo. Pediu ao policial de plantão que abrisse a cela. Os dois criadores *sami* não tinham podido fazer sua toalete naquela manhã. Brattsen os mediu com o olhar.

– E então? Vocês estão com a cara bem suja esta manhã. É a própria cara de culpa – zombou Brattsen. – Vamos conversar os três, não é mesmo?

Renson se levantou e enfrentou Brattsen com o olhar.

– Pode guardar a sua arrogância, Renson, porque aqui ela não vai ser de grande ajuda para você.

Brattsen se virou ao ouvir passos. Tor Jensen parou diante dele com um sorriso estranho nos lábios. Ele chegou com um homenzinho de terno e um policial.

– Continue o seu trabalho, Brattsen – disse-lhe o Xerife sem desfazer seu sorriso. – O senhor juiz e eu vamos fazer uma pequena busca. Nada que justifique incomodar você no meio dos seus interrogatórios.

– Que porra é essa? – explodiu Brattsen.

– O senhor juiz está com pressa. Depois a gente pode lhe contar, se for preciso – disse o Xerife –, mas isso é uma coisa à toa para o grande chefe da polícia de Kautokeino, não é, senhor juiz?

Brattsen xingou para a sua xícara de café e não quis esperar pela resposta do juiz, que ele sabia ser simpatizante do Partido Trabalhista. Travou o maxilar e deu meia-volta.

– Vou voltar para interrogar vocês quando estiverem com menos cara de gângster – gritou Brattsen desaparecendo na escada.

Nina e Klemet esperavam o juiz e o Xerife na entrada da alameda que levava ao sítio de Olsen. Usavam ainda o Volvo vermelho do policial. Prefeririam continuar trabalhando à paisana. Deviam sair à procura de Racagnal, mas Klemet queria ficar despreocupado.

O juiz agiu rapidamente. Policiais enumeraram os óleos de motor. Os agentes trabalharam conscienciosamente, fotografaram. Envolveram os vasilhames de óleo e os colocaram numa caminhonete. Recolheram também as facas e passaram pente fino no paiol.

O juiz já estava diante da casa de Olsen. Um policial abriu facilmente a porta. Em Kautokeino, as pessoas não achavam necessário instalar fechaduras complicadas. Enquanto o Xerife e o juiz examinavam o andar de baixo, Klemet subiu diretamente, seguido por Nina. Os dois policiais encontraram a cama do velho Olsen e seu cheiro ácido. Sem esforço, reconheceram nas fotos o pai de Karl Olsen. Eram fotos de família, na maioria. Mas se via também o Olsen pai na natureza, nos campos, posando às vezes com outras pessoas, principalmente empregados. Nessas fotos ele dava a impressão de ser um homem dominador, que adotava uma atitude paternalista. Os empregados, com um aspecto submisso, estavam quase todos agachados, um joelho no chão, de frente para o fotógrafo, enquanto o pai de Olsen estava entronizado atrás, com a mão sobre o ombro de um deles.

— Esse é o intérprete da missão de 1939. Ele ficou trabalhando na casa do Olsen, ao que tudo indica. A foto é de 1944 — comentou Klemet.

— E aqui está o Karl Olsen com o pai dele — prosseguiu Nina. — É a única foto em que os dois estão juntos. O Olsen ainda é criança, acho que tem menos de dez anos. Ele é menor até do que o detector de metais que seu pai leva a tiracolo.

— Parece que o Olsen pai pegou a febre dos minérios quando participou da expedição de 1939. Ele continuou por conta própria depois.

— Você nem imagina o quanto acertou — disse Nina, que acabava de descobrir o cubículo. Ela deu uma olhada no interior, viu o cofre, mapas velhos, jornais velhos, caixas velhas. Tudo cheirava a ranço. A policial examinou alguns papéis.

— Devem ser os mapas que o pai do Olsen usava — supôs Nina. — Ele se chamava Knut.

Os policiais continuavam olhando as fotos.

– Berit disse que as outras fotos tinham sido depositadas no celeiro – comentou Klemet. – Vamos ver se a gente pode fazer com que elas falem.

Subiram pela escada estreita que levava a um celeiro visivelmente pouco utilizado. Era uma construção vasta e tudo estava bem arrumado, com exceção de um canto onde caixas velhas haviam sido depositadas sem ordem aparente. Klemet encontrou as caixas de papelão de que Berit falara. Estavam ali as fotos da família da mulher dele. O aspecto daquelas pessoas não era bem-humorado. Elas lhe lembraram sua família laestadiana, com o mesmo ar acusador.

– Klemet, venha ver – gritou Nina do outro extremo do celeiro.

Atrás de duas caixas, Nina, agachada, apontava para dois aparelhos alongados, um ao lado do outro. Um deles era o detector de metais observado na foto do quarto. Nina apontava com o dedo para o segundo aparelho, mais particularmente para a marca. Esta saltou aos olhos de Klemet.

– Um contador Geiger – exclamou o policial. – O contador Geiger de 1939.

– Isso. E acho que o Flüger não morreu de uma queda – disse Nina com a voz subitamente abafada. Ela apontou a extremidade do aparelho.

Na caixa do contador Geiger havia marcas escuras ainda visíveis. Eles tiveram a mesma ideia: seriam marcas antigas de sangue?

Brian Kallaway pulou do helicóptero que acabara de pousar perto do acampamento de Racagnal. A Companhia Francesa de Mineração havia feito tudo certinho, como quase sempre acontecia quando lá se farejava um grande negócio. Nesse caso eles eram capazes de mobilizar os meios necessários. Ao aterrissar, o helicóptero havia deposto no solo uma enorme rede que transportara sob si mesmo durante o voo. O grande engradado de madeira envolvido pela rede continha uma moto, galões de gasolina, caixas de material e provisões.

Racagnal observou o jovem canadense com seus oclinhos redondos e imediatamente formou uma opinião sobre o glaciologista que a empresa lhe enviara: um Mickey, um Mickey com um diploma pomposo, disfarçado de aventureiro. Um desses garotos que para parecerem profissionais não saíam para um trabalho de campo sem toneladas de aparelhos. O sujeito vestia um *parka* grosso com múltiplos bolsos de revestimento especial, botas de expedição para o polo Norte e ao redor do pescoço moderníssimos óculos de cristal usados pelos fabricantes de vidro. Via-se que sua barba de três dias tinha sido cuidadosamente aparada. Um bolso especial fora colocado na sua manga para um GPS em miniatura. Ele levava lateralmente, como uma arma, seu martelo Estwing ultraleve. Racagnal contou pelo menos dois dosímetros sob o seu macacão, o que absolutamente não o espantou. Muitos dos geólogos jovens se cercavam de precauções exageradas. Racagnal se lembrou da época em que os blocos de urânio eram transportados em sacos sobre as costas e depois ficavam expostos na sala sem que ninguém se preocupasse com a radiação recebida. Depois de dez anos tinha sido preciso relegar todas aquelas amostras radioativas aos depósitos. Perigoso demais. Tudo se tornara perigoso demais. Kallaway já alinhava os seus captadores solares portáteis para alimentar os aparelhos eletrônicos. Racagnal riu abertamente ao ver o equipamento ultramoderno usado pelo canadense. Kallaway não entendeu por que seu colega ria daquele jeito. Tinham lhe dito exatamente que Racagnal era um profissional da escola antiga, um pouco ranzinza.

— Catorze horas e vinte minutos — anunciou Kallaway, consultando o relógio com um ar satisfeito. — Acho que seria impossível fazer em menos tempo. Felizmente o clima estava ameno, senão o piloto não ia querer decolar.

Racagnal balançou a cabeça. O sujeito tinha, além de tudo, um relógio Polimaster PM1208 que fazia parte de um contador em miniatura! Um super-Mickey, não havia dúvida. Ele esperou que o helicóptero decolasse novamente em direção a Alta e então se dirigiu a Kallaway.

— Os levantamentos aéreos? — indagou ele secamente.

O canadense parecia decepcionado por não ter recebido algumas palavras de simpatia pela sua eficiência, que lhe permitira chegar aos confins da Lapônia, com todo o material necessário, menos de vinte horas depois de ter recebido suas ordens. Ele havia conseguido fazer medições aéreas. Na maioria dos casos, as primeiras medidas de prospecção para o urânio eram feitas no ar. Isso permitia cobrir vastas extensões. Claro que esse procedimento era aleatório. Se o urânio estivesse a um metro de profundidade ou sob um lago, o aparelho não detectaria nada. Mas frequentemente se determinavam regiões que podiam ser interessantes. Brian Kallaway foi apertar a mão de Aslak, que retribuiu seu cumprimento sem nada dizer, e depois aproximou um aparelho da mesa dobrável que havia aberto. Estendeu ao lado um mapa.

– Essa parte contém muitos pontos – anunciou Kallaway. – Onde foi que o senhor encontrou os matacões?

Racagnal mostrou no mapa do canadense o que havia descoberto.

– Bom – disse Kallaway –, ao trabalho imediatamente. Vou começar explorando esta parte aqui. E o senhor continue por aqui. E depois nós avançamos seguindo este eixo, e vamos cruzar com este eixo aqui, que vai dar nesta margem. Isso não vai levar mais de duas horas.

Enquanto o Xerife e o juiz voltavam para a delegacia, Klemet e Nina tinham retornado à tenda, onde os esperavam há muitos dias seu material e os uniformes abandonados. O contador Geiger logo seria mandado para análise, a fim de se ter certeza de que as marcas escuras eram mesmo de sangue. O juiz também tinha ordenado que se obtivesse uma amostra de DNA no cadáver de Ernst Flüger, enterrado no cemitério de Kautokeino. Se necessário, ele ordenaria também um exame da caixa craniana do geólogo alemão.

Klemet e Nina estavam acabando de ajustar a calça do uniforme e vestir o paletó azul-marinho.

– O que eu acho – disse Klemet depois de um longo momento de silêncio – é que esse intérprete mencionado pelo Henry Mons deve ter falado demais. Ele deve ter contado ao Knut Olsen o que o velho Niils Labba disse ao geólogo alemão, aquela história de tambor, de mina e de mapa. Com certeza isso estimulou a imaginação dele.

– Isso explica seu desaparecimento pouco tempo depois da partida do Ernst Flüger e do Niils Labba – observou Nina. – Ele os seguiu, simplesmente. E provavelmente esperou o Niils Labba se ausentar para atacar o geólogo alemão. Talvez o geólogo tenha se defendido depois de uma ameaça dele. E então ele o agrediu com o contador Geiger.

– É isso. De qualquer forma ele não encontrou a caderneta. Mas talvez tenha encontrado o mapa, o famoso mapa de que a Eva falou.

– Quando ela chega?

Klemet olhou o relógio.

– Deve chegar dentro de duas ou três horas.

– Você acha mesmo que esse velho mapa geológico estava no cubículo da casa do Olsen?

– Ela vai nos dizer, espero. Dei também a ela os indícios do tambor para que ela os incluísse na análise dos mapas – disse Klemet, que esperava com agrado a visita de Eva Nilsdotter a Kautokeino. Klemet considerava que o constrangedor episódio de seu abraço em Nina tinha sido esquecido. Ela não guardara rancor. Nina economizava ao máximo os comentários sobre seu namorado, o pescador do Sul. Klemet não conhecia o sortudo pescador, mas simpatizava com ele, se não por outra razão, pelo simples fato de lhe ter dado justificativa para repreender aquele policial pretensioso de Kiruna que se dava ares de grandeza. No entanto, Klemet percebeu que uns dez dias antes Nina tinha ficado perturbada depois de seu último encontro com Aslak, no dia em que ela viajou para a França, quando ele lhe oferecera uma joia depois do acidente com a rena. A lembrança do último encontro dele com o pastor, quando este os tinha interceptado de esqui enquanto eles atravessavam seu território, ainda era penosa para Klemet. Por que ele sempre tinha de associar a imagem de Aslak a um sentimento de mal-estar? Ele sabia perfeitamente. Sabia e não conseguia assimilar a ideia.

Klemet olhou para Nina, que terminava de abotoar o paletó azul-marinho do uniforme. O escudo da Polícia das Renas brilhava na manga. Ela apalpou o paletó e pôs objetos nos bolsos. Tirou uma caderneta, folheou-a e a pôs de volta no bolso superior. Teve dificuldade em encaixá-la e remexeu no interior do bolso para ver o que havia no fundo. Puxou um saquinho. Pareceu se lembrar de alguma coisa e seu rosto enrubesceu ligeiramente. O presente de Aslak. Nina viu que Klemet percebeu.

Ela abriu o saquinho.

– Eu nem tinha aberto – esclareceu ela se justificando. Parecia um pouco incomodada.

Klemet não disse nada. Passou em revista suas coisas, pegou as sacolas e saiu para terminar de carregar o veículo. Foi e voltou mais duas vezes e achou que estava pronto. Esperou no vão da porta, mas Nina, sentada à mesa da sala, parecia ocupada.

– Nina, vamos?

– Um instante – disse ela.

Klemet suspirou e foi para a cozinha. Ia tomar um copo de água. Ao passar por trás de Nina deu uma olhada no que ela estava fazendo. Ela havia tirado uma folha de papel e rabiscava uns desenhos.

– Você acha que é hora disso? – disse Klemet irritado.

Nina passou para ele o papel e o objeto de Aslak. À primeira vista era uma espécie de pingente. De estanho, sem dúvida, metal comum entre os *sami*. Klemet não soube reconhecer as formas. Eram predominantemente arredondadas e o conjunto não tinha nada de simétrico. Duas espécies de bétulas o dominavam. Na parte inferior, à direita, algo que parecia uma perna; à esquerda uma forma curva que serpeava. As curvas eram muito harmoniosas e, embora Klemet não atinasse com o que aquilo representava, precisou admitir que o objeto tinha uma certa beleza. O cordão era de pele de rena trançada. Nina aproximou mais o papel para Klemet ver melhor. Ela havia desenhado vários esboços e, para concluir, reunira as letras G P S e A. G e P no alto, S e A embaixo.

– Não foi muito difícil – disse Nina sorrindo. – Meu pai costumava fazer coisas assim para se acalmar. A partir do nosso sobrenome ou do prenome dele, ou do meu, ou de qualquer pessoa. Pegar as letras e as deformar para que elas tivessem um quê de artístico, às vezes quase como um monograma. Ele fez desse jeito dois anéis com as primeiras letras do prenome e do sobrenome dele e de minha mãe. Minha mãe nunca o usou, imagino que achava vulgar. Mas meu pai frequentemente estava com o dele. Veja, ele pegou as primeiras e as últimas letras do seu nome composto, Gaup e Sara.

Examinando de novo o pingente, Klemet acabou por reconhecer as formas arredondadas. Com um pequeno esforço, as letras ficaram evidentes. Contente consigo mesma, Nina sorriu, pegou o pingente e a folha de papel, que havia dobrado.

– Bom, agora vamos – disse ela alegremente.

Ela abriu os grandes olhos surpresos quando Klemet, que não tinha se mexido, a deteve. Eles estavam colados um ao outro. Klemet estendeu a mão para ela.

– Me dê o pingente, por favor.

Nina recuou um passo e apanhou o saquinho. Estendeu a joia para Klemet, esforçando-se para sorrir. O policial a pegou entre os dedos e olhou-a fixamente. Fechou as pálpebras, abriu-as de novo e fitou Nina, divertida agora com o comportamento do colega. Ele pegou enfim a joia entre dois dedos.

– O S, Nina. Olhe bem o S.

Nina continuava sorrindo. De repente seu sorriso se desfez. Ela levou a mão à boca e se deixou cair na cadeira.

– Ah, meu Deus – gritou ela. – Esse S! Essa forma! Meu Deus, é exatamente uma das marcas... na orelha do Mattis!

51

Quinta-feira, 27 de janeiro.
Lapônia Interior.

O glaciologista canadense tinha exibido toda a técnica e o conhecimento de que era capaz. Ele trabalhava rápido. No espaço de duas horas tinha identificado dois novos matacões. Inegavelmente, a concentração de urânio neles era mais do que interessante. Excepcional. Segundo as medidas do seu SPP2, os matacões eram muito promissores.

– Registrei anomalias de oito mil choques com produto amarelo – declarou ele entusiasmado.

O glaciologista da Companhia Francesa de Minérios pertencia àquela categoria de especialistas que pessoas como Racagnal utilizavam com parcimônia. Uma questão de orgulho. Mas nos casos mais extremos os matacões podiam se estender por vinte quilômetros e era quase impossível remontar a seu local de origem. Um tipo como Kallaway era, nesses casos, um mal necessário. Ele tinha dado um pulo de alegria ao descobrir, a mais ou menos dois quilômetros e meio, um matacão bem mais anguloso, sinal de que havia circulado menos. Assim, eles estavam se aproximando do local de origem!

O glaciologista canadense tinha passado algumas horas realizando as primeiras análises e sobretudo examinando os mapas do perímetro. Antes de partir, o serviço de documentação baixara no seu notebook todos os relatórios disponíveis sobre a zona desejada. Instalado no acampamento, relativamente protegido do frio à volta deles, Kallaway digitava dados em seu computador, a todo momento ajustando os oclinhos redondos e soltando de vez em quando exclamações entusiasmadas. O canadense tinha desistido de se comunicar com o guia *sami*, que parecia tão distante e fechado quanto seu colega francês. Mas Kallaway não se importava. Precisavam dele, e ele ia dar o melhor de si, no menor prazo possível, e a empresa certamente ficaria satisfeita com seu trabalho. Ele precisava admitir que aquele francês grosseirão tinha demonstrado uma intuição excepcional até aquele momento. Custara a acreditar quando Racagnal lhe tinha revelado o tempo mínimo que levara para ir para campo. No início da tarde, de volta da sua primeira exploração já tão proveitosa, quando se comunicara por rádio com a sede, julgara sensato louvar a descoberta do colega Buldogue. Mas assim que desligou o aparelho, Racagnal se aproximou dele e lhe deu uma bofetada formidável, deixando-o meio grogue e, sobretudo, totalmente abobalhado.

– Não ouse nunca mais me chamar de Buldogue, seu merdinha, e não fale nada no rádio sobre o que você encontra. Com ninguém.

Klemet e Nina não perderam tempo. A descoberta da marca da orelha de Mattis era sensacional. Mas prometia novas dificuldades. Enquanto iam para o centro de Kautokeino, Klemet tentava pôr em ordem suas ideias.

– O Mattis foi assassinado porque se apossou desse tambor que tinha a localização de uma mina. Por que ele foi morto? Porque roubou o tambor ou porque não queria entregá-lo. Alguém fez com que ele acreditasse que poderia recuperar o poder do tambor e abusou de sua fraqueza. Aslak?

– Você acha que o Aslak poderia querer tomar posse de uma mina? Isso não tem a cara dele...

– Não, mas talvez o Aslak quisesse o tambor por causa do poder que ele contém...

– Você quer dizer que ele seria uma espécie de xamã?

– O Aslak, um xamã...

– Pelo que entendi – prosseguiu Nina –, os verdadeiros xamãs não gritam aos quatro ventos que são xamãs. Então, por que Aslak seria diferente? Ele tem um lado misterioso, não tem? E parece ser muito respeitado pelos *sami*.

Klemet balançava a cabeça. Involuntariamente, ele tinha desacelerado o veículo.

– Não sei. É... é que isso não bate com a imagem que faço dele.

– Que imagem, Klemet? – enervou-se subitamente Nina. – A que faz você fugir com uma desculpa mentirosa quando devia interrogá-lo? Tenho muita curiosidade de saber que imagem exatamente você faz do Aslak, Klemet. Joguei limpo com você. Poderia ter me calado sobre a história da joia, garanto que isso teria sido menos constrangedor para mim. Mas optei por falar com você sobre o assunto.

Klemet continuava silencioso, concentrado na estrada coberta por neve congelada. Abriu a boca. Mas voltou a fechá-la. Estava a ponto de contar, mas mudou de opinião.

– Quem está atrás desse tambor procura uma mina – retomou Klemet. – Eles manipularam o coitado do Mattis. Esse Racagnal procura a mina indicada no tambor, agora a gente sabe disso. A questão é saber se o francês agiu sozinho. Foi ele quem apunhalou o Mattis para forçá-lo a contar onde estava o tambor?

– Achei que você desconfiava do Mikkel e do John – objetou Nina.

– Mas nós não verificamos se o velho, o Henry Mons, conhece esse Racagnal. Eles poderiam estar de conchavo, não?

Então foi a vez de Nina ficar em silêncio por um tempo.

– Não – irrompeu ela finalmente. – Se há alguma coisa, o Henry Mons não está a par. Ele pode ter sido manipulado também. Mas não acredito nisso. O Mons tinha um profundo respeito pelo Niils Labba. Ele ficou sinceramente emocionado quando evocou sua história. Estou muito mais intrigada com o possível papel do Knut Olsen, o pai do camponês.

– De qualquer forma, não consigo conceber que o Aslak tenha trucidado o Mattis – insistiu Klemet. – Alguma coisa nas relações passadas entre o Aslak e o Mattis me escapa. O Johan Henrik poderia talvez nos esclarecer, mas é impossível ir vê-lo no momento por causa do Brattsen.

– A Berit talvez saiba alguma coisa – sugeriu Nina. – Ela me pareceu muito evasiva outro dia, quando nós mostramos a foto do Aslak.

Klemet recapitulou a cena e se lembrou claramente do ar distante de Berit, que não lograva ocultar uma certa perturbação. Ele olhou pelo retrovisor, acionou a seta e deu meia-volta para ir até o Centro Juhl. Estacionou na estrada acima do Centro. Um minuto depois, batia na porta de Berit.

Ela veio abrir a porta. Não pareceu admirada por ver os dois policiais e os fez entrar na cozinha depois de terem tirado os sapatos. Estava com os olhos inchados. Tinha visivelmente chorado muito. Klemet fez para Nina um sinal com o queixo.

Nina pegou a mão de Berit e olhou para Klemet. Ele balançou a cabeça.

– Berit, temos razões para achar que o Aslak possa ser... que ele possa ser quem apunhalou o Mattis – disse Nina rapidamente. – Ou que pelo menos ele tenha cortado as orelhas dele.

Berit se virou bruscamente para Nina, voltando a pegar a mão dela e colocando-a sobre a sua própria boca, sem poder abafar um grito. Seu olhar desvairado pousou em Klemet, que ainda balançava a cabeça, silenciosamente. Berit rompeu num choro convulsivo, com o rosto entre as mãos.

– Ah, meu Deus – soluçava ela sem poder parar.

Nina segurou-a pelos ombros, tentando consolá-la.

– Berit, nós sabemos que você era muito próxima de Mattis, a gente lamenta por você. Mas é preciso...

Berit levantou de repente a cabeça, com o olhar perturbado e transformado por uma chama trágica.

– Não é pelo Mattis que eu sofro agora – desabafou ela em meio a um choro, quase gritando. – É pelo Aslak! Ah, meu Deus, o Aslak, o meu Aslak – disse ela voltando a mergulhar o rosto entre as mãos, fazendo com a cabeça um movimento de negação.

Klemet e Nina se entreolharam, ambos muito espantados.

– Berit, Berit, de que você está falando? – disse Nina sacudindo-a suavemente.

– Não é ele, não é ele!

Berit soluçava com o olhar desesperado, como se seu mundo estivesse ruindo.

Brian Kallaway e André Racagnal se preparavam para partir novamente. Iam avançar um pouco mais a prospecção. Aslak ficaria no acampamento. Racagnal não temia que o *sami* fugisse. O geólogo francês continuava, por segurança, a enviar a cada duas horas mais ou menos uma mensagem por rádio aparentemente banal e que não comprometia Brattsen. A ameaça de represálias ao acampamento parecia ser suficiente. No entanto, pensando bem, Racagnal não estava muito certo disso. O olhar que o pastor lhe dirigia toda vez que passava perto dele o perturbava. Ele não estava preocupado. E muito menos temeroso. O *sami*, sim, deveria ter medo. Ou exprimir seu medo. Não era o que ocorria. Ele nunca tinha pressa, nunca dizia nada. Ele o olhava. Só raramente desviava dele o olhar. Ele se alimentava de provisões à base de rena, dormia em seu canto. Não dependia de Racagnal para o que quer que fosse. Ficava frequentemente recostado, com o dorso apoiado numa pele de rena enrolada, observando. Um leão que espera sua presa. E sabe que ela não lhe escapará. É nisso que me faz pensar esse lapão de merda... O pensamento fuzilou Racagnal. O *sami* se comportava como um predador que tinha muito tempo disponível. Um lobo seguro de que sua presa não lhe escaparia.

– O que você tem, paspalhão? – gritou-lhe Racagnal. – Está querendo sentir o meu punho na garganta?

Brian Kallaway pareceu perplexo com a cólera brusca do colega, mas não ousou dizer o que quer que fosse. Terminou de se equipar, pondo o capacete, e baixou os olhos quando Racagnal olhou para ele com um ar furioso.

Berit Kutsi continuava balançando a cabeça. Nina havia se levantado e percebeu que Klemet estava pensando a mesma coisa que ela. Algo em que os dois se recusavam a acreditar. Teria Berit cometido... o inconcebível? Ela? Não! Essa, não! Era loucura demais. Nina pôs as duas mãos nos ombros de Berit e a sacudiu energicamente.

– Berit, você precisa nos contar. É importantíssimo!

A *sami* se voltou por fim, mostrando aos policiais um rosto que implorava.

– O Aslak – começou ela, pouco a pouco reassumindo o controle de sua emoção. – O Aslak. Ele foi... ah, Senhor, meu Deus...

– Ele foi o quê, Berit?

Ela respirou fundo.

– Ele foi o meu único amor.

A revelação fez surgir nos dois policiais uma expressão de perplexidade. Eles esperavam uma confissão importante, mas nada os havia preparado para um segredo como aquele. Berit e Aslak!

Berit assoou o nariz com força. Nina sentou-se à sua direita. Klemet puxou uma cadeira para a sua esquerda. Até a vela pareceu vacilar, para se adequar mais à confidência.

Berit tinha o olhar fixo na única luz do cômodo, a frágil vela no meio da mesa, e durante a meia hora seguinte não desviou os olhos da chama. Os policiais não a interromperam nem uma única vez.

Jamais, garantiu Berit, houve algo carnal entre eles. E Aslak nunca soube que o amor por ele enlanguescia Berit. Seus impulsos subsistiam em ilusões que ela tentava afastar com orações fervorosas. Aconteceu-lhe mais de uma vez ir espreitar Aslak quando ele conduzia suas renas ao longo do vale. Quantas vezes ela assim o admirara vendo-o lançar seu laço ou agarrar num corpo a corpo uma rena no cercado para marcá-la ou castrá-la com uma dentada. Quantas vezes ela havia assim estremecido com sensações desconhecidas e violentas, radiantes e extenuantes. E que sonhos! E noites agitadas. Agora ela não queria mais esconder nada. Olhando sempre para a vela fraca mas intensa, Berit lhes contou um sonho muito recorrente. Um sonho sempre muito vivído em que ela andava de quatro no meio do rebanho de renas, em que ela era uma rena. E em que Aslak a prendia com o laço.

Essas esperanças mudas tinham se evaporado no dia em que Aslak encontrou aquela que se tornou sua esposa, Aila. Aila era então muito jovem. Nem completara quinze anos quando foi prometida a Aslak. Naquela época, o pai de Aslak já havia morrido. Anta Labba, pai de Mattis, havia feito o arranjo. A futura esposa vinha de sua família. Aila estava com quinze anos e era delicada, alegre, já preparava as peles com perfeição e era uma artesã hábil. Berit não tivera nenhuma chance, e por isso quis morrer. Mas precisavam dela em casa. O irmão deficiente havia ocupado seus pensamentos e atos. Em seus sonhos, entretanto, ela sempre era a mulher de Aslak. Esse tinha sido o destino de Berit Kutsi. Entre a exaltação do pastor Lars Jonsson, que a exortava a sentir o pecado a fim de melhor responder ao apelo de Deus, e sua paixão silenciosa por aquele que ela considerava o melhor *sami* que Deus tinha sob a sua guarda. Ela havia escolhido o caminho do recolhimento e da dedicação aos outros.

Berit fez uma longa pausa, com as mãos cruzadas diante de si, a cabeça ligeiramente inclinada, olhando sonhadora para a pequena chama na semiobscuridade da cozinha.

– Não façam mal ao Aslak – ela acabou por dizer para romper o silêncio.

Ela parecia aliviada por ter desabafado. Os policiais esperaram que ela continuasse. Sentiam que a história não acabava ali. Klemet percebeu que Nina e ele estavam na mesma sintonia, e isso lhe agradou. O silêncio não lhes metia medo. Os segundos se sucediam. Berit dava a impressão de estar numa luta interior. Mas Klemet sabia que ela havia feito o mais difícil e que bastava esperar. Eles esperaram. A vela oscilava, diminuindo de intensidade. Berit fixou nela o olhar. A penumbra se adensava.

– Deus sabe que a nossa religião não conhece santos – começou Berit. – Mas se existe um santo, é o Aslak. Tudo o que ele fez pela mulher...

– O que você quer dizer? – perguntou Nina.

– Vocês conheceram a Aila?

Nina assentiu com a cabeça.

– Vocês viram então que a cabeça dela não funciona direito. Eu lhes disse que ela era muito bonita. Quando eles se conheceram, ela estava com quinze anos. Ele, com vinte e cinco. E o Mattis, meu Deus, o Mattis tinha vinte anos. Isso foi em 1983. Uma época agitada no *vidda*. Foi poucos anos depois daquela história da barragem no rio Alta, que não queriam deixar construir. Você provavelmente se lembra, Klemet... As pessoas andavam amargas.

Nina se lembrou dos recortes de jornal que falavam das manifestações. Reviu mentalmente a foto em que aparecia Olaf Renson, jovem militante contestador.

– O Aslak ficava fora disso tudo porque nunca se interessou por política. Ele vivia em outro mundo. Por causa disso, era censurado por algumas pessoas, mas era assim. Ele tem tanta integridade que as pessoas acabaram não dando importância a isso. Teve gente que até o respeitou por isso. De qualquer forma, a barragem foi construída. Você provavelmente se lembra, Klemet, ou talvez já tivesse ido embora daqui, ou ainda não tivesse voltado, não sei, mas a região foi invadida por centenas de trabalhadores estrangeiros. E aconteceram... coisas. Nesse ano, 1983, um desses estrangeiros possuiu a jovem mulher do Aslak. Isso aconteceu num dos túneis que eles estavam construindo para a barragem. Uma noite, quando não havia mais ninguém por lá. Ela foi violentada ali, no túnel. Você sabia disso, Klemet?

Pela primeira vez Berit ergueu o olhar. Klemet meneou a cabeça num gesto de negação. Não, não sabia. Ele não podia apagar Aslak da mente. Sentia a emoção dominá-lo. Assentiu com a cabeça para pedir a Berit que continuasse.

– Quase ninguém soube disso. E quem soube não fez nada. O que valia uma pobre lapona, perto desses estrangeiros tão importantes para a barragem. Um policial ficou sabendo. Mas não fez nada. Ele já morreu. Eu rezei pela alma dele. A Aila foi violentada. Tinha quinze anos. Estava prometida para o Aslak. Eles iam se casar quando ela fizesse dezoito anos. Ela sabia que estava prometida para o Aslak. Não queria decepcionar o tio, o Anta Labba. E, sobretudo, não queria perder o Aslak. Ficou desesperada. Ela não sabia que eu estava apaixonada pelo Aslak. Então veio me procurar um dia. Meu Deus, como ela era bonita! Mas, meu Deus, o sofrimento dessa menina... Ela pôs as mãos na barriga e então eu entendi. Ela me implorou que eu a ajudasse. Ajoelhada, Senhor, ela suplicou que eu a ajudasse a dar um fim na criança.

Berit cobriu o rosto com as mãos. Seu peito arfava. Controlou a emoção.

– Eu não podia fazer aquilo. Não podia. A Aila foi embora. Estava tão desesperada, chorava tanto, como uma criança de quinze anos que não entendia. Ah, meu Deus, as lágrimas e os gritos, eu vejo diante de mim aquela menina segurando a cabeça, gritando e chorando.

Sua voz ficou presa na garganta. Berit rompeu novamente em pranto, agitada por fortes soluços dilacerados. Ela havia desmoronado na mesa e chorava, a cabeça apoiada nos braços, escondendo o rosto sacudido por espasmos.

Com um nó no ventre, olhando fixo para a vela que ia se apagando, Nina e Klemet esperavam imóveis que Berit se recompusesse. Quando ela se endireitou, sua voz se tornara longínqua, desconhecida, como se outra pessoa falasse pela sua boca. Ela não se fixava mais na vela. Olhava para longe, pela janela com neve acumulada nas bordas. Falava muito lentamente.

– Eu soube depois. A criança nasceu. Um menino. A Aila deu à luz sozinha. Depois levou o bebê para o alto da barragem, num dia em que a barragem estava aberta. Ela... ela... ela viu o corpo do bebê bater nos rochedos. E depois disso ela perdeu a razão.

Berit ficou em silêncio por um longo tempo. A vela estava prestes a se consumir totalmente.

– Depois disso a Aila nunca mais foi a mesma. Às vezes ela uivava "Bebê, bebê", como um animal ferido, e estendia as mãos no vazio diante de si. Como se quisesse pegar alguma coisa. Nunca mais ela falou.

A vela se apagou completamente, deixando uma última voluta de fumaça. A penumbra foi logo invadida pelo halo da Lua. Uma claridade muito suave delineou as figuras de Berit e dos policiais.

– Como foi que você soube? – perguntou Nina.

– Pelo Aslak. Foi a última vez que nos falamos. Depois disso, não ousei mais lhe dirigir a palavra. Mas o Aslak não renegou a Aila. Ele cuidou dela. Como um santo.

Nina notou a sombra no rosto de Klemet. Ele assentia em silêncio. Parece compreender, pensou ela.

Berit permaneceu sentada na cozinha escura enquanto os policiais se levantavam para sair. Quando Nina e Klemet se aproximaram da porta, sua voz fraca e quase irreconhecível chegou penosamente até eles, saída da penumbra onde ela já não podia ser vista.

– Não façam nenhum mal ao Aslak...

52

Quinta-feira, 27 de janeiro.
Lapônia Interior.

André Racagnal observava Brian Kallaway. O Mickey não o chamara mais de Buldogue. Contudo, Racagnal continuava a desconfiar dele. Aproximava-se quando o jovem pegava o rádio, para ter certeza de que o canadense não falaria o que não devia falar. O outro se sentia vigiado. Ficava nervoso. Mas seu nervosismo tinha também outra causa. Depois de ter novamente passado muitas horas fazendo as rochas falarem, medindo com o seu SSP2, examinando os mapas, registrando suas descobertas no velho mapa geológico, com mãos trêmulas ele tinha posto um mapa diante de Racagnal.

– Aqui está... – balbuciou ele. – Amanhã de manhã a gente chega lá. Sem erro. Eu levantei anomalias a oito mil choques com produto amarelo. Incrível. Nós vamos encontrar uma coisa enorme.

– Então foi isso que esse sujeito famoso desenhou no mapa – disse Racagnal como se falasse consigo mesmo. – Ele provavelmente não sabia o que estava descobrindo. Mas via rochas amarelas. Pensou em ouro. Não entendia que era urânio.

– Você está certo, esse mapa deve ser muito antigo, e não havia interesse pelo urânio antes da Segunda Guerra Mundial. Mas hoje é totalmente diferente! É formidável, pense bem. Ainda vai ser preciso fazer muitas mensurações e perfurações. Mas se a jazida corresponder, como indicam as nossas descobertas e como o mapa faz supor, a companhia vai se tornar líder no mercado mundial de urânio. É fabuloso!

– Tudo bem, você já falou isso – concordou Racagnal. – Mas não se esqueça de nosso acordo. Por enquanto, cale a droga da sua boca, está claro?

– Ah, sim, claro – disse atabalhoadamente o canadense, que tinha esperado mais cordialidade do colega em face da iminência de uma descoberta.

Hesitou um segundo e continuou.

– Mas mesmo assim uma coisa me preocupa.

– Ah, é?

– Não é propriamente preocupação, mas um incômodo.

– Fale logo, cara.

– É que, de acordo com os meus cálculos e as minhas projeções, as transferências para o mapa antigo, as comparações que eu faço, as...

– Vá direto ao ponto, porra!

– Essa enorme jazida de urânio pode estar bem ao lado do rio Alta. Sua exploração, se for comercialmente rentável, estará no limite. Será preciso garantir condições de segurança máxima, porque o risco é enorme. Para nós não seria um problema, acho, porque estamos preparados para isso. Mas imagino o pior se uma companhia pequena tomar posse do projeto antes de nós. As consequências poderiam ser realmente dramáticas. Imagine as toneladas de resíduos radioativos que iriam diretamente para o Alta. Acho que não preciso explicar para o senhor. Toda a região estaria condenada, todas as aldeias nas proximidades do rio teriam de ser evacuadas. E, ao mesmo tempo, imagino que seria o fim da criação de renas. Felizmente nós vamos evitar tudo isso, não é? Vai custar muito caro, mas o prêmio compensa.

– Terminou a sua aulinha? Será que podemos continuar? Agora vamos guardar tudo, levantar acampamento para começar amanhã cedíssimo. Amanhã a coisa tem de estar definida, entendeu? Porque as licenças para prospecção expiram. É a nossa última chance. E a sua também, se quiser um futuro nesse ramo, entendeu? Amanhã você precisa acertar na mosca!

O francês se virou, sentindo o olhar do *sami* nas suas costas. Ele o apontou com o dedo. O *sami* não tinha entendido uma única palavra, mas como Racagnal desconfiava, não tirava os olhos dele.

– E você – gritou ele com o dedo ainda apontado –, desmonte este acampamento. Vamos partir dentro de uma hora.

Racagnal se enganou somente num ponto. Com seu osso de rena entre os lábios, mordiscando tranquilamente, o *sami* não seguia os seus olhos. Aslak olhava mais uma vez para o que ele tinha no punho, uma pulseira de prata que ele vira pela primeira vez na sua tenda. E que sua mulher tinha reconhecido.

Eva Nilsdotter acabara de chegar de Malå. A diretora do Instituto Geológico Nórdico havia reencontrado os policiais da Patrulha P9 na delegacia.

Rolf Brattsen já não estava lá há algum tempo. Saíra pouco depois de encerrar os interrogatórios dos dois criadores *sami*, dizendo que ia verificar certos detalhes em campo. Ninguém havia ousado lhe perguntar nada. Ele estava aparentemente exaltado, ao mesmo tempo excitado, agressivo e entusiasmado. Ninguém sabia quando voltaria.

Na frente da delegacia os manifestantes não davam trégua. A prisão prolongada dos dois *sami* começava a provocar reações em cadeia. Os dois homens eram politicamente engajados e outros partidos do Parlamento norueguês começavam a se preocupar com o que se passava no Grande Norte. Eles se preocupavam ainda mais porque, segundo as reportagens da NRK, começavam a surgir cartazes com os dizeres "A Lapônia para os lapões".

Eva Nilsdotter encontrou os policiais na sala de Nina. A geóloga parecia concentrada.

– Meus queridos – atacou ela logo ao chegar –, vocês erraram feio sem saber. Para começar, nenhum dos mapas encontrados no cubículo de seu camponês corresponde à caderneta do Flüger que encontramos e examinamos em Malå. Mas dá para sentir que esse sujeito está muito interessado em alguma coisa. Por outro lado, me debrucei um pouco mais sobre o caso de vocês e os indícios fornecidos pelo tambor, para confrontar os dois com a ajuda das minhas equipes. Vocês se lembram do que eu lhes disse. O Flüger falava de minérios amarelos, de blocos negros alterados. Nós checamos também os levantamentos aéreos de antes da moratória do urânio, e vocês têm aqui uma zona radioativa com granito onde há xisto aluminífero, uma espécie de xisto a partir da qual se pode produzir urânio. Não me olhe com esses olhos de pateta. Isso quer dizer que vocês provavelmente têm uma jazida de urânio em algum ponto dessa zona. Se isso cai nas mãos de algum gaiato, basta ele tentar fazer sondas com explosivo para obter amostras mais profundas, sem querer esperar os equipamentos adequados de extração, para que isso leve a uma grande contaminação e a uma catástrofe ecológica, com o rio que corre ao lado. Sem falar nos riscos do radônio. Eu já falei disso a vocês. Numa mina de urânio com tudo certinho isso não será problema. Os funcionários estarão equipados corretamente, a ventilação será adequada, pode-se trabalhar em segurança. Mas sem isso é quase garantido que o radônio vai causar um câncer de pulmão. E se, além disso, a pessoa fuma, as chances de morrer são enormes. Esse radônio é uma porcaria. Eu me pergunto se não foi ele que dizimou os homens do seu tambor. Me mostre a foto do tambor.

Klemet pegou uma foto ampliada.

– Olhe. As suas alucinações ou sei lá o quê. Da mina para o caixão. Direto. Eu não sei de quando isso data, esse seu tambor, mas quanto aos mineiros, muito provavelmente foi o radônio que acabou com eles. Até hoje acontece isso em algumas minas na África ou em outros lugares, onde não se tomam as providências devidas para proteger os trabalhadores do perigo. Se além do mais os mineiros são fumantes, eles logo batem as botas. Tenho certeza de que os *sami* da época fumavam como chaminés. E também deviam beber. Os suecos deviam bajulá-los com cigarro e álcool, como sempre se faz quando se quer domar os bons selvagens. Na mina do tambor, os homens não sabiam evidentemente que era urânio. Eles podiam estar interessados no produto amarelo porque na época ele era utilizado nas cortes reais para decorar as cerâmicas ou os vasos. Se o minério transportado era mesmo urânio, numa pequena mina tosca e sem ventilação, onde o radônio ficava em suspensão, pode ter ocorrido uma carnificina entre a população de mineiros, isso é praticamente certo.

Rolf Brattsen e Karl Olsen tinham se encontrado perto de Maze, na Rodovia 93, a meio caminho entre Alta e Kautokeino. O chefe de polícia interino parecia mal-humorado. Havia deixado a viatura num lugar discreto e fora encontrar o camponês na sua picape. A última mensagem recebida do geólogo francês era insistente. Olsen não tinha confiança nele. E quanto mais pensava, mais temia que o diabo do homem o enganasse. Porque, se de fato encontrasse a jazida milagrosa, ele poderia perfeitamente entregá-la a outros nas suas costas. E então a ele, Karl Olsen, que perseguira o sonho de seu pai durante toda a vida, nada restaria a fazer senão chorar. E isso ele não aceitaria. Não depois de ter tudo o que fizera com tanta paciência. Virou-se com dificuldade para Brattsen, fazendo uma careta de dor por causa do estiramento no pescoço. Brattsen não lhe trazia notícias boas. Os colegas da delegacia pareciam estar desconfiados de alguma coisa, por causa de sua atitude com relação ao geólogo francês. E a cólera aumentara, aparentemente, com a prisão daqueles dois lamentáveis lapões. Com contatos dignos dos comunas, eles faziam uma grande agitação. A situação de Brattsen estava fragilizada.

Olsen não podia contar com aquele asno. Decididamente, seu ar obstinado não escondia nada além de uma imensa idiotice. No entanto, ele começava a entrever uma solução. Talvez ele pudesse preservar ao mesmo tempo a posição de Brattsen, que no futuro ainda lhe seria necessário. E sobretudo garantir que a jazida não escaparia de suas mãos.

– Nós temos a posição do francês? – indagou Olsen, espremendo os olhos.

– Temos, pelo menos isso nós temos. É num lugar completamente abandonado. Não tem nenhuma pastagem por perto. Ninguém vai lá. Fica para lá do fim do mundo.

– Então é simples – disse o velho. – Não se preocupe, filho. Vamos ver de longe seu francês. A gente se aproxima dele, e se ficar claro que ele encontrou o que precisa encontrar, você cai em cima deles, entendeu? É você que vai parar o cara. Eles não vão poder dizer nada a você, os outros, entende, garoto?

– Eu entendo, sim. Mas isso não vai impedir que a companhia dele apresente o relatório.

Olsen não se manifestou. Ele sabia qual era a resposta. Mas queria que Brattsen chegasse sozinho à conclusão que se impunha.

– É verdade, claro, e pode ser que ele conte outras coisas – acrescentou Olsen com uma expressão falsamente triste.

– É mesmo, ele pode contar que fez isso para você – disse Brattsen com um ar aparvalhado.

– Ah, eu não tinha pensado nisso – retorquiu o velho Olsen. – O que pensei foi que ele pode contar que foi você quem arranjou para ele aquela garotinha, Ulrika, a garçonete de quinze anos... – considerou o velho Olsen, observando satisfeito que Brattsen mudara bruscamente de expressão.

53

Sexta-feira, 28 de janeiro.
Nascer do sol: 9h02; pôr do sol: 14h02.
5 horas de luz solar.
7h30. Lapônia Interior.

Racagnal e Kallaway tinham partido muito cedo. A noite fora curta, fria e agitada. Kallaway sofria com a tensão. Enquanto devorava o café da manhã, havia explicado precisamente a Racagnal o que era necessário fazer. Graças aos matacões, ele determinara o caminho percorrido pela geleira. Aquela geleira devia se deslocar um metro por dia. Seguindo essa linha, graças ao estudo dos mapas geológicos, seria possível se aproximar. E o estudo do mapa geológico antigo, que Racagnal havia obtido e não queria revelar de que modo, não deixava nenhuma dúvida: eles estavam, segundo os cálculos de Kallaway, a menos de trezentos metros de uma jazida de urânio fabulosa.

– Bom, podemos ir? – cortou Racagnal, apoiado em seu martelo sueco de geólogo.

O sol ainda não subira, mas graças à neve a luminosidade logo seria suficiente. Eles não tinham tempo a perder. Era preciso preencher a licença no mais tardar na segunda-feira, para a reunião da Comissão das Questões de Mineração que ocorreria na terça-feira, 1º de fevereiro.

Kallaway carregou sua moto e verificou o rádio. Ele já se via dando a notícia em Paris. Aquilo seria um empreendimento enorme. Ele sorria sozinho, sem ver que Racagnal o observava, e fez com a mão um gesto para o guia *sami*.

Kallaway estava animadíssimo. Seguido por Racagnal, percorreu rapidamente as poucas centenas de metros que o separavam do flanco da montanha. Ele nunca se sentira tão febril. Para a última abordagem, calçou um par de galochas de fibra ultraleve. Eles chegaram seguindo a crista cujo declive se acentuava com a aproximação do cume. Kallaway chegou quase no alto e parou. Logo atrás do cume aplainado, parte de uma montanha desaparecia numa espécie de tobogã. Seu olhar se fixou. No meio desse desnível, impossível de ser notado a menos que se chegasse bem perto, o canadense percebeu uma sombra ou talvez um estranho desmoronamento de pedras. Ele havia levado uma lanterna muito potente e a apontou para aquele lugar. A sombra desapareceu. Cedeu lugar a uma cavidade. Ele desceu prudentemente pelo tobogã e chegou a essa cavidade.

– Racagnal – gritou ele –, venha logo aqui!

O francês, que o seguia de perto, se aproximou, apoiando-se no martelo. Ele viu.

– A entrada de uma mina antiga...

Kallaway prosseguiu. A entrada era minúscula. Seria preciso se curvar muito para penetrar na mina. Emocionado, ele girava a lanterna acesa. Então virou a cabeça e sentiu o hálito de Racagnal.

– Vá em frente – disse o francês –, eu fico de olho.

Kallaway não estava absolutamente tranquilo. Curvado, entrou pelo gargalo estreito tentando não deslizar. A abertura media apenas dois metros e tinha uma curva fechada. Ia dar numa câmara de cerca de cinco metros por três. O teto ficava a apenas um metro e vinte do solo de rocha. As paredes rochosas haviam sido cortadas de modo irregular. Algumas partes eram mais cavadas do que outras, revelando filões que os mineiros tinham seguido.

Kallaway assobiou.

– Você percebe? Os caras vieram até aqui para procurar minério.

Pegou seu martelo Estwing e golpeou a rocha. Tudo levava a crer que era pechblenda, o minério natural do urânio.

– Em sua opinião ela é de quando, esta mina?

– Não tenho a menor ideia. O que eu sei é que houve prospecção na Lapônia nos anos 1600. Essa mina pode ser dessa época. Mas não estamos aqui para fazer pesquisa histórica. Jogue sua luz aqui.

Kallaway deslocou o feixe da lanterna. Racagnal ligou o seu SPP2. Regulou-o para mil e quinhentos. O guincho do aparelho subiu ao máximo imediatamente. Naquele espaço fechado, o barulho se tornou insuportável. Kallaway tampou as orelhas. Racagnal não reagiu. Levou o botão para cinco mil e mediu. O ruído chegou ao máximo de sua intensidade em um quarto de segundo. Kallaway, que já havia abaixado as mãos, levantou-as de novo rapidamente fazendo uma careta. Racagnal demonstrava nervosismo. Regulou o SPP2 para quinze mil. Somente duas vezes na vida ele precisara regular o SPP2 naquela frequência, a frequência máxima. Tinha sido alguns dias antes, num matacão, e por ocasião de uma missão na mina de Cigar Lake, no Canadá, onde a concentração era a maior do mundo, com duzentos e dez quilos de urânio por tonelada de minério, ou seja, duzentas vezes mais que a maioria das jazidas do planeta.

O guincho voltou a subir muito rapidamente e mais uma vez chegou ao máximo. Quinze mil choques por segundo! Kallaway olhou para Racagnal, com olhos redondos atrás de seus óculos redondos. Tudo indicava que a jazida de Cigar Lake acabara de ser ultrapassada.

9h. Kautokeino.

A patrulha P9 ia finalmente partir quando Klemet, que se preparava para entrar na viatura, viu seu tio Nils Ante caminhando em direção à entrada da delegacia. Klemet ficou estupefato. Devia ser a primeira vez que ele via o tio chegar tão perto de uma delegacia. O posto policial era o tipo de lugar, além das igrejas, que seu tio sempre tentara evitar. Klemet acenou para ele. Sua surpresa foi ainda maior porque o tio estava acompanhado de Hurri Manker, o especialista em tambores. O que estaria ele fazendo tão longe de Jukkasjärvi? O que os dois estariam fazendo juntos? Klemet xingou. O mais urgente naquele momento era pegar Racagnal antes que acontecesse uma catástrofe. Ele ainda não tinha certeza do local onde precisaria ir, e esse era um problema a mais que ele teria de resolver. Ele também seria obrigado a recolher indícios, a procurar pegadas. Felizmente, o tempo o ajudaria. No inverno, na neve, é mais difícil dissimular pegadas. Enquanto esperava seu tio se aproximar, Klemet lançou um olhar inquieto para o céu. O sol se levantava naquele momento e a mágica acontecia novamente. Mas Klemet também via no céu sinais inquietantes. No meio da tarde poderia haver uma tempestade. E então, adeus belas pegadas...

– Olá, meu sobrinho. Ah, encontrou o uniforme? Não lhe cai bem, você sabe... Tenho umas coisinhas para lhe falar. Ficamos aqui congelando ou vamos para a sua casa? O meu amigo Hurri, que eu não via há alguns anos, ficou perturbado com a história do tambor. Ele gostaria de falar com você sobre isso. Veio até aqui especialmente com esse objetivo.

– Nina – disse Klemet dirigindo-se à colega já sentada –, vamos ficar cinco minutos na garagem. Nils Ante, nós estamos realmente com muita pressa.

O grupinho desceu para a garagem da polícia, que ainda estava com o portão aberto. Klemet mostrou um cantinho com dois sofás arruinados, postos um de frente para o outro. No meio, uma cadeira de madeira igualmente velha ainda podia sustentar o peso de dois cinzeiros quase cheios. Ali era a sala de fumantes da delegacia. Todos se sentaram. Menos Nils Ante. Klemet não acreditou no que ouvia quando seu tio começou a cantarolar um *joïk*. Policiais de passagem pela garagem pararam, pasmos. Ao perceberem Klemet e Nina na companhia do cantor, deram de ombros e continuaram a fazer o que os ocupava.

– Esse *joïk* me lembra alguma coisa – disse Nina pensativa.

Mas Klemet se levantou exasperado, fuzilando o tio com o olhar.

– Foi para isso que você me fez perder tempo? – explodiu ele. – Para cantar para mim a versão definitiva do *joïk* que você compôs para a sua chinesa? Venha, Nina, vamos embora!

Ele deu dois passos, viu o olhar malicioso de Hurri Manker, que o segurou pela manga.

– Escute seu tio, isso vai lhe interessar.

– Não é o *joïk* da senhorita Chang – esclareceu Nils Ante com um ar contrariado. – Você não escutou com atenção quando eu cantei. E eu lhe peço para ter um pouco de respeito por ela, que não é a minha chinesa, e sim a minha Changuezinha.

Klemet suspirou exasperado.

– E então?

– O *joïk*. Havia um *joïk* – explicou Hurri. – No início eu não prestei atenção no símbolo, porque o resto é muito rico. No entanto ele ocupa um lugar especial, no meio do sol, você sabe, essa cruz que tem a Madderakka, o rei, o soldado e o pastor. Eu não tinha certeza se isso seria importante por alguma razão, mas quis averiguar. Procurei seu tio. Ele é maravilhoso, tem uma memória enciclopédica extraordinária para os *joïk*. Mas a ideia genial do seu tio foi fazer a ligação com o Mattis, e, portanto, com um dos *joïk* do Mattis.

– O *joïk* que você cantou, Nils Ante, é o mesmo que o Mattis cantou quando fomos visitá-lo, logo antes da sua morte! – exclamou Nina.

– E o Mattis cantava o *joïk* de seu pai, que por sua vez cantava o *joïk* do pai dele – prosseguiu Nils Ante, encantado por ter calado a boca do sobrinho. – Encontrei esse *joïk* nos meus registros antigos. Quando ele é tirado do contexto do tambor, dá a impressão de ser um *joïk* como outro qualquer. Um *joïk* sombrio, muito sombrio mesmo, mas há outros assim. Ele evoca também uma área precisa. Fala de um curso d´água que se derrama num lago, de uma margem do lago que tem a forma de cabeça de urso, fala de uma ilhota no lago.

– Eu acho – prosseguiu Hurri Manker – que esse *joïk*, com todas essas indicações precisas, servia para indicar o lugar onde ficava o tambor. Essa é a minha convicção. E o *joïk* fala também que essa história não deve nunca ser esquecida, de geração a geração. É uma advertência do Além. O fabricante desse tambor, feito sem nenhuma dúvida no final do século XVII, queria se assegurar da transmissão dessa mensagem. Você sabe que nessa época os *sami* não conheciam a escrita. Esse lapão sabia fabricar tambores e sabia compor *joïk*. Nunca vamos saber o que foi feito dele, infelizmente. Mas graças a esse *joïk* ele garantiu que um dia alguém descobriria seu tambor e o segredo guardado nele. E ele canta: "Andtsek fez café no flanco do oeste. O dia nasceu. Seus rebanhos estavam misturados, dos dois lados do vale. O outro Juna estava do outro lado do vale". Achamos que ele dá aqui a precisão que falta no tambor. Você dizia que hesitava entre as duas zonas de pesquisa?

Klemet tirou os dois mapas que levava no bolso da calça. Acomodou-os sobre os joelhos. Seu tio se inclinou sobre ele.

– O vale com dois vaus e duas pastagens. É aqui – disse Nils Ante, apontando para um dos mapas.

54

Sexta-feira, 28 de janeiro
Cruzamento das rodovias 93 e 92. Lanchonete Renlycka.

A viatura de patrulha da P9 ia veloz pela Rodovia 93 em direção ao norte. Racagnal tinha forçosamente de passar por ali para chegar aos territórios que pretendia explorar. A velocidade dos acontecimentos nos últimos dias, até a descoberta do tambor e sua decifração, tinham feito Klemet mergulhar numa espécie de euforia num primeiro momento. Mas quanto mais se impregnava dessa história, mais sombrio ele ficava. O drama que havia dizimado aldeias *sami* no século XVII poderia se repetir agora? A mobilização dos *sami* como Olaf Renson nos anos 1980 contra companhias como a Mino Solo mostrava pelo menos que o jogo tinha mudado. Um pouco. Os *sami* não devem ter se revoltado na época. Mas os acontecimentos recentes mostravam também que tudo podia regredir. Eles saberiam, mesmo se o perigo fosse enorme, resistir à exploração de uma mina de urânio?

Klemet deu sinal para estacionar diante da lanchonete Renlycka, da mulher de Johan Henrik. Este continuava em prisão preventiva, mas o juiz, que tinha ficado em Kautokeino, dissera a Klemet que Johan Henrik e Olaf poderiam sair ainda naquela noite. Como na noite daquele domingo uma recepção daria início à Conferência da ONU, a libertação dos dois pastores parecia uma excelente ideia para todos. Contudo, o juiz queria mantê-los presos mais um pouco, pelo menos o tempo de pegar Mikkel e John. A prisão de dois outros pastores corria o risco de passar por encarniçamento contra os *sami*, mas havia dessa vez elementos de prova tangíveis, graças às manchas de óleo.

Duas carretas tinham parado no estacionamento. Uma delas registrada na Rússia, a outra na Suécia. Klemet e Nina entraram na lanchonete. A mulher de Johan Henrik estava atrás do caixa. A uma mesa num canto sentava-se um homem só. Eles se saudaram com um meneio de cabeça. Os policiais se aproximaram do caixa. Pediram um café. A mulher de Johan Henrik não parecia muito feliz por vê-los.

— Você viu passar esse homem? — indagou Klemet, mostrando-lhe uma foto de Racagnal.

— Vi — disse ela sem hesitação. — Ele estava sentado no mesmo lugar que o motorista russo, ali no canto, com muitos mapas. Passou bastante tempo aqui.

— Você se lembra de que dia foi?

Ela ficou pensativa durante algum tempo. Um assobio animado veio de um dos banheiros, junto com um barulho de descarga.

— Deve ter sido numa sexta-feira ou numa terça. Eu lembro porque o motorista que está assobiando no banheiro para aqui todas as terças e sextas. É a sua rota habitual. E eu lembro que ele fez umas gracinhas com o homem da sua foto.

– E você sabe para onde ele ia?

– Só sei que ele queria ir para o acampamento do Aslak. Ele não disse mais nada.

– E depois ele não voltou?

– Não.

Klemet pagou os cafés e eles foram se sentar no momento em que a porta do banheiro abriu. O segundo motorista saiu de lá assobiando e estalando os dedos.

– Minha coelhinha querida, prepare para mim os meus sanduíches. Eu estou voltando em cinco minutos. Depois vou me mandar. Igor – gritou ele para o motorista russo –, não vá aproveitar para passar a conversa na minha noiva!

O motorista russo riu e lhe fez um sinalzinho com a mão. O outro saiu assobiando. Klemet acabara de reconhecer o motorista sueco, o das tatuagens, o homem dos pequenos contrabandos. Ele murmurou na orelha de Nina. Os dois policiais acompanharam com o olhar o sueco. Este vestiu um macacão forrado e abriu um armário de ferro instalado no reboque. Klemet pôs na mesa a xícara de café. O motorista sueco acabava de tirar um galão. Um galão de óleo da marca Arktisk Olje. A mesma que havia na oficina do velho Olsen. Nina também percebeu.

Com o auxílio de um funil o motorista esvaziou o conteúdo do galão e em seguida foi jogar num latão de lixo o galão vazio. Depois voltou para a lanchonete assobiando. E limpando energicamente as mãos sujas de óleo no macacão que já estava manchado.

Brian Kallaway nunca estivera tão excitado na vida. Que sucesso! A jazida que ele acabara de descobrir, ou melhor, de redescobrir, poderia fazer de sua empregadora a companhia líder mundial do urânio. E ele, Kallaway, pudera seguir a pista da jazida! Graças também, ele admitia, ao instinto de caçador de Racagnal. Kallaway estava louco de alegria. Eles tinham voltado para as motos. Kallaway se sentia nas nuvens. Eufórico. Ele estava eufórico. Até se esqueceu da personalidade sórdida de Racagnal. Deu-lhe um tapinha no ombro, brincando. Feliz, ele estava feliz.

Ligou o rádio, na caixa da moto, e chamou a sede da Companhia Francesa de Mineração, na Defense. Era imprescindível que ele comunicasse aquela notícia extraordinária. Voltou-se, todo sorrisos, para Racagnal.

– Sem nenhuma ofensa, André, compreendo por que o chamam de Buldogue. Você fez um trabalho impressionante.

O canadense se virou para ajustar o rádio, fazendo uma chamada. Não ouviu quando Racagnal lhe perguntou muito baixinho o que ele tinha intenção de falar no rádio. Com toda a alegria da mensagem que ia transmitir, Kallaway não ouviu tampouco quando Racagnal lhe disse que ele não devia tê-lo chamado de Buldogue. A última coisa que ele viu foi um movimento rápido de uma sombra alongada e fina no chão diante de si. Ele só teve tempo de sentir uma dor lancinante quando o martelo sueco de Racagnal esmagou seu crânio.

A prisão do motorista sueco não tinha sido fácil. O jovem tinha se debatido, gritando mais que uma águia e insultando os policiais. Klemet finalmente caiu sobre ele e Nina o algemou com os pulsos atrás das costas. Asfixiado pelo macacão, que naquela posição lhe comprimia o peito, o sueco tinha perdido a força para gritar. Pouco a pouco se acalmara, o que não o impedia de continuar despejando sobre eles uma enxurrada de xingamentos. Klemet tinha deixado o motorista sob a guarda de Nina. Ela ligou para a delegacia e o Xerife lhe prometeu que suas equipes estariam lá dentro de quinze minutos, no máximo.

Lá fora, Klemet calçou luvas e abriu a porta do passageiro da carreta. Subiu na cabine e se instalou, olhando em torno de si. Revistou cuidadosamente a cabine, a caminha, os armários. Revirou tudo. Viu revistas pornográficas e de mecânica, maços de cigarros, garrafas de vodca abertas. E por fim encontrou o que procurava. O sueco não tinha se esforçado muito. O pesado punhal embainhado estava preso a um cinto de couro grosso dependurado num armário estreito, atrás do banco do motorista. Klemet pegou-o delicadamente e retirou a lâmina. Examinou-a, embainhou-a novamente e levou o cinto para a lanchonete. O sueco ainda estava deitado no chão com as mãos nas costas, tendo Nina ao seu lado. Ela terminou de registrar os dados do motorista russo, fez fotos dos seus documentos e então permitiu que ele se levantasse. Klemet mostrou a faca a Nina e a balançou diante do nariz do motorista sueco. Este fechou uma carranca e cuspiu.

– Você provavelmente quer nos dizer alguma coisa antes que o caldo entorne completamente... – disse-lhe Klemet.

Ouviram-se sirenes à distância. Se Brattsen estivesse ali teria ironizado sobre a chegada da brigada ligeira. Os reforços de Kautokeino invadiram o pequeno estacionamento da lanchonete Renlycka. Atrás do caixa, a mulher de Johan Henrik continuava impassível com seu aventalzinho.

– E então? – disse Klemet balançando novamente o punhal.

– Ora, você nunca viu um punhal lapão? – grunhiu o sueco com uma expressão de deboche.

Seu rosto sarcástico empalideceu no instante seguinte. A porta da Renlycka acabara de abrir para dar entrada ao Xerife e cinco policiais de Kautokeino que ladeavam dois pastores envergonhados e tristes. Mikkel e John.

John parecia apático.

– Foi a primeira vez que a gente se encontrou na frente do paiol do Olsen. Juro, Klemet. O que você viu era a primeira vez. Foi uma besteira. Mas foi só um pouco de bebida e cigarros; bobagens.

– Não é sobre isso que quero conversar com vocês, mas sobre a morte do Mattis...

John, abriu os olhos embasbacado. Olhou para o sueco e depois para Mikkel, que parecia prestes a enfartar.

– Não fui eu – irrompeu Mikkel num urro –, não fui eu. Era só para recuperar o tambor, só isso, só isso, eu juro! Não fui eu!

– Para quem? – urrou também Klemet, a três centímetros do rosto de Mikkel.

– Para o Olsen! – berrou Mikkel aterrorizado. – E o Mattis não estava com ele. Ele estava bêbado. O Mattis estava bêbado. Mas não fiz nada com ele. Eu não queria ir lá sozinho, mas não fui eu, não fui eu, juro! Eu nem tinha punhal, não fui eu – disse ele começando a soluçar. – Eu só pus fogo na moto dele.

– E o que o Aslak fez com você? – urrou Klemet novamente.

– O Aslak? O Aslak? Não tinha nenhum Aslak, ele não estava lá, o Aslak! – disse Mikkel chorando. – Só eu e...

No chão, o sueco não disse nada. Limitou-se a cuspir na direção de Mikkel.

55

Sexta-feira, 28 de janeiro.
Lapônia Interior.

Aslak viu o francês voltar sozinho para o acampamento. Com roupas imundas. Na sua expressão impenetrável um detalhe chamou sua atenção: as pupilas estavam dilatadas. Ele segurava o martelo ensanguentado. Não se preocupava em escondê-lo. Pegou o rádio. Falou como um autômato quando entrou em contato com outro homem, um norueguês. Deu uma posição.

– Não fica muito longe da nossa jazida. Venham rápido, antes da tempestade. Vocês vão ficar satisfeitos.

Depois disso, o homem desligou o rádio. Aslak não o perdia de vista. O mal. Ele se lembrou de sua mulher. O que ela estaria fazendo? Já não devia ter nada para comer. O que ela faria? Aslak precisava ir embora. Se os homens do rádio estavam vindo, então talvez não houvesse mais ninguém na casa dele para ameaçar sua mulher. Aslak tinha sempre sua faca na bota de pele de rena. Ele não a tirara dali. O homem com o martelo achava que ele aceitava a sua lei. Mas um homem como Aslak não aceita o mal.

Ele rememorava o sinal que sua mulher traçara no chão. Ele havia entendido que precisava fazer alguma coisa. Talvez com isso sua mulher reencontrasse a paz. Talvez não a razão. Mas a paz. Ela havia sido infeliz demais para esperar ser feliz de novo. Ela não era outra coisa senão infelicidade. E sofrimento. E gritos.

Vendo o homem chegar com seu martelo sujo, Aslak entendeu. O céu estava ficando carregado de nuvens cinza-escuro. A tempestade viria, sem dúvida. Como no dia em que seu avô tinha ido embora. Ele partira sozinho, numa noite de tempestade de inverno, como faziam os velhos que se tornavam um fardo para o clã. Eles partiam sós na tundra e nunca mais eram vistos. Aslak observou as nuvens. A mesma tempestade de quando ele tinha sete anos, no internato de Kautokeino. O mesmo dia. Seu avô tinha ido embora. E ele também tinha ido embora. Fugira. Aos sete anos. Na tempestade. Sem olhar para trás.

Pensou em seu rebanho, nos cachorros. Tinha falhado. Um bom pastor nunca abandona seus animais. Aslak olhou o homem, imóvel a dez metros dele. E pensou em Mattis. Pensou no cadáver de Mattis que ele havia encontrado, alertado pela fumaça de sua moto. Lembrou-se do que ele dissera. As leis dos homens tinham matado Mattis. Suas regras e sua vontade de ter cada vez mais. As pessoas como o homem que estava diante dele tinham causado a ruína dos criadores. A Mino Solo tinha semeado a infelicidade. E ele, o homem com o martelo, tinha semeado a infelicidade duas vezes. Ia pagar duas vezes.

Atrás do caixa, a mulher de Johan Henrik não tinha perdido nenhum detalhe da cena quando o sueco foi traído por Mikkel. Ela se aproximou de Klemet.

– O velho Olsen passou aqui hoje de manhã de carro. Muito cedo. Veio encher as garrafas de café. No carro dele também estava seu colega, aquele que persegue os *sami*. E eles foram embora por ali – disse ela mostrando a direção da Estrada 92, para o nordeste, onde as nuvens estavam se acumulando.

Klemet e Nina não ficaram ali nem mais um instante. Partiram, seguidos por uma patrulha suplementar de Kautokeino. O Xerife ia pedir ao juiz que ele mandasse abrir o cofre de Olsen. Provavelmente haveria ali coisas interessantes. Eles foram até a bifurcação, onde Klemet fez o reforço estacionar. Os policiais agiram rápido, em silêncio, sabendo o que tinham de fazer. Alguns minutos depois as quatro motos seguiam ao longo de uma falha que orlava um montículo cujo flanco com neve endurecida e cintilante era coberto de arbustos esqueléticos e atormentados. Eles seguiram por um rio gelado que serpenteava e depois, alguns quilômetros mais adiante, o deixaram para começar a subir a planura. Klemet avistou de longe o acampamento de Aslak. A calma aparente o inquietou. Não havia fumaça. Ele acelerou. O que teria levado Aslak a fazer aquilo com Mattis? Klemet conhecia Aslak o suficiente para saber que ele era capaz de coisas inacreditáveis. Atos que ninguém no mundo ousaria cometer. As quatro motos desaceleraram ao se aproximarem das cabanas de Aslak. Os homens empunharam as armas que o Xerife trouxera da delegacia e lhes entregara na lanchonete. Aquilo era estranho. Seria a primeira vez, desde que Klemet estava na Polícia das Renas, que ele saía armado. Os outros dois policiais contornaram as cabanas. Não se ouviu nenhum ruído. Klemet fez sinal para Nina levantar o reposteiro da cabana principal. Ele segurava nervosamente a sua pistola. Num gesto abrupto, Nina ergueu o reposteiro e então Klemet se lançou dentro. Parou imediatamente. Nina entrou atrás dele. Então entendeu. Klemet estava de pé com a arma contra a coxa, olhando o corpo de Aila. Nina se ajoelhou. O rosto de Aila estava azulado. Certamente ela estava morta há dias. De frio. O fogo já não era alimentado há muito tempo. Ela estava deitada de costas. Com as mãos espalmadas. Como se tivesse querido segurar alguma coisa que lhe tinha escapado.

Sempre ajoelhada, Nina chamou a atenção de Klemet. O policial seguiu seu olhar. Num canto de terra batida, perto da lareira, alguém havia traçado com o dedo as letras MOSO. Moso, de MinO SolO.

– Os sinais das orelhas... – murmurou Klemet.

56

Sexta-feira, 28 de janeiro.
Lapônia Interior.

André Racagnal observava o lapão. Aquele sujeito o seguira com o olhar desde o início. E ainda o olhava, com seu gorro de quatro pontas e o laço atravessado no peito. Mas agora ele era dispensável. Tudo ia se arranjar. Ele ia tratar de garantir que aquele camponês filho da mãe cumprisse a sua parte do contrato. Tudo acaba bem com caras como aquele. Ele ia explorar aquela droga de mina e todos os merdinhas deste mundo iam lamber suas botas. E ele ia ter uma coleção de putinhas quando voltasse. O vento tinha levantado e os flocos estavam altos em torno dele. Que frio, porra! Ele passou a mão vermelha pelo rosto. E esse babaca que não para de olhar para mim. Ele levantou o martelo e avançou para o lapão. O babaca não se mexia. Racagnal não precisava mais dele. Acabou-se o lapão. Tinha lhe servido. Agora era hora de se livrar dele. Ele se aproximou mais. O outro não tirava os olhos dele. Porra, essa cara. Aproximou-se devagar. O outro acabou por se endireitar. Ele via seus olhos, o maxilar tenso, o nariz franzido. O lobo à espera da hora certa.

– Vamos – disse ele –, temos de levantar acampamento. Vamos avançar para o próximo vale. O outro espera a gente um pouco mais adiante. Já está acabando. Você logo vai poder voltar para casa e para a sua mulherzinha. E vai ter seus cachorros.

Aproximou-se ainda mais. Estendeu o SPP2 para o lapão.

– Tome, ponha isso na caixa – disse ele, colocando-o na mesinha dobrável.

O lapão precisou se virar um pouco para pegar o aparelho. Durante um quarto de segundo Racagnal não estaria no seu campo de visão. O lapão se empertigou e estendeu prudentemente a mão para o aparelho.

Não havia mais do que um metro entre os dois. Racagnal agiu com toda a brutalidade de que era capaz. O martelo sueco voou no ar e caiu sobre ele. Ouviu-se um estalo abominável. Mas a droga do lapão deve ter previsto seu golpe. Racagnal o atingira no ombro. A clavícula certamente se fizera em pedaços sob a força do golpe. A surpresa de não ter atingido o crânio do lapão o fez perder o controle durante três segundos. Três segundos a mais. O lapão tinha tirado da bota um grande punhal com o cabo impregnado de gordura. A sequência aconteceu quase em câmara lenta. Apesar do ombro arruinado, o homem caíra sobre ele. Racagnal não tinha recuo suficiente para golpeá-lo uma segunda vez. Tentou afastá-lo com a mão livre. O francês não compreendeu quando o outro abriu o enorme maxilar e lhe prendeu a mão entre os dentes. Ele urrou de dor. Aquele maxilar era pior do que uma armadilha. No instante seguinte, sem que ele pudesse fazer qualquer coisa além de sentir o medo invadi-lo subitamente, o lapão decepou sua mão com um golpe do punhal. Racagnal soltou de repente o martelo para apertar o pulso ensanguentado. Urrou de dor enquanto a neve se tingia de vermelho. O lapão o ameaçava com a faca, mas não o liquidava. Sempre vigiando-o, ele se debruçou sobre a mão que estava na neve. Mas não era a mão que lhe interessava. Pegou a pulseira de prata que deslizara do pulso. O lapão se levantou.

– Mino Solo – foi só o que ele disse. – Mino Solo.

Os policiais tinham comunicado sua descoberta na delegacia. O Xerife enviou logo uma equipe. O juiz havia feito uma busca, dessa vez aprofundada, durante a qual abrira o cofre de Olsen. Lá foram encontrados papéis que provavam a ligação entre Olsen e o geólogo francês, mas também estava lá um esboço de contrato de trabalho para Brattsen, como chefe da segurança de uma mina. Sem contar uma carta de uma garotinha da aldeia, de quinze anos de idade, que relatava como Racagnal a havia violentado.

Os policiais tinham partido. O céu se cobria cada vez mais. A visibilidade ainda era razoavelmente boa, mas o tempo não demoraria a ficar infernal. Nina estava preocupada. Com aquela tempestade seria impossível encontrar o lugar. Apesar das nuvens, o frio chegava rapidamente. Eles teriam de voltar e retomar a perseguição mais tarde.

Klemet a tranquilizou. Ele conhecia bem a montanha. Melhor do que nunca. Tinha na cabeça os detalhes do tambor, do *joïk*, dos mapas. Puseram-se novamente a caminho. Klemet conduzia os policiais, desacelerando a custo. Nina tinha razão. O tempo urgia. Era preciso ser um piloto experimentado para conseguir atravessar a tundra com um tempo daqueles. O vento assobiava quase na horizontal. Apesar de ter todo o rosto coberto pelo capacete, Nina sentia o ar glacial penetrar na altura da têmpora esquerda. Tinha a impressão de que lhe enterravam a ponta de uma faca naquele ponto. Ela queria apertar a luva contra o capacete, de modo a parar a dor por um instante, mas não ousava soltar o guidão da moto, temendo perder o controle da pesada máquina. Via que o pior ainda estava por vir. Bem em frente, sem que o sol já tivesse se posto, nuvens negras tapavam o horizonte.

Klemet agravou a dificuldade optando por atalhar por um vale escarpado. A maioria dos criadores o evitavam. Ele não hesitou em fazer isso, sabendo que ganharia um tempo precioso. Os outros policiais o seguiam corajosamente. Por fim ele abriu passagem do outro lado do vale. Desceu por um flanco em declive suave, até o leito de um rio com curvas retorcidas. Quando seguia uma curva, quase colidiu com um homem ajoelhado mais para o meio do riozinho. O homem, com o rosto coberto de contusões e sangue, pareceu aturdido ao ver a moto que parou a menos de dois metros dele. Olsen!

O velho afastou os braços e mostrou uma moto acidentada, meio enterrada na neve. O piloto não tinha visto uma pedra coberta de neve. Um corpo estava estendido um pouco longe. Inanimado.

– Ah, você salvou a gente – exclamou Olsen com o rosto cheio de esperança, apesar da careta provocada pela dor na nuca. – Esse incapaz não sabe pilotar. Eu queria que ele seguisse um malfeitor perigoso, ele...

Olsen logo perdeu a segurança quando Klemet o jogou para um lado e virou o corpo de Brattsen, que estava inconsciente. Deixou os dois nas mãos dos outros policiais e, seguido por Nina, retomou seu caminho, avançando em direção à tempestade.

Racagnal sacudia a cabeça e gemia. Pela dor e por não entender o que estava acontecendo. Mas o outro não parecia querer matá-lo. Ele teve uma pequena esperança quando o lapão desfez o nó do laço e o amarrou, apertando-o muito. Mas o que ele fez foi começar a puxá-lo. Puxou-o e começou a andar, seguindo as marcas feitas por sua moto minutos antes.

Caminharam uma eternidade. Racagnal tropeçava, se enterrava na neve. Urrava de dor cada vez que caía. O frio atacava seu coto, a dor era insuportável. Ele transpirava no frio que os cercava. A tempestade anunciada desceu sobre eles e o céu começou a desaparecer. O vento começou a soprar com força, varrendo tudo. Eles caminhavam no meio de flocos que turbilhonavam em todas as direções. Racagnal gritava, insultando o lapão. Mas este o puxava para a frente e continuava puxando, insensível à tempestade e à sua própria dor, que aumentava. Eles continuavam caminhando e o sopro do vento não demorou a se acalmar. Racagnal reconheceu o tobogã. O lapão tinha seguido as marcas até ali. O outro o puxou brutalmente, ele caiu mais uma vez, gritou, xingou.

Então, de repente, ele se viu de novo diante da entrada da mina. O lapão continuou puxando-o, obrigando-o a se abaixar. Jogou-o no meio da caverna, no escuro, forçou-o brutalmente a se endireitar. O francês sentiu que o lapão fazia alguma coisa com ele, mas não via nada. Percebeu subitamente quando já era tarde demais. A corda apertava seus ombros, os braços, as coxas. Passava por todo o seu corpo. Caiu. Incapaz de se mexer. Não podia mais segurar o coto. Gritava como um demente, de raiva, de dor, de medo. Ia morrer ali. Urrava. De repente sentiu que o lapão punha alguma coisa em sua boca. Resistiu, mas precisou relaxar. O lapão lhe enchia a boca de urânio. Então ele ficou incapaz de gritar, com a boca cheia daquela porcaria. O lapão arrancou o lenço que tinha em torno do pescoço e o amarrou na sua boca. Pela claridade muito tênue que vinha do tunelzinho da mina, Racagnal, esgotado, vencido, viu a silhueta do lapão se empertigar.

– Mino Solo. Pela Aila.

Klemet havia reconhecido o vale sem jamais ter estado lá. Nina e ele encontraram o acampamento abandonado. A moto. O martelo ensanguentado. A tempestade tinha espalhado objetos e papéis. Uma mesa voara para mais longe. O vento varria tudo. Klemet e Nina não se falavam. O céu estava muito escuro, com a tarde ainda em começo. Nina mostrou a Klemet pegadas pouco nítidas que iam desaparecendo na tempestade. Era impossível enxergar a mais de dez metros. Não se via o horizonte. Voltaram a montar na moto e seguiram a pista, nem devagar demais, para não atolarem na neve, nem rápido demais, para não se chocarem com um obstáculo. Klemet tinha medo. Não confessaria isso a ninguém, mas tinha medo. Durante toda a sua vida ele havia tentado superar o medo dessas tempestades terríveis que assolavam a tundra. Achava que tinha conseguido isso pela força da mente, expondo-se sozinho ao negrume ameaçador e glacial das tempestades. O medo voltava à medida que ele se aproximava de Aslak. Ele sabia. Mas Aslak havia feito algo horrível. Precisava pagar. Klemet tinha de detê-lo. Se é que ele ainda vivia. Eles prosseguiam sempre devagar. As pegadas ficavam cada vez mais difíceis de seguir. A neve se tornava hostil, a tempestade se fechava sobre eles. Por duas vezes Klemet havia percebido traços vermelhos sob o clarão dos faróis.

Essa tempestade... A mesma, exatamente a mesma. Embora refugasse a imagem, ela se impunha. Ele, um garoto de sete anos. No canto da janela do internato de Kautokeino. Com uma sacolinha que guardava as provisões pacientemente economizadas durante muitos dias. Provisões para dois. Para chegar a seu sítio. Para fugir daquela escola que os surrava, a ele e a seu amigo, quando eles falavam *sami*. Ele estava no canto da janela, diante da noite negra e gelada, diante da tempestade que zunia. Trinta quilômetros na noite, numa temperatura de trinta graus negativos. Na mais absoluta escuridão. Aos sete anos... Mas hoje era a mesma tempestade, ele sabia. Seu sopro perfurava as orelhas de Klemet. Ele se sentia mal, mas se forçava a continuar. O vento zombava de seu macacão, entrando por toda parte. A mesma tempestade, o mesmo terror. Ela se insinuava nos recônditos de sua memória. Klemet chegou a um lugar da montanha onde as pegadas seguiam duas direções. Para a esquerda elas iam um pouco para baixo, como para uma espécie de tobogã. Mas não se via nada atrás, por causa da tempestade. Ele pôs a moto na direção da outra pista, que subia para o cume. As pegadas eram minúsculas. Eram pegadas de um único homem. Levantou o rosto crispado pela tensão. Seguiu o caminho dos faróis que investigavam no vento misturado com neve que soprava na horizontal. No alto, quase encoberto pela violenta borrasca, com seu gorro de quatro pontas, um ombro afundado, a silhueta de Aslak o esperava.

Klemet respirou fundo. Virou-se para Nina. Através da tempestade ela via o rosto desfeito e perturbado do colega.

– Espere aqui – gritou ele simplesmente, com a voz rouca.

Ele retomou o caminho. Os últimos metros o aproximavam do centro da tempestade. Ele sabia que aquele confronto era inevitável. Até Nina havia compreendido. Parou diante de Aslak. O pastor parecia exaurido. Parecia atormentado. Seu casaco de rena estava embebido de sangue na altura do ombro. Ele sofria, mas não demonstrava. Tinha as mãos vazias mas os punhos cerrados. Klemet respirou fundo. A primeira palavra tinha de ser dele.

– Por quê, Aslak? Por que o Mattis? – gritou Klemet para cobrir a tempestade.

O rosto de Aslak tinha perdido a dureza. O sofrimento e o cansaço lhe suavizavam os traços. Os cantos de seus olhos estavam levemente caídos. Aslak balançou a cabeça, refreando uma careta de dor. O vento e a neve fustigavam seu rosto; ele tinha os cílios e a barba cobertos de geada.

– O Mattis já estava morto quando cheguei lá – gritou Aslak por sua vez. – Eu chorei, Klemet. Pela primeira vez na vida, eu chorei.

Klemet viu que Aslak era sincero. E que não lhe custara fazer essa confissão.

– Quando era criança, eu não chorava. Pela Aila e o filho dela, eu não chorei. O Mattis foi vítima dos homens. Das regras. Do Departamento das Renas. Das corporações. A Mino Solo foi a pior. Você deve saber disso. Todos eram culpados. A prefeitura. Os que dão as permissões. Eles sabiam, o que aconteceu com a Aila. Eles não fizeram nada por ela. As orelhas foram por isso. É preciso que as pessoas saibam.

– Por que você não foi falar comigo? – gritou Klemet com os olhos meio fechados para se proteger dos cristais congelados que picavam seu rosto.

– Eu não acredito na sua justiça, Klemet.

– E o sangue sob os olhos do Mattis? – urrou Klemet.

– Os nossos antepassados, Klemet. No primeiro dia da volta do sol... depois da longa noite de inverno, a gente molhava uma argola de madeira no sangue, Klemet. A gente olhava para o sol do primeiro dia através da argola para ajudar aqueles que tinham perdido o juízo.

Aslak permaneceu silencioso. Seus olhos se cansavam. Klemet teve a impressão de que ele via a humanidade pela primeira vez na vida.

– O Mattis tinha perdido o juízo – gritou Aslak. – Por causa de tudo isso. Eu pus a argola nele. Ele morreu no dia da volta do sol. Mas voltou a encontrar o juízo no Além. Ele está em paz.

Aslak estendeu um punho para Klemet. Abriu a mão. Ela guardava a pulseira ensanguentada de Racagnal.

– Tome. Entregue isso à Aila. Ela vai entender.

Com a respiração acelerada, Klemet olhou para Aslak. A pulseira tinha as letras de prata MO-SO. Sentiu a emoção dominá-lo. Pegou a pulseira.

– Aslak...

Klemet balançou a cabeça. Em seus olhos as lágrimas começaram a se misturar com a neve. Ele não sentia mais na pele o açoite da tempestade. Continuava gritando, para cobrir o vento.

– Aslak... A Aila está morta. Encontramos o corpo dela agora há pouco. Morreu de frio.

Klemet viu Aslak fechar os olhos por um breve momento. Seus dois punhos, fechados até então, relaxaram. Como se subitamente ele tivesse acabado de tomar uma decisão que o acalmara. Sua silhueta ia ficando cada vez mais coberta pelo véu da tempestade, enquanto o céu escurecia sem parar. O halo dos faróis se contraía sobre ele. Aslak se aproximou de Klemet até poder tocá-lo. Já quase não gritava.

– Klemet, cuide para que meu rebanho não sofra.

Os dois homens se olharam. Klemet tentava controlar o medo da escuridão que se fechava em torno dele. Precisava falar uma coisa, mas se sentia paralisado. Aslak começou a dar meia-volta.

– Aslak! – gritou ainda Klemet. – Onde está o francês? Eu preciso prender você, Aslak!

Aslak se virou. Viu o olhar de Klemet.

– Eu vou encontrar o mundo justo das montanhas – gritou Aslak.

Depois se aproximou ainda mais de Klemet.

– Você está com medo? – indagou ele, pela primeira vez com uma expressão de muita doçura.

Klemet olhava para ele sem nada dizer, a emoção oprimida no peito.

– Você não tem razão para ter medo – disse Aslak com mais doçura ainda.

– Você não sabe o que eu penso! – exclamou Klemet num rompante.

– Eu sei o que você pensava.

– O que você sabe? – urrou Klemet, com os olhos se enchendo de lágrimas que lhe doíam. – Nós tínhamos sete anos! Meu Deus, sete anos!

– Mas era para a gente fazer aquilo juntos, Klemet. Era o que nós tínhamos prometido.

Klemet não pôde mais conter a emoção. Desabou em prantos sobre sua moto. Chorava como uma criança, sem poder parar.

Mais embaixo, Nina assistiu impotente à cena. Viu Aslak se voltar e se afastar enquanto o corpo de seu colega se sacudia convulsivamente. Mas não fez o menor gesto.

Quando Klemet levantou a cabeça, Aslak tinha desaparecido na noite polar.

Este livro, composto com tipografia Garamond
e diagramado pela Alaúde Editorial Limitada,
foi impresso em papel Lux Cream sessenta gramas,
pela Bartira Gráfica, no quadragésimo nono ano da
publicação de *Roseanna*, de Maj Sjöwall e Per Warlöö.
São Paulo, julho de 2014.